विश्व की श्रेष्ठ कहानियाँ

(खंड-1)

सम्पादक

ममता कालिया

भारतीय भाषा परिषद, कलकत्ता

की ओर से

लोकभारती प्रकाशन

भारतीय भाषा परिषद, कलकत्ता
की ओर से

लोकभारती प्रकाशन
पहली मंजिल, दरबारी बिल्डिंग, महात्मा गांधी मार्ग
प्रयागराज-211 001

वेबसाइट : www.lokbhartiprakashan.com
ईमेल : info@lokbhartiprakashan.com

शाखाएँ : 1-बी, नेताजी सुभाष मार्ग, दरियागंज
नई दिल्ली-110 002
अशोक राजपथ, साइंस कॉलेज के सामने
पटना-800 006
1, अनमोल सोराबजी संतुक लेन, धोबी तलाव,
मरीन लाइंस, मुम्बई-400 002

पहला संस्करण : 2005
आठवाँ संस्करण : 2023

मूल्य : ₹ 450

बी.के. ऑफसेट
नवीन शाहदरा, दिल्ली-110 032
द्वारा मुद्रित

VISHWA KI SHRESTHA KAHANIYAN
(Vol. I)
Edited by Mamta Kalia

ISBN : 978-93-88211-89-5

भूमिका

जैसे डाल पर अटकी पतंग कई दिनों तक फड़फड़ाती रहती है, वैसे स्मृतियों में कुछ कहानियाँ अटकी-भटकी बार बार चली आती हैं। कई बार समूची कहानी नहीं, कोई किरदार याद रह जाता है, कभी कोई घटना तो कभी कहानी का अंत। यों तो हर व्यक्ति का अपना जीवन एक कहानी अथवा उपन्यास की तरह होता है, बहुधा वह उसे जीते हुए समझ या पकड़ नहीं पाता। कहानी पढ़ते हुए इसीलिए लगता है, 'अरे यह तो बिल्कुल हमारी बात लिखी है।' यह विस्मय न सिर्फ अपनी भाषा की कहानियाँ पढ़ते हुए होता है वरन् दूसरी भाषा की कहानियों से गुज़रते हुए भी होता है। कहानी के सरोकार इतने सार्वभौमिक होते हैं कि उनका अनुवाद करना एक सघन आत्मीयता में से गुज़रने जैसा है।

भारतीय भाषा परिषद् के बहुविध सांस्कृतिक एवं साहित्यिक उद्देश्यों में एक प्रमुख उद्देश्य स्थायी महत्व के ग्रंथों का प्रकाशन रहा है। अपने प्रथम ग्रंथ 'शतदल' से लेकर 'श्रेष्ठ भारतीय एकांकी' संकलन तक भारतीय भाषा परिषद् ने इस गौरवशाली परम्परा का निर्वाह किया है। संविधान में स्वीकृत समस्त भारतीय भाषाओं से चुनी हुई रचनाओं के अब तक इतने संकलन परिषद् द्वारा प्रकाशित किये जा चुके हैं—

1. शतदल (विभिन्न भाषाओं के सौ कवियों की रचनाओं का संकलन)
2. भारतीय उपन्यास कथासार — दो खण्ड
3. संस्कृत वाङ्मय कोश — चार खण्ड
4. भारतीय श्रेष्ठ कहानियाँ — दो खण्ड
5. श्रेष्ठ ललित निबन्ध — दो खण्ड
6. भारतीय श्रेष्ठ बाल-कहानियाँ
7. श्रेष्ठ भारतीय एकांकी — दो खण्ड
8. हिन्दी गद्य मधु-संचय
9. भारतीय भक्ति : तत्व-दर्शन-साहित्य
10. नेपाली साहित्य
11. गीत गोविन्द — (विवेचन व काव्य)
12. वचनोद्यान — (कन्नड़ कविता)
13. विश्वम्भरा — (तेलुगु महाकाव्य)
14. राजा की भेरी — (तमिल उपन्यास)
15. कबीरदास विविध आयाम
16. जे पीड़ पराई जाणै

17. रंगेर छाया (हिन्दी रचनाओं के बांग्ला अनुवाद)
18. चाकरेर जामा (हिन्दी रचनाओं के बांग्ला अनुवाद)
19. निर्मल वर्मा की कहानियाँ (हिन्दी रचनाओं के बांग्ला अनुवाद)

इसी शृंखला में 'विश्व की श्रेष्ठ कहानियाँ' संकलित करने का निर्णय लिया गया। परिषद् का ऐसा कोई दावा अथवा दम्भ नहीं है कि चार खण्डों के इस संकलन की रचनायें इससे पहले कभी नही छपीं या नहीं पढ़ी गईं। उम्र के हर मोड़ पर ये कहानियाँ पाठकों के ज़ेहन से टकराई होंगी, कभी लिखित रूप में तो कभी वाचिक। सुदूर देशों का भूगोल-इतिहास उलांक कर इन रचनाओं ने हमारे स्मृति-कोष को समृद्ध किया है। इनकी गहरी मानवीय दृष्टि, मार्मिक सृष्टि और वृहत्तर अभिप्रायों ने हमें ऐसे छुआ है कि हमने इन्हें अपना पाथेय समझा।

'विश्व की श्रेष्ठ कहानियाँ' के लिए कथा संकलन और संपादन की प्रेरणा मुझे भारतीय भाषा परिषद् के अध्यक्ष श्री परमानन्द चूड़ीवाल से मिली। उनके निजी पुस्तकालय में उनकी प्रिय कहानियों का उत्कृष्ट संचय है। अमेरिका, लातिन अमेरिका, रूस, मैक्सिको, कैनेडा देशों की कहानियों के अनुवादों के लिए खास तौर पर उन पुनर्रचनाकारों के द्वार खटखटाये गये जो कथा की प्राण सम्पदा को पाठक तक अक्षय आत्मीयता से पहुँचा सकें। इस अनुसंधान में सुश्री अनुराधा महेन्द्र ने खुले मन से सहयोग दिया। उन्होंने कुछ कहानियों के अनुवाद विशेष रूप से हमारे अनुरोध पर किये। वे सजीव, सटीक अनुवाद की दुनिया में जाना माना हस्ताक्षर हैं। इसी प्रकार सत्यम, जितेन्द्र भाटिया, सुधा अरोड़ा और ललित कार्तिकेय मौलिक लेखन के साथ-साथ विलक्षण संकल्पबद्धता सहित अनुवाद कार्य करते रहे हैं। जब भी, जहाँ भी उन्हें कोई कहानी विशेष लगती है वे उसकी, हिन्दी में, प्राण-प्रतिष्ठा कर डालते हैं। हमने उनकी प्रतिभा का लाभ उठाया है। विश्वकथा-साहित्य के अनुवाद और सम्प्रेषण में मदनलाल 'मधु', इंद्रमणि उपाध्याय, सुरजीत, मीनू मंजरी, इंदु प्रकाश कानूनगो, प्रतिभा कुमार, वेदकुमार शर्मा, सुदीप, मीना बनर्जी व अन्य अनेक इस पार-उस पार के साहित्य में सेतुबंध करते रहे हैं। विश्वकथा साहित्य से परिचित होने की राह में भारतीय भाषा परिषद् का यह विनम्र प्रयास है। लोकभारती प्रकाशन के स्वामी श्री दिनेशचंद्र ने संकलन का प्रथम खंड यथाशीघ्र प्रकाशित करने में अथक श्रम किया है। उनके प्रति हम आभारी हैं।

ममता कालिया
निदेशक
भारतीय भाषा परिषद्
36ए, शेक्सपियर सरणी
कोलकाता-700017

अनुक्रम

✦

रूस

मैक्सिको

कैनेडा

अमेरिका

लातिनी अमेरिका

✦✦

रूस

ताबूतसाज़

✦

एलेक्जेंडर सर्गीविच पुश्किन (1799–1837)

पुश्किन को आधुनिक रूसी साहित्य का जन्मदाता माना जाता है। उनका जन्म अठारहवीं सदी में एक ऐसे स्वतंत्र और विद्रोही विचारों वाले परिवार में हुआ था जिसे अपने विचारों के कारण जारशाही के समय में अनेक संकटों से गुजरना पड़ा। उनके बाद के लेखन में 19वीं सदी के महान रूसी यथार्थवाद के बीज दिखाई पड़ते हैं। तुर्गनेव, दोस्तोयव्स्की, तॉलस्तॉय आदि सभी परवर्ती महान रूसी कथाकार पुश्किन के लेखन से गहरे प्रभावित हुए।

क्या हमें हर दिन ताबूत नहीं दिखाई देते हैं।
हमारी इस खूसट दुनिया के पके बाल?

—देर्जाविन[1]

ताबूतसाज़ अद्रियान प्रोख़ोरोव की घर-गिरस्ती का आखिरी सारा सामान मुर्दे ले जाने वाली गाड़ी पर लाद दिया गया और मरियल-से घोड़ों की जोड़ी ने बस्मान्नया गली से निकीत्स्कया गली तक का जहाँ ताबूतसाज़ अपने पूरे घरबार के साथ जा बसा था। चौथी बार चक्कर लगाया। उसने दुकान का ताला बन्द किया, दरवाजे पर यह तख़्ती लगायी कि घर बिकाऊ है। भाड़े पर भी चढ़ाया जा सकता है और पैदल ही अपने नये घर की तरफ़ चल दिया। पीले रंग के इस छोटे-से घर के निकट पहुँचने पर, जो एक अर्से से उसके दिल में जगह बनाये हुए था, और जिसे उसने ख़ासी बड़ी रकम देकर ख़रीदा था। उसे इस बात की हैरानी हुई कि उसका दिल ख़ुशी से तरंगित नहीं हो रहा है। अनजानी-अपरिचित दहलीज़ को लाँघने पर जब उसने अपने नये घर में सभी ओर गड़बड़ देखी, तो पुराने और टूटे-फूटे घर को याद करके, जहाँ अठारह वर्ष तक उसने कड़ी व्यवस्था बनाये रखी थी, गहरी साँस ली। उसने अपनी दोनों बेटियों और नौकरानी को बहुत धीरे-धीरे काम करने के लिए बुरा-भला कहा और ख़ुद उनके काम में हाथ बँटाने लगा। जल्द ही सब कुछ ढंग से सज गया, देव-प्रतिमा, चीनी के बर्तनों की अलमारी, मेज़, सोफ़ा और पलंग—इन सब के लिये पिछले कमरे के कोनों में स्थान बना दिये गये और रसोईघर तथा मेहमानख़ाने में मालिक के हाथों की बनी चीजें—सभी रंगों और आकारों के ताबूत तथा मातमी टोपियों, लबादों और मशालों

---

1. **एक प्रमुख रूसी कवि गव्रीला देर्जाविन (1743–1816) की 'जल-प्रपात' कविता से। —सं०**

से भरी हुई अलमारियाँ टिका दी गयी। दरवाज़े पर एक साइनबोर्ड लटका दिया गया था, जिस पर हाथ में उलटी मशाल लिये आमूर[1] का चित्र बना हुआ था और उसके नीचे यह लिखा था—"यहाँ सादे और रंगे हुए सभी सभी तरह के ताबूत बेचे तथा बनाये जाते हैं और पुराने ताबूतों की मरम्मत भी की जाती है।" ताबूतसाज़ की बेटियाँ अपने कमरे में चली गयी। अद्रियान ने अपने घर का चक्कर लगाया, खिड़की के पास बैठ गया और समोवार गर्माने का आदेश दिया।

पढ़े-लिखे पाठक को यह ज्ञात है कि शेक्सपियर और वाल्टर स्कॉट—इन दोनों ने ही क़ब्र खोदने वालों को खुशमिज़ाज और विनोदी व्यक्तियों के रूप में चित्रित किया है[2] ताकि उनके काम और स्वभाव की तुलना द्वारा हमारे दिलों पर अधिक गहरी छाप अंकित कर सकें। किन्तु सचाई का आदर करते हुए हम उनका अनुकरण नहीं कर सकते और यह मानने को विवश हैं कि हमारे ताबूतसाज़ का मिज़ाज उसके मनहूस धंधे के बिल्कुल अनुरूप था। अद्रियान प्रोख़ोरोव आम तौर पर गुमसुम और अपने ही ख़्यालों में खोया रहता था। वह अपनी ख़ामोशी तभी तोड़ता था जब निठल्ली बेटियों को खिड़की से राहगीरों को झाँकते हुए देखकर डाँटता या फिर जब उसे अपनी "हस्त-रचनाओं" के लिए उनसे कसकर पैसे लेने होते, जिन्हें बदक़िस्मती से (कभी-कभी खुशक़िस्मती से) उन्हें खरीदने की ज़रूरत आ पड़ती। तो खिड़की के क़रीब बैठा और चाय का सातवाँ प्याला पीता हुआ अद्रियान सदा की तरह मनहूस ख़्यालों में डूबा हुआ था। वह उस मूसलाधार बारिश के बारे में सोच रहा था जिसने हफ़्ता भर पहले सेवा-निवृत्त ब्रिगेडियर के मातमी जुलूस को नगर-द्वार के निकट अपनी लपेट में ले लिया था। नतीजा यह हुआ था कि बहुत-से लबादे सिकुड़ गये थे और मातमी टोपियों के किनारे टेढ़े-मेढ़े हो गये थे। वह जानता था कि अगले कुछ समय में उसे अनिवार्य रूप से ख़ासी रक़म ख़र्च करनी पड़ेगी, क्योंकि मातमी कपड़ों के उसके पुराने स्टाक की हालत काफ़ी ख़राब थी। उसे उम्मीद थी कि बूढ़ी सेठानी त्रूख़िना के मरने पर, जो लगभग एक साल से क़ब्र में टाँगें लटकाये थी, उसका सारा घाटा पूरा हो जायेगा। किन्तु त्रूख़िना राज़गुल्याई गली में अपनी आख़िरी घड़ियाँ गिन रही थी और प्रोख़ोरोव को इस बात की शंका थी कि अपने वादे के बावजूद उसके वारिस उसे इतनी दूर से बुलवा भेजने के मामले में काहिली न कर जायें और अपने नज़दीक के किसी ठेकेदार से ही मामला तय न कर लें।

---

1. **आमूर—कामदेव, किन्तु जब उसके हाथ में उलटी मशाल हो, तो वह यमदूत या मृत्यु का प्रतीक हो जाता है।—अनु०**
2. **पुश्किन का अभिप्राय शेक्सपियर के 'हेमलेट' (1600-1901) और वाल्टर स्कॉट के 'लामेरमूर की दुलहन' उपन्यास में ताबूतसाज़ों के बिम्बों से है।—सं०**

अद्रियान प्रोख़ोरोव इसी तरह के विचारों में खोया हुआ था कि अचानक फ्रीमेसनों[1] की भाँति दरवाज़े पर किसी के अचानक तीन बार दस्तक देने से उसकी विचार-शृंखला टूटी। ''कौन है?'' ताबूतसाज़ ने पूछा। दरवाज़ा खुला और एक ऐसा व्यक्ति भीतर आया जिसे देखते ही पता चलता था कि वह एक जर्मन कारीगर है। वह प्रफुल्ल मुद्रा में ताबूतसाज़ के निकट आया। ''मेरे कृपालु पड़ोसी, मैं माफ़ी चाहता हूँ,'' उसने ऐसी अटपटी रूसी भाषा में कहा, जिसे सुनकर हम आज भी हँसे बिना नहीं रह सकते, ''माफ़ी चाहता हूँ कि आपके काम-काज में ख़लल डाल दिया... लेकिन मैं आपके साथ जल्दी से जान-पहचान कर लेना चाहता था। मैं मोची हूँ, मेरा नाम गोत्लिब शूल्त्स है और गली पार आपके सामने वाले घर में रहता हूँ। कल मैं अपने विवाह की रजत-जयंती मना रहा हूँ और आपसे तथा आपकी बेटियों से अनुरोध करता हूँ कि मित्र के नाते मेरे यहाँ खाना खायें।'' निमंत्रण सहर्ष स्वीकार कर लिया गया। ताबूतसाज़ ने मोची से बैठने और चाय का प्याला पीने को कहा। गोत्लिब शूल्त्स की मिलनसार तबीयत की बदौलत जल्द ही दोनों घुल-मिलकर बातें करने लगे। ''आपका काम-धंधा कैसा चल रहा है?'' अद्रियान ने पूछा। ''अज़ी, क्या कहा जाये,'' शूल्त्स ने उत्तर दिया, ''कभी अच्छा और कभी बुरा। शिकवा-शिकायत नहीं कर सकता। वैसे, इतना ज़रूर है कि मेरा माल आपके माल जैसा नहीं है—ज़िन्दा आदमी जूतों के बिना काम चला सकता है, मगर मुर्दे का तो ताबूत के बिना गुज़ारा नहीं।'' —''सोलह आने सही बात है,'' अद्रियान ने सहमति प्रकट की, ''लेकिन अगर ज़िन्दा आदमी के पास जूते ख़रीदने को पैसे नहीं, तो ग़म की कोई बात नहीं, नंगे पाँव ही काम चला लेता है, मगर भिखारी को ताबूत मुफ़्त ही मिल जाता है।'' तो इस तरह थोड़ी देर तक उन दोनों के बीच कुछ और बातचीत चलती रही। आख़िर मोची उठा, उसने अपना निमंत्रण दोहराया और ताबूतसाज़ से विदा ली।

अगले रोज़, दिन के ठीक बारह बजे ताबूतसाज़ और उसकी बेटियाँ अपने नये ख़रीदे गये घर के फाटक से बाहर निकलीं और पड़ोसी के यहाँ चल दीं। मैं न तो अद्रियान प्रोख़ोरोव के रूसी अंगरखे का वर्णन करूँगा और न उसकी बेटियों की यूरोपीय पोशाकों के ठाठ का और इस दृष्टि से आधुनिक उपन्यासकारों की परम्परा का साथ नहीं दूँगा। फिर भी इतना कह देना अनावश्यक नहीं समझता कि दोनों लड़कियाँ पीली टोपियाँ और लाल बूट पहने थी जो वे जशन के ख़ास-ख़ास मौक़ों पर ही पहनती थी।

मोची का छोटा-सा फ़्लैट मेहमानों से खचाखच भरा था, जिनमें अधिकतर जर्मन कारीगर, उनकी बीवियाँ और शागिर्द थे। सरकारी कर्मचारियों में से केवल

---

1. **18वीं शताब्दी के उत्तरार्द्ध में रहस्यवादी संगठन जिसका लक्ष्य मानव का नैतिक पुनरुत्थान था। दरवाज़े पर तीन बार दस्तक इस संगठन के सदस्यों का एक गुप्त संकेत था।—सं०**

एक यानी पुलिस का सिपाही यूर्को ही यहाँ उपस्थित था। वह जाति का चूख़ोन था और बहुत मामूली पद के बावजूद मेज़बान उसकी ख़ास तौर पर बड़ी ख़ातिरदारी कर रहा था। पिछले पच्चीस सालों से वह पोगोरेल्स्की के प्रसिद्ध हरकारे या डाकिये[1] की तरह बड़ी आज्ञाकारिता से अपनी ड्यूटी बजा रहा था। 1812 में प्राचीन राजधानी यानी मास्को के जल जाने पर उसकी पीले रंग की संतरी-चौकी भी भस्म हो गयी थी। किन्तु फ्रांसीसी दुश्मन के खदेड़े जाते ही उसकी नयी संतरी-चौकी बन गयी—सलेटी रंग की और यूनानी ढंग के सफ़ेद स्तम्भों वाली। अपने सिपाही के ठाट-बाट से यूर्को फिर उसके आस-पास गश्त करने लगा। निकीत्स्कया गली के नज़दीक रहने वाले अधिकतर जर्मनों से उसकी अच्छी जान-पहचान थी और उनमें से कुछेक तो कभी-कभी इतवार की रात भी उसकी चौकी पर ही बिताते थे। अद्रियान ने झटपट यूर्को से परिचय कर लिया, क्योंकि वह ऐसा आदमी था जिसकी कभी और किसी भी समय ज़रूरत पड़ सकती थी। मेहमान जब खाने की मेज़ों पर पधारे, तो वे दोनों एक-दूसरे के बगल में बैठे। शूल्त्स दम्पति और उनकी सत्रह वर्षीया बेटी लोत्ख़ेन मेहमानों के साथ भोजन करते हुए खाना परोसने और दूसरी बातों में बावर्चिन का लगातार हाथ बँटा रहे थे। बियर तो खूब बह रही थी। यूर्को चार आदमियों के बराबर अकेला ही खा रहा था और अद्रियान उससे उन्नीस नहीं रह रहा था। उसकी बेटियाँ बड़े सलीक़े से बैठी थीं। जर्मन भाषा में होने वाली बातचीत लगातार बहुत ऊँची होती जा रही थी। मेज़बान ने अचानक सबका ध्यान अपनी ओर अकृष्ट किया और कोलतार पुती बोतल का कार्क खोलते हुए रूसी भाषा में चिल्लाकर कहा, ''अपनी दयालु लुईज़ा के स्वास्थ्य के लिए!'' और सस्ती शेम्पेन का फेन उड़ने लगा। मेज़बान ने अपनी चालीस साल की जीवन-संगिनी का चेहरा, जिस पर ताज़गी बनी हुई थी, प्यार से चूमा और मेहमानों ने शोर मचाते हुए दयालु लुईज़ा के स्वास्थ्य का जाम पी लिया। मेज़बान ने ''प्यारे मेहमानों के स्वास्थ्य के लिए!'' कहते हुए शेम्पेन की दूसरी बोतल खोली और मेहमानों ने उसके प्रति कृतज्ञता प्रकट करते हुए फिर से अपने गिलास ख़ाली कर दिये। इसके बाद तो स्वास्थ्य के जाम पीने का दौर चल पड़ा—हर मेहमान की सेहत का जाम पिया गया। मास्को तथा एक दर्जन जर्मन नगरों, सभी दस्तकारियों और दस्तकारी के लिये अलग-अलग तथा कारीगरों और उनके शागिर्दो के लिए जाम उठाये और चढ़ाये गये। अद्रियान खूब डटकर पी रहा था और इस हद तक रंग में आ गया कि उसने स्वयं भी एक विनोदपूर्ण जाम पीने का प्रस्ताव पेश किया। सहसा एक मोटे-से नानबाई अतिथि ने जाम ऊपर उठाया और चिल्लाकर कहा, ''उनकी सेहत का जाम, जिनके लिए हम काम करते हैं, unserer Kundleute!''[2] इस जाम का भी सभी ने खुशी से और मिलकर स्वागत किया। मेहमान एक-दूसरे के सामने सिर झुकाने लगे—दर्ज़ी मोची के

1. अ० पोगोरेल्स्की की कहानी 'लाफ़ेर्तोवो की नानबाईन' (1825) का एक पात्र।—सं०
2. अपने ग्राहकों के लिए! (जर्मन)

सामने, मोची दर्ज़ी के सामने, नानबाई इन दोनों के सामने और सभी नानबाई के सामने इत्यादि। इस प्रकार के पारस्परिक अभिवादन के बीच यूर्को ने अपने पड़ोसी को सम्बोधित करते हुए चिल्लाकर कहा, "तो मेरे भाई, आओ, तुम्हारे मृतकों के नाम पर भी जाम पियें!" सभी ठठाकर हँस पड़े, किन्तु ताबूतसाज़ को लगा कि उसका अपमान किया गया है और उसके माथे पर बल पड़ गये। इस बात की ओर किसी का भी ध्यान नहीं गया, मेहमानों ने पीना जारी रखा और जब वे मेज़ पर से उठे तो रात की अन्तिम प्रार्थना की घण्टियाँ बज रही थीं।

अतिथि काफ़ी रात गये विदा हुए और अधिकतर नशे में बुरी तरह धुत्त थे। मोटा नानबाई और जिल्दसाज़, जिसका चेहरा "लाल चमड़े की जिल्द चढ़ा"[1] प्रतीत होता था, यूर्को की दोनों बाँहों में बाँहें डालकर उसे उसकी चौकी की ओर ले जा रहे थे और इस रूसी कहावत को सही सिद्ध करते प्रतीत होते थे—असली मज़ा तो ऋण की वसूली में ही है। ताबूतसाज़ बेहद पिये हुए और झल्लाया हुआ घर लौटा। "आख़िर दूसरों के मुक़ाबले में मेरा धन्धा किसलिए बुरा है?" वह ऊँचे-ऊँचे सोच रहा था। "क्या ताबूतसाज़ और जल्लाद भाई हैं? किसलिए हँसते हैं ये काफ़िर? क्या ताबूतसाज़ रंग-बिरंगी पोशाक पहने हुए कोई मसख़रा है? मैं तो इन्हें इस घर में आने की दावत पर बुलाना और खूब खिलाना-पिलाना चाहता था—मगर अब यह नहीं होने का! मैं उन्हीं को दावत में बुलाऊँगा जिनके लिए काम करता हूँ—ईसाई धर्म को मानने वाले मृतकों को!"—"अरे मालिक, यह आप क्या कह रहे हैं?" नौकरानी ने कहा जो इस समय उसके जूते उतार रही थी। "सलीब का निशान बनाइये! घर में आने की दावत के लिए मुर्दों को बुलायेंगे! कैसी भयानक बात है यह!"—"क़सम भगवान की, जरूर बुलाऊँगा," अद्रियान कहता गया, "और वह भी कल ही। मेरे हित-चिन्तकों, कल शाम को मेरे यहाँ दावत पर आओ। भगवान जो देंगे, वही सेवा में हाज़िर कर दूँगा।" इतना कहकर ताबूतसाज़ बिस्तर पर चला गया और जल्द ही खर्राटे लेने लगा।

अगले दिन मुँह अंधेरे ही अद्रियान को जगा दिया गया। सेठानी त्रूख़िना इसी रात को चल बसी थी और उसके कारिन्दे ने एक तेज़ घुड़सवार को यह ख़बर देने के लिये उसके पास भेजा था। ताबूतसाज़ ने हरकारे को इनाम के तौर पर दस कोपेक वोदका पीने को दिये, जल्दी से कपड़े पहने, किराये की बग्घी ली और राज़्गुल्याई गली में पहुँच गया। परलोक सिधार गई बुढ़िया के दरवाज़े पर पुलिस वाले खड़े थे और सेठ-व्यापारी लोग वहाँ ऐसे मँडरा रहे थे, जैसे लाश की गंध पाकर कौवे मँडराते हैं। मोम की तरह पीली बुढ़िया का शव मेज़ पर रखा था, किन्तु शरीर अभी बिगड़ने नहीं लगा था। रिश्तेदार, पड़ोसी और नौकर-चाकर

---

1. **या० ब० कन्याजनिन के सुखान्ती नाटक 'शेख़ीखोर' (1786) की कुछ परिवर्तित काव्य-पंक्ति।—सं०**

उसके करीब भीड़ लगाये थे। सभी खिड़कियाँ खुली थी, मोमबत्तियाँ जल रहीं थी और पादरी मृतक की आत्मा की शान्ति के लिए पाठ कर रहे थे। अद्रियान मृतक के भानजे के पास गया, जो फ़ैशनदार फ्राक-कोट पहने जवान व्यापारी था और उसे यह बताया कि ताबूत, मोमबत्तियाँ, कफ़न और मातम की बाकी सारी चीज़ें भी अच्छी हालत में फ़ौरन पहुँचा दी जायेंगी। वारिस ने बेध्यानी से उसे धन्यवाद दिया, यह कहा कि पैसों के बारे में वह किसी तरह की सौदेबाजी नहीं करेगा और उसी की ईमानदारी पर सारी बात छोड़ देगा। ताबूतसाज़ ने अपनी आदत के मुताबिक क़सम ख़ाकर यह कहा कि एक पैसा भी फ़ालतू नहीं लेगा और इसके बाद अर्थपूर्ण ढंग से कारिन्दे से नज़र मिलाकर सामान की तैयारी करने चला गया। वह दिन भर राज़गुल्याई से निकीत्स्कया गली तक घोड़ागाड़ी पर चक्कर काटता रहा। शाम तक उसने सारा प्रबन्ध कर दिया और घोड़ागाड़ी छोड़कर पैदल घर लौटा। रात चाँदनी थी। ताबूतसाज़ निकीत्स्कया गली तक सही-सलामत पहुँच गया। गिरजे के पास हमारे परिचित यूर्को ने उसे ललकारा, किन्तु पहचानकर शुभरात्रि की कामना की। काफ़ी रात बीत चुकी थी। ताबूतसाज़ अपने घर के निकट पहुँच गया था, जब अचानक उसे लगा कि कोई उसके फाटक के निकट आया और दरवाज़ा खोलकर अन्दर गायब हो गया है। ‘‘यह क्या क़िस्सा है?’’ अद्रियान ने सोचा। ‘‘किसको फिर से मेरी ज़रूरत हो सकती है? कहीं कोई चोर तो भीतर नहीं चला गया? मेरी बुद्धू बेटियों के पास प्रेमी तो नहीं आते?’’ ताबूतसाज़ ने यह भी सोचा कि अपने दास्त यूर्को को मदद के लिए पुकारना चाहिये। इसी क्षण एक अन्य व्यक्ति फाटक के निकट आया, उसने भीतर जाना चाहा, किन्तु घर के मालिक को भागा आता देखकर रुक गया और उसने अपना तिकोना टोप उतार लिया। अद्रियान को उसका चेहरा परिचित-सा प्रतीत हुआ, किनतु उतावली के कारण वह उसे बहुत ध्यान से नहीं देख पाया। ‘‘आप मेरे यहाँ आये हैं?’’ अद्रियान ने हाँफते हुए पूछा, ‘‘कृपया पधारिये, भीतर चलिये।’’ — ‘‘आप औपचारिकता के फेर में नहीं पड़ें,’’ आगन्तुक ने दबी-घुटी आवाज़ में जवाब दिया, ‘‘मेहमानों को रास्ता दिखाते हुए आगे-आगे चलिये!’’ अद्रियान के पास औपचारिकता के फेर में पड़ने का समय ही नहीं था। घर का फाटक खुला हुआ था, अद्रियान आगे-आगे और उसका अतिथि उसके पीछे-पीछे चल दिया। अद्रियान को ऐसे लगा मानों उसके कमरों में लोग चल-फिर रहे हों।’’ यह क्या माजरा है!’’ उसने सोचा और जल्दी से क़दम बढ़ाता हुआ भीतर गया...वहाँ उसकी टाँगे लड़खड़ा गयीं। कमरा प्रेतों से भरा हुआ था। खिड़की में से छनती हुई चाँदनी उनके पीले और नीले चेहरों, सिकुड़े-टेढ़े होंठों, धुँधली-अधमुंदी आँखों और उभरी हुई नाकों को रोशन कर रही थी...अद्रियान ने दहलते दिल से इन प्रेतों के रूप में उन लोगों को पहचान लिया जो उसके योग-सहयोग से दफ़नाये गये थे और उसके साथ आने वाला मेहमान तो वह ब्रिगेडियर था जो मूसलाधार बारिश के वक़्त दफ़नाया गया था। इन सभी स्त्री-पुरुषों ने अद्रियान ताबूतसाज़ को घेर

लिया और सिर झुका-झुकाकर वे उसका अभिवादन करने लगे। क़िस्मत का मारा केवल एक ही, जो कुछ समय पहले मुफ़्त दफ़नाया गया था, मानों अपने चिथड़े को छिपाता और शर्म से गड़ा जाता हुआ एक कोने में चुपचाप खड़ा था। उसे छोड़कर बाक़ी सभी बढ़िया कपड़े पहने थे—महिलाओं के सिरों पर रिबन वाली टोपियाँ थीं, मृत अफ़सर वर्दियाँ डाटे थे, किन्तु उनकी दाढ़ियाँ बढ़ी हुई थीं, व्यापारी-सेठ लोग समारोही अंगरखों में खूब जँच रहे थे। "देखो प्रोख़ोरोव," ब्रिगेडियर ने सभी आदरणीय अतिथियों की ओर से बोलते हुए कहा, "हम सभी तुम्हारे निमंत्रण पर अपनी क़ब्रों से उठकर आये हैं। वहाँ केवल वही रह गये हैं जिनमें बिल्कुल शक्ति शेष नहीं रह गयी, जो पूरी तरह गल-सड़ गये हैं, जो त्वचा के बिना केवल हड्डियों का पिंजर हैं। किन्तु इनमें से भी एक तुम्हारे यहाँ आने का मोह संवरण नहीं कर सका—इतना अधिक उसने तुम्हारे यहाँ आना चाहा..." इसी समय एक छोटा-सा पिंजर औरों को मोहनियाता और भीड़ को चीरता हुआ अद्रियान के निकट आया। उसकी खोपड़ी ताबूतसाज़ की ओर स्नेहपूर्वक मुस्करायी। उजले हरे और लाल रंग के चिथड़े और गाढ़े के तार-तार हुए टुकड़े उस पर ऐसे लटक रहे थे मानों डंडे पर लटके हुए हों तथा घुटनों तक के बूटों में टाँगों की हड्डियाँ ऐसे बज रही थीं जैसे ऊखल में मूसल। "तुमने मुझे पहचाना नहीं, प्रोख़ोरोव," कंकाल ने कहा। "गार्ड सेना के भूतपूर्व सार्जेण्ट, उसी प्योत्र पेत्रोविच कुरील्किन को भूल गये हो जिसे तुमने 1799 में अपना पहला ताबूत बेचा था और सो भी चीड़ का, जिसे बलूत की लकड़ी का बनाया था?" इतना कहकर उसने अद्रियान को अपनी बाँहों में भरने के लिए अपनी कंकाली बाँहें उसकी ओर फैला दी। किन्तु अद्रियान अपनी सारी शक्ति बटोरकर चिल्ला उठा और उसने उसे परे धकेल दिया। प्योत्र पेत्रोविच लड़खड़ाया, गिरा और हड्डियों का ढेर बनकर रह गया। मुर्दों में गुस्से की लहर-सी दौड़ गयी, सभी अपने साथी की इज़्ज़त की रक्षा के लिए डट गये, अद्रियान को भला-बुरा कहने और डराने-धमकाने लगे। बेचारे मेज़बान के होश-हवास गुम हो गये। इनकी चीख-चिल्लाहट से बहरा और इनके द्वारा लगभग कुचला हुआ मेज़बान बिल्कुल घबरा गया, खुद गार्ड सेना के भूतपूर्व सार्जेण्ट की हड्डियों पर गिर गया और बेहोश हो गया।

सूरज की किरणें ताबूतसाज़ के बिस्तर को कभी की आलोकित कर रही थी। आखिर उसने आँखें खोलीं और अपने सामने समोवार गर्माते नौकरानी को देखा। रात की घटनाओं को याद करके अद्रियान भय से काँप उठा। उसे अपनी कल्पना में त्रूख़िना, ब्रिगेडियर और सार्जेण्ट कुरील्किन का धुँधला-सा आभास हो रहा था। वह चुपचाप इस बात की प्रतीक्षा करता रहा कि नौकरानी उसके साथ बातचीत शुरू करे, और उसे बताये कि रात की घटनाओं का अन्त क्या हुआ।

"बहुत देर तक सोये रहे आज तो आप, अद्रियान प्रोख़ोरोविच," मालिक को गाउन देते हुए नौकरानी अक्सीन्या ने कहा। "पड़ोसी दर्ज़ी भी मिलने के लिए आ चुका है, हमारे हलक़े का पुलिस वाला भी यह बता गया है कि आज इन्स्पेक्टर

का जन्मदिन है, मगर, आप सो रहे थे और हमने यह ठीक नहीं समझा कि आपको जगायें।''

''भगवान को प्यारी हो गयी त्रूख़िना के यहाँ से कोई आया था क्या?''

''भगवान को प्यारी हो गयी त्रूख़िना? क्या वह मर गयी?''

''कैसी उल्लू हो तुम भी! उसके कफ़न-दफ़न की तैयारी में क्या कल तुम्हीं ने मेरा हाथ नहीं बँटाया था?''

''क्या कह रहे हैं आप, मालिक? कहीं आपका दिमाग तो नहीं चल निकला या कल के नशे का ख़ुमार अभी तक बाक़ी है? कल किसी को दफ़नाया ही कब गया था? आप दिन भर जर्मन के यहाँ दावत के मज़े लूटते रहे, नशे में धुत्त होकर घर लौटे, बिस्तर पर ढह पड़े और अब तक सोते रहे। गिरजे में प्रार्थना की घण्टियाँ भी कभी की बज चुकी।''

''अरे, सच!'' ताबूतसाज़ ने खुश होकर कहा।

''बिल्कुल सच,'' नौकरानी ने जवाब दिया।

''अगर ऐसा ही है, तो झटपट चाय दो और मेरी बेटियों को भी बुला लो।''

✦

अनु०—**मदनलाल मधु**

गरम कोट

✦

निकोलाई गोगोल (1809–1852)

रूसी रचनाकार निकोलाई गोगोल का जन्म 31 मार्च, 1809 को सोरोचिंसी में हुआ था। उन्होंने अपना लड़कपन यूक्रेन की प्राकृतिक सुन्दरता में बिताया। 12 साल की उम्र में वे निजने के हाईस्कूल में दाखिल हुए। स्कूल की पत्रिका में उनकी गद्य व पद्य रचनाओं की धूम रही। सेंट पीटर्सबर्ग में नौकरी के लिए उन्होंने बहुत संघर्ष किया। गोगोल की रचनाओं का एलेक्सान्द्र पुश्किन और वासिली जकोस्की ने स्वागत किया और वे रातों रात प्रसिद्ध हो गए। उनके रचना-संसार में हमे एक साथ युक्रनियाई लोकतत्त्व, उग्र यथार्थवाद और पलायनवादी रोमान दिखाई देता है। इंस्पेक्टर, जरनल, तारस बल्बा और गरम कोट उनकी प्रसिद्ध कथा-कृतियाँ हैं। इन रचनाओं ने 19वीं सदी के रूसी साहित्य का चेहरा बदल दिया। लेकिन अपने उपन्यास 'मृतात्मायें' का दूसरा भाग लिखते-लिखते गोगोल लगभग विक्षिप्त अवस्था में 4 मार्च, 1852 को मृत्यु को प्राप्त हुए।

किसी विभाग में, लेकिन मैं समझता हूँ कि सही-सही यह न बताना ही बेहतर होगा कि किस विभाग में। क्योंकि ये सभी विभाग, रेजिमेंटें और चांसलरियाँ—मतलब यह कि सरकारी नौकरों की सभी कोटियाँ—बेहद बदमिज़ाज होती हैं। आजकल तो किसी साधारण नागरिक का भी अपमान कर दिया जाये तो वह उसे पूरे समाज का अपमान समझता है। एक क़िस्सा बयान किया जाता है कि हाल ही में किसी शहर के, जिसका नाम हमें याद नहीं है, पुलिस के दरोग़ा ने शिकायत भेजी, जिसमें उसने बिल्कुल साफ़-साफ़ शब्दों में कहा था कि सरकार की व्यवस्थाओं का सत्यानाश होता जा रहा था और उसका अपना पवित्र नाम बिल्कुल बेकार में लिया जा रहा था। इसके सबूत में उसने अपनी अर्ज़ी के साथ एक मोटी-सी किताब भेजी थी, जो कोई रोमांटिक कृति थी, जिसमें हर दस पृष्ठ के बाद पुलिस के किसी दरोग़ा की चर्चा की गयी थी, जो कभी-कभी तो बिल्कुल ही नशे में चूर होता था। इसलिए, इस तरह की किसी भी बदमज़गी से बचने के लिए सबसे अच्छा यही होगा कि जिस विभाग की हम चर्चा कर रहे हैं उसे हम कोई विभाग ही कहें।

इस तरह, किसी विभाग में कोई अफ़सर काम करता था; उस अफ़सर को किसी भी तरह बहुत उल्लेखनीय नहीं कहा जा सकता; उसका कद कुछ नाटा था, मुँह पर कुछ-कुछ चेचक के दाग़ थे, बाल कुछ लाल रंग के थे, उसकी नज़र कुछ चुंधी थी, उसकी खोपड़ी भी सामने से कुछ गंजी हो चली थी, उसके दोनों गालों पर झुर्रियाँ पड़ गयी थी और उसके चेहरे का रंग पीला था... खैर, किया भी

क्या जा सकता है! यह तो सेंट पीटर्सबर्ग के जलवायु का दोष है। जहाँ तक उसके पद का सवाल है (क्योंकि बात यह है कि हमारे यहाँ सबसे पहले पद की ही घोषणा की जानी चाहिये), वह उस जाति के लोगों में से था जिन्हें शाश्वत टिट्युलर काउंसिलर कहते हैं, जिनका, जैसा कि पाठक को मालूम होगा, उन अनेक लेखकों ने मज़ाक उड़ाया है जिनकी कमाल की आदत यह होती है कि वे उन लोगों पर हमला करते हैं जो पलटकर हमला नहीं कर सकते। इस अफ़सर का कुलनाम बश्माचकिन था, जिससे यह साफ़ ज़ाहिर है कि यह नाम बश्माक[1] से निकला है : लेकिन कब, किस समय और किस तरह बश्माक से यह नाम बनाया गया, यह हम नहीं कह सकते। उसके बाप और दादा दोनों ही और उसके बहनोई भी, और सच तो यह है कि सभी बश्माचकिन, बूट पहनते थे, उन्हें कभी बदलते नहीं थे और साल में सिर्फ़ तीन बार उनमें नया तला लगवा लेते थे। उसका नाम था अकाकी अकाकियेविच। यह नाम पाठक को कुछ विचित्र और बनावटी लग सकता है, लेकिन हम विश्वास दिला सकते हैं कि यह नाम कहीं से खोजकर नहीं निकाला गया था, और यह कि उसके नामकरण की परिस्थितियाँ ही ऐसी थी कि कोई दूसरा नाम संभव ही नहीं था। यह सारा मामला हुआ इस तरह। अकाकी अकाकियेविच का जन्म, 22 मार्च को शाम के वक़्त हुआ था। उसकी स्वर्गीया माँ ने, जो खुद एक अफ़सर की पत्नी थीं और बहुत अच्छी औरत थीं, विधिवत् बच्चे का नामकरण करने का फ़ैसला किया था। माँ अभी तक दरवाज़े के सामने पलंग पर लेटी हुई थीं, उनके दायीं ओर थे बच्चे के धर्मपिता इवान इवानोविच येरोश्किन, जो बहुत ही अच्छे सज्जन थे और सीनेट में हेडक्लर्क थे, और बच्चे की धर्ममाता अरीना सेम्योनोव्ना बेलोबर्यूश्कोवा, जो एक पुलिस अफ़सर की पत्नी थी और बहुत ही अनुपम गुणों की महिला थीं। नयी माँ से तीन नामों में से कोई एक—जो उन्हें सबसे अच्छा लगे—चुन लेने को कहा गया। मोक्की, सोस्सी या शहीद ख़ोज़्दाज़ात के नाम पर बच्चे का नाम रखना। "नहीं," स्वर्गीया ने सोचा, "ये नाम तो कुछ ऐसे-वैसे ही हैं।" उन्हें खुश करने के लिए पत्रा फिर एक नये पृष्ठ पर खोला गया, और एक बार फिर तीन नामों का सुझाव दिया गया। त्रिफ़ीली ददुला और वराख़ासी। "यह तो मुझे कोई दण्ड दिया जा रहा है," वृद्ध महिला बोली, "ऐसे-ऐसे नाम, मैंने तो ऐसे नाम पहले कभी सुने ही नहीं। बरादात या वरुख़ भी होता तो कोई बात थी, लेकिन त्रिफ़ली और वराख़ासी तो..." उन लोगों ने एक और पृष्ठ खोला और उस पर पवसिकाख़ी और वख़्तीसी के नाम सामने आये। "अच्छा, अब मैं समझ गयी," वृद्ध महिला ने कहा, "कि इसमें कुछ तक़दीर का हाथ है। अगर यही बात है, तो इससे बेहतर है कि जो नाम बाप का है वही उसका भी रख दिया जाये। बाप का नाम अकाकी है इसलिए बेटे का नाम भी अकाकी ही रहने दो।" इस तरह, अकाकी अकाकियेविच नाम की उत्पत्ति

---

1. **रूसी भाषा में—जूता।—सं०**

हुई। बच्चे का नामकरण संस्कार सम्पन्न हुआ; उसके दौरान वह रोने लगा और उसने ऐसा मुँह बनाया जैसे उसे इस बात का पूर्वाभास हो रहा हो कि एक दिन वह टिट्युलर काउंसिलर बनेगा।

तो यह है जैसे यह सब कुछ हुआ। हमने यह चर्चा इसलिए उठायी कि पाठक स्वयं समझ ले कि यह केवल आवश्यक था और बच्चे का कोई दूसरा नाम रखा जाना बिल्कुल असंभव था। कब और किस उम्र में वह उस विभाग में भरती हुआ और किसने मदद दी, यह अब कोई नहीं बता सकेगा। डायरेक्टर आये और चले गये, एक के बाद एक कितने ही सुपरिंटेंडेंट आये, लेकिन वह उसी जगह बना रहा, उसी एक स्थिति में, उसी एक ओहदे पर, उसी एक मामूली नक़लनवीस के रूप में; इसीलिए बाद में सबको विश्वास हो गया कि वह माँ के पेट से इसी हालत में वर्दी पहने और सामने से थोड़ी-थोड़ी गंजी होती हुई खोपड़ी लेकर पैदा हुआ होगा। विभाग में कोई उसकी जरा-सी भी इज़्ज़त नहीं करता था। जब वह गुज़रता था तो चपरासी न सिर्फ़ यह कि उठकर खड़े नहीं होते थे, बल्कि वे उसकी ओर देखते तक नहीं थे—कि जैसे वह कोई मक्खी हो जो स्वागत-कक्ष में से उड़ती हुई निकल गयी हो। उससे ऊपर के लोग उसके साथ बड़े रुखेपन और निरंकुशता का व्यवहार करते थे। कोई मामूली असिस्टेंट हेडक्लर्क भी उसकी नाक के नीचे काग़ज़ बढ़ा देता था और यह तक कहने की तकलीफ़ नहीं करता था कि "भाई, ज़रा इसे नक़ल कर दो," या "यह बहुत ही बढ़िया, दिलचस्प काम है," या कोई और भली लगने वाली बात जैसा कि शिष्ट प्रतिष्ठानों में आम तौर पर होता है। वह उन्हें ले लेता था और सिर्फ़ काग़ज़ों को देखता था; वह न यह देखता था कि उसे काग़ज़ किसने दिये हैं और न इस बात की ओर ध्यान देता था कि उसे ऐसा करने का अधिकार भी था या नहीं। वह बस काग़ज़ लेकर फ़ौरन उन्हें नक़ल करने लगता था। नौजवान अफ़सर अपनी क्लर्कों वाली अक़्ल की हद तक उसे चिढ़ाते थे और उसका मज़ाक़ उड़ाते थे, उसी के सामने उसके बारे में तरह-तरह के मनगढ़ंत किस्से सुनाते थे; उसकी मकान-मालकिन के बारे में, जो सत्तर साल से ज़्यादा उम्र की औरत थी, कहते थे कि वह उसे मारती थी और उससे पूछते थे कि उनकी शादी कब होने वाली है; वे काग़ज़ की छोटी-छोटी चिंदियाँ फाड़कर उसके सिर पर बर्फ़ की तरह बरसाते थे। अकाकी अकाकियेविच इसके जवाब में एक शब्द भी नहीं कहता था जैसे उसके सामने कोई हो ही नहीं; इसका उसके काम पर भी कोई असर नहीं पड़ता था; इस तमाम शरारतों के बीच उसके नक़ल करने में एक भी ग़लती नहीं होती थी। सिर्फ़ जब मज़ाक़ हद से बढ़ जाता था, जब कोई उसकी बाँह पकड़कर झटका देता था, जिसकी वजह से वह अपना काम जारी नहीं रख पाता था, तब वह कहता था, "रहने भी दो, तुम लोग क्यों, मेरे पीछे पड़े रहते हो?" और उसके इन शब्दों में और उन्हें कहने के उसके स्वर में कुछ विचित्रि भाव होता था। उसमें कोई ऐसी बात होती थी जो करुणा की सीमाओं को छू लेती थी, जिसका नतीजा यह हुआ

कि एक बार नौकरी पर नये-नये लगे हुए किसी नौजवान ने जब दूसरों की देखादेखी उसका मज़ाक़ उड़ाने की कोशिश की तो उसकी यह बात सुनकर वह बीच में ठिठक गया और उसके बाद से जैसे सब कुछ बदल गया, वह अपने चारों ओर की हर चीज़ को दूसरी ही रोशनी में देखने लगा। किसी अप्राकृतिक शक्ति ने उसे अपने उन नये मित्रों से दूर हटा दिया, जिन्हें वह शरीफ़ और सभ्य लोग समझता था। और उसके बाद बहुत अरसे तक जब बहुत हँसी-मज़ाक़ भी होता था तो उसे वह नाटा क्लर्क, उसकी सामने से गंजी होती हुई खोपड़ी और उसके वे चुभते हुए शब्द याद आते थे; "रहने भी दो, तुम लोग क्यों मेरे पीछे पड़े रहते हो?" और इन शब्दों में उसे एक दूसरे ही संदेश की गूँज सुनायी देती थी; "मैं तुम्हारा भाई हूँ।" ऐसे मौक़ों पर वह बेचारा नौजवान दोनों हाथों से अपना मुँह ढँक लेता था। अपने जीवन में कितनी ही बार वह मनुष्य के प्रति मनुष्य की क्रूरता को देखकर, सुसंस्कृत, सुशिक्षित और सुसभ्य चमक-दमक के पीछे छिपे हुए द्वेषपूर्ण फूहड़पन को देखकर काँप उठा था। और, हे भगवान, यह बात उन लोगों में भी पायी जाती थी जिन्हें दुनिया नेक और ईमानदार मानती थी।

आपको कोई दूसरा आदमी शायद ही मिल पाता जिसके लिए काम इस हद तक जीवन का सुख बन गया हो। केवल इतनी ही बात नहीं थी कि वह बड़ी लगन से नौकरी करता था, बल्कि वह बड़े प्यार से नौकरी करता था। इसमें, इन नक़लनवीसी में उसे एक रंगीन और आकर्षक दुनिया दिखायी देती थी। उसके चेहरे पर उल्लास का भाव आ जाता था; वर्णमाला के कुछ अक्षरों से उसे विशेष लगाव था जब भी इनमें से कोई अक्षर उसके सामने आ जाता था तो वह खुशी से फूला न समाता था; वह चहक उठता था और आँख मारता था और तरह-तरह के मुँह बनाता था, जिसकी वजह से उसके क़लम से लिखे जाने वाले हर अक्षर को उसके चेहरे पर पढ़ा जा सकता था। अगर उसे उचित पुरस्कार मिलता तो अपने अपार उत्साह की वजह से उसे स्टेट काउंसिलर बना दिया गया होता—जिस पर उसे स्वयं भी बहुत आश्चर्य होता; लेकिन, जैसा कि उसके मज़ाकिया साथी कहा करते थे, इस सारे काम के बदले उसे बस यही पुरस्कार मिला था कि सामने एक बिल्ला और पीछे बवासीर। फिर भी यह कहना पूरी तरह सच न होगा कि उसकी ओर कोई ध्यान दिया ही नहीं जाता था। एक डायरेक्टर ने, जो स्वभाव से नेकदिल आदमी था और उसकी लम्बी सेवा के लिए उसे पुरस्कार देना चाहता था, आदेश दिया कि उसे आम नक़लनवीसी के काम के बजाय कोई अधिक महत्त्वपूर्ण काम दिया जाये; अर्थात् उसे किसी दूसरे दफ़्तर के लिए एक ऐसे मामले की रिपोर्ट तैयार करने का काम सौंपा गया जिसकी कार्रवाई पूरी हो चुकी थी; इसमें करना बस इतना था कि शीर्षक बदल दिया जाये और इक्का-दुक्का क्रियाओं को उत्तम पुरुष से अन्य पुरुष में बदल दिया जाये। यह उसके लिए इतना कठिन काम था कि उसके पसीना छूटने लगा, उसने अपना माथा पोंछकर अंत में

कहा; ''नहीं, मुझे नक़ल करने का ही कोई काम दे दीजिये।'' उसके बाद से उसे सीधा-सादा नक़लनवीस ही रहने दिया गया। लगता था कि इस नक़लनवीसी के बाहर उसके लिए कोई दुनिया थी ही नहीं। वह अपने कपड़ों की ओर कोई ध्यान नहीं देता था; उसकी वर्दी अब हरे रंग की नहीं रह गयी थी, बल्कि कुछ चितकबरे ख़ाकी रंग की हो गयी थी। उसका कालर बहुत नीचा और पतला था जिसकी वजह से उसकी गर्दन बहुत लम्बी न होने पर भी बाहर को निकलकर ज़रूरत से ज़्यादा लम्बी दिखायी देती थी, हिलते हुए सिरों वाले पेरिस-प्लास्टर के बने उन बिल्ली के बच्चों की गर्दनों की तरह जिन्हें फेरी वाले दर्जनों की संख्या में टोकरियों में भरकर अपने सिर पर लादे घूमते थे। और उसकी वर्दी पर हमेशा कोई न कोई चीज़ चिपकी रहती थी; कोई तिनका या धागे का कोई टुकड़ा; इसके अलावा उसे इसमें विशेष निपुणता प्राप्त थी कि सड़क पर चलते हुए वह खिड़कियों के नीचे से होकर उस समय गुज़रता था जब उनमें से कूड़ा-करकट बाहर फेंका जा रहा होता था, और इस तरह वह अपनी हैट पर हमेशा छीलन के टुकड़े और खरबूज़े के छिलके और इसी तरह का दूसरा कचरा लेकर चलता था। अपने जीवन में एक बार भी उसने सड़क पर रोज़मर्रा होने वाली घटनाओं की ओर कोई ध्यान नहीं दिया था जिन्हें, जैसा कि सभी जानते हैं, उसकी तरह नौकरी करने वाला कोई भी दूसरा नौजवान हमेशा बड़े ध्यान से देखता है जो अपनी चुस्त नज़र को इतना पैना कर लेता है कि वह यह भी देख ले कि सड़क की दूसरी पटरी पर चलने वाले किस आदमी के पतलून का तलुवे में अटकाने का फ़ीता ढीला हो गया है—इस बात से उसके चेहरे पर हमेशा एक चुलबुली मुस्कराहट दौड़ जाती थी।

लेकिन अकाकी अकाकियेविच जब किसी चीज़ को देखता भी था तो उसे उसकी जगह अपनी सुन्दर लिखाई में अंकित सिजल रेखाएँ ही दिखायी देती थीं, सिर्फ़ जब कोई गुज़रता हुआ घोड़ा अपनी थूथनी उसके कंधे पर रखकर अपने नथुनों से फुफकारकर उसके गालों पर साँस छोड़ता था तब उसे यह ध्यान आता था कि वह किसी पंक्ति को नक़ल करने के बीच में नहीं बल्कि सड़क के बीच में है। घर पहुँचकर वह फ़ौरन मेज़ पर बैठ जाता था, खाने के स्वाद की परवाह किये बिना मक्खियों समेत और भगवान की दया से जो कुछ भी और उस वक़्त मिल जाये उसके साथ एक सांस में अपना सूप पी जाता था और माँस का एक टुकड़ा प्याज़ के साथ खा लेता था। जब वह महसूस करता कि उसका पेट भरने लगा है तो वह मेज़ पर से उठ जाता, और दवात लेकर दफ़्तर से लाये हुए काग़ज़ नक़ल करने बैठ जाता। अगर इस तरह का कोई काग़ज़ न होता तो वह बस जी बहलाने के लिए अपनी तरफ़ से कोई चीज़ नक़ल करने लगता, ख़ास तौर पर अगर वह दस्तावेज़ उल्लेखनीय होता—अपनी शैली की वजह से नहीं, बल्कि इसलिए कि वह जिसे संबोधित करके लिखा गया था वह कोई अनोखा या महत्त्वपूर्ण आदमी था।

उस समय भी जब सेंट पीटर्सबर्ग के धुँधले भूरे आसमान पर बिल्कुल अंधेरा छा जाता है और अफ़सरों की पूरी नस्ल अपने-अपने ढंग से और अपनी-अपनी हैसियत और खाने-पीने के मामले में अपनी पसन्द के हिसाब से छककर खा चुकती है, जब दफ़्तरों में काम करने वाले सभी लोग अपनी रोज़-रोज़ की क़लम-घिसाई से, खुद अपने और दूसरे विभागों की आवश्यक हलचल और झँझटों से, और बेचैन तबियत वाले अपनी मर्ज़ी से जो फ़ालतू और ग़ैर-ज़रूरी काम अपने ज़िम्मे ले लेते हैं उससे छुटकारा पाकर आराम कर चुके होते हैं, जब अफ़सर लोग अपना बचा-खुचा फ़ुरसत का वक़्त अधिक आनन्ददायक कामों में बिताने की जल्दी में होते हैं; जो ज़्यादा तेज़ होते हैं वे हड़बड़ाकर थियेटर की ओर भागते हैं; कुछ सड़क पर टहलते हुए औरतों की हैटों के नीचे झाँकने में समय बिताते हैं; कुछ पार्टियों में जाते हैं—अफ़सरों के छोटे-से झुरमुट में सितारे जैसी चमकती हुई किसी परी की प्रशंसा करने में पूरी शाम बिता देते है; कुछ—और यह सबसे ज़्यादा होता है—बस अपने जैसे किसी अफ़सर के तीसरी या चौथी मंज़िल वाले फ़्लैट में जाकर, जहाँ उसके पास दो कमरे और एक ड्योढ़ी या रसोई होती है जिसमें वह कई रातों के खाने की क़ुर्बानी देकर या कई शामों की तफ़रीह हराम करके हासिल की गयी कुछ फ़ैशनेबुल दिखाऊ चीजें, कोई लैंप या कोई और छोटी-मोटी चीजें, सजाकर सामने रखता है; दूसरे शब्दों में, जब सारे अफ़सर स्टार्म ह्विस्ट खेलने के लिए अपने दोस्तों के छोटे फ़्लैटों में बिखर जाते थे, वहाँ गिलासों से चाय की चुस्कियाँ लेते थे और सस्ती क़िस्म के कुरकुरे बिस्कुट खाते थे, अपने लम्बे-लम्बे पाइपों से धुआँ उड़ाते थे और ताश बाँटने के दौरान ऊँचे समाज के लोगों के बारे में कोई सुना-सुनाया चटपटा क़िस्सा एक-दूसरे को सुनाते थे, जिसके बिना कोई भी रूसी किसी भी समय और किसी भी हालत में रह नहीं सकता, या बातचीत करने के लिए कोई भी विषय न बच जाने पर उस कमांडेंट का युगों पुराना घिसा-पिटा क़िस्सा भी सुनाने से नहीं चूकते थे, जिसे यह बताया गया था कि फ़ाल्कोने के बनाये हुए स्मारक[1] में घोड़े की दुम कुछ काट दी गयी है—कहने का मतलब यह कि उस वक़्त भी जब बाकी दुनिया मनोरंजन के फेर में होती थी, अकाकी अकाकियेविच भी किसी ऐसी हल्की-फुल्की हरकत में हिस्सा नहीं लेता था। यह कहना संभव नहीं था कि कभी किसी ने उसे किसी पार्टी में देखा था। नक़लनवीसी के आनंद से थक जाने के बाद बिस्तर पर लेट जाता था, और आने वाले कल के बारे में सोच-सोचकर मुस्कराता रहता था, इस बात के बारे में कि भगवान उसे नक़ल करने के लिए कल क्या भेजेगा। ऐसा था उस आदमी का शांतिपूर्ण जीवन, जो चार सौ रूबल के वेतन में अपनी नियति से संतुष्ट रहता था, और शायद बुढ़ापे तक ऐसे ही चलता रहता, अगर कुछ ऐसी विनाशकारी घटनाएँ न हो जातीं, जो न केवल टिट्युलर

---

1. **पीटरर्सबर्ग में ऐ० म० फ़ाल्कोने (1716-1791) द्वारा बनाया गया घोड़े पर बैठे पीटर प्रथम का स्मारक।—सं०**

काउंसिलरों के भाग्य में बल्कि प्रिवी,स्टेट, ऑलिक और दूसरे काउंसिलरों तथा उन सभी सलाहकारों तक के भाग्य में भी लिखी होती हैं जो न किसी तरह की सलाह देते हैं और न किसी तरह की सलाह स्वयं लेते हैं।

जिन लोगों को चार सौ रूबल या इसके लगभग वेतन मिलता है उनका सेंट पीटर्सबर्ग में एक भयानक दुश्मन होता है। यह दुश्मन कोई और नहीं बल्कि हमारा उत्तर का पाला होता है, हालाँकि लोगों को यह कहते भी सुना जाता है कि यह स्वास्थ्य के लिए हितकर होता है। सवेरे आठ बजे, ठीक उस घड़ी जब भागमभाग अपने विभागों की ओर जाते हुए क्लर्कों से सड़कें भरी होती हैं, वह सबकी नाकों पर ऐसे ज़ोरदार और डँक की तरह बेधने वाले थपेड़े मारता है कि मुसीबत के मारे क्लर्क उन्हें छिपाने का कोई रास्ता खोजने लगते हैं। ऐसे मौक़ों पर जब ऊँचे पदों वाले लोग भी महसूस करते हैं कि उनके माथे की खाल सर्दी में कसती जा रही है और उनकी आँखों में आँसू उमड़े आ रहे हैं, बेचारे टिट्युलर काउंसिलर तो बिल्कुल लाचार हो जाते हैं। उनके सामने ज़िंदा बचने का बस यही रास्ता होता है कि वे अपने पतले, तार-तार ओवरकोट पहने सरपट भागते हुए चार-पाँच सड़कें पार करके लॉबी तक पहुँच जायें, जहाँ वे तब तक अपने पाँव पटकते रहें जब तक कि उनकी सारी जमी हुई प्रतिभाएँ और क्लर्कों वाली योग्यताएँ पिघल न जायें। एक वक़्त ऐसा आया जब अकाकी अकाकियेविच को आवश्यक दूरी जल्दी से भागकर पार कर जाने की कोशिश के बावजूद अपनी पीठ और कंधों पर सर्दी की तेज़ चुभन खास तौर पर महसूस होने लगी। आखिरकार वह सोचने लगा कि कहीं ऐसा तो नहीं है कि उसके ओवरकोट में कोई खराबियाँ हों। घर पर उसे अच्छी तरह उलट-पुलट कर देखने के बाद उसे पता चला कि दो-तीन जगहों पर, यानी पीठ पर और कंधों पर, वह घिसकर बिल्कुल टाट जैसा पतला हो गया है और बिल्कुल पारदर्शी हो गया है, जबकि उसके नीचे अस्तर फटकर बिल्कुल धज्जी-धज्जी हो गया है।

पाठक के लिए यह जानना भी ज़रूरी है कि अकाकी अकाकियेविच का कोट उसके साथ के क्लर्कों के मज़ाक़ का भी निशाना था; उन्होंने उससे उसका ओवरकोट का नाम भी छीन लिया था और वे उसे लबादा कहने लगे थे। सच बात तो यह है कि वह देखने में लगता भी कुछ अजीब था; उसका कालर हर साल कुछ छोटा होता जाता था, क्योंकि उसका कुछ हिस्सा कोट की नयी मगज़ी बनाने के लिए इस्तेमाल किया जाता था। मरम्मत के ये नमूने दर्ज़ी की कला के लिए कोई श्रेय की बात नहीं थे और ओवरकोट में बहुत झोल पड़े रहते थे जो अच्छा नहीं लगता था। इस तरह समस्या की जड़ का पता लगा लेने के बाद अकाकी अकाकियेविच ने फ़ैसला किया कि ओवरकोट पेत्रोविच दर्ज़ी के पास ले जाना होगा, जो पीछेवाली सीढ़ी से जाकर कहीं चौथी मंज़िल पर रहता था, और जो काना और चेचकरू होने के बावजूद अफ़सरों और दूसरे गाहकों के पतलूनों और उनके दुपल्ले कोटों की मरम्मत करने में काफ़ी सफल था, लेकिन तभी जब

वह नशे में नहीं होता था और उसका ध्यान भटकता नहीं होता था। हमारे लिए सचमुच इस दर्ज़ी के बारे में बहुत कुछ कहने की ज़रूरत तो नहीं है, लेकिन अब चूँकि यह चलन हो गया है कि कहानियों में हर पात्र के चरित्र का पूरा ब्योरा दिया जाये, इसलिए पेत्रोविच को भी ग़ौर से देखने के अलावा कोई चारा नहीं है।

शुरू में वह सिर्फ़ ग्रिगोरी कहलाता था और किसी ज़मीदार का भू-दास था; जब वह वहाँ से मुक्त हुआ तो लोग उसे उसके पैतृक नाम पेत्रोविच से पुकारने लगे थे और तभी से वह संतों की याद में मनाये जाने वाले दिवसों को ज़रा ज़्यादा ही पीने लगा था, पहले तो सिर्फ़ बड़े-बड़े त्योहारों को, फिर बिना किसी भेदभाव के हर उस दिन जिस पर कैलेंडर में क्रास लगा होता था। इस मामले में वह अपने पूर्वजों की परम्पराओं पर चलता था और अपनी बीवी से झगड़े के समय उसे विधर्मी औरत और जर्मन कहता था। और चूँकि अब हम उसकी बीवी को भी बीच में घसीट लाये हैं इसलिए हमें उसके बारे में भी कुछ शब्द कहने होंगे; दुर्भाग्यवश उसके बारे में कुछ ज़्यादा नहीं मालूम है। बस इतना मालूम है कि पेत्रोविच की एक बीवी थी जो सिर पर रूमाल बांधने के बजाय लेस की टोपी भी पहनती थी; लेकिन ऐसा लगता है कि वह बहुत रूपवती होने के गर्व नहीं कर सकती थी; बहरहाल, जो मर्द उसके पास से होकर गुज़रते थे उनमें से बस गारद के सिपाही ही उसकी टोपी के नीचे झाँककर देखते थे, और अपनी मूंछें ऐंठकर एक अजीब-सी आवाज़ निकालते थे।

अकाकी अकाकियेविच जब पेत्रोविच के फ़्लैट को जाने वाली सीढ़ियाँ चढ़ रहा था, वे सीढ़ियाँ जो, बिल्कुल सच-सच कहा जाये तो, पूरी तरह गंदे पानी और जूठन से लिसी रहती थीं और हर क़दम पर उनसे वह तीखी दुर्गंध आती थी जिससे आँखों में बहुत जलन होती है, और जो, जैसा कि पाठक को मालूम होगा, सेंट पीटर्सबर्ग की सभी पीछे वाली सीढ़ियों का एक अनिवार्य भाग होती है—उन सीढ़ियों पर चढ़ते समय ही अकाकी अकाकियेविच ने यह अटकल लगाना शुरू कर दिया था कि पेत्रोविच कितना माँगेगा और उसने मन ही मन फ़ैसला कर लिया था कि वह दो रूबल से ज़्यादा नहीं देगा। दरवाज़ा खुला हुआ था, क्योंकि दर्ज़ी की बीवी ने मछली पकाने के सिलसिले में रसोई में इतना धुआँ पैदा कर दिया था कि काक्रोच भी दिखायी नहीं देते थे। अकाकी अकाकियेविच ने दर्ज़ी की बीवी तक की नज़रों से बचकर रसोई पार की और आख़िरकार कमरे में पहुँच गया जहाँ उसने पेत्रोविच को लकड़ी की एक चौड़ी-सी मेज़ पर, जिस पर रंग-रोग़न नहीं था, घुटने मोड़े तुर्की पाशा की तरह बैठे देखा। वह नंगे पाँव था, जैसा कि दर्ज़ी काम करते वक़्त आम तौर पर होते हैं। पाँवों में सबसे पहले अकाकी अकाकियेविच की नज़र उसके अँगूठे पर पड़ी, जिससे वह भली-भाँति परिचित था, जिसका टेढ़ा-मेढ़ा नाखून कछुए की खोपड़ी जैसा मोटा और कड़ा था। पेत्रोविच ने अपनी गर्दन में रेशमी और सूती धागे की एक-एक लच्छी डाल रखी थी और उसके घुटने पर पुराने कपड़े के कुछ चिथड़े चिपके थे पिछले तीन मिनट

से वह सुई में धागा पिरोने का असफल प्रयत्न कर रहा था और इसलिए वह कमरे के अंधेरे से और उस धागे से बेहद नाराज़ था, और बुदबुदा रहा था; ''अरे कमबख़्त, चला भी जा! पागल बना रखा है बदमाश ने!'' अकाकी अकाकियेविच के लिए यह पेरशानी की बात थी कि वह ऐसे वक़्त आया जब पेत्रोविच नाराज़ था; वह पेत्रोविच से कोई काम करने को उस वक़्त कहना ज़्यादा पसंद करता था जब वह कुछ तरंग में हो, या जैसा कि उसकी बीवी कहा करती थी, जब वह ''बोतल चढ़ाये हुए नशे में धुत्त हो, वह काना शैतान!'' इस हालत में पेत्रोविच हमेशा अपने गाहकों की बात मानकर सिलाई में काफ़ी आसानी से रिआयत कर देता था, और बहुत झुक-झुककर और साथ ही आभार मानते हुए अपनी स्वीकृति प्रकट करता था। यह भी सच है कि बाद में उसकी बीवी शिकायत करती हुई आती थी कि उसका शौहर नशे में था और इसीलिए, वह बहुत सस्ते में काम कर देने को राज़ी हो गया था; लेकिन आम तौर पर उसमें दस कोपेक और बढ़ाने पड़ते थे और सौदा पट जाता था। लेकिन इस वक़्त पेत्रोविच काफ़ी संजीदा दिखायी दे रहा था, और इसलिए कुछ रुखा और अड़ियल भी लग रहा था और इस बात का खतरा था कि वह बेहद ज़्यादा पैसे माँगे। अकाकी अकाकियेविच ने जल्दी से परिस्थिति का लेखा-जोखा किया और उसका जी तो यही चाह रहा था कि उल्टे पाँव वहाँ से वापस चला जाये लेकिन इसके लिए बहुत देर हो चुकी थी। पेत्रोविच ने अपनी अकेली आँख सिकोड़कर उसे घूरा और अकाकी अकाकियेविच अपने आप ही बोला :

''सलाम, पेत्रोविच!''

''सलाम, साहब!'' पेत्रोविच ने जवाब में कहा और अकाकी अकाकियेविच के हाथों पर नजर गड़ाकर देखने लगा कि उसके लिए किस तरह का लूट का माल लाया गया है।

''मैं...मैं...बस इसलिए आया था, पेत्रोविच, कि यह...''

बात तो यह है कि अकाकी अकाकियेविच अपने विचारों को ज़्यादातर परसर्गों, क्रियया-विशेषणों और भाँति-भाँति के निपातों के माध्यम से व्यक्त कर रहा था जिनका एकदम कोई अर्थ नहीं होता। अगर हालत ख़ास तौर पर अटपटी हो जाती तो वह अपने वाक्य भी पूरे नहीं करता था और अकसर कुछ इस तरह की बात शुरू करके; ''हाँ तो, बात यह है...कि दरअसल'' वह बाक़ी बात कहना गोल कर जाता और अंत में सब कुछ भूल जाता, यह समझ बैठकर कि जो कुछ उसे कहना था वह उसने कह दिया है।

''क्या, है क्या?'' पेत्रोविच ने अपनी अकेली आँख से उसकी वर्दी को बड़े ग़ौर से देखते हुए पूछा; उसने शुरुआत कालर से की, फिर आस्तीन, पीठ, दामन और काजों पर आया; हर चीज अच्छी तरह उसकी जानी-पहचानी थी, क्योंकि यह सब कुछ उसी का किया हुआ तो था। दर्ज़ियों का यही दस्तूर होता है, और किसी गाहक का सामना होने पर सबसे पहले वे यही करते हैं।

''हाँ तो, बात यह है, पेत्रोविच...मेरा यह कोट, इसका कपड़ा...तुम जानो, बाक़ी हर जगह से तो यह काफ़ी मज़बूत है, इस पर ज़रा गर्द जम गयी है और यह कुछ पुराना-सा लगने लगा है, लेकिन दरअसल यह है नया, बस, यहाँ एक जगह पर यह कुछ...यहाँ पीठ पर, और एक कंधे पर भी यह कुछ घिस गया है, और यहाँ इस कंधे पर भी थोड़ा-सा...यहाँ देखो, बस इतना ही। काम ज़्यादा बिल्कुल नहीं...''

पेत्रोविच ने लबादा ले लिया, पहले उसे मेज़ पर फैलाया, उसे बड़े ग़ौर से देखता रहा, अपना सिर हिलाया और खिड़की की ओर नसवार की गोल डिबिया उठाने के लिए हाथ बढ़ाया जिस पर किसी जनरल की तस्वीर बनी थी, यह तो ठीक से नहीं मालूम कि किस जनरल की, क्योंकि जहाँ पर उसका मुँह बना था वहाँ उँगली घुसेड़कर छेद कर दिया गया था और उस छेद को काग़ज़ का एक चौकोर टुकड़ा चिपकाकर बंद कर दिया गया था। एक चुटकी नसवार चढ़ाने के बाद पेत्रोविच ने कोट को अपने हाथों पर फैलाया और उसे रोशनी के सामने करके देखा। एक बार फिर उसने अपना सिर हिलाया। इसके बाद उसने उसका अस्तर ध्यान से देखा और फिर अपना सिर हिलाया, फिर जनरलवाली डिबिया का ढक्कन खोला जिसके मुँह पर काग़ज़ चिपका हुआ था और एक चुटकी नसवार अपने नथुने में चढ़ाकर ढक्कन बंद किया, डिबिया वापस रख दी और आखिर में बोला :

''नहीं, यह ठीक नहीं हो सकता; यह तो बिल्कुल घिस गया है!''

ये शब्द सुनते ही अकाकी अकाकियेविच का दिल बैठ गया।

''लेकिन क्यों नहीं हो सकता पेत्रोविच?'' उसने बिल्कुल बच्चों की सी आवाज़ में गिड़गिड़ाकर कहा। ''मेरा मतलब है कि यह तो बस कंधों पर थोड़ा घिस गया है, और तुम्हारे पास कपड़े के किसी तरह के टुकड़े तो होंगे ही...''

''मेरे पास कपड़े के टुकड़े तो हैं, उनकी कोई कमी नहीं है,'' पेत्रोविच ने कहा। ''लेकिन मैं उन्हें इसके ऊपर टाँक नहीं सकता—यह तो बिल्कुल गल गया है, सुई लगाते ही बस तार-तार हो जायेगा।''

''जब तार-तार हो जाये तो उसी वक़्त ऊपर से सीधे पैवंद लगा देना।''

''लेकिन कुछ हो भी तो जिस पर पैवंद लगाया जाये, कुछ है ही नहीं जिस पर पैवंद टिक सके; पहन-पहनकर बिल्कुल झीना तो कर दिया है। अब तो इसे कपड़ा भी मुश्किल से ही कहा जा सकता है; इसे तेज़ हवा में लेकर चलो तो टुकड़े-टुकड़े होकर झड़ जायेगा।''

''मगर किसी तरह टाँक दो। यह कैसे हो सकता है कि सचमुच...एक तरह से!''

''नहीं,'' पेत्रोविच ने अंतिम निर्णय के स्वर में कहा। ''अब इसका कुछ हो ही नहीं सकता। इसके दिन पूरे हो चुके। बेहतर यह होगा कि जब कड़ाके का

जाड़ा पड़ने लगे तब इसे काटकर पाँव पर लपेटने की पट्टियाँ बना लीजियेगा, क्योंकि मोज़ों से पाँव गरम नहीं रहते हैं। इनकी ईजाद तो जर्मनों ने लोगों से पैसा ऐंठने के लिए की थी,'' (पत्रोविच जर्मनों पर चोट करने का कोई मौक़ा नहीं चूकता था); ''और लगता तो यही है कि आपको नया कोट बनवाना पड़ेगा।''

''नया'' शब्द सुनते ही अकाकी अकाकियेविच को चक्कर आ गया और कमरे की सारी चीजें उसकी आँखों के सामने घूमने लगी। बस एक चीज़ जो उसे थोड़ी बहुत साफ़ दिखायी दे रही थी वह थी पेत्रोविच की नसवार की डिबिया पर बनी हुई जनरल की तस्वीर जिसके चेहरे पर काग़ज़ चिपका हुआ था।

''नया बनवाने से क्या मतलब तुम्हारा?'' उसने इस तरह पूछा, जैसे पूरी तरह होश में न हो, ''मेरे पास तो उसके लिए पैसा नहीं है!''

''हाँ, नया,'' पेत्रोविच ने असह्य भावशून्यता से कहा।

''अच्छा, अगर मुझे नया सिलवाना ही पड़े, तो उसमें एक तरह से कितना, तुम जानो...''

''आपका मतलब है, कितना पैसा लगेगा?''

''हाँ।''

''मैं समझता हूँ डेढ़ सौ से ऊपर तो लग ही जाना चाहिये,'' पेत्रोविच ने बड़े अर्थपूर्ण ढंग से अपने होंठों को भींचकर कहा। उसे बात में घातक प्रभाव पैदा करने का बेहद शौक़ था, उसे ऐसी बात कहना बहुत अच्छा लगता था कि सुनकर आदमी स्तब्ध रह जाये और तब वह कनखियों से उसके चेहरे पर अपने शब्दों का करिश्मा देखे।

''एक कोट के डेढ़ सौ रूबल!'' बेचारे अकाकी अकाकियेविच ने तड़पकर कहा, अपने जीवन में शायद पहली बार वह ऊँची आवाज़ से बोला था, क्योंकि वह स्वभाव से ही बेहद नरमी से बोलने वाला आदमी था।

''जी हाँ,'' पेत्रोविच बोला, ''कोट में तो इससे भी बहुत ज़्यादा लग सकता है। उसके कॉलर पर चितराले का समूर और रेशमी अस्तर वाला कनटोप लगवा लीजिये तो क़ीमत दो सौ के पार पहुँच जायेगी।''

''बस-बस, पेत्रोविच,'' अकाकी अकाकियेविच ने गिड़गिड़ाकर कहा और कान पेत्रोविच के शब्दों और उनके तमाम प्रभावों की ओर से बंद कर लिये। ''किसी न किसी तरह इसी को ठीक कर दो, कर दोगे न, ताकि कम से कम कुछ दिन तो और चल जाये।''

''क्या फ़ायदा : इसमें मेहनत भी बेकार जायेगी और पैसा भी,'' पेत्रोविच ने कहा, और यह बात सुनकर अकाकी अकाकियेविच वहाँ से चला आया; उसका दिल टूट गया था।

अपने गाहक के चले जाने के बाद पेत्रोविच बड़ी देर तक निश्चल खड़ा रहा, उसने अपने होंठों को बड़े अर्थपूर्ण ढंग से भीचा और अपने काम को बड़ी देर तक

हाथ नहीं लगाया; वह उस बात पर बेहद खुश था कि उसने न अपने साथ विश्वासघात किया था और न दर्ज़ी की कला के साथ।

बाहर सड़क पर निकलकर अकाकी अकाकियेविच को ऐसा महसूस हुआ जैसे वह सो रहा हो।

"तो, यह बात है," उसने मन ही मन कहा, "और ज़्यादा सोचने की बात है कि उसकी यह शक्ल निकले।" फिर कुछ देर चुप रहने के बाद उसने जोड़ा : "ख़ैर ऐसा ही सही! आखिरकार यह शक्ल निकली और मैं अनुमान भी लगा नहीं सकता था कि ऐसा हो सकता है।" इसके बाद वह फिर चुप हो गया, बड़ी देर तक चुप रहा, और फिर बोला : "देखो तो! भला यह कौन...कैसा...एक तरह से...मतलब है...तक़दीर का फेर है!"

यह कहकर वह घर की ओर नहीं लौटा बल्कि, खुद यह जाने बिना कि वह क्या कर रहा है, बिल्कुल ही दूसरी दिशा में चल पड़ा। रास्ते में एक मैला-कुचैला चिमनी साफ़ करने वाला उससे टकरा गया और उसका कंधा बिल्कुल काला कर गया; एक अधबनी इमारत की सबसे ऊपर वाली मंजिल से उस पर टोकरी भर चूना फेंक दिया गया। वह इन सब बातों से बेखबर था, और जब वह एक संतरी से जा टकराया, जिसने चुनौटी में से थोड़ी-सी नसवार अपनी खुरदुरी हथेली पर निकालने के लिए अपना फरसा पास ही रख दिया था, तब जाकर उसे कुछ होश आया और सो भी इसलिए कि संतरी ने उससे कहा : "कुछ होस है किधर जाने का है, चलने को और ठिकाना कोई नहीं होता? पटरी पर जाओ!" इस पर उसने चारों ओर नज़र डालकर देखा और घर की ओर लौट पड़ा। घर पहुँचते ही वह अपने बिखरे हुए विचारों को समेटने लगा और उसने अपनी हालत को सही तरीके से देखा, वह अपने आपसे उखड़े-उखड़े ढंग से बिल्कुल झटकों के साथ नहीं, बल्कि बड़े सुलझे हुए ढंग से खुलकर बात कर रहा था, जैसे किसी ऐसे समझदार दोस्त से बातें कर रहा हो जिससे आदमी सबसे अंतरंग और नाज़ुक से नाज़ुक मामलों के बारे में चर्चा कर सकता है।

"नहीं, नहीं," अकाकी अकाकियेविच ने कहा। "इस वक़्त पेत्रोविच से बात करने से कोई फ़ायदा नहीं है; वह एक तरह से...उसकी बीवी ने उसे धप जमायी होगी। अच्छा यही होगा कि मैं इतवार को सुबह उसके पास जाऊँ; बीते सनीचर के बाद जब वह अपनी आँख भेंगी करके देख रहा होगा, जब वह ऊँघ रहा होगा और उसे अपने हवास ठीक करने के लिए एक घूँट चढ़ाने की ज़रूरत होगी, लेकिन उसकी बीवी उसे एक दमड़ी भी न दे रही होगी, और तब मैं उसे दस कोपेक...एक तरह से...और वह मेरी बात ज़्यादा आसानी से मान लेगा और कोट एक तरह से..."

इस दलील का सहारा लेकर अकाकी अकाकियेविच ने अपना हौसला बढ़ाया और अगले इतवार तक इंतजार करता रहा, जब उसने दूर से देख लिया कि

पेत्रोविच की बीवी काम से बाहर निकल गयी है वह फ़ौरन पेत्रोविच के पास जा पहुँचा। सनीचर के बाद पेत्रोविच सचमुच भेंगी आँख से देख रहा था, उसका सिर नीचे को लटका हुआ था और आँखें नींद से बोझिल थी, लेकिन जैसे ही उसकी समझ में आया कि अकाकी अकाकियेविच क्या बात कर रहा है तो उसके सिर पर जैसे शैतान उतर आया।

"नहीं," वह बोला, "कोट तो नया ही लेना पड़ेगा।"

इस पर अकाकी अकाकियेविच ने दस कोपेक का एक सिक्का उसके हाथ में सरका दिया।

"बहुत शुक्रिया, मेहरबान, मैं ज़रा ताज़दम हो लूँ और आपकी सेहत का जाम पी लूँ," पेत्रोविच बोला, "लेकिन कोट की कोई फ़िक्र न कीजिये, पुराना किसी काम का नहीं रहा, मैं नया बढ़िया कोट बना दूँगा, विश्वास कीजिये।

अकाकी अकाकियेविच ने मरम्मत का सवाल छेड़ने की कोशिश की लेकिन पेत्रोविच उसकी बात सुन नहीं पाया और बोला :

"मैं आपको बेशक नया बना दूँगा, आप पूरा भरोसा रखिये, मैं अपनी तरफ़ से सचमुच पूरी कोशिश करूँगा। हम उसे बिल्कुल नये फ़ैशन का भी बना सकते हैं : कॉलर बंद करने के लिए चाँदी की कँटियाँ भी लगा सकते हैं।"

अब अकाकी अकाकियेविच की समझ में आ गया कि कोई दूसरा रास्ता है ही नहीं—उसे नया कोट ही बनवाना पड़ेगा। वह बिल्कुल निराश हो गया। वह उसके पैसे कहाँ से जुटायेगा—पैसा आयेगा कहाँ से? अलबत्ता, कुछ पैसे का सहारा तो त्योहार के बोनस से हो सकता था जो उसे मिलने वाला था, लेकिन उस पैसे का तो हिसाब पहले ही लगा लिया गया था और वह दूसरे कामों के लिए रख दिया गया था। उसे नये पतलून की ज़रूरत थी, और जूते वाले को बूट में ऊपरी हिस्सा लगाने का बहुत पुराना बिल चुकाना था, दर्ज़िन से तीन नयी क़मीजें और नीचे पहनने के लिए कोई दो चीजें सिलवानी थीं, जिनका छपाई में उल्लेख करना भी अभद्रता समझी जाती है। दूसरे शब्दों में, उस पैसे में से तो कुछ भी नहीं बचेगा, और अगर डायरेक्टर ने उदारता के जोश में आकर उसे चालीस रूबल के बजाय पैंतालीस या पचास रूबल दे दिये तब भी उसके पास बहुत ही छोटी-सी रक़म बचेगी, जो ओवरकोट की क़ीमत के समुद्र में केवल एक बूँद के बराबर होगी। हालाँकि वह जानता था कि पेत्रोविच की आदत थी कि वह भगवान जाने कितनी ऊँची क़ीमत बता देता था। कभी-कभी तो इतनी ऊँची कि उसकी बीवी भी आपे से बाहर होकर कहती थी : "क्या, तुम्हारी मत तो नहीं मारी गयी है, दीवाने कहीं के! कभी तो फोकट में ही काम कर दोगे, और अब तुम्हारे जी में न जाने क्या पागलपन समाया है कि इतने दाम माँग रहे हो जितने में कोई खुद तुम्हें भी नहीं खरीदेगा!" यह तो वह जानता था कि पेत्रोविच अस्सी रूबल में भी ओवरकोट बनाने को राज़ी हो जायेगा, लेकिन वे अस्सी रूबल भी वह कहाँ से लायेगा? उसकी आधी रक़म तो शायद वह जुटा भी लेता; मुमकिन है उससे कुछ

ज़्यादा भी जुटा ले; लेकिन बाक़ी आधी रक़म कहाँ से आयेगी?... पर पहले तो पाठक को यह समझ लेना चाहिये कि आधी रक़म कहाँ से आने वाली थी। अकाकी अकाकियेविच की आदत थी कि हर रूबल जो वह खर्च करता था उसमें से वह आधा कोपेक बचा लेता था और उसे एक छोटी-सी बंद संदूक़ची में जमा करता जाता था, जिसमें ऊपर सिक्के डालने के लिए एक झरी कटी हुई थी। हर छः महीने बाद वह जमा किये हुए ताँबे के सिक्के गिनता था और उन्हें निकालकर उनकी जगह उतनी ही रक़म के चाँदी के सिक्के डाल देता था। उसने यह सिलसिला कई साल से अपना रखा था, और अब तक चालीस रूबल से ज़्यादा की रक़म वह जमा कर चुका था। इस तरह आधी रक़म तो उसके हाथ में थी, लेकिन बाक़ी आधी रक़म वह कहाँ से लाये? चालीस रूबल और कहाँ से आयें? अकाकी अकाकियेविच ने अपने दिमाग पर बहुत जोर डाला और फ़ैसला किया कि उसे कम से कम पूरे एक साल के लिए अपना रोज़मर्रा का खर्च कम करना होगा : शाम को जो एक प्याली चाय वह पीता था उसे बंद कर देगा, रात को मोमबत्ती नहीं जलायेगा और अगर कोई काम करने को हुआ करेगा तो मकान-मालकिन के कमरे में चला जाया करेगा और उसकी मोमबत्ती की रोशनी में काम कर लिया करेगा, चलते वक़्त सड़क के पत्थरों और रोड़ियों पर ज़्यादा हौले से और सावधानी से क़दम रखा करेगा, लगभग बिल्कुल पंजों के बल चला करेगा, ताकि जूते का तला कम घिसे; जहाँ तक मुमकिन होगा वह अपने कपड़े कम से कम धुलवाया करेगा, और घिसने से बचाने के लिए घर पहुँचते ही उन्हें उतार दिया करेगा और अपना सस्ता सूती ड्रेसिंग गाउन पहन लिया करेगा, जो बेहद पुराना हो गया था लेकिन काल के क्रूर हाथों से बच गया था। सच पूछिये तो शुरू में उसे इन पाबंदियों की आदत डालने में कुछ कठिनाई ज़रूर हुई, लेकिन धीरे-धीरे वह उनका आदी हो गया और सहज ही वे उसकी दिनचर्या का हिस्सा बन गयी; वह शाम को बिना खाये ही रह जाने का बिल्कुल आदी हो गया; लेकिन अपने नये कोट के सपनों से उसे आत्मिक पोषण तो मिलता ही रहता था। इसके बाद से उसका समूचा अस्तित्व जैसे अधिक परितुष्ट हो गया था, मानों उसका विवाह हो गया हो, जैसे उसके साथ कोई दूसरा आदमी हो, जैसे वह अकेला न रह गया हो बल्कि कोई प्यारी संगिनी जीवन का मार्ग उसके साथ चलते रहने पर राज़ी हो गयी हो—और यह साथी कोई और नहीं बल्कि उसका भारी रुई-भरा गरम कोट था, जिसमें टिकाऊ और मज़बूत अस्तर लगने वाला था। न जाने कैसे उसमें ज़्यादा जान आ गयी, और उसका चरित्र अधिक दृढ़ हो गया, उस आदमी की तरह जिसने अपने जीवन का लक्ष्य निर्धारित कर लिया हो। उसके चेहरे और उसके आचरण से अनिश्चय और ढुलमुलपन, यानी उनके सारे डाँवाडोल और गोलमोल लक्षण ग़ायब हो गये । कभी-कभी उसकी आँखें अचानक चमक उठती थीं और उसके दिमाग़ से अत्यंत साहसपूर्ण और बहादुरी के विचार होकर गुज़र जाते थे; शायद चितराले का कॉलर भी वह अखिरकार लगवा ही लेगा। इसके

बारे में मन ही मन सोचते हुए वह बिल्कुल खो जाता था और एक दिन नक़ल करने के दौरान वह ग़लती भी करते-करते बचा, उसके मुँह से लगभग ज़ोर से "उफ़!" निकल गया और उसने उंगलियों से सीने पर सलीब का निशान बनाया। हर महीने कम से कम एक बार ज़रूर पेत्रोविच के यहाँ कोट की चर्चा करने जाता, पूछता कि कपड़ा खरीदने के लिए सबसे अच्छी जगह कौन-सी होगी, किस रंग का कपड़ा खरीदे, कितनी कीमत चुकाये और यह सब कुछ पूछकर वह हमेशा खुश-खुश घर लौट आता, हालाँकि थोड़ा-सा चिंतित भी रहता, लेकिन इस विचार से उसे संतोष मिलता कि वह वक़्त तो आये जब वह सचमुच सब कुछ खरीद सकेगा और कोट बनकर तैयार हो जायेगा। उसकी आशा से जल्दी ही वह क्षण आ गया। तमाम आशाओं के विपरीत, डायरेक्टर ने अकाकी अकाकियेविच को चालीस नहीं, पैंतालीस नहीं, बल्कि पूरे साठ रूबल का बोनस देना तै किया। उन्हें शायद इस बात का पूर्वाभास हो गया था कि अकाकी अकाकियेविच को कोट की सख्त ज़रूरत है, या शायद यह केवल संयोग की बात रही हो, लेकिन नतीजा यह हुआ कि अकाकी अकाकियेविच को बीस रूबल ज्यादा मिल गये। घटनाक्रम में अचानक यह मोड़ आ जाने से पूरे सिलसिले की रफ्तार तेज हो गयी। दो-तीन महीने और भूखे रहने के बाद अकाकी अकाकियेविच के पास ठीक अस्सी रूबल की रकम तैयार थी। उसका दिल, जो आम तौर पर शांत रहता था, जोर से धड़कने लगा। अगले ही दिन वह पेत्रोविच के साथ दुकानों का चक्कर लगाने निकल गया। उन्होंने कोट के लिए बहुत बढ़िया कपड़ा ख़रीद लिया—और इसमें कोई आश्चर्य की बात भी नहीं थी, क्योंकि पिछले छः महीनों से वे इस ख़रीदारी के बारे में सोचते रहे थे और कोई महीना ऐसा नहीं बीता था जब कीमतें जानने के लिए उन्होंने दूकानों का चक्कर न लगाया हो। खुद पेत्रोविच तक ने कहा था कि उससे अच्छा कपड़ा कहीं मिल नहीं सकता था। उन लोगों ने अस्तर के लिए सूती कपड़ा पसंद किया था लेकिन इतनी बढ़िया क्वालिटी का और इतना मज़बूत कि, पेत्रोविच के शब्दों में वह रेशम को भी मात करता था और देखने में ज़्यादा चमकीला और ज़्यादा रोबदार भी लगता था। उन्होंने चितराले का समूर न लगवाने का फैसला किया था, क्योंकि वह सचमुच बहुत महँगा था लेकिन उसकी जगह उन्होंने दूकान में जो बेहतरीन बिल्ली की खाल मिल सकी थी उसको चुना था, बिल्ली की ऐसी खाल, जो दूर से देखने पर आसानी से चितराले का समूर मालूम होती थी। पेत्रोविच ने पूरे दो हफ़्ते मेहनत करके उस कोट को तैयार किया क्योंकि उसमें रुई भरने और निगंदे डालने का बहुत काम था; वरना तो वह बहुत जल्दी तैयार हो जाता। पेत्रोविच ने उस काम के बारह रूबल लिये थे—इससे एक भी कोपेक कम में वह काम हो ही नहीं सकता था। हर चीज़ रेशम के धागे से छोटे-छोटे टाँकों की दोहरी बखिया से सिली गयी थी, और बाद में पेत्रोविच ने खुद अपने दांतों से हर सीवन को दबा-दबाकर तरह-तरह के सजावटी बेल-बूटे बनाये थे।

आख़िरकार, जिस दिन पेत्रोविच ओबरकोट लेकर आया था...ठीक-ठीक यह बताना ही मुश्किल है कि वह कौन-सा दिन था, लेकिन शायद वह अकाकी अकाकियेविच की जिंदगी का सबसे यादगार दिन था। वह सुबह कोट लेकर आया था, ठीक उस समय से पहले जब अकाकी अकाकियेविच को दफ़्तर जाना था। कोट के तैयार होने के लिए इससे ज़्यादा अच्छा वक़्त हो ही नहीं सकता था, क्योंकि कड़ाके का जाड़ा अभी शुरू ही हुआ था और इस बात का खतरा दिखायी पड़ रहा था कि सर्दी अभी और बढ़ेगी। पेत्रोविच हर अच्छे दर्ज़ी की तरह कोट लेकर आया था। उसके चेहरे पर गंभीरता का ऐसा भाव था जैसा अकाकी अकाकियेविच ने इससे पहले कभी नहीं देखा था। साफ़ जाहिर था कि पेत्रोविच को अपने कारनामे की महानता का पूरा आभास था और वह महसूस करता था कि उसने अपने काम से सिद्ध कर दिया था कि उन दर्ज़ियों में जो सिर्फ़ अस्तर टाँकते हैं और मरम्मत करते हैं और उन दर्ज़ियों में जो नये वस्त्रों का सृजन करते हैं कितना ज़मीन-आसमान का अंतर होता है। उसने कोट को उस बड़े से रूमाल में से खोलकर निकाला जिसमें वह उसे लपेटकर लाया था; रूमाल ताज़ा-ताज़ा धोया गया लगता था; इसके बाद ही उसने रूमाल को तह किया और इस्तेमाल करने के लिए उसे अपनी जेब में रख लिया। कोट को ऊपर उठाकर उसने बड़े गर्व से देखा और बड़ी दक्षता से दोनों हाथों से उसे अकाकी अकाकियेविच के कंधों पर डाल दिया; फिर उसे ठीक से सीधा किया; पीछे से उसे खींचकर बराबर किया; और उसके बाद बटन लगाये बिना ही उसे अकाकी अकाकियेविच के शरीर पर लपेट दिया। अधेड़ उम्र का आदमी होने की वजह से अकाकी अकाकियेविच उसे ठीक से पहनने को उत्सुक था; पेत्रोविच ने बाँहें आस्तीनों में डालने में उसकी मदद की—और आस्तीनों में हाथ डालकर पहनने पर भी वह अच्छा था। मालूम यह हुआ कि ओवरकोट हर तरह से बिल्कुल फ़िट था। पेत्रोविच ने यह कहने का मौक़ा हाथ से नहीं जाने दिया कि महज़ इसलिए कि वह एक छोटी-सी गली में रहता था और उसकी दूकान पर कोई साइनबोर्ड नहीं था, और इसके अलावा वह अकाकी अकाकियेविच को इतने दिन से जानता था, उसने उससे इतने कम पैसे लिये थे; जबकि नेव्स्की एवेन्यू पर सिर्फ़ सिलाई के उसे पचहत्तर रूबल देने पड़ते। अकाकी अकाकियेविच इस बात के बारे में पेत्रोविच से बहस नहीं करना चाहता था, क्योंकि पेत्रोविच अपने गाहकों को चौंकाने के लिए जिन बड़ी-बड़ी रक़मों का जिक्र करता था उनको सुनकर ही उसे डर लगता था। उसने उसका हिसाब चुकता किया, शुक्रिया अदा किया और नया ओवरकोट पहनकर दफ़्तर की ओर चल दिया। पेत्रोविच भी उसके पीछे ही निकला और बड़ी देर तक सड़क पर खड़ा आँखों से दूर जाते हुए कोट को देखता रहा, और फिर जान-बूझकर वह एक टेढ़ी-मेढ़ी गली में से चक्कर काटकर दुबारा उसी सड़क पर कुछ आगे ऐसी जगह आ निकला जहाँ से वह अपने कोट को एक बार फिर देख सकता था, लेकिन इस बार एक दूसरे पहलू से, यानी सामने से। इसी

बीच अकाकी अकाकियेविच भरपूर मस्ती में क़दम बढ़ाता चला जा रहा था। हर क्षण उसे इस बात का आभास था कि उसके कंधों पर उसका नया ओवरकोट है, और एक-दो बार तो वह खुशी के मारे मुँह ही मुँह में हँस भी दिया। दरअसल, उस कोट में दो खूबियाँ थी : एक तो वह गर्म था और दूसरे वह देखने में अच्छा लगता था। रास्ते की ओर उसने बिल्कुल ही ध्यान नहीं दिया और अचानक उसने देखा कि वह अपने दफ़्तर पहुँच गया है; लॉबी में पहुँचकर उसने कोट उतारा, उसे हर तरफ़ से अच्छी तरह देखा और फिर दरबान की खास निगरानी में सौंप दिया। न जाने विभाग में हर आदमी को यह पता कैसे लग गया कि अकाकी अकाकियेविच नया कोट पहनकर आया है और उसका पुराना लबादा अब नहीं रह गया है। उसी क्षण वे सब लोग अकाकी अकाकियेविच के नये कोट को देखने भागकर लॉबी में पहुँच गये। वे उसे बधाइयाँ देने लगे और शुभ कामनाएँ प्रकट करने लगे, जिसका नतीजा यह हुआ कि शुरू में तो अकाकी अकाकियेविच सिर्फ़ मुस्कराता रहा, और फिर वह कुछ अटपटा महसूस करने लगा। जब वे सब लोग उसके पीछे पड़ गये और उससे माँग करने लगे कि इस खुशी के मौक़े पर तो जश्न मनाया जाना चाहिये और उसे कम से कम उन्हें पार्टी तो देनी ही चाहिये, तो अकाकी अकाकियेविच की सिट्टी गुम हो गयी और उसकी समझ में नहीं आया कि इस झंझट से छुटकारा कैसे पाये। इसके कई मिनट बाद शर्म से लाल होते हुए वह बड़े भोलेपन से उन लोगों को यक़ीन दिलाने लगा कि वह नया कोट बिल्कुल नहीं था, बल्कि उसका पुराना कोट था। आखिरकार, एक अफ़सर ने, जो किसी हेडक्लर्क के असिस्टेंट के ऊँचे ओहदे पर था, शायद यह जताने के लिए कि उसमें अकड़ बिल्कुल नहीं थी और वह अपने से नीचे के लोगों के साथ भी उठने-बैठने को तैयार था, कहा : "अच्छा, अकाकी अकाकियेविच के बजाय मैं पार्टी दूँगा और मैं तुम सब लोगों को आज मेरे यहाँ चाय पीने के लिए आने का न्योता देता हूँ : इसके अलावा आज मेरा जन्मदिन भी है।" अफ़सरों ने असिस्टेंट हेडक्लर्क को फ़ौरन बधाई दी और बड़े उत्साह से उसके न्योते को स्वीकार कर लिया। अकाकी अकाकियेविच ने न आ सकने के लिए बहाने पेश करने की कोशिश की। लेकिन सभी कहने लगे कि ऐसा करना सरासर बदतमीज़ी है, कि यह बड़ी शर्म की बात है और उसे न्योता स्वीकार करना पड़ा। बाद में जब उसकी समझ में यह बात आयी कि उसे अपना नया ओवरकोट पहनकर टहलने का एक और मौक़ा मिलेगा, इस बार शाम को तो वह खुशी से फूल उठा। यह पूरा दिन अकाकी अकाकियेविच के लिए उल्लास-भरे त्योहार का दिन था। वह घर लौटा तो बहुत खुश था, उसने अपना कोट उतारकर बड़ी सावधानी से हुक पर टाँग दिया, एक बार फिर उसके कपड़े और अस्तर को मन ही मन सराहा और फिर दोनों की तुलना करने के लिए उसने अपना पुराना लबादा निकाला, जो बिल्कुल तार-तार हो चुका था। उसे देखकर वह हँस भी पड़ा। कितना ज़मीन-आसमान का अंतर था! और इसके बाद बड़ी देर तक खाना खाते वक़्त जब भी वह अपने

पुराने लबादे की दुर्दशा के बारे में सोचता था तो मन ही मन हँस देता था। उसने बहुत खुश होकर खाना खाया और उसके बाद नक़ल करने का काम नहीं किया, ज़रा-सा भी नहीं, बल्कि उसके बजाय वह अंधेरा हो जाने तक बिस्तर पर लेटा ऐंडता रहा। फिर जल्दी से उसने कपड़े बदले, अपना नया कोट पहना और सड़क पर निकल गया। जिस अफ़सर ने पार्टी दी थी वह कहाँ रहता था यह तो दुर्भाग्यवश हम ठीक-ठीक नहीं बता सकते : मेरी याददाश्त बुरी तरह धोखा देने लगी है और सेंट पीटर्सबर्ग की हर चीज़, उसकी सारी सड़कें और इमारतें मेरे दिमाग़ में इतनी बुरी तरह गड्डु-मड्डु हो गयी हैं कि उसमें से किसी भी चीज़ को सही-सलामत निकाल पाना कठिन है। बस इतना पूरे यक़ीन के साथ कहा जा सकता है कि यह अफ़सर शहर के किसी बेहतर हिस्से में रहता था, यानी उसका घर अकाकी अकाकियेविच के घर के कहीं आस-पास भी नहीं था। शुरू में तो अकाकी अकाकियेविच को कुछ सुनसान और धुँधली-धुँधली रानीवाली सड़कों से होकर जाना पड़ा, लेकिन जैसे-जैसे वह उस अफ़सर के फ़्लैट के पास पहुँचता गया वैसे-वैसे रास्तों पर ज़्यादा चहल-पहल दिखायी देने लगी, वे ज़्यादा आबाद दिखायी देने लगे और उन पर रोशनी भी बेहतर थी। पैदल चलने वालों की संख्या अधिकाधिक बढ़ती गयी, सजीली पोशाकें पहने हुए महिलाएँ और ऊदबिलाव की खाल के कालर वाले कोट पहने मर्द भी दिखायी देने लगे; सस्ती क़िस्म की किराये की उन लकड़ी की बनी हुई जंगलेदार बर्फ़-गाड़ियों के कोचवानों की संख्या कम होती गयी जिन पर पीतल की कीलें ठुँकी होती हैं—उनकी जगह वार्निश की हुई उन चमचमाती बर्फ़-गाड़ियों ने ले ली थी, जिनके कोचवानों ने लाल मख़मल की टोपियाँ पहन रखी थीं और अपने मुसाफ़िरों की सुविधा के लिए गाड़ियों में भालू की खाल के ओढ़ने रख छोड़े थे; और सज-धज वाली घोड़ागाड़ियाँ भी जिनके पहिये बर्फ़ पर चर्र-चर्र की आवाज़ कर रहे थे, सड़क पर आ-जा रही थीं। अकाकी अकाकियेविच विस्मय से इन सब चीज़ों को देखता रहा। बरसों से वह शाम को सड़क पर नहीं निकला था। वह रुककर एक दूकान की जगमगाती हुई खिड़की में लगी तस्वीर को बड़ी दिलचस्पी के साथ देखने लगा, जिसमें एक खूबसूरत औरत को जूता उतारते हुए दिखाया गया था, और ऐसा करने में उसकी बेहद सुडॉल टाँग पूरी की पूरी नंगी हो गयी थी; उसके पीछे गलमुच्छों और निचले होंठ के नीचे छोटी-सी नुकीली सुन्दर दाढ़ी वाला एक आदमी दूसरे कमरे के दरवाज़े में से झाँककर उसे देख रहा था। अकाकी अकाकियेविच सिर हिलाकर मन ही मन हँस दिया और अपने रास्ते पर आगे चल पड़ा। वह मन ही मन क्यों हँसा था? शायद इसलिए कि उसने एक बिल्कुल ही अपरिचित चीज़ देखी थी, लेकिन जो ऐसी चीज़ थी जिसे हर आदमी अपने सहज-ज्ञान से अनुभव करता है, या शायद वह यह सोच रहा हो, जैसा कि उसकी जगह बहुत-से दूसरे अफ़सर सोचते : ''अरे ये फ्रांसीसी!... बस कुछ पूछिये नहीं! अगर कोई बात उनके मन में एक तरह से...तो वे यक़ीनन एक तरह से...'' लेकिन, दूसरी ओर, यह भी हो

सकता है, कि उसने यह न सोचा हो—हम तो किसी आदमी के दिमाग़ में झाँककर देख नहीं सकते और यह पता नहीं लगा सकते कि वह क्या सोच रहा है। आखिरकार, वह उस मकान तक पहुँच गया जिसमें वह असिस्टेंट हेडक्लर्क रहता था। असिस्टेंट हेडक्लर्क बड़े ठाठ से रहता था : उसका फ़्लैट दूसरी मंजिल पर था, उस तक जाने वाली सीढ़ियों पर लैंप जल रहा था। हॉल में घुसने पर अकाकी अकाकियेविच को फ़र्श पर जूतों के ऊपर पहनने के रबड़ के जूतों की कई कतारें दिखायी दी। उनके बीच कमरे के बीचोंबीच एक समोवार रखा था जिसकी आवाज़ सुनायी दे रही थी और जिसमें से भाप के बादल निकल रहे थे। दीवारों पर बहुत-से ओवरकोट टँगे हुए थे, जिनमें से कुछ पर ऊदबिलाव की खाल के कॉलर भी लगे हुए थे या कॉलर के पल्लों पर मख़मल मढ़ा हुआ था। दीवार के पार उसे आवाज़ों का एक मिला-जुला शोर सुनायी दे रहा था जो जब दरवाज़ा खुला और एक नौकर खाली प्यालियों, क्रीम के जग और बिस्कुटों की टोकरी से लदी हुई ट्रे लेकर बाहर निकला बिल्कुल साफ़ और तेज़ सुनायी देने लगा। साफ़ ज़ाहिर था कि ये अफ़सर वहाँ काफ़ी देर से जमा थे और चाय की पहली प्याली पी चुके थे। अकाकी अकाकियेविच अपना कोट खुद टाँगकर कमरे में घुसा और मोमबत्तियों, अफ़सरों पाइपों और ताश की मेज़ों की भरमार देखकर वह चौंधिया गया, और हर तरफ़ लोगों के बातें करने के मिले-जुले शोर और कुर्सियाँ खिसकाये जाने की तेज़ आवाज़ से उसके कान गूँजने लगे। वह कमरे के बीच में सिटपिटाया हुआ खड़ा था और चारों नज़रें डालकर यह फ़ैसला करने की कोशिश कर रहा था कि उसे क्या करना चाहिये। लेकिन लोगों ने उसे देख लिया था; एक हुल्लड़ के साथ उन्होंने उसका स्वागत किया, और उसी क्षण उसके नये कोट को एक बार फिर देखने के लिये वे ड्योढ़ी में टूट पड़े। अकाकी अकाकियेविच शायद कुछ शरमा रहा था, लेकिन वह इतना भोला-भाला आदमी था कि अपने कोट की भूरि-भूरि प्रशंसा सुनकर वह खुश हुए बिना न रह सका। इसके बाद अलबत्ता सब लोगों ने उसे और उसके कोट को जहाँ का तहाँ छोड़ दिया और जैसा कि हमेशा होता है ह्विस्ट खेलने के लिए सजायी गयी मेज़ों की ओर वापस चले गये। यह सब कुछ—शोर, लगातार बातें और इतने बहुत-से लोग—अकाकी अकाकियेविच के लिए बिल्कुल अनोखी चीज़ थी। उसकी समझ में नहीं आ रहा था कि क्या करे...अपने हाथ, अपने पाँव और अपना पूरा शरीर कहाँ रखे; आख़िरकार, वह ताश खेलने वालों के पास जाकर बैठ गया, उनके ताश के पत्तों को देखने लगा, उनके चेहरों को घूरने लगा और कुछ देर बाद जम्हाई लेने लगा; वह महसूस कर रहा था कि यह सब कुछ बहुत उबाने वाला सिलसिला है और फिर उसके सोने का वक़्त भी तो बहुत देर हुए हो चुका था। उसने अपने मेज़बान से विदा लेने की कोशिश की, लेकिन सभी लोगों ने उसे किसी तरह जाने ही नहीं दिया, उन्होंने कहा कि उसके नये कोट की खुशी मनाने के लिए वे सब शैम्पेन का एक-एक गिलास तो पियेंगे ही। घंटे भर बाद मेज़ पर

खाना लगाया गया, जिसमें सलाद, ठंडा बछड़े का गोश्त, पैटिस, पेस्ट्रियाँ और शैम्पेन थी। अकाकी अकाकियेविच को दो गिलास पीने पर मजबूर किया गया, जिसके बाद उसे कमरे का वातावरण पहले से बहुत ज़्यादा मस्ती-भरा लगने लगा, लेकिन वह इस बात को नहीं भुला पा रहा था कि बारह बज चुके थे और उसे बहुत पहले ही घर चला जाना चाहिये था। इस डर से कि उसका मेज़बान उसे और ज़्यादा देर न रोक ले, वह चुपके से दबे पाँव कमरे के बाहर निकला, अपना कोट ढूँढ़ निकाला जिसे नीचे फ़र्श पर पड़ा देखकर वह बहुत दुःखी हुआ, उसे झटका, उस पर चिपका हुआ सारा कचरा चुन-चुनकर साफ़ किया, उसे अपने कंधों पर डाला और सीढ़ियाँ उतरकर सड़क पर आ निकला। बाहर अभी तक रोशनी थी। कुछ छोटी-छोटी दूकानें, जिन्हें नौकरों-चाकरों के तबक़े के लोग अड्डेबाजी के लिए इस्तेमाल करते हैं, अभी तक खुली हुई थी, कुछ दूसरी दूकानें बन्द हो चुकी थीं, पर उनके दरवाज़ों की दरारों में से रोशनी की लंबी-लंबी सलाइयाँ बाहर निकल रही थीं, जिसका मतलब यह था कि वे अभी तक उजाड़ नहीं हुई थीं और शायद उनमें नौकरानियाँ और नौकर अभी तक बैठे अपनी रात की गप-शप पूरी कर रहे थे, जबकि उनके मालिकों और उनकी मालकिनों को कुछ भी पता नहीं था कि वे कहाँ चले गये थे। अकाकी अकाकियेविच खुश-खुश चला जा रहा था; एक बार तो यहाँ तक हुआ कि वह किसी प्रकट कारण के बिना ही एक महिला के पीछे लगभग भागने लगा, जो उसके पास से बिजली की कौंध की तरह लपकती हुई गुजर गयी थी, और अपने शरीर के हर अंग में असाधारण गतिशीलता का परिचय दे रही थी। लेकिन वह फ़ौरन ही थम गया और अपनी पहले वाली धीमी रफ़्तार से चलने लगा; उसे खुद इस बात पर हैरत हो रही थी कि वह अचानक इस तरह सरपट भाग क्यों पड़ा था। जल्दी ही वह उन सुनसान गलियों में पहुँच गया, जहाँ, रात की तो बात ही जाने दीजिये, दिन में भी दिल बैठने लगता है। इस वक़्त तो वे और भी उदास और सूनी लग रही थी : सड़क के किनारे की बत्तियों के बीच की दूरी बढ़ती जा रही थी—साफ़ मालूम हो रहा था कि यहाँ तेल की ज़्यादा तंगी थी; लकड़ी के मकान और लकड़ी की चारदीवारियाँ मिलने लगी थीं, दूर-दूर तक कोई आदमी-आदमज़ाद दिखायी नहीं देता था; सिर्फ़ सड़क पर पड़ी हुई बर्फ़ की दमक दिखायी पड़ रही थी और नीची छतों वाली झोपड़ियाँ अपने अंधेरे किवाड़ों के पीछे उदास भाव से सो रही थीं। अब वह उस जगह के पास पहुँच गया था जहाँ सड़क एक बड़े-से चौक में जाकर निकलती थी, जो एक भयानक खाली निर्जन विस्तार था, जिसके उस पार की इमारतें भी मुश्किल से दिखायी देती थी।

कहीं बहुत दूर उसे पुलिस की संतरी की चौकी की टिमटिमाती हुई रोशनी दिखायी दे रही थी; ऐसा लग रहा था कि यह चौकी दुनिया के छोर पर बनी हुई है। यहाँ पहुँचकर अकाकी अकाकियेविच की सारी मस्ती स्पष्टतः मंद पड़ती दिखायी दी। अपने मन में एक अज्ञात भय लेकर उसने चौक को पार करना शुरू

किया, मानों अंदर ही अंदर उसे कोई अशुभ बात होने का पूर्वाभास हो गया हो। उसने अपने पीछे और इधर-उधर देखा : ऐसा लग रहा था कि वह खुले समुद्र में चला जा रहा है। "नहीं, किसी तरफ़ न देखना ही बेहतर होगा," उसने सोचा और आँखें मूँदे चलता रहा, और जब यह देखने के लिए कि वह चौक के छोर से कितनी दूर रह गया है उसने अपनी आँखें खोलीं तो अचानक उसने देखा कि ठीक उसकी नाक के सामने बड़ी-बड़ी मूँछों वाले कुछ लोग खड़े हैं, हालाँकि वह ठीक से समझ नहीं पाया कि वे कौन हैं। उसकी आँखों के सामने धुँधलका छा गया और उसका दिल धड़कने लगा। "अरे, यह कोट तो मेरा है!" उनमें से एक ने उसका कॉलर पकड़कर धमकी-भरे स्वर में कहा। अकाकी अकाकियेविच मदद के लिए किसी को पुकारने ही जा रहा था कि दूसरे आदमी ने अपना घूँसा—जो किसी भी सरकारी नौकर की खोपड़ी के बराबर था—उसके मुँह की ओर बढ़ाया और बोला : "चिल्लाकर तो देख!" अकाकी अकाकियेविच ने सिर्फ़ यह महसूस किया कि उन लोगों ने उसका कोट उतार लिया, फिर किसी ने उसको ठोकर मारी और वह पीठ के बल बर्फ़ पर गिर पड़ा; उसके बाद उसने कुछ भी महसूस नहीं किया। कुछ मिनट बाद उसे होश आया और वह उठकर अपने पाँवों पर खड़ा हो गया, लेकिन तब वहाँ कोई भी दिखायी नहीं दे रहा था। खुले मैदान में उसे सर्दी लग रही थी, और यह समझ में आने पर कि उसका कोट जा चुका था उसने पुकारना शुरू किया, लेकिन उसकी आवाज़ चौक के उस पार तक पहुँच ही नहीं सकी। बिल्कुल निराश होकर और लगातार चिल्लाते हुए वह चौक के पार सीधे संतरी की चौकी की ओर भागा। संतरी अपने फरसे पर झुका चौकी से सटा खड़ा था और लगता था कि वह बड़े कौतूहल से देख रहा था, इस बात में दिलचस्पी लेते हुए कि क्यों कोई आदमी दूर से उसकी ओर भागा चला आ रहा है और चिल्ला-चिल्लाकर आवाज़ दे रहा है। उसके पास पहुँचकर अकाकी अकाकियेविच ने हाँफते हुए उस पर चिल्लाना शुरू किया कि वह अपनी ड्यूटी पर चैन से सो रहा था और उसकी आँखों के सामने लोगों को लूटा जा रहा था। सिपाही ने जवाब दिया कि उसने कुछ भी नहीं देखा था, कि उसने तो बस इतना देखा था कि दो आदमियों ने चौक में उसे रोका था और उसने समझा था कि वे उसके दोस्त होंगे; और उसने यह भी कहा कि बेकार गला फाड़ने और गाली देने में अपना वक़्त ख़राब करने के बजाय उसे अगले दिन जाकर सार्जेंट से मिलना चाहिये और सार्जेंट पता लगा देगा कि उसे किसने लूटा था। अकाकी अकाकियेविच अस्त-व्यस्त हालत में भागा-भागा अपने घर पहुँचा : उसके बाल, जिनके कुछ छोटे-छोटे गुच्छे अभी तक उसकी कनपटियों पर और उसकी गुद्दी पर बाक़ी बच गये थे, बुरी तरह बिखरे हुए थे, उसके शरीर का बग़ल वाला हिस्सा, उसका सीना और उसका पतलून बर्फ़ में लिथड़े हुए थे। उसकी बुढ़िया मकान-मालकिन किसी को ज़ोर-ज़ोर से दरवाज़ा भड़भड़ाते सुनकर जल्दी से अपने बिस्तर से उठी और सिर्फ़ एक जूता पहने बड़े संकोच से रात को पहनने की

कमीज़ को सीने पर हाथ से पकड़े दरवाज़ा खोलने के लिए भागी। दरवाज़ा खोलते ही अकाकी अकाकियेविच को इस हाल में देखकर वह चौंककर पीछे हट गयी। लेकिन सारा क़िस्सा सुनने के बाद उसने विस्मय से हथेली पीटते हुए कहा कि उसे सीधे इंस्पेक्टर के पास जाना चाहिये, कि सार्जेंट दुनिया भर के झूठ बोलेगा, वादे करेगा और टालमटोल करके उसको बेवक़ूफ़ बनायेगा; और सबसे अच्छा यही होगा कि वह सीधा इंस्पेक्टर के पास चला जाये, कि उससे उसकी जान-पहचान भी थी, क्योंकि वह फ़ीनी लड़की आन्ना, जो पहले उसके यहाँ खाना पकाने का काम करती थी, अब उसी इंस्पेक्टर के यहाँ आया का काम करती थी, कि वह खुद अकसर उस इंस्पेक्टर को अपने घर के सामने से गुज़रता हुआ देखा करती थी, और यह कि वह इंस्पेक्टर हर इतवार को गिरजाघर जाता था और प्रार्थना करता था और बहुत प्रसन्नता से चारों ओर देखता था कि इसलिए वह बहुत नेक आदमी होगा। यह सलाह सुनकर अकाकी अकाकियेविच बहुत निराश होकर अपने कमरे में चला गया, और जहाँ तक इस बात का सवाल है कि वहाँ उसने वह रात कैसे काटी, तो इसे हम उस पाठक की कल्पना पर छोड़े देते हैं, जो अपने आपको किसी दूसरे की स्थिति में रखकर सोच सकता है।

अगले दिन बहुत सबेरे वह इंस्पेक्टर से मिलने के लिए चल पड़ा; लेकिन वहाँ पहुँचकर उसे बताया गया कि इंस्पेक्टर साहब अभी सो रहे हैं; वह दस बजे फिर लौटकर आया और एक बार फिर उसे बताया गया कि वह अभी तक सो रहे हैं; वह ग्यारह बजे आया तो उसे बताया गया कि इंस्पेक्टर साहब घर पर नहीं हैं; वह दोपहर के खाने के वक़्त आया तो सामने वाले कमरे में बैठे हुए क्लर्कों ने बिना यह जाने उसे अंदर जाने देने से इंकार कर दिया कि उसे काम क्या था, कि वह इंस्पेक्टर साहब से क्यों मिलना चाहता था और मामला क्या था। जीवन में पहली बार अकाकी अकाकियेविच ने चरित्र की कुछ दृढ़ता का परिचय दिया और सीधे कहा कि उसे इंस्पेक्टर साहब से ही मिलना है, कि उन लोगों को उसे अंदर जाने से रोकने का कोई अधिकार नहीं है, कि वह अपने विभाग से सरकारी काम से आया है और यह कि जब वह उनकी शिकायत कर देगा तब उनकी खबर ली जायेगी। अब आपत्ति करने की क्लर्कों की हिम्मत नहीं हुई, और उनमें से एक क्लर्क इंस्पेक्टर साहब को बुला लाने के लिए चला गया। लेकिन इंस्पेक्टर की प्रतिक्रिया बेहद अजीब थी। समस्या की मुख्य बात की ओर ध्यान देने के बजाय उसने अकाकी अकाकियेविच से पूछना शुरू किया कि वह इतनी देर से घर क्यों लौट रहा था, कहीं वह किसी ऐसे-वैसे घर में तो नहीं गया था, जिसका नतीजा यह हुआ कि अकाकी अकाकियेविच अपना धीरज बिल्कुल खो बैठा और यह जाने बिना ही वहां से चला आया कि ओवरकोट के मामले की जाँच-पड़ताल होगी भी कि नहीं। उस पूरे दिन वह जीवन में पहली बार दफ़्तर से ग़ैर-हाज़िर रहा।

अगले दिन उतरा हुआ चेहरा लिये और अपना पुराना लबादा पहने, जो अब पहले से भी ज़्यादा दयनीय लगने लगा था, वह काम पर पहुँचा। कोट लुटने का क़िस्सा सुनकर अफ़सरों को बहुत रंज हुआ, हालाँकि उनमें से कुछ ऐसे भी थे जिन्हें इस मुसीबत के वक़्त में भी अकाकी अकाकियेविच की हँसी उड़ाने में कोई संकोच नहीं हुआ। अफ़सरों ने फ़ौरन उसके लिए चंदा जमा करने का फ़ैसला किया, लेकिन बहुत ही छोटी-सी रक़म जमा हो सकी, क्योंकि विभाग के कर्मचारी पहले ही चंदों में बहुत-सी रक़म दे चुके थे, पहले तो डायरेक्टर की एक तस्वीर के लिए, फिर किसी नयी किताब के लिए, जिसकी सिफ़ारिश उनके सेक्शन के बड़े अफ़सर ने की थी, क्योंकि वह उस किताब के लेखक का मित्र था। नतीजा यह हुआ कि वे बहुत ही थोड़ा पैसा जुटा पाये। उनमें से एक ने, दया के भाव से द्रवित होकर कम से कम एक उपयोगी सलाह देकर अकाकी अकाकियेविच की मदद करने का फ़ैसला किया; उसने उससे कहा कि वह पुलिस सार्जेंट के पास न जाये, क्योंकि सार्जेंट अपने ऊपर के अफ़सरों की वाहवाही लूटने की उत्सुकता में कोट किसी न किसी तरह बरामद भले ही कर ले, पर जब तक उसकी मिल्कियत का क़ानूनी सबूत न दे दिया जाये तब तक वह रहेगा थाने में ही। इसके बजाय उसे जाकर एक बड़ी हस्ती से मिलना चाहिये, और वह बड़ी हस्ती सही लोगों से सम्पर्क करके और सही लोगों को चिट्ठियाँ भेजकर मामले को सही ढर्रे पर लगा देगी। अकाकी अकाकियेविच के लिए इस बड़ी हस्ती से मिलने के अलावा कोई चारा ही नहीं था।

इस बड़ी हस्ती का ओहदा सही-सही क्या था, और उसमें क्या आशय निहित था, यह तो आज तक एक रहस्य है। सिर्फ़ यही मालूम है कि इन बड़ी हस्ती को अभी हाल ही में बड़ी हस्ती बनाया गया था, और उससे पहले उनकी हस्ती बहुत मामूली थी, हालाँकि उनके पद को कुछ दूसरी उनसे भी बड़ी हस्तियों के पदों की तुलना में कोई खास महत्त्वपूर्ण नहीं समझा जाता था। लेकिन जिन आदमियों को कुछ लोग बड़ी हस्ती नहीं मानते हैं वे ही दूसरे कुछ लोगों के लिए बड़े महत्त्व के हो सकते हैं। इसके अलावा वही बड़ी हस्ती अपने महत्त्व को हर तरह से बढ़ाने की भी कोशिश करते थे : जैसे, उन्होंने यह आदेश दे रखा था कि जब वह काम पर आया करें तो उनके नीचे काम करने वाले अफ़सर उन्हें सीढ़ियों पर मिला करें; कि कोई भी सीधे उनसे मिलने की जुर्रत न करे, बल्कि इस क्रम का सख़्ती से पालन किया जाये : कालिजिएट रजिस्ट्रार अपनी रिपोर्ट गुबेर्निया सेक्रेटरी के सामने पेश किया करे, गुबेर्निया सेक्रेटरी अपनी रिपोर्ट टिट्युलर काउंसिलर को, या जो कोई भी उससे अगला ऊँचा अफ़सर हो, उसको पेश किया करे, और इस तरह मामला आख़िकार उनके पास तक पहुँच जायेगा। क्योंकि पवित्र रूस की यही दुर्दशा हो गयी है—नक़ल का बोलबाला है और हर आदमी अपने से ऊपर वाले आदमी की नक़ल करने की कोशिश करता है। किसी टिट्युलर काउंसिलर का तो यह क़िस्सा भी सुनाया जाता है कि जब किसी छोटे-मोटे विभाग का ज़िम्मा उसे

सौंपा गया तो उसने फ़ौरन आड़ लगवाकर अपने लिए अलग एक कमरा बनवा लिया, उसे ''हेड ऑफ़िस'' कहने लगा और उसके दरवाज़े पर लाल कॉलर और सुनहरा गोटा लगी वर्दियों वाले चपरासी तैनात कर दिये, जो किसी भी मिलने वाले के आने पर दरवाज़ा खोलते थे, हालाँकि ''हेड ऑफ़िस मुश्किल से इतना बड़ा था कि उसमें बस एक मामूली मेज़ ही आ सकती थी। तो उन बड़ी हस्ती की आदतें और तौर-तरीक़े मुनासिब हद तक शानदार और रोबदार थे, लेकिन उनमें किसी तरह की कोई पेचीदगी नहीं थी। उनकी आधारशिला थी सख़्ती। वह कहा करते थे : ''सख़्ती, सख़्ती और सख़्ती'', और अंतिम शब्द का उच्चारण करते समय वह सुननेवाले के चेहरे को बड़े अर्थपूर्ण ढंग से देखते थे। हालाँकि, दरअसल, ऐसा करने की कोई वजह नहीं थी, क्योंकि उस दफ़्तर में जो दर्जन-भर अफ़सर थे वे यों भी हमेशा डरे-सहमे रहते थे : अपने प्रधान को दूर से आता देखकर जो भी काम वे करते होते थे उसे छोड़कर वे कमरे से उनके गुज़र जाने तक सीधे तनकर सावधान की मुद्रा में खड़े रहते थे। अधीनस्थ कर्मचारियों के साथ उनकी बातचीत की विशेषता थी सख़्ती और उसमें वह प्राय: केवल तीन फ़िकरे बोलते थे : ''तुम्हारी यह मजाल? मालूम है किससे बात कर रहे हो? जानते हो तुम्हारे सामने कौन खड़ा है?'' लेकिन इन तमाम बातों के बावजूद वह दिल के बहुत नेक, मिलनसार और परोपकारी आदमी थे, लेकिन तरक्क़ी मिलने के बाद उनका दिमाग़ बिल्कुल फिर गया था। जनरल का दर्जा पाने के बाद वह बिल्कुल बौखला गये थे और अब उनकी समझ में नहीं आता था कि किस तरह का आचरण अपनायें। जब वह अपने बराबर वालों के साथ होते थे तब वह बहुत भले आदमी रहते थे, शिष्ट और कई मामलों में काफ़ी समझदार होने का भी परिचय देते थे, लेकिन जैसे ही वह अपने आपको ऐसी जगह पाते थे जहाँ एक भी आदमी उनसे एक दर्जा नीचे हो, तो उनका व्यवहार बिल्कुल घटिया होता था वह बिल्कुल चुप्पी साध लेते थे, और उनकी हालत इसलिए और भी दयनीय हो जाती थी कि स्पष्टत: उन्हें स्वयं भी इस बात का आभास रहता था कि वह अपना समय अधिक दिलचस्प तरीक़े से बिता सकते थे। कभी-कभी उनकी आँखों से यह प्रबल इच्छा व्यक्त होती थी कि वह किसी दिलचस्प बातचीत में हिस्सा लें या किसी दिलचस्प सोहबत में शरीक हो, लेकिन यह विचार उन्हें रोक देता था : कहीं यह उनकी प्रतिष्ठा में निम्न स्तर की बात तो नहीं होगी, कहीं यह ज़रूरत से ज़्यादा बेतकल्लुफ़ी तो नहीं होगी और उनके महत्त्व को घटायेगी तो नहीं? इस तरह के सोच-विचार के बाद वह हमेशा अपनी चुप्पी पर क़ायम रहते थे, और बीच-बीच में बस कभी हाँ-हूँ कर देते थे, इस तरह उन्होंने बहुत ही नीरस आदमी होने की ख्याति प्राप्त कर ली थी। तो ऐसे थे वह बड़ी हस्ती जिनके पास हमारे बेचारे अकाकी अकाकियेविच को जाना पड़ा, और उसने इसके लिए बहुत ही अनुचित समय चुना, ऐसा समय जो अकाकी अकाकियेविच के लिए अत्यन्त दुर्भाग्यपूर्ण और उन बड़ी हस्ती के लिए बहुत ही सौभाग्यपूर्ण था। वह बड़ी हस्ती अपने

कमरे में बैठे हुए थे और बहुत प्रसन्नचित होकर अपने एक पुराने मिलने वाले और बचपन के दोस्त के साथ बातें कर रहे थे, जो हाल ही में आया था, और जिससे बरसों से उनकी मुलाक़ात नहीं हुई थी। जिस समय वह इस तरह व्यस्त थे, उन्हें सूचना दी गयी कि बश्माचकिन नामक एक आदमी उनसे मिलने आया है। उन्होंने बड़ी रुखाई से पूछा : ''कौन है वह?'' और उनहें जवाब मिला : ''कोई अफ़सर है।'' — ''तब उसे इंतज़ार करने दो, मेरे पास अभी वक़्त नहीं है'' बड़ी हस्ती बोले। यहाँ हम यह बता दें कि बड़ी हस्ती की यह बात सरासर झूठ थी उनके पास ढेरों वक़्त था, वह और उनका दोस्त बहुत देर हुए अपनी दिलचस्पी के सारे विषयों पर बातें कर चुके थे और उनकी बातचीत का स्तर गिरते-गिरते लम्बी चुप्पियों तक सीमित रह गया था जिनके बीच-बीच में वे एक-दूसरे की जाँघ पर धप मारकर कह उठते थे : ''यह हाल है, इवान अब्रामोविच!'' — ''हाल तो यही है, स्तेपान वर्लामोविच!'' लेकिन उल्टे, उन्होंने उस अफ़सर को इंतजार कराने का हुक्म दे दिया, ताकि उनके दोस्त को, जो एक ऐसा आदमी था जो बहुत पहले नौकरी से रिटायर होकर गाँव में अपने घर पर रहने लगा था, यह पत्ता चल जाये कि अफ़सरों को उनसे मिलने के लिए पास वाले छोटे कमरे कमरे में कितनी देर इंतजार करना पड़ता है। आखिरकार जब वे जी भरकर बातें कर चुके, और उससे भी ज़्यादा उनका जी लंबी चुप्पियों से भर गया, और वे तिरछी पीठवाली बेहद आरामदेह कुर्सियों पर बैठकर अपने सिगार पी चुके, तो उन्हें मानों अचानक कुछ याद आ गया और उन्होंने अपने सेक्रेटरी से कहा, जो कोई रिपोर्ट लेने के लिए दरवाज़े के अन्दर आकर रुक गया था : ''हूँ, बाहर कोई अफ़सर इंतजार कर रहा है न? उससे अंदर आने को कह दो।'' अकाकी अकाकियेविच की निराशा में डूबी हुई मुद्रा और उसकी पुरानी वर्दी देखकर वह तेज़ी से उसकी ओर मुड़े और उन्होंने झटकेदार कठोर स्वर में पूछा : ''क्या बात है?'' उन्होंने तरक़्क़ी मिलने और वर्तमान पद पर नियुक्त होने के एक हफ़्ते पहले से कमरा बंद करके आईने के सामने अकेले खड़े होकर इस लहजे का अभ्यास किया था। अकाकी अकाकियेविच, जो पहले से ही काफ़ी रोव खा रहा था, यह सुनकर अपना संतुलन कुछ हद तक खो बैठा और जहाँ तक उसके अल्पभाषी स्वभाव ने इजाज़त दी, उसने बीच-बीच में हमेशा से ज़्यादा बार ''एक तरह से'' का पुट देकर समझाया कि उसके पास बिल्कुल नया एक ओवरकोट था, और उसे बड़ी बर्बरता से लूट लिया गया था, और वह महामहिम की शरण में आया था कि वह उसकी पैरवी करके पुलिस के चीफ़ इंस्पेक्टर साहब से, या किसी और से, एक तरह से सम्पर्क स्थापित करने, और उसका खोया हुआ कोट दिलाने में मदद करें। किसी अज्ञात कारण से जनरल साहब को अकाकी अकाकियेविच का आचरण ढिठाई का लगा।

''क्या है, भले आदमी,'' वह उसी कठोर स्वर में कहते रहे, ''तुम्हें क़ायदा-क़ानून कुछ मालूम नहीं? जानते हो तुम कहाँ हो? या इस तरह के मामलात को

पेश करने का सही तरीक़ा क्या है? तुम्हें पहले इसके बारे में इस दफ़्तर में अर्जी देनी चाहिये थी, वह हेडक्लर्क को भेजी जाती, फिर विभाग के प्रधान को, और फिर वह सेक्रेटरी के हवाले की जाती और सेक्रेटरी उसे खुद मेरे पास लेकर आता।''

''लेकिन, महामहिम,'' अकाकी अकाकियेविच ने अपने बचे-खुचे साहस के सारे साधन जुटाने की कोशिश करते हुए और साथ ही बुरी तरह पसीने में नहाकर कहा : ''मैंने, महामहिम, आपको तकलीफ़ देने की जुर्रत इसलिए की है कि, बात यह है, सेक्रेटरियों पर एक तरह से भरोसा नहीं किया जा सकता...''

''क्या कहा?'' वह बड़ी हस्ती बोले, ''इस तरह के रवैये तुम्हारे मन में कहाँ से पैदा हुए हैं? इस तरह के ख़्याल तुम्हारे दिमाग़ में आये कहाँ से? नौजवान पीढ़ी के लोगों का क्या हाल हो गया है कि अपने हाकिमों और बड़ों के खिलाफ़ ऐसा बाग़ियाना रुख़ अपनाते है।''

उस बड़ी हस्ती ने, ज़ाहिर है, इस बात की ओर ध्यान नहीं दिया था कि अकाकी अकाकियेविच पचास की उम्र पार कर चुका था, किसी ऐसे आदमी की अपेक्षा जो सत्तर की उम्र पार कर चुका हो, उसे अलबत्ता नौजवान कहा जा सकता था।

''मालूम है किससे बात कर रहे हो? जानते हो तुम्हारे सामने कौन खड़ा है? क्या यह बात तुम्हारी समझ में आती है, कुछ आती है समझ में? मैं तुमसे सवाल पूछ रहा हूँ।''

यहाँ पहुँचकर उन्होंने ज़ोर से अपना पाँव पटका और अपनी आवाज़ इतनी ऊँची उठायी कि अकाकी अकाकियेविच ही नहीं, कोई भी आदमी डर जाता।

अकाकी अकाकियेविच को जैसे साँप सूँघ गया, वह सिर से पाँव तक काँपने लगा; उससे ठीक से खड़ा भी नहीं हुआ जा रहा था : अगर नौकरों ने उसी वक़्त लपक कर उसे सहारा न दिया होता तो वह फ़र्श पर गिर पड़ता। उसे लगभग बेहोशी की हालत में बाहर ले जाया गया। बड़ी हस्ती को इस बात की बहुत खुशी थी कि उनके शब्दों में इतना असर था, उनकी अपेक्षा से भी अधिक, और यह सोचकर उन पर नशा-सा छा गया था कि उनकी बात से ही आदमी के होश उड़ सकते थे, उन्होंने अपने दोस्त की ओर कनखियों से देखा यह जानने के लिए कि उस पर इसकी क्या प्रतिक्रिया हो रही है और यह देखकर उन्हें बहुत संतोष हुआ कि उनके दोस्त की हालत बेहद नाज़ुक थी और वह खुद सहमा हुआ लगने लगा था।

वह सीढ़ियों से नीचे कैसे उतरा और बाहर निकलकर सड़क पर कैसे आया यह अकाकी अकाकियेविच कोशिश करने पर भी याद न कर सका। उसे न अपनी

टाँगों का पता था न अपनी बाँहों का। किसी दूसरे विभाग के जनरल की बात तो दूर रही, अपनी पूरी जिंदगी में उसने किसी भी जनरल से कभी इतनी फटकार नहीं सुनी थी। मुँह खोले और सड़क की पटरी से बार-बार हटते हुए वह बर्फ़ के तूफ़ान को चीरता हुआ, जो सड़क पर सीटियाँ-सी बजाता हुआ उपद्रव मचा रहा था, किसी तरह आगे बढ़ता गया। जैसा कि सेंट पीटर्सबर्ग में आम तौर पर होता है, हवा सभी सड़कों और गलियों से निकलकर एक साथ चारों ओर से उस पर हमला कर रही थी। एकदम उसने महसूस किया कि उसका सीना जकड़ता जा रहा है और जब वह गिरता पड़ता घर पहुँचा तो उसकी आवाज़ बिल्कुल बैठ चुकी थी, और अपने गले की सूजन लिये हुए वह बिस्तर पर लेट गया। अच्छी डाँट-फटकार का ऐसा भी असर हो सकता है!

अगले दिन पता चला कि उसे तेज़ बुखार चढ़ा हुआ है। पीटर्सबर्ग के जलवायु की उदार सहायता की बदौलत उसकी बीमारी उम्मीद से ज़्यादा तेज़ी से बढ़ती गयी, और आख़िरकार जब डाक्टर ने आकर उसकी नब्ज़ देखी तो वह उसे सिर्फ़ पुल्टिस लगाने की सलाह दे सका, सो भी महज इसलिए कि रोगी दवा-दारू की सुविधा से बिल्कुल ही वंचित न रह जाये; और उसके बाद उसने एलान कर दिया कि डेढ़ दिन में उसका काम तमाम हो जायेगा। इसके बाद वह मकान-मालकिन की ओर मुड़ा और बोला :

''देखो, मेरी सलाह मानों, ज़्यादा वक़्त खराब न करो, फ़ौरन उसके लिए चीड़ की लकड़ी का ताबूत बनवा दो, क्योंकि शाहबलूत की लकड़ी का ताबूत तो उसकी बिसात के बाहर है।''

यह तो मालूम नहीं कि अकाकी अकाकियेविच ने ये जानलेवा शब्द सुने भी कि नहीं, या, अगर उसने सुने तो उनका उस पर कोई असर भी हुआ कि नहीं, कि इस मुसीबत की जिंदगी में बिछुड़ने का उसे अफ़सोस था या नहीं, क्योंकि तमाम वक़्त उसे तेज़ बुखार चढ़ा रहा और वह सरसाम की हालत में रहा। उसके दिमाग़ में भ्रम पैदा होते रहे और हर भ्रम पिछले भ्रम से ज़्यादा अजीब होता था : कभी वह पेत्रोविच को देखता और उससे एक ऐसा कोट बना देने को कहता जिसमें चोरों को पकड़ने के लिए फंदे लगे हो—उसे अपने पलंग के नीचे चोर दिखायी देते रहते, और वह लगातार मकान-मालकिन को पुकारता कि वह एक चोर को, जो उसके बिस्तर तक में घुस गया था, वहाँ से निकालने के लिए आये; या कभी वह पूछता कि उसका पुराना लबादा उसके सामने क्यों टँगा हुआ है, जबकि उसके पास एक नया ओवरकोट है; या कभी वह कल्पना करता है कि वह जनरल साहब के सामने खड़ा उनकी फटकार सुन रहा है और बुदबुदाकर कह रहा है : ''माफ़ कीजियेगा, महामहिम!'' और आख़िरकार उसके मुँह से ऐसी गंदी-गंदी और बेहूदा गालियों की कड़ी लग जाती कि उसकी बूढ़ी मकान-मालकिन भी सीने पर सलीब का निशान बनाने लगती, क्योंकि उसने इससे पहले कभी उसे ऐसी कोई बात कहते नहीं सुना था, और वह इसलिए और भी ज़्यादा

दंग रह जाती कि ये शब्द ''महामहिम'' शब्द के ठीक बाद आते थे। बाद में चलकर वह ऊटपटाँग बकने लगा : एक ही बात बिल्कुल साफ़ थी कि उसकी सारी उलझी हुई बातें और विचार उस अभागे ओवरकोट पर केन्द्रित थे। आख़िरकार बेचारे अकाकी अकाकियेविच ने दम तोड़ दिया।

किसी ने उसके कमरे या उसकी चीजों को सील करने का भी कष्ट नहीं उठाया, जिसकी पहली वजह तो यह थी कि उसका कोई उत्तराधिकारी नहीं था, और दूसरे इसलिए कि वह गिनती की कुछ चीज़ें ही छोड़कर मरा था : हँस के परों का एक गट्ठा, एक दस्ता सफ़ेद दफ़्तर का काग़ज़, तीन जाड़े मोजे, उसके पतलून में से टूटे दो-तीन बटन, और वह पुराना लबादा, जिससे पाठक भली-भाँति परिचित हो चुके हैं। यह सब कुछ किसे मिला, यह तो भगवान ही जाने और सच पूछिये तो इस कहानी कहने वाले ने इसमें कोई दिलचस्पी भी नहीं दिखायी है। अकाकी अकाकियेविच की लाश को ले जाकर कब्र में लिटा दिया गया। और सेंट पीटर्सबर्ग की जिंदगी उसके बिना उसी तरह चलती रही जैसे उसका कभी अस्तित्व ही न रहा हो। उस जीव का कोई नाम-निशान भी बाक़ी नहीं रहा, जिसकी रक्षा करने वाला कोई नहीं था जिसमें किसी को कोई दिलचस्पी नहीं थी, यहाँ तक के वह किसी ऐसे प्रकृति-विज्ञानी का भी ध्यान आकर्षित नहीं कर पाया था जो बड़ी उत्सुकता से इस अवसर की ताक में रहता है कि पिन पर मामूली मक्ख़ी को लगाकर माइक्रोस्कोप से उसका अध्ययन करे : वह जीव जिसने बड़ी विनम्रता से अपने साथ काम करने वाले क्लर्कों के उपहास को सहन किया था और जो किसी भी उपलब्धि का श्रेय प्राप्त किये बिना अपनी कब्र में चला गया था, लेकिन जिसका अभागा जीवन अंतिम समय से कुछ ही पहले नये ओवरकोट के रूप में एक प्रदीप्त अभ्यागमन की बदौलत एक संक्षिप्त क्षण के लिए आलोकित हो उठा था, लेकिन जो उसके बाद ही प्रभुओं और महाप्रभुओं के जीवन की तरह दुर्भाग्य के एक असह्य आघात से नष्ट हो गया था...उसके मरने के कुछ दिन बाद उसके विभाग के चौकीदार को उसके फ्लैट पर भेजा गया कि यह आदेश उस तक पहुँचा दे कि वह फौरन काम पर चला आये : यही डायरेक्टर का हुक्म था; लेकिन चौकीदार को मजबूर होकर उसके बिना ही लौट आना पड़ा और उसने यह सूचना दी कि अब वह कभी काम पर नहीं आयेगा, और जब उससे पूछा गया कि ''क्यों नहीं आयेगा?'' तो उसने जवाब दिया : ''देखिये बात यह है कि वह मर चुका है, और तीन दिन पहले उसे दफ़ना भी दिया गया है।'' इस तरह उसके विभाग के लोगों को अकाकी अकाकियेविच के मरने का पता चला और अगले ही दिन उसकी जगह एक दूसरे क्लर्क को बिठा दिया गया, जो उससे कहीं अधिक लंबा था, और जो अपने पत्र एक ओर को झुके हुए अक्षरों वाली लिखाई में नक़ल करता था।

लेकिन कौन सोच सकता था कि यह अकाकी अकाकियेविच की कहानी का अंत नहीं था, उसके भाग्य में अपनी मृत्यु के बाद भी कुछ सनसनीखेज दिनों तक

जिंदा रहना लिखा था, मानों यह उसके नीरस जीवन का हर्जाना हो। पर ऐसा हुआ और हमारी यह सपाट कहानी बहुत ही अप्रत्याशित और कल्पनातीत ढंग से समाप्त हुई। सेंट पीटर्सबर्ग में अचानक हर तरफ़ ये अफ़वाहें फैलने लगी कि कालीन्किन पुल के पास और उससे बहुत दूर परे तक रात को एक भूत दिखायी देता है। यह भूत एक अफ़सर के भेस में होता है जो किसी चोरी चले गये ओवरकोट को खोजता रहता है और ओहदे और रुतबे की कोई परवाह किये बिना, अपना कोट वापस लेने के बहाने हर आदमी के कंधों पर से कोट उतार लेता है बिल्ली का खाल और ऊदबिलाव की खाल के अस्तर लगे हुए कोट, रुई-भरे कोट, वाह, लोमड़ी और रीछ की खाल के कोट, मतलब यह कि हर उस तरह के समूर और खाल के कोट जो इंसान ने खुद अपनी खाल को ढँकने के लिए कभी भी इस्तेमाल किये हैं। विभाग के एक अफ़सर ने उस भूत को खुद अपनी आँखों से देखा था और फ़ौरन पहचान लिया था कि वह अकाकी अकाकियेविच था; लेकिन इस बात से उसके दिल में ऐसा डर समाया कि वह दुम दबाकर भागा और इसलिए उसे अच्छी तरह देख नहीं पाया, वह बस इतना ही देख सका कि वह दूर खड़ा उसकी ओर उँगली हिलाकर उसे धमका रहा था। इस तरह की शिकायतों का ताँता बँध गया कि नागरिकों को—टिट्युलर काउंसिलरों को ही नहीं बल्कि प्रिवी काउंसिलरों तक को—अपनी पीठ और कंधों पर बुखार के हमले का ख़तरा था, क्योंकि उनके कोट रात को चुरा लिये जाते थे। पुलिस ने हुक्म जारी कर दिया कि किसी भी क़ीमत पर उस भूत को जिंदा या मुर्दा पकड़ लिया जाये और दूसरों को सबक़ सिखाने के लिए उसे कड़ी से कड़ी सज़ा दी जाये, और वे अपनी इस हिदायत को अमल में पूरा करने में लगभग कामयाब भी हो गये थे। किर्यूश्किन गली में गश्त करने वाले एक संतरी ने अपराध के घटनास्थल पर ही इस मुर्दे का कॉलर उस वक़्त दबोच भी लिया था, जब वह किसी बूढ़े रिटायर्ड संगीतज्ञ की पीठ पर से, जो किसी ज़माने में बाँसुरी बजाया करता था, उसका कोट ज़बर्दस्ती उतारे ले रहा था। उसका कॉलर पकड़कर उसने अपने दो साथियों को चिल्लाकर बुला लिया था और उनहें उस भूत को पकड़े रहने की हिदायत देकर उसने खुद जल्दी से अपने बूट में से नसवार की डिबिया निकाली थी कि अपनी ज़िंदगी में छः बार पाला मारी हुई नाक में फिर से जान फूँक दे, लेकिन नसवार ऐसी थी कि मुर्दा भी उसे नहीं बर्दाश्त कर सकता था। संतरी ने उँगली से अपना दाहिना नथूना दबाकर दूसरे नथुने में नसवार की एक भरपूर चुटकी अभी चढ़ायी ही थी कि मुर्दे ने उन तीनों के मुँह पर ऐसे ज़ोर की छीक मारी कि उनकी आँखों के आगे धुंध छा गयी। आँखें पोंछने के लिए हाथ उठाने में उन्हें जितना वक़्त लगा उतनी देर में वह मुर्दा गायब हो चुका था, और वे यक़ीन के साथ यह भी नहीं कह सकते थे कि कभी वह उनकी पकड़ में था भी कि नहीं। उसके बाद से संतरियों के दिल में मुर्दों का ऐसा डर समाया कि वे ज़िंदा लोगों पर भी हाथ डालने से कतराने लगे, और वे बस दूर से ही चिल्लाकर कहते

थे : ''ऐ, कौन है, चलते बनो वहाँ से!'' वह मुर्दा अफ़सर कालीन्किन पुल से परे भी दिखायी देने लगा, और सभी डरपोक लोगों के दिलों में अपनी दहशत बिठाने लगा। लेकिन हम उन बड़ी हस्ती के बारे में तो बिल्कुल भूल ही गये जिनकी वजह से हमारी इस कहानी में, जिसके बारे में लगे हाथ हम यह बता दें कि यह बिल्कुल सच्ची कहानी है, यह कल्पनातीत मोड़ आया। सत्य के प्रति हमारी निष्ठा का तक़ाज़ा है कि हम यह बता दें कि इन बड़ी हस्ती को बेचारे बुरी तरह फटकारे गये अकाकी अकाकियेविच के चले जाने के कुछ ही देर बाद एक तरह की ग्लानि महसूस हुई। वह दया की भावना से सर्वथा अपरिचित नहीं थे; उनके हृदय में अनेक प्रकार के सद्‌भावनापूर्ण उद्‌गार उठते थे, लेकिन अपने पद का ध्यान करके आम तौर पर वह उन्हें व्यक्त करने से वंचित रह जाते थे। मिलने आने वाले दोस्त के विदा हो जाने के बाद उनका ध्यान अकाकी अकाकियेविच की ओर ही गया। और उसके बाद से लगभग रोज़ ही वह अपनी कल्पना में अकाकी अकाकियेविच को देखते, जो बड़ी हस्ती की डाँट-फटकार को बर्दाश्त नहीं कर पाया। उससे संबंध रखने वाले विचारों ने उन्हें इतना बेचैन कर दिया कि हफ़्ते भर बाद उन्होंने एक अफ़सर को अकाकी अकाकियेविच के पास यह मालूम करने के लिए भेजने का फ़ैसला किया कि वह कैसा था और उसकी मदद करने के लिए कुछ किया भी जा सकता था कि नहीं। अब उन्हें सूचना दी गयी कि अकाकी अकाकियेविच तो तेज़ बुख़ार का शिकार होकर परलोक सिधार गया है तो अपने अंत:करण की धिक्कार सुनकर उन्हें गहरा आघात पहुँचा, और वह उस पूरे दिन कुछ उखड़े-उखड़े-से रहे। किसी तरह अपना मन बहलाने और इस बोझिल छाप को अपने दिमाग़ से निकाल देने की इच्छा से वह एक दोस्त के यहाँ शाम का वक़्त बिताने के लिए चल पड़े, जिनके घर में उन्हें भले लोगों की सोहबत मिली और सबसे अच्छी बात तो यह थी कि वहाँ सभी लोग एक ही हैसियत के थे, जिसकी वजह से उन्हें किसी भी प्रकार के संकोच का आभास नहीं हुआ। उनकी मनोदशा पर इसका बेहद अच्छा प्रभाव पड़ा। उनका सारा तनाव दूर हो गया, वह बेहद खुशमिज़ाजी से बातचीत करते रहे, सबके साथ बड़ी मिलनसारी के साथ पेश आये और सारांश यह कि उन्होंने उस शाम का पूरा आनंद लिया। खाने के वक़्त उन्होंने एक-दो गिलास शैम्पेन के पिये, जो आदमी को खुशमिज़ाज बना देने का जाना-माना तरीक़ा है। शैम्पेन पीकर उनके मन में चुलबुलेपन की तरंग उठी और उन्होंने सीधे घर न जाकर अपनी जान-पहचान की कारोलीना इवानोव्ना नामक एक महिला के यहाँ जाने का फ़ैसला किया, जिसके बारे में कहा जाता था कि वह जर्मन मूल की थी, और जिसके साथ उनके बेहद दोस्ताना ताल्लुक़ात थे। यहाँ हम यह बता दें कि वह बड़ी हस्ती अब नौजवान नहीं थे; वह बस अपनी पत्नी के लिए अच्छे पति और अपने बच्चों के लिए अच्छे बाप थे। उनके दोनों बेटे, जिनमें से एक सरकारी नौकरी पर लग चुका था; और उनकी सोलह साल की सुन्दर बेटी, जिसकी नाक आगे से कुछ मुड़ी हुई होने के बावजूद खूबसूरत थी,

रोज़ उनका हाथ चूमकर कहते थे : "Bonjour, papa!"[1]। उनकी पत्नी जिनके रंग-रूप में अभी तक काफ़ी ताज़गी थी, और जो किसी तरह अनाकर्षक भी नहीं थीं, पहले उनके चूमने के लिए अपना हाथ उनकी ओर बढ़ाती थीं और फिर उसे उलटकर खुद उनका हाथ चूमती थीं। लेकिन उन बड़ी हस्ती ने इन घरेलू पारिवारिक प्यार-भरी बातों में पूरी तरह संतुष्ट रहने के बावजूद, इस बात को बिल्कुल भद्र समझा कि वह शहर के दूसरे हिस्से में एक महिला के साथ मित्रता का संबंध स्थापित करें। उनकी जान-पहचान की यह महिला उनकी पत्नी से न तो ज़्यादा सुंदर थीं और न ज़्यादा जवान ही; लेकिन दुनिया में ऐसी चक्कर में डाल देने वाली बातें होती ही रहती हैं और उनके बारे में कोई फ़ैसला सुनाना हमारा काम नहीं है। तो, वह बड़ी हस्ती सीढ़ियों से नीचे उतरे, अपनी बर्फ़ गाड़ी में बैठे और कोचवान को आदेश दिया : ''करोलीना इवानोव्ना के यहाँ,'' और यह कहकर उन्होंने अपने आपको ओवरकोट की सुखद तहों में अच्छी तरह लपेट लिया, और उस मनोदशा में पहुँच गये जिसके लिए रूसी आदमी इतना लालायित रहता है, जब उसे स्वयं कुछ नहीं सोचना पड़ता बल्कि एक-दूसरे से सुखद विचार अनायास ही उसके दिमाग़ में आते रहते हैं और उनकी खोज करने तथा उनका पीछा करने की कोई ज़रूरत नहीं पड़ती। संतोष की भावना से ओत-प्रोत वह पार्टी के सभी रोचक क्षणों के बारे में, उन सभी चुटकुलों के बारे में सोचने लगे जिन पर उस छोटी-सी मंडली में क़हक़हे पड़े थे; उनमें से कुछ चुटकुले तो उन्होंने दबी ज़बान से अपने आपको सुनाने के लिए दोहराये भी और उन्हें यह पता लगा कि वे पहले जितने ही मज़ेदार थे और इसलिए आश्चर्य की कोई बात नहीं कि वह खुद कई बार ज़ोर से हँस भी पड़े। लेकिन कभी-कभी, भगवान जाने कहाँ से और किसलिए, हवा का कोई तेज़ झोंका आकर बीच-बीच में उनके चेहरे पर चाबुक की तरह लगता था, उस पर बर्फ़ की कँकड़ियों की चुटीली बौछार करता था, उनके कोट के कॉलर को किरमिच के बादबान की तरह फड़फड़ा देता था, या अचानक उनके कोट की कंधों को ढकने वाली दोहरी परत को इतने अस्वाभाविक वेग से उड़ाकर उनके सिर पर ला पटकता था कि उनको उससे बाहर निकलने में बेहद परेशानी होती थी और उनका सारा मज़ा किरकिरा हो जाता था। अचानक बड़ी हस्ती ने महसूस किया कि किसी ने मज़बूती से उनका कॉलर दबोच लिया है। पीछे मुड़ने पर उनहें फटी-पुरानी वर्दी पहने एक छोटा-सा आदमी दिखायी दिया, और अकाकी अकाकियेविच को पहचानकर उनका दिल दहल उठा। उस अफ़सर का चेहरा बिल्कुल बर्फ़ की तरह सफ़ेद था, और वह देखने में बिल्कुल लाश जैसा लग रहा था। लेकिन यह देखकर बड़ी हस्ती की दहशत का कोई ठिकाना न रहा कि उस मुर्दा आदमी का मुँह विकृत हो गया और उसने अपनी साँस के साथ क़ब्र का भयानक आभास देते हुए ये शब्द कहे :

---

1. **''नमस्ते, पापा!'' (फ्रांसीसी)**

"अहा! तो तुम हाथ आ ही गये! आख़िरकार एक तरह से तुम्हारी गर्दन मेरे पंजे में आ ही गयी! मुझे तुम्हारे ही ओवरकोट की तो तलाश थी! तुम मेरी मदद नहीं करना चाहते थे और तुमने उल्टे मुझे फटकारा भी था! तो लाओ, उतार दो अपना कोट!"

बदनसीब बड़ी हस्ती की तो डर के मारे जान ही निकल गयी। दफ़्तर में और आम तौर पर अपने से नीचे दर्जे के लोगों के साथ अपने बर्ताव की सख़्ती के बावजूद, और अपने तमाम मर्दाना डील-डौल और सूरत-शक्ल के बावजूद, जिन्हें देखकर लोग कह उठा करते थे : "सचमुच, क्या आन-बान का पक्का आदमी है!" —इस वक़्त, बहादुरों जैसी सूरत-शक्ल के बहुत से दूसरे लोगों की तरह, वह ऐसी दहशत महसूस करने लगे कि उन्हें डर लगा कि कहीं उन्हें कोई दौरा न पड़ जाये। उन्होंने जितनी जल्दी हो सका अपना कोट उतार दिया और कोचवान से अस्वाभाविक स्वर में चिल्लाकर कहा : "गाड़ी घर की तरफ़ मोड़ लो, जल्दी करो!"

कोचवान ने उनकी वह आवाज़ सुनकर, जो आम तौर पर निर्णय के क्षणों में इस्तेमाल की जाती है और जिसके साथ आम तौर पर कोई इससे भी ज़्यादा ज़ोरदार बात जुड़ी होती है, बड़ी सावधानी बरतते हुए अपना सिर कंधों के बीच दुबका लिया, चाबुक फटकारी और वे इस तरह सरपट आगे बढ़ चले जैसे कमान से कोई तीर छोड़ दिया गया हो। लगभग छः मिनट में वह बड़ी हस्ती अपने घर के फाटक पर पहुँच चुके थे। करोलीना इवानोव्ना के यहाँ जाने की योजना त्यागकर, उतरा हुआ चेहरा और दिल में गहरी दहशत का आघात लिये वह कोट के बिना ही अपनी बर्फ़गाड़ी पर घर पहुँचे थे। किसी तरह लड़खड़ाते हुए वह अपने कमरे में घुसे और सारी रात उन्होंने ऐसी बेचैनी में काटी कि अगले दिन सवेरे उनकी बेटी ने उनसे साफ़-साफ़ कहा - "पापा, आज आपका चेहरा बिल्कुल उतरा हुआ लग रहा है।" लेकिन पापा ने अपनी ज़बान नहीं खोली और इसके बारे में किसी से एक शब्द भी नहीं कहा कि क्या हुआ था, वह कहाँ गये थे और कहाँ जाने की योजना बना रहे थे। इस घटना का उन पर बेहद गहरा असर पड़ा। उन्होंने अब हर मौक़े पर अपने से नीचे दर्जे के लोगों से यह भी कहना लगभग छोड़ दिया था : "तुम्हारी यह मजाल? मालूम है किससे बात कर रहे हो?" और अगर कभी वह ऐसा कहते भी थे तो पहले यह सुने बिना नहीं कि दूसरा आदमी कहना क्या चाहता है। लेकिन सबसे कमाल की बात तो यह थी कि उस दिन के बाद से उस अफ़सर का भूत बिल्कुल गायब हो गया; बात बिल्कुल साफ़ थी कि बस जनरल साहब का ओवरकोट उसके बदन पर ठीक आता था। बहरहाल, इसके बाद इस तरह के क़िस्से सुनायी देना बंद हो गये कि किसी की पीठ पर से उसका कोट उतरवा लिया गया हो। फिर भी, कई लोग ऐसे थे जो चैन से बैठ ही नहीं सकते थे और वे दावा करते रहते थे कि वह अफ़सर अब भी शहर के दूर-दराज़ हिस्सों में दिखायी देता रहता था। और यह बात बिल्कुल सच है कि

कोलोम्ना मोहल्ले के एक संतरी ने अपनी आँखों से एक भूत को किसी इमारत के पीछे से निकलते देखा था; लेकिन वह संतरी स्वभाव से ही ऐसा कमज़ोर आदमी था कि जब एक बार मामूली-सा सुअर का बच्चा तेज़ी से बाहर निकलते हुए उससे टकरा गया था तो वह संतरी धड़ाम से ज़मीन पर गिर पड़ा था, जिस पर पास खड़े हुए गाड़ी वाले खिलखिलाकर हँस दिये थे और उनकी इस गुस्ताख़ी पर उसने उन सब से एक-एक कोपेक जुर्माना वसूल करके उस रक़म से नसवार ख़रीद ली थी। इसी कमज़ोर संतरी को उस भूत को रोकने की हिम्मत नहीं पड़ी और इसके बजाय वह अंधेरे में उसके पीछे-पीछे चलता रहा, यहाँ तक कि भूत अचानक रुका मुड़कर बोला : "क्या चाहिये तुम्हें?" और यह कहकर उसकी ओर उसने इतना बड़ा मुक्का ताना जैसा आप किसी ज़िंदा आदमी का नहीं देखेंगे। संतरी ने जवाब दिया : "कुछ नहीं," और बड़ी मुस्तैदी से उल्टे पाँव वापस चला गया। लेकिन यह भूत कहीं ज़्यादा लंबा था, उसकी मूंछें बेहद बड़ी थीं, और वह ओबूखोव पुल की ओर बढ़ता हुआ थोड़ी ही देर में अंधेरे में खो गया था।

✦

अनु०—**प्रतिमा कुमार**

शहरी डॉक्टर

✦

इवान तुर्गनेव (1818-1883)

सन् 1818 में ओरेल, रूस में जन्म हुआ। इनकी शिक्षा देहात में हुई। रूस के महानतम रचनाकारों में से एक, तुर्गनेव ने अनेक कहानियाँ लिखी हैं। वे यथार्थवादी परम्परा में होते हुए भी, अपने पाठक को एक काव्यालोक में ले जाने से नहीं चूकते। ग्रामीण अंचल का दृश्यात्मक वर्णन करने में उन्हें महारत हासिल है। विश्व साहित्य को तुर्गनेव ने कुछ अविस्मरणीय चरित्र दिये हैं। 'पिता और पुत्र' इनका विख्यात उपन्यास है।

एक बार देश के सुदूर इलाके से लौटते वक्त मुझे सर्दी-जुकाम हो गया और मैं बीमार पड़ गया। गनीमत थी कि तबियत जब बिगड़ने लगी मैं शहर के होटल में ही था। मैंने डॉक्टर को बुलावा भेजा। आध घंटे में ही शहर का एक डॉक्टर आ पहुँचा—वह दुबला-पतला, काले बालों और औसत कद-काठी का था। उसने मुझे पसीना आने वाली दवा और राई का लेप लगाने को कहा। फिर बड़ी सफाई से पाँच रूबल का नोट अपनी आस्तीन में खेंसकर, खँखारते हुए वह जाने के लिए निकल ही रहा था कि यूँ ही बातों में उलझकर रुक गया। मैं खुद भी बुखार के कारण काफी थकान महसूस कर रहा था, ऐसे में नींद न आने का पूरा अंदेशा था। इसलिए गप्प-शप के लिए एक अच्छा साथी पाकर मैं खुश था। चाय आ गई थी। डॉक्टर खुलकर बातें करने लगा। वह एक भावुक व्यक्ति था।

उसकी बातों में उत्साह तो था ही, हास्य-विनोद भी था। अक्सर ऐसा होता है कि कई बार किसी के साथ लम्बे समय तक रहने पर भी खुलकर बाते नहीं कर पाते हैं, जबकि कुछ लोगों के साथ मामूली सी जान पहचान होते ही अपने सारे राज़ खोल कर रख देते हैं, मानों कंफैशन कर रहे हों। पता नहीं क्यों मेरे इस नये दोस्त को मुझमें ऐसा क्या दिखाई दिया कि उसने मुझे अपने जीवन में घटी एक खास घटना बतायी, जो मैं ज्यों का त्यों उसी के शब्दों में यहाँ अपने पाठकों के लिए बयाँ कर रहा हूँ :

"यहाँ एक जज़ है—मालोव, पावेल ल्यूकिच, उन्हें आप नहीं जानते" डाक्टर ने अपनी धीमी और भर्राई आवाज में कहना शुरू किया। उन्होंने अपना गला साफ किया, आँखें मलीं और बात आगे बढ़ायी।

"हाँ तो एक बार मैं उन्हीं जज़ साहब के यहाँ बैठकर 'प्रिफरेंस' खेल रहा था। जज़ साहब बड़े भले व्यक्ति हैं, प्रिफरेंस के खास शौकीन! अचानक उन्होंने मुझे बताया कि बाहर एक नौकर मुझे पूछ रहा है। मेरे यह पूछने पर कि वह क्या चाहता है, उन्होंने बताया कि उसके हाथ में एक पर्ची है जो शायद किसी मरीज़ ने भेजी हो।"

"पर्ची मुझे दे दो" मैं बोला।

"क्या किसी मरीज की है।"

"हाँ यही तो हमारी रोजी-रोटी है"

यह एक विधवा महिला ने लिखी थी। लिखा था कि मेरी बेटी मर रही है, खुदा के वास्ते चले आइए, आपके लिए घोड़ा गाड़ी भेज दी है।

यह सब तो ठीक है पर वह जगह शहर से 20 मील दूर थी, रात आधी गुजर चुकी थी। सड़कें भी ऐसी कि अधमरा कर दें। फिर वह औरत भी गरीब थी। चाँदी के दो रूबल से ज्यादा नहीं दे सकती थी वह भी बड़ी मुश्किल से। पर तुम जानते हो एक डॉक्टर के लिए फर्ज़ सबसे महत्त्वपूर्ण है, कोई मरने की कगार पर होगा सो मैंने अपने कार्ड तुरन्त प्रांतीय आयोग के सदस्य कालियोपिन को दिए और घर की तरफ चल पड़ा। घर की सीढ़ियों के पास एक टूटी-फूटी घोड़ागाड़ी खड़ी थी—मोटे-मोटे घोड़े बदरंग और मैला कोट पहने खड़े थे। कोचवान अदब से टोपी निकालकर बैठा था। जाहिर था कि मरीज बड़ा आसामी नहीं था। तुम हँस रहे हो पर मैं तुम्हें बता दूँ कि मेरे जैसे गरीब डॉक्टर को यह सब सोचना पड़ता है। यदि कोचवान अकड़कर राजकुमार की तरह बैठा रहता, टोपी को छूता तक नहीं और कनखियों से आपको देखता तो शर्तिया कह सकता हूँ कि छब रूबल तो पक्के, पर यहाँ बात एकदम अलग थी। क्या करता फर्ज तो निभाना था सो हड़बड़ी में मैंने कुछ जरूरी दवाइयाँ लीं और चल पड़ा। बड़ी मुश्किल से वहाँ पहुँचा। सड़क में जगह-जगह गड्ढे थे जिनमें पानी भरा था। खैर किसी तरह मैं वहाँ पहुँचा। घर छप्पर का था, खिड़की से रोशनी बाहर आ रही थी मतलब, वे मेरा इंतजार कर रहे थे। घर में कदम रखते ही साक्षात् ममता की मूरत एक वृद्धा के दर्शन हुए। मुझे देखते ही उसने कहा, "उसे बचा लो डॉक्टर, नहीं तो वह मर जाएगी।"

"आप परेशान न हों बस दुआ करें" मैं बोला, "मरीज कहाँ है"

"इस तरफ आइये"

वृद्धा मुझे एक छोटे से साफ-सुथरे कमरे में ले गयी, कमरे के कोने में लैम्प जल रहा था, बिस्तर पर कोई बीस वर्षीय लड़की अचेतन अवस्था में लेटी हुई थी। उसका बदन तप रहा था और साँस तेजी से चल रही थी। उसे तेज बुखार था। वहीं उसकी दो बहनें भी थी। सहमी और रोती हुई। उन्होंने बताया कि कल तक वह बिल्कुल ठीक थी। खाना भी ठीक से खाया। पर आज सुबह ही सिर में तकलीफ बतायी और अचानक हालत इतनी बिगड़ गई।

मैंने फिर कहा, "परेशान मत हों, बस प्रार्थना करो।" मैं उसके करीब गया, जाँच की और राई का लेप लगाने के लिए कहा। एक मिक्स्चर भी दिया।

इस बीच मैंने उसके चेहरे पर नजर डाली तो देखता ही रह गया। ऐसा अनुपम सौंदर्य मैंने पहले कभी नहीं देखा था। ऐसी सुन्दर आँखें, तीखे नैन-नक्श!

मुझे अपने पर झेंप आयी। शुक्र है खुदा का थोड़ी देर बाद उसकी तबीयत संभलने लगी। पसीना आने से होश आ रहा था। बहनों ने उसके ऊपर झुक कर पूछा, ''तुम कैसी हो।''

उसने चारों तरफ देखा, मुस्करायी और बोली ''ठीक हूँ'' फिर उसने करवट बदल ली।

मैंने देखा। वह सो गयी थी। अच्छा ही है। मैंने सबसे कहा ''अब मरीज को अकेला छोड़ देना चाहिए।''

हम लोग दबे पाँव बाहर निकल आए। केवल एक नौकरानी को वहाँ बैठने के लिए कहा, शायद मरीज को जरूरत पड़े।

बैठक में मेज पर एक 'समोवार' (रूसी चाय का बर्तन) रखा था और एक रम की बोतल। हमारे पेशे में इसके बिना काम नहीं चल सकता। उन्होंने मुझे चाय दी और रात वहीं रुक जाने का गुजारिश की। यूँ भी इतनी रात गये कहाँ जाऊँगा यह सोचकर मैं रुक गया। वृद्धा ने फिर जानना चाहा कि उसकी बेटी को क्या तकलीफ है? मैंने कहा ''आप चिन्ता न करें, वह ठीक हो जाएगी। आप भी आराम करें तो अच्छा है। रात के दो बज चुके हैं। मैं भी सोता हूँ, कोई जरूरत हो तो मुझे जगा दें।''

''ठीक है,'' कह वह वृद्धा तथा लड़कियाँ सोने चली गयीं। मेरा बिस्तर बैठक में लगाया गया था : मैं सोने तो गया पर सो नहीं सका, हालाँकि मैं बहुत थका हुआ था। दरअसल मैं अपने मरीज को अपने दिमाग से हटा नहीं पा रहा था। मैं अचानक उठ गया; सोचा जाकर देखूँ मरीज कैसी है। उसका कमरा मेरे कमरे के साथ लगा हुआ था। मैंने धीरे से दरवाजा खोला, देखा नौकरानी सो रही थी, उसका मुँह खुला था और वह दुष्ट खर्राटे भी ले रही थी। मरीज लेटी थी। उसका चेहरा दरवाजे की ओर था, बाँहें पसरी हुई थीं। बेचारी! जैसे ही मैं उसके करीब गया, उसने अचानक आँखें खोलकर मुझे देखा और पूछा, ''कौन है? कौन हैं आप?''

मैं असमंजस में था, ''डरिए नहीं, मैं आपका डॉक्टर हूँ, आपको देखने आया हूँ कि अब आप कैसी हैं।''

''आप डॉक्टर हैं?''

''हाँ, मैं डॉक्टर हूँ। आपकी माँ ने मुझे शहर से बुलाया है। मैंने आपकी जाँच की है, अब आप आराम करें। ईश्वर की कृपा से दो-एक दिन में अच्छी हो जाएँगी।

''हाँ डॉक्टर, मेहरबानी करके मुझे मरने मत दीजिए।''

''आप ऐसी बात क्यों करती हैं? भगवान आपको लम्बी उम्र दें।'' मैंने कहा पर मन ही मन सोचा क्या उसे फिर से बुखार आ रहा है। नब्ज देखी तो वाकई उसे बुखार था। उसने मेरी ओर देखा और मेरा हाथ थाम लिया। ''मैं

आपको बताऊँगी कि मैं क्यों मरना नहीं चाहती, मैं बताऊँगी, जरूर बताऊँगी। इस समय हम दोनों ही है। मेहरबानी करके आप यह बात किसी को बताइएगा नहीं।''

''सुनिए'' मैं उसके करीब झुक गया। उसने अपने होंठ मेरे कान से सटा लिये। उसके बाल मेरे गालों को छू रहे थे। मैं कबूल करता हूँ कि मेरा सिर घूमने लगा। उसने धीमे-धीमे कहना शुरू किया। मैं कुछ भी समझ नहीं पा रहा था। वह अपनी रौ में बोलती जा रही थी। इतने फर्राटे से कि मुझे लगा कि वह रूसी नहीं बोल रही है। आखिर उसने अपनी बात पूरी की। काँपते हुए उसने अपना सिर तकिए में छुपा लिया। फिर उँगली के इशारे से ताकीद करते हुए कहा कि खबरदार गर किसी को बताया तो। मैंने किसी तरह उसे शांत किया। कुछ पीने के लिए दिया और नौकरानी को जगाकर मैं बाहर निकल आया।

इतना कह डॉक्टर रुका और फिर से नसवार ली। लगा जैसे उसके असर से डॉक्टर पर बेसुधी छा रही है।

उसने फिर बात आगे बढ़ायी। ''अगले दिन पूरी उम्मीद होते हुए भी उसकी तबीयत में कोई सुधार नहीं हुआ। काफी सोच-विचार के बाद मैंने वहीं रुकने का निश्चय किया। हालाँकि मेरे दूसरे मरीज मेरी प्रतीक्षा कर रहे थे। आमतौर पर कोई डॉक्टर ऐसा नहीं करता और यदि करता है तो उसकी प्रैक्टिस पर बुरा असर पड़ता है। लेकिन यहाँ मरीज खतरे में थी और सच कहूँ तो मैं उसकी तरफ आकर्षित हो गया था। यूँ देखा जाए तो मुझे पूरा परिवार ही भा गया था। हालाँकि वे गरीब थे पर काफी संस्कारी और सुलझे लोग थे। उनका पिता एक विद्वान लेखक था, जिनका अभावों के चलते निधन हो गया। पर मरने से पहले वे अपने बच्चों को अच्छी शिक्षा दिला गये थे। घर में उनकी ढेर सारी किताबें भी थीं। मरीज का ख्याल रखने या किसी और वजह से घर के सभी लोग मुझे अपने परिवार के सदस्य जैसा ही प्यार दे रहे थे। इस बीच शहर की सड़कें खराब होने के कारण सारे सम्पर्क टूट चुके थे। यहाँ तक कि दवाइयाँ मँगाना भी मुश्किल हो रहा था। दिन-पर-दिन गुजरते जा रहे थे पर लड़की की हालत में कोई खास सुधार नहीं हो रहा था, यहाँ...(डॉक्टर रुक गया) मैं मानता हूँ कि मुझे बताने में संकोच हो रहा है... (उसने फिर नसवार ली, खँखारा और एक घूँट चाय पी)। हाँ तो समय जाया न करते हुए मैं सीधे अपनी बात पर आता हूँ।

''मेरी मरीज...कैसे कहूँ...हाँ वह मुझे प्यार करने लगी थी। नहीं...नहीं कैसे कहा जाए।'' (डॉक्टर ने चेहरा झुका लिया जो सुर्ख हो गया था)। ''नहीं'' कह वह जल्दी-जल्दी बोलने लगा, ''दरअसल प्रेम में व्यक्ति को खुद को ज्यादा नहीं आँकना चाहिए। वह एक पढ़ी-लिखी, समझदार लड़की थी, उसके चक्कर में मैं अपनी लैटिन भी पूरी तरह भूल बैठा था। जहाँ तक मेरी शक्ल-सूरत का सवाल है (डॉक्टर ने मुस्कराते हुए खुद को देखा) मुझमें इतराने जैसी कोई बात नहीं है। पर ईश्वर ने मुझे उतना भी मूर्ख नहीं बनाया है कि कुछ न जानूँ। सफेद व काले

का भेद करना मैं बखूबी जानता हूँ। मुझे साफ दिख रहा था कि अलेक्संद्रा अंद्रेयवना—उसका यही नाम था—का मेरे प्रति प्रेम नहीं था, शायद यह दोस्ताना लगाव था—वह मेरी इज्जत करती थी या ऐसा ही कुछ था, पर शायद वह खुद भी अपनी भावनाओं को समझ नहीं पा रही थी। उसके बर्ताव से तो यही लगता था। खैर आप इस बारे में अपनी समझ से राय बना सकते हैं।'' डॉक्टर जो बिना रुके एक ही साँस में ऐसे आधे-अधूरे वाक्य बोलता रहा था, उसकी बातों में झिझक साफ नजर आ रही थी, अचानक बोला ''इस तरह शायद आपको कुछ समझ नहीं आए, इसलिए अब मैं सारी बात सिलेसिलेवार ढंग से बयान करता हूँ। चाय का कप खाली करने के बाद उसने शांत स्वर में फिर बताना शुरू किया।

''हाँ तो मेरी मरीज की हालत दिन-ब-दिन बिगड़ती जा रही थी। आप डॉक्टर नहीं हैं अतः शायद आप डॉक्टर की हालत का अंदाजा नहीं लगा सकते, खासकर जब उसे लगने लगता है कि रोग उसके काबू से बाहर होता जा रहा है। उसका खुद पर से भरोसा उठने लगता है और वह इस कदर कातर हो जाता है कि इसे शब्दों में बयान नहीं किया जा सकता। आप कल्पना करने लगते हैं कि आप अपना सारा ज्ञान भुला बैठे हैं और मरीज का आप पर से विश्वास उठ गया है। और यह कि तमाम दूसरे लोग भी आपकी इस घबराहट और बेध्यानी को ताड़ गये हैं और इसलिए मर्ज के लक्षणों को अनमनेपन से बता रहे हैं, वे आपको संदेह की निगाह से देखते हैं और कानाफूसी करते हैं। ओह यह वाकई यतानादायी होता है। आप सोचते हैं इस मर्ज की तो दवा होगी, बस बात उसे ढूँढने की है। आप उन्हें इस्तेमाल करते हैं पर पहली दवा का असर होने का इंतजार किये बगैर ही दूसरी देकर देखना चाहते हैं। फिर चिकित्सा की किताबों में नया नुस्खा ढूँढते हैं। हाँ मिल गयी आप सोचते हैं। कभी-कभार कोई दवा भाग्य के भरोसे आजमाना चाहते हैं इस बीच आपका मरीज मृत्यु से जूझता है। आप सोचते हैं कि शायद कोई दूसरा डॉक्टर इसकी जान बचा सके, इस आशा में आप उससे सलाह करना चाहते हैं।'' शायद आपके ज़ेहन में कहीं यह ख्याल होता है कि मैं अकेला ही इसकी जिम्मेदारी क्यों लूँ। ऐसे वक्त आप निरे बेवकूफ दिखते हैं। आपकी स्थिति अजीब हो जाती है। फिर धीरे-धीरे आप इसके आदी हो जाते हैं। कोई मर जाता है... तो आप खुद को समझाते हैं कि आपने तो चिकित्सा विज्ञान में उपलब्ध हर संभव इलाज किया फिर भी यदि वह नहीं बच सका तो इसमें आपका क्या दोष? पर इससे भी बड़ी यातना तो तब होती है जब आप देखते हैं कि मरीज के सगे-संबंधियों का आप पर अटूट विश्वास है और आप कुछ भी नहीं कर पा रहे हैं। यहाँ भी अलेक्संद्रा अंद्रेयवना के परिवार का मुझमें ऐसा ही अंध विश्वास था। उसे मेरे हाथों में सौंप कर वे भूल ही चुके थे कि उनकी लड़की का जीवन खतरे में है, मैं भी उन्हें दिलासा देता रहता था कि चिंता की कोई बात नहीं है पर मेरा अपना दिल बैठने लगा था। दूसरी बड़ी परेशानी यह थी कि सड़कें खराब होने के कारण

कोचवान को दवाइयाँ आदि लाने में पूरा-पूरा दिन लग जाता था। मैं मरीज के पास दिन भर बना रहता था। उसे खुश रखने के लिए कहानियाँ सुनाता या ताश खेलता था।

रात भी जागकर उसकी देखभाल करता था, उसकी बूढ़ी माँ अश्रूपूर्ण नेत्रों से मेरा धन्यावाद करती। पर मैं मन ही मन सोचता कि मैं उसकी कृतज्ञता लायक नहीं हूँ। मुझे यह कहने में कोई हर्ज नहीं कि मैं अपनी मरीज को चाहने लगा था और वह भी मुझे पसंद करती थी। कभी-कभी तो वह जिद करती कि उसके कमरे में मेरे सिवाय कोई भी न रहे। वह खुलकर बातें करने लगी थी, वह मेरी पढ़ाई-लिखाई मेरे रहन-सहन, मेरे घर-बार, संगी-साथियों, आदि के बारे में पूछती रहती थी। मुझे लगता कि उसे ज्यादा नहीं बोलना चाहिए पर उसे बोलने से रोकना मेरे बस में नहीं था। अक्सर मैं अपना सिर थाम कर अपने आप से सवाल करता कि यह तुम क्या कर रहे हो...एक विलेन का ही काम कर रहे हो। वह मेरा हाथ अपने हाथों में थामकर देर तक निहारती रहती। फिर शर्माकर मुँह फिरा लेती और कहती—''तुम कितने अच्छे और भले हो, हमारे पड़ोसियों की तरह नहीं,'' उसके हाथ बुखार से तपते रहते और आँखें बड़ी और निस्तेज हो गयी थीं। अफसोस कि मैं आपसे पहले क्यों नहीं मिली'' मैं उसे शांत करने की कोशिश करता। इसी प्रसंग में डॉक्टर ने बताया कि उसके पड़ोसी अमीर थे और उनके साथ उस परिवार का मेलजोल बहुत कम था। दरअसल उसका परिवार बहुत सुसंस्कृत एवं सभ्य था। मेरा उनसे संबंध बनना मेरा सौभाग्य था...वह दवाइयाँ मेरे हाथ से ही लेती थी। मेरी सहायता लेकर ही वह उठती। मुझे एकटक निहारती, उसकी हालत देख मुझे बहुत दु:ख होता, मेरा दिल छलनी होने लगता। मैं जानता था वह नहीं बचेगी; उसकी माँ एवं बहनें भी मेरी आँखों में झाँककर असलियत जानने का प्रयास करतीं। उनका विश्वास मुझमें कम हो रहा था। पर जब भी वे पूछती मैं यही कहता कि सब ठीक है। मेरा दिमाग काम नहीं कर रहा था। एक रात मैं मरीज के साथ अकेला बैठा था। नौकरानी भी वहीं थी पर वह खर्राटे ले रही थी, वह बेचारी भी थक जाती थी। अलेक्संद्रा पूरी शाम बेचैनी महसूस कर रही थी, बदन बुखार में तप रहा था। आधी रात तक वह करवट बदलती रही। आखिरकार बड़ी देर बाद ऐसा लगा कि उसे नींद आ गयी है या शायद वह यूँ ही चुपचाप लेट गयी थी। कमरे के कोने में ईश्वर की प्रतिमा के पास लैम्प जल रहा था। मैं बैठकर ऊँघ रहा था। अचानक किसी के स्पर्श से मैं चौंक पड़ा। देखा तो अलेक्संद्रा अंद्रेयवना उत्सुकता से मुझे एकटक देखे जा रही थी। गाल तप रहे थे, उसके होंठ हिले और उसने पूछा—''डॉक्टर क्या मैं मर जाऊँगी, नहीं, डॉक्टर मुझे दिलासा मत देना, अगर बता सकते हो तो मुझे असलियत बताओ। मुझसे मेरी हालत मत छुपाओ। उसकी साँस बड़ी तेजी से चल रही थी। यदि मेरा मरना तय हैं तो मैं आपको सब कुछ बताना चाहती हूँ—सब कुछ।''

अलेक्संद्रा अंद्रेयवना प्लीज मेरी बात सुनो'' मैंने बोलना चाहा पर उसने एक नहीं सुनी।

''सुनो, मैं बिल्कुल नहीं सोयी हूँ, बहुत देर से आपको ही निहार रही थी। आप बहुत अच्छे और ईमानदार हैं, आपके लिए आपको ईश्वर की सौंगध मेहरबानी कर मुझे सच बताओ। आप नहीं जानते कि यह जानना मेरे लिए कितना मायने रखता है...खुदा के वास्ते...मुझे बताइये कि क्या मेरी जान खतरे में है।

''अलेक्संद्रा तुम्हें मैं क्या बताऊँ, बस प्रार्थना करो, मैं तुमसे कुछ भी छिपा नहीं सकता। सच यही है कि तुम्हारा जीवन खतरे में है, पर भगवान पर भरोसा रखो, वह बड़ा दयालु है।''

पर यह क्या! यह सुनते ही वह उछलने लगी और खुश होकर चिल्लाने लगी ''मैं मरने वाली हूँ, मैं मरने वाली हूँ,'' उसके चेहरे पर अजीब सी चमक आ गयी थी, मैं भौंचक्का सा उसे देखता रहा। उसे रोकता उससे पहले ही बोली ''मैं मरने से बिल्कुल नहीं डरती'' इतना कह वह अचानक कुहनी के बल बैठ गयी और बोली ''हाँ, अब मैं तुम्हें बता सकती हूँ कि... मैं तहेदिल से तुम्हारी शुक्रगुज़ार हूँ, क्योंकि तुम दयालु और अचछे इंसान हो। इसलिए मैं तुम्हें प्यार करती हूँ।''

मैं उसे यूँ देखता रह गया जैसे मैं बुत बन गया हूँ...तुम्हें मैं बता नहीं सकता मेरे लिए यह वाकई आश्चर्यजनक था।

''तुमने सुना मैं तुम्हें प्यार करती हूँ।'' उसने फिर कहा।

''अलेक्संद्रा अंद्रेयवना मैं इसके लायक नहीं हूँ।''

''नहीं, नहीं तुम मुझे नहीं समझते'' कहकर उसने मेरा ललाट अपने हाथों में लेकर चूम लिया। यकीन करें मैं लगभग चीख पड़ा, घुटनों के बल लेट गया और अपना सिर तकिए में छुपा लिया। वह भी कुछ नहीं बोली, अपनी उँगलियाँ मेरे बालों में फिराती रही। फिर लगा, वह रो रही थी। मैं उसे शान्त कर तसल्ली देने लगा...मुझे सचमुच याद नहीं मैंने उससे क्या कहा। पर मुझे लगा वह नौकरानी जाग जाएगी सो मैंने कहा, ''तुम उसे जगा दोगी। अलेक्संद्रा अंद्रेयवना...धन्यवाद... मेरी बात मानों...चुप हो जाओ, बहुत हो चुका''...पर उसने कहना जारी रखा।

''उन सबकी परवाह मत करो, जागते हैं तो जाग जाने दो, यहाँ भी आ जाने दो...मुझे कोई फर्क नहीं पड़ता, मैं मर रही हूँ और तुम...तुम्हें किस बात का डर है, तुम किससे डर रहे हो, तुम अपना सिर ऊपर उठाओ...या शायद तुम मुझे प्यार नहीं करते, शायद मैं गलत हूँ...ऐसी बात हो तो मुझे माफ कर देना।''

''अलेक्संद्रा अंद्रेयवना...क्या कह रही हो तुम...मैं तुम्हें प्यार करता हूँ। उसने सीधे मेरी आँखों में झाँका और अपनी बाँहें फैला दी—''तो मुझे अपनी बाँहों में ले लो।''

''मैं सच कहता हूँ, मैं नहीं जानता कि ऐसा कैसे हुआ कि मैं उस रात पागल नहीं हो गया। मुझे लगा कि मेरी मरीज खुद अपनी जान लेने पर उतारू है, मैं समझ रहा था कि वह अपने आपे से बाहर थी। यकीनन गर वह मृत्यु के कगार पर नहीं होती तो मेरे बारे में ऐसा ख्याल भी कभी उसे नहीं आता और चाहे आप कुछ भी कहें, सच तो यह है कि बीस साल की उम्र में यह जाने बिना मर जाना कि प्रेम होता क्या है, वाकई मुश्किल है, यही बात थी, जो उसकी वेदना का सबब थी, इसी वजह से घोर निराशा में उसने मुझे पकड़ा। अब आप समझ गये होंगे? लेकिन उसने मुझे अपनी बाँहों में बाँधे रखा और जाने नहीं दिया। मैं बोलता ही रहा ''अलेक्संद्रा अंद्रेयवना, मुझ पर और अपने आप पर दया करो''

''क्यों'' वह बोली। ''अब सोचना क्या है, तुम जानते हो मुझे मर जाना है'' यही बात वह बार-बार दोहराती रही...अगर मुझे मालूम होता कि किसी भी नवयौवना की तरह मुझे जीवित रहकर सामान्य जीवन जीना है तो मैं अपने किये पर शर्मिंदा होती...सचमुच लज्जित महसूस करती...लेकिन अब क्यों।''

''पर किसने कहा तुम मर जाओगी''

''रहने भी दो। तुम मुझे धोखा नहीं दे सकते, तुम्हें झूठ बोलना आता ही नहीं है, ...जरा अपना चेहरा देखो।''

''तुम जिन्दा रहोगी अलेक्संद्रा, मैं तुम्हारा इलाज करूँगा, हम तुम्हारी माँ का आशीर्वाद लेगें फिर हम एक हो जाएँगें और खुश रहेंगे।

''नहीं, नहीं तुमने वचन दिया था। मेरा मरना तय है, तुमने मुझसे वादा किया है। तुमने मुझसे कहा है..यह मेरे लिए कितना क्रूर था, कई कारणों से क्रूर। और देखों न कई बार मामूली चीजें क्या कुछ कर डालती हैं, यह कितना बेमानी लगता है, पर कितना तकलीफदेह। अचानक उसके मन में आया कि वह मेरा नाम पूछे, मेरा सरनेम नहीं मेरा नाम। मैं शायद अभागा हूँ कि मेरा नाम ट्राईफन है, हाँ ट्राईफन इवानिच। घर में सब मुझे डॉक्टर ही कहते थे। हालाँकि इसके लिए क्या किया जा सकता है। मैंने कहा ''ट्राईफन, मैडम'' उसने त्यौरियाँ चढ़ाई, सिर हिलाया और फ्रेंच में कुछ कहा, कुछ ऐसा जो वाकई अप्रिय था। अटपटा भी और फिर वह हँस पड़ी...मैंने उसके साथ इसी तरह सारी रात गुजारी। सुबह होने से पहले मैं चला आया, मुझे लग रहा था जैसे मैं पगला गया हूँ। सुबह की चाय के बाद मैं दोबारा उसके कमरे में गया तो दिन चढ़ आया था। हे भगवान! मैं बड़ी मुश्किल से उसे पहचान सका, लोग अपनी कब्र में लेटे हुए भी इससे बेहतर लगते हैं। मैं कसम खाकर कहता हूँ, मैं नहीं जानता, बिल्कुल नहीं जानता कि उस अनुभव से गुजर कर भी मैं कैसे जिन्दा रहा। तीन दिन और तीन रातों तक मेरी मरीज जिंदगी और मौत से जूझती रही। वे रातें कैसी यातनादायी थीं। उसने क्या-क्या मुझसे नहीं कहा और आखिरी रात...आप जरा खुद कल्पना कीजिए। मैं उसके पास बैठा भगवान से केवल एक ही प्रार्थना करता रहा। ''हे ईश्वर उसे उठा लो, जल्दी और साथ में मुझे भी।'' अचानक उसकी माँ कमरे में आ गयीं।

पिछली शाम मैं उन्हें बता चुका था कि उम्मीद कम है और किसी पादरी को बुला लेना चाहिए। बीमार लड़की ने माँ को देखा तो बोली :

''अच्छा हुआ तुम आ गयीं, देखो, हम एक-दूसरे से प्यार करते हैं...हमने एक-दूसरे को वचन दिया है।''

''डॉक्टर यह क्या कह रही है, क्या कह रही है यह!''

मेरा चेहरा पीला पड़ गया। मैंने कहा बुखार की वजह से बड़बड़ा रही है।

लेकिन वह बोली ''चुप, चुप, तुमने अभी मुझसे कुछ और कहा था और मेरी अँगूठी ली थी, तुम अब बन क्यों रहे हो, मेरी माँ बहुत अच्छी है...वह माफ कर देगी...वह सब समझ जाएगी कि मैं, मैं मर रही हूँ...मुझे झूठ बोलने की जरूरत नहीं है, मुझे अपना हाथ दो।''

''मैं उठकर खड़ा हो गया और कमरे से बाहर निकल गया। वृद्धा शायद समझ गयी होगी कि ऐसा क्यों हुआ।

''खैर, अब मैं तुम्हें और परेशान नहीं करूँगा और सच तो यह है कि खुद मेरे लिए भी उस सबको याद करना बेहद यातनादायी है। अगले दिन मेरी मरीज चल बसी। ईश्वर उसकी रूह को सुकून बख्शे। डॉक्टर ने गहरी साँस ली और जल्दी से बोलते हुए यह भी बताया कि ''मरने से पहले उसने अपने परिवार को बाहर जाने और मुझे उसके साथ अकेला छोड़ने के लिए कहा।''

''मुझे माफ कर दें,'' वह बोली। ''मैं तुम्हारी गुनाहगार हूँ...मेरी बीमारी...पर यकीन जानिए मैंने अपने जीवन में तुमसे ज्यादा और किसी को नहीं चाहा...मुझे भुला मत देना...लो, मेरी यह अँगूठी अपने पास रखो।'' यह कह डॉक्टर ने अपना मुँह घुमा लिया, मैंने उसका हाथ पकड़ लिया।

खैर छोड़ो! चलो हम कुछ और बात करें। क्या तुम प्रिफरेंस खेलना चाहोगे, हम छोटे दाँव ही लगाएँगे। मेरे जैसे लोगों को अपनी उदात्त भावनाओं को इस तरह जाहिर नहीं करना चाहिए। मेरे पास सोचने के लिए सिर्फ एक ही चीज है वह यह कि बच्चों को रोने से और बीवी को फटकारने से कैसे रोकूँ। उसके बाद मेरे पास कानूनी तौर पर विवाह करने के लिए बहुत वक्त रहा...मैंने एक व्यापारी की बेटी के साथ विवाह कर लिया...दहेज में सात हजार लेकर। उसका नाम अकूलिना है जो ट्राईफन के साथ ठीक भी बैठता है। वह एक बदमिजाज औरत है लेकिन गनीमत है कि दिन भर सोती रहती है।

''तो खेलें प्रिफरेंस''

हम आधे पैनी पाउंड का दाँव लगाने बैठ गये। ट्राईफन ईवानविच ने खेल में ढाई रूबल जीते और अपनी इस सफलता की खुशी में देर से घर गया।

✦

अनु०—**अनुराधा महेन्द्र**

क्रिसमस-पेड़ और विवाह की शाम

✦

फ्योदोर दोस्तोयव्स्की (1821-1881)

11 नवम्बर, 1821को मास्को में एक सिविल सर्जन के मध्यवर्गीय परिवार में जन्मे दोस्तोयव्स्की का बचपन गहरी मानसिक असुरक्षा में बीता। दोस्तोयव्स्की का साहित्य अभिशप्त मान चरित्रों का दस्तावेज है। ये मानव चरित्र एक प्रकार के प्रति-नायक हैं। दोस्तोयव्स्की ने एक जगह लिखा है ''मनुष्य के लिए आत्मा की स्वतंत्रता से बढ़कर प्रलोभनकारी वस्तु और कोई नहीं है, पर यही उसके दु:खों का सबसे बड़ा कारण भी है।'' 'पुअर फोक', 'हाउस ऑफ डेड', 'नोट्स फ्रॉम अंडरग्राउंड', 'क्राइम एंड पनिशमेंट', 'गैम्बलर', 'इडियट', 'द पजेस्ड', 'ब्रदर्स करामाजोव', 'ड्रीम ऑफ ए रिडिकुलस मैन', आदि उनकी कालजयी कथाकृतियाँ हैं।

उस दिन मैंने एक विवाह समारोह देखा...पर रुकिए, मैं आपको विवाह के बारे में नहीं, क्रिसमस-पेड़ के बारे में बताना चाहता हूँ। विवाह समारोह शानदार था। मुझे बड़ा अच्छा लगा। पर एक घटना उससे भी ज्यादा मजेदार थी। पता नहीं क्यों, विवाह समारोह देखते ही मुझे क्रिसमस-पेड़ की याद हो आई। वह वाकया कुछ इस तरह घटा—

ठीक पाँच साल पहले नव वर्ष की पूर्व संध्या पर मुझे बच्चों का एक नृत्य कार्यक्रम देखने एक ऐसे आदमी ने आमंत्रित किया, जो व्यापार की दुनिया में एक ऊँची जगह पर था। उसके अपने सम्पर्क थे, पहचान वालों और दोस्तो-यारों का बड़ा दायरा था। इसलिए ऐसा लगा कि बच्चों का यह कार्यक्रम तो बस एक बहाना था। इस बहाने बच्चों के माँ-बाप आपस में मिले और आपसी हितों की बात एक-दूसरे से करने लगे। एकदम भोलेपन से और आकस्मिक रूप से!

मैं एक बाहरी आदमी था और चूँकि मेरे पास बातचीत के लिए कुछ खास था भी नहीं, सो मैं दूसरों से अलग-थलग वह शाम अपने तरीके से बिता सकता था। वहाँ एक आदमी और था जो मेरी ही तरह गलती से इस पारिवारिक उत्सव में चला आया था। मेरा ध्यान सबसे पहले उसी आदमी की तरफ गया। देखने से वह कुलीन या किसी ऊँचे खानदान का नहीं लगता था। वैसे वह लम्बा, छरहरा, बड़ा गंभीर सा लग रहा था। उसने अच्छे कपड़े पहन रखे थे। उसे देखकर ही लगता था कि इस पारिवारिक उत्सव में उसका मन नहीं लग रहा था। जैसे ही वह एक एकान्त से कोने में पहुँचा, उसके चेहरे से मुस्कराहट गायब हो गई और त्यौरियाँ चढ़ गईं। मेज़बान के अलावा उसकी किसी से जान-पहचान नहीं थी। वह बुरी तरह ऊब रहा था, अलबत्ता वह अपनी खुशी जाहिर करने की कोशिश

भी कर रहा था। बाद में मुझे मालूम हुआ कि वह देहात से राजधानी में किसी जरूरी और जटिल किस्म के काम से आया था। हमारे मेज़बान के नाम वह किसी की सिफारिशी चिट्ठी लाया था और हमारे मेज़बान ने महज शिष्टाचार के नाते इस आदमी को भी बच्चों के इस कार्यक्रम में आमंत्रित कर लिया था।

वे उसके साथ ताश नहीं खेले, न किसी ने उसे सिगार पेश किया। किसी ने भी उसके साथ गपशप नहीं की। शायद सभी ने दूर से ही पंख देख कर चिड़िया की क़िस्म को जान लिया था। इसलिए इस भले आदमी को सूझ नहीं रहा था कि अपने हाथों का क्या करे? और मजबूरन वह पूरी शाम अपनी मूंछों को सहलाता रहा। उसकी मूंछें सचमुच शानदार थीं। वह लगातार बड़ी मेहनत से अपनी मूंछे सहलाए जा रहा था और यह लगने लगा था कि उसकी मूंछे इस संसार में पहले प्रकट हुई थीं और उसके बाद इस आदमी का जन्म हुआ—उन्हें सहलाते रहने के लिए।

एक मेहमान और था जिसने मेरा ध्यान खींचा पर यह बिल्कुल अलग किस्म का आदमी था। वह एक संभ्रात आदमी था। लोग उसे जूलियन मस्तकोविच के नाम से बुला रहे थे। उसे देखते ही मालूम पड़ता था कि वह एक खास मेहमान था और उसका मेज़बान के साथ वही संबंध था, जो संबंध मेज़बान का मूंछों वाले के साथ था। मेज़बान और उसकी पत्नी लगातार इस आदमी से मीठी-मीठी बातें किए जा रहे थे। सबसे ज्यादा ध्यान उसी पर दे रहे थे। किसी तरह उसका मन जीत लेना चाहते थे और उसी के इर्द-गिर्द मंडरा रहे थे। उनकी कोशिश थी कि हर मेहमान को उसके पास लाकर उससे मिलाया जाए। इस आदमी को वे किसी के पास नहीं ले जा रहे थे। मैंने देखा जब जूलियन मस्तकोविच ने कहा इससे पहले शायद ही कभी इतनी खुशगवार शाम गुजरी है तो तो यह सुनकर हमारे मेज़बान की आँखें खुशी से भर आई थीं। जाने क्यों इस संभ्रांत आदमी की मौजूदगी में मुझे बेचैनी सी होने लगी? इसलिए बच्चों के साथ थोड़ी देर अपना जी बहला कर मैं बगल के एक छोटे से कमरे में चला गया। यह कमरा पूरी तरह खाली पड़ा था। इसके एक कोने में जहाँ सजावट के लिए बहुत से गमले रखे थे, मैं कुछ आड़ लेकर बैठ गया। कमरे में खेलते बच्चे बहुत प्यारे लग रहे थे। बड़ों से अलग उनकी अपनी एक दुनिया थी। उन्होंने बड़ों का सा व्यवहार करने से पूरी तरह इंकार कर दिया था। उनकी माताओं और गवर्नेस की पूरी कोशिशों के बावजूद उनमें आपस में कोई भेदभाव न था। पल भर में ही बच्चों ने क्रिसमस-पेड़ की सारी टॉफियाँ और मिठाइयाँ उतार ली थीं और इसका पता चलने के पहले ही कि कौन-सा खिलौना किसका है, आधे से ज्यादा खिलौने तोड़-ताड़ डाले थे। इन बच्चों में एक बच्चा बहुत ही प्यारा था; काली आँखों, घुँघराले बालों वाला वह बच्चा अपनी लकड़ी की बंदूक का निशाना जबर्दस्ती मुझे बनाए हुए था। पर जिस बच्चे पर सबसे ज्यादा ध्यान जाता था वह उसकी बहन थी। लगभग ग्यारह साल की वह बच्ची बेहद सुंदर थी। बड़ी-बड़ी सपनीली आँखों वाली वह लड़की

काफी शांत और समझदार लगती थी। बच्चों ने पता नहीं क्यों उसे नाराज कर दिया था और वह उन्हें छोड़कर इस कमरे में चली आई थी जहाँ मैं दुबका हुआ सा बैठा था। वह बच्ची वहाँ आकर एक कोने में अपनी गुड़िया के साथ बैठ गई।

''इसके पिता बहुत बड़े व्यापारी हैं,'' मेहमानों ने कुछ अचरज के अंदाज में एक दूसरे को बताया। उसके दहेज के लिए तीन हजार रूबल अभी से अलग रख छोड़े हैं।

मैं जैसे ही यह देखने के लिए मुड़ा कि कौन लोग इस तरह की बात कर रहे हैं, मेरी नजर जूलियन मस्तकोविच से टकराई। वह इस नीरस बातचीत को बड़े ध्यान से सुन रहा था। उसके हाथ पीछे अपनी कमर पर थे और उसकी गर्दन एक ओर को कुछ झुकी हुई थी।

इस पूरे समय में बड़े गौर से अपने मेज़बान को ही देखता रहा जो बड़ी चतुराई से बच्चों को उपहार बाँट रहा था। हजारों रूबल वाली उस नन्हीं सी बच्ची को सबसे कीमती और सुन्दर गुड़िया मिली। बाकी सभी खिलौने भी हर बच्चे के माता-पिता की हैसियत के मुताबिक बाँटे गए। सबसे अंत में दस वर्ष के छोटे से दुबले-पतले, लाल बालों वाले लड़के की बारी आई, जिसे प्रकृति की कहानियों वाली किताब मिली, जिसमें तस्वीरें तक नहीं थीं और न ही कोई रेखा-चित्र। यह लड़का घर की आया का बेटा था। वह बेचारी गरीब विधवा थी। उसके बच्चे ने छोटा सा पुराना जैकेट पहन रखा था। बच्चा पूरी तरह सहमा हुआ सा था। उसने कहानियों की किताब ली और बच्चों के खिलौने के आसपास मंडराने लगा। वह उनके साथ खेलने के लिए अपना कुछ भी देने को तैयार था। पर भला वह ऐसा कैसे कर सकता था? आप कह सकते हैं कि इस बच्चे ने अभी से अपनी हैसियत जान ली थी।

मुझे बच्चों को निहारना अच्छा लगता है। यह देखना बड़ा अद्‌भुत है कि हर बच्चे के भीतर एक व्यक्तित्व होता है जो सामने आना चाहता है। मैं यह देख सकता था कि लाल बालों वाला लड़का दूसरे बच्चों की हर चीज़ को बड़ी ललक से देख रहा था—खास तौर पर उनके खेल में शामिल होना चाहता था। वह उनके साथ खेलने के लिए इतना बेताब था कि उसने इन बच्चों की खुशामद करनी शुरू कर दी। वह मुस्कराया और उनके साथ खेलने लगा। उसके पास जो एकमात्र सेब था वह भी उसने एक मोटे से नटखट लड़के को दे दिया, जिसकी जेब पहले से ढेर सारी टॉफियों से भरी हुई थी। उसने एक नन्हें बच्चे को अपनी पीठ पर भी उठा लिया। वह यह सब केवल इसलिए कर रहा था कि बच्चे उसे भी अपने खेल में शामिल कर लें।

पर कुछ ही देर में एक घमंडी किस्म का बच्चा उस पर गिर पड़ा और उसे एक घूँसा जड़ दिया। इस बेचारे गरीब बच्चे में रोने का भी साहस नहीं था। इतने में आया वहाँ आई और उसने अपने बच्चे को वहाँ से हट जाने के लिए कहा। बच्चा बेचारा इस कमरे में खिसक आया जहाँ मैं और वह छोटी बच्ची मौजूद थे।

उस बच्ची ने उसे अपने पास बैठने दिया और दोनों मिलकर उस कीमती गुड़िया को सजाने सँवारने लगे।

करीब आधा घंटा बीता होगा—मुझे झपकी सी आने लगी। मैं नींद की खुमारी में भी उन दोनों बच्चों को आधी-अधूरी बातें सुन रहा था। तभी अचानक जूलियन मस्तकोविच वहाँ आया। वह बच्चों के शोर-गुल के बीच सबकी नजर बचाते हुए ड्राइंग रूम से खिसक कर यहाँ चला आया था। इस एकांत कोने में बैठकर मैंने साफ देखा कि कुछ देर पहले वह लड़की के उस अमीर पिता से बहुत उत्सुकता के साथ गपशप कर रहा था, जिससे क्षण भर पहले उसका परिचय कराया गया था।

वह थोड़ी देर वहाँ चुपचाप खड़ा रहा। वह कुछ बुदबुदा रहा था। मानों अपनी उँगलियों पर कोई हिसाब लगा रहा हो। ''तीन सौ... तीन हजार... ग्यारह... बारह... तेरह... सोलह... पाँच साल में मान लो चार प्रतिशत—पाँच गुना बारह—साठ और इस पर साठ—चलो मान लें कि पाँच बरस में यह चार सौ हो जाएंगे। हूँ! पर यह खूसट बूढ़ा चार प्रतिशत से संतुष्ट होने वाला नहीं है। शायद उसे आठ अथवा दस प्रतिशत भी मिल सकते हैं। चलो मान लें पाँच सौ, पाँच सौ हजार—कम से कम यह तो पक्का है। इससे अधिक कुछ भी जेब खर्च के लिए! हूँ—''

उसने नाक साफ की और कमरे से बाहर जाने ही वाला था कि उसकी नजर उस बच्ची पर पड़ी और वह ठिठक गया। मैं चूँकि पौधों के पीछे बैठा था इसलिए मेरी ओर उसका ध्यान नहीं गया। मैं देख रहा था कि वह उत्तेजना में काँपने लगा था। शायद उसने जो हिसाब अभी लगाया था, उससे वह विचलित सा हो गया था। वह अपनी हथेलियाँ मसलने लगा और कमरे में चहलकदमी करने लगा। उसकी उत्तेजना जैसे बढ़ती जा रही थी। आखिर उसने अपनी भावनाओं पर काबू पाया और वह कुछ स्थिर हुआ। उसने अपनी भावी वधू पर एक गहरी नजर डाली। वह उसकी ओर बढ़ना चाहता था पर फिर रुककर टकटकी बाँध उसे निहारता रहा। फिर शायद उसे अपने भीतर अपराध बोध महसूस हुआ और वह मुस्कराते हुए लपक कर बच्ची की तरफ आया तथा झुककर उसका माथा चूम लिया।

उसका बच्ची के पास आना इतना अचानक था कि बच्ची डर के मारे चीख पड़ी। ''प्यारी बच्ची तुम यहाँ क्या कर रही हो?'' वह धीरे से फुसफुसाया और एक नजर यहाँ-वहाँ डाल कर उसके गाल की चिकोटी काटने लगा।

''हम खेल रहे हैं।''

''अरे! क्या इसके साथ?'' जूलियन मस्तकोविच ने एक कड़ी सी नजर आया के बच्चे पर डाली। ''बेटे, तुमको बाहर के कमरे में जाकर बैठना चाहिए।'' वह लड़के से बोला।

लड़का चुप रहा और फटी-फटी आँखें से उन्हें देखने लगा। जूलियन मस्तकोविच ने एक बार फिर आसपास ध्यान से देखा और बच्ची पर झुक आया।

''मेरी प्यारी बच्ची, तुम्हारे पास क्या है, गुड़िया है क्या?''

''जी'' बच्ची कुछ कुछ घबरा सी गई। उसके माथे पर बल पड़ गए।

''अच्छा तो गुड़िया है? अच्छा क्या तुम जानती हो कि गुड़िया किस चीज से बनती है?''

''नहीं'' वह धीरे से बोली और उसने सिर झुका लिया।

''मेरी प्यारी गुड़िया चिन्दियों से बनती है। अरे ओ लड़के, तुम दूसरे बच्चों के पास बाहर कमरे में क्यों नहीं जाते। जूलियन मस्तकोविच ने लड़के को घूरते हुए कहा।

दोनों बच्चे तिलमिला गए। दोनों ने कस कर एक दूसरे को पकड़ लिया मानों किसी भी हालत में एक-दूसरे से अलग नहीं होंगे।

''क्या तुम जानती हो उन्होंने तुम्हें गुड़िया क्यों दी?'' जूलियन मस्तकोविच ने ज्यादा कोमल स्वर में पूछा।

''नहीं।''

''क्योंकि इस पूरे हफ़्ते तुम एक बहुत प्यारी-प्यारी सी बच्ची बनी रही हो।'' यह कहते हुए जूलियन मस्तकोविच पर उत्तेजना का दौरा सा पड़ गया। उसने आसपास देखा और फ़िर उत्तेजना और बेताबी से भर बिल्कुल धीमे और अस्पष्ट स्वर में पूछा : ''यदि मैं तुम्हारे माता-पिता से मिलने आऊँ तो क्या तुम मुझे प्यार करोगी, प्यारी बच्ची?''

उसने नन्हीं सी बच्ची को चूमने की कोशिश की, पर लाल बालों वाले लड़के ने देखा कि बच्ची बिल्कुल रुआँसी हो चुकी थी। उसने बच्ची का हाथ पकड़ लिया और वह भी सहानुभूति में जोर-जोर से सुबकने लगा। यह देखकर वह आदमी भड़क उठा। ''चलो, जाओ! तुम जाओ यहाँ से दूसरे कमरे में! जाओ वहाँ दूसरे बच्चों के साथ खेलो।''

''नहीं मैं इसे जाने नहीं दूँगी। मैं नहीं जाने दूँगी इसे। आप जाइए यहाँ से!'' लड़की चीख कर बोली। ''उसे अकेला छोड़ दो! उसे बिल्कुल अकेला छोड़ दो!'' वह लगभग रोने लगी थी। दरवाजे पर किसी की पदचाप सुनाई पड़ी। जूलियन मस्तकोविच तनकर खड़ा हो गया। लाल बालों वाला लड़का बेहद घबराया हुआ था। वह लड़की से अपना हाथ छुड़ाकर दीवार से सट गया और फिर धीरे-धीरे खिसकता हुआ डाइनिंग रूम में चला गया।

किसी का ध्यान न जाए इस ख्याल से जूलियन मस्तकोविच ने भी डाइनिंग रूम की ओर रुख किया। वह झींगे की तरह लाल पड़ गया था। अपना चेहरा आईने में देखकर उसे बड़ी शर्म आई। शायद अपने उतावलेपन के बारे में सोचकर उसका मन खिन्न हो गया था। अपने बड़प्पन और गरिमा का ध्यान रखे बिना उसने जो हिसाब लगाया था उससे वह ऐसे छोकरे की तरह लालची और उतावला हो गया

था, जो किसी चीज को पाने के लिए न आगा देखता है न पीछा, जबकि यह तो अभी कोई चीज भी नहीं थी। पर वह जानता था कि पाँच बरस बाद यह जरूर एक वस्तु बन जाएगी। मैं भी उस अमीर आदमी के पीछे-पीछे बाहर के कमरे तक आया। वहाँ मैंने एक मजेदार खेल देखा।

जूलियन मस्तकोविच खीज और गुस्से से भरा उस लाल बालों वाले लड़के को डरा-धमका रहा था। उसकी आँखों में आग उतर रही थी। बेचारा लड़का पीछे और पीछे की ओर खिसकता जा रहा था और फिर अंत में वह दीवार से जा लगा। अब और खिसकने की कोई गुंजाइश नहीं थी। घबराहट में उसे सूझ नहीं रहा था कि अब और कहाँ जाए?

"निकल यहाँ से! तू यहाँ क्या कर रहा है? मैं कहता हूँ दफा हो जा नालायक लड़के! तू फल चुरा रहा था न? चल भाग यहाँ से! जाकर अपनी तरह के लोगों में बैठ!" डरा हुआ बच्चा और कोई चारा न देख तेजी से रेंगता हुआ टेबल के नीचे दुबक गया। क्रोध से आग बबूला हो अब उस अत्याचारी आदमी ने जेब से रेशम का बड़ा सा रूमाल निकाला और बच्चे को बाहर निकालने के लिए उसे फटकारने लगा।

यहाँ मैं बताना चाहूँगा कि जूलियन मस्तकोविच का शरीर भारी-भरकम था। उसके गाल भरे हुए और तोंद निकली हुई थी। वह हाँफने लगा और पसीना-पसीना हो गया। बच्चे के प्रति घृणा (या शायद जलन) इस कदर थी कि वह सचमुच किसी पागल की तरह ही बर्ताव करने लगा।

मुझे बहुत जोर से हँसी आ गई। जूलियन मस्तकोविच मुड़ा। वह बेहद घबराया हुआ था और साफ तौर पर क्षण भर के लिए वह अपनी हैसियत भी भूल गया था। इसी समय सामने के दरवाजे से मेज़बान प्रकट हुआ। लड़का टेबल के नीचे से खिसकते हुए बाहर निकला और वह अपनी कुहनियाँ और टखनों को झाड़ने लगा। जूलियन मस्तकोविच ने तत्परता से अपना रूमाल उठाया, जिससे वह उस लड़के को बाहर निकालने की कोशिश कर रहा था और नाक पोंछने लगा। हमारे मेज़बान ने कुछ संदेह से हम तीनों की ओर देखा। पर एक दुनियादार आदमी की तरह उन्होंने तुरन्त स्वयं को सँभाला और इस अवसर का पूरा लाभ उठाते हुए अपने काम की बात शुरू की—

"यही है वह लड़का, जिसके बारे में मैं आपसे बात कर रहा था" वे बोले और उन्होंने लाल बालों वाले लड़के की ओर इशारा किया।

"ओह," जूलियन मस्तकोविच के मुँह से निकला। वह अभी तक पूरी तरह सहज नहीं हो पाया था।

"यह मेरी गवर्नेस का बेटा है," हमारे मेज़बान ने बड़ी शालीनता से कहा। "वह बेचारी गरीब औरत एक ईमानदार अफसर की विधवा है। इसलिए यदि आपके लिए मुनासिब हो तो—"

''नहीं, बिल्कुल नहीं,'' जूलियन मस्तकोविच हड़बड़ी में चिल्ला पड़ा। ''आप मुझे माफ करें, फिलिप अलेक्सेविच, मैं सचमुच कुछ नहीं कर सकूँगा। मैंने पता किया है, पर कोई जगह खाली नहीं है। पहले से दस लोगों की अर्जियाँ आ चुकी हैं। उनका हक पहले बनता है—आप मुझे माफ कर दें।''

''ओह बहुत बुरा हुआ,'' मेज़बान ने कहा, ''यह बहुत शर्मीला बच्चा है।''

''मैं कहूँगा कि बहुत बदमाश और धूर्त किस्म का बच्चा है'' जूलियन मस्तकोविच ने मुँह बनाकर कहा ''जाओं लड़के, तुम अभी तक यहाँ क्यों खड़े हो? जाओं और दूसरे बच्चों के साथ जाकर खेलो।''

वह अपने आप पर काबू नहीं रख पा रहा था। उसने तिरछी नजर से मुझे देखा। मैं खुद भी बेकाबू हुआ जा रहा था। मैं सीधे उसके मुँह पर हँस पड़ा। वह मुड़ा और मुझे सुनाते हुए उसने मेज़बान से पूछा ''यह बेतुका नौजवान कौन है?'' दोनों आपस में फुसफुसाते हुए मुझे अनदेखा कर कमरे से बाहर चले गए। मैं बहुत जोरों से हँसा। इसके बाद मैं भी बाहर के कमरे में चला आया। वहाँ यह खास मेहमान बच्चों की माताओं और पिताओं से घिरा हुआ था। मेज़बान और उनकी पत्नी भी उसके आसपास मंडरा रहे थे। उस आदमी ने बड़ी उत्सुकता से एक महिला से गपशप शुरू कर दी थी, जिससे अभी-अभी उसका परिचय कराया गया था। यह महिला अमीर नन्हीं बच्ची का हाथ पकड़े हुए थी। जूलियन मस्तकोविच लगातार बच्ची की तारीफ करता चला जा रहा था। वह बच्ची की सुंदरता, प्रतिभा, बुद्धिमानी, लावण्य, उसके ऊँचे कुल की बढ़-चढ़ कर प्रशंसा करने में डूब गया। इस सबके पीछे उसका मकसद लड़की की माँ की खुशामद करना था। माँ ने भी बड़े ध्यान से उसकी बातें सुनीं और वह बड़ी मुश्किल से अपनी खुशी के आँसुओं को रोक पाई। पिता ने भी आभार भरी मुस्कराहट के साथ अपनी खुशी जाहिर की।

खुशी किसी संक्रामक रोग की तरह थी। हर आदमी इस खुशी में शरीक हो गया। यहाँ तक कि बच्चों को भी खेलने से रोक दिया गया ताकि बातचीत में बाधा न पड़े। पूरा वातावरण विस्मय से भर उठा था। मैंने उस खास नन्हीं बच्ची की माँ को जो बड़े गहरे प्रभावित हुई थी, जूलियन मस्तकोविच से अत्यन्त शालीनता एवं नम्रता से यह पूछते सुना कि वे कब उनके घर आने की कृपा करेंगे? जूलियन मस्तकोविच ने सहर्ष निमंत्रण स्वीकार कर लिया। फिर अतिथि कमरे में चारों तरफ फैल गए। मैंने सुना, वे अत्यधिक श्रद्धापूर्वक उद्योगपति और उनकी पत्नी और उनकी बेटी के गुणमान कर रहे थे, खासकर जूलियन मस्तकोविच के।

''क्या यह आदमी विवाहित है?'' मैंने एक परिचित से ऊँची आवाज में पूछा, जो जूलियन मस्तकोविच के पास खड़ा था।

''नहीं परिचित ने जवाब दिया। वह मेरे द्वारा जानबूझकर दिखाई गई अशिष्टता पर बड़ा चकित हुआ।

अभी कुछ ही समय पहले की बात है। मैं चर्च के पास से गुजर रहा था। किसी विवाह समारोह में एकत्र लोगों की भीड़ से मेरा ध्यान उस तरफ गया। यह एक उदास दिन था। बूँदाबाँदी होने ही वाली थी। मैं भीड़ को चीरता हुआ गिरजाघर में घुस गया। दुल्हा नाटे कद का गोल मटोल, हृष्ट-पुष्ट, तोंदियल व्यक्ति था। उसने बढ़िया कपड़े पहन रखे थे। वह यहाँ-वहाँ भाग-दौड़ कर रहा था और पूरी व्यवस्था देख रहा था। आखिर खबर मिली कि दुल्हन आ रही है। मैं भीड़ में से रास्ता बनाता हुआ सामने आया और वधू के अद्‌भुत सौंदर्य को देख स्तंभित रह गया। पर लड़की का चेहरा पीला और अवसादग्रस्त था। वह बेहद व्याकुल सी दिखाई पड़ रही थी। उसे देखकर मुझे लगा जैसे वह अभी-अभी रोकर आई है। उसकी आँखें लाल हो रही थीं। उसके चेहरे की एक-एक रेखाकृति में क्लासिक तीक्ष्णता थी जो उसके सौंदर्य को एक खास गरिमा और पवित्रता प्रदान कर रही थी। किन्तु उस तीक्ष्णता और पवित्रता और उस अवसाद के पीछे से एक लड़की का अल्हड़पन झाँक रहा था। उसके चेहरे पर जो अवर्णनीय भोलापन, मासूमियत और अशांति थी, वह मानों दया की मूक याचना कर रही थी।

लोग कह रहे थे वह केवल सोलह बरस की है। मैंने दूल्हे को ध्यान से देखा। अचानक मैंने पहचाना, अरे! यह तो जूलियन मस्तकोविच ही था, जिसे मैंने इन पाँच वर्षों में दोबारा नहीं देखा था। मैंने दोबारा दुल्हन को ध्यान से देखा—हे ईश्वर! मैं जितनी जल्दी हो सका गिरजाघर से भाग निकला। मुझे भीड़ में से वधू की धन-दौलत, दहेज, पाँच सौ हजार रूबल—उसके जेब खर्च आदि की तमाम बातें सुनाई दे रही थीं।

''हाँ फिर तो उसका हिसाब बिल्कुल सही था, ''मैंने गली से बाहर निकलते हुए सोचा।

✦

अनु०—**अनुराधा महेन्द्र**

एक लंबा निर्वासन

✦

लियो तॉलस्तॉय (1828-1910)

लियो तॉलस्तॉय का जन्म 1 सितम्बर, 1828 को मॉस्को के निकट येस्नाया पोल्याना प्रांत में हुआ था। तॉलस्तॉय का बचपन वैभव, ऐश्वर्य और सम्पन्नता के माहौल में बीता। पर वे जीवन भर एक ऋषि की तरह जिये और दलितों व किसानों के हितों से जुड़े रहे। उन्होंने जो कुछ भी लिखा उसमें मानव जीवन के प्रति असीम प्रेम, करुणा और मुक्ति की खोज है तथा एक गहरी संवेदनशीलता है। 'वार एंड पीस', 'अन्ना कैरेनिना' तथा 'रेसरेक्शन', 'कज्जाक' जैसे उनके उपन्यास कालजयी रचनाएँ हैं। अपने ऐतिहासिक उपन्यास 'वार एण्ड पीस' (1862-69) और समकालीन जीवन शैली के मार्मिक दस्तावेज 'अन्ना कैरेनिना' (1875-77) उनकी महानतम कृतियाँ हैं। सैकड़ों कहानियों के रचनाकार तॉलस्तॉय से समूची 20वीं सदी का साहित्य प्रेरित और प्रभावित हुआ है।

वल्दीमिर नगर में युवा व्यापारी इवान दमीतरीच आक्सिनोव रहता था जिसकी दो दुकानें थीं और अपना एक मकान था।

आक्सिनोव खूबसूरत, गोरा, घुँघराले बालों वाला, हँसमुख नौजवान था। उसे संगीत का बड़ा शौक था। जवानी में उसे पीने की लत पड़ गई थी और वह विलासी बन गया था, पर विवाह के बाद उसने पीना छोड़ दिया। कभी-कभार शौकिया पी लेता था।

गर्मी के मौसम में एक दिन आक्सिनोव निजनी मेले में जा रहा था। जब वह अपने परिवार से विदा ले रहा था उसकी पत्नी उससे बोली, ''इवान दमीतरीच, आज यात्रा पर मत निकलो, मैंने तुम्हारे बारे में एक अशुभ सपना देखा है।''

आक्सिनोव हँसने लगा और बोला, ''तुम्हें शायद डर है कि मैं मेले में पहुँचते ही पीने लग जाऊँगा।''

उसकी बीवी ने कहा, ''मैं नहीं जानती मुझे क्यों डर लग रहा है, पर मैं इतना जरूर जानती हूँ कि मैंने एक बुरा सपना देखा था। मैंने सपने में तुम्हें लौटते हुए देखा और जब तुमने अपनी टोपी उतारी तो मैंने देखा तुम्हारे सारे बाल सफेद हो चुके थे।

आक्सिनोव हँसने लगा। ''यह तो शुभ संकेत है,'' उसने कहा। ''देखना, मैं अपना पूरा सामान बेचकर आऊँगा और तुम्हारे लिए मेले से बढ़िया तोहफे भी लाऊँगा'' और उसने परिवार से विदा ली और चल पड़ा।

जब वह आधे रास्ते तक पहुँचा, उसे एक व्यापारी मिला जिससे उसकी जान-पहचान थी। वे दोनों रात गुजारने के लिए एक ही सराय में ठहरे। उन्होंने साथ-साथ चाय पी और अगल-बगल वाले कमरों में सोने चले गए।

आक्सिनोव की देर तक सोने की आदत नहीं थी। वह तड़के ही ठंडे में यात्रा पर निकल जाना चाहता था। इसलिए उसने सूरज निकलने से पहले कोचवान को जगाया और उसे घोड़े जोतने के लिए कहा।

फिर वह सराय के मालिक के पास गया जो सराय के पिछवाड़े में बनी अपनी कोठी में रहता था। उसे किराया अदा किया और यात्रा पर निकल पड़ा।

करीब पच्चीस मील तक चलने के बाद वह घोड़ों को दाना खिलाने के लिए रुका। आक्सिनोव ने सराय के गलियारे में थोड़ी देर आराम किया और फिर द्वार के बाहर आया। चायदानी को गर्म करने का आदेश देकर वह अपना गिटार बजाने लगा।

अचानक एक तीन घोड़ों वाली गाड़ी घंटियाँ बजाते हुए वहाँ आई। उसमें से एक अधिक़ारी और दो सिपाही उतरे। वे आक्सिनोव के करीब आए और उससे पूछताछ करने लगे कि वह कौन है? कहाँ से आया है? आक्सिनोव ने उन्हें पूरे जवाब दिए और फिर पूछा, ''क्या आप मेरे साथ चाय पीना पसंद करेंगे?'' पर अफसर जिरह करता रहा, प्रश्न पूछता रहा कि कल रात तुम कहाँ ठहरे थे? क्या तुम अकेले थे? अथवा कोई व्यापारी तुम्हारे साथ था? क्या तुमने उस व्यापारी को सुबह देखा? तुम सुबह होने से पहले सराय छोड़ कर क्यों चले आए?

आक्सिनोव समझ नहीं पाया कि उससे यह सब सवाल क्यों किए जा रहे हैं, पर वह जो कुछ घटा था बताता चला गया और साथ ही उसने जानना चाहा, ''आप मुझसे इस तरह सवाल जवाब क्यों कर रहे हैं, मानों मैं. कोई चोर या उचक्का हूँ? मैं अपने काम के सिलसिले में यात्रा पर निकला हूँ और मुझसे इस तरह जिरह करने की कोई जरूरत नहीं है।''

फिर अफसर ने सिपाहियों को बुलाते हुए कहा, ''मैं इस जिले का पुलिस अफसर हूँ और मैं तुमसे इसलिए सवाल कर रहा हूँ, क्योंकि कल तुमने जिस व्यापारी के साथ रात गुजारी थी उसका गला काटकर हत्या कर दी गई है। हमें तुम्हारी तलाशी लेनी होगी।''

वे अंदर घुस आए। सिपाहियों और पुलिस अफसर ने आक्सिनोव का सारा सामान खोल दिया और तलाशी लेने लगे। अचानक अफसर ने उसके बक्से से एक छुरा खींचकर निकाला और चिल्ला उठा, ''यह चाकू किसका है?''

आक्सिनोव अपने बक्से से निकला खून से सना चाकू देख बेहद घबरा उठा।

''इस चाकू पर यह खून कैसे लगा?''

आक्सिनोव ने जवाब देने की पूरी कोशिश की पर वह एक शब्द भी नहीं बोल पाया और केवल हकलाकर रह गया : ''मैं नहीं जानता यह मेरा नहीं है?''

पुलिस अफसर ने कहा : ''आज सुबह व्यापारी को कटे गले के साथ बिस्तरे पर पाया गया। केवल आप ही वह शख्स हो जो यह कर सकता था। दरवाजा अंदर से बंद था और वहाँ और कोई नहीं था। तुम्हारे बक्से से निकला खून से सना यह चाकू और तुम्हारा चेहरा और हाव-भाव स्पष्ट गवाही दे रहे हैं। बताओ तुमने कैसे मारा और कितने पैसे चुराए?''

आक्सिनोव दुहाई देता रहा कि उसने यह नहीं किया है। उसने तो चाय पीने के बाद उसे देखा तक नहीं था, उसके पास अपने आठ हजार रूबल के अलावा और कोई पैसे नहीं हैं और वह चाकू भी उसका नहीं है। पर उसकी आवाज टूट गई थी, चेहरा पीला पड़ चुका था और वह भय से काँप रहा था मानों वही दोषी हो।

पुलिस अफसर ने आक्सिनोव को बाँधकर गाड़ी में बिठाने का आदेश दिया। उन्होंने उसके दोनों पैर बाँध दिए और गाड़ी में धकेल दिया। आक्सिनोव ईश्वर का नाम लेकर फूट-फूट कर रोने लगा। उसका सामान और पैसे छीन लिए गए और उसे नजदीकी शहर के कैदखाने में कैद कर दिया गया। वल्दीमिर में उसके चरित्र, व्यवहार आदि के बारे में पूछताछ की गई। व्यापारियों और अन्य रहवासियों से पता चला कि पहले वह पिया करता था और यहा-वहाँ भटका करता था। पर वह एक भला इंसान था। फिर मुकदमा चला। उस पर व्यापारी की छुरे से हत्या करने और बीस हजार रूबल चुराने का आरोप लगाया गया।

उसकी बीवी बेहद परेशान थी। उसे समझ नहीं आ रहा था कि क्या सच है? उसके बच्चे काफी छोटे थे, एक तो बिल्कुल ही दूध पीता बच्चा था। उन सबको लेकर वह शहर आई जहाँ उसका पति कैद था। पहले तो उसे मिलने ही नहीं दिया गया, पर काफी मिन्नतों के बाद अफसरों ने उसे मिलने की अनुमति दे दी। उसे पति के पास ले जाया गया। जब उसने अपने पति को कैदियों के लिबास में जंजीरों से जकड़े और चोर, उचक्कों तथा खूनियों के साथ कैद में देखा तो वह गिर पड़ी और बेहोश हो गई। काफी समय तक उसे होश नहीं था। फिर उसने अपने बच्चों को अपने पास बुलाया और पति के करीब बैठ गई। उसने पति को घर का हालचाल सुनाया और उससे पूछा कि वास्तव में क्या हुआ था? उसने उसे सब कुछ बताया। वह बोली, ''समझ नहीं आता अब क्या किया जाए?''

वह बोला, ''हमें ज़ार से याचना करनी चाहिए कि एक बेकसूर इंसान को इस तरह तबाह न होने दें।''

उसकी बीवी ने बताया कि उसने ज़ार के पास अर्जी भेजी थी पर वह मंजूर नहीं हुई। आक्सिनोव ने कोई जवाब नहीं दिया। वह केवल नीचे देखता रहा।

फिर उसकी बीवी बोली, ''मेरा वह सपना बेमतलब का नहीं था। तुम्हारे बाल सफेद हो जाने के पीछे कोई मतलब जरूर था। तुम्हें याद है? तुम्हें उस दिन नहीं निकलना चाहिए था।'' फिर उसके बालों में उँगलियाँ फिराते हुए वह बोली

''मेरे प्यारे वन्या, अपनी बीवी को सच-सच बताओ, क्या यह सब तुमने किया है?''

''तो क्या, तुम्हें भी मुझ पर शक है?'' आक्सिनोव ने कहा और अपना चेहरा हाथों में छिपाकर रोने लगा। उसी समय सिपाही आकर बोला कि मिलने का समय पूरा हो गया है, आक्सिनोव ने अंतिम बार अपने परिवार से विदा ली।

जब वे लोग चले गए तो आक्सिनोव जो कुछ घटा वह सब याद करने लगा। उसे लगा कि उसकी बीवी भी उस पर शक करती है। उसने अपने आप से कहा, ऐसा लगता है कि अब केवल ईश्वर ही सच जानता है, वही न्याय कर सकता है और केवल उसी से दया की उम्मीद की जा सकती है।

उसके बाद आक्सिनोव ने कोई अर्जी नहीं दी। सारी उम्मीद छोड़ दी और केवल ईश्वर से प्रार्थना करता रहा।

आक्सिनोव को कोड़े लगाने की सजा दी गई फिर खदानों में भेजा गया। उसे कोड़े लगाए गए और जब घाव भर गए तो उसे दूसरे अभियुक्तों के साथ साइबेरिया ले जाया गया।

छब्बीस वर्षों तक आक्सिनोव साइबेरिया में कैदी की तरह रहा। उसके बाल बर्फ की तरह सफेद हो गए। उसकी दाढ़ी लम्बी, पतली और सफेद हो गई। उसकी सारी खुशी लुप्त हो गई। वह रुक-रुक कर धीरे-धीरे चलता था, बहुत कम बोलता था, और कभी नहीं हँसता था और हमेशा पूजापाठ करता था।

कैदखाने में आक्सिनोव ने बूट बनाना सीखा और थोड़ा सा पैसा कमाया। उस पैसे से उसने 'संतों की जीवनी' नामक एक किताब खरीदी। कैदखाने में जब कभी थोड़ी सी भी रोशनी होती तो वह यह किताब पढ़ता और रविवार के दिन कैदखाने के चर्च में वह बाइबल के अध्याय पढ़ता। मंडली के साथ गाता, क्योंकि अब भी उसकी आवाज बहुत अच्छी और सुरीली थी।

जेल के सभी अधिकारी उसकी इस विनम्रता के कारण आक्सिनोव को पसंद करते थे और उसके साथी कैदी उसकी इज्जत करते थे। वे उसे 'दादाजी' या फिर 'संत' कहकर पुकारते। उन्हें जब कभी जेल के अधिकारियों से किसी भी बारे में कोई माँग या याचना करनी होती तो वे आक्सिनोव को अपना मुखिया बनाते और जब कैदियों के बीच लड़ाई-झगड़ा होता तो उसका निपटारा और न्याय करवाने के लिए भी वे हमेशा आक्सिनोव के पास आते।

आक्सिनोव को अपने घर, बीवी-बच्चों की कभी कोई खबर नहीं मिली। उसे तो यह भी नहीं मालूम था कि वे जिंदा भी हैं या नहीं।

एक दिन कैदियों की एक नई टोली कैदखाने में आई। शाम के वक्त सभी पुराने कैदी उन नये कैदियों के आसपास जमा हो गए और उनसे उनके शहर, गाँव और उनके जुर्म के बारे में पूछने लगे। दूसरों के साथ आक्सिनोव भी नये कैदियों के पास बैठ गया और बेहद उदासी, बेमन से उनकी बातें सुनने लगा।

नये कैदियों में एक लंबा, हृष्ट-पुष्ट साठ के आसपास का एक कैदी था जिसकी घनी सफेद दाढ़ी थी। वह सबको अपनी सजा की वजह के बारे में बता रहा था।

''हाँ, तो दोस्तो!'' वह बोला, ''मैंने केवल एक घोड़ा उठाया था, जो स्लेज से बँधा हुआ था। मुझे चोरी के जुर्म में पकड़ लिया गया। मैं कहता रहा मैंने सिर्फ घर जल्दी पहुँचने के लिए घोड़ा उठाया था और फिर उसे छोड़ दिया था, इसके अलावा घोड़ों का मालिक मेरा अंतरंग मित्र था, इसलिए घोड़ा उठाना कोई चोरी नहीं थी। पर वे बोले, ''नहीं, तुमने इसे चुराया है।'' पर मैंने उसे कहाँ और कैसे चुराया यह वे नहीं बता सके। वैसे मैंने एक बार वाकई बुरा काम किया था और उसके जुर्म में मुझे बहुत पहले यहाँ आ जाना चाहिए था। पर वक्त मुझे पकड़ा नहीं गया। अब मुझे यहाँ बिना कोई वजह के भेजा गया है...अरे, पर मैं तुम लोगों को सब झूठ कह रहा हूँ, मुझे पहले भी साइबेरिया भेजा गया था पर अधिक समय तक़ नहीं रहा।''

''तुम कहाँ से हो?'' किसी ने पूछा।

''वल्दीमिर से, मेरा परिवार उसी शहर में है। मेरा नाम मेकर है वे मुझे सेमयोनिच कहकर भी बुलाते हैं।''

आक्सिनोव ने अपना सिर ऊपर उठाया और पूछा, ''सेमयोनिच मुझे बताओ, क्या तुम वल्दीमिर के व्यापारी आक्सिनोव के परिवार के बारे में कुछ जानते हो? क्या वे अभी भी जीवित हैं?''

''बेशक, मैं उन्हें जानता हूँ। आक्सिनोव काफी अमीर है, हालाँकि उनका पिता साइबेरिया में है। हमारी तरह ही वह भी कोई अपराधी है, पर दादाजी, आप यहाँ कैसे आए?''

आक्सिनोव अपने दुर्भाग्य के बारे में कुछ बोलना नहीं चाहता था। वह केवल आह भरकर रह गया और बोला, ''अपने पापों की वजह से मैं छब्बीस वर्ष से जेल में हूँ।''

''कैसे पाप?'' मेकर सेमयोनिच ने पूछा।

पर आक्सिनोव ने केवल इतना ही कहा, ''हो सकता है मैं इसके ही लायक हूँ।'' वह इससे अधिक कुछ नहीं कहता, पर उसके साथियों ने नये कैदियों को बता दिया कि आक्सिनोव कैसे साइबेरिया पहुँचा, कैसे किसी ने व्यापारी का खून कर दिया और छुरा आक्सिनोव के सामान में छिपा दिया और आक्सिनोव को बेवजह सजा हो गई।

जब मेकर सेमयोनिच ने यह सुना, उसने आक्सिनोव की तरफ देखा, अपने घुटने को चपत लगाई और विस्मय से बोल पड़ा, ''अच्छा, यह तो आश्चर्यजनक है। वाकई आश्चर्यजनक! पर दादाजी अब आप कितने बूढ़े हो गए हैं!''

दूसरों ने उससे जानना चाहा कि वह इतना आश्चर्य क्यों कर रहा है और उसने आक्सिनोव को पहले कहाँ देखा था? पर मेकर सेमयोनिच ने कुछ जवाब नहीं दिया। वह केवल इतना ही बोला, ''यह बहुत अच्छा है कि हम यहाँ मिले!''

इन शब्दों ने आक्सिनोव को सोचने पर मजबूर कर दिया कि क्या यह व्यक्ति जानता है कि व्यापारी को किसने मारा, इसलिए उसने पूछा, ''सेमयोनिच शायद तुमने उस घटना के बारे में सुना है या फिर तुमने मुझे पहले कहीं देखा है?''

''सुनने से भला कौन रोक सकता है? दुनिया तमाम अफवाहों से भरी हुई है। पर यह तो बहुत समय पहले की बात है। मैंने क्या सुना था मैं भूल चुका हूँ।''

''शायद तुमने सुना हो कि व्यापारी को किसने मारा?'' आक्सिनोव ने पूछा।

मेकर सेमयोनिच हँसने लगा और बोला, ''जिसके बक्से में चाकू छुपा हुआ था वही खूनी होगा। यदि किसी और ने वहाँ चाकू छिपाया था तो वह जब तक पकड़ा नहीं जाता, ''वह चोर नहीं है'', यह कहावत तो सुनी होगी। कोई कैसे तुम्हारे बक्से में चाकू रख सकता है जबकि बक्सा तुम्हारे सिर के नीचे था? इससे तो तुम अवश्य ही जाग जाते।

जब आक्सिनोव ने ये शब्द सुने तो उसे यकीन हो गया कि इसी व्यक्ति ने व्यापारी का खून किया होगा। वह उठा और चला गया। पूरी रात वह जागता रहा। वह बेहद दु:खी था और तमाम तरह के ख्याल उसके दिमाग में उठ रहे थे। उसकी बीवी की वह छवि उसके दिमाग में थी, जब वह मेले में जाने के लिए उससे विदा ले रहा था, उसे ऐसा लगा मानो वह उसके समक्ष साक्षात् खड़ी है। उसका चेहरा, उसकी आँखें उसे दिखाई दीं, उसे उसकी आवाज और हँसी भी सुनाई दी। फिर उसे अपने बच्चे दिखाई दिए, काफी छोटे, जितने वे उस वक्त थे—एक छोटी सी घड़ी हाथ में लिए था और दूसरा अपनी माँ की छाती से चिपका हुआ। फिर उसे अपनी याद आई। वह खुद कैसा हुआ करता था, जवान और खुशमिजाज। उसे याद आया कैसे वह सराय के गलियारे में बैठकर गिटार बजा रहा था जब उसे पकड़ा गया और वह कितना बेफिक्रा और मस्त मौला था। उसके दिमाग में उस जगह का दृश्य घूम गया जहाँ उसे कोड़े लगाए गए थे। जल्लाद, आसपास खड़े लोग, जंजीरें, कैदी, अपने कारावास के छब्बीस वर्ष और अपना असमय बुढ़ापा सब कुछ उसे याद आने लगा। इन सब ख्यालों ने उसे इतना दु:खी कर दिया कि वह खुद को खत्म करने के लिए तैयार हो गया।

''और यह सब इसी दुष्ट का किया कराया है!'' आक्सिनोव ने सोचा और मेकर सेमयोनिच पर उसे इतना क्रोध आया कि वह प्रतिशोध की आग में जलने लगा, चाहे इस आग में वह खुद भी क्यों न झुलस जाए। वह पूरी रात प्रार्थना करता रहा पर उसे शांति नहीं मिली। दिन के समय वह सेमयोनिच के बिल्कुल करीब नहीं गया और न ही उसकी ओर देखा। इस तरह पन्द्रह दिन बीत गए।

आक्सिनोव रात में सो नहीं पाता था और वह इतना टूट गया था कि उसे सूझ नहीं रहा था कि वह क्या करे?

एक रात जब वह जेल में चहलकदमी कर रहा था उसने कैदियों के सोने के लिए बने तख्तों के नीचे से जमीन के एक टुकड़े को लुढ़ककर आते हुए देखा, वह उसे देखने के लिए रुक गया। अचानक तख्त के नीचे से मेकर सेमयोनिच रेंगकर बाहर आया और आक्सिनोव को देख बेहद घबरा गया। आक्सिनोव बिना उसकी ओर देखे वहाँ से चलने लगा। पर मेकर ने उसका हाथ पकड़ लिया और उससे कहा कि उसने दीवार को खोदकर एक सूराख बनाया है और खोदी हुई जमीन के टुकड़ों को अपने ऊँचे जूतों में छिपाकर वह रोज उन्हें रोड पर जाकर खाली करता है, जब कैदियों को काम पर ले जाया जाता है।

''पर बूढ़े आदमी, तुम बिल्कुल चुप रहोगे और तुम भी बाहर निकल सकोगे। अगर तुमने कुछ भी उगला तो कोड़े मार-मारकर वे मुझे खत्म कर देंगे। पर उससे पहले मैं तुम्हें खत्म कर दूँगा।''

आक्सिनोव अपने दुश्मन को सामने देख गुस्से से काँपने लगा। उसने हाथ हटाया और बोला, ''मेरी यहाँ से बच निकलने की कतई इच्छा नहीं है और तुम्हें मुझे मारने की भी जरूरत नहीं है, तुम तो मुझे बहुत पहले मार चुके हो। जहाँ तक तुम्हारे बारे में कुछ भी कहने की बात है, तो मैं कह भी सकता हूँ और नहीं भी, जैसी ईश्वर की मर्जी होगी।''

दूसरे दिन, जब कैदियों को काम पर ले जाया जा रहा था, रक्षादल के एक सिपाही ने देखा कि एक दो कैदी अपने जूतों में से मिट्टी खाली कर रहे हैं। कैदखाने की तलाशी ली गई और सुरंग का पता चल गया। गवर्नर आया और उसने सभी कैदियों से जानना चाहा कि यह सूराख किसने किया है। सभी ने इस बारे में अपनी अज्ञानता दर्शायी। जिन्हें पता था वे भी मेकर सेमयोनिच को धोखा नहीं देना चाहते थे। वे जानते थे कि उसे कोड़े मार-मारकर जान से मार दिया जाएगा। अंत में गवर्नर आक्सिनोव की ओर मुड़ा। वह आक्सिनोव की ईमानदारी से वाकिफ था। उसने पूछा :

''तुम एक सच्चे, ईमानदार, बूढ़े आदमी हो, तुम्हें ईश्वर का वास्ता है, मुझे बताओ कि किसने यह सूराख किया?''

मेकर सेमयोनिच यहाँ ऐसे खड़ा था मानो उसका इससे कोई सरोकार ही न हो। वह लगातार गवर्नर को देख रहा था और आक्सिनोव से नजरें चुरा रहा था। आक्सिनोव के होंठ और हाथ काँपे, और काफी समय तक वह एक शब्द भी नहीं बोल पाया। उसने सोचा, ''मैं उसे क्यों बक्शूँ जिसने मेरा जीवन तबाह कर दिया? मैंने जो भुगता है उसे उसका मूल्य चुकाने दो। पर यदि मैं कहता हूँ तो ये लोग शायद इसके प्राण ही ले लेंगे और हो सकता है मैं इस पर नाहक शक कर रहा हूँ, और फिर इस सबसे मेरा क्या फायदा होगा?''

''तो बताओ बूढ़े व्यक्ति'', गवर्नर ने फिर पूछा, ''सच, सच बताओ किसने यह काम किया है?''

आक्सिनोव ने मेकर सेमयोनिच की ओर एक नजर डाली और बोला, ''मैं नहीं बता सकता, यह ईश्वर की मर्जी नहीं है कि मैं कुछ बताऊँ! आपको मेरे साथ जो करना है कीजिए, मैं आपके सामने हूँ।''

गवर्नर ने बहुत कोशिश की पर आक्सिनोव इससे अधिक कुछ नहीं बोला और फिर मामले को रफा-दफा करना पड़ा।

उस रात आक्सिनोव जब अपने बिस्तर पर लेटा हुआ था और झपकी आने ही लगी थी कि कोई धीरे से उसके करीब आया और बिस्तर के पास आकर बैठ गया। उसने अंधेरे में देखने की कोशिश की और मेकर को पहचान लिया।

''अब क्या लेने आए हो?'' आक्सिनोव ने पूछा, ''तुम यहाँ क्यों आए हो?''

मेकर सेमयोनिच चुप रहा, तो आक्सिनोव उठकर बैठ गया और बोला, ''तुम क्या चाहते हो चले जाओ, नहीं तो मैं गार्ड को बुलाऊँगा!''

मेकर सेमयोनिच आक्सिनोव की तरफ झुक गया और फुसफुसाकर बोला, ''इवान, मुझे माफ कर दो!''

''किस लिए?'' आक्सिनोव ने पूछा। ''मैंने ही उस व्यापारी का खून किया था और चाकू तुम्हारे सामान में छिपा दिया था। मैं तो तुम्हें भी मारना चाहता था, पर बाहर कुछ शोर सुनाई दिया, इसलिए मैंने छुरा तुम्हारे बक्से में छिपा दिया और खिड़की से कूदकर भाग गया।''

आक्सिनोव खामोश रहा। उसे समझ नहीं आया क्या कहे। मेकर सेमयोनिच बिस्तर के पास बैठ गया और जमीन्न पर घुटने टेक दिए। ''इवान दमीतरीच, मुझे माफ कर दो! ईश्वर के लिए मुझे माफ कर दो! मैं अपना जुर्म कबूल कर लूँगा। मैं बता दूँगा कि मैंने ही व्यापारी का खून किया था। फिर तुम्हें छोड़ दिया जाएगा और तुम घर जा सकोगे।''

''तुम्हारे लिए यह सब कहना बहुत आसान है।'' आक्सिनोव बोला, ''पर तुम्हारी वजह से मैंने छब्बीस साल भुगता है। अब भला मैं कहाँ जा सकता हूँ? मेरी बीवी मर चुकी है और मेरे बच्चे भी मुझे भूल गए हैं। अब मेरा कोई ठिकाना नहीं है...''

मेकर सेमयोनिच उठा नहीं और जमीन से सिर पटक-पटक कर रोने लगा। ''इवान दमीतरीच मुझे माफ कर दो!'' वह रो रहा था। ''जब उन्होंने मुझे कोड़ों से मारा तो वह इतना असहनीय नहीं था पर अब तुम्हें इस दशा में देखना बेहद कष्टप्रद है। फिर भी तुमने मुझ पर दया की, और कुछ नहीं बोले। ईश्वर की खातिर, मुझे माफ कर दो मैं पापी हूँ'' और वह फिर रोने लगा।

जब आक्सिनोव ने उसे रोते देखा तो वह खुद भी रोने लगा।

''ईश्वर तुम्हें माफ करेगा'' वह बोला, ''हो सकता है मैं तुमसे कई हजार गुना बुरा हूँ।'' इन शब्दों के साथ ही उसका मन हल्का हो गया और घर जाने की इच्छा भी जाती रही। अब कैदखाने को छोड़कर जाने की इच्छा भी नहीं रही। बस एक ही इच्छा थी कि उसकी अंतिम घड़ी आ जाए।

आक्सिनोव के मना करने के बावजूद मेकर सेमयोनिच ने अपना जुर्म कबूल कर लिया। पर जब तक जेल से रिहाई का आदेश आया उसके पहले ही आक्सिनोव मर चुका था।

✦

अनु०—**अनुराधा महेन्द्र**

डार्लिंग

✦

एन्तॉन चेखव (1860-1904)

रूसी कथाकार एन्तॉन चेखव का जन्म 1860 में हुआ। उनके पूर्वज बंधुआ कृषक थे। चेखव ने अपनी रचनाओं में निर्धन किसानों के संघर्ष और जिजीविषा का गहन और मार्मिक वर्णन किया। चेखव ने चिकित्सा विज्ञान की शिक्षा प्राप्त कर डॉक्टर का पेशा अपनाया। वे स्वयं बीमार रहते थे किन्तु उन्होंने जीवन भर रोगियों की सेवा की। उनकी कालजयी कहानियों में आम आदमी के प्रति करुणा तो झलकती ही है, रोगियों के प्रति भी मानवीय दृष्टिकोण उभरता है। चेखव बड़ी सादगी से कथा कहने में सिद्धहस्त हैं। एन्तॉन चेखव ने कुछ बहुत अच्छे नाटक भी लिखें जिनमें 'द चेरी ऑर्चर्ड' व 'अंकल वान्या' विश्वप्रसिद्ध हैं।

गर्मी के दिन थे। ओलेन्का अपने मकान के पिछले दरवाज़े पर बैठी थी। यद्यपि उसे मक्खियाँ बहुत सता रही थीं, फिर भी यह सोचकर कि शाम बहुत जल्दी ही आने वाली है, वह बड़ी प्रसन्न हो रही थी। पूर्व की ओर घने, काले बादल इकट्ठे हो रहे थे।

कुकीन, जो ओलेन्का के मकान में ही एक किराये का कमरा लेकर रहता था, बाहर खड़ा आकाश की ओर देख रहा था। वह "ट्रिवोली नाटक कम्पनी" का मैनेजर था।

"ऊँह, रोज़-रोज़ पानी, रोज़-रोज़ पानी! नाक में दम हो गया।" कुकीन अपने ही आप कह रहा था—"रोज़ कम्पनी का नुकसान होता है।" फिर ओलेन्का की ओर मुड़ कर बोला, "मेरी ज़िंदगी कितनी बुरी है! बिना खाये-पिये रात भर परिश्रम करता हूँ, ताकि नाटक में ज़रा-सी ग़लती न निकले। सोचते-सोचते मर जाता हूँ, पर जानती हो फल क्या होता है? इतने ऊँचे दर्जे की चीज़ को कोई भी नहीं समझ पाता। जनता बेवकूफी की बातों को, दौड़-धूप को बहुत पसन्द करती है। और फिर मौसम का यह हाल है! देखो न, रोज शाम को पानी बरसने लगता है। मई के दस तारीख से पानी शुरू हुआ, और सारे जून भर रहा। जो पहले आते भी थे, वे अब इस पानी के मारे नहीं आते। कुछ भी नहीं मिलता, अभिनेताओं को देने के लिये रुपया कहाँ से लाऊँ, कुछ भी समझ में नहीं आता।"

दूसरे दिन शाम को ठीक समय पर आकाश में फिर बादल इकट्ठे होने लगे। कुकीन लापरवाही से हँस कर बोला—"ऊँह, जाने भी दो! चाहे मुझे और मेरी कम्पनी को डुबा दे, पर मुझे कुछ भी फ़िक्र नहीं है। जाने दो, अगर इस जीवन में मैं अभागा ही रहूँगा, तो रहूँ। यदि सब अभिनेता मिल कर मेरे ऊपर मुकदमा चला दें तो कितना अच्छा हो। हा...हा...हा—!"

तीसरे दिन फिर वही पानी! बेचारे कुकीन का हृदय रो रहा था।

ओलेन्का ने चुपचाप बहुत ध्यान से कुकीन की बातें सुनी। कभी-कभी उसकी आँखों से दो बूँद आँसू भी टपक पड़ते थे। ओलेन्का को कुकीन से बहुत सहानुभूति थी। कुकीन एक नाटा, पीला और लम्बे बालों वाला आदमी था। उसके बाल हमेशा बिखरे और मुँह उदास रहा करता था। उसकी आवाज़ बहुत पतली और तेज़ थी।

ओलेन्का अभी तक किसी न किसी को प्यार करती आई है। वह अपने बुड्ढे बीमार बाप को प्यार कर चुकी है, जो हमेशा अँधेरे कमरे में, आराम कुरसी पर लेट कर, लम्बी साँसें लिया करता था। वह अपनी चाची को प्यार कर चुकी है, जो साल भर में एक या दो बार ब्रिआत्सका से ओलेन्का को देखने आया करती थी। हाँ, उसके पहले उसने अपनी शिक्षक को प्यार किया था और अब वह कुकीन से प्रेम करती थी।

ओलेन्का चुप्पी और दयालु थी। उसके दुबले शरीर और पीले, पर मुस्कराहट भरे चेहरे को देख कर, लोग हँस कर कह देते, ''हाँ—कोई वैसी बुरी तो नहीं है।'' औरतें बातचीत करते-करते उसे ''डार्लिंग'' कह कर सम्बोधित किया करती थीं।

उसका यह मकान, जो उसकी पैतृक सम्पत्ति थी और जिसमें वह बचपन से ही रह रही थी, ''ट्रिबोली नाटक कम्पनी'' के पास, ''जिप्सी रोड'' पर था। वह सुबह से शाम तक ''ट्रिबोली'' के गाने सुना करती थी; साथ ही साथ कुकीन का गुस्से से चिल्लाना भी सुन सकती थी। यह सब सुन कर उसका कोमल हृदय पिघल जाता, वह रात-भर सो न सकती। जब एक पहर रात गये कुकीन घर लौटता, तो वह मुस्करा कर उसका स्वागत करती, और उसका दिल ख़ुश करने की चेष्टा करती। अन्त में, उनकी शादी हो गई। दोनों प्रसन्न थे। पर... ठीक शादी के दिन शाम को ज़ोरों की वर्षा हुई, और कुकीन के चेहरे से निराशा और ऊब के चिन्ह न मिटे।

उनके दिन अच्छी तरह बीत रहे थे। कम्पनी का हिसाब रखना, थियेटर हाल का निरीक्षण और तनख्वाह बाँटना, अब ओलेन्का का काम था। अब जब वह अपनी सहेलियों से मिलती तो अपने थियेटर की ही चर्चा किया करती। वह कहा करती कि थियेटर दुनिया की सब से मुख्य, सबसे महान् और सब से आवश्यक चीज़ है और कहती थी कि सच्चा आनन्द और सच्ची शिक्षा थियेटर के सिवा और कहीं नहीं मिल सकते।

''पर क्या तुम समझती हो कि जनता में यह समझने की शक्ति है?'' वह पूछा करती, ''जनता तो बेवकूफ़ी की बातों और दौड़-धूप को बहुत पसन्द करती है। कल के खेल में जगह सब खाली थी। कल मैंने और कुकीन ने बहुत अच्छा खेल चुन कर दिया था, इसीलिये। अगर हम लोग कोई रद्दी बेवकूफ़ी का खेल

देते तो हॉल में तिल भर भी जगह न बाक़ी रहती। कल हम लोग ''...'' दिखलाने वाले हैं। अवश्य आना, अच्छा?''

वह रिहर्सल की देख-भाल करती, अभिनेताओं की ग़लतियाँ सुधारती, गायकों को ठीक करती; और जब किसी पत्र में उस नाटक की बुराई निकलती, तो वह घण्टों रोती और उस पत्र के सम्पादक से बहस कर उसे ग़लत प्रमाणित करने के लिए दौड़ी जाती।

थियेटर के अभिनेता उसे चाहते थे, और ''डार्लिंग'' कहा करते थे। वह उनकी चिंताओं से स्वयं भी चिंतित थी और आवश्यकता पड़ने पर उन्हें कर्ज़ भी दे देती थी।

जाड़ों के दिन भी अच्छी तरह निकल गये। ओलेन्का बहुत प्रसन्न थी, और कुछ-कुछ मोटी भी हो रही थी; पर कुकीन दिन पर दिन दुबला और चिड़चिड़ा होता जा रहा था। रात-दिन वह कम्पनी के नुकसान की शिकायत किया करता था, यद्यपि जाड़ों में उसे नुकसान नहीं हुआ था। रात को उसे बड़े ज़ोरों की खाँसी उठती, तो ओलेन्का तरह-तरह की दवायें दे कर उसके कष्ट को दूर करने की चेष्टा करती।

कुछ दिनों बाद, थोड़े दिनों के लिये वह अपनी कम्पनी के साथ मास्को चला गया। उसके चले जाने पर ओलेन्का बहुत दुःखी रहने लगी। खिड़की पर बैठ कर, रात भर वह आकाश की ओर देखा करती। कुकीन ने लिखा कि किसी कारण-वश वह 'ईस्टर' त्यौहार के पहले घर न लौट सकेगा। उसके खत केवल ''ट्रिबोली'' के समाचारों से भरे रहते।

'ईस्टर' के सोमवार के पहले एक दिन रात को न जाने किसने किवाड़ खटखटाये। रसोइया नींद से उठ कर, गिरते-पड़ते दरवाज़ा खोलने गया।

''तार है, जल्द दरवाज़ा खोलो!'' किसी ने बड़े रुखे स्वर में कहा।

ओलेन्का को उसके पहले कुकीन का एक तार मिल चुका था। पर न जाने क्यों इस बार उसका हृदय किसी अनिष्ट की आशंका से काँप रहा था। काँपते हुये हाथों से उसने तार खोला।

''कुकीन की आज अचानक मृत्यु हो गई। आदेश की प्रतीक्षा है। अन्तिम संस्कार मंगल को,'' तार में यही खबर थी! तार पर ''ऑपरा'' कम्पनी के मैनेजर का हस्ताक्षर था।

ओलेन्का फूट-फूट कर रो रही थी! अहा, बेचारी...!

कुकीन मास्को में मंगलवार को गाड़ा गया। बुधवार को ओलेन्का घर वापस आ गई। आते ही वह पलंग पर गिर पड़ी, और इतनी ज़ोर से रोने लगी कि सड़क पर चलने वाले तक उसका रोना सुन सकते थे। उसके पड़ोसी उसके घर के सामने से निकलते तो कहते, ''बेचारी डार्लिंग'', कितना रो रही है!''

तीन महीने पश्चात् एक दिन ओलेन्का कहीं जा रही थी। उसके बगल में एक आदमी जा रहा था। वह लकड़ी के कारखाने का मैनेजर था। देखने से वह अमीर आदमी मालूम होता था। उसका नाम वेसिली था।

''ओलेन्का, बड़े दुःख की बात है,'' वह धीरे-धीरे कह रहा था, ''यदि कोई मर जाय तो ईश्वर की इच्छा समझ कर चुप रह जाना चाहिये। अच्छा जाता हूँ। नमस्कार।'' और वह चला गया।

उसके बाद से ओलेन्का सदैव उसी का ध्यान करने लगी। एक दिन वेसिली की एक रिश्तेदार ओलेन्का से मिलने आई। ओलेन्का ने उसकी बड़ी ख़ातिरदारी की। उस बुढ़िया ने वेसिली की तारीफ में ही सारा समय बिता दिया। उसके बाद, एक दिन वेसिली स्वयं भी ओलेन्का से मिलने आया। वह केवल दस मिनट ठहरा। पर इस दस मिनट की बातचीत ने ओलेन्का पर बहुत प्रभाव डाला।

कुछ दिनों बाद, उस बुढ़िया की सलाह से दोनों की शादी हो गयी थी। खाने तक कारखाने में रहता, फिर बाहर चला जाता। उसके जाने के बाद, ओलेन्का उसका स्थान ग्रहण करती। कारखाने का हिसाब रखना, नौकरों को तनख्वाह बाँटना अब उसका काम था।

अब वह अपनी सखियों से लकड़ी के व्यापार और कारखाने के ही विषय में बातें किया करती थी, ''लकड़ी का दाम बीस रुपये सैकड़ा बढ़ रहा है,'' वह बड़े दुःख से कहा करती, ''पहले मैं और वेसिली जंगल से लकड़ी मँगा लेते थे। पर अब बेचारे वेसिली को हर साल मालगेव शहर में जाना पड़ता है। उस पर चुंगी अलग से।'' अब उसके लिये संसार की सबसे मुख्य, सब से महान और सबसे आवश्यक चीज़ लकड़ी थी। वेसिली की राय और उसकी राय एक थी। वेसिली को खेल तमाशे से नफ़रत थी, अतएव उसने भी तमाशों में जाना छोड़ दिया।

अगर उसकी सखियाँ पूछती कि, ''तुम घर के बाहर क्यों नहीं निकलती? थियेटर क्यों नहीं देखती?'' जो वह गर्व से कहती, ''मुझे और वेसिली को थियेटर में वक़्त खराब करना पसन्द नहीं। थियेटर जाना बिल्कुल मूर्खता है।''

एक दिन ओलेन्का और वेसिली गिरजे से लौट रहे थे। ओलन्का ने कहा, ''ईश्वर को बहुत धन्यवाद, हम लोगों का समय ठीक से कट रहा है। ईश्वर से यही प्रार्थना है कि सब मेरी और वेसिली की तरह सुख से रहें।''

जब एक दिन वेसिली लकड़ी खरीदने मालगेव चला गया, तो वह पागल-सी हो गई। रोते-रोते वह सारी रात बिता देती। दिन भर पागल-सी रहती; कभी-कभी स्मिरनॉव, जो मकान में किराये के कमरे में रहता था, उसे देखने जाया करता था। वह पशुओं का डाक्टर था। वह ओलेन्का को अपने जीवन की घटनायें सुनाया करता या ताश खेला करता। उसकी शादी हो चुकी थी, और एक लड़का भी था; पर अब उसने अपनी स्त्री को छोड़ दिया था और अपने लड़के के लिये चालीस रुपया हर महीने भेजा करता था। वह कहा करता था कि उसकी पत्नी बड़ी

धोखेबाज थी, इसी लिये उसे अलग होना पड़ा। ओलेन्का को उससे बड़ी सहानुभूति थी। "ईश्वर तुम्हें ख़ुश रक्खें", ओलेन्का वापस जाते हुए स्मिरनॉव से कहा करती थी, "तुमने बहुत कष्ट उठाया। मेरा समय कट गया। किन शब्दों में तुम्हें धन्यवाद दूँ?" जब स्मिरनॉव चला जाता तो वह बड़ी दुःखी हो जाती, और रात भर स्मिरनॉव और उनकी पत्नी की दोस्ती करा देने के लिये, तरह-तरह के उपाय सोचा करती।

वेसिली के लौट आने पर, एक दिन ओलेन्का ने उसे स्मिरनॉव की दुःख-पूर्ण कहानी सुनाई।

छः साल तक ओलेन्का और वेसिली के दिन बड़े आनन्द से कटे। एक दिन जाड़ों में वेसिली, किसी आवश्यक काम से, नंगे सिर ही बाहर चला गया। लौट कर आया तो ज़ुकाम हो गया था, और दूसरे ही दिन उसे पलंग पकड़ना पड़ा। शहर के सबसे अच्छे डाक्टर ने उसकी दवा की। पर चार महीने की बीमारी के बाद, एक दिन वह मर गया। ओलेन्का फिर विधवा हो गई!

बेचारी ओलेन्का दिन रात रोती रहती थी। वह केवल काले कपड़े पहनती, और गिरजा के सिवाय कहीं भी न जाती। एक संन्यासिनी की तरह वह अपने दिन काट रही थी।

वेसिली की मृत्यु के छः महीने बाद उसके शरीर से काले कपड़े उतरे। अब रोज़ सवेरे वह अपने रसोइये के साथ बाजार जाया करती थी।

घर में वह क्या किया करती थी, यह केवल अन्दाज़ से लोग जान सकते थे। वे लोग कई बार ओलेन्का और स्मिरनॉव को बाग़ में बैठ कर चाय पीते और बातें करते देख चुके थे, इसी से वे अन्दाज़ लगाने की चेष्टा किया करते थे।

एक दिन पशुओं के डाक्टर स्मिरनॉव ने कहा, "तुम्हारे शहर में अच्छा इन्तज़ाम नहीं है, लोग बहुत बीमार पड़ते हैं। जानवरों की भी देख-भाल ठीक तरह से नहीं होती।"

अब वह स्मिरनॉव की बातें दुहराया करती, और प्रत्येक चीज़ के बारे में जो उसकी राय होती, वही ओलेन्का की भी। यदि ओलेन्का के स्थान पर कोई दूसरी स्त्री होती तो अभी तक सब की घृणा का पात्र बन गई होती, पर ओलेन्का के विषय में कोई भी ऐसा नहीं सोचता था। उसकी सखियाँ अब भी उसे "डार्लिंग" कहती थीं, और उससे सहानुभूति रखती थीं। स्मिरनॉव अपने मित्रों और अफ़सरों को यह नहीं बतलाना चाहता था कि उससे और ओलेन्का से मित्रता है, पर ओलेन्का के लिये किसी बात को गुप्त रखना असम्भव था। जब डाक्टर के अफ़सर या दोस्त उससे मिलने आते, तो उनके लिये चाय बनाती, और तरह-तरह की बीमारियों के विषय में बातें किया करती। वह स्मिरनॉव के विषय में बातें किया करती। यह स्मिरनॉव के लिये असह्य था। उनके जाने के बाद, वह ओलेन्का का हाथ पकड़ कर गुस्से से कहता, "मैंने तुमसे कहा था कि तुम उन विषयों के बारे

में बातें न किया करो, जिन्हें तुम नहीं समझतीं। याद है या भूल गई? जब हम लोग बातें करते हैं, तो तुम बीच में क्यों बोलती हो? मैं यह नहीं सह सकता। क्या तुम अपनी जीभ को वश में नहीं कर सकती?''

ओलेन्का डर कर उसकी ओर देखती, और दु:खित होकर पूछती, ''फिर मैं किसके बारे में बातें किया करूँ, स्मिरनॉव?'' फिर वह रोते-रोते उससे क्षमा माँगती। और फिर दोनों खुश हो जाते।

ओलेन्का स्मिरनॉव के साथ बहुत दिनों तक नहीं रह सकी। स्मिरनॉव की बदली हो गई, और उसे बहुत दूर जाना पड़ा। ओलेन्का फिर अकेली थी।

अब वह बिल्कुल अकेली थी। उसका पिता बहुत दिन पहले मर चुका था। वह दिन पर दिन दुबली होती जा रही थी। अब लोग उसे देख कर भी बिना कुछ कहे चले जाते। ओलेन्का शाम को सीढ़ियों पर बैठ कर ''ट्रिवोली'' के गानें सुना करती थी। पर अब उन गानों से उसे कुछ मतलब नहीं था।

वह अब भी लकड़ी के कारखाने को देखती पर उसे देखकर न वह दु:खी होती न सुखी। खाना मानों उसे जबर्दस्ती खाना पड़ता था। सब से दु:ख की बात तो यह थी, कि अब वह किसी भी चीज़ के बारे में राय नहीं देती थी। कुकीन, वेसिली और पशुओं के डाक्टर के साथ रहने के समय बिना सोचे अपनी राय दे देना उसके लिये कुछ भी मुश्किल नहीं था। अब वह सब कुछ देखती, पर अपनी राय नहीं दे सकती थी।

धीरे-धीरे सब ओर परिवर्तन हो गया। ''जिप्सी रोड'' अब एक बड़ा रास्ता बन गया है, और ट्रिबोली और लकड़ी के कारखाने के स्थान पर अब बहुत से बड़े-बड़े मकान बन गये हैं। ओलेन्का बूढ़ी हो चली है, उसका घर भी कहीं-कहीं टूट गया है।

अब ओलेन्का की रसोइया मार्वा जो कहती, वही वह मान लेती।

जुलाई में एक दिन, किसी ने दरवाज़ा खटखटाया। ओलेन्का स्वयं ही दरवाज़ा खोलने गई। दरवाज़े पर अचानक स्मिरनॉव को देखकर वह आश्चर्य में डूब गई। पुरानी बातें एक-एक करके, उसे याद आने लगीं। अब वह अपने को न रोक सकी। दोनों हाथों से मुँह ढँक कर रोने लगी। उसे यह पता ही न चला कि वह कैसे चाय पीने बैठ गई। वह बहुत कुछ कहना चाह रही थी पर मुँह से एक शब्द भी नहीं निकल रहा था। अन्त में बड़े कष्ट से वह बोली, ''तुम अचानक आ गये?''

''मैंने नौकरी छोड़ दी है।'' स्मिरनॉव ने कहा, ''और अब मैं अपनी गृहस्थी यहीं बसाना चाहता हूँ। मेरे लड़के की उम्र अब स्कूल जाने लायक हो गई है। उसे स्कूल भी भेजना है। और हाँ, तुम तो जानती न होगी, मेरी स्त्री से मेरी सुलह हो गई है।''

''तब वह कहाँ है?'' ओलेन्का ने बहुत उत्सुकतापूर्वक पूछा।

"वह और लड़का दोनों अभी होटल में हैं। अभी मुझे घर खोजना है।"

"हे भगवान्! तुम इतनी तकलीफ़ क्यों करोगे! मेरा घर क्यों नहीं ले लेते? क्या यह घर तुम्हें पसन्द नहीं? अरे नहीं? डरो मत, मैं एक पैसा भी किराया नहीं लूँगी। मेरे लिये एक कोना काफ़ी होगा, बाक़ी सब तुम ले लो। देखो न, काफ़ी बड़ा मकान है। मेरे लिये इससे बढ़कर सौभाग्य की बात और क्या हो सकती है?" कहते-कहते वह फिर रो पड़ी।

दूसरे दिन तड़के उठ कर ओलेन्का ने घर की सफाई शुरू कर दी। घर की पुताई होने लगी। ओलेन्का बड़ी उमंग से चारों ओर घूम कर देख-भाल कर रही थी। थोड़ी देर में स्मिरनॉव, उसकी पत्नी और लड़का भी आ गये। स्मिरनॉव की पत्नी एक लम्बी और दुबली स्त्री थी। स्मिरनॉव का लड़का साशा, अपनी उम्र के हिसाब से बहुत नाटा था। वह बड़ा बातूनी और शरारती था।

"मौसी, यही तुम्हारी बिल्ली है?" उसने बड़े कुतूहल से पूछा, "अच्छा मौसी, यह हमें दे दोगी? अम्माँ चूहों से बड़ा डरती है।" कहकर वह बड़े ज़ोरों से हँसने लगा।

ओलेन्का को साशा बहुत पसन्द आया। उसने उसे अपने हाथ से चाय पिलाई और फिर घुमाने ले गई।

शाम को साशा अपना सबक़ याद करने बैठा। ओलेन्का भी उसके पास जाकर बैठ गई और धीरे से बोली, "बेटा तुम बड़े होशियार हो, बहुत सुन्दर..." साशा ओलेन्का की बात की कुछ भी परवाह न कर, अपनी ही धुन में कह रहा था, "द्वीप पृथ्वी के उस टुकड़े को कहते हैं, जो चारों ओर पानी से घिरा रहता है।" ओलेन्का ने भी कहा, "द्वीप पृथ्वी के उस टुकड़े को कहते हैं..." रात को खाने के समय वह साशा के माँ-बाप से कहा कहती कि साशा को बहुत मेहनत करनी पड़ती है। रोज़ भूगोल रटना पड़ता है।

साशा अब स्कूल जाने लगा। उसकी माँ एक बार खेरकाव में अपनी बहिन को देखने गई, फिर वहीं रह गई। बाप सारे दिन, सारी शाम, घर के बाहर रहता। रात को नौ-दस बजे लौट कर आता। अतएव ओलेन्का ही साशा को रखती थी। रोज़ सवेरे वह साशा के कमरे में जाती, उसे जगाने में उसे बड़ा दुःख होता, पर उसे विवश होकर जगाना ही पड़ता था। उसे जगा कर वह धीरे-धीरे कहती, "उठो बेटा। स्कूल का समय हो गया।" साशा कुछ नाराज़गी से उठता, मुँह-हाथ धोकर कपड़े बदलता और फिर चाय पीने बैठ जाता। ओलेन्का धीरे से डरते-डरते कहती, "बेटा, तुमने कहानी ठीक तरह से याद नहीं की।" साशा नाराज़ होकर कहता, "ऊँह, तुम यहाँ से जाओ।" ओलेन्का उसकी ओर ऐसी देखती मानों वह किसी लम्बी यात्रा पर जा रहा हो, फिर धीरे-धीरे चली जाती। जब वह स्कूल जाने लगता तो वह थोड़ी दूर तक उसके पीछे-पीछे जाती। साशा को यह पसन्द नहीं था कि इतनी लम्बी अधेड़ औरत उसके पीछे-पीछे जाय। क्योंकि यदि उसका

कोई साथी ओलेन्का को उसके पीछे-पीछे आते देख लेता, तो उसे सब लड़कों के सामने बहुत बनाता। वह ओलेन्का से कहता, ''मौसी, तुम घर चली जाओ, मैं अकेले जा सकता हूँ।''

साशा को पहुँचा कर वह धीरे-धीरे घर लौटती। रास्ते में यदि कोई मिलता और हाल-चाल पूछता, तो वह कहती, ''स्कूल के मास्टर बड़े खराब होते हैं। बेचारे छोटे-छोटे बच्चों से बहुत मेहनत कराते हैं।''

साशा के स्कूल से लौटने पर वह उसे चाय पिलाती, और घुमाने ले जाती। रात को खाना खा चुकने पर उसे सुला कर तब वह सोती।

एक दिन वह साशा को सुलाकर स्वयं सोने जा रही थी कि किसी ने दरवाजा खटखटाया। ओलेन्का अब तार से बहुत डरने लगी थी, क्योंकि इसी तरह रात को कुकीन की मृत्यु का समाचार मिला था। इतने ही में उसने सुना—''तार है, दर्वाज़ा खोलो।'' उसने काँपते हुए हाथों से तार पर दस्तख़त किया। तार खेरकोव से आया था। ओलेन्का ने पढ़ा—''साशा की माँ चाहती है कि साशा उसके पास खेरकोव चला आवे।''

✦

अनु०—**प्रतिभा कुमार**

छब्बीस आदमी और एक लड़की

✦

मैक्सिम गोर्की (1868–1936)

महान रूसी लेखक मैक्सिम गोर्की केवल रूस के लिए नहीं वरन् सम्पूर्ण विश्व के लिए अमूल्य रचनाकार हैं। इनका जन्म 1868 में हुआ। इनका असली नाम अलेक्सेई पेशकोव था। चौबीस वर्ष की उम्र में उनकी प्रथम कहानी 'मकर चुद्रा' प्रकाशित हुई। उनका अनुभव-संसार विविध और विराट था। वे यायावर प्रकृति के थे उन्होंने यूक्रेन, क्रीमिया और कॉकेशिया का पैदल भ्रमण किया। गोर्की का सम्पर्क समाज के दबे कुचले लोगों से रहा जिनके प्रति वे आजन्म सहानुभूति और संवेदना से भरे रहे। उनके द्वारा रचित विश्व विख्यात उपन्याय 'माँ' और आत्मकथा 'मेरा बचपन' तथा 'जीवन के विश्वविद्यालय' गोर्की की प्रतिभा का भरपूर प्रमाण देते हैं। भारतीय कथा-सम्राट प्रेमचंद ने 1936 में गोर्की के निधन पर कहा कि 'जब घर-घर शिक्षा का प्रचार हो जाएगा तो गोर्की तुलसी-सूर की तरह चारों ओर पूजे जाएँगे।'

हम छब्बीस थे—छब्बीस जीती-जागती मशीनें; गीले तहखानों में बंद, जहाँ हम क्रेंडल और सुशका बनाने के लिए आटा गूँधते थे। हमारे तहखाने की खिड़की नमी के कारण हरे और कीचड़ भरी ईंटों के क्षेत्र में खुलती थी। खिड़की को बाहर से लोहे की सलाखों से रक्षित किया गया था। आटे की धूल से सने शीशों से धूप नहीं आ सकती थी। हमारे मालिक ने खिड़की में लोहे की सलाखें इसलिए लगवाई थीं कि हम बाहर के भिखारियों को या अपने उन साथियों को रोटी न दे सकें, जो बेकार थे और भूखों मर रहे थे। हमारा मालिक हमें कपटी कहता था और खाने में माँस की जगह जानवरों की सड़ी आँतें देता था। वह हमारे लिए भाप और मकड़ी के जालों से भरी, नीची एवं भारी छत के तले और धूल तथा गोरुई रोग से ग्रसित मोटी दीवारों के बीच, गला घोंटनेवाला बंद पत्थर का बक्सा था, जहाँ हम रखे गए थे।

हम प्रात: पाँच बजे जागते थे और सोते समय हमारे साथियों द्वारा गूँधे गए आटे से क्रेंडल और शुशका बनाने के लिए, भोथरे और उदासीन, छह बजे तक अपनी मेजों पर बैठ जाते थे। सारा दिन—प्रात: से लेकर रात दस बजे तक—हममें से कुछ साथी मेजों पर गूँधे आटे को हाथों से गोल करते थे और बाकी दूसरे आटे को पानी में गूँधते थे। सारा दिन उस बरतन में धीमी और शोकपूर्ण आवाज में खौलता पानी गाता रहता, जिसमें क्रेंडल पकाते थे और नानबाई अपने बेलचे से सख्ती तथा जोर से भट्ठी को रगड़ता था, जब उबाले गए आटे को गरम ईंटों पर रखता था। सारा दिन अँगीठी की लकड़ियाँ जलती रहती थीं और ज्वाला का लाल प्रतिबिंब उस काले घर की दीवारों पर नाचता था, मानों हमारा मजाक उड़ा रहा

हो। किसी परियों की कहानी के दैत्य के सिर की तरह, महाकाय भट्ठी का आकार भी भद्दा था। जीवित आग भरे अपने जबड़े को खोले, हम पर गरम साँसें छोड़ता और भट्ठी पर लगे दो रोशनदानों से अनंत रूप से हमारे काम को देखता, अपने आपको भूमि से ऊपर को धक्का देता हुआ प्रतीत होता था—ये दो रोशनदान आँखों की तरह थे—दैत्य की शांत और निर्दयी आँखें! वे हमेशा हमारी तरफ उसी काली नजर से देखतीं, मानों वे सनातन गुलामों को देखते-देखते थक गई हों और हमसे किसी मानव वस्तु की अपेक्षा न करके बुद्धिमानी की ठंडी घृणा से हमारा तिरस्कार कर रही हों।

दिन-प्रतिदिन, आटे की धूल और अपने पैरों से लाए गए कीचड़ में, उस अत्यन्त गरम वातावरण में, हम गूँधे हुए आटे को अपने पसीने से तर करते क्रेंडलों के लिए गोले बनाते थे। हम अपने काम से तीव्र घृणा करते थे और अपने हाथ से बनाए क्रेंडल कभी नहीं खाते थे। हम चरी से बनाए क्रेंडलों को मान्यता देते थे। लम्बी मेज पर एक-दूसरे के सामने बैठते थे। लंबे समय तक मशीन की तरह हाथों और अंगुलियों को चलाते थे कि हमें अपनी गति को देखने की जरूरत नहीं पड़ती थी। हम एक-दूसरे को तब तक देखते रहते थे, जब तक हर कोई यह नहीं देख लेता था कि उसके साथी के चेहरे पर कितनी झुर्रियाँ थीं। हमारे पास बात करने के लिए कुछ नहीं था। बातचीत का हर विषय समाप्त हो चुका था और हम अधिक समय तक चुप रहते थे, जब तक एक-दूसरे को गाली नहीं देते थे। एक व्यक्ति हर एक को गाली दे सकता था, विशेषकर जब वह व्यक्ति उसका साथी हो, परन्तु ऐसा बहुत कम होता था। एक आदमी तुम्हें बुरा-भला कैसे कह सकता है जब वह स्वयं ही अधमरा हो, यदि वह स्वयं पत्थर हो, यदि उसकी भावनाओं को उसके परिश्रम ने कुचल दिया हो, परन्तु हमारे जैसे आदमियों के लिए मौन रहना अत्यन्त कष्टकर था। उनके लिए, जिन्होंने सब कुछ कह दिया हो, जो वे कह सकते थे—मौन केवल उनके लिए सादा और सरल है, लेकिन जिन्होंने अभी तक बोलना शुरू नहीं किया...। परन्तु कभी-कभी हम गाते थे और हमारा गाना इस प्रकार शुरू होता था—काम करते-करते हममें से एक थके हुए घोड़े की तरह लंबी आह भरता, फिर नरम स्वर में गुनगुनाता था, जिसका मधुर किन्तु शोकाकुल उद्देश्य हमेशा गायक के दिल को हलका कर देना था। हममें से एक गाता और बाकी चुप रहकर उसे सुनते। गाना काँपता और हमारे तहखाने की छत के नीचे मर जाता था; जैसे सर्दियों की गीली रात में आग। उसके साथ दूसरी आवाज जुड़ जाती और दोनों आवाजें, तब हमारे घनी भीड़ वाले गढ़े के मोटे वातावरण में नरम और शोकाकुल रूप से तैरने लगतीं। एकाएक कई और आवाजें जुड़ जातीं और गाना लहरों की तरह उठता तथा ऊँचा और ऊँचा होता जाता, लगता कि पथरीली जेल की दीवारें हिल जाएँगी।

छब्बीस-के-छब्बीस आदमी अपनी शक्तिशाली आवाजों में गाकर नानबाई खाने को भर देते थे जब तक यह महसूस नहीं होता था कि तहखाना हमारे गाने

के लिए छोटा पड़ रहा है। गाना पथरीली दीवारों से टकराता था, विलाप करता था और कराहता था। वह दिल को मधुर उत्तेजित पीड़ा से भर देता था, पुराने घावों को खोलता था और निराशाओं को जाग्रत करता था। गाने वाले गहरी और भारी आह भरते। एक आदमी एकाएक अपना गाना बंद करके कुछ देर के लिए साथियों का गाना सुनने बैठ जाता था। फिर उस आवाज को पुन: सामान्य लहर मिल जाती अथवा कोई निराशा में चिल्लाता—'आह!' और फिर आँखें बंद करके गाने लगता था। परिपूर्ण लहर संभवत: उसे कहीं दूर का रास्ता मालूम होती—खुली धूप से चमकता रास्ता, जिस पर वह स्वयं चल रहा था।

परन्तु भट्ठी में ज्वाला अभी तक झिलमिला रही थी। नानबाई अब तक अपने बेलचे से रगड़ रहा था। पानी अभी तक बरतनों में खौल रहा था और आग का प्रतिबिंब अब भी दीवारों पर तिरस्कार से नाच रहा था। दूसरे आदमियों के शब्दों में हमने अपने भोथरे शोक को गाया—और गाया उन व्यक्तियों की व्यथा को, जो धूप से वंचित थे और जिनको गुलामों जैसी भारी निराशा थी।

तो पत्थरों से बने उस बड़े तहखाने में हम छब्बीस आदमी इस प्रकार रहते थे। हमारे ऊपर काम का बोझ इतना था मानो उस मकान की तीनों मंजिलों का सारा बोझ हमारे कंधों पर हो। गाने के अतिरिक्त हमारे पास और भी अच्छी चीज थी, ऐसी चीज, जिसको हम प्यार करते थे और जिसने धूप का स्थान ले लिया था—धूप, जिसकी कमी हमें थी। हमारे मकान की दूसरी मंजिल पर सुनहरी कशीदाकारी की दुकान थी और उसमें काम करने वाली लड़कियों के साथ एक टानिया भी थी—सोलह वर्ष की घरेलू सेविका। प्रतिदिन प्रात: वह अपनी चमकती आँखें और गुलाबी चेहरा लिये, दरवाजे में लगी खिड़की से झाँकती और दुलार दिखाने वाली तथा ठनठनाती आवाज में हमें बुलाकर पूछती, "कैदियों! क्या मेरे लिए कोई क्रेंडल है?"

हम सभी इस साफ, प्रसन्न और जानी-पहचानी आवाज पर मुड़ते और प्रसन्नतापूर्वक उस छोटे से मुसकराते सुकुमार चेहरे को देखते थे। हम शीशे से दबी छोटी नाक और गुलाबी होंठों के बीच छोटे एवं सफेद दाँतों को चमकते देखना चाहते थे—गुलाबी होंठ, जो मुसकराहट से फैल जाते थे। हम एक-दूसरे पर गिरते हुए उसके लिए दरवाजा खोलने जाते थे। वह आनंदचित अंदर आती और हमारे सामने एप्रेन थामे और मुसकराते हुए खड़ी हो जाती थी। एप्रेन के लम्बे प्लेट, जो कंधों पर खिसक जाते थे, उसके सीने के आर-पार तक आते थे और हम काले, गंदे, भद्दे उसकी तरफ देखते थे—(भूमि से दहलीज कई सीढ़ियाँ ऊँची थीं) केवल उसके लिए रटे गए विशेष शब्दों में हम उसे शुभ प्रभात कहते थे। जब उससे बात करते तो हमारी आवाजें नरम हो जातीं और मजाक भी आसानी से होते थे। जो कुछ भी हम उसके लिए करते, उनमें कुछ-न-कुछ विशेषता होती थी। नानबाई अपना बेलचा धकेलता और अत्यन्त भारी क्रेंडल, जो भी वह ढूँढ़ सकता था, निकालता और टानिया के एप्रेन में डाल देता था।

"ध्यान रखना कि मालिक तुम्हें पकड़ न ले!" हम हमेशा उसे चेताया करते थे। वह गँवारू हँसी हँसती और प्रसन्नता से कहती—"अलविदा, कैदियों!" और चूहे की तरह भाग जाती थी।

यह सब कुछ होता था। जब वह चली जाती तो उसकी बात हम एक-दूसरे से करते। हम वही कहते जो पिछले दिन या उसके पिछले दिन कहा था; क्योंकि वह और हम तथा हमारे आसपास की चीजें वही होती थीं, जो पिछले या उससे पिछले दिन होती थीं। यह किसी भी व्यक्ति के लिए कठिन और दुःखदायी होता है, जिसके इर्द-गिर्द कुछ भी परिवर्तन नहीं होता। यदि इसमें आत्मा को पूरी तरह नष्ट करने का प्रभाव नहीं होता तो जितना अधिक समय वह जीता है, उसके आसपास का वातावरण उतना ही दुःखदायी और थकाने वाला हो जाता है। औरतों के बारे में बात करते हुए हमारे अशिष्ट और लज्जाहीन शब्द कभी-कभी हमें भी घृणित प्रतीत होते हैं। यह हो सकता है कि जिन औरतों को हम जानते थे वे दूसरे प्रकार के शब्दों के योग्य न हों, परन्तु हमने कभी भी टानिया के बारे में बुरा नहीं कहा था। हममें से किसी आदमी का साहस नहीं होता था कि उसे हाथ से छुए। हमने कभी भी खुला मजाक उसके सामने नहीं किया था। संभवतः यह इस कारण था कि वह हमारे पास अधिक समय तक नहीं रुकती थी; टूटे तारे की तरह एक क्षण चमककर लुप्त हो जाती थी, या फिर वह इतनी छोटी, प्यारी और सुंदर थी कि अशिष्टतम व्यक्तियों तक के दिलों में अपने लिए आदर जाग्रत कर सकती थी। भले ही कठोर परिश्रम ने हमे आत्मशक्ति से वंचित कर दिया था, हम फिर भी पुरुष थे और पूजा के लिए कुछ-न-कुछ चाहते थे, टानिया से बढ़कर हमारे पास और कोई वस्तु नहीं थी। टानिया के अतिरिक्त और किसी ने भी हम तहखाने के निवासियों की ओर ध्यान नहीं दिया था, भले ही मकान में बीसियों व्यक्ति और रहते थे। सबसे महत्त्वपूर्ण बात यह थी कि हम सभी उसको अपना मानते थे—एक प्राणी, जो हमारे क्रेंडलों पर जी रहा था। हमने उसको गरम-गरम क्रेंडल देना अपना कर्तव्य मान लिया था। क्रेंडल हमारे देवता के लिए दैनिक भेंट बन गई—लगभग धार्मिक रीति, जो हमारे संबंधों को दिन-प्रतिदिन और पास लाती गई। क्रेंडलों के साथ हम उसे परामर्श भी देते थे; जैसे—उसे गरम कपड़े पहनने चाहिए, उसे सीढ़ियों पर दौड़ाकर चढ़ना नहीं चाहिए और न ही लकड़ी के भारी गट्ठर उठाने चाहिए। वह हमारे परामर्शों को सुनकर मुसकराती और हमारी बातों का जवाब हंसकर देती थी। कभी-कभी वह हमारे परामर्शों पर ध्यान नहीं देती थी, परन्तु इससे हमें किसी प्रकार का कष्ट नहीं होता था। हमें तो केवल इतना ही दिखाने की चिंता थी कि हम उसका ध्यान रखते हैं।

वह कोई-न-कोई प्रार्थना लेकर हमारे पास बारंबार आती थी; जैसे—तहखाने का भारी दरवाजा खोलना या कुछ लकड़ी चीरना; और हम गर्व एवं खुशी से वह सब कुछ करते थे जो वह कहती थी।

जब कोई उससे कहता कि मेरी एकमात्र कमीज की मरम्मत कर दो तो वह नाक सिकोड़कर तिरस्कारपूर्वक कहती—"कैसा विचार है यह! जैसे मैं इसे कर सकती हूँ।"

हम उस साहसी लड़की पर हँसे और फिर कभी ऐसी माँग नहीं की। हम उसे प्यार करते थे, बस इतना कहना ही पर्याप्त है। एक आदमी अपना प्यार अन्य व्यक्ति पर प्रतिपादित करना चाहता है, भले ही वह कभी-कभी इसके प्यार को बिगाड़ देता है, दूषित कर देता है; भले ही इससे दूसरे का जीवन नष्ट हो जाए, क्योंकि वह प्रेमिका का आदर किए बिना उसे प्यार करता है। हम टानिया को प्यार किए बिना नहीं रह सकते थे, क्योंकि हमारे पास दूसरा कुछ करने के लिए था ही नहीं!

कभी-कभी हममें से एक हमारे इस व्यवहार की आलोचना करता था—

"हम लड़की को क्यों बिगाड़ें? आखिर उसमें कौन सी ऐसी बात है? हम उसके लिए काफी कष्ट उठाते हुए प्रतीत होते हैं।"

जिस आदमी ने ऐसा कहने का साहस किया, उसको धृष्टतापूर्वक चुप करा दिया गया। हमें किसी से प्यार करना था और हमने किसी को प्यार के लिए ढूँढ़ लिया था। जिस प्राणी को हम छब्बीस लोग प्यार करते थे, वह हर एक के लिए भिन्न और पवित्र होना चाहिए; जो इसका उल्लंघन करते हैं, वे हमारे शत्रु हैं। जिस वस्तु को हम प्यार करते थे, संभवत: वह अच्छी नहीं थी, परन्तु हम छब्बीस थे, इसी कारण हमें ऐसी वस्तु चाहिए थी जो सबको प्यारी होती और जिसको सभी एक-सा आदर देते।

प्यार भी घृणा से कम सताने वाला नहीं। संभवत: इसीलिए कुछ चतुर आदमी मानते हैं कि घृणा प्यार की अपेक्षा अधिक प्रशंसनीय है, परन्तु यदि वे ऐसा मानते हैं तो हमारे पीछे क्यों भागते हैं?

क्रेंडल बेकरी के अतिरिक्त उसी मकान में हमारे मालिक की डबलरोटी की बेकरी भी थी, जिसको हमारे गड्ढे से एक दीवार जुदा करती थी। वहाँ रोटी बनाने वाले चार नानबाई थे, परन्तु वे यह सोचकर कि उनका काम हमारे काम से श्रेष्ठ है, हमारी अवहेलना करते थे। वे कभी भी हमसे मिलने नहीं आते थे और जब भी हम सेहन में मिलते, वे हमारा मजाक उड़ाते थे, इसलिए उनसे नहीं मिलते थे। कहीं हम मिल्क-रोल न चुरा लें, इसलिए हमारे मालिक ने हमें मना कर दिया था। हम रोटी बनाने वालों को पसंद नहीं करते थे, क्योंकि हम उनसे ईर्ष्या करते थे। उनका काम हमारे काम से आसान था। उनको हमसे अधिक पगार मिलती थी और उनका खान-पान भी अच्छा था। उनका कमरा हमारे कमरे से बड़ा था और उसमें रोशनी की पर्याप्त व्यवस्था थी। वे सभी हृष्ट-पुष्ट और साफ-सुथरे व्यक्ति थे, जबकि हम दु:खी एवं त्रस्त जंतु थे। हममें से तीन साथी रोगग्रस्त थे—एक को चर्मरोग था, दूसरा गठिए के कारण पूर्णतया बेढँगा था। खाली समय और छुट्टियों

में रोटी बनाने वाले चुस्त, छोटे-छोटे और आवाज करने वाले जूते पहनते थे। कुछ के पास हवा से बजने वाले हाथ के बाजे होते थे और वे पार्क में घूमने जाते थे, जबकि हम अपने गंदे चिथड़े और फटे जूते पहनते थे और पुलिस वाले हमें पार्क में जाने से रोकते थे। अतः कोई आश्चर्य नहीं कि हम रोटी बनाने वालों को पसंद नहीं करते थे।

एक दिन हमने सुना कि डबलरोटी बनाने वालों में से एक ने बहुत पी ली थी। मालिक ने उसे निकाल दिया और दूसरे को उसकी जगह काम पर रख लिया। उसकी प्रसिद्धि सिपाही के रूप में थी। वह साटन की वास्कट और सुनहरी घड़ी-चेन पहने घूमता था। हम इस अजूबे को देखने के लिए उत्सुक थे और सेहन में एक-दूसरे के बाद इस आशा से भागते रहे कि उसकी एक झलक मिल जाए।

वह स्वयं हमारे पास आया। उसने एक ठोकर मारकर दरवाजा खोला और दहलीज पर खड़े होकर मुसकराते हुए हमसे कहा, ''परमात्मा आपके साथ हो, शुभ प्रभात, साथियों!''

दरवाजे पर गहरे बादल की तरह आती हुई ठंडी हवा उसकी टाँगों से खेल रही थी। वह दहलीज पर खड़ा हमें देख रहा था और बल दी गईं उसकी साफ मूँछों के नीचे उसके पीले दाँत चमक रहे थे। वह वास्तव में नीले रंग की अजीब वास्कट पहने हुए था, जिस पर फूलों की चमकदार काशीदाकारी की हुई थी। उसके बटन लाल पत्थर के थे और चेन भी वहाँ थी।

वह सिपाही सुंदर था—लंबा, तगड़ा, गुलाबी गाल और आँखों में स्पष्ट दयालु आकृति। वह कलफ लगी टोपी पहने हुए था और उसके साफ एप्रेन के नीचे पॉलिश किए हुए चमकदार जूतों की नोक झाँक रही थी।

जब हमारे अपने नानबाई ने उससे दरवाजा बंद करने के लिए आदरपूर्वक प्रार्थना की, तब उसने उसे धीरे से बंद कर दिया और फिर मालिक के बारे में प्रश्न करने लगा। एक-दूसरे से होड़ लेते हुए हमने उसे बताया कि हमारा मालिक ऊनी बनियान की तरह है—दुष्ट, दुराचारी अर्थात् सब कुछ। वास्तव में, मालिक की बाबत जो कुछ भी कहने योग्य होता है, उसको यहाँ कहना असंभव है।

अपनी मूँछों पर ताव देते हुए सिपाही सुनता रहा और अपनी बड़ी एवं कोमल आँखों से हमारी तरफ देखता रहा।

''क्या यहाँ बहुत लड़कियाँ हैं?'' उसने एकाएक पूछा।

हममें से कुछ इस पर हंसने लगे; जबकि दूसरों ने मुँह बनाकर उसे बताया कि कुल मिलाकर नौ लड़कियाँ थीं।

''क्या तुम अपने अवसरों का लाभ उठाते हो?'' सिपाही ने एक आँख झपकाकर पूछा।

हम पुनः हँस दिए—नरम और व्याकुल हँसी। हममें से कई ने चाहा होगा कि सिपाही को विश्वास दिला दें कि हम भी उतने ही चतुर हैं जितना कि वह, परन्तु

हममें से कोई भी ऐसा नहीं करता और न ही कोई जानता था कि यह कैसे किया जाए। कुछ ने तो यह कहते हुए नरमी से स्वीकार भी कर लिया—

''हम इसे पसंद नहीं करते।''

''हाँ, यह वस्तुत: तुम्हारे लिए कठिन भी होगा।'' सिपाही ने ऊपर-नीचे देखते हुए विश्वास के साथ कहा, ''यह तुम्हारी श्रेणी में नहीं है, तुम्हारी कोई प्रतिष्ठा नहीं है—शक्ल-सूरत भी नहीं, यहाँ तक कि तुम्हारा कोई अस्तित्व ही नहीं है। औरत आदमी की आकृति का विशेष ध्यान रखती है। उसका शरीर अच्छा होना चाहिए और कपड़े भी अच्छी तरह पहने हों; फिर औरत आदमी की शक्ति की प्रशंसा करती है। उसका इस प्रकार का बाजू होना चाहिए, देखो!''

सिपाही ने अपना दायाँ हाथ जेब से निकाला और कोहनी तक नंगा करके हमें दिखाया। यह सफेद शक्तिशाली बाजू था, जिस पर चमकते हुए सुनहरे बाल थे।

''टाँग, छाती और हर अंग पुष्ट होना चाहिए और फिर अच्छा बनने के लिए कपड़े भी अच्छी तरह पहने हुए होने चाहिए। मुझे ही देख लो, सारी औरतें मुझसे प्यार करती हैं। उनको बुलाने के लिए मुझे अँगुली उठानी नहीं पड़ती और एक समय में पाँच अपने आपको मेरे सिर पर गिरा देती हैं।''

वह आटे के बोरे पर बैठ गया और हमें सुनाने लगा कि किस तरह औरतें उससे प्यार करती थीं और किस वीरता से वह उनसे व्यवहार करता था। अंतत: वह चला गया और जब दरवाजा चीं करके बंद हुआ तो हम सिपाही और उसकी कहानियों को सोचते देर तक मौन बैठे रहे; एकाएक हम सभी बोलने लगे और यह शीघ्र ही स्पष्ट हो गया कि हम सभी उसमें रुचि लेने लगे थे। कितना सीधा आदमी था! वह आया और हमसे बातचीत की। किसी ने भी आकर हमसे इस प्रकार मित्रतापूर्वक बात नहीं की थी। हमने उसकी बात की और बात की कशीदाकारी करने वाली लड़कियों पर उसकी भावी विजय दर्ज की। वे लड़कियाँ बाहर निकलतीं तो हमसे आँख बचाकर चली जाती थीं या सीधी निकल जाती थीं; जैसे हम वहाँ थे ही नहीं। हमने कभी भी उनकी प्रशंसा करने का साहस नहीं किया, भले ही दरवाजे के बाहर या जब सर्दियों में अजीब कोट और टोपी पहने हमारी खिड़की के सामने से जाती थीं और गरमियों में कई रंगों के फूल लगे टोप और हाथों में छोटे छाते होते थे। फिर भी हम आपस में इन लड़कियों के बारे में इस ढंग से बातें करते थे कि यदि वे सुन लेतीं तो मारे शरम और घबराहट के पागल हो जातीं।

''मैं आशा करता हूँ कि वह हमारी टानिया को गुमराह नहीं करेगा!'' अचानक नानबाई ने चिंतित होते हुए कहा।

उसके शब्दों को सुनकर हममें से कोई नहीं बोला। टानिया के बारे में हम भूल गए थे। सिपाही ने उसे हमसे छिपा लिया था; जैसाकि उसके अपने सुन्दर

शरीर के बारे में हो। फिर झगड़ा शुरू हो गया। कुछ साथियों का कहना था कि टानिया अपने आप इतना नहीं गिरेगी, दूसरे कहते कि वह सिपाही को रोक नहीं सकेगी और एक तीसरे वर्ग का विचार था कि यदि सिपाही ने टानिया को तंग करना शुरू किया तो उसकी पसलियाँ तोड़ देंगे। अंत में हम इस निर्णय पर पहुँचे कि टानिया और सिपाही की ध्यानपूर्वक चौकसी की जाए और लड़की को उसके प्रति सचेत कर दिया जाए। इस निर्णय ने झगड़े को समाप्त कर दिया।

एक महीना व्यतीत हो गया। सिपाही ने डबलरोटी बनाई, कशीदाकारी करने वाली लड़कियों के साथ घूमा, हमसे मिलने आया, परन्तु कभी भी लड़कियों पर अपनी विजय की बात नहीं की; वह केवल अपनी मूँछों को बल देता और होंठो को चाटता था। टानिया हमारे पास हर प्रातः 'छोटे क्रेंडलों' के लिए आती थी और हमारे साथ उसी तरह मधुर, प्रसन्न और मित्रवत् रहती। हमने उससे सिपाही की बाबत बात करने का प्रयास किया। वह उसे 'रंगीन चश्मा चढ़ा बछड़ा' कहती थी तथा और भी कई नामों से बुलाती थी। इससे हमारा डर दूर हो गया।

यह देखकर कि कशीदाकारी करने वाली लड़कियाँ उसके पीछे कैसे दौड़ती थीं, हमे टानिया पर गर्व था। सिपाही के प्रति टानिया के व्यवहार ने हमारा सिर ऊँचा कर दिया था और हम, जो उसके इस व्यवहार के लिए जिम्मेदार थे, ने सिपाही के साथ अपने संबंधों को घृणा की दृष्टि से देखना शुरू कर दिया तथा टानिया को और अधिक प्यार करने लगे; बल्कि और अधिक प्रसन्नता से। अच्छे स्वभाव के साथ प्रातःकाल उसका अभिनंदन करने लगे।

एक दिन सिपाही खूब शराब पीकर हमारे पास आया और बैठकर हँसने लगा। जब हमने पूछा कि उसकी हँसी का कारण क्या है तो कहने लगा—

''मेरे लिए दो लड़कियाँ आपस में लड़ने लगीं। वे एक-दूसरी पर कैसे झपटीं...हा, हा...एक ने दूसरी को बालों से पकड़कर रास्ते में पटक दिया और उसके ऊपर बैठ गई...हा, हा, हा! उन्होंने एक-दूसरे को खरोंचा और फाड़ दिया...तुम मर गए होते! वे ठीक ढंग से क्यों नहीं लड़ सकतीं? वे हमेशा खरोंचती और खींचती क्यों हैं?''

वह बेंच पर बैठ गया—पुष्ट, साफ और प्रसन्न। वह वहाँ बैठा और हँसा। हम चुप थे और उस समय उसे पसंद नहीं कर रहे थे।

''विश्वास पाने के लिए औरतें मेरे पीछे किस तरह भागती हैं! यह वस्तुतः खिलवाड़ है, मुझे केवल आँख झपकाना होता है और वे आ जाती हैं—दुष्ट!''

उसने चमकते बालों वाले अपने हाथ ऊपर उठाए और अपने घुटनों पर दे मारे। उसने हमारी तरफ ऐसे आश्चर्यजनक हाव-भाव से देखा जैसे वह स्वयं अपनी उस सफलता की प्रसन्नता पर हैरान हो, जो उसे औरतों से मिली थी। उसके मोटे गुलाबी गाल संतुष्टि से चमक रहे थे और वह अपने होंठों को चाटता रहा।

हमारे नानबाई ने बेलचे को क्रोध से भट्ठी में रगड़ा और एकाएक उपहास करते हुए बोला, "छोटे पौधे को उखाड़ने में ज्यादा कुछ नहीं करना पड़ता, परन्तु जरा देवदार का बड़ा वृक्ष काटने का प्रयास करो तो जानें!"

"यह मुझे कह रहे हो?" सिपाही ने पूछा।

"हाँ; तुम्हें।"

"तुम्हारा मतलब क्या है?"

"कुछ नहीं, यह मुँह से निकल गया।"

"परन्तु जरा रुको। किसके बारे में कहते हो? कौन सा देवदार?"

हमारे नानाबाई ने उत्तर नहीं दिया और अपना बेलचा शीघ्रता से चलाता रहा। वह उबले हुए क्रेंडलों को अंदर रखता और पके हुए क्रेंडलों को बाहर निकालता तथा जोर से फर्श पर फेंकता था, जहाँ लड़के उनको रस्सी से आपस में बाँधने में व्यस्त थे। ऐसा प्रतीत होता था कि वह सिपाही और उसके साथ हुई बातचीत को भूल गया था। किसी तरह सिपाही एकाएक बेचैन हो गया। वह उठा और भट्ठी के पास गया। दस्ते को नानबाई वेग से हवा में घुमा रहा था। वह (सिपाही) अपने आपको बेलचे के दस्ते की चोट से कठिनाई से बचा पाया।

"परन्तु तुम्हें अपना मतलब बताना होगा क्योंकि इससे मुझे चोट पहुँची है। कोई भी अकेली लड़की मेरा प्रतिकार नहीं कर सकती, मैं तुम्हें विश्वास दिलाता हूँ। तुम इतनी अपमानजनक बातें करते हो!"

उसे वास्तव में चोट लगी थी। हो सकता था कि उसके पास केवल औरतों को बहकाने के अतिरिक्त और कोई ऐसा काम न हो जिस पर वह गर्व कर सके। संभवतः उसमें इसी बात के लिए जीवित रहने की क्षमता हो, केवल एक ही वस्तु, जिसके कारण वह अपने आपको आदमी समझता था। कुछ आदमी ऐसे होते हैं जो जीवन में सर्वोत्तम और उच्चतम को आत्मा या शरीर का एक प्रकार का रोग समझते हैं और जिसको साथ लेकर अपना सारा जीवन व्यतीत करते हैं; अपने साथियों से इसकी शिकायत करते हैं और शिकायत से उनका ध्यान अपनी ओर आकर्षित करते हैं। उनका यही एकमात्र ढंग है, जिससे वे अपने साथियों की सहानुभूति प्राप्त करते हैं, इसके अतिरिक्त कुछ नहीं। उनके इस रोग को दूर करने के लिए उपचार किया जाए तो वे नाराज हो जाते हैं, क्योंकि उनसे वह चीज ले ली जाती है जिन पर उनका जीवन आधारित है और इस प्रकार वे खाली-से हो जाते हैं। कभी-कभी एक आदमी का जीवन इतना खाली हो जाता है कि वह बुराई को अनैच्छिक महत्त्व देने लग जाता है, उसे ही अपना लेता है और कहता है कि आदमी खालीपन में ही बुरा बनता है।

सिपाही क्रोधित हुआ और पुनः ऊँची आवाज में नानबाई से माँग की—

"तुम्हें बताना होगा कि तुम्हारा क्या मतलब है?"

''बताऊँ क्या?'' नानबाई जल्दी से मुड़ा।

''ठीक है, बताओ।''

''क्या तुम टानिया को जानते हो?''

''हाँ, तो इससे क्या?''

''ठीक है, उस पर प्रयत्न करो। बस, इतना ही।''

''मैं?''

''हाँ, तुम।''

''फूह, यह तो आँखें झपकाने की तरह आसान काम है।''

''देखेंगे हम।''

''तुम देखोगे? हा, हा, हा!''

''वह तुम्हें वापस भेज देगी।''

''मुझे एक महीना दो।''

''तुम कितने घमंडी हो, सिपाही!''

''तुम मुझे दो सप्ताह दो! मैं तुम्हें दिखा दूँगा; किसी-न-किसी तरह से; यह टानिया है कौन? फूह!''

''एक तरफ हो जाओ, मेरा हाथ रोक रहे हो?''

''दो सप्ताह...बस, हो गया समझो। तुम..।''

''एक तरफ हो जाओ, मैं कह रहा हूँ।''

हमारे नानबाई को एकाएक तीव्र कोप का दौरा पड़ा और उसने बेलचा हवा में घुमाया। सिपाही विस्मित होकर शीध्र ही उससे जरा दूर हट गया। उसने क्षण भर के लिए चुप होकर हमें देखा और फिर शांति से ईर्ष्यापूर्वक कहा, ''बहुत अच्छा!'' तत्पश्चात् वह चला गया।

किसी ने नानबाई को पुकारा—

''यह गंदा काम है, जो तुमने शुरू किया है, पागल!''

''तुम अपना काम करो!'' नानबाई ने गुस्से में उत्तर दिया।

हमने महसूस किया कि सिपाही को बात चुभ गई थी और कि टानिया को भय की धमकी दी गई थी। इसके होते हुए भी हम आनंद से, जलते हुए कौतूहल से यह जानने के लिए जकड़े गए कि क्या होगा! क्या टानिया सिपाही का प्रतिकार करेगी? और सभी भरोसे से बोले, ''टानिया जरूर प्रतिकार करेगी। टानिया को लेने के लिए केवल खाली हाथों से कुछ और ज्यादा की जरूरत होगी।''

हमारे अंदर अपनी देवी की शक्ति को परखने की तीव्र जिज्ञासा उत्पन्न हुई। हमने एक-दूसरे को मनाने की भरसक कोशिश की कि हमारी देवी इस अग्निपरीक्षा में अवश्य अपराजित सिद्ध होगी। अब हमें अनुभव हुआ कि हमने

सिपाही को पर्याप्त रूप से नहीं उकसाया था। हमें डर था कि संभवतः वह इस झगड़े को भूल जाएगा और निश्चय किया कि उसके अहंकार को और आघात पहुँचाई जाए। उस दिन विशेषकर हमारा मन खिंचा-खिंचा और उद्विग्न हो गया। हम सारा दिन एक दूसरे से वाद-विवाद करते रहे। ऐसा प्रतीत होता था कि हमारे मस्तिष्क स्पष्ट हो गए हों और हमारे पास करने के लिए अधिक-से-अधिक बातें हों। ऐसा लगता था कि हम पिशाच से कोई खेल खेल रहे थे और टानिया हमारे लिए दाँव थी। जब हमने डबलरोटी बनाने वालों से सुना कि सिपाही ने टानिया से मेल-मिलाप शुरू कर दिया है तो हमारे अंदर पीड़ायुक्त मीठी सनसनी दौड़ गई और हमें जीवन इतना रुचिकर लगा कि हमें यह भी पता नहीं चला कि हमारी सामान्य उत्तेजना का लाभ उठाकर हमारे मालिक ने गूँधे आटे के चौदह और पेड़े कब हमारे दिन के काम में जोड़ दिए। सारे दिन टानिया के नाम ने हमारे होंठों को नहीं छोड़ा और प्रति सुबह हमने अजीब अधीरता से उसकी प्रतीक्षा की। कभी-कभी ऐसा लगता था कि वह सीधी हमारे कमरे में आना चाहती थी—और वह पुरानी टानिया न होकर हमें कोई अजीब और नई लगती थी।

लेकिन हमने अपने नए झगड़े के बारे में उसको नहीं बताया। हमने उससे कोई प्रश्न नहीं पूछा और पहले की तरह ही उसमें दयालुता और गंभीरता से व्यवहार किया, परन्तु उसके बारे में हमारी सोच में कुछ नई और अजीब चीज आ गई थी; और यह नई चीज थी—मर्मभेदी हैरानी—तेज और ठंडी, लोहे के चाकू की तरह!

''समय हो गया, साथियों!'' एक प्रातःकाल हमारे नानबाई ने अपने काम को रोकते हुए घोषणा की।

उसके याद कराए बिना हम जानते थे, फिर भी हम सबने अपना-अपना काम शुरू कर दिया।

''उसको अच्छी तरह से देखो, वह शीघ्र ही आ रही है!'' हमारे नानबाई ने कहना जारी रखा। तभी किसी ने शोकपूर्ण आवाज में कहा, ''मानो तुम उसे अपनी आँखों से देख रहे हो।''

और एक बार फिर हमने शोर-शराबे वाली बात शुरू कर दी। आज हमें जानना था कि अंततः वह बरतन कितना शुद्ध है जिसमें हमने अपनी सारी अच्छाई उड़ेल दी थी। आज हमने पहली बार महसूस किया कि वस्तुतः हम एक बड़ा खेल खेल रहे थे और शुद्धता की यह परीक्षा हमें अपनी देवी से सर्वथा वंचित करके ही समाप्त होगी। तुम सुन चुके थे कि सारे पखवाड़े सिपाही किस प्रकार लगातार टानिया का पीछा करता रहा था; परन्तु हममें से किसी ने भी उससे पूछने के लिए नहीं सोचा था कि उसके प्रति उसका व्यवहार कैसा है; वह हर प्रातःकाल क्रेंडल लेने के लिए आती रही और हमारे लिए पहले की तरह थी।

आज के दिन भी हमने उसकी आवाज शीघ्र सुनी—

"कैदियों, मैं आ गई हूँ।"

हमने दरवाजा खोल दिया। जब वह अन्दर आई तो अपनी सामान्य रीति के विरुद्ध हमने चुप रहकर उसका अभिनंदन किया। हमारी सबकी आँखें उस पर गड़ी थीं। हम नहीं जानते थे कि उससे क्या कहें या क्या पूछें। हम काली, मौन भीड़ के रूप में उसके सामने खड़े थे। वह इस अनजाने स्वागत से स्पष्टतया हैरान हुई। हमने उसे एकाएक पीला पड़ते देखा; वह अशांत हो गई। अपना स्थान बदलते हुए उसने उदास स्वर में पूछा, "तुम इस तरह क्यों हो?"

"और तुम?" नानबाई ने बिना आँखें हटाए गंभीरता से पूछा।

"मेरे साथ क्या हुआ?"

"कुछ नहीं।"

"तो ठीक है, जल्दी करो और क्रेंडल दो।"

पहले कभी भी उसने हमारे साथ जल्दबाजी नहीं की थी।

"तुम्हारे पास काफी समय है!" बिना अपने स्थान से हिले या अपनी आँखें हटाए नानबाई ने कहा।

वह एकाएक मुड़ी और दरवाजे से गायब हो गई।

नानबाई ने अपना बेलचा संभाला और शांत भाव से बोला; जैसे वह भट्ठी से बात कर रहा हो।

"मेरा अनुमान है, यह हो गया है! यह दुराचारी सिपाही, दुष्ट व्यक्ति...!"

बकरियों के झुंड की तरह, एक-दूसरे को धकेलते, बिना काम किए हम मेज पर चुपचाप बैठ गए। जल्दी ही एक ने कहना शुरू किया, "यह असंभव है।"

"चुप रहो!" नानबाई चिल्लाया।

हम जानते थे कि वह सामान्य बुद्धि वाला है और हमसे चतुर है। हमने उसके चिल्लाने को सिपाही की विजय का चिह्न समझा। हम दु:खी और अशांत थे।

खाने के समय बारह बजे सिपाही अंदर आया। वह सामान्य रूप से साफ-सुथरा और अच्छी पोशाक पहने हुए था। उसने सामान्य ढंग से हमें देखा, जिसने हमें कष्ट पहुँचाया।

"ठीक है, मेरे भद्र पुरुषों, तुम देखना चाहोगे कि एक सिपाही क्या कर सकता है? रास्ते में जाओ और छिद्र से झाँको...समझते हो क्या?"

हम एक-दूसरे के ऊपर गिरते गए और अपने चेहरे उस दीवार के छिद्र पर जमा दिए जो बाहरी दालान में जाती थी। हमें अधिक प्रतीक्षा नहीं करनी पड़ी। जल्दी ही तेज कदमों के साथ और चिंतित चेहरा लिये पिघली हुई बर्फ और मिट्टी से बनी पोखरी को लाँघकर सेहन में से होती टानिया आई। वह तहखाने के

दरवाजे में लुप्त हो गई। उसके तुरन्त बाद धीरे-धीरे गुनगुनाता हुआ सिपाही आया और उसका पीछा किया। उसके हाथ उसकी जेबों में थे और मूँछें काँप रही थीं।

वर्षा हो रही थी। हमने बूँदों को पोखरियों में गिरते और गिरकर गोल चक्र बनाते देखा।

यह नमी वाला, भूरा, भोथरा और उदासीन दिन था। छतों पर अभी भी बर्फ जमी हुई थी और भूमि पर कीचड़ के काले टुकड़े पड़े थे। छतों की बर्फ भी नम, भूरी और गंदी थी। वर्षा एक ही आवाज में धीरे-धीरे हो रही थी। प्रतीक्षा ठंडी और थकाने वाली थी।

तहखाने से पहले निकलने वाला सिपाही था। वह सेहन के साथ-साथ धीरे-धीरे चला। उसकी मूँछें काँप रही थीं और उसके हाथ जेबों में थे जैसे वे हमेशा देखे जाते थे।

फिर टानिया बाहर निकली। उसकी आँखें मारे खुशी के चमक रही थीं और उसके होंठ मुसकराहट से फैल गए थे। वह लड़खड़ाते कदमों से इधर-उधर झूमकर ऐसे चली जैसे नींद में चल रही हो।

यह हमारी सहन शक्ति से बाहर था। हम तुरन्त दरवाजे से सेहन में आए और उस पर बुरी तरह से फुँफकारना और चिल्लाना शुरू कर दिया।

जब उसने हमें देखा तो चलने लग गई और फिर इस तरह से रुकी जैसे उस पर बिजली गिर पड़ी हो। उसके पाँव के नीचे कीचड़ था। हमने उसे घेर लिया और बिना रुके क्रोध से अपने गंदे और निर्लज्ज शब्दों में गालियाँ देने लगे।

हमने इसकी बाबत अधिक शोर नहीं मचाया, क्योंकि वह हमसे भाग नहीं सकती थी और हमें भी जल्दी नहीं थी। हमने केवल उसे घेरकर उसकी दिल खोलकर हँसी उड़ाई। मैं नहीं कह सकता कि हमने उसे पीटा क्यों नहीं! वह अपना सिर इधर-उधर हिलाती और अपमान को सहती हमारे बीच खड़ी रही। हम अपने गंदे और विषैले शब्दों में उसे गालियाँ देते रहे।

उसके गालों का रंग उड़ गया, उसकी नीली आँखें, जो क्षण भर पहले प्रसन्न थीं, फैलकर खुल गईं। उसकी साँस जल्दी-जल्दी और तेज चलने लगी तथा होंठ काँपने लगे।

उसे घेरकर हमने इस प्रकार दण्ड दिया जैसे उसने हमें लूट लिया हो। जो भी हममें अच्छाई थी, हम उस पर लुटा चुके थे, भले ही वह सब एक भिखारी की रोटी से अधिक नहीं था; फिर भी हम छब्बीस थे और वह अकेली थी, इसलिए भी हमने उसके दोष को देखते हुए अधिक यातना के बारे में नहीं सोचा था। जब वह आँखें फाड़े घूर रही थी और सूखे पत्ते की तरह हिल रही थी तो हमने उसे बुरी तरह से अपमानित किया। हम उस पर हँसे, गरजे और गुर्राए। कहीं से और लोग भी हमारे साथ मिल गए। एक आदमी ने टानिया की कमीज के बाजू को पकड़कर खींचा।

एकाएक उसकी आँखें चमकीं। उसने धीरे से अपने बाजू ऊपर उठाए, बालों को सँवारा और फिर धीरे तथा शांत भाव से सीधे हमारे चेहरों को देखते हुए बोली, ''तुम अभागे कैदी!''

और सीधी हमारी ओर आई, मानों हम उसे घेरे खड़े न हों। किसी ने भी उसका रास्ता नहीं रोका, क्योंकि उसको जाने देने के लिए हम एक तरफ हट गए थे।

बिना अपना सिर मोड़े हमारे बीच से जाती हुई वह अवर्णनीय घृणा से ऊँची आवाज में बोली, ''तुम जंगली जानवर हो...पृथ्वी की गंदगी!''

और वह चली गई।

हम भूरे और बिना धूप के आकाश के तले वर्षा और कीचड़ में सेहन में ही रह गए।

जल्दी ही हम अपने पत्थरों के गड्ढे में लौट आए। सूर्य पहले की तरह खिड़की से कभी नहीं झाँका और टानिया फिर कभी हमारे पास नहीं आई।

✦

अनु०—**भद्रसेन पुरी**

वह दाहिना हाथ

✦

अलेक्सांद्र सोल्झेनित्सिन (1918)

अलेक्सांद्र सोल्झेनित्सिन— 11 दिसम्बर, 1918। गणित और भौतिक शास्त्र के अध्येता। रूस के बीसवीं शती के महानतम लेखकों में। नोबल पुरस्कार प्राप्त। सोल्झेनित्सिन ने अपने उपन्यासों से रूसी साहित्य की अपरिहार्य नैतिक शक्ति को बल पहुँचाया। प्रारम्भ में वे सेना में रहे। स्तालिन के बारे में अपने मित्र को लिखे एक कटु पत्र के कारण आठ साल तक जेल और लेबर कैम्पों की असहनीय यातनाएँ झेलीं। उनके उपन्यास प्रायः आत्मकथापरक हैं। 1992 में उनका पहला उपन्यास रूस में छपा, लेकिन प्रखर और विद्रोही विचारों के कारण 1963 के बाद रूस में उनकी रचनाओं का प्रकाशन बंद हो गया था। 1974 में उन्हें रूस से निष्कासित कर दिया गया। वे ज्यूरिख और अमेरिका में रहे। अंतिम वर्षों में उनकी वापसी रूस में हुई। अनेक उपन्यासों के स्रष्टा सोल्झेनित्सिन का सर्वाधिक प्रसिद्ध उपन्यास हैं—'कैंसर वार्ड'। वे मानवीय स्वाधीनता के जबर्दस्त पक्षधर और सर्वसत्तावाद के विरोधी थे।

मैं उस जाड़े में लगभग मरा हुआ ताशकंद पहुँचा था। और मैं उसी बात के लिए आया था—मरने के लिए।

पर अचानक मुझे एक नई जिंदगी मिल गई।

एक महीना गुज़रा, फिर एक और—और एक और। ताशकंद का सुंदर वसंत मेरी खिड़की से दिखता हुआ निकला और गर्मियों में प्रवेश कर गया। यहाँ तक कि जब मैंने अपने डगमगाते, अस्थिर पैरों पर बाहर निकलना शुरू किया तो बाहर हरियाली और गर्मी आ चुकी थी।

मुझमें यह स्वीकार करने का साहस नहीं हो रहा था कि मैं अच्छा हो रहा हूँ, और बड़ी से बड़ी कल्पना में यही मान रहा था कि यह जो जीने की मुहलत मिली है वह कुछ महीनों की है—वर्षों की नहीं। अस्पताल के दो खंडों के बीच फैले पार्क में छोटे गोल पत्थरों वाले रास्ते और काली सड़क पर मैंने धीरे-धीरे चलना शुरू किया। मुझे अक्सर बैठना और सुस्ताना पड़ता था। रेडियोथिरेपी के कमजोर कर देने वाले प्रभाव से मुझे लेट जाना पड़ता था। तब मेरा सिर मेरे शरीर से नीचे लटक जाता था।

एक तरह से मैं और मरीजों की तरह ही था, फिर भी उनसे कुछ भिन्न था। मुझ पर नियंत्रण कड़ा था और मुझे अपने में ही सीमित रहना पड़ता। औरों के रिश्तेदार थें जो आते और उनके दुख पर आँसू बहाते। उनकी एक ही चिन्ता थी—अच्छा हो जाना। मेरे पास अच्छा होने के लिए लगभग कुछ नहीं था। उस वसंत में मैं 35 वर्ष का हो चुका था और पूरी दुनिया में मेरी चिंता करने वाला

कोई न था। मेरे पास पासपोर्ट भी नहीं था और यदि मैं अच्छा हो जाऊँ तो मुझे वह हरा-भरा उर्वर स्थान छोड़कर उसी भयानक उजाड़ कैम्प में जाना था जहाँ मुझे उम्र भर के निर्वासन में भेजा गया था। वहाँ मुझ पर नजर रखी जाती, हर पखवाड़े रजिस्ट्रेशन के लिए जाना पड़ता, जहाँ के कमांडेंट को यह तय करने में बहुत समय लगा था कि मुझे, एक मरते हुए आदमी को, उचित इलाज के लिए बाहर जाने दिया जाए या नहीं। यह सब मैं अपने साथ के मरीजों को नहीं कह सकता था—वे सब स्वतंत्र लोग थे। यदि मैं कहता भी तो वे मुझे नहीं समझे होते...

फिर भी, पिछले दस वर्षों में केवल सोचते रहने के कारण मुझे यह बात समझ में आती थी कि छोटी-छोटी बातें ही जिंदगी का स्वाद देती हैं। जैसे—अपने डगमगाते पैरों पर चल लेना, छाती के दर्द को दबाए हुए साँस ले लेना, या फिर सूप के कटोरे में एक बड़ा आलू का टुकड़ा पा लेना।

वह वसंत मेरी जिंदगी का सबसे कष्टदायक पर सबसे सुंदर भी था। हर चीज मेरा ध्यान आकर्षित कर लेती थी। या तो मैं सब कुछ भूल चुका था या फिर यह सब मैंने पहले कभी देखा ही नहीं था। आइसक्रीम ढोने वाली गाड़ी, बगीचा सींचने वाला पाइप लिए जमीन बुहारने वाले कर्मचारी, गाजर के गुच्छे बेचते हुए खोमचे वाले और इससे भी अधिक टूटी दीवाल में मुँह घुसाकर हरी-हरी घास खाने वाला घोड़े का बच्चा।

हर दिन अपने अस्पताल से मैं पिछले दिन की तुलना में थोड़ा और आगे बढ़ता और आगे बढ़ता, पार्क में कुछ और दूर तक निकल लेता। यह अस्पताल जरूर पिछली शताब्दी के अंत में बना रहा होगा, इसमें खुले खाँचों वाले ईंटों के काम की मजबूत इमारतें थीं। पार्क चमकते सूर्योदय से लेकर रोशनी भरी संध्या तक जीवन की गतिविधियों से भरा होता। स्वस्थ लोग इसमें से फुर्ती से निकलते और बीमारों को समय लगता था।

उस जगह जहाँ पार्क के रास्ते मिलते थे और मुख्य गेट तक पहुँचने की सड़क शुरू होती थी, वहाँ पर स्तालिन की ऐलाबास्टर की मूर्ति खड़ी थी जिसमें स्तालिन अपनी पत्थर की मूँछों में हँसता सा होता। उस रास्ते आगे और भी नेताओं की छोटी मूर्तियाँ थीं।

उसके बाद स्टेशनरी का एक स्टाल था जिसमें प्लास्टिक की पेंसिलें तथा छोटी-छोटी सुंदर कापियाँ मिलती थीं। यद्यपि मैं अपनी हालत से भी मजबूर था, पर असल मुसीबत यह थी कि इससे पहले की मेरी सभी कापियाँ अंततः गलत जगह पहुँच जाती थी। इसलिए यही अच्छा था कि उसे लिया ही न जाए।

ठीक मुख्य द्वार पर एक फलों का स्टॉल और एक खास चाय की दुकान थी। धारीदार पजामों वाले हम मरीजों को वहाँ जाने की इजाजत नहीं थी पर वह जगह बड़ी खुली और अच्छी दिखती थी। इससे पहले मैंने ऐसी खास चाय की दुकान नहीं देखी थी जिसके पास हरी और काली चाय के लिए अलग-अलग

केतलियाँ हों—यह एक यूरोपीय ढंग की जगह थी जहाँ अच्छी मेजें लगी थीं। इसमें मजबूत फर्श वाला एक उजबेकी हिस्सा भी था। मेजों पर लोग जल्दी-जल्दी अपना खाना-पीना खत्म करते और खाली प्यालों में रेजगारियाँ छोड़कर तेजी से निकलते जाते। उजबेकी हिस्से में ऐसा नहीं होता जहाँ चटाइयाँ और धूप से बचने के लिए बेंत का छज्जा तना हो। वहाँ लोग घंटों बैठे या लेटे रहते, कभी-कभी कई दिनों तक, चाय के एक पतीले से दूसरे सुड़कते रहते और चौपड़ खेलते—मानों उन्हें और कोई काम न हो।

किन्तु फलों वाला स्टाल मरीजों के लिए भी था। पर मेरा नाममात्र का 'निर्वासितों का वेतन', फलों के दाम देख मुझे उससे दूर ही रखता था। सुखाई हुई खुबानी, किशमिश और चेरी के ढेरों को मैं ध्यान से देखता—और दूर हो जाता।

उससे भी आगे एक ऊँची दीवार थी। मरीजों को मुख्य गेट से आगे जाने की इजाजत नहीं थी। दीवार के बाहर से दिन में दो-तीन बार शवयात्रा वाले बैंड की आवाज सुनाई देती (दस लाख की आबादी वाले इस शहर का कब्रिस्तान कहीं नज़दीक ही था)। करीब दस मिनट तक मातमी धुन सुनाई देती जब तक शवयात्रा दूर नहीं चली जाती, और ड्रम की आवाज एक अकेली गति में गूँजती रहती थी। उसकी लय का भीड़ पर कोई प्रभाव नहीं पड़ता था, जो गोल बनाए घूमते बदलते होते थे। जिन पर पड़ता था वे अपना सिर थोड़े घुमाए हुए अपने काम की ओर बढ़ जाते (उन्हें अच्छी तरह मालूम होता कि वह काम क्या है)। दूसरी ओर मरीज लोग रुक जाते और उस धुन को सुनने लगते, बड़ी देर तक और यहाँ तक कि अपने वार्ड की खिड़कियों से बाहर भी देखने लगते।

जितना ही यह स्पष्ट होता गया कि मैं ठीक हो रहा हूँ और कि मैं जिऊँगा, वातावरण उतना ही बोझिल होने लगा—उस स्थान को छोड़ने का मुझे अभी से अफसोस होने लगा था।

चिकित्सा कर्मचारियों के स्टेडियम में दूर सफेद आकृतियाँ टेनिस खेल रही होती थीं। सारी जिंदगी मेरी खेलने की इच्छा रही—पर कोई मौका नहीं मिला। अपने तीखे किनारों के नीचे गंदली सालार नदी शोर मचाती बहती थी। छायादार मेपल, शाखाओं से भरे ओक वृक्ष तथा नाजुक जापानी अकेसिया के पेड़ों से पार्क जीवंत लगता था। आठ मुँह वाले फव्वारे से पानी की धार पतली चाँदी की तरह हवा में तेजी से ऊपर उठती थी। और मैदान की घास! उसका स्वाद मैं बहुत पहले भूल चुका था (कैम्प के आदेशों के तहत घास को मानों दुश्मन की तरह जमीन से उखाड़ फेंका जाता था, और इसलिए मेरी निर्वासन वाली जगह पर कोई घास नहीं थी)। पीठ के बल लेटे हुए घास की सुगंध वाली, हल्की गर्म हवा को नथुनों में भरते रहना एक निर्वचनीय आनंद था।

घास पर मैं अकेला नहीं था। जहाँ-तहाँ मेडिकल छात्र अपनी पोथियाँ लिए बैठे होते, या जोर-जोर से परीक्षाओं के बारे में ढेरों बातें करते मैदान में घूमने

आते। स्टेडियम के स्नानघरों से दुबले-पतले खिलाड़ी अपने खेल वाले बैग लटकाए निकलते। शामों में लड़कियाँ अपने दुरुस्त या मुसे हुए कपड़ों में फव्वारों के किनारे घूमती होतीं। झुटपुटे में वे साफ नहीं दिखतीं और इसलिए और भी मोहक लगतीं, उनकी पोशाक की सरसराहट गोल पत्थरों वाले रास्ते के पास सुनाई देती।

एक हृदय विदारक करुणा मेरे मन में भर जाती थी। शायद अपनी पीढ़ी के उन लोगों के लिए जो दम्यान्सक में ठिठुर रहे थे, जो ऑस्वित्ज में जलाए जा रहे थे, झेजकाजगन में जिनका सफाया हो रहा था या ताइगा में जो अपने जीवन की अंतिम घड़ियाँ गिन रहे थे—वे सभी जो इन लड़कियों को कभी अपनी नहीं कह पाएँगे। या शायद उन लड़कियों के लिए जो कभी नहीं जान पाएँगी कि मैं उन्हें क्या नहीं कह पाया?

सारे दिन उन गोल वाले पत्थरों और काली सड़क पर कितनी लड़कियाँ और औरतें नज़र आतीं! जवान डाक्टर, नर्सें, प्रयोगशाला में काम करने वाली सहायिकाएँ, कपड़े वाली, आफिस में काम करने वाली, दवाइयाँ बाँटने वाली और फिर मरीजों के रिश्तेदार। अपनी सफेद झक पोशाकों या दक्षिणी इलाके के चमकदार, लगभग पारदर्शी वस्त्रों में वे मेरे पास से गुजरती रहतीं। उनमें जो समृद्ध थीं, उनके हाथों में बाँस के हैंडल वाली सुनहरी, नीली या गुलाबी छतरी होती। तेजी से चलती आती, उनमें से हरेक एक पूरे जीवन की कहानी का प्लॉट हो सकती थी। उसकी पहले की जिंदगी और फिर हमारी संभावित (असंभव) जान-पहचान।

मैं एक दयनीय दृश्य था। मेरे सूखे हुए चेहरे पर हर उस चीज़ के निशान थे जिससे होकर मैं गुजरा था। कैम्प की देन, कुढ़न भरी चुप्पी से बनी लकीरें, मौसमों की मार से पीली राख सी चमड़ी, हाल में बीमारी के बाद आई जर्दगी और तेज हवाओं के असर से गालों पर पड़ी हरी सी झाँई। आत्म-बचाव की प्राकृतिक वृत्ति से उपजे आज्ञा पालन तथा छिपे से रहने की आदत से मेरा शरीर थोड़ा झुक भी गया था। मेरा धारीदार कोट मसखरों जैसा पेट पर ही खत्म हो जाता था, धारीदार पैंट मुश्किल से मेरे टखनों को छू पाती, और मेरे कुरूप जूतों से पैर को लपेटने वाले बेहद पुराने, गंदे चीथड़े बाहर निकल आते थे।

ओह, उनमें से सबसे साधारण औरत भी मेरे साथ चलना सोच भी नहीं सकती थी...यद्यपि यह मैं स्वयं भी नहीं समझता होता पर मेरी आँखें उतने ही पैनेपन से सारी दुनियाँ को समेट लेती थीं जितनी उनकी।

एक बार शाम होने से थोड़ा पहले मैं मुख्य गेट पर खड़ा था और आस-पास देख रहा था। सदा की तरह लोग आ-जा रहे थे। झूलती छतरियाँ, रेशमी पोशाकें, हल्के रंग की बेल्ट लगी पतलूनें, कढ़ी हुई कमीजें और रंग-बिरंगी टोपियाँ—सभी अनंत प्रवाह में पास से गुजर रही थीं। आवाजें एक-दूसरे से गड्ड-मड्ड हो जाती

थीं, फल बेचे जा रहे थे, चाय पी जा रही थी, घिरी हुई जगह में चौपड़ खेला जा रहा था। इस शोर-शराबे के बीच, किनारे झाड़ियों पर टिका एक नाटा, अजीब सा आदमी खड़ा था। अपनी धीमी भर्राई आवाज में वह भिखारियों की तरह बार-बार कह रहा था—'कामरेड... कामरेड...'

आने-जाने वाली भीड़ में कोई भी उधर ध्यान नहीं दे रहा था। मैं उसके पास गया।

'क्या बात है, भाई?'

उस व्यक्ति का पेट बहुत निकला हुआ था, गर्भवती महिला के पेट से भी बड़ा। वह थुलथुल झोले सा उसकी कमीज से बाहर निकला पड़ रहा था। उसके पैरों में धूल से सने, तल्ले जड़े जूते थे। नाविकों जैसे कॉलर और जर्जर आस्तीनों वाला एक मोटा खुला ओवरकोट किसी बोझ की तरह उसके कंधों पर पड़ा था, उस वक्त के मौसम से उसका कोई मेल नहीं था। उसके सिर पर पुरानी तरह की एक घिसी हुई टोपी थी जो खेतों में चिड़िया भगाने वाले ढाँचे के ऊपर रखी जा सकती थी।

उसकी आँखे फूली हुई थीं और उनमें कोई चमक नहीं थी। बड़ी मुश्किल से उसने अपना एक हाथ ऊपर उठाया और उसकी भिंची हुई मुट्ठी से मैंने एक मुड़ा-तुड़ा कागज निकाला। वह बोबरोव नामक नागरिक का अस्पताल में दाखिले के लिए आवेदन-पत्र था। उस पर दो तरह की टिप्पणी लिखी हुई थी—एक नीली स्याही से, दूसरी लाल से। नीली, शहर के लोक-स्वास्थ्य विभाग की थी जो उस आवेदन को विचार के बाद अस्वीकार करती थी। लाल टिप्पणी मेडिकल इंस्टीट्यूट के अस्पताल को आदेश देती थी कि वह आवेदक को भर्ती करे। नीली टिप्पणी पर कल की तारीख थी, लाल वाली पर आज की।

'अच्छा, तो तुम भर्ती वाली जगह पर जाना चाहते हो', मैंने उसे जोर से बोल कर समझाया जैसे कोई गूँगा-बहरा हो, 'पहले खंड में, बस इन...मूर्तियों की बगल से चले जाओ...'

पर अब जबकि वह अपनी मंजिल के करीब आ चुका था, उसकी शक्ति जवाब दे चुकी थी। न केवल वह कुछ कहने की स्थिति में नहीं था, बल्कि उससे अपना तीन पौंड का थैला भी नहीं उठाया जा रहा था। तब मैंने कहा, ''कोई बात नहीं, बूढ़े आदमी, मैं तुम्हें वहाँ ले चलता हूँ, आ जाओ। लाओ, अपना थैला दो।''

उसकी श्रवण-शक्ति अच्छी थी। राहत महसूस करते हुए उसने अपना थैला मुझे दिया, मेरी बाँह पकड़ी और पैर लगभग घसीटते हुए काली सड़क पर चलने लगा। मैंने धूल से लाल हो रहे उसके ओवरकोट की बाँह टटोल कर उसकी कोहनी पकड़ी। उसका फूला हुआ पेट उसके शेष शरीर से भारी प्रतीत हो रहा था और बार-बार उसके मुँह से भारी आह निकल रही थी।

इस तरह हम चलने लगे—दो गंदे मैले-कुचैले बेकार से व्यक्ति, उसी सड़क पर जहाँ अपनी कल्पनाओं में मैं ताशकंद की सबसे सुंदर अप्सराओं के साथ घूमता था। हमें उन बेकार मूर्तियों को पार करने में थोड़ा समय लगा।

अंततः हम मुड़े। सामने एक बेंच दिखाई दिया और मेरे साथी ने थोड़ा सुस्ताने का आग्रह किया। मैं भी थक रहा था, क्योंकि पैरों पर चलते और खड़े काफी समय गुजर चुका था। हम बैठ गए। सामने ही फव्वारे का दृश्य पड़ता था।

रास्ते में उस बूढ़े आदमी ने केवल कुछ शब्द भर ही कहे थे। अब दम लेने पर उसने कुछ और विवरण दिया। वह उराल की ओर जा रहा था, जहाँ रहने का अनुमति पत्र उसके पास था—वही उसकी मुसीबत की जड़ था। तखियाताश (जहाँ मुझे याद आता है किसी नहर का निर्माण शुरू किया गया था और बाद में छोड़ दिया गया था) के पास कहीं वह बीमार पड़ गया। उरगेन्च में उसने एक महीना अस्पताल में बिताया जहाँ उसके पैर और पेट से बहुत पानी निकलने से उसकी हालत और बिगड़ गई। फिर भी उन लोगों ने उसे अस्पताल से छुट्टी दे दी। फिर वह चारझाऊ में रेल से उतर गया—जहाँ वे उसे इलाज के लिए नहीं ले रहे थे और बार-बार उराल चले जाने के लिए कहते, जहाँ के लिए अनुमति पत्र उसके पास था। रेल यात्रा पूरी करने की शक्ति उसमें नहीं थी, न ही रेल का टिकट था। अब ताशकंद के अस्पताल में प्रवेश की अनुमति लेने में उसे दो दिन लगे थे।

दक्षिण में वह क्या करता रहा था और किस काम से आया था, यह सब मैंने उससे नहीं पूछा। उसके डाक्टरी दस्तावेजों के अनुसार उसकी बीमारी कुछ विचित्र, कठिन सी थी, और उसकी हालत देखते हुए आखिरी भी लगती थी। बहुतेरे मरीजों को अपने आस-पास देखते हुए मुझे पर्याप्त समय गुजर चुका था और मैं यह देख सकता था कि अब उसमें जीवन नहीं बचा है। उसके होंठ ढीले पड़ चुके थे, उसकी बोली साफ नहीं थी और आँखें मंद पड़ रही थीं।

उस पर टोपी तक भारी पड़ रही थी। बहुत कठिन प्रयास करके उसने अपना हाथ उठाया और टोपी खींच कर गोद में उतारी। एक बार प्रयास कर उसने बाँह उठाई और उसकी गंदी आस्तीन से माथे के पास आया पसीना पोंछा। उसके सिर का ऊपरी हिस्सा गंजा था जिसके पास गंदे, जमे बालों का हल्का अर्द्ध-घेरा सा बना हुआ था। वह बूढ़ा नहीं था बल्कि बीमारी ने उसकी यह हालत बना दी थी।

उसकी गर्दन मुर्गी की गर्दन के समान दयनीय रूप से पतली थी और उसकी चमड़ी ढीली पड़ी झूल रही थी। उसी जगह उसका कंठाग्र मानों आप से आप ऊपर-नीचे हो रहा था।

उसके सिर को उठाए रखने के लिए वहाँ था ही क्या? हम जैसे ही बैठे होंगे वह अपनी छाती पर झुक पड़ा, और ठोढ़ी शरीर से लग गई।

इस तरह वह बैठा था, निश्चल, गोद में टोपी, आँखें बंद। वह भूल गया सा लगता था कि हम वहाँ सिर्फ थोड़ा सुस्ताने बैठे थे और हमें पीड़ितों की भर्ती वाले वार्ड के पास पहुँचना था।

नजदीक के फव्वारे से चाँदी जैसी धार बिना आवाज किए निकल रही थी। दूसरी तरफ से दो लड़कियाँ निकलीं और उनके पीछे मैं दूर तक देखता रहा। एक नारंगी रंग की स्कर्ट पहने हुए थी, और दूसरी गहरे लाल रंग की। मुझे दोनों ही अच्छी लगी थीं।

मेरे पड़ोसी ने एक कराह निकाली, अपना सिर छाती के पास हिलाया-डुलाया और अपनी पीली राख जैसी पलकों को उठाकर मुझे तिरछे देखा—''तुम्हारे पास कोई सिगरेट तो नहीं होगी?''

''बूढ़े आदमी, वह सब भूल जाओ!'' मैं उस पर गुर्राया। ''तुम और मैं बिना सिगरेट के भी घिसट लें यही बहुत होगा। अपने आप को देखो। सिगरेट पिएँगे!'' (मैंने स्वयं कोई एक महीना पहले ही सिगरेट छोड़ी थी, वह भी बड़ी मुश्किल से)।

उसकी साँसें भारी हो चली थीं और अपनी पीली सी पलकों के नीचे से उसने मुझे कुत्ते की तरह देखा। ''अच्छा, तो क्या तुम मुझे तीन रूबल दे सकते हो?''

मैं सोचने लगा कि उसे पैसे दूँ या नहीं। कहने की बात नहीं कि मैं अभी भी सजा काट रहा था जबकि वह एक स्वतंत्र व्यक्ति था। उधर मैंने वर्षों बिना किसी वेतन के काम किया था। जब उन्होंने पैसा देना शुरू किया भी तो कई कटौतियाँ थीं। पहरेदारों के लिए, बिजली कुत्ते, गवर्नर और खाना।

मैंने अपनी कमीज की जेब से तेल से चीकट एक बटुआ निकाला और अंदर देखा। एक गहरा निःश्वास लेकर मैंने उसे तीन रूबल का एक नोट पकड़ाया।

'धन्यवाद', वह बुदबुदाया। हाथ मुश्किल से उठाते हुए उसने नोट लिया और अपनी जेब में घुसाया। उसके बाद उसका हाथ तुरन्त बेजान होकर गोद में गिर पड़ा और छाती फिर ठोढ़ी से लग गई।

हम मौन बैठे रहे।

एक औरत और उसके पीछे दो लड़कियाँ गुजरीं। मुझे लगा तीनों ही अच्छी थीं।

सालों गुजर गए थे जब मैंने किसी औरत या उसकी सैंडलों की आवाज भी सुनी होगी।

''यह अच्छा हुआ उन्होंने तुम्हारा आवेदन मंजूर कर दिया। नहीं तो तुम्हें यहाँ हफ्ते भर पड़ा रहना पड़ा। यह बड़ी आम बात है। बहुत लोगों को यह समस्या होती है।''

उसने अपनी ठोढ़ी छाती से उठाई और मेरी ओर मुड़ा। उसकी आँखों में समझने का भाव झलका, आवाज में कँपन हुआ और उसकी बोली में थोड़ी तरतीबी आई।

'बेटे, वे मुझे मेरे गुणों के लिए ले रहे हैं। मैं क्रांति का योद्धा रहा हूँ। जानते हो, स्वयं सेर्गेई किरोव ने जारित्सिन में मुझसे हाथ मिलाया था। मुझे तो विशेष पेंशन मिलेगी।''

उसके गालों और होठों पर जुबिश हुई—एक गर्व भरी मुस्कान की क्षीण झलक उसके दाढ़ी भरे चेहरे से गुजर गई।

मैंने उसके चीथड़ों को देखा और फिर उसकी पूरी काया को अपनी नजरों में भरकर कहा, ''फिर तुम्हें वह देते क्यों नहीं?''

''यही जिंदगी है'', उसने गहरी साँस लेकर कहा। ''वे इसे मानना नहीं चाहते। कुछ तो रिकार्ड वाले अभिलेखागार जल गए, कुछ खो गए। अब उस समय के गवाहों को ढूँढ़ना असंभव है। और किरोव की हत्या हो गई...दोष सब मेरा ही है, मुझे सभी दस्तावेज संभाल कर रखने चाहिए थे...अब बस एक ही बचा है...''

उसका दाहिना हाथ—उसकी उँगलियों के जोड़ सूजे हुए थे जिससे उँगलियों के हिलने-डुलने में बाधा होती थी—उसकी जेब की ओर बढ़ा। उसने उसमें से कुछ खींचने की कोशिश की—फिर दोनों हाथ गिरा दिए और सिर भी। उसकी क्षणिक चेतना फिर जाती रही।

सूरज इमारतों के पीछे छिपने लगा था। हमें जल्द घायलों की भर्ती वाले वार्ड की ओर बढ़ना था (जो सिर्फ सौ कदम दूर था)। वार्ड में खाली जगह कभी-कभार ही होती थी।

मैंने बूढ़े आदमी को कंधे से हिलाया। ''चलो! अपने को उठाओ। वहाँ दरवाजा देख रहे हो? क्या तुम देख रहे हो? मैं बढ़ता हूँ और उन्हें बताकर रखता हूँ कि तुम आ रहे हो। तुम कोशिश करके वहाँ तक आओ। अगर नहीं बनता, तो मेरी प्रतीक्षा करना। मैं तुम्हारा थैला ले लेता हूँ।''

उसने सिर हिलाया, जिससे मुझे लगा वह बात समझ गया। घायलों की भर्ती वाला वार्ड एक जीर्ण, विशाल हॉल का घेरा हुआ हिस्सा था (जिसमें घर, स्नानघर, कपड़े बदलने का कमरा और नाई की जगह भी थी) जो हमेशा भर्ती के लिए घंटों से इंतजार करते मरीजों से भरा रहता था। आश्चर्य, आज वहाँ कोई नहीं था। मैंने काउंटर की खिड़की खटखटाई। एक बिलकुल जवान नर्स ने खिड़की खोली जो चढ़ी नाक और रंगे होंठों वाली थी—नहीं, लाल नहीं, बल्कि उसके होंठ गहरे बैगनी रंग के थे।

''हाँ?'' वह एक टेबल के पास बैठी थी और कोई कॉमिक जैसी किताब पढ़ रही थी।

उसकी आँखें निश्चित रूप से बदमाश किस्म की थीं।

मैंने उसे वह आवेदन दे दिया और कहा, ''वह मुश्किल से चल सकता है। मैं अभी उसे लेकर आता हूँ।''

''तुम किसी को यहाँ लेकर नहीं आ रहे हो!'' बिना कागज को देखे हुए उसने अपनी कर्कश आवाज में कहा। ''क्या तुम नियम नहीं जानते? मरीजों की भर्ती केवल सवेरे नौ बजे होती है!''

पर 'नियम' उसे ही नहीं मालूम था। मैंने अपना सिर और बाँह खिड़की में घुसा दिया ताकि वह उसे बंद न कर सके। फिर अपने निचले होंठ को व्यंग्य से मरोड़ और चेहरे को खूँखार गोरिल्ले सा बनाकर अपराधियों वाले लहजे में मैंने कहा, ''इधर देखो, मिस! मैं पुलिस के उन मुखबिरों में से नहीं हूँ।''

उसके चेहरे पर भय झलका, उसने अपनी कुर्सी खिड़की से पीछे खिसकाई और जरा सावधान होकर कहा, ''अभी भर्ती नहीं। कल सवेरे नौ बजे।''

''पहले तुम इसे पढ़ो!'' मैंने उसे धीमी और दुष्ट-सी आवाज में सलाह दी।

उसने पढ़ा।

''तो इससे क्या! सबके लिए नियम बराबर हैं। और फिर कोई खाली बेड भी नहीं है। सुबह कोई जगह नहीं थी।''

उसे यह कहते आनंद आ रहा था कि कोई खाली स्थान नहीं है, मानों वह मुझे परेशान करने पर तुली हुई हो।

''लेकिन वह आदमी अपनी यात्रा के बीच में है और उसके पास जाने के लिए कोई जगह नहीं है।''

जैसे ही मैं खिड़की से पीछे हटा और अपनी स्वाभाविक आवाज में वापस आया वैसे ही उसका तेवर फिर पहले जैसा हो गया।

''सब तुम्हारे मरीज दूसरे शहर से ही आते हैं! अब हम क्या करें, सबको अंदर ले लें? उन्हें इंतजार करना पड़ेगा, सभी यही करते हैं। उसे रात भर किसी के साथ गुजारने दो।''

''तुम जरा बाहर आओ और एक बार उसे देखो।''

''मैं क्यों निकलूँ? अब मैं सबको देखती फिरूँ! मैं किसी की नौकर नहीं हूँ!''

अब उसने अपनी नाक और चढ़ा ली। अब वह अनवरत बड़बड़ा रही थी जैसे अंदर कोई झरना खुल गया हो।

''तब आखिर किसलिए तुम हो यहाँ?'' मैंने जोर से गत्ते की दीवाल पर हाथ मारा जिससे ढेर सारी सफेदी उड़कर हवा में बिखर गई। ''अपने आपको ताले में बंद कर बैठी क्यों नहीं रहती?''

''मैं तो पूछना ही भूल गई थी, काबिल की दुम!'' वह भड़क उठी। उछल कर वह अपने केबिन से बाहर आई, ''आखिर तुम हो कौन? मुझे मत पढ़ाओ कि मुझे क्या करना है! अभी अस्पताल की गाड़ी आने वाली है।''

यदि उसने अपना होंठ और नाखून कुरूप बैगनी न रंग लिया होता तो वह देखने में बुरी नहीं थी। उसकी नाक बड़ी अच्छी थी। और उसकी भौंह भी काफी आकर्षक थी। उसका सफेद कोट गर्मी के कारण खुला था और मैं अंदर गुलाबी स्कार्फ और 'युवा कम्युनिस्ट लीग' का बैज लगा देख सकता था।

''तुम्हारा मतलब है कि यदि वह स्वयं यहाँ नहीं आया होता और अस्पताल की गाड़ी से लाया गया होता तो तुम उसे भर्ती कर लेती? क्या यही नियम है?''

उसने मेरे विचित्र रंग-रूप और पूरी काया पर घृणा से एक नजर डाली और मैंने भी उसे एक बार ऊपर से नीचे देखा। मैं पूरी तरह भूल गया था कि मेरे जूते से पैरों वाली पट्टी बाहर निकली हुई है। उसने फुँफकारते हुए सर्द आवाज में कहा, ''हाँ मरीज! यही नियम है!''—और अपने केबिन में घुस गई।

मैंने अपने पीछे आवाज सुनी, और पलटा। मेरा साथी अब तक पहुँच गया था। उसने सब कुछ सुन और समझ लिया था। दीवार पकड़े हुए उसने उस बेंच तक पहुँचने की कोशिश की जो मरीजों के बैठने के लिए वहाँ रखा गया था। वह अपना दाहिना हाथ हिलाए जा रहा था जिसमें उसने एक घिसा हुआ बटुआ पकड़ रखा था।

'इसे लो...' वह मुश्किल से बोल पा रहा था... 'इसे उसे दिखाओ... उसे यह देखने को दो।'

मैंने उसे समय पर पकड़ लिया और धीरे से नीचे बेंच पर बिठा दिया। उसकी असहाय उँगलियाँ उसके आखिरी दस्तावेज को निकालकर दिखाना चाह रही थीं—पर नहीं कर पाईं।

मैंने उसका घिसा हुआ दस्तावेज निकाला जो मोड़ वाली जगहों पर फिर से चिपकाया हुआ था। घुमावदार पंक्तियों में बैगनी शब्दों से उस पर टाइप की हुई यह इबारत झाँक रही थी—

'दुनिया के मजदूरों, एक हो!

प्रमाण-पत्र—

कामरेड एन० के० बोबरोव के लिए, यह प्रमाणित किया जाता है कि वर्ष 1921 में वह विश्व क्रांति के सुप्रसिद्ध एन० एन० —क्षेत्रीय विशेष सेवा दस्ते के सदस्य थे और इन्होंने अपने हाथों से समाज के कीटाणुओं का अंत तक सफाया किया था।

कमिसार... (हस्ताक्षर)'

इसके नीचे अब एक फीकी पड़ चुकी मुहर लगी हुई थी।

अपनी छाती मलते हुए मैंने उससे धीमी आवाज में पूछा, ''एक विशेष सेवा दस्ता? क्या यह सही है?'

'हाँ!' मुश्किल से अपनी आँख खुली रख उसने कहा, 'यह उसे दिखाओ।'

मैंने उसका दाहिना हाथ देखा, उसकी छोटी सी मुट्ठी जिस पर काली नसें फूली हुई थीं और जोड़ सूजे हुए थे, जो बटुए से एक कागज भी निकाल सकने में असमर्थ थे। और मैंने उन दिनों के प्रचलित तरीके मेरी कल्पना में घूम गए—आक्रामक घोड़ों पर सवार, लोगों को सर से पेट तक काटते और चीरते हुए।

कितना विचित्र...इसी दाहिने हाथ में कभी एक भयंकर तलवार होती थी, किसी सिर, कंधे, गर्दन को धड़ से अलग करती—आज यह एक बटुआ भी नहीं उठा सका।

मैं उस खिड़की पर गया और काउंटर की लकड़ी खटखटाई। वह क्लर्क या नर्स अपनी कॉमिक वाली किताब पढ़ रही थी। पीछे वाले पन्ने पर पिस्तौल हाथ लिए एक चेका (एक सोवियत खुफिया विभाग)। अफसर की तस्वीर थी जिसमें वह एक खिड़की पर टिका हुआ था।

मैंने वह जर्जर प्रमाण-पत्र उसके पन्ने के ऊपर धीरे से रख दिया, अपने पैरों पर मुड़ा और दर्द कम करने के लिए अपनी छाती को दबाते हुए दरवाजे की ओर बढ़ा। मुझे मालूम था कि अब मुझे अपना सिर नीचे रखते हुए लेटना होगा और जितनी जल्दी हो सके यह करना था।

''यह क्या है, जहाँ-तहाँ कागज फेंकते चलना? ले जाओ इसे!'' मेरे पीछे नर्स की क्रोधित आवाज सुनाई दी।

क्रांति का योद्धा बेंच पर और भी झुक गया था। उसका सिर और कंधे भी मानों उसके शरीर में मुड़ गए थे। उसकी असहाय उँगलियाँ बगल में निर्जीव-सी झूल रही थीं, जैसे उसका खुला ओवरकोट। उसका फूला हुआ पेट उसकी गोद में पड़ा अविश्सनीय लग रहा था।

✦

अनु०—**शंकर शरण**

युवा वागानोव की व्यथा

✦

वसीली शूक्शिन (1929–1974)

वसीली शूक्शिन का जन्म साइबेरिया के एक गाँव स्रोस्तकी में 25 जुलाई, 1929 को हुआ। चौदह साल की उम्र में वे घर से निकल कर तरह-तरह के कामों में अपना कौशल लगाते रहे। मैक्सिम गोर्की की तरह वे जीवन के विश्वविद्यालय में पढ़ते रहे। उन्होंने खराद पर काम किया, जहाज पर खलासी रहे, रेडियो-ऑपरेटर और मिस्त्री भी रहे। युद्धोत्तर लेखकों में वसीली शूक्शिन अपने ग्रामीण चित्रण के लिए महत्त्वपूर्ण माने जाते थे। वे फिल्म कलाकार व निर्देशक भी थे। 2 अक्टूबर, 1974 में शोलोखोव की फिल्म में अभिनय करते समय उनका हृदयाघात के कारण निधन हो गया।

विधि-प्रभाग का युवा स्नातक, राजकीय अभियोक्ता के दफ़्तर का युवा कर्मचारी, युवा गियोर्गी कोन्स्तान्तीनोविच वागानोव आज सुबह से अच्छे मूड में था। कल उसको एक पत्र मिला। तीन युवा ने जीवन में हर चीज की अपेक्षा की थी, लेकिन उसने सपने में भी नहीं सोचा था कि उसे ऐसा पत्र मिलेगा। उनकी कक्षा में एक घमण्डी और तराशे हुए नैन-नक़्श वाली लड़की माया याकूतीना थी। वागानोव न तो तब जब वह पढ़ती थी, न उसके बाद, न अब, जब उसको विचारों में देखने की इच्छा होती थी, माया के बारे में एक खिजाने वाली अनुभूति से अपना पीछा नहीं छुड़ा सका कि माया किसी बड़े कारीगर द्वारा बनायी हुई लकड़ी की गुड़िया—जैसी है। लेकिन खासतौर से यह तथ्य कि वह एक छोटी-सी गुड़िया-जैसी थी, एक सुन्दर गुड़िया थी, एक अनिर्वचनीय ढंग से आकर्षित करता था और दर्शाता था कि वह एक महिला है, चुकन्दर और गोभी का शोरबा बनाने में समर्थ है, और जो किसी को खुशी उपहार में दे सकती है और जिसको उपहार देने की स्थिति में कोई नहीं है। अर्थात् वह दूसरों की तरह एक महिला तो है ही, साथ-साथ एक गुड़िया भी है। गियोर्गी वागानोव हर चीज़ की तह में पहुँचना चाहता था लेकिन यहाँ तह में पहुँचने को कुछ नहीं था; वह माया याकूतीना से प्रेम करता था। उनकी कक्षा में चार लड़के उससे प्रेम करते थे। किसी को सफलता नहीं मिली। अन्तिम वर्ष में, जैसी कि ख़बर थी, माया ने किसी प्रतिभाशाली भौतिक-विज्ञानी से शादी कर ली थी। सबने कहा, प्यारी है और समझदार भी है। सभी खूबसूरत लड़कियाँ ऐसी होती हैं। लेकिन माया को वागानोव दोष नहीं दे सका और न ही उसने बुरा माना। क्योंकि एक तो उसको इसका कोई अधिकार नहीं था, दूसरे उसे किस बात का दोष देता? वागानोव हमेशा यह जानता था कि माया से उसका कोई जोड़ नहीं है। अफ़सोस की बात है, वाकई, लेकिन हो सकता है अफसोस की बात नहीं है। हो सकता है यह उसकी भलाई के लिए हुआ हो।

माया को भाग्य के तोहफ़े के रूप में पाकर वह जल्दी ही इस तोहफ़े के साथ रसातल में चला गया होता। वह क्षण-भर को अवसरवादी हो गया होता, किसी भी कीमत पर शहर में रुकना चाहता और कोई छोटी-मोटी क्लर्की उसने स्वीकार कर ली होती। कुत्ते की तरह माया से बँधा रहता और भोंकता रहता। नहीं, ठीक ही कहा गया है कि जो होता है अच्छा ही होता है। जब वागानोव अन्ततः यह समझ गया कि माया को पाना उसके लिए चाँद को पाना है तो इसी तरह अपने-आपको दिलासा देता था। इसी से वह शान्त भी हुआ था। मतलब, उसको लगा था कि वह शान्त हो गया है। लगता है ऐसे मामलात में शान्ति नहीं होती। कल जब उसको पत्र मिला और पता चला कि पत्र माया का है तो पहले तो उसे अपनी आँखों पर विश्वास नहीं हुआ। लेकिन पत्र माया का ही था। उसका दिल इतनी ज़ोर से धड़कने लगा कि उसने गम्भीरता से सोचा, ''शायद ऐसे ही लोग बेहोश होते होंगे।'' लेकिन इससे वह इतना-सा भी नहीं घबराया, सिर्फ़ पत्र पढ़ने के लिए अपने कमरे में चला गया। जब वह उसे पढ़ रहा था तो उसका हृदय मधुर पूर्वाभासों से भर गया। वह पत्र पर हाथ फेरता रहा, रोशनी में उसे देखता रहा, बस चूमा ही नहीं। चूमने में शर्म आ रही थी हालाँकि पत्र पर चुम्बनों की झड़ी लगा देने की इच्छा उसके अन्दर प्रबल थी। वागानोव गाँव में पला-बड़ा हुआ था। उसका पिता सख़्त तथा माँ हमेशा व्यस्त रहने वाली थी। प्रेम-दुलार वह बिल्कुल नहीं जानता था। बल्कि किसी भी तरह के भावना-प्रदर्शन में उसे लज्जा आती थी, विशेषतया चूमने में।

माया ने लिखा था कि उसके घरेलू जीवन में दरार पड़ गयी है, कि अब वह स्वतंत्र है और छुट्टियों का इस्तेमाल थोड़ा-बहुत देश की सैर करने में करना चाहती है। इस सम्बन्ध में उसने पूछा था : 'प्रिय झोरा, हमारी पुरानी मित्रता याद करो। स्टेशन पर मुझसे मिलो और अपने साथ हफ़्ता-एक रहने दो। हमेशा से तुम्हारे इलाके को देखना चाहती थी। इजाज़त है?' आगे उसने और लिखा था कि उसके पास अपने और अपनी ज़िन्दगी के बारे में तफ़सील से सोचने का मौक़ा था। और अब वह अच्छी तरह समझती है कि, मसलन, क्यों झोरका अपनी पढ़ाई को लेकर इतना दृढ़निश्चयी था और क्यों वह इतनी आसानी से ऐसे दूर-दराज़ के इलाके में जाने को तैयार हो गया था। 'धीरज रख माँ, धीरज रख', इत्मिनान की अनुभूति के साथ युवा वागानोव सोच रहा था, 'अभी से चूज़ों को मत गिनो।'

इसी पत्र को ब्रीफकेस में रखे युवा वागानोव अपने दफ़्तर जा रहा था। अगर हो सका तो दफ़्तर में नहीं तो घर पर शाम को माया को जवाब लिखेगा। वह पत्र के लिए शब्द और मुहावरे खोज रहा था। पत्र जो सादा, उदारतापूर्ण और बुद्धिमत्तापूर्ण होगा। वह शब्दों को खोजता, शब्द उसे मिल जाते, वह उन्हें रद्द कर देता और दूसरे खोजने लगता। इस विचार से दिल की धड़कन बीच-बीच में रुक जाती : ''क्या वह मेरी होगी। कहीं इस इलाके को ही तो सचमुच देखने नहीं आ रही। इलाके को देखने की उसे क्या पड़ी?''

अपने भाग्य की इस चिन्तित करने वाली पहली के हल की खोज में पूरी तरह से खोया वह अपने केबिन में घुसा। कई काग़ज़ एक साथ उठाये और पत्र लिखने को तैयार हो गया। लेकिन तभी केबिन का दरवाज़ा धीरे-धीरे खुला। एक कटे हुए बालों वाले आदमी का सिर दरवाज़े में झाँका, जिसकी एक झलक वह थोड़ी देर पहले देख चुका था। वह गलियारे में बैठा हुआ था।

''क्या मैं अन्दर आ सकता हूँ?''

वागानोव थोड़ी देर चुप रहा। फिर अपनी निराशा को छिपाने की अधिक कोशिश न करते हुए उसने कहा, ''आइए।''

''नमस्ते।'' वह एक पचासेक साल का दुबला-पतला लम्बा आदमी था, जिसके हाथ मज़दूरों वाले थे और उनको वह कहाँ रखे, उसकी समझ में नहीं आ रहा था।

''बैठिए,'' वागानोव ने अनुमति दी और काग़ज़ एक तरफ़ सरका दिये।

''मैं...वह चरित्र प्रमाण-पत्र लाया हूँ,'' उस आदमी ने कहा। खुश हुआ कि उसके हाथों को करने को कुछ मिल गया। चिन्तित-सा अपनी जैकट की जेब में तथाकथित प्रमाण-पत्र ढूँढ़ने लगा।

''कौन-सा चरित्र प्रमाण-पत्र?''

''मेरी पत्नी के बारे में। वह मेरे खिलाफ मुक़दमा कर रही है। मैं स्पष्ट करना चाहता हूँ...''

''आप पोपोव हैं?''

''हाँ।''

''आप स्पष्ट क्या करना चाहते हैं? आप स्पष्ट कीजिए कि आपने अपनी पत्नी से झगड़ा क्यों किया? अपनी पत्नी और पड़ोसी को क्यों पीटा? यहाँ चरित्र प्रमाण-पत्र की क्या बात है?''

पोपोव को वह चरित्र प्रमाण-पत्र मिल गया था और वह उसे हाथों में लिये केबिन के बीचों-बीच खड़ा था। कभी वह शायद बहुत खूबसूरत रहा होगा। अब भी खूबसूरत था, गाल की हड्डियाँ थोड़ी-सी उभरी हुई, शिकारी पक्षी की चोंच-जैसी टेढ़ी नाक, ऊँचा साफ माथा और चेहरे से सीधा और ईमानदार। लेकिन उसके कपड़ों पर सिलवटें पड़ी हुई थीं और वे गन्दे थे। वह पिछली रात पीता रहा था, सुबह जैसे-तैसे दाढ़ी बनायी, जल्दी-जल्दी हाथ-मुँह धोये और...

''अच्छा, दीजिए चरित्र प्रमाण-पत्र।''

पोपोव ने उसे अभ्यास-पुस्तिका के दो लिखे हुए पन्ने दिये, मेज़ से पीछे हटकर फिर केबिन के बीच में खड़ा हो गया और इन्तज़ार करने लगा। वागानोव तेजी से, छोटी-बड़ी पंक्तियों को पढ़ने लगा। उसे सीधे-सादे लोगों के उनके मुक़दमों से सम्बन्धित स्पष्टीकरणों और शिकायतों को पढ़कर हँसी आनी बन्द हो गयी थी। ये लोग जैसा सोचते हैं, वैसा ही लिखते हैं। वह किसी धाराप्रवाह

लिखाई में लिखे बयान से ज़्यादा मूर्खतापूर्ण नहीं होता। कम-से-कम ज़्यादा ईमानदारी से लिखा गया होता है।

वागानोव ने पूरा पढ़ा।

'पोपोव, इससे कोई फर्क़ नहीं पड़ता?''

''कैसे नहीं पड़ता?''

''नहीं पड़ता। आपने इसमें लिखा है कि वह ऐसी है, वैसी है, बुरी है। मान लीजिए, मैंने आपकी बात पर विश्वास कर लिया। फिर?''

''यह कैसे हो सकता है?'' पोपोव को आश्चर्य हुआ, ''उसने मुझे सोच-समझकर जेल करायी। पन्द्रह दिनों की। मुझे जेल करा दी और खुद इसके साथ...। मैं तो जानता हूँ न। मुझे कोल्का कोरोल्योव ने सब कूछ बता दिया है। कोल्का के बिना भी मुझे सब पता था। वह खुद मुझसे कहती थी।

''तुम्हारे से क्या कहती थी?''

''कहती रहती थी!'' पोपोव ने विश्वास और विस्मय से कहा, ''मैं तुझे जेल में बन्द करा दूँगी,'' वह कहती थी, ''और खुद मिश्का के साथ रहूँगी।''

''अच्छा! क्या ऐसे सीधे-साधे कहती थी?''

''हाँ, यही तो बात है सारी!'' पोपोव फिर विस्मय से चिल्लाया। अब क्योंकि दफ़्तर की बातें न होकर, सामान्य, पुरुषों की बातें हो रही थीं, वह बैठ भी गया। ''तुझे, कहती है, जेल दूँगी और तुझे मज़ा चख़ाने के लिए खुद मिश्का के साथ रहूँगी।''

''उसने बिल्कुल यही कहा था, 'मज़ा चखाने के लिए?''

''नहीं, नहीं! पर मैं तो उसे जानता हूँ। और मैं उस मिश्का को भी जातना हूँ। जिन्दगी में किसी भी पराई चीज़ के लिए मना नहीं करेगा। मैंने जो लिखा है उसके एक-एक शब्द के लिए मैं ज़िन्दगी की बाज़ी लगा सकता हूँ। काला मुँह करते थे, कुत्ते! अगले ही दिन एक साथ रहना शुरू कर दिया था। एक बार कोल्का कोरोल्योव ने उन्हें पकड़ लिया। था।''

''अच्छा, पता नहीं...'' युवा वागानोव को दरअसल पता नहीं था कि इस स्थिति में क्या किया जाय। लगता है यह आदमी सब सच बोल रहा है। ''तो तलाक़ लेना चाहते हो?''

''लेकिन तलाक़ लेकर मैं जाऊँगा कहाँ? वह मकान के लिए मुक़दमा नहीं करेगी? करेगी। और फिर बच्चे, जो अभी छोटे हैं, मुझे उनको छोड़ते दर्द आता है।''

''कितने बच्चे हैं?''

''तीन। सबसे छोटा सात साल का है। मैं उसे दुनिया की किसी भी चीज़ से ज़्यादा चाहता हूँ। मुझसे उनके बिना नहीं रहा जाता। पी-पीकर अपने-आपको ख़त्म कर लूँगा।''

"अच्छा सुनिए!" वागानोव ने व्यग्रता से कहा, "क्या लक़वा मारे हुए आदमी की तरह बात कर हरे हो : 'रह नहीं सकता', 'पी-पीकर ख़त्म कर लूँगा।' अब होना क्या है? अच्छा, मान लो कि तुम एक अधिकारी से शिकायत करने नहीं, बल्कि एक दोस्त के पास आये हो। मैं तुम्हारे दोस्त की तरह हूँ और मैं नहीं जानता कि क्या सलाह दूँ। इस सबके बाद भी क्या तुम उसके साथ रह सकोगे? अगर हाँ तो रहो, अगर नहीं तो..."

"रह लूँगा," पोपोव ने निश्चयपूर्वक कहा, "जाने दो अगर उसने दो-एक बार अँगूठा दिखाया है। बस इतना है कि वह यह फिर न करे। मेरा अपना कुसूर है। झगड़ा बहुत करता हूँ और बहुत अच्छी तरह से पेश नहीं आता। अगर मैं थोड़ा-सा अधिक प्रेम करता तो शायद यहाँ तक नौबत नहीं आती।"

"तो फिर रहो!"

"रहो...वे तो मुझे जेल भेजना चाहते हैं। और भेज भी देंगे। उनके पास गवाह है, दोनों ने अपनी चोट की मेडिकल जाँच भी करा ली है। दो-तीन साल के लिए भेजेंगे।"

"तुम चाहते क्या हो, मैं समझा नहीं।"

"कि वे मुक़दमा वापस ले लें।"

"चरित्र प्रमाण-पत्र किसलिए है फिर?"

"उनका मुक़ाबला करने के लिए भी तो काग़ज़ होने चाहिए, ताकि वे देख लें कि वे खुद कितने अच्छे हैं। मुक़दमा वापस ले लें। वे हर तरह से कुसूरवार है। तुम देखो, किसी को जेल कराना ताकि खुद...। क्या इसके बाद वह एक कुतिया नहीं हो जायेगी!"

"बहुत पीटा था?"

"बहुत कहाँ! चिल्लाया ही चिल्लाया था।"

"बिना पीटे नहीं रह सकते थे?"

पोपोव ने अपराधी भाव से सिर झुका लिया। घुटने पर अपनी मैली हथेली फेरी।

"रह नहीं सका।"

"फिर वही, नहीं रह सका! धत्त तेरी, कितने असहाय लोग हैं हम!" वागानोव ने उठकर केबिन का एक चक्कर लगाया। उसे उस आदमी पर गुस्सा भी आ रहा था और तरस भी, जबकि उस आदमी ने उसमें दया-भावना जगाने की ज़रा भी कोशिश नहीं की थी। अपने कम अनुभव के बावजूद उसने इतना अन्तर करना सीख लिया था कि कब जान-बूझकर लोग दया जगाने की कोशिश करते हैं, हालाँकि काफ़ी अच्छे अभिनय के साथ वे ऐसा करते हैं। "अगर तुम उसके बिना रह जाते और बिना किसी झगड़े के तुमने तलाक लेने की कार्यवाही शुरू की

होती तो तुम्हें तलाक़ दिलाने के बारे में सोचा जा सकता था। हो सकता था। लेकिन अब इसका क्या करें?''

''हाँ, यही तो,'' पोपोव सहमत हुआ।

कुछ देर वे चुप रहे।

'क्या किया जाय?' वागानोव ने सोचा। 'वे इस मूर्ख को जेल करना ही देंगे, चाहे जैसे मैं केस चलाऊँ!'

''आप लोगों की शादी कैसे हुई थी?''

''कैसे? आम तरीके से। मैं युद्ध से वापस आया था, वह यहाँ जनरल स्टोर में काम करती थी। बस शादी कर ली। मैं उसको पहले भी जानता था।''

''आप यहीं के हैं?''

''यहीं का हूँ लेकिन अब मेरा यहाँ कोई नहीं बचा है। माँ-बाप युद्ध से पहले ही मारे गये थे। तारकोल की आग में जल गये थे। दोनों बड़े भाई युद्ध में मारे गये। दो चाचियाँ थीं, वे भी मर गयीं। भतीजे-भतीजियाँ थे। शहर में कहीं रहते हैं, मुझे तो यह भी नहीं पता कि कहाँ।''

''तुम्हारी पत्नी इस वक्त कहाँ है?''

पोपोव ने प्रश्नात्मक नज़रों से वागानोव को देखा।

''कहाँ काम करती है? वहीं जनरल स्टोर में।''

''अभी ड्यूटी पर होगी?''

''होगी।''

''तुम्हें चरित्र प्रमाण-पत्र की सलाह किसने दी?''

''किसी ने नहीं, मैंने खुद लिखा। लोग कह रहे थे कि उनके जवाब में कुछ काग़ज़ी-कार्यवाही करनी चाहिए। मैंने सोचा क्या करूँ? यह लिख डाला।''

''ठीक है, इसे यहीं छोड़ दो। तुम जाओ। मैं तुम्हारी पत्नी से बात करके देखूँगा।''

पोपोव खड़ा हो गया। कुछ कहना या पूछना चाहता था, लेकिन वागानोव को देखा, आज्ञाकारिता से सिर हिलाया और सावधानी से बाहर निकल गया।

अकेला रह जाने पर वागानोव खड़ा हुआ देर तक दरवाज़े को देखता रहा। फिर बैठ गया, काग़ज़ के उन पन्नों पर नज़र डाली जिनको उसने पत्र लिखने के लिए रखा था। फिर पूछा—

'तो माया? हम लोग क्या करेंगे?' उसने प्रतीक्षा की कि दिल के नीचे कोमल सरसराहट होगी और गर्माहट से दिल को भर देगी, लेकिन किसी कारण से यह गर्माहट नहीं हुई। 'ऐसी की तैसी!' वागानोव ने कुण्ठा से कहा। बाद में शाम को लिखने का फैसला किया।

दफ़्तर की झाड़ू देने वाली, पोपोवा (पोपोव की पत्नी—अनु०) को बुलाने जनरल स्टोर चली गयी जो कि पास ही था।

वागानोव ने तब तक वे काग़ज़ देखे जिनमें पोपोव पर आरोप लगाया गया था। लोगों ने सचमुच मुक़दमें को उस मुकाम तक पहुँचा दिया था कि उस आदमी को सज़ा निश्चित रूप से हो। कितनी धाराप्रवाह भाषा में, कितनी कुशलता से सब कुछ लिखा गया था! वागानोव ने पोपोव का 'चरित्र प्रमाण-पत्र' लिया और उसे एक बार और पढ़ा। हास्य और दुख से भरा एक मानवीय दस्तावेज़। यह दरअसल चरित्र प्रमाण-पत्र नहीं, बल्कि जो कुछ हुआ था, उसका सच्चा वर्णन था : "मैं जेल से सिर मुँड़ाये घर पहुँचा तो वह पँखोंवाले बिछौने पर अजगर की तहह लेटी हुई थी। कोई बात नहीं, मैंने कहा, बताओ मेरी ग़ैर मौजूदगी में फिर क्या गुल खिलाये? उसने देखा कि भाँडा फूट गया है तो चीख़ने-चिल्लाने लगी। उसे चुप करने के लिए मैंने उसकी कनपटी पर थप्पड़ मारा। वह घर से बाहर भाग गयी। इससे मेरा अपने ऊपर कोई नियंत्रण नहीं रहा। मुझसे रहा नहीं गया और मैंने उसकी पिटाई कर दी।"

पोपोवा चालीसेक साल की सुन्दर महिला थी। बेधड़क और दुकान पर काम करने वाली महिलाओं के तौर-तरीक़ों वाली। उसने एकदम यह दिखाया कि वह क़ानून जानती है और क़ानून उसकी रक्षा के लिए है।

"आप समझ सकते हैं कॉमरेड वागानोव, जीना दुश्वार कर रखा है। थोड़ी-सी पी नहीं कि ऊधम मचाना शुरू! किसी मीश्का से ईर्ष्या करता है। सोचता है मैं उससे प्यार करती हूँ। मूर्ख, गँवार!"

"बिल्कुल सही।" वागानोव ने तेज़ औरत का बेतकल्लुफ लहज़ा पकड़ लिया और उसने सच निकलवाने के उद्देश्य से कहा, "बदमाश! उसको पता नहीं कि इसकी आजकल कड़ी सज़ा है! भूल गया लगता है।"

"वह दुनिया में हर चीज़ भूल गया है! कोई बात नहीं, सब याद आ जायेगा। दो-तीन साल के लिए अन्दर हो जायेगा, काफी वक़्त रहेगा याद करने के लिए।"

"बच्चे, लेकिन बिना बाप के रहेंगे। कोई बात नहीं?"

"तो क्या हुआ? वे अब बड़े हो गये हैं। फिर ऐसे बाप के होने से अच्छा है बाप न हो।"

"वह हमेशा से ऐसा था?"

"कैसा?"

"मतलब, बदमाशी करता था, झगड़ा करता था?"

"नहीं, पहले पीता था लेकिन शान्त रहता था। यह जो मिखाइलों से जब से जलने लगा है। पिछले साल से शुरू किया। और धमकी भी देता है। धमकी देता है, गियोर्गी कोन्स्तान्तीनोविच । कहता है दोनों को जान से मार डालूँगा।"

"अच्छा यह बात है! यह मिखाइलो कौन है?"

"हमारा पड़ोसी है, भगवान न करे! पिछले साल आया था। जनरल स्टोर में ड्राइवर है।"

"वह क्या अकेला है?"

"हाँ, उनका ऐसा है कि आने को तो यहाँ आ गये लेकिन पुराना घर भी नहीं बेचा। उसकी पत्नी को यहाँ रहना अच्छा नहीं लगता, लेकिन मिखाइलो को लगता है। मछली पकड़ने का उसे पुराना शौक है और मछली पकड़ने की यहाँ अच्छी जगह है। इस तरह वे लोग दोनों ही घरों में रहते हैं। वहाँ भी सब्ज़ियाँ बो रखी हैं और यहाँ भी। उसकी पत्नी का यहाँ से वहाँ, वहाँ से यहाँ आना-जाना लगा रहता है। वहाँ भी सब्ज़ियाँ इकट्ठी करके रखती है, यहाँ भी। असल में लालची है।"

"अच्छा, अच्छा," वागानोव को पूरा यक़ीन हो गया कि पोपोव सच बोल रहा था। उसकी पत्नी उसके साथ विश्वासघात कर रही है। बड़ी बेशर्मी के साथ, आत्मा को ताक पर रखकर। "उसने यहाँ लिखा है कि आपने उससे साफ़-साफ़ कहा : "तेरे को जेल में बन्द करा दूँगी और मीश्का के साथ रहूँगी।" दरअसल चरित्र प्रमाण-पत्र में ऐसा कुछ नहीं लिखा था लेकिन वागानोव को पोपोव की बात याद आ गयी और उसने ऐसा चेहरा बनाया जैसे उसमें से पढ़ा हो। 'ऐसा था?"

"उसने यह लिखा है!" पोपोवा को ज़ोर से गुस्सा आ गया, "उसकी हिम्मत कैसे हुई! ठीक है तो!" वह बल्कि हँसी भी। "ठीक है तो!"

"झूठ बोल रहा है?"

"और क्या।"

"कितना विश्वास है अपने-आप पर..." वागानोव गुस्से से सोच रहा था। 'लेकिन मैं भी तुम्हें पोपौव, इतनी आसानी से नहीं दे दूँगा।'

"मतलब जेल में बन्द कर दें?"

"करना चाहिए, गियोर्गी कोन्स्तान्तीनोविच, और कोई रास्ता नहीं है। पड़ा रहेगा।"

"तुम्हें उसके लिए दुख नहीं है?" वागानोव के मुँह से अनचाहे निकल गया।

पोपोवा सतर्क हुई। उसने वागानोव को प्रश्नात्मक निगाहों से देखा। फिर खुशामदी मुस्कान उसके चेहरे पर आ गयी।

"किस बारे में?"

"नहीं, नहीं, ऐसे ही पूछ लिया था।" वागानोव ने टालमटोल किया, "ठीक है, आप जाइए।" वागानोव ने उसको नज़रें गड़ाकर देखा।

उसने 'हाँ' में सर हिलाया, उठी, दरवाज़े के पास गयी और पीछे मुड़ी। वह थोड़ी-सी चिन्तित लग रही थी। वागानोव लगातार उसको देख रहा था।

''मैं पूछना भूल गया। आप लोगों के इतनी देर से बच्चे क्यों हुए?''

वह बिल्कुल घबरा गयी। उसके सवाल से नहीं, बल्कि इस बात से कि कैसे उसकी आँखों के सामने वह बदल गया। उसका लहजा, उसका चेहरा। घबराहट में वह दुबारा उसी कुर्सी पर जाकर बैठ गयी, जिस पर पहले बैठी थी।

''गर्भ नहीं ठहरा,'' उसने कहा, ''किसी वजह से गर्भ नहीं ठहरा, बस। फिर ठहर गया। और क्या?''

''ठीक है, आप जाइए।'' वागानोव ने एक बार फिर कहा। और हाथ 'काग़ज़ों' पर रख लिया। ''हर चीज़ की (उसने 'हर चीज़' पर ज़ोर दिया) की तफ़सील से तहकीकात की जायेगी। यह मुकदमा गाँव के लोगों के सामने चलाया जायेगा। जिसका कुसूर होगा, उसे सज़ा मिलेगी। नमस्ते।''

वह दरवाज़े की तरफ़ बढ़ गयी। जाते हुए वह उतनी आश्वस्त नहीं थी जितनी आते हुए थी।

''अच्छा हाँ,'' वकील को फिर कुछ याद आ गया, ''यह कौन है यह...''' उसने चेहरा ऐसा बनाया जैसे पोपोव के उस काग़ज़ में वह गवाह का भूला हुआ नाम ढूँढ़ रहा हो, जबकि वह नाम उसमें था ही नहीं, ''यह निकोलाई कोरोल्योव कौन है?''

''बाप रे!'' वह दरवाज़े के पास से चिल्लायी, ''कोरोल्योव? मेरे पति का सबसे अच्छा शराबी दोस्त है, उसका विश्वास कौन करेगा!'' वह फँस गयी थी। उसकी आवाज़ भी बदल गयी थी।

''क्या मिलीशिया-रिकार्ड में उसका नाम शराबियों में है? कोरोल्योव का?''

वह फिर मेज़ पर लौटकर कोरोल्योव के बारे में तफ़सील से बताना चाहती थी। दिख रहा था और वह भी समझ रही थी कि यह उसकी योजना का सबसे कमज़ोर पक्ष था।

''मिलीशिया-रिकार्ड में यहाँ कौन नाम लिखता है, कॉमरेड वागानोव! वे दोनों दोस्त है, युद्ध में दोनों साथ थे।''

''अच्छा ठीक है, अब आप जाइए। हम हर चीज़ की तहक़ीक़ात करेंगे।''

काग़ज़ के सफ़ेद पन्नों पर उसकी नज़र पड़ी जो उसका इन्तज़ार कर रहे थे। उन पन्नों को देखते हुए वह विचारों में डूब गया। माया! स्मृति में दबा हुआ, वसन्त की सुगन्ध वाला सुन्दर नाम। अन्ततः सुन्दर और दिल से निकले शब्द लिखना शुरू किया जा सकता है। एक के बाद एक, एक के बाद एक, बहुत सारे शब्द! आज पूरी सुबह एक मधुर अनुभूति उसको रही थी कि वह अभी लिखने बैठेगा। और इन सुन्दर पंख लगे शब्दों को वह ठीक धनुष से तीरों की तरह छोड़ेगा और वे तीर कहीं दूर माया की आकृति में चुभते जायेंगे। वह ऐसे तीर इतने चलायेगा कि माया अवश्यम्भावी प्रेम के मारे चिल्ला उठेगी। वह उसके लकड़ी के हृदय को छलनी कर देगा। वागानोव सोच रहा था कि वह उसके हृदय के उस

कोने में पहुँच जायेगा, जो जीवन्त है, जो निःस्वार्थ भाव से प्रेम करने में समर्थ है। लेकिन तभी उसके ज़हन में स्पष्ट सवाल उभरा : ''क्या ऐसा प्रेम करने की सामर्थ्य है उसमें?'' अगर ठण्डे दिमाग़ और संज़ीदगी से सोचा जाय तो खुद को इस सवाल का जवाब भी संज़ीदगी और समझदारी से देना होगा : मुझे शक़ है कि वह ऐसा प्रेम कर सकती है। उसके संस्कार ऐसे नहीं है। ऐसी जीवन की वह अभ्यस्त ही नहीं है। वह कर ही नहीं सकेगी, बस। प्रतिभाशाली भौतिक-विज्ञानी के साथ शादी की पूरी कहानी...भगवान ही जानता है! दूसरी ओर, वास्तविकता जानने के लिए सारी बातों के बारे में और अधिक जानना ज़रूरी है। भौतिक-विज्ञानी के बारे में, किस तरह उनके बीच शुरू हुआ और किस तरह समाप्त। 'ओह,' वागानोव ने खीज से अपने बारे में सोचा, वह द्रवित और बेचैन हो गया, ''यह क्या हो गया मुझे?' आँखों के सामने बेतरतीब ज़िन्दगी की एक और निरर्थक कहानी घूम गयी। तो? पहले भी यह सब बहुत बार हुआ है और आगे भी न जाने कितनी बार होगा। लेकिन क्या हर कहानी को अपने ऊपर लागू करना चाहिए? हाँ और क्यों? क्या बकवास है! क्यों कोई पुरुष सिर्फ़ अपनी निस्सहायता महसूस करता है और उसकी पत्नी, निर्लज्जा, विवेकहीन, अपने पति से अलग तरीके से सोचते हुए अपना पूर्ण बचाव महसूस करती है; क्यों फिर वे ही लोग, जिनका अपना ज़िन्दगी जीने का तरीक़ा मूर्खतापूर्ण है, उसके अपनी ज़िन्दगी के बारे में किये जाने वाले फ़ैसले को प्रभावित करते हैं? उस ज़िन्दगी के बारे में जिसको उसने सोच-समझकर और संजीदगी के साथ सजाया-सँवारा है। लेकिन ऐसा हुआ है। ख़ासतौर से पोपोव दम्पत्ति की कहानी के बाद वागानोव की माया पर पंख लगे शब्दों की बौछार करने की इच्छा ख़त्म हो गयी थी। सुबह वाली भावनाओं की स्पष्टता और तीव्रता मन्द पड़ गयी थी। जैसे खिड़की में लगा कोई पत्थर अन्दर की हर चीज़ को झकझोर गया था। 'शाम को लिखूँगा,' वागानोव ने फ़ैसला किया। 'पागलपन है, शायद युवावस्था के कारण, दफ्तर के काम से व्यक्तिगत मूड को मिलाना। उन दोनों को अलग-अलग रखना चाहिए।'

शाम को वागानोव अपने कमरे में दरवाज़ा बन्द करके, रेडियो बन्द करके मेज़ पर पत्र लिखने बैठ गया। लेकिन फिर दोषी पोपोव और उसकी चालाक पत्नी के चेहरे बार-बार उसकी आँखों के सामने आने लगे और उसको तंग करने लगे। वागानोव ने खुद को इसके लिए डाँटा और तर्कसंगत ढंग से विचार किया। लेकिन ये लोग उसकी आँखों के सामने रहे। ये लोग खुद नहीं, हालाँकि उनकी याद वागानोव को हमेशा थी, बल्कि जो उन्होंने उसके सामने कहा था वह उसके विचारों और भावनाओं को गड्ड-मड्ड कर रहा था। 'ठीक है', वागानोव को अपने ऊपर बहुत गुस्सा आया, 'अगर तुम डरपोक हो तो यह अपने-आपको साफ़-साफ़ बता दो। यही तो हुआ है न कि इस पोपोवा की वजह से तुम्हें ऐसे विचारों ने जकड़ लिया है कि माया भी वास्तव में ऐसी ही है, पेशेवर उपेक्षा करने वाली

और स्वार्थी। अन्तर सिर्फ़ इतना है कि एक का काम करने का तरीक़ा मूर्खतापूर्ण है, सादा है जबकि दूसरी के पास अपार कौशल और कुशाग्र बुद्धि है। यह तो और भी बुरा है, इसकी चोट अधिक घातक होगी! और अगर इसी से तुम डरे हुए तो सीधे-सीधे कहो : सब एक जैसी है! और पत्र बिना शुरू करे ही पूर्ण विराम लगा दो। डरो और आगे जिरह करते रहो। इसमें कोई ख़तरा नहीं है। दफ़्तर के बाबू!'

वागानोव बहुत देर तक बिना हिले-डुले मेज़ पर बैठा रहा। उसे सचमुच कष्ट हो रहा था। उसने फिर काग़ज़ के पन्ने अपनी ओर सरकाये और कुछ देर और बैठा रहा। लेकिन हाथ लिखने के लिए नहीं उठा। मन में वांछित स्वतंत्रता नहीं थी। वह आश्वस्त नहीं था कि वह कोई मूर्खता नहीं कर रहा है और शायद उसमें एक जन्मजात डर भी था कि कुछ ऐसा-वैसा न हो जाय! और यदि ईमानदारी और गम्भीरता से देखा जाय तो यही इस सबकी जड़ थी। 'गँवार! गँवार की औलाद! गलतियाँ करो, मूर्खताएँ करो! अगर ज़िन्दगी की बनायी दीवार को तोड़ना चाहते हो तो चौपाये की तरह चलने से काम नहीं चलेगा। स्थिति का विश्लेषण करो और किसी भी हालत में भ्रान्तियाँ मत पैदा करो। यह संकीर्णता है। इतने घटिया साजो-सामान को लेकर कहाँ आगे बढ़ोगे। चलो पत्र लिखते हैं। कोई महाकाव्य नहीं लिखेंगे, न ही दूरस्थ मारिया पर तीर चलायेंगे, बल्कि उससे यह कहेंगे कि प्रियतमा, तुम्हें उतना ही प्राप्त होगा, जितना दोगी। चलो, ऐसा लिखते हैं।''

सुबह के करीब चार बजे वागानोव ने एक बड़ा-सा पत्र लिखा! बाहर उजाला हो चुका था। खुली खिड़की ने जून की सुबह की ठण्ड अन्दर खींच ली थी। वागानोव खिड़की से कन्धा लगाकर खड़ा हो गया और उसने सिगरेट सुलगा ली। पत्र ने थका दिया था। उसने कोई बारह बार पत्र लिखना शुरू किया, फाड़ दिया, आशंकित हो गया और थक गया। इतना थक गया था कि अब पत्र को दुबारा पढ़ना भी नहीं चाहता था। न सिर्फ़ पढ़ना नहीं चाहता था बल्कि वह डरा हुआ था। पत्र में कोई स्पष्टता नहीं थी और कोई विवेक भी नहीं था। उसने कुछ ज़्यादा ही प्रेम-प्रदर्शन कर दिया था और जो वह कहना चाहता था वह नहीं कहा गया था। उसने सिगरेट खत्म की और मेज़ पर बैठकर पढ़ने लगा—

'माया तुम्हारे पत्र ने मुझे इतना झकझोर दिया है कि दो दिन हो गये, मैं आपे में नहीं हूँ। विचारों में डूबा रहा। मैं अपने आपसे पूछता हूँ कि यह सब क्या है। मेरे साथ एक हफ्ता रहोगी। लेकिन यही तो मैं तुमसे पूछ रहा हूँ कि इस सबका मतलब क्या है? तुम तो मेरे विचार अपने बारे में जानती हो। मेरा पागल हृदय मुझे बता रहा है कि पहले की तरह आज भी मैं तुमसे प्यार करता हूँ। और खासतौर से ये हालात मुझे तुमसे वह सब पूछने और बताने का अधिकार देते हैं, जो मैं तुम्हारे बारे में सोचता हूँ। और अपने बारे में भी। माया, यह क्या है? क्या तुम अपने आपसे भाग रही हो? ठीक है, तो क्या हुआ? आओ और रहो मेरे

साथ। लेकिन फिर मैं अपने आपसे भागकर कहाँ जाऊँगा? मुझे जाने को कहीं नहीं है। लेकिन भागना चाहता हूँ, यह मैं जानता हूँ। इसलिए मैं एक बार फिर पूछ रहा हूँ (जैसे तहक़ीक़ात करते हुए पूछते हैं!) : यह क्या है, माया? मैं तुमसे विनती करता हूँ, एक पत्र मुझे और लिखो, छोटा-सा और इस सवाल का जवाब दो कि यह क्या है?' वागानोव ने अपने लम्बे पत्र की शुरुआत ऐसे की थी। उसने उसको एक ओर सरकाया और हाथों पर झुक गया। उसने महसूस किया कि अपनी मूर्खता और असहाय अवस्था की वजह से उसके दिल में दर्द होने लगा था। 'तोता! यह क्या है माया? यह क्या है माया? भाड़ में जाओ! घोंघे कहीं के!' यह अनिश्चितता सच में एक तकलीफ़ थी। ज़िन्दगी में पहली बार वागानोव को ऐसी अनिश्चिता का सामना करना पड़ा था। 'मैं क्या करूँ? हे भगवान! मुझे क्या करना चाहिए?' वागानोव ने याद करने की कोशिश की कि ऐसा कौन आदमी है जो उसे सलाह दे सके। वह उसके पास जाने को तैयार था। लेकिन ऐसा कोई आदमी उसके दिमाग़ में नहीं आया। यहाँ ऐसा कोई आदमी नहीं था, जिसको वह बेझिझक अपनी व्यथा बता सके और जिस पर वह विश्वास कर सके। उसे सिर्फ़ पोपोव की याद आयी। चीज़ों को समझने का उसका सीधा और ईमानदार नज़रिया और उसका समझदार मस्तक। 'यह क्या कर दिया, माया?' एक बार फिर उसने व्यंग्य से कहा। "यह कुछ नहीं है माया! बस, मैं एक अव्वल दर्ज़े का जड़ बुद्धि हूँ।'

उसने पत्र को गुड़ी-मुड़ी करके एक सख़्त गोली बनायी और उसे खिड़की के बाहर बगीचे में फेंक दिया। वह बिस्तर पर लेट गया और कसकर अपनी आँखें बन्द कर लीं। जैसे बचपन में किसी अप्रिय घटना को जल्दी से भुलाने के लिए करता था।

सुबह, दफ़्तर जाते हुए वागानोव को बड़ी थकावट महसूस हो रही थी। खाली दिमाग़ में न जाने कहाँ से इस गीत की धुन घुस गयी थी और घूम रही थी : "बजाता हूँ मैं अकॉर्डियन सबके सुनने के लिए..." पत्र के बारे में उसने फ़ैसला किया कि बाद में लिखेगा। निश्चितता आ जाये, पहले खुद को यह स्पष्ट होना चाहिए कि क्या वह कुछ करने में समर्थ है या उसका अपने-आपको समझदार और दक्ष समझना कपोल कल्पित है और दूसरे लोग भी उसका मन रखने के लिए उसे ऐसा कहते हैं। पहले यह सब पूरी तरह से स्पष्ट हो जाय फिर किसी तरह की भ्रान्तियाँ नहीं रहनी चाहिए और अपने-आपको धोखा देने जैसी भी कोई बात नहीं होनी चाहिए। अभी एक बात स्पष्ट है कि वह माया से प्रेम करता है, लेकिन उसके सामीप्य से घबराता है, अपनी स्वतंत्रता खोने से डरता है। डरता है कि उसके साथ वह इत्तना दृढ़ निश्चयी नहीं रहेगा और उसके भविष्य पर उसका असर पड़ेगा। 'अब हम देखेंगे कि कैसे तुम अपनी कुशलता से, इस स्थिति से अपने-आपको बाहर निकालोगे,' उसने गुस्से में अपने आपसे कहा, 'प्रतीक्षा करेंगे और देखेंगे।'

दिन उसने पोपोव को बुला भेजने से शुरू किया।

पोपोव जल्दी ही आ गया। वह फिर डरते-डरते दरवाज़े में झाँका।

"अन्दर आओ!" वागानोव ने मेज़ से उठकर उससे हाथ मिलाया। उसको कुर्सी पर बिठाकर खुद उसके साथ बैठ गया।

"तुम्हारा पहला नाम क्या है?"

"पावेल।"

"घर पर सब ठीक है?"

पोपोव चुप रहा। उसने अपनी मटमैली आँखों से वकील को देखा। उसकी आँखें कितनी आश्चर्यजनक है! बहुत ज़्यादा विश्वास या समझदारी नहीं थी उनमें। बच्चों की आँखों की तरह स्पष्ट। लेकिन इन आँखों ने मृत्यु भी देखी थी और मानवीय दुख भी। खुद उसने भी कम कष्ट नहीं झेले थे! क्या यही इन्सान की ताक़त नहीं है—सहनशीलता और विनम्रता? और क्या बाक़ी सब जंगलीपन, खुदग़र्जी और क्रूरता नहीं है?

"कुछ खास नहीं...क्यों?" पोपोव ने पूछा।

"पत्नी से बात नहीं की?"

"मैं इधर एक हफ़्ते से उससे बात नहीं कर रहा हूँ।"

"उसके व्यवहार में कोई परिवर्तन नहीं देखा?"

"देखें है।" पोपोव कटुता से मुस्कराया, "कल शाम वह मुझे देर तक देखती रही, फिर कहती है : 'वकील के पास गये थे?' 'गया था,' मैंने कहा, 'तुम क्या समझती हो, सिर्फ़ तुम ही वहाँ जा सकती हो?'

"उसने क्या कहा?"

"और कुछ नहीं कहा। चुप रही। मैं भी चुप रहा।"

"वे अपनी अर्ज़ी वापस ले लेंगे," वागानोव ने कहा, "और एकाध बार बुलाऊँगा; एकाध बार से शायद न हो। मुझे लगता है वापस ले लेंगे।"

"अच्छा ही होता," पोपोव ने सिर्फ़ इतना कहा, "जेल नहीं जाना चाहता, भाड़ में जाय वह। इस उम्र में जेल नहीं जाना चाहता।"

"पावेल," हिचकिचाते हुए वह उस बात पर आया जो उसको यातना दे रही थी, "तुमसे सलाह लेना चाहता हूँ।" वागानोव ने अपनी आवाज़ सुनी। क्या वह स्कूल जाते बच्चे की तरह उस बुजुर्ग से सलाह माँगने में शरमा नहीं रहा था? क्या हास्यास्पद नहीं लग रहा था? नहीं, वह शरमा नहीं रहा था और हँसी उड़वाने जैसी भी कोई बात नहीं थी। इसमें हास्यास्पद क्या है? "मेरे पास एक महिला है, पावेल...नहीं ऐसे नहीं। दुनिया में एक महिला है, मैं उससे प्रेम करता हूँ। उसकी शादी हो गयी थी, अब तलाक़ हो गया है और जैसा कि उसकी बातों से लगता है..." अब वागानोव को थोड़ी झेंप हुई, क्योंकि शुरुआत बुरी की। "खैर, बात

यह है कि इस महिला से मैं प्रेम करता हूँ लेकिन उससे सम्बन्ध जोड़ने से डरता हूँ।''

''क्यों?'' पोपोव ने पूछा।

''डरता हूँ कि वह भी ऐसी ही है—तुम्हारी पत्नी-जैसी। उसके साथ, मुझे डर है, मैं मारा जाऊँगा। सिर्फ़ उसके लिए पैसा ही कमाता रहूँगा, ताकि उसका जीवन सुरुचिपूर्ण, आनन्दमय और मनोरंजक बने। और कुल मिलाकर सारी-की-सारी मेरी आकांक्षाएँ धूल में मिल जायेंगी और मैं उसको प्रसन्न करने में ही लगा रहूँगा।''

''क्यों, यह कैसे हो सकता है?'' पोपोव ने सन्देह प्रकट किया, ''ज़िन्दगी दोस्ताना होनी चाहिए और सुख और दुख दोनों में दोनों की हिस्सेदारी होनी चाहिए।''

''ठहरो, यह मुझे पता है कि कैसा होना चाहिए! यह सब मैं जानता हूँ।''

''तो फिर?''

वागानोव की आगे बात करने की इच्छा नहीं रही। वह निराश हो गया।

''लोगों को कैसे रहना चाहिए, यह मुझे पता है, यह सबको पता है। लेकिन अगर मैं जानता हूँ कि मैं उससे प्रेम करता हूँ और जानता हूँ कि वह कभी मेरी अच्छी दोस्त नहीं बनेगी, तो मुझे क्या करना चाहिए? तुम्हारी पत्नी तुम्हारी दोस्त है?''

''उसकी तो बात ही मत करो!''

'''उसकी तो बात मत करो?' का मतलब? लोग सब एक-जैसे होते हैं, सब अच्छी ज़िन्दगी जीना चाहते हैं...क्या तुम्हें ज़िन्दगी में एक दोस्त की ज़रूरत नहीं है?''

''कॉमरेड वागानोव, मैं इस तरह कहूँगा,'' पोपोव आख़िरकार समझ गया, ''उस तरफ़ से, औरतों की तरफ़ से किसी चीज़ की आशा नहीं करनी चाहिए। यह अनवरत धोखा हैं। मैं भी इसी बारे में सोच रहा था...क्यों लोगों को, क्या कहते हैं, जीना नहीं आता? अब तुम देख लो, कौन-सा ऐसा परिवार है जिसमें क्लेश नहीं है। कोई ऐसा परिवार नहीं है, जिसमें कुछ खटपट न हो। ऐसा क्यों है? क्योंकि औरत से किसी चीज़ की उम्मीद नहीं की जा सकती। औरत औरत है।''

''तो फिर शादी क्या ऐसी-तैसी कराने के लिए करते हैं?'' इस गहरे दर्शन से आश्चर्यचकित वागानोव ने पूछा।

''यह दूसरी बात है।'' पोपोव स्वतंत्रता और निष्ठा के साथ बोल रहा था। वह इस बारे में शायद सोचता रहता था, ''परिवार आदमी की ज़रूरत है, यह सच है, चाहे कुछ भी कहो। बिना परिवार के तुम कुछ नहीं हो। नहीं तो बच्चों

को हम इतना प्यार किसलिए करते हैं? इसीलिए कि वे एक ताक़त हैं, जिसकी वजह से तुम औरत के सारे छल-प्रपंच झेल लेते हो।''

''लेकिन सामान्य परिवार भी होते हैं कि नहीं?''

''कहाँ होते हैं? बहाना करते हैं। घर के झगड़े बाहर नहीं आने देते। अन्दर-ही-अन्दर झगड़ते हैं।''

''मतलब वही ढाक के तीन पात!'' वागानोव को आश्चर्य हो रहा था, ''यह तो बिल्कुल अँधेरा-ही-अँधेरा है सारे में। एकदम निराशाजनक! कैसे जियें तो?''

''अपने-आपको मज़बूत करो और जिओ। और अपने-आपको धोखा मत दो। वह तुम्हारी दोस्त कैसे हो सकती है, तुम भी क्या बात करते हो? मेहरबानी है उनकी कि बच्चे पैदा करती है। और इस बात का बुरा नहीं मानना चाहिए। जब वे बनी ही ऐसी हुई है तो बुरा किस बात का मानना?'' अपने सच के प्रति पोपोव दृढ़ और आश्वस्त था। जब वह समझ गया कि वागानोव ऐसा ही सच सुनना चाहता है, सम्पूर्ण सत्य, तो उसको वही बताया भी। और जब युवा वागानोव को देख रहा था, तो उसकी आँखों में समर्पण और चपलता थी। वह परेशान नहीं था।

''यह बात है,'' वागानोव ने कहा, ''नहीं, नहीं, पोपोव, यह तुम्हारे अन्दर तुम्हारा दुर्भाग्य बोल रहा है, तुम्हारी असफलता बोल रही है। यह सब शायद ऐसा नहीं है।''

पोपोव ने कन्धे उचकाये।

''तुमने मेरे विचार पूछे थे, मैंने बता दिये।''

''नहीं-नहीं, वह तो ठीक है। मैं बहस नहीं कर रहा। इसके बारे में बहस करने के लिए पूरी ज़िन्दगी का तजुर्बा चाहिए, नहीं तो...यह...''

''बिल्कुल। हर आदमी ऐसे ही जीता है। शुरू से ही। अगर मुझसे कोई कहता : 'शादी मत करना, पावेल, ग़लती करोगे।' तो पता है मैं क्या करता? मैं उस सलाहकार पर लानत भेजता और शादी कर लेता। ऐसा ही होता है।''

''हाँ-हाँ,'' वागानोव सहमत हुआ, ''यह सही है। अच्छा तो।'' वह खड़ा हो गया। पोपोव भी खड़ा हो गया। ''नमस्ते, पावेल। मेरे ख़याल से वे अपनी अर्ज़ी वापस ले लेंगे। बस तुम ज़रा...''

''नहीं-नहीं, आप क्या बात कर रहे हैं कॉमरेड वागानोव!'' पोपोव ने उसे विश्वास दिलाया, ''वायदा करता हूँ कि फिर कभी ऐसा नहीं होगा। यह तो पागलपन है। उसको पीटने से क्या मिलेगा? अच्छा है उसको खुद शर्म आये। नहीं तो मुझे शर्म आती है, बहुत शोर मचा दिया था। क्या यह शर्म की बात नहीं है कि चुग़लखोरी करता घूमता हूँ।''

''अच्छा नमस्ते।''

''नमस्ते।''

जैसे ही पोपोव के जाने के बाद दरवाज़ा बन्द हुआ, वागानोव मेज़ पर पत्र लिखने बैठ गया। उसने पोपोव के साथ बातचीत के दौरान ही माया को यह टेलीग्राम भेजने का निश्चय कर लिया था : 'आ जाओ। मेरे पास आलीशान महल तो नहीं है। स्टेशन पर मिलूँगा। गियोर्गी।'

उसने यह लिखा उसको पढ़ा। समझदारी से लिखे गये वाक्य से खुश होकर एक बार फिर वही गीत सीटी में बजाने लगा : ''बजाता हूँ मैं अकॉर्डियन...' सफ़ाई से उस पन्ने को फाड़ा, टुकड़े हथेली में लिये और जाकर उन्हें रद्दी की टोकरी में डाल दिया। कुछ देर टोकरी के पास खड़ा रहा। एक ज़ड़वत् शान्ति उसकी आत्मा पर उतर आयी थी। अब निराशा या क्रोध नहीं था। लेकिन काम भी वह आज के दिन नहीं कर सका। वह मेज़ के पास गया, पूरे एक पन्ने पर बड़ा-बड़ा लिखा : 'तबियत ख़राब। घर जा रहा हूँ।'

किसी सहकर्मी से मिलना और उससे कुछ कहना भी आज उसके बस की बात नहीं थी।

वह घर के लिए चल पड़ा। रास्ते में धीमी आवाज़ में वह गा रहा था—

बजाता हूँ मैं अकार्डियन
सबके सुनने के लिए
अफ़सोस कि जन्मदिन आते हैं
साल में बस एक दिन के लिए।

बड़ा अच्छा दिन था। गरमी नहीं थी और वातावरण में एक सुगन्ध थी। धूल की गन्ध नहीं आ रही थी, क्योंकि पूरी गर्मी अभी शुरू ही हुई थी। अभी नन्हीं-नन्हीं हरी ताक़तें ज़मीन से जीवन का स्वास्थ्यप्रद रस निकाल रही थीं। चारो तरफ़ सब कुछ खिल रहा था, या तो अभी-अभी खिलना शुरू हुआ था या खिलना समाप्त हो रहा था। और जहाँ फूल मुरझा गये थे वहाँ बाद में फल बनने के लिए गोलमटोल सजीव डण्ठल निकल आये थे। प्यारा, मस्ती-भरा समाँ था। अभी इस बात का भी अफ़सोस नहीं था कि दिन छोटे हो गये हैं, क्योंकि अभी वे छोटे नहीं हुए थे।

वागानोव डाकखाने की तरफ़ मुड़ा। अन्दर घुसा। खिड़की से टेलीग्राम का खाली फॉर्म लिया, पुरानी, गन्दी, स्याही के धब्बे लगी मेज़ के किनारे बैठ गया और फॉर्म पर माया का पता लिखा। कुछ देर उसका हाथ जहाँ सन्देश लिखा था, उस पंक्ति पर झूलता रहा फिर लिखा : 'आ जाओ।'

और उस शब्द को आँख फाड़कर देखता रहा। कुछ देर और देखता रहा फिर गुड़मुड़ी बनाया और रद्दी की टोकरी में फेंक दिया।

''इरादा बदल गया?'' खिड़की के अन्दर बैठी महिला ने पूछा।

''पता भूल गया,'' वागानोव ने झूठ बोला और बाहर निकल गया। अब वह सधे हुए क़दमों से घर जा रहा था।

'झूठ बोलना भी सीख लिया!' उसने अपने बारे में ऐसा सोचा जैसे किसी और के बारे में सोच रहा हो, 'पलक भी नहीं झपकायी झूठ बोलते हुए!'

खेतों से सूखी घास की गन्ध भी अभी नहीं आ रही थी। अभी घास कटनी शुरू नहीं हुई थी।

✦

अनु०—**वेद कुमार शर्मा**

मैक्सिको

स्विचमैन

✦

जुआन जोस अरिओला (1918)

जुआन जोस अरिओला का जन्म 1918 में मैक्सिको में हुआ। क्यूरोगा और बोर्जेज़ की तरह अरिओला ने भी कहानी को अपनी रचना का मुख्य सरोकार बनाया। उन्होंने छोटी-छोटी कहानियाँ लिखीं। 'कॉन्फेब्युला एण्ड अदर इन्वेंशन्स' नाम से उनका कहानी संग्रह 1964 में अंग्रेजी में आया। जुआन अरिओला ने नाटक भी लिखें हैं। उनकी कहानियों में यथार्थ और कल्पना का दिलचस्प संजाल रहता है।

अजनबी हाँफता हुआ सुनसान स्टेशन पर आया। उसके बड़े-से सूटकेस ने उसे सच में थका दिया था। उसका सूटकेस उठाने के लिए वहाँ कोई नहीं था। उसने रूमाल से अपना चेहरा पोंछा और आँखों पर हाथ की छाया करते हुए पटरियों को देखा। वे कुछ दूर जा ओझल हो गई थीं। हताश और सोच में डूबे हुए उसने अपनी घड़ी देखी : ठीक वही समय था, जिस पर गाड़ी को स्टेशन से रवाना हो जाना चाहिए था।

कोई जाने कहाँ से आया और उसने अजनबी पर हौले से थपकी दी। मुड़कर देखने पर उसने पाया कि सामने एक छोटे कद का बूढ़ा आदमी खड़ा था, जो कुछ-कुछ रेलवे कर्मचारी-सा लगता था। वह अपने हाथों में एक लाल लालटेन उठाए था, पर लालटेन इतनी छोटी थी कि खिलौना लगती थी। उसने मुस्कराते हुए अजनबी को देखा, अजनबी ने बेचैनी से उससे पूछा, ''माफ़ करना, पर क्या ट्रेन जा चुकी है?''

लगता है इस मुल्क में तुम्हें ज़्यादा वक़्त नहीं हुआ है?''

''मुझे फ़ौरन जाना है। मुझे कल तक हर हाल में ट...में होना चाहिए।''

साफ है कि तुम्हें बिल्कुल नहीं मालूम कि क्या चल रहा है। फिलहाल तो तुम्हें फ़ौरन एक काम करना चाहिए। जाकर सराय में रहने की जगह ढूँढ़नी चाहिए,'' और उसने एक विचित्र-सी, राख जैसी मटमैली इमारत की ओर इशारा किया, जो दिखने में जेल ज़्यादा लगती थी।

''पर मुझे रहने की जगह नहीं चाहिए; मैं ट्रेन से रवाना होना चाहता हूँ।''

''फ़ौरन जाकर एक कमरा किराए पर ले लो, बशर्तें मिल जाए। अगर न मिले तो महीने भर के लिए ले लो। सस्ता पड़ेगा और तुम्हारी ख़ातिरदारी भी अच्छी होगी।''

''तुम पागल हो क्या? मुझे कल ट...तक पहुँचना है।''

''साफ़ कहूँ तो मुझे तुम्हें तुम्हारी क़िस्मत के भरोसे छोड़ देना चाहिए। पर फिर भी मैं तुम्हें कुछ बातें बताए देता हूँ...''

''प्लीज...''

''यह मुल्क अपनी रेलों के लिए मशहूर है, जैसा कि तुम जानते हो। अभी तक उन्हें व्यवस्थित ढंग से चला पाना नामुमकिन काम रहा है, पर अब टाइम टेबल छापने और टिकटें बाँटने के मामले में काफ़ी प्रगति हुई है। रेलरोड गाइडों में मुल्क के तमाम शहर शामिल हैं और वे एक-दूसरे से जुड़े हैं। दूर-से-दूर के और छोटे-से-छोटे गाँवों के लिए टिकटें बाँटी जाती हैं। अब बस ज़रूरत इतनी भर रह गई है कि गाइडों में जो कुछ बताया गया है, गाड़ियाँ उसका पालन करें और वाक़ई स्टेशनों से गुज़रें। इस मुल्क के बाशिंदों को यक़ीन है कि ऐसा होगा। तब तक वे सेवाओं में होने वाली अनियमितता को स्वीकार कर रहे हैं और उनकी राष्ट्रभक्ति उन्हें नाराज़गी प्रकट करने से रोकती है।''

''पर क्या कोई ट्रेन है, जो इस शहर से गुज़रती है?''

''हाँ, कहना तो ठीक नहीं होगा। जैसा कि तुम देख ही सकते हो, रेल लाइन है, हालाँकि ख़राब हालत में। कुछ शहरों में। तो चॉक से ज़मीन पर दो लाइनें भर खींच दी गई हैं। मौजूदा हालात में किसी भी ट्रेन का यहाँ से होकर गुज़रना ज़रूरी नहीं है, पर उन्हें गुज़रने से भी कोई नहीं रोकता। मैंने अपनी ज़िंदगी में काफ़ी ट्रेनों को गुज़रते देखा है और कुछ ऐसे यात्रियों को भी जानता हूँ, जो उनमें चढ़ पाए। अगर तुम सही वक़्त तक इंतज़ार करते रहे तो तुम्हें एक अच्छे आरामदेह डिब्बे में चढ़ाने का सौभाग्य शायद मुझे ही मिले।''

''तुम ट...तक जाने की ज़िद ही क्यों पकड़े हुए हो? तुम्हें यहाँ से आगे जाने भर से संतोष कर लेना चाहिए। एक बार ट्रेन पर सवार हो जाने पर तुम्हारी ज़िंदगी कोई तो दिशा पकड़ेगी। इससे क्या फ़र्क़ पड़ता है कि तुम ट...जा रहे हो या कहीं और?''

''पर मेरे पास जो टिकट है, वह ट...जाने के लिए है। और कायदे से उसे मुझे वहाँ तक ले जाना चाहिए, क्या नहीं?''

''ज़्यादातर लोग यही कहेंगे कि तुम्हारी बात सही है। वहाँ सराय में जाकर तुम लोगों से बात कर सकते हो। तब तुम्हें पता चलेगा कि लोगों ने एहतियात बरती है और ढेरों जगहों के टिकट ले रखे हैं। आमतौर पर दूरदर्शी लोग मुल्क के तमाम स्टेशनों की टिकटें ले लेते हैं। कुछ लोगों ने तो टिकटें ख़रीदने में ख़जाने ख़र्च कर दिए...''

''मैंने तो सोचा था कि ट...तक जाने के लिए बस एक टिकट ही काफ़ी होगा। देखो...''

''राष्ट्रीय रेलवे का अगला विस्तार एक ही आदमी के पैसे से होने जा रहा है। उसने एक से दूसरी जगह आने और जाने के लिए पटरियों पर बहुत बड़ी पूँजी

ख़र्च की है। इसमें लम्बी सुरंगें और पुल भी शामिल हैं। इन योजनाओं को अभी इंजीनियरों की स्वीकृति मिलनी बाकी है।''

''पर ट...जाने वाली ट्रेन अब चलती है या नहीं?''

''सिर्फ़ वही नहीं। दरअसल मुल्क में ढ़ेरों ट्रेनें हैं, जिनका यात्री उपयोग कर सकते हैं, बशर्ते वे इस बात का ध्यान रखें कि यह कोई निश्चित या औपचारिक सेवा नहीं है। दूसरे शब्दों में कहें तो ट्रेन पर सवार होते वक़्त कोई भी यह उम्मीद नहीं करता कि वह उसे वहीं ले लाएगी, जहाँ वह जाना चाहता है।''

''ऐसा क्यों है?''

''नागरिकों की सेवा करने की व्याकुलता में रेलवे प्रबंधन को मजबूरन दु:साहसी क़दम उठाने पड़ते हैं। उन्हें ऐसी जगहों से ट्रेनें गुज़ारनी पड़ती हैं, जहाँ से गुज़रना मुमकिन ही नहीं। अभियान पर निकली इन ट्रेनों को कभी-कभी एक सफ़र में कई बरस लग जाते हैं और मुसाफ़िरों की ज़िंदगियों में इस बीच बहुत बड़े बदलाव आ जाते हैं। ऐसे मामलों में मौत हो जाना कोई ख़ास बात नहीं होती। पर प्रबंधन हर चीज़ का पहले से अंदाज़ा लगाकर इन ट्रेनों में एक डिब्बा चर्च का और दूसरा क़ब्रिस्तान का जोड़ देता है। कंडक्टर मुसाफ़िरों के अच्छी तरह लेप लगे शवों को उनकी टिकटों पर लिखे प्लेटफार्मों पर उतारने में बहुत फ़ख्र महसूस करते हैं। कभी-कभार जहाँ एक पटरी गायब होती है, इन ट्रेनों को मजबूरन सड़कों पर भी चलना होता है। जब ट्रेन के पहिए पटरी की टाईयों से टकराते हैं तो डिब्बे विलाप करते से खड़खड़ाते हैं। फर्स्ट क्लास के मुसाफ़िरों को उस तरफ़ बिठाया जाता है, जिधर पटरी मौजूद होती है। यह प्रबंधन की एक और दूरदर्शिता है। पर कुछ जगहें ऐसी हैं, जहाँ दोनों ओर ही पटरियाँ नहीं हैं वहाँ सभी मुसाफ़िरों को तब तक बराबर की तक़लीफ़ उठानी पड़ती है, जब तक ट्रेन पूरी तरह दुर्घटनाग्रस्त न हो जाए।''

''हे भगवान!''

''सुनो तो, फ...नाम का गाँव ऐसी ही एक ट्रेन-दुर्घटना की वजह से बसा। ट्रेन एक ऐसे क्षेत्र में पहुँच गई, जहाँ से आगे बढ़ा ही नहीं जा सकता था। रेत मे चिकनाए और चमके पहिए एक्सलों तक घिस चुके थे। मुसाफ़िरों ने इतना लम्ब वक़्त साथ-साथ गुज़ारा कि छोटी-मोटी औपचारिक बातचीत घनिष्ठ दोस्तियों मे बदल गई। उनमें से कुछ दोस्तियाँ इतनी रूमानी थीं कि फ...बस गया, ट्रेन के जंग लगे अवशेषों से खेलते शरारती बच्चों से भरा एक प्रगतिशील कस्बा।''

''भगवान के लिए, मैं उनमें से नहीं, जो ऐसे एडवेंचर से गुज़रना चाहते हैं!''

''तुम्हें हिम्मत जुटाने की ज़रूरत है; तब तुम शायद एक हीरो ही बन जाओ तुम्हें यह नहीं सोचना चाहिए कि ऐसे मौक़े ही नहीं होते, जिनमें मुसाफ़िर अपनी हिम्मत और बलिदान का सामर्थ्य न दिखा सकें। एक बार दो सौ गुमनाम मुसाफ़िरों ने हमारे रेल के इतिहास के सबसे ज़्यादा गौरवशाली पन्ने लिखे थे। यह

एक ट्रायल यात्रा के दौरान हुआ। इंजीनियर को वक़्त रहते पता चल गया कि पटरियाँ बिछाने वाले ने एक भारी भूल कर दी थी। एक खाईं थी, जिस पर पुल बनना था और वह पुल बनाया नहीं गया था। तब इंजीनियर ने वापस लौटने की बजाय मुसाफ़िरों को जोश दिलाने वाली बातें कहीं और इस तरह आगे बढ़ने में उनसे ज़रूरी सहयोग लिया। उसके हिम्मती नेतृत्व में ट्रेन के टुकड़े कर उन्हें मुसाफ़िरों की पीठ पर खाईं के दूसरी ओर ले जाया गया। लेकिन वहाँ एक और अप्रत्याशित बात सामने आई। खाईं के तल में एक तूफ़ानी नदी भी थी। इस कार्रवाई के नतीजों से प्रबंधन इतना खुश हुआ कि उसने वहाँ पुल बनाने की योजना ही छोड़ दी। इसके बजाय उसने अतिरिक्त जोख़िम उठाने वाले मुसाफ़िरों के लिए आकर्षक छूट दे दी।''

''पर मुझे तो हर हाल में कल ट...पहुँचना है!''

''ठीक है! मुझे यह देख खुशी हो रही है कि तुम अपनी योजना बदल नहीं रहे हो। साफ़ है कि तुम पक्के इरादे वाले आदमी हो। फिलहाल सराय में टिको और फिर यहाँ से गुज़रने वाली पहली ट्रेन पकड़ लो। कम-से-कम कोशिश तो करो ही। हालाँकि हज़ारों लोग तुम्हारे आड़े आएँगे। जब ट्रेन रुकती है तो बहुत लम्बे इंतज़ार से परेशान मुसाफ़िर शोर मचाते ट्रेन की ओर लपकते हैं और स्टेशन पर हल्ला बोल देते हैं। अक़्सर शिष्टता और समझदारी की अविश्वसनीय कमी के चलते दुर्घटनाएँ होती हैं। ट्रेन पर व्यवस्थित तरीके से चढ़ने की बजाय, वे बस एक-दूसरे को कुचलने लगते हैं; और कुछ नहीं तो वे एक-दूसरे को ट्रेन पर सवार होने से रोकते हैं, और ट्रेन उनके झुंडों को स्टेशन पर छोड़ आगे बढ़ जाती हैं। थके और गुस्साए मुसाफ़िर एक-दूसरे को उसकी बुरी परवरिश के लिए कोसते हैं और काफ़ी देर तक एक-दूसरे को मारते-पीटते और अपमानित करते रहते हैं।''

''क्या पुलिस दख़ल नहीं देती?''

''उन्होंने हर स्टेशन के लिए पुलिस बल बनाने की कोशिश की थी, पर ट्रेनों के आने का कोई तय वक़्त न होने के कारण वह सेवा बेकार और बेहद ख़र्चीली साबित हुई। इसके अलावा, पुलिस बल के सदस्यों ने जल्दी ही अपना भ्रष्ट चरित्र उजागर कर दिया। वे सिर्फ़ उन अमीर मुसाफ़िरों को ही ट्रेन पर चढ़ने देते थे, जो अपना सब कुछ उन्हें दे देते थे। उसके बाद एक ख़ास तरह के स्कूल की स्थापना की गई, जिसमें भावी मुसाफ़िरों को ट्रेन में अपनी ज़िंदगी गुज़ारने के लिए शिष्टाचार के सबक और समुचित प्रशिक्षण दिया जाता है। उन्हें ट्रेन पर चढ़ने का सही तरीका सिखाया जाता है, भले ही वह बहुत तेज़ रफ़्तार से क्यों न चल रही हो। उन्हें एक तरह का हथियार भी दिया जाता है, ताकि दूसरे मुसाफ़िर उनकी पसलियाँ न तोड़ पाएँ।''

''पर एक बार ट्रेन पर चढ़ने के बाद तो आदमी की मुसीबतें ख़त्म हो जाती होंगी?''

''तुलात्मक रूप से कहें, तो हाँ, पर मैं तुम्हें सलाह दूँगा कि तुम हर स्टेशन को बहुत गौर से देखो। तुम्हें लगेगा कि तुम ट...पहुँच गए हो, पर उतरने के बाद वह तुम्हारा वहम साबित होगा। ट्रेन के ठसाठस भरे डिब्बों में कुछ अनुशासन बनाए रखने के लिए प्रबंधन को मजबूरन कुछ ज़रूरी क़दम उठाने पड़े हैं। कुछ स्टेशन बस दिखावे के स्टेशन हैं, वे ऐन किसी जंगल के बीच बनाए गए हैं और उन पर किसी महत्त्वपूर्ण शहर का नाम लिख दिया गया है। पर तुम्हें इस छल को पकड़ने के लिए बस थोड़ा गौर से देखने की ज़रूरत है। वे स्टेशन स्टेज के लिए बनाए गए सेटों की तरह हैं और उन पर खड़े लोगों में बुरादा भरा हुआ होता है। इन पुतलों पर मौसम की मार के निशान साफ़ दिख जाते हैं, पर कभी-कभी वे बिल्कुल असल लगते हैं। उनके चेहरों पर अनंत थकान के निशान होते हैं।''

''सौभाग्यवश, ट...यहाँ से बहुत दूर नहीं है।''

''फिलहाल हमारे यहाँ कोई बिना रुके आगे बढ़ने वाली ट्रेन नहीं है। इसके बावजूद, हो सकता है कि कल तुम ट...पहुँच जाओ, जैसा कि तुम चाहते हो, हालाँकि रेलवे का प्रबंधन बहुत कुशल नहीं है, फिर भी उसने एक्सप्रेस ट्रेन की संभावना को ख़त्म नहीं किया है। तुम्हें मालूम ही है कि ऐसे भी लोग हैं, जिन्हें ख़बर ही नहीं कि क्या चल रहा है। वे ट...की टिकट ले लेते हैं। कोई ट्रेन आती है और वे उसमें चढ़ लेते हैं। और अगले ही दिन उन्हें कंडक्टर की घोषणा सुनाई पड़ती है : 'हम ट...पहुँच चुके हैं।' बिना जाँचे, मुसाफ़िर उतरता है और सच में पाता है कि वह ट...आ गया है।''

''मेरे साथ भी ऐसा ही हो, इसके लिए क्या मैं कुछ कर सकता हूँ।''

''बिल्कुल कर सकते हो। पर यह कह पाना मुश्किल है कि उसका कोई फ़ायदा होगा या नहीं। अपने मन में पक्के से मानकर ट्रेन में बैठो कि तुम ट...पहुँच ही जाओगे। किसी मुसाफ़िर से बात मत करो। वे अपने ट्रेन के सफ़र के क़िस्सों से तुम्हें हताश कर सकते हैं, बल्कि तुम्हारी भर्त्सना भी कर सकते हैं।''

''क्या कह रहे हो?''

''मौजूदा हालात की वजह से ट्रेनों में ढ़ेरों जासूस होते हैं। ये ज़्यादातर स्वयंसेवक होते हैं और कम्पनी के रचनात्मक रुख को प्रोत्साहित करने के लिए समर्पित होते हैं। कभी-कभी आदमी को ख़बर ही नहीं होती कि वह क्या कह रहा है, वह बात करने के लिए बात करता रहता है। पर वे कुछ ही लफ़्ज़ों से पूरा मतलब भाँप लेते हैं, भले ही वे लफ़्ज़ कितने ही सहज क्यों न हों। वे आपकी बेहद मासूम बात तक को तोड़-मोड़कर आपको अपराधी ठहरा सकते हैं। अगर तुमने ज़रा-सी भी नासमझी की तो तुम्हें चुपचाप पकड़ लिया जाएगा और अगर उन्होंने तुम्हें किसी नकली स्टेशन पर जंगल में खो जाने के लिए नहीं उतारा, तो फिर तुम्हारी पूरी ज़िंदगी जेल बनाए गए डिब्बे में गुज़रेगी। सो, सफ़र करते वक़्त

भरोसा रखो, कम-से-कम खाना खाओ और जब तक प्लेटफार्म पर ट...का कोई परिचित चेहरा न दिख जाए, ट्रेन से मत उतरो।''

''पर मैं तो ट...में किसी को नहीं जानता।''

''तब दुगुनी एहतियात से काम लो। मैं तुम्हें यक़ीन दिलाता हूँ कि रास्ते में बहुत सारे लालच आएँगे। अगर तुमने खिड़की से बाहर देखा, तो तुम किसी छलावे में फँस सकते हो। ट्रेन की खिड़कियों में इस तरह के यंत्र लगाए गए हैं, जो मुसाफ़िरों में तमाम तरह के वहम पैदा करते हैं। ऐसा नहीं कि सिर्फ़ कमज़ोर लोग ही उन छलावों में फँसते हैं। इंजन से नियंत्रित किए जाने वाले कुछ उपकरण शोर और हिलने-डुलने का अहसास पैदा करते हैं और आपको लगता है कि ट्रेन चल रही है। पर, ट्रेन हफ़्तों एक ही स्टेशन पर खड़ी रहती है, जबकि खिड़कियों के शीशों से देखते मुसाफ़िरों को आकर्षक भू-दृश्य जाते हुए दिखते रहते हैं।''

''इन सबका क्या तुक है?''

''प्रबंधन एक अच्छे मकसद से ऐसा करती है। वह मुसाफ़िरों की बेचैनी और जहाँ तक मुमकिन है, गति में होने के संवेद को कम करना चाहती है। उम्मीद यह है कि एक दिन मुसाफ़िर अपने आपको अपने भाग्य पर छोड़ देंगे, खुद को सर्वशक्तिमान प्रबंधन के हवाले कर देंगे और इस बात की चिंता करना छोड़ देंगे कि वे कहाँ जा रहे हैं या कि कहाँ से आ रहे हैं।''

''और तुमने क्या इन ट्रेनों में काफ़ी सफ़र किया है?''

''श्रीमान? मैं तो एक मामूली-सा स्विचमैन भर हूँ। सब कहूँ, तो एक रिटायर्ड स्विचमैन और मैं यहाँ कभी-कभार अपने पुराने दिनों को याद करने के लिए आ जाता हूँ। मैंने न तो कभी सफ़र किया है और न ऐसा करने की, मेरी कोई इच्छा है, पर मुसाफ़िर मुझे किस्से सुनाते रहते हैं। मुझे मालूम है कि ट्रेनों ने फ...के अलावा भी ढ़ेरों शहर बसाए हैं। फ...के बसने के बारे में मैं तुम्हें बता ही चुका हूँ। कभी-कभार ट्रेन चलाने वाले दल को रहस्यमय आदेश मिलते हैं। वे मुसाफ़िरों को ट्रेन से नीचे उतरने के लिए कहते हैं। बहाना अक़्सर किसी जगह की प्राकृतिक ख़ूबसूरती को देखने का होता है। उन्हें कंदराओं, प्रपातों या मशहूर खंडहरों के बारे में बताया जाता है : 'फला-फलाँ कंदरा का मज़ा पंद्रह मिनट में उठा लीजिए,' दोस्ताना लहजे में कंडक्टर कहता है। और फिर मुसाफ़िरों के कुछ दूर चले जाने के बाद, ट्रेन पूरी रफ़्तार से दौड़ लेती है।''

''मुसाफ़िरों का क्या होता है?''

''वे परेशान से कुछ देर एक जगह से दूसरी जगह भटकते रहते हैं। पर आख़िर में वे आपस में मिलकर एक बस्ती बसा लेते हैं। इस तरह के स्टॉप अक़्सर उन जगहों पर होते हैं, जहाँ से सभ्यता बहुत दूर होती है, पर जहाँ समुचित संसाधन और पर्याप्त प्राकृतिक संपदा होती है। वहाँ चुनिंदा नौजवानों को और ख़ासकर अच्छी तादाद में महिलाओं को छोड़ आया जाता है। क्या तुम

किसी अनजान और आकर्षक जगह किसी युवती की संगत में अपना वक़्त नहीं गुज़ारना चाहोगे।''

उस छोटे कद के बूढ़े ने अपनी आँख दबाई और दयालुता से मुस्कराता दुष्टता के साथ मुसाफ़िर की ओर देखता रहा। उसी पल एक हल्की-सी सीटी सुनाई दी। बेतरह घबराकर स्विचमैन उछला और उसने अपनी लालटेन से वाहियात और बेतरतीब इशारे देने शुरू कर दिए।

''क्या ट्रेन आ रही है?''

बूढ़ा अंधाधुंध पटरी के साथ दौड़ने लगा। कुछ दूर जाने के बाद वह मुड़ा और चिल्लाकर बोला, ''तुम खुशक़िस्मत हो! कल तुम अपने उस मशहूर स्टेशन पर पहुँच जाओगे। तुमने उसका क्या नाम बताया था?''

''एक्स...!'' मुसाफ़िर ने जवाब दिया।

ठीक उसी पल वह छोटे कद वाला बूढ़ा साफ़-सफाक सुबह में ओझल हो गया। लेकिन उसकी लालटेन का धब्बा दौड़ता रहा और ट्रेन तक पहुँचने के लिए पटरियों के बीच अंधाधुंध उछलता रहा।

दूर शोर करती हुई ट्रेन क़रीब आ रही थी।

✦

अनु०—**ललित कार्तिकेय**

'बिग-आईड वूमन'

✦

एंजेल्ज़ मास्त्रेसा (1949)

एंजेल्ज़ मास्त्रेसा का जन्म 1949 में मैक्सिको में हुआ था। आधुनिक स्त्री लेखन में उनका नाम महत्त्वपूर्ण है। Arrancame la vida उनका प्रमुख उपन्यास है। एंजेल्ज़ की कहानियों में स्त्री जीवन का पीड़ादायक यथार्थ व्यक्त हुआ है। वे अपने समय और समाज की व्याख्या करती चलती हैं।

आँटी नतालिया एस्पारजा

नतालिया एस्पारजा की टाँगे छोटी और कुच गोल थे। और एक दिन हुआ यह कि वह समुद्र के प्रेम में फँस गई। उसे ठीक से नहीं मालूम कि वह कौन-सा पल था, जब सुदूर और दंतकथाओं में आने वाले समुद्र को जानने की दुर्निवार इच्छा उस पर तारी हो आई थी, पर वह तारी इस क़दर हुई कि उसे अपना पियानो स्कूल छोड़ कैरेबियन की तलाश शुरू करनी पड़ी, क्योंकि उसके पुरखे एक सदी पहले जहाँ आए थे, वह कैरेबियन ही था और जिसे वह अपनी आत्मा के खोए हुए टुकड़े का नाम देती थी, वह उसे वहीं से लगातार पुकार रहा था।

समुद्र की पुकार ने उसमें इतनी ताक़त भर दी कि खुद उसकी माँ उसे आधा घंटा भी इंतज़ार करने के लिए राज़ी नहीं कर सकी। उसकी माँ ने उससे तब तक अपने पागलपन को शांत रखने की प्रार्थना की, जब तक मिठाई बनाने के लिए बादाम पक नहीं जाते, जब तक उसकी बहन की शादी के लिए तैयार किया जा रहा वह मेज़पोश पूरा नहीं हो जाता, जिस पर वे दोनों चेरियाँ काढ़ रही थीं, जब तक उसके पिता को विश्वास नहीं हो जाता कि उसने अचानक जो चले जाने का पक्का फ़ैसला कर लिया है, उसके पीछे की वजह वेश्यावृत्ति या निठल्लापन या कोई, असाध्य मनोरोग नहीं है।

आँटी नतालिया ज्वालामुखियों की छाया में पली-बढ़ी थी, दिन-रात उन्हें देखते हुए। वह सुप्त सुंदरी के सीने की सलवटों और पोपोकैटेपेत्ल[1]को ढ़ाँपने वाली ख़तरनाक ढ़लान को बिना देखे बयान कर सकती थी। धीमी आँच पर कैंडी और बेहद अलंकृत साँसों के रंगों में लिपटे माँस को पकाते हुए उसने अपनी ज़िंदगी अंधेरे में डूबी धरती और ठंडे आसमान के नीचे गुज़ारी थी। वह सजी हुई प्लेटों से खाना खाती और क्रिस्टल के जामों से पानी पीती रही थी। अपनी माँ की प्रार्थनाएँ और अपने दादा की ड्रैगनों और पंखों वाले घोड़ों की कहानियाँ सुनते हुए,

---

1. **मैक्सिको शहर के पास एक ज्वालामुखी की चोटी।**

वह बारिश के सामने बैठी घंटों गुज़ार दिया करती थी। पर समुद्र के बारे में उसे उस दिन पता लगा था, जब कठोर समुद्र के रंगों से घिरे, चारदीवारी के भीतर बसे हुए शहर की ओर अपना सफ़र फिर से शुरू करने के पहले काम्पेचे के कुछ अंकल एक दिन दोपहर बाद वहाँ से गुज़रे थे। तब वह रोटी और चाकलेट खा रही थी।

समुद्र में सब समा जाता है, सात तरह के नीले, तीन तरह के हरे और एक तरह का सुनहरी रंग यह वह चाँदी है, जिसे कोई भी मुल्क के बाहर नहीं ले जा सकता : बादलों से भरे आकाश के नीचे अखंड। जहाज़ों के साहस और शासकों की शांत आत्माओं को चुनौती देती हुई रात। सुबह जैसे एक स्फटिक स्वप्न और दोपहर कामना-सी दैदीप्यमान।

उसने सोचा, वहाँ पुरुष भी ज़रूर अलग तरह के होंगे। वे जो समुद्र के पास रहते होंगे और जिनके बारे में वह लगातार तब से कल्पना किए जा रही है, जब वह रोटी और चाकलेट खा रही थी। फैक्ट्री मालिक या चावल के सेल्समैन या चक्की मालिक या बागान मालिक या उनमें से नहीं होंगे, जो ताउम्र एक ही रोशनी के नीचे स्थिर बने रह सकते हैं। उसके चाचा और पिता पिछले और अब के डाकुओं और उसकी माँ के दादा डॉन लोरेंजो पैटिनो के बारे में बहुत कुछ कह चुके थे। जब माँ ने उन्हें बताया कि वे काम्पेचे में अपने दो मस्तूलों वाले जहाज़ में आए थे तो उन्होंने व्यंग्य में उनका नाम लोरेंसिलो रख दिया था। उन गट्ठे पड़े हाथों और विपुल शरीरों के बारे में जिन्हें उस धूप और उस हवा की ज़रूरत थी, बहुत कुछ कहा जा चुका था और वह मेज़पोश और पियानो से इतनी ऊब चुकी थी कि बिना किसी पछतावे के वह अंकलों के पीछे हो ली। उसकी माँ ने आशा की कि वे अपने अंकलों के साथ ही रहेगी। उसके पिता का अंदाज़ था कि वह अकेली रहेगी, एक पागल बकरी की तरह।

वह रास्ता भी नहीं जानती थी, बस इतना जानती थी कि वह समुद्र के पास जाना चाहती है। और आख़िरकार मेरिदा तक की लम्बी यात्रा करने और उस मशहूर सफ़ेद शहर के बाज़ार में मिले मछुआरों के पीछे एक लंबा रास्ता तय करने के बाद वह समुद्र तक आ ही पहुँची।

उनमें से एक बूढ़ा आदमी था और एक जवान। बूढ़ा मारीजुआना पीने वाला बातूनी शख़्स था और जवान इस सबको पागलपन मानता था। इस खोद-खोद कर बातें पूछने वाली सुडौल जवान औरत के साथ वे वापस होल्बॉक्स कैसे लौटे? और उसे अकेला कैसे छोड़ जाएँ?

''तुम भी उसे पसंद करते हो,'' बूढ़े ने उससे कहा था, ''और वह आना चाहती है, क्या तुम देख नहीं पा रहे कि उसका आने का कितना मन है?''

आंटी नतालिया ने पूरी सुबह बाज़ार के मछली स्टालों में बैठे गुज़ारी, एक के बाद एक आने वाले लोगों को देखते हुए, जिनमें से कोई उनके सफ़ेद माँस और हड्डियों वाले चिकने जीवों, उनके गंधाते और संभवतः समुद्र जितने ही सुंदर

विचित्र जीवों के बदले में कुछ भी देना स्वीकार कर लेगा। उसकी निगाहें कंधों और चाल पर और उस अपमानित आवाज़ पर फिसलती रहीं, जो अपने शंख को ''कूड़े के दाम'' नहीं देना चाहती थी।

''या तो इतना दाम दो या फिर शंख मुझे लौटा दो, और नतालिया की आँखों ने उसका पीछा किया।

पहले दिन वे बिना रुके चलते रहे और नतालिया पूछती और बस पूछती ही रही कि क्या समुद्र-तट की रेत वाक़ई चीनी की तरह सफ़ेद होती है और रातें अल्कोहल जितनी गर्म। वह कभी-कभी अपने पैरों को रगड़ने के लिए रुकती और वे इस मौक़े का फ़ायदा उठा उसे पीछे छोड़ जाते। फिर वह अपने जूते पहनती और बूढ़े की गालियाँ दोहराती भाग लेती।

वे अगले दिन दोपहर बाद पहुँचे। आँटी नतालिया को विश्वास नहीं हो पाया, वह बची-खुची ताक़त के बूते पानी की ओर दौड़ी और उसके आँसू समंदर के खारे पानी में गिरने लगे। उसके पैर, उसके घुटने, उसकी माँसपेशियाँ दर्द कर रही थीं। वह रो क्यों रही थी? क्या उसकी यही एक ख़्वाहिश नहीं थी, यहाँ इस तरह घुटनों के बल गिरना?

धीरे-धीरे अंधेरा घिर आया। उस अनंत तट पर अकेले, उसने अपने पैरों को छुआ और पाया कि वे अभी जलपरी की पूँछ में तब्दील नहीं हुए थे। लहरों को तट की धकेलती तेज़ हवा चल रही थी। वह तट पर चलने लगी। उसकी बाँह पर भोजरत कुछ मच्छर चौंके। उसके नज़दीक ही वह बूढ़ा था। उसकी आँखें नतालिया पर लगी थीं।

वह अपने गीले कपड़ों में रेत के सफ़ेद बिस्तर पर ढ़ह गई। उसने महसूस किया कि बूढ़ा नज़दीक आ रहा था। बूढ़े ने उसके उलझे बालों में अपनी उँगलियाँ डालीं और उसे समझाया कि अगर वह वहाँ रहना चाहती है तो उसे बूढ़े के पास ही रहना होगा, क्योंकि बाकी सबके पास पहले से ही औरतें थीं।

''मैं तुम्हारे ही साथ रहूँगी,'' उसने कहा और सो गई।

किसी को नहीं मालूम कि होल्बॉक्स में आँटी नतालिया की ज़िंदगी कैसी गुजरी। वह छह महीने बाद प्यूबला लौटी। वह दस साल बूढ़ी दिख रही थी और खुद को याम की विधवा बता रही थी।

उसकी त्वचा भूरी और सलवटों से भरी थी, उसके हाथों में गट्ठे पड़े थे और उसमें भरपूर आत्मविश्वास का एक विचित्र भाव था। उसने कभी विवाह नहीं किया, मर्द की इच्छा नहीं की। उसने चित्र बनाना सीखा और उसके चित्रों के नीले रंग ने उसे पेरिस और न्यूयार्क में मशहूर बना दिया।

इसके बावजूद, उसका घर प्यूबला में ही रहा। पर कुछ दोपहरों के बाद ज्वालामुखियों को देखते हुए, उसके सपने भटकते हुए वहाँ समुद्र के पास पहुँच जाते थे।

''आदमी की असल जगह वही है, जहाँ से वह है'' अपने बूढ़े हाथों और बच्चों जैसी आँखों से चित्र बनाते हुए कहा करती, ''क्योंकि अच्छा लगे या बुरा, आप जहाँ भी जाते हैं, वे आपको वापस घर भेज देते हैं।''

आँटी लियोनोर

आँटी लियोनोर की नाभि दुनिया की सबसे सुन्दर नाभि थी। उसके सपाट, समतल पेट के ऐन बीच में छिपा हुआ एक नन्हा-सा वृत्त। उसकी पीठ गोलऔर चकत्तेदार थी, और नितंब सख़्त थे, उन मटकों जैसे जिनसे वह बचपन में पानी पिया करती थी। उसके कंधे थोड़ा उठे हुए थे; वह धीमे-धीमे चलती थी जैसे किसी ऊँचे तार पर चल रही हो। जिन लोगों ने उसकी टाँगें देखी थीं, उनका कहना था कि वे लंबी और सुनहरी थीं, कि यह नामुमकिन था कि आप उसकी कमर देख लें और उसे पूरा-का-पूरा न चाहने लगें।

दिमाग़ का इस्तेमाल करते हुए जैसा जीवन-साथी कोई चुनता है, सत्रह बरस की उम्र में उसने अपने दिमाग़ से काम लेते हुए ठीक एक ऐसे ही आदमी से विवाह कर लिया था। अपने तर्कों से प्रतिद्वंद्वी को लाजवाब कर देने वाला सम्पन्न नोटरी पब्लिक अल्बर्टो पैलेसियोस उससे पन्द्रह साल और तीस सेंटीमीटर बड़ा था और इसी अनुपात में आँटी से उसका अनुभव ज़्यादा था। वह कई तरह की उबाऊ महिलाओं का काफ़ी अरसे तक दोस्त रहा था और यह मालूम होने के बाद कि विवाह-सूत्र में बँधने से पहले उस भले नोटरी की दीर्घकालिक योजनाएँ थीं, वे औरतें और भी ज़्यादा उबाऊ हो गई थीं।

क़िस्मत ही कहिए कि आँटी लियोनोर एक दोपहर बाद अपनी माँ के साथ नोटरी दफ़्तर में आई। वह एक ऐसी विरासत को हासिल करने के लिए आई थी, जो लगा कि उसे आसानी से मिल जाएगी। लेकिन हाल ही में दिवंगत हुए आँटी लियोनोर के पिता ने अपनी बीवी को उसकी ज़िंदगी में सोचने के लिए आधे घंटे का वक़्त भी कभी नहीं दिया था। सो विरासत मिलने में बहुत कठिनाइयाँ आ रही थीं। उसने ज़िंदगी भर सब कुछ स्वयं किया था, अलावा घर का सामान लाने और खाना पकाने के वह अपनी पत्नी के लिए अख़बार की ख़बरों का सार-संक्षेप करता और उसे बताता कि उनके बारे में उसे क्या सोचना चाहिए; वह उसे हमेशा पर्याप्त ख़र्च देता और कभी उसका हिसाब नहीं माँगता; वे जब साथ-साथ फ़िल्में देखने जाते तो वही बताता कि फ़िल्म में क्या हो रहा है, ''देखो, लुइसिता, यह लड़का उस लड़की से प्यार करने लगा। देखो, वे एक-दूसरे को कैसे देख रहे हैं—देखा? अब वह उसे सहलाना चाहता है; अब वह उसे सहला रहा है। अब वह उससे शादी के लिए कहने जा रहा है और कुछ देर बाद वह उसे छोड़ देगा।''

इस पिता जैसी संरक्षणशीलता का नतीजा यह निकला कि आँटी लुइसिता को आँटी लियोनोर के डैडी और उस अनुकरणीय शख़्स का अचानक चले जाना

केवल परेशानी ही नहीं, बल्कि बेहद जटिलताओं भरा लगा। इस शोक और जटिलता के साथ वे मदद की तलाश में नोटरी के दफ़्तर में आए थे। उन्होंने पाया कि नोटरी एक प्रभावशाली और मदद करने वाला इंसान था। और आँटी लियोनोर ने शोकावधि में होने के बावजूद डेढ़ साल बाद नोटरी पैलेसियोस से शादी कर ली।

उसके बाद उसकी ज़िंदगी पहले की तरह फिर कभी आसान नहीं हो पाई। एकमात्र निर्णायक क्षण में उसने अपनी माँ की सलाह का पालन किया था : अपनी आँख बंद करो और "माँ मेरी! मदद करो!" कहो और सच्चाई यह है कि उसने कई बार "माँ मेरी! मदद करो!" कहा था, क्योंकि उसका असंयमी पति कराहों और हंफनियों के एक सिलसिले के रूप में 'सर्कस' की पराकाष्ठा पर पहुँचने में उतना वक़्त लगाता था, जितने में मन-ही-मन लियोनोर दस मालाएँ फेरती थीं। और यह सर्कस अपरिहार्य रूप से उसी समय से शुरू हो गया था, जब किसी प्रत्याशित या अप्रत्याशित कारण से नोटरी ने अपना हाथ लियोनोर की पतली और नाजुक कमर पर रखा था।

पच्चीस बरस से कम की औरत जो कुछ भी चाह सकती है, आँटी लियोनोर को उनमें से किसी भी चीज़ की कमी नहीं थी : हैट, मुखावरण, फ्रांसीसी जूते, जर्मन टेबलवेयर, हीरे की एक अँगूठी, अनूठे मोतियों का एक हार, फिरोज़ी मूँगे और जरदोजी के काम वाले कर्णफूल, ट्रिनीटेरियन मठवासिनियों द्वारा कढ़ाई किए गए अधोवस्त्रों से लेकर राजकुमारी मारग्रेट जैसे मुकुट तक, उसके पास हर चीज़ थी। उसके पास अपने पति की अगाध अनुरक्ति के साथ-साथ अपनी पसंद की वे सब चीज़ें थीं, जिन पर भी संयोग से उसकी निगाह पड़ी थी। धीरे-धीरे उसके पति को अहसास होना शुरू हो गया था कि इस औरत के बिना जीवन असह्य होगा।

नोटरी सप्ताह में कम-से-कम तीन बार ज़रूर वह सर्कस करता था और उस स्नेहपूर्ण सर्कस से पहले एक लड़की और बाद में दो लड़कियाँ आँटी लियोनोर के पेट में प्रकट हुई और जैसा कि सिर्फ़ फ़िल्मों में होता है, आँटी लियोनोर का जिस्म तीन बार फूला और पिचका, लेकिन उसके गठन को जैसे कोई नुक़सान नहीं पहुँचा। नोटरी का मन था कि इस चमत्कार का साक्षी होने के बारे में एक प्रमाण-पत्र बनाए, लेकिन उसने खुद को केवल इस देह का आनंद उठाने तक सीमित रखा। और उसकी पत्नी ने भी वक़्त और जिज्ञासा द्वारा सिखाई गई विनम्रता और सौम्य उद्यम के साथ इसमें उसकी मदद की। सर्कस में इस क़दर सुधार आया कि अब लियोनोर के हाथ में माला नहीं होती थी और वह इसके बिना ही सर्कस पूरा करता था। बल्कि लियोनोर इसके लिए उसकी आभारी होने लगी थी। इसके बाद वह एक ऐसी मुस्कान लिए सो जाती, जो दिन भर उसके होंठों पर बनी रहती।

इस परिवार के लिए ज़िंदगी इससे बेहतर नहीं हो सकती थी। लोग हमेशा उनकी तारीफ़ करते; वे आदर्श दम्पति थे। पड़ोस की महिलाओं को दयालुता और संगीपन का उससे बेहतर कोई उदाहरण नहीं मिलता था, जो श्रीमान पैलेसियोस सौभाग्यवती लियोनोर के प्रति दर्शाते थे। और उन औरतों के मर्द जब अपने क्रोध के चरम पर होते थे तो श्रीमती पैलेसियोस के चेहरे पर एक शांत मुस्कान होती थी, जबकि उनकी पत्नियाँ समवेत विलाप गा रही होती थीं।

शायद सब कुछ इसी तरह चलता रहता, अगर आँटी लियोनोर को एक रविवार को लोकाट के फल ख़रीदने की न सूझी होती। रविवार को उनका बाज़ार जाना एक एकाकी और प्रसन्नता भरा अनुष्ठान बन चुका था। शुरू में उसने पूरा बाज़ार घूमा, इस बात पर ध्यान दिए बिना ही कि कौन-सा रंग किस फल का है और इस तरह टमाटर बेचने वाले स्टॉलों को नींबू के स्टॉल समझ बैठी। मोटे और नीले टकोज बेचने वाली एक विशालकाय औरत के पास पहुँचने तक वह बिना रुके चलती रही। उस औरत के चेहरे पर उसकी उम्र के सौ बरस साफ़ दिखते थे। उसने मिट्टी की एक टोरटिला प्लेट से पनीर भरा एक टकोज उठाया, सावधानी से उस पर लाल सॉस डाला और अपनी ख़रीदारी करते हुए उसे आराम से खाती रही।

लोकाट गहरे पीले रंग और मखमली छिल्के वाले छोटे आकार के फल होते हैं। कुछ कड़वे होते हैं और कुछ मीठे। वे बड़ी और गहरे रंग की पत्तियों वाले पेड़ पर गुच्छों में लगते हैं। आँटी लियोनोर जब चोटियाँ बनाने वाली और बिल्ली की तरह फुर्तीली लड़की थी तो ऐसी ढेरों दोपहरें होती थीं, जिनके बाद वह अपने दादा-दादी के घर लोकाट के पेड़ पर चढ़ जाती थी। वह वहाँ बैठ जाती और जल्दी-जल्दी खाती जाती—पहले तीन कड़वे लोकाट, फिर एक मीठा, फिर सात कड़वे और उसके बाद दो मीठे, और ऐसा करते-करते अलग-अलग तरह के स्वाद और गंध वाले लोकाटों की तलाश एक बारीक़ खेल में बदल जाती। लड़कियों को पेड़ पर चढ़ने की मनाही थी, लेकिन अपनी उम्र से ज़्यादा तेज़ निगाहों, पतले होंठों और रोबीली आवाज़ वाले उसके कजिन सर्जियों ने उसे ढेरों ऐसे जोख़िम भरे खेल चोरी-छिपे खेलने के लिए उकसाया था, जिनके बारे में उसने पहले कभी नहीं सुना था। उनमें पेड़ पर चढ़ना सबसे आसान खेल था।

उसने बाज़ार में लोकाट देखे और उसे वे कुछ अजीब से लगे; पेड़ से दूर पर फिर भी उससे पूरी तरह अलग नहीं, दरअसल, लोकाटों को सबसे कोमल और ढेरों पत्तियों से भरी शाखों समेत काटा जाता है।

वह उन्हें घर ले आई और वे बच्चों को दिखाए। उसने बच्चों को वे फल खाने के लिए बिठा लिया। और इस दौरान उन्हें अपने दादा की मज़बूत टाँगों और दादी की चपटी नाक के बारे में बताती रही। कुछ ही देर में उसका मुँह रपटीली गठलियों और मखमली छिल्कों से भर गया और फिर अचानक उसके भीतर दस

साल पहले की लड़की ज़िंदा हो उठी और सर्जियो के लोभी हाथ और वहाँ ऊपर पेड़ पर बैठे हुए सर्जियो के लिए उसकी विस्मृत कामना आँख के इशारे से उसे बुलाने लगी।

सिर्फ़ तभी उसे अहसास हुआ कि जिस दिन उसे बताया गया था कि चचेरे भाई-बहन आपस में शादी नहीं कर सकते, क्योंकि ईश्वर उन्हें दंडित करता है और उनकी संतानें नशे में धुत्त लोगों जैसी पैदा होती हैं, ठीक तभी उसका कोई हिस्सा उससे अलग कर दिया गया था। और उसके बाद वह बीते हुए दिनों तक नहीं लौट पाई थी। उसके बाद से ही इस कथनीय और आकस्मिक स्मृतिजीविता ने उसकी दोपहर की खुशी को ख़ामोश कर दिया।

इससे अधिक की कामना करने का साहस कोई नहीं कर सकता था। जब बारिश में उसके बच्चे नावें तैराते थे, उस समय महसूस होने वाली अपनी सम्पूर्ण निरुद्विग्नता और अपने उदार तथा परिश्रमी पति के बेलाग प्रेम के साथ-साथ अपनी समूची देह में निशंक महसूस करना कि उसके जिस चचेरे भाई के कारण उसके अनिंद्य नाभिचक्र में सिहरन जाग उठती थी, वह उसके लिए वर्जित नहीं था और वह हर तरीके से और हमेशा उसके प्रेम की अधिकारिणी थी। और कोई नहीं, बस निर्लज्ज लियोनोर।

एक दोपहर में सिन्को द मेयो स्ट्रीट पर जाते हुए अचानक सर्जियो उसे मिल गया। वह दोनों हाथों से एक-एक बच्चे को थामे सांतो डोमिन्गो चर्च से बाहर आ रही थी। वह उस महीने हर दोपहर बाद की तरह ही उसके हाथों से फूलों की भेंट चढ़वाने गई थी। लड़की लेस और सफ़ेद ऑरगंडी की एक लंबी पोशाक, घास की माला और एक बड़ा-सा काबू में न आने वाला मुखावरण पहने थी, पाँच साल की दुल्हन की तरह। और लड़का वेदी-सेवकों जैसी लड़कियाना पोशाक पहने था, जिसके कारण वह सात साल का होने के बावजूद अटपटा महसूस कर रहा था।

''अगर उस शनिवार को तुम हमारे दादी-दादा के घर से भागी न होती, तो ये बच्चे मेरे होते,'' सर्जियो ने उसे चूमते हुए कहा।

''मुझे उसका पछतावा आज तक है,'' आँटी लियोनोर ने जवाब दिया।

इस जवाब ने शहर के सबसे योग्य कँवारे को चौंका दिया। वह हाल ही में स्पेन से लौटा था और लोग कहते हैं कि वह वहाँ से जैतून उगाने की सर्वश्रेष्ठ तकनीकें सीखकर आया था। सत्ताईस बरस की उम्र में ही सर्जियो कई पशुफार्मों का उत्तराधिकारी था—एक वेराक्रूज, दूसरा सान-मार्टिन और तीसरा नज़दीक ही असालान में था।

आँटी लियोनोर ने उसकी आँखों और जुबान की उलझन को देखा। सर्जियो ने अपनी जीभ से अपने होंठ नम किए थे। उसके बाद उसने सर्जियो का जवाब सुना :

''काश, सब फिर से वैसा हो पाता जैसा तब था, जब हम पेड़ों पर चढ़ा करते थे।''

दादी का घर 11 सूर स्ट्रीट पर था। यह एक विशाल घर था, जिसमें अनगिन कोने और दरारें थीं। उसमें पाँच दरवाज़ों वाला एक बेसमेंट था, जिसमें दादा घंटों प्रयोग करते गुज़ारते थे और उनका चेहरा अक़्सर गंदा हो जाता था। इनके चलते वे कुछ देर के लिए पहली मंज़िल के कमरों को भूल जाते थे और इनके बजाय छत के ऊपर बनाए गए सैलून में अपने मित्रों के साथ बिलियर्ड खेलने में मशगूल हो जाते थे। दादा के घर में एक नाश्ते का कमरा था, जिससे रास्ता बाग़ीचे, अँगूर के पेड़ और पेलोटा खेलने वाले आँगन, जिसे हमेशा रोलर स्केटिंग के लिए इस्तेमाल किया जाता था, एक भव्य पियानो और सूखे हुए एक्वेरियम वाले गुलाबी रंग के कमरे, दादा और दादी के सोने के अलग-अलग कमरों और उन कमरों तक जाता था, जो कभी बच्चों के हुआ करते थे और अब जिन्हें बैठकों में बदल दिया गया था। इन बैठकों को उनकी दीवारों के रंगों के नाम से जाना जाने लगा था। दादी माँ का दिमाग़ ठीक काम करता था, पर उन्हें लकवा मार गया था और उन्होंने अपना ठिकाना नीले कमरे में बना लिया था। वहाँ वे पेंट करती थीं। उस कमरे में आँटी लियोनोर ने दादी को विवाहों के पुराने निमंत्रण-पत्रों के लिफ़ाफ़ों पर रेखाएँ खींचते पाया। उन्हें हमेशा से इन लिफ़ाफ़ों को संभाल कर रखना अच्छा लगता था। उन्होंने दोनों को स्वीट वाईन का एक-एक गिलास, उसके बाद ताज़ापनीर और फिर बासी चाकलेट दी। दादी माँ के घर में सब कुछ पहले जैसा था। कुछ देर बाद, बुढ़िया का ध्यान उस एक बात की ओर गया, जो बदल गई थी :

''मैंने तुम दोनों को बरसों से एक साथ नहीं देखा।''

''तब से नहीं जब तुमने बताया था कि जो चचेरे भाई-बहन शादी कर लेते हैं, उनके मूर्ख बच्चे पैदा होते हैं। आँटी लियोनोर ने जवाब दिया।

वे संतुलन साधे काग़ज़ पर पत्ती-दर-पत्ती निरन्तर एक अनंत फूल बनाए जा रही थीं। वे मुस्कराई।

''तब से नहीं जब लोकाट के पेड़ से गिर आप मरते-मरते बची थीं।'' सर्जियो ने जवाब दिया।

''तुम दोनों लोकाट काटने में तेज़ थे। अब मुझे कोई मिलता ही नहीं, जो उन्हें ठीक से काट सके।''

''हम इस काम में अभी भी तेज़ हैं,'' आँटी लियोनोर ने अपनी कमर में बल डालते हुए कहा।

वे अपने कपड़े उतार फेंकने को तैयार नीले कमरे से चल दिए। किसी जादू में बंधे वे बाग़ीचे में पहुँचे। वे तीन घंटे बाद लौटे, अपनी देहों में शांति और हाथ में लोकाट की तीन टहनियाँ लिए।

''हमें अब आदत नहीं रही,'' आँटी लियोनोर ने कहा।

''फिर से बना लो, फिर से बना लो, क्योंकि वक़्त बहुत कम है,''दादी ने जवाब दिया। उनका मुँह लोकाट की गुठलियों से भरा था।

आँटी जोसे

आँटी जोसे रिवादेनेरिया की एक बेटी थी। उसकी आँखें दो चाँदों जैसी थीं, कामनाओं जितनी बड़ी। बच्ची को जब पहली बार माँ की बाँहों में रखा गया था, वह अभी भी थोड़ी गीली थी और अपनी देह पर उसका नियंत्रण नहीं था। उसने आँखें खोलीं। उसके होंठों के कोने पर कुछ था। लगता था, जैसे वह कोई सवाल पूछ रही है।

''तुम क्या जानना चाहती हो?''आँटी जोसे ने उससे पूछा गोया उन्होंने उसकी वह भंगिमा समझ ली हो।

सभी माँओं की तरह, आँटी जोसे का भी सोचना था कि उसकी बेटी जैसा सुन्दर प्राणी इस संसार में दूसरा नहीं हुआ। आँटी जोसे उसकी त्वचा की रंगत, उसकी पलकों की लम्बाई और उसकी प्रशांत नींद से मंत्रमुग्ध थी। वह कल्पना करती कि उसकी बेटी उस रक्त और उन छायाओं का क्या कुछ करेगी, जो उसकी देह में स्पंदित हो रही है और गर्व से सिहर उठती।

आँटी जोसे तीन सप्ताह से भी ज़्यादा वक़्त तक गर्व और खुशी से अपनी बेटी को निहारती रही। और फिर अविजेय भाग्य ने उस बच्ची को एक ऐसी बीमारी लगा दी कि पाँच घंटे में ही उसकी असाधारण जीवंतता एक सुदूर और निर्बल स्वप्न लगने लगी। बीमारी उसे फिर मौत की ओर वापस ले जा रही थी।

जब इलाज के उसके अपने सारे गुर बच्ची की हालत में कैसा भी सुधार ला पाने में नाकामयाब हो गए, तो भय से पीली पड़ी आँटी जोसे उसे अस्पताल ले गई। वहाँ अस्पताल वालों ने उसे आँटी जोसे की बाँहों से छीन लिया और दर्जन भर डॉक्टर और नर्स परेशानी और उलझन में बच्ची के ऊपर झुक गए। आँटी जोसे ने बच्ची को एक ऐसे दरवाज़े के पीछे ओझल होते देखा, जिसमें उसका प्रवेश वर्जित था और वह खड़ी पहाड़ी जैसी पीड़ा को बर्दाश्त कर पाने और स्वयं पर नियंत्रण बनाए रखने में असमर्थ हो फ़र्श पर ढह गई।

उसके पति ने उसे वहीं पाया। वह एक विवेकशील और बुद्धिमान आदमी था (जैसा कि सभी मर्द होने का दिखावा करते हैं।) उसने आँटी को उठने में मदद दी और उसे उम्मीद और सद्बुद्धि त्याग देने के लिए फटकारा। उसके पति की चिकित्सा-विज्ञान में आस्था थी और उसने उसके बारे में यूँ बात की, जैसे दूसरे लोग ईश्वर के बारे में करते हैं। उसे लगता था कि उसकी पत्नी एक मूर्खतापूर्ण मन:स्थिति में डूब गई थी, जिसमें वह सिवाय रोने और भाग्य को कोसने के कुछ भी नहीं कर पा रही थी। उसे लेकर वह चिंतित था।

उन्होंने बच्ची को सघन चिकित्सा-कक्ष में अकेला रख दिया। वह एक सफ़ेद और साफ़-सुथरी जगह थी, जिसमें माँओं को रोज़ाना बस आधे घंटे के लिए भीतर आने की इज़ाज़त थी। सो वह कक्ष प्रार्थनाओं और निवेदनों से गूँजता था। सभी महिलाएँ अपने बच्चों के चेहरों पर सलीब का निशान बनाती थीं। वे उनके नन्हें शरीरों को प्रार्थना के कार्डों से ढाँप देतीं और उन पर पवित्र जल छिड़कतीं। वे ईश्वर से प्रार्थना करतीं कि वह उन्हें जीने दे। आँटी जोसे बस इतना ही कर पाई कि बच्ची के पालने के पास पहुँच गिड़गिड़ाई, ''देखो, मरना नहीं।'' बच्ची बमुश्किल साँस ले रही थी। इसके बाद वह बिना आँख पोंछे और हिले-डुले बस रोती रही, जब तक नर्सों ने उसे जाने के लिए नहीं कह दिया।

उसके बाद वह अपने हाथों में सिर थामें दरवाज़े के पास की बेंचों पर जा बैठी रहती, बिना भूख-प्यास के, ख़ामोश, क्रुद्ध और चिड़चिड़ी, उत्तप्त और उद्धत। वह क्या कर सकती थी? उसकी बेटी क्यों जिए? वह सूईयों और नलकियों से भरे उस नन्हें से जिस्म को आख़िर क्या दे सकती थी कि दुनिया में जीने में उसकी दिलचस्पी जग जाए? वह उससे क्या कह सकती थी, जो उसे आश्वस्त कर सके कि मरने की बजाय जीने की काशिश करना कहीं ज़्यादा बेहतर है?

एक सुबह अनजाने में और अपनी इंद्री की वशीभूत वह बच्ची के पास गई और उसे उसके पुरखों की कहानियाँ सुनाने लगी, कि वे कौन थे, उसकी बेटी के उससे नाभिनाल जुड़ने से पहले किस औरत ने अपनी ज़िंदगी को किस मर्द के साथ जोड़ा। वे किस धातु के बने थे, उन्होंने किस तरह के काम किए थे, कौन से दुख और सुख बच्ची अपने भीतर विरासत में लिए हुए थी। और किसने अपने शौर्य और कल्पनाओं से उस जीवन का बीज रोपा था, जिसे अब आगे बढ़ाना उसके जिम्मे था।

कई दिनों तक वह याद करती रही, कल्पनाएँ करती रही, गढ़ती रही। खुद को मिले हर घंटे के एक-एक पल आँटी जोसे अपनी बेटी के कान में बिना रुके बोलती रही। आख़िरकार, एक बुधवार अलस्सुबह, जब वह उसे एक क़िस्सा सुना रही थी, बच्ची ने अपनी आँखें खोलीं और गौर से उसे देखा। अपने बाकी जीवन भर फिर उसके देखने की यही भंगिमा बनी रही।

आँटी जोसे के पति ने डॉक्टरों का शुक्रिया अदा किया, डॉक्टरों ने चिकित्सा-विज्ञान में हुई प्रगतियों का शुक्रिया अदा किया, और आँटी जोसे ने अपनी बेटी को अपनी बाँहों में भींचा और बिना कुछ कहे अस्पताल से बाहर आ गई। बस उसे ही पता थाँ कि कोई भी विज्ञान वह नहीं कर सकता, जो बड़ी आँखों वाली दूसरी औरतों के कठोर और सूक्ष्म आविष्कारों में छिपा हुआ तत्व कर सकता है।

आँटी कोंचा एस्पारजा

अपने जीवन के आख़िरी दिनों में वह बनफ़्शा के फूल उगाने लगी थी। उसके पास एक रोशन कमरा था, जिसे वह फूलों से भर देती। उसने बहुत बेतुके क़िस्म

की नस्लें उगानी सीख ली थीं...और उसे उन्हें भेंट में देना अच्छा लगता था। नतीजतन, सबों के घरों में कोंचा एस्पराजा की वह अपरिहार्य गंध मौजूद थी। अपनी मृत्यु पर वह बेतरह दुख मनाते संबंधियों से घिरी अपनी शोख नीली रेशमी पोशाक पहने और होंठों पर लिप्सटिक लगाए शांत लेटी थी। वह घोर हताशा में मरी थी, क्योंकि ज़िंदगी ने उसे पचासी बरसों के अलावा कुछ भी नहीं देना चाहा था।

किसी को भी नहीं मालूम कि आख़िर वह ज़िंदगी से थकी क्यों नहीं थी; अपनी क़रीबन सारी ज़िंदगी वह एक घोड़ी हाँकने वाले की तरह मेहनत करती रही थी। पर पहले की उन पीढ़ियों में कुछ ऐसा था कि वे ज़्यादा चोटें झेल सकती थी। पहले की तमाम चीज़ों की तरह, घड़ियों, लैंपों, कुर्सियों, प्लेटों और बर्तनों की तरह।

अपनी तमाम बहनों की तरह कोंचा एस्पराजा की भी टाँगे पतली, कुच भारी और मुस्कान सख़्त थी। उसे भी प्लास्टर के बने संतों में कोई यक़ीन नहीं था और आत्माओं तथा उनके विदूषकाना मज़ाकों में अंधी आस्था थी।

वह एक डॉक्टर की बेटी थी, जिसने तुक्सतेपेक की क्रांति में भाग लिया था, जो 1882 में फेडरल डिप्टी रहा था और जिसने 1908 में दुबारा चुनाव कराने के विरुद्ध चले आंदोलन में भाग लिया था। एक ऐसा बुद्धिमान और आकर्षक आदमी, जिसने अपनी ज़िंदगी को संगीत और हारी हुई लड़ाइयों के प्रति अभिरुचि से भर लिया था।

लेकिन, क़िस्मत क्योंकि हिसाब बराबर रखना चाहती है, सो उसे पिता का प्यार पर्याप्त से अधिक और पति का पर्याप्त से कम मिला। उसने हिनिस्ता नाम के एक शख़्स से शादी की, जिसमें बस एक ही खोट था। वह इस क़दर अपने बच्चों जैसा था कि आँटी को उसके साथ एक और बच्चे जैसा ही व्यवहार करना पड़ता था। उसमें पैसा कमाने की काबिलियत नहीं थी और उसका अस्तित्व 30 के दशक में प्रचलित इस आम धारणा से संचालित नहीं होता था कि मर्द अपने परिवारों का भरण-पोषण करते हैं। मेज़ पर भोजन लगाना, घर संभालना और बिस्तरों के लिए चादरें ख़रीदना, बच्चों के स्कूल का ख़र्चा देना, उन्हें कपड़े पहनाना और इसी तरह की हर दूसरी छोटी बात की ज़िम्मेदारी हमेशा उसकी पत्नी कोंचा की रही। इस दौरान वह बड़े-बड़े व्यापारिक सौदों की योजनाएँ बनाता, लेकिन उसकी एक भी योजना कामयाब नहीं हुई। इनमें से एक सौदे को पूरा करने के लिए उसके दिमाग़ में बैंक में जमा ज़रा-सी पूँजी पर इतनी बड़ी रक़म का चेक काटने का नायाब ख़्याल आया कि उसे गिरफ़्तार करने के आदेश हो गए और पुलिस उसे ढूँढ़ती घर आ पहुँची।

जब कोंचा को पूरी बात पता लगी, तो उसने वह पहली बात कह दी, जो उसके ज़ेहन में कौंधी :

"असल बात ये है कि ये आदमी पागल है, बिल्कुल पागल।"

इसी तर्क के आधार पर वह मुकदमे में उसके साथ गई, इसी तर्क के आधार पर उसने अपने पति को अपना बचाव करने से रोका। वैसा करने पर उसे शायद सज़ा हो जाती। और इसी तर्क के आधार पर उसने उसे जेल में डाल दिए जाने से बचाए रखा। इस भयानक अंजाम की बजाय, उसने अपने पति को चोलुला पिरामिड के पास एक पागल खाने में रखे जाने का बंदोबस्त किया। पहाड़ी की तलहटी में वह एक शांत जगह थी, जिसका संचालन संन्यासी करते थे।

कोंचा के पिता द्वारा दी गई चिकित्सीय सेवाओं के प्रति कृतज्ञता के कारण, ये संन्यासी इस बात के लिए तैयार हो गए कि श्रीमान हिनिस्ता चेक वाली घटना के भुला दिए जाने तक वहाँ ठहर सकते हैं। ज़ाहिर है कि पागल खाने की अभेद्य दीवारों के भीतर उस नापागल आदमी के भरण-पोषण के लिए कोंचा को मासिक ख़र्चा देना पड़ेगा।

छह महीने तक वह उसके वहाँ रहने का ख़र्च देने की कोशिश करती रही। जब उसकी आर्थिक हालात इस लायक नहीं रही, तो उसने पहले खुद को अपने पति का क़ानूनी संरक्षक घोषित करा उसे वहाँ से वापस ले आने का फ़ैसला कर लिया।

एक रविवार वह उसे लिवा लाने चोलुला पहुँची। उसने उसे संन्यासियों के साथ नाश्ता करते और एक ऐसे नाविक के क़िस्से से उनका मनोरंजन करते पाया, जिसने अपने सिर के गंजेपन पर एक जलपरी का गोदना गुदवा लिया था।

"फादर, ऐसा गोदना आपके सिर पर बुरा नहीं लगेगा," वह सबसे ज़्यादा मुस्कराने वाले संन्यासी से कह रहा था।

जब श्रीमान हिनिस्ता बात कर रहे थे, उन्होंने अपनी पत्नी को कॉरीडोर से भोजनालय की ओर आते देखा। आँटी कोंचा जब तक उस मेज़ के पास नहीं पहुँच गई, जहाँ वह और संन्यासी ऐसे बचकाना आनंद से बात कर रहे थे, जो सिर्फ़ तभी महसूस होता है, जब आदमी को मालूम हो कि वह अपने जैसे लोगों के बीच है, तब तक वह बात करता और हँसता रहा।

कोंचा एस्पराजा को जैसे इस तरह की गोष्ठियों के कायदे-क़ानूनों की जानकारी न हो, उसने अपनी ऊँची एड़ी के सैंडिलों से खट-खट करते हुए मेज़ का एक चक्कर लगाया। वह इन सैंडिलों को उन मौक़ों पर पहना करती थी, जिन्हें वह अहम समझती थी। अपने पति के सामने पहुँचकर उसने सबों का मुस्कराकर अभिवादन किया।

"और तुम, तुम यहाँ क्या कर रही हो?" श्रीमान हिनिस्ता ने हैरानी से ज़्यादा परेशानी से पूछा।

"मैं तुम्हें लेने आई थी," आँटी कोंचा ने उसे बताया। वह उससे ऐसे बोल रही थी, जैसे अपने बच्चों से स्कूल में मिलते वक़्त बोलती थी, एक आलिंगन के बदले में उन्हें उनकी आज़ादी वापस देने का नाटक करती हुई।

"क्यों?" नाराज़ होकर हिनिस्ता ने कहा। "मैं यहाँ सुरक्षित हूँ। मेरे लिए यह जगह छोड़ना ठीक नहीं। फिर, यहाँ मेरा वक़्त बहुत मज़े में गुज़र रहा है। यहाँ बाग़ीचों और शांति का माहौल है, जो मुझ पर गज़ब का असर छोड़ता है।"

"क्या?" कोंचा एस्पराजा ने पूछा।

"मैं तुम्हें ये बताने की कोशिश कर रहा हूँ कि मैं जहाँ हूँ, मज़े में हूँ। तुम चिन्ता मत करो। नापागल लोगों में मेरे कुछ अच्छे-अच्छे दोस्त हैं और पागलों से भी मेरी पटरी बैठ ही जाती है। उनमें से कुछ को किन्हीं लम्हों में अनूठे इल्हाम होते हैं। और कुछ बहुत अच्छे वक़्ता हैं। बाकियों ने भी मेरे साथ तो भलाई ही की है, क्योंकि यहाँ चीख़ने-चिल्लाने वाले तक तुम्हारे बच्चों से कम ही शोर करते हैं," उसने कहा जैसे उन बच्चों से उसका कोई लेना-देना न हो।

"हिनिस्ता, मैं तुम्हारा क्या करूँ?" कोंचा एस्पराजा ने खाली हवा से पूछा। फिर वह मुड़ी और बाहर जाने वाले लोहे के ग्रिल वाले दरवाज़े की ओर चल दी।

"प्लीज फादर," उसने अपने साथ आने वाले संन्यासी से कहा। "आप उसे समझाइए कि उसके इस निठल्लेपन का मुझे पैसा देना पड़ता है और मैं अब एक भी दिन का पैसा नहीं दूँगी।"

बस अंदाज़ा ही लगाया जा सकता है कि फादर ने श्रीमान हिनिस्ता से क्या कहा होगा, पर उस सोमवार की सुबह आँटी कोंचा के मुख्य-द्वार की अर्गला धीमी आवाज़ के साथ खुली, उतने हौले से जितना उसके पति के खोलने पर खुला करती थी।

"माँ, मैं वापस घर आ गया," हिनिस्ता ने ऐसे कहा जैसे किसी के मरने का दुख मनाता कोई कहता है।

"बहुत अच्छा किया, बेटे," उसकी पत्नी ने कैसी भी हैरानी ज़ाहिर न करते हुए कहा "श्रीमान बेनीत्ज तुम्हारा इंतज़ार कर रहे हैं।"

"वे मुझसे किसी धंधे का सौदा करने आए हैं," उसकी आवाज़ में थोड़ी जीवंतता लौट आई। "अब देखना कोंचा, अब देखना क्या सौदा करता हूँ। इस बार देखना।"

"यह आदमी हमेशा से ऐसा ही था," आँटी ने कई बरस बाद कहा। "पूरी ज़िंदगी वह ऐसा ही था।"

उस वक़्त तक आँटी कोंचा का अतिथि-गृह चल निकला था, इससे हुई कमाई से उसने एक रेस्त्रां ख़रीदा, जिसे कुछ समय बाद ज़मीन की ख़रीद-फरोख़्त

का कारोबार शुरू करने के लिए बंद कर दिया गया। इस कारोबार से वह पोलेंको में कुछ ज़मीन ख़रीद पाई, कुछ और ज़मीन अकापुल्को में ख़रीदी।

बच्चों के बड़े होने और श्रीमान हिनिस्ता की मृत्यु के बाद उसने ''ला क्यूब्रादा'' में लहरों के चित्र बनाने और अपने पिता की आत्मा से संवाद करना सीखा। उस वक़्त वह जितनी खुश थी, वैसी खुशी कम ही लोगों को नसीब होती है।

इसीलिए उसे ज़िंदगी पर इस कदर गुस्सा आया था। वह उसे तब छोड़ गई, जब उसने ज़िंदगी का लुत्फ़ उठाना शुरू ही किया था।

✦

अनु०—**ललित कार्तिकेय**

कैनेडा

❐ हेयर बॉल मार्गरेट एटवुड अनु० इंद्रमणि उपाध्याय

हेयर बॉल

✦

मागरेट एटवुड (1939)

मार्गरेट एटवुड का जन्म कैनेडा के महानगर ओटावा में 1939 में हुआ। इन्होंने टोरोन्टो विश्वविद्यालय से अंग्रेजी साहित्य में अध्ययन के बाद लेखन आरम्भ किया। मार्गरेट एटवुड ने लगभग बीस पुस्तकों की रचना की है जिनमें कहानी, कविता, उपन्यास और निबन्ध सम्मिलित हैं। उनका उपन्यास 'द हैंडमेड्स टेल' न्यूयॉर्क टाइम्स की सर्वाधिक बिकने वाली सूची में शामिल रहा। संप्रति वे सपरिवार टोरोन्टो में रहती हैं।

नवम्बर की तेरह तारीख़ के अपशगुनी दिन और मृतकों के महीने में केट ऑपरेशन के लिए टोरोन्टो जनरल अस्पताल में भर्ती हुई। गर्भाशय में सिस्ट (गाँठ) और वह भी बड़ी।

अधिकांश औरतों को ये होती है, डॉक्टर ने उसे बतलाया था। कोई यह नहीं जानता कि ये गाँठें क्यों होती हैं। ऐसा कोई तरीका भी नहीं था, जिससे यह पता चल सके कि यह नुकसानदायक है अथवा नहीं और अपने साथ मृत्यु के बीजाणु लिए है या नहीं। जब तक वे प्रवेश न कर जाएँ। उसने प्रवेश करने की बात कुछ ऐसे अंदाज़ में कही जैसे टी० वी० डाक्यूमेंट्री के पुराने दिग्गज शत्रुओं की सीमा के अंदर आक्रमण करने की घोषणा करते हैं। वही जबड़ों का तनाव, वही दाँतों की किटकिटाहट और वही गंभीरता ओढ़े आनंद। कमी रह गई थी तो उसकी जो वह उसकी देह के साथ करेगा। केट ने भी गिनती गिनते, एनेस्थेटिक की प्रतीक्षा करते अपने दाँतों को ज़ोर से दबाया। वह भयाक्रांत थी, साथ ही उत्सुक भी। उत्सुकता ने उसे ढेरों समस्याओं को झेलने में सहायता की है।

उसने डॉक्टर से वचन ले लिया था कि वह जो कुछ भी होगा, उसे बचा कर रखेगा ताकि वह उसे देख सके। वह अपनी देह से कुछ अधिक लगाव रखती है, वह कुछ भी करना पसंद क्यों न करे अथवा उत्पन्न करे। हालाँकि जब मरियल दानिया ने, जो मेगजीन का ले-आउट बनाती है, उसे समझाया था कि यह जो अवांछित वृद्धि हुई है, यह संदेश है उसकी देह का कि उसे ब्लडप्रेशर को कम रखने के लिए तकिए के नीचे एमथेस्टि (जेनुमणि) रख कर सोना चाहिए। केट ने उसे बकवास बंद करने को कह टाल दिया था।

सिस्ट एक अहानिकर ट्यूमर निकला। केट को अहानिकर शब्द का उपयोग अच्छा लगा, जैसे उस वस्तु की आत्मा है और जो उसकी शुभचिंतक है। वह अंगूर के बराबर था, डॉक्टर ने कहा था। 'नारियल के बराबर,' केट ने कहा था।

अंगूर तो दूसरों के पास होते हैं। 'नारियल' ही बेहतर है, उससे उसकी कठोरता और बाल सहित होने का अहसास होता है।

उसके बाल लाल थे—लम्बे रेशे जो भीतर-ही-भीतर गोल-गोल लिपटे थे। ऊन के भीगे पगलाए गोले की तरह अथवा जैसे आपने बाथरूम के बंद सिंक ड्रेन में अटके गीले कचरे को निकाला हो। उसमें कुछ हड्डियों के कतरे भी थे या हड्डियों के दाने, पक्षियों की हड्डियाँ, उस गौरैया की हड्डियाँ, जिसे कार ने कुचला हो। उसमें बिखरे नाखून थे, पैरों या हाथ की उँगलियों के। उसमें पूरे पाँच दाँत भी थे।

''क्या यह एब्नार्मल है?'' केट ने डॉक्टर से पूछा था, जो मुस्करा दिया था। चूँकि वह भीतर जाकर बाहर सही-सलामत निकल आया था, अतः कम तनाव में था।

एब्नार्मल? नहीं, बिल्कुल नहीं,'' उसने सावधानी के साथ कहा, जैसे नवजात शिशु की असामान्य दुर्घटना की सूचना सद्यःप्रसूता माँ से कह रहा हो।

''कह सकते हैं कि ऐसा प्रायः होता है।'' केट को कुछ निराशा-सी हुई। उसने कुछ विशिष्टता को पसंद किया होता।

उसने फार्मेलडिहाइड (गैस की रंगीन बोतल) की बोतल माँगी और काट कर बाहर निकाले ट्यूमर को उसमें रख दिया। वह उसका था, वह शुभेच्छु था, वह फेंकने लायक नहीं था। वह उसे अपने साथ अपार्टमेंट ले आई और उसे मेंटलपीस पर रख दिया। उसने उसका नामकरण किया—हेयर बॉल। क्या वह भूसे भरे रीछ के सिर अथवा पालतू फर-दाँत वाले पशु से अलग नहीं था, जो प्रायः फायर प्लेस के ऊपर लटके रहते हैं, कम-से-कम उसे तो ऐसा ही लगा। कुछ भी हो, वह प्रभाव तो छोड़ता ही है।

गेर को यह पसंद नहीं आया। हालाँकि, वह नवीनता और विचित्रता को विशेष पसंद करता है, वह तुनकमिज़ाज है। जब वह पहली बार आया, (चोरी से आया या छुप कर) ऑपरेशन के बाद तो उसने केट को हेयर-बाल को फेंक देने को कहा। उसने उसे 'घृण्य' कहा। केट ने उसका तत्काल विरोध करते हुए कहा कि वह अपने मेंटलपीस पर हेयर-बॉल को शीशी में रखना पसंद करेगी, बजाए उन मुरझाए फूलों के जो वह उसके लिए लेकर आया है और जो हेयर-बॉल से बहुत पहले झर जाएँगे। मेंटलपीस पर रखी जाने वाली शोभनीय वस्तुओं से हेयर-बॉल कहीं अधिक आकर्षक है। गेर ने कहा कि केट अतिरेक में विश्वास करती है, कगार के उस पार जाने में, मात्र बच्चों की तरह चौंकाने में, और इसे मज़ाक या व्यंग्य का पर्याप्त तो नहीं ही माना जा सकता। एक-न-एक दिन, उसके अनुसार वह सीमा लाँघ जाएगी। उससे बहुत दूर, उसका तात्पर्य था।

''तुमने मुझे इसीलिए तो नौकरी दी है, है ना?'' उसने कहा, ''क्योंकि मैं बहुत दूर तक जा सकती हूँ।'' लेकिन वह अपने विश्लेषण के मूड में है। उसकी

ये प्रवृत्तियाँ उसके किए कामों में भी परिलक्षित होती हैं, वह कहता है। वे ढेर सारी चमड़े की ड्रेसें और भौंड़े और परेशान से दिखते पोज़, सभी सेल-ग्राफ को नीचे ले जा रहे हैं। वह और शेष सभी मेम्बर इसे और आगे बढ़ाने के पक्ष में नहीं हैं। वो समझ रही है न उसका क्या अर्थ है। क्या वह उसकी बात के गूढ़ार्थ को समझ रही है? यह एक ऐसा बिंदु है, जो पहले भी रखा जा चुका है। उसने धीरे से सिर हिला दिया, कहा कुछ नहीं। वह जानती है इसका वास्तविक अर्थ है—विज्ञापनदाताओं से शिकायतें प्राप्त हो रही हैं। ज़्यादा विलक्षण, कुछ अधिक सनक भरा, मुश्किल।

"मेरे निशान देखोगे?" उसने कहा, "लेकिन मुझे हँसाना मत, तुम उन्हें खोल न देना।" इस प्रकार के दृश्यों से मुझे चक्कर आने लगते हैं, कुछ भी जिससे ख़ून जुड़ा हो, गायनिकोलॉजी से संबंधित। दो बरस पहले डिलीवरी-रूम में जब उसकी पत्नी ने बेबी को जन्म दिया था तो वह बेहोश ही हो गया था। उस पर यह घटना उसने उसे पर्याप्त गर्व के साथ सुनाई थी। चौथे दशक की ब्लैक-ह्वाइट फ़िल्म की स्टाइल में केट होठों के कोनों में सिगरेट जलाकर रखने के विषय में सोचती है। उसके चेहरे पर धुएँ का बदल छोड़ने का विचार उसके मन में आता है।

बहसों में उसकी गुस्ताखी भरी ज़िदें उसे उत्तेजित करती थीं। और फिर बाँह पकड़ दाँत किसमिसाते हुए आवेश भरा चुम्बन। उसे चूमते समय उसे सदैव ऐसा लगता है, जैसे उन्हें कोई देख रहा है और उनकी आबद्ध परछाईयों से निर्णय ले रहा है। चुम्बन आज की जीवन-शैली का नवीनतम 'इन थिंग' (फैशन) है, कठोर, दमकता, गुलाबी चेहरा, छोटे कटे केशों से भरा सिर, एक किशोरी का चुंबन लेते एक स्त्री, एक युवती जाँघ से सटी-चिपकी स्कर्ट और देह का अंग बनी लेगिंग्ज़ में। उसे आइने पसंद हैं।

लेकिन अभी वह उत्तेजित नहीं है। और अभी उसे बिस्तर तक ले जाना उसके लिए संभव नहीं, उसके घाव अभी पूरे भरे नहीं हैं। उसके हाथ में ड्रिंक है, जिसे उसने अभी ख़त्म नहीं किया है, कुछ सोचकर उसने उसका हाथ पकड़ लिया है और आफ ह्वाइट ढीले-ढाले अल्पाका पहने कंधे को चाचा-मामा स्टाइल से थपथपाया और जल्दी से चला गया।

"गुड बॉइ जेराल्ड," वह कहती है। उसने उसका नाम मज़ाकिया ढंग से लिया। यह उसको नकारना था, उसके सीने में लगे मेडल को छीनने का दण्ड देने जैसा था। वह एक चेतावनी थी।

जब वे पहली बार मिले थे, तब वह उसके लिए जेराल्ड था। यह वही थी, जिसने उसका रूपांतरण किया था, पहले जेरी और फिर जेर। (फ्लेयर और डेयर की तरह उच्चारित)। उसी ने उसे चुस्की मुँह जैसी टाइयों से मुक्ति दिलाई थी। उसे बतलाया था कि उसे कैसे जूते पहनने चाहिए, उसे ढीले इटेलियन सूट ख़रीदने की सलाह दी, उसके बालों को ढंग से सँवारा। आज की उसकी वर्तमान रुचियाँ खाने-पीने की, मनोरंजन की दवाएँ, और स्त्रियों के मनोरंजक अंतर्वस्त्र, सब कुछ

उसी की देन है। उसके वर्तमान दौर के नए सीधे, नीचे गिरते नाम का 'आर' धार की तरह सीधे गिरता है, यह सब उसका सृजन है।

जैसा उसने अपने स्वयं के साथ किया है। बचपन में वह रोमेंटिक केथेराइन थी, अपनी कोहरे भरी गीली आँखों वाली, जिसे माँ तकियों के खोल जैसे ढीले-ढाले कपड़े पहनाया करती थी। हाईस्कूल पहुँचने तक वह झालरों से मुक्त हो गोल चेहरे वाली उछलती कैथी हो गई थी। धुले चमकते बालों और ईर्ष्यालु दाँतों के साथ, प्रसन्न करने को तत्पर और किसी स्वास्थ्यकर भोजन के विज्ञापन से अधिक आकर्षक नहीं। विश्वविद्यालय में वह टेक-बेक-द-नाइट जींस, चेक शर्ट और ईंट की परतों वाली स्टाइलिश हैट में मुँहफट केथ थी, ''लफड़ा नहीं माँगता' के इश्तहार जैसी। वह जब इंग्लैण्ड भागी तो उसने अपने नाम को फाँक से काट कर केट कर लिया। यह सुविधाजनक है, सड़कों में फिरने वाली बिल्लियों जैसा और नाखून की तरह पैना भी। और फिर वह असामान्य भी था। इंग्लैण्ड में आपको कुछ-न-कुछ तो उनका ध्यान खींचने के लिए करना ही होगा, विशेषकर जब आप अंग्रेज न हों। इस रूपान्तरण में वह सुरक्षित थी, आठवें दशक में वह रेम्बो की तरह पहुँची।

उसकी अभी भी यही राय है कि यह नाम ही था, जिसके कारण उसे साक्षात्कार के लिए बुलाया जाता था और नौकरी भी यही नाम दिलाता था। अवांगार्द मैगज़ीन में नौकरी, जहाँ मैट-शीट्स पर श्याम-श्वेत रंगों में प्रिंट होने वाली स्त्रियों की सुन्दर देहों के क्लोजअप, जिनमें आँखों पर उड़ती केश-राशि एक नथुने के साथ कवर पर मुद्रित होती थी, उसे 'रेजर्स एज़' नाम दिया गया था। पत्रिका में केश-कर्त्तन की कला, कुछ वास्तविक कलाएँ, फिल्म-समीक्षा, कुछ फिल्मी सितारों की धूल के साथ वार्डरोब में भरे विचार थे। उसने अपने व्यवसाय को पूरी तरह से सीखा। उसने सीखा—क्या चलता है।

उसने एक-एक सीढ़ी चढ़ी, ले-आउट से डिजाइन, वहाँ से पत्रिका का पूरा ले-आउट और फिर पूरा अंक। यह सरल नहीं था, किन्तु विकास के लिए आवश्यक था। वह निर्मात्री हो गई, उसने अपने रूप-रंग को सँवारा। और कुछ ही समय के बाद वह सोहो की सड़क पर चलते या लॉबी में खड़े हो उद्घाटन के क्षण अपनी कृति को जन्म लेता देख सकती थी, उन ड्रेसों में, जिसे उसने बनाया है, यह पूर्णतः ईश्वर तुल्य था, हालाँकि ईश्वर कभी मर्यादा के बाहर नहीं जाता।

इस बीच उसके चेहरे की गोलाई गायब हो गई, हालाँकि दाँत बचे रहे। उनके लिए तो उत्तरी-अमरीकी दंत-चिकित्सा की ही प्रशंसा करनी होगी। उसने अपने अधिकांश केशों को काट कर 'जहन्नुम में जाओ,' भाव बनाने के लिए गर्दन मोड़कर देखने के साथ पूर्ण किया और इस प्रकार एकाकी आधिपत्य की मुद्रा पूर्ण हो जाती थी। सहकर्मियों को यह विश्वास करने को बाध्य करना था कि वह कुछ ऐसा जानती है, जिसे अभी तक वे नहीं जानते। साथ ही उन्हें यह विश्वास दिलाना था कि वे स्वयं भी इस कुछ को जान सकते हैं, जो महत्त्व, शक्ति और देहाकर्षण

दे सकता है, जिससे उनके प्रति ईर्ष्या उत्पन्न होगी—किन्तु एक मूल्य चुकाकर, पत्रिका के मूल्य पर, जो उनकी बुद्धि में कभी नहीं आएगा, वह यह है कि यह सब कैमरे का किया-धरा है। जमी रोशनी, रुका समय। सही कोण से वह किसी भी स्त्री को आकर्षक बना सकती है, कम-से-कम रुचिकर तो अवश्य ही। यह केवल फोटोग्राफी थी, मूर्तिभंजन मात्र है, यह रहती है, चुनाव करने वाले की आँख में। यह एक ऐसी वस्तु है, जिसे आप ख़रीद नहीं सकते, भले ही आप पूरे वेतन की रकम सर्प की चमड़ी पर ख़र्च क्यों न कर दें।

पद और प्रतिष्ठा के बावजूद 'रेजर्स एज़' में वेतन बेहद कम था। केट स्वतः भी वह सब कुछ ख़रीदने का सामर्थ्य नहीं रखती थी, जिन्हें वह जोड़-तोड़ कर प्रासंगिक बनाया करती थी। लंदन की प्रदर्शन-प्रियता और ख़र्चे उसकी सीमा के बाहर हो रहे थे, साथ ही साहित्यिक भोजों में भोजन ठूँसते रहना ताकि किराने की दुकान में झालर लग सकें। पबों के लाल कार्पेटों से निकलते उमस भरे सिगरेटों के धुएँ से वह थक रही थी और सर्दियों में पानी के पाइपों में पानी जम जाने से फटते रहने की घटनाओं से और मैगज़ीन की क्लारिसाओं और मेलिसाओं और पेनेलोयों की खरगोशों जैसी नीरस बातों से कि कैसे वे पूरी तरह शब्दशः पूरी रात ठिठुरती रही हैं और सच यह था कि ऐसी सर्दी कभी भी नहीं पड़ती थी। ऐसी सर्दी ज़रूर पड़ती थी कि पाइप प्रायः फूटते रहते थे। और कोई भी ऐसे पाइप लाने के बारे में नहीं सोचता था, जो अगली बार न फटें। पाइपों का फटना अंग्रेजों की परम्परा का हिस्सा है, जैसी दूसरी ढेरों हैं।

उदाहरण के लिए अंग्रेज पुरुष हल्के स्वरों के शब्द-जाल से आपको लुभाएँगे और निपटते ही डरकर भाग लेंगे। और यदि रुके रहे तो झींकते रहेंगे। अंग्रेज इसे झींकना कहते हैं, हिनहिनाना नहीं। सच तो यह है कि यही बेहतर है। जैसे चूलों की चिचियाहट। अंग्रेज पुरुष का झींकना या चिचियाना आपके लिए उनका पारम्परिक सम्मान प्रदर्शन करना माना जाता है। यह उनका तरीका है, आपको यह बतलाने का कि वह आपका विश्वास करता है, वह आपको अपनी वास्तविक प्रकृति से परिचित कराने का सौभाग्य प्राप्त करा रहा है। चिचियाता आंतरिक अंग्रेज। स्त्रियों के विषय में वे यही राय रखते हैं : चिचियाते स्वरूप को स्वीकारने वाली। केट यह रोल आसानी से कर सकती है, किन्तु इसका अर्थ यह नहीं कि वह इसे पसंद भी करती है।

अंग्रेज स्त्रियों की तुलना में उसकी स्थिति बेहतर है, हालाँकि वह किसी भी क्लास में नहीं आती। वह अपने आप में क्लास थी। वह अंग्रेज पुरुषों के बीच सहजता से रह सकती थी, वे किसी भी वर्ग के क्यों न हों, इस ज्ञान से निश्चिंत कि क्लास को पहचानने के घोषित फार्मूले से जो वे अपनी पिछली जेब में रखते हैं, वे उसे नहीं नाम सकते, और उनके आंतरिक सामाजिक जीवन का ओछा वर्गगत दंभ और विद्वेष का प्रयोग उस पर करने में वे समर्थ नहीं होंगे। इस स्वतंत्रता का हानिप्रद पक्ष यह था कि वह खूँटे से बहुत दूर थी। वह उपनिवेश से थी—कितनी

तरोताज़ा, कितनी ऊर्जा सम्पन्न, कितनी अज्ञात और अंततः किसी अमहत्त्वपूर्ण। दीवार के एक छेद की तरह, जिसे आसानी से सारे रहस्य आराम से बतलाएँ जा सकते हैं और फिर बिना किसी अपराध-बोध के छोड़ा भी जा सकता है।

किन्तु वह कुछ ज़्यादा ही स्मार्ट थी। अंग्रेज पुरुष अत्यधिक प्रतिद्वंद्विता प्रिय होते हैं और वे सदैव जीतना चाहते हैं। परिणामस्वरूप उसे कई बार चोट झेलनी पड़ी। दो बार उसे गर्भपात कराना पड़ा, क्योंकि वह व्यक्ति विकल्प के लिए तत्पर न था। उसने यह कहना सीखा कि वह किसी भी कीमत पर संतान नहीं चाहती, यदि कभी कालीनी चूहे की तीव्र इच्छा उसमें उठी तो वह जेरबिल ख़रीद लेगी। उसे अपनी ज़िंदगी उबाऊ और लंबी लगने लगी थी। उसका एड्रेनिल तेज़ी से कम हो रहा था। वो जल्दी ही तीस की होने वाली है और उसे अपने आगे बार-बार यही दिख रहा था।

कुछ ऐसी ही परिस्थितियाँ थीं, जब जेराल्ड मिला था। 'तुम तो कमाल हो,' उसने कहा था और वह स्वयं यह उससे सुनने को तत्पर थी, हालाँकि 'कमाल' शब्द पांचवें दशक के लोकप्रिय क्रू-कट के साथ ही कब का विदा हो चुका था। वह उसकी आवाज़ को सुनने के लिए तैयार थी, ग्रेट झील की वह सपाट, धातुई, नकियाई आवाज़, जिसमें कठोर 'आर' का प्रयोग होता है। साथ ही उसमें नाटकीय तत्त्व का पूर्ण अभाव था। उत्साहहीन सामान्य आवाज़। उसके अपने लोगों की भाषा। एकाएक उसे महसूस हुआ कि वह निर्वासित थी।

जेराल्ड खोज पर निकला था। जेराल्ड भर्ती कर रहा था। उसने केट के बारे में सुन रखा था, उसके काम को उसने देखा था, वह उसे तलाश रहा था। वहाँ टोरोन्टो में एक बड़ी कम्पनी एक नई फैशन पत्रिका प्रारम्भ करने जा रही थी। उसने कहा था : बाज़ार से कुछ अलग और ऊँचे स्तर की, अन्तर्राष्ट्रीय स्तर की, परिवर्तन की सूचनाएँ तो होंगी ही, लेकिन उनमें कनेडियन फैशन भी होगा और उन स्टोरों की सूची भी, जहाँ पत्रिका में उपयोग की गई वस्तुएँ उपलब्ध हैं। इस बिन्दु पर उनकी सोच थी कि इस प्रकार वे प्रतिद्वंद्विता से ऊपर उठ जाएँगे—उन अमरीकी पत्रिकाओं से, जो आपको आश्वस्त करती हैं कि आप सूची केवल न्यूयार्क या लॉस ऐंजेल्स में ही प्राप्त कर सकते हैं। सौदेबाज़ी का युग विदा ले चुका है, आप उसे एडमोंटन में ख़रीद सकते हैं! आप उसे विनीपेग में ले सकते हैं।

केट लम्बे समय से विदेश में थी। अब तो केनेडियन फैशन आ चुका था? अंग्रेज तानेबाज़ सुनकर कहेंगे कि 'केनेडियन फैशन' यही अपने आप में एक विरोधाभास है। केट ने ऐसा कहने से अपने को सायास रोका, सिगरेट निकाल कावेंट-गार्डन बुटीक के चमड़े मढ़े लाइटर से उसे जलाया (जैसे 'रेजर्स एज़' के मई अंक में प्रदर्शित किया गया था) और जेराल्ड की आँखों में झाँका। ''लंदन में बहुत कुछ है, देने के लिए,'' उसने सपाट स्वर से कहा। उसने मेफेयर रेस्त्राँ के चारों ओर देखा, जहाँ वे लंच ले रहे थे। उसने इस रेस्त्राँ का चुनाव इसलिए किया

था, क्योंकि पेमेंट वह करने वाला था। अन्यथा वह अपने खाने पर इस तरह ख़र्च करना पसंद कभी नहीं करती। ''मैं वहाँ कहाँ भोजन करूँगी?''

जेराल्ड ने उसे आश्वस्त किया कि केनेडा की रेस्त्राँ-राजधानी टोरोन्टो को कहा जाता है। उसका गाइड बन उसे प्रसन्नता ही मिलेगी। वहाँ एक विशाल चाइना टाउन है और विश्व-स्तर का इटैलियन रेस्त्राँ भी है। इतना कह वह रुका और एक लंबी साँस ली। ''मैं तुमसे कुछ पूछना चाह रहा था।'' उसने कहा, ''तुम्हारे नाम के बारे में। क्या के० क्रेज़ी जैसा उच्चारण किया जाता है? उसके विचार से इतना इशारा पर्याप्त है।'' केट ने यह प्रश्न पहले भी कई बार सुन रखा था।

''नहीं,'' उसने उत्तर दिया, ''किट केट वाला केट। जो एक चाकलेट बार है, जो तुम्हारे मुँह में जाते ही घुल जाएगी,'' उसने अपनी खास अदा से देखा और होठों को ज़रा-सा दाँतों से दबाया।

जेराल्ड घबरा गया, लेकिन वह बढ़ता गया। वे केट को चाहते थे, उन्हें उसकी आवश्यकता थी, वे उससे प्रेम करते हैं, उसने लब्बो-लुबाव बतलाया। उसके जैसी ताज़ी आधुनिक दृष्टि वाली और अनुभवी उनके लिए मूल्यवान होगी, यह भी कहा जा सकता है, लेकिन अच्छी-खासी रक़म के साथ कुछ और पुरस्कार भी होंगे। वह प्रारम्भिक निर्माण के स्तर से जुड़ेगी, उसका निर्माण में योगदान होगा और उसे पूरी स्वतंत्रता भी होगी। उसने एक ऐसी राशि बोली कि उसने लम्बी साँस खींची, जो सुनाई नहीं दी। अपनी आकाँक्षाओं के साथ विश्वासघात के विषय में वह बेहतर जानती थी।

तो इस प्रकार उसने वापसी की, तीन माहों के कल्चर शॉक को सहन किया, विश्वस्तरीय इटेलियन और ग्रेट चाइनीज में गई और पहला अवसर मिलते ही जेराल्ड को अपने सम्मोहन के जाल में फाँस लिया—ठीक उसके जूनियर प्रेसीडेंशियल ऑफिस में। यह पहली बार था, जब जेराल्ड ऐसी जगह पर विवश हो गया था और संभवत: अंतिम भी। हालाँकि कई घंटे बीत जाने के बाद भी ख़तरे के विषय में सोच वह वह उत्तेजित हो रहा था। उसके बारे में सोच-सोच कर। दुस्साहस। बोर्ड-रूम में घुटनों पर बैठी केट अपनी विशेष ब्रा में, जिसे उसने अभी तक न्यूयार्क टाइम्स के लिंगरी विज्ञापनों में ही देखा था, चाँदी के फ्रेम में बैठी उसकी पत्नी के एँगेजमेंट वाले चित्र के सामने, जो बेल पाइंट सेट की टक्कर में रखा था, उसकी ज़िप खोलती केट। उस समय वह इतने होश में तो था कि उसने शादी की अँगूठी उतार कर एश-ट्रे में रख दी थी। दूसरे दिन वह उसके लिए डेविड वुड फुड शॉप से चाकलेट ट्रफल्स का बाक्स लेकर आया था। उसने केट को बतलाया था कि ये सर्वश्रेष्ठ हैं—वह बेहद उत्सुक था कि वह उनकी विशेषता को पहचाने-स्वीकारे। केट को यह सारा क्रिया-कर्म घिसा-पिटा-सा लगा, लेकिन मन को गुदगुदाने वाला भी। घिसा-पिटा, मन को गुदगुदाना, प्रभावित करने की तीव्र भूख—यह था जेराल्ड।

जेराल्ड जिस प्रकार का व्यक्ति था, लंदन में उसने उसकी परवाह ही न की होती। वह न तो मज़ाकिया था, न ही विशेषज्ञ, सीमित शब्द-क्षमता। किन्तु वह उत्सुक था, वह अभिभूत था, वह कोरा काग़ज़ था, हालाँकि वह उससे आठ वर्ष बड़ा था, लेकिन कम दिखता था। उसकी बाल-सुलभ, लुकी-छिपी बदमाशियों का वह मज़ा लेती रहती थी। और वह उसका कितना आभारी था। 'मैं तो विश्वास ही नहीं कर सकता कि यह सब मेरे साथ हो रहा है,' वह प्रायः कहता रहता था। जितने बार कहने की आवश्यकता थी, उससे कहीं अधिक और वह भी प्रायः बिस्तर पर।

उसकी पत्नी को, जिससे केट मिल चुकी है (और प्रायः मिलती रहती है,) कम्पनी के थकान भरे कार्यक्रमों में उसके अहसानों को व्यक्त करने के अवसर दिए। लेकिन उसकी पत्नी बेहद औपचारिक थी। उसका नाम था, शिरिल। उसके बालों को देख ऐसा लगता था जैसे वह अभी भी बड़े रोलर्स और 'एमबाम-योर-हेयरडू' हेयर-स्प्रे का उपयोग करती है, उसका मस्तिष्क कमरे-दर-कमरे 'एशले' वाल पेपर की तरह था, छोटी अधखुली कलियों की सीधी पाँत। वो शायद प्रेम करने के पहले रबर के दस्ताने पहनती है और बाद में लिस्ट में सही का निशान लगाती है। घर-गृहस्थी का एक ओर अनिवार्य काम। उसने केट को ऐसे देखा जैसे वह उसे दुर्गन्ध-नाशक से हवा में उड़ा देना चाहती है। और केट आत्मपीड़न में शेरिल के बाथरूम की कल्पना करती है, लिली-फूलों से कढ़ी हाथ की तौलियों की और ट्वायलेट पर रखे दिखावटी ढक्कनों की।

मैगज़ीन का शुभारंभ हुआ। हालाँकि केट को ढेरों प्यारे-प्यारे नोट खेलने-उड़ाने को मिलते थे और रंग में काम करने का चैलेंज भी मिला था, लेकिन सम्पूर्ण स्वतंत्रता नहीं थी, जिसका वायदा जेराल्ड ने उससे किया था। उसे कम्पनी के बोर्ड डायरेक्टरों के साथ स्वयं को संतुष्ट करना पड़ता था, जो सभी पुरुष थे और सभी एकाउंटेंट थे। अथवा एक ही साँचे में ढले थे और जो छछूंदर की तरह सुस्त और सावधान थे।

''बस मुद्दे की बात इतनी-सी है!'' केट ने उनसे कहा था, ''जनता के सामने ढेरों उन छवियों की बमबारी कर दो, जैसा उन्हें होना चाहिए। अथवा दिखना चाहिए और उन्हें अपने गुहावासी जैसे होने के अहसास से विवश कर दो। यथार्थ और कल्पना के बीच का शून्य ही आपका-हमारा कार्यक्षेत्र है। उन पर नव्यता से आक्रमण करना है। कुछ ऐसा, जिसे उन्होंने कभी देखा न हो, कुछ ऐसा जैसे वे हैं ही नहीं। उत्सुकता से अधिक कुछ भी नहीं बिकता।''

दूसरी ओर बोर्ड की सोच का लब्बो-लुबाव था कि पाठकों को सीधे-सादे तरीके से वह परोसो, जो उनके पास पहले से ही है। अधिक फर, अधिक सुन्दर चमड़ा, कुछ ज़्यादा कश्मीरी ऊन। कुछ और स्थापित नाम। बस। बोर्ड में कल्पना और अभिनवता का अभाव, रिस्क लेने की इच्छा की कमी, खिलाड़ी-भावना का पूर्ण अभाव। पाठकों को चौंकाने वाली तत्परता की भावना का तो प्रश्न ही नहीं

था। ''फैशन शिकार की तरह है,'' केट ने उनके पुरुष हारमोंस को उत्तेजित करने के लिए कहा था, शायद वे अभी भी शेष बचे हों। ''यह एक खेल है, इसमें इंटेंसिटी के साथ परजीविता भी है। रक्त और आँतें हैं, यह कामोद्दीपक भी है।'' लेकिन उनके लिए यह सुरुचि मात्र थी। वे 'सफलता के लिए पहनो' ड्रेस फॉर सक्सेस चाहते थे। और इधर वह गोलियों से छितरा देने वाले आक्रामण करना चाहती थी।

फिर सब कुछ परिवर्तित हो गया समझौतें में। केट मैगज़ीन को 'आल द रेज' पुकारना चाहती थी, लेकिन बोर्ड को रेज के साथ जुड़े क्रोध के भाव के कारण यह नाम स्वीकार न था। उन्हें लगता था, नाम कुछ अति-नारीवादी है। ''यह तो चालीसवें दशक का स्वर है,'' केट ने कहा था, ''चालीसवें दशक की वापसी हो चुकी है, क्या आप लोगों को यह समझ में नहीं आ रहा है,'' लेकिन उन्हें नहीं आया। वे मैगज़ीन को 'ओर,' पुकारना चाहते थे। 'ओर' फ्रेंच में स्वर्ण का पर्याय, मूल्य-आधारित, लेकिन वास्तव में मूल्य-हीन, जैसा केट ने उनसे कहा था। अंत में समझौता 'फेलिस' पर हुआ, जिसमें वे सभी गुण थे, जो दोनों पक्ष चाहते थे। यह फ्रेंच जैसा उच्चारण में लगता था और जो प्रसन्नता का पर्याय था (रेज से कम ख़तरनाक), हालाँकि आप दूसरों से ध्यान न देने की अपेक्षा नहीं कर सकते, किन्तु केट के लिए यह फंदे से बची बिल्ली को मिले गुलदस्ते (बुके) जैसा था। उसने उसे (नाम को) गर्म लाल लिपिस्टिक से लिखा, जिससे वह कुछ आकर्षक दिखने लगा। वह उसके साथ ज़िंदगी काट सकती थी, लेकिन वह उसके पहले प्यार जैसा न था।

द्वंद्व-युद्ध लड़ा जाता रहा बार-बार, डिज़ाइन की प्रत्येक नवीनता पर, प्रत्येक कोण पर, जिसे केट ने प्रयोग करने का प्रयास किया, भले ही वह कुछ ही अंशों में विचित्र क्यों न हो। आधी ऊपर उठी लिंगरी (अधोवस्त्र) पर तो अच्छा-ख़ासा तमाशा ही खड़ा हो गया था, जिसमें फ़र्श पर परफ्यूम्स की टूटी शीशियाँ पड़ी थीं, चिल्ला-चौंध ही मच गई थी, जब दो अत्याधुनिक स्टाकिंग पहने पैर दिखाए गए थे, जिनके साथ एक कुर्सी के पाए से बँधा विपरीत रंग की स्टाकिंग पहने तीसरा पैर बँधा था। उनके पल्ले कुछ नहीं पड़ा था। लड़की की गर्दन में संदिग्ध अवस्था में पड़े तीन सौ डॉलर के ग्लब्स पहने पुरुष के हाथ को देख।

और यह लगातार चलता आ रहा है, पिछले पाँच बरसों से।

जेराल्ड के विदा हो जाने के बाद केट अपने लिविंग-रूम में चहल-कदमी करती रही। तेज़, तेज़। उसके टाँके खिंच रहे थे। माइक्रोओवन में बने, बचे भोजन से लंच के बारे में वह क़तई नहीं सोच रही थी। वह निश्चत नहीं कर पा रही कि वह यहाँ आख़िर क्यों लौटी है, प्रदूषित भीतरी समुद्र के तट पर बने फ्लैट में। क्या जेर के लिए? बेतुका विचार, लेकिन फिलहाल यह ऐसा प्रश्न नहीं, जिसे यों ही छोड़ दिया जाए। क्या उसके रुकने का कारण जेर है, हालाँकि उसके प्रति उसका धैर्य अब समाप्ति पर है।

अब वह पूरी तरह लाभदायक नहीं रहा है। एक-दूसरे के बारे में वे दोनों अच्छी तरह सब कुछ जानते-समझते हैं। अब वे शार्टकट लेने लगे हैं। उनके साथ होने के उत्साह से उफनती कामुकता से भरी दोपहरें अब कुछ घंटों में सिकुड़ गई हैं, जिन्हें वे ऑफिस और डिनर के बीच में से छीनते हैं। उसे फिलहाल पता नहीं, वह जेर से चाहती क्या है। वह स्वयं से कहती रहती है कि उसका मूल्य कहीं अधिक है और अब उसे बढ़ जाना चाहिए, लेकिन उसे दूसरे पुरुष दिख ही नहीं रहे, वह देख ही नहीं पा रही, पता नहीं क्यों? उसने एक-दो बार कोशिशें कीं, लेकिन बात बनी नहीं। कभी-कभार वह किसी समलैंगिक (गे) डिजाइनर के साथ डिनर या फ्लिक (झटके) पर गई भी। उसे अफवाहें पसंद हैं न।

हो सकता है, वह लंदन को मिस कर रही हो। वह स्वयं को पिंजड़े में बंद अनुभव करती है, इस देश में, इस शहर में, इस कमरे में। वह कमरे से शुरू कर सकती है, वह खिड़की खोल सकती है। यहाँ कुछ ज़्यादा ही दम घुटता है। हेयर-बॉल की शीशी से कुछ फर्मेल्डेहाइड निकल रही है। ऑपरेशन के बाद भेंट में मिले अधिकांश पुष्प-गुच्छ मुरझा चुके हैं, जेराल्ड के आज लाए फूलों को छोड़कर। क्या यह सच नहीं कि उसने अस्पताल में उसे एक भी नहीं भेजा था। क्या वह भूल गया था या फिर यह एक संदेश था?

"हेयर-बॉल," वह कहती है, काश, "तुम बात कर सकते। इस टर्की फार्म की तुलना में तुम्हारे साथ मैं कुछ अधिक वैचारिक-गंभीर चर्चा कर सकती हूँ।" हेयर-बॉल के बच्चों जैसे दाँत रोशनी में चमकते हैं। ऐसा लगा, जैसे वह बोलने ही जा रहा हो।

केट ने अपने माथे को छुआ। लगा, उसे बुखार है। उसके पीछे कुछ-न-कुछ अपशगुन हो ज़रूर रहा है। मैगज़ीन से पर्याप्त फोन भी नहीं आए हैं, उसके बिना वे काम कर पा रहे हैं, यह तो बुरी ख़बर है। सिंहासनाधीन महारानियों को कभी भी अवकाश पर नहीं जाना चाहिए और न ही ऑपरेशन करवाना चाहिए। कुछ-न-कुछ तो है। इस विषय में उसके पास छठी इंद्रिय है। वह स्वयं पर्याप्त राजमहलों के षड्यंत्रों में शामिल रही है। अतः चिह्न पहचानती है, भावी विश्वासघात की पदचाप की हल्की ध्वनियों को पकड़ने का एंटीना उसके पास है।

दूसरी सुबह उसने अपने आप को व्यवस्थित किया, मिनी मशीन से एस्प्रेसो कॉफी बनाकर पी, एक आक्रामक 'टच-मी-इफ-यू-डेयर' भूरा कवचनुमा स्यूड पहना और बमुश्किल अपने को ऑफिस घसीट ले गई, हालाँकि उसे अगले हफ़्ते पहुँचना था। आश्चर्य, आश्चर्य। फुसफुसाहओं की गांठें कॉरीडोर में खुलने लगती हैं, नकली स्वागत करती हैं, जब वह लँगड़ाती हुई उनसे आगे बढ़ जाती है। अपनी मिनी मालिस्ट सीट पर बैठ अपनी डाक देखती है। उसका सिर तड़क रहा है, उसके टाँके चुभ रहे हैं। जेर को उसके आने की हवा मिल गई, वह उससे ए० एस० ए० पी० में मिलना चाहता है, लंच के लिए नहीं।

वह उसकी प्रतीक्षा अपने नए गेहूँ जैसे सफ़ेद ऑफिस में कर रहा है, जिसमें अठारहवीं सदी की डेस्क है, जिसे उन दोनों ने मिल कर चुना था। विक्टोरियन स्याही स्टैंड, मैगज़ीन के फ्रेम किए हुए ब्लो-अप में—हाथों में मैरून रंग के चमड़े के दस्ताने, कलाइयों में मोतियों की हथकड़ियाँ, हरमेज़ स्कार्फ से बनी पट्टी से बँधी आँखों के पीछे से मॉड़ल का हास्य बिखेरता, खिलता चेहरा। यह उसके श्रेष्ठ कवर पेजों में से है। जेर 'लिक-माई-नेक' (मेरी गर्दन चाटो) गर्दन से खुली सिल्क शर्ट के ऊपर 'ईट-योर-हार्ट-आउट' (तुम्हारा दिल खाने को आतुर) इटेलियन ढीली सिल्क-ऊन से बुनी स्वेटर पहने बना-ठना बैठा है। ओह! सर्द उदासीनता। ओह! भौंहों की भाषा। वह धन-पुरुष है, जो कला के पीछे मरता है, और अब उसके पास कुछ है, अब वह कुछ है। दैहिक कला। यह उसकी कला है। उसने बेहतर काम किया है उस पर अंततः वह सेक्सी दिखने लगा है।

वह लाख की तरह चिकना दिख रहा है। ''मैं तुम्हें अगले हफ़्ते तक यह ख़बर देने वाला नहीं था,'' वह कहता है। वह उसे ख़बर सुना देता है। बोर्ड के डायरेक्टर्स, उनकी सोच है कि वह कुछ ज़्यादा ही अविश्वसनीय है, उनके विचार से वह बहुत आगे चली जाती है। और वह स्वयं कुछ करने की स्थिति में है नहीं, हालाँकि उसने अपनी तरफ़ से पूरी कोशिश की है।

स्वाभाविक है। विश्वासघात, गद्दारी। दानव अपने ही निर्माता पागल वैज्ञानिक के विरुद्ध हो गया है। ''मैंने तुम्हें ज़िंदगी दी है!'' वह चीख कर कहना चाहती है।

उसकी तबीयत ठीक नहीं है। वह बमुश्किल खड़ी हो पा रही है। वह खड़ी रहती है, हालाँकि उसने उसे कुर्सी ऑफर की है। अब वह देख सकती है, कि वह चाहती क्या थी, वह कौन-सी वस्तु थी, जिसकी कमी वह अनुभव कर रही थी। वह जेराल्ड है, जिसे वह मिस कर रही थी—मज़बूत, फैशनरहित, भूतकाल का चुस्त पिछाड़ी वाला जेराल्ड। जेर नहीं, जिसे उसने स्वयं अपनी रुचि के अनुकूल बनाया है। वह दूसरा, बर्बाद होने से पूर्व वाला। मकान, एक छोटा बेटा और टेबल पर रखे चाँदी के फ्रेम में लगा उसकी पत्नी के चित्र वाला जेराल्ड। वह स्वयं उस चाँदी के फ्रेम में रहना चाहती है। वह बच्चा चाहती है। वह लूट ली गई है।

''और मेरा स्थानापन्न सौभाग्यशाली कौन है?'' उसने धीरे से कहा। उसे सिगरेट की तलब लग रही है, लेकिन अपने काँपते हाथों को वह दिखाना नहीं चाहती।

''सच तो यह है कि वह मैं ही हूँ,'' उसने सौजन्यता के साथ कहा।

यह तो बेहूदगी की हद ही है। जेराल्ड तो फोन डायरेक्ट्री तक का संपादन नहीं कर सकता। ''तुम?'' उसने बेहोश-सा होते हुए कहा। उसमें इतनी समझदारी तो अभी भी थी कि वह ज़ोर से हँसने से अपने को रोके रखे।

''मैं तो शुरू से ही इस रुपयों-पैसों के चक्कर से निकलना चाहता था,'' वह कहता है, ''और कला-सृजन के क्षेत्र में जाना चाहता था। मैं समझता हूँ कि तुम इसे समझोगी, क्योंकि किसी भी सूरत में तुम तो रह नहीं सकतीं। मेरे विचार से तुम ऐसे व्यक्ति को पसंद करोगी, जो तुम्हारी रखी नींव पर ही निर्माण करेगा।'' शानदार पिछाड़ी। वह उसकी गर्दन को निहारती है। वो उसके लिए मरी जा रही है, इस विचार के लिए वह अपने को कोसती है, लेकिन क्या करे, यह उसके वश में नहीं है।

कमरा डगमगाने लगता है। वह उठ कर गेंहुए रंग के बोर्ड-रूम को पार कर उसके पास आ उसकी ग्रे सूएड वाली बाँह पकड़ता है। ''मैं तुम्हारे लिए बहुत प्यारा सिफ़ारिशी पत्र लिख दूँगा,'' वह कहता है, ''इसकी चिंता मत करना। और हाँ, हम एक-दूसरे से तो मिलते-जुलते ही रहेंगे। सच मानों मुझे तुम्हारे साथ गुज़ारी दोपहरों की याद आया करेगी।''

''हाँ, ज़रूर,'' वह कहती है। वह उसका चुम्बन लेता है, एक लंबा चुंबन, नहीं तो ऐसा लगता, जेसे किसी तीसरे को लिया जा रहा हो और वह लेने देती है। सुअर के कान में।

टैकसी से वह घर आती है। ड्राइवर बदतमीज है, लेकिन वह ध्यान नहीं देती, उसके पास शक्ति थी ही नहीं। उसके मेल-बॉक्स में एक आमंत्रण-पत्र है। जेर और शिरिल कल शाम को एक ड्रिंक-पार्टी आयोजित कर रहे हैं। लिफ़ाफ़े पर पाँच दिन पुरानी मोहर लगी है। शिरिल समय से पीछे चल रही है।

केट ने कपड़े उतारे और हल्का-सा स्नान किया। पीने के लिए तो कुछ विशेष है नहीं, न ही सूँघने या धुआँ उड़ाने को। उफ्, उसे ध्यान ही नहीं रहा और अब वह अपने ही बुने जाल में फँस गई है। दूसरी नौकरियाँ भी तो हैं और दूसरे पुरुष भी—यही तो सिद्धांत है। लेकिन कुछ है, जो उसके अंदर कट कर निकल गया है। यह भला हो कैसे सकता था, वह भी उसके साथ? जब भी चाकू पीठ पर मारने के लिए तैयार किए गए, उसी के हाथ होते थे, मारने के लिए। और जब भी चाकू लिए हाथ उसकी ओर बढ़े, उसे उनका आभास हमेशा हो जाता रहा है, और वह बचती चली आई है। शायद, वह अपनी धार खो रही है।

उसने अपने चेहरे को बाथरूम के आइने में ध्यान से देखा, धुंधले काँच में उसने उसे जाँचा-परखा। आठवें दशक का चेहरा, नकाब पहने चेहरा, नीचे उतरता चेहरा, दुर्बल को दीवार से सटने को बाध्य करो और जो कुछ छीन सकते हो, छीन लो। किन्तु अब तो नौवाँ दशक चल रहा है। क्या वह पीछे रह गई है—इतनी जल्दी। वह तो मात्र पैंतीस बरस की है और वह अभी से अपने से दस बरस छोटी पीढ़ी की सोच के साथ नहीं चल पा रही है। यह तो ख़तरनाक है। जैसे-जैसे समय व्यतीत होता जाएगा, उसे और तेज़ दौड़ना पड़ेगा, उनसे तेज़ ताकि उनकी टक्कर में रह सके, लेकिन क्यों? किसके लिए? ज़िंदगी का कुछ हिस्सा,

जो उसके साथ होना था, वहाँ तो खाली शून्य है, है न, वहाँ कुछ है नहीं। उससे बचाकर भला क्या कुछ निकाला जा सकता है, क्या कुछ को सुधारा जा सकता है, क्या कुछ किया जा सकता है?

जब स्पंज बाथ के बाद वह टब से बाहर निकलने को हुई तो गिरते-गिरते बची। उसे बुखार है, इसमें अब संदेह नहीं। उसके अंदर कुछ रिस रहा है या फिर मवाद भरा है, वह उसे सुन सकती है, जैसे नल से पानी टप्...टप् गिरता है। एक बहता घाव, लगातार तेज़ दौड़ने से जन्मा फोड़ा। उसे किसी अस्पताल के इमरजेंसी वार्ड में जाना चाहिए और कुछ ऐंटी-बायोटिक्स के इंजेक्शन लगवा लेने चाहिए। लेकिन लरज कर चलती वह लिविंग-रूम में गई और मेंटलपीस पर रखी हेयर-बॉल की शीशी उठाई और उसे कॉफी-टेबल पर रख वहीं नीचे फ़र्श पर पालथी मार कर बैठ वह सुनने लगी। तंतु हिल रहे थे। वह एक प्रकार की बज्जऽऽ सुन रही थी—जैसी मधुमक्खियाँ काम कर रही हों।

उसने डॉक्टर से पूछा था, क्या वह बच्चे के रूप में बढ़ सकता था। एक जीवित अंडकोश, जो पता नहीं कैसे बचकर ग़लत स्थान पर पहुँच गया है। डॉक्टर ने इनकार कर दिया था। कुछ लोगों की राय है कि इस प्रकार का ट्यूमर जन्म के साथ ही बीज के अंश के रूप में रहता है, या शायद पहले से ही वह स्त्री का अविकसित जुड़वाँ भी हो सकता है। वे हैं क्या, कोई नहीं जानता। हालाँकि उनके टिशू कई प्रकार के होते हैं। यहाँ तक कि मस्तिष्क के टिशू भी। हालाँकि इन टिशुओं का कोई ढाँचा नहीं होता।

वहीं कालीन पर उसे अलग-अलग कोण से दिखते, उसने उसमें बच्चे का आकार देखा। आख़िर वह उसके अंदर से बाहर निकला है। वह उसकी देह का अंग है। जेराल्ड से हुआ उसका बेटा, उसका विफल बच्चा, जिसे सामान्य रूप से विकसित होने नहीं दिया गया। अपना प्रतिशोध लेता उसका विकृत बेटा—।

''हेयर-बॉल,'' उसने कहा, ''तुम कितने बदसूरत हो, केवल माँ ही तुम्हें प्रेम कर सकती है।'' उसके लिए मन में उसे दुख हुआ। उसने कमी अनुभव की। आँसुओं की धार चेहरे पर बह निकली। रोना ऐसी क्रिया है, जिसे वह कभी नहीं करती, सामान्यत: नहीं, पिछले काफी समय से नहीं।

हेयर-बॉल ने उससे कहा, बिना शब्दों के। वह अपरिवर्तनीय है, उसमें यथार्थ के रेशे हैं, वह मात्र छाया नहीं है। उसने उससे जो कुछ कहा, वही सब कुछ है, जो उसने अपने बारे में कभी सुनना नहीं चाहा। यह नया ज्ञान है, अंधकार से भरा और बहुमूल्य और अति आवश्यक। वह चीर देता है।

उसने अपना सिर हिलाया। तुम कर क्या रही हो भला? ज़मीन पर बैठे हेयर-बॉल से बातें? तुम बीमार हो, उसने अपने आप से कहा। एक टाइलेनाल (दवा) निगलो और जाकर सो जाओ।

दूसरे दिन उसे कुछ बेहतर लगा। ले-आउट करने वाली दानिया ने उसे फोन किया और सहानुभूति से भरी कबूतरी जैसी गुटरगूँ कर लंच में आकर उससे मिल उसके ओरा को देखने की बात करती है। केट उसे मना कर देती है। दानिया शेखी बघारती-सी कहती है कि केट की नौकरी छूटने का कारण उसके पूर्व जन्म के अनैतिक कर्मों का परिणाम है। केट उससे मुँह बंद करने को कहती है, क्योंकि इसी ज़िंदगी में उसने इतने अनैतिक कार्य किए हैं कि वे ही इस पूरे मामले के लिए पर्याप्त हैं। 'तुम इतनी ज़्यादा घृणा से भरी क्यों हो?' दानिया पूछती है। उसके कहने का ढंग ऐसा नहीं है, जिससे लगे कि वह नया तर्क दे रही है। उसकी आवाज़ में अनिश्चिय का स्वर है।

''मुझे पता नहीं,'' एक सीधा उत्तर।

फोन रखकर वह वहीं कमरे में टहलने लगती है। वह अंदर से टूट रही है, जैसे ब्वायलर के अंदर गर्म फेट दरकता है। वह शिरिल के विषय में सोच रही है—अपने आरामदायक मकान में तेज़ी से यहाँ-वहाँ घूमती पार्टी की तैयारी कर रही है। शिरिल अपने जमे बालों के साथ खेल रही है, फूलों से लदे गुलदानों (वेस) के स्थान बदल रही है। जेराल्ड भीतर आता है और हल्के से उसके गालों का चुंबन लेता है। विवाहित जोड़े का एक सामान्य दृश्य। उसकी आत्मा पूरी तरह स्वच्छ-साफ़ है। जादूगरनी मर गई है और वह अपना पैर उसकी देह पर ट्रॉफी पर रखे खड़ा है; उसका गंदगी भरा दौर समाप्त हुआ और अब वह अपने शेष जीवन के लिए पूरी तरह तैयार है।

केट टैक्सी से 'डेविड वुड फुड' शॉप से जाकर दो दर्जन चाकलेट ट्रूफल्स ख़रीद कर, उन्हें बड़े से बाक्स में रखवा कर, एक बड़े बैग में रख कर स्टोर का लोगो पेस्ट करवा लेती है। वहाँ से घर लौट उसने शीशी से हेयर-बॉल को निकाला। उसे पानी से अच्छी तरह धोने के बाद हल्के हाथों से पेपर टॉवल से पोंछ कर सुखाया। उस पर कोकाकोला पाउडर छिड़का, जिससे उस पर पेस्ट्री की परत जम जाती है। उसमें से अभी भी फार्मेलडिहाइड की महक आ रही है, इसलिए उसे सारां रेप से ढाँक उसे टिनफोल्ड में बंद करने के बाद उसने पिंक टिशू-पेपर में बंद कर उसके ऊपर बैगनी टाई बाँध दी है। इसके बाद डेविड वुड बॉक्स को खोल कर उसे टिशू के चिथड़ों के बीच रख, उसके चारों ओर ट्रूफल रख, डिब्बे को बंद कर उसे टेप से चिपका कर एक बैग में रख दिया। यह उसका गिफ्ट (भेंट) है—बहुमूल्य और ख़तरनाक। यह उसका संदेशवाहक है, और जो संदेश वह देगा, वह उसका अपना होगा। वह सच बोलेगा, जो भी उससे पूछेगा। उचित तो यही होगा कि जेराल्ड को यह मिले, आख़िर यह उसका भी तो बेटा है।

वह कार्ड पर लिखती है, 'दुख है, मैं तुम्हारे साथ नहीं हूँ जेराल्ड। यह है सम्पूर्ण प्रकोप—प्यार के।'

जब शाम ढल गई और पार्टी पूरी जवानी पर आई होगी, उसने डिलीवरी टैक्सी को फोन किया। इतने महँगे बड़े से बैग में आई भेंट का शेरिल अविश्वास नहीं करेगी। वह इकट्ठी जमात के बीच उसे खोलेगी—सबके सामने। फिर वहाँ आपात स्थिति फैल जाएगी, प्रश्नों की बौछार चारों ओर से होगी। गड़े मुर्दे उखाड़े जाएँगे। वहाँ दर्द और पीड़ा होगी। और इसके बाद प्रत्येक वस्तु और हरकत का आकार बढ़ता जाएगा।

उसकी तबीयत ठीक नहीं है, उसका दिल धड़धड़ा रहा है, शून्य हिल रहा है। लेकिन खिड़की के बाहर बर्फ़बारी हो रही है, हल्के, गीले छल्ले उसके बचपन के। वह अपना कोट पहनती है और बाहर निकल पड़ती है, मूर्खों की तरह। वह केवल अगले मोड़ तक जाना चाहती है, लेकिन जब वह मोड़ पर पहुँचती है, तो रुकती नहीं, बढ़ती जाती है। बर्फ़ उसके गालों पर गिर पिघलने लगती है, छोटी-छोटी उँगलियों जैसी। उसने एक अत्याचारपूर्ण कार्य किया है, लेकिन उसमें कोई अपराध-बोध नहीं है। वह हल्का अनुभव कर रही है, शांत और दया से ओतप्रोत और फिलहाल बिना किसी नाम के।

✦

अनु०—**इन्द्रमणि उपाध्याय**

अमेरिका

दो विधवाएँ

✦

नैथेनियल हॉर्थार्न (1804–1864)

नैथेनियल हॉथॉर्न ऐसे अमरीकी लेखक हैं, जिनके लेखन में पहली बार अमरीकी समाज का अनुभव प्रकट होता है। वे यह सिद्ध करते हैं कि अमरीकी अनुभव इंग्लैण्ड के अनुभव से अलग है। हॉथॉर्न का जन्म मेसाश्युसेट्स में हुआ था, जहाँ उनके पूर्वज सत्रहवीं सदी से रह रहे थे। हॉथॉर्न को लेखन में सफलता के लिए एक लम्बे समय तक संघर्ष करना पड़ा। 1850 में प्रकाशित उनका उपन्यास 'द स्कार्लेट लैटर' तथा 'ट्वाइस टोल्ड टेल्स' उनकी अन्य प्रसिद्ध कृतियाँ हैं।

शरतऋतु की एक बरसाती धुँधलके से भरी शाम थी। बंदरगाह के किनारे एक छोटे से मकान की दूसरी मंजिल के एक कमरे में सादगी भरा फर्नीचर उसके रहवासियों की हालत जैसा ही था। यूँ थोड़ी बहुत सजावट यहाँ थी पर उस स्थान और मौसम के बारे में इतना कहना काफी है। अँगीठी के पास दो जवाँ आकर्षक स्त्रियाँ बैठी थीं और अपने-अपने दुःखों में एक-दूसरे को हिम्मत बँधा रही थीं। ये उन दो भाइयों की नवविवाहिता वधुएँ थीं—जिनमें एक नाविक था और दूसरा सैनिक। दोनों की मौत की खबर एक के बाद एक आई थी। उनकी मौत कैनेडा के युद्ध और तूफानी एटलांटिक की वजह से हुई थी। इस हादसे की खबर से चारों तरफ से हमदर्दियाँ उनके प्रति उमड़ पड़ीं और बहुत सारे मेहमान विधवा बहनों के प्रति मातमपुर्सी करने चले आए। इनमें एक मंत्री भी था। ये सभी शाम होने तक वहाँ बैठे रहे, फिर एक-एक कर सांत्वना के बोल-बोलकर अपने-अपने खुशहाल घरों की ओर लौट गये। शोक संतप्त विधवाएँ यद्यपि अपने मित्रों की सहृदयता के प्रति उदासीन नहीं थीं, पर वे चाहती थीं कि उन्हें अकेला छोड़ दिया जाए। पतियों के रहने पर उनका आपस में जो संबंध था उससे वे एक-दूसरे से जुड़ी हुई थीं पर अब उनकी मौत के बाद वे एक-दूसरे को और करीब पा रही थीं। दोनों को यह लग रहा था कि वास्तविक दिलासा तो उन्हें एक-दूसरे के पहलू में ही मिल सकती है। उन्होंने एक-दूसरे के मन को समझा और निःशब्द रोती रहीं। इस तरह घंटे भर तक रो लेने के बाद उनमें से एक बहन जो मृदु, शांत स्वभाव की होते हुए भी कमजोर नहीं थी और धर्मपरायण भी थी उसे सहसा त्याग और सहनशीलता के उन गुणों का स्मरण हो आया जो धार्मिक शिक्षा से उसे मिले थे। उसे लगा विपदा चाहे जैसी हो उन्हें जीवन तो जीना ही होगा। अँगीठी के सामने तिपाई रखकर उसने जैसे-तैसे दो कौर हलक के नीचे उतारे और अपनी बहन के पास आ बैठी।

''बहन, तुमने तो कुछ भी नहीं खाया,'' वह हाथ थामकर बोली ''अब जैसा भी जीवन है, बस उसमें ईश्वर की कृपा बनी रहे।''

उसकी देवरानी ज्यादा संवेदनशील और चिड़चिड़ी हो उठी थी। अब तक वह लगातार फूट-फूट कर रोती रही थी। मैरी के शब्दों से वह एकदम विचलित हो गई मानो उसके घाव को कुरेद दिया गया हो।

''अब बचा ही क्या है मेरे लिए। मुझे नहीं चाहिए ईश्वर की कृपा'' मार्गरेट चीख पड़ी और उसकी हिचकियाँ बँध गई। ''अगर ईश्वर की यही इच्छा है तो मैं अन्न जल छुऊंगी भी नहीं!''

पर यह कहते हुए वह खुद सिहर उठी और धीरे-धीरे मैरी अपनी देवरानी को शांत करने में सफल हो गई। इस तरह शाम हो गई, अंधेरा गहराने लगा। उनके सोने का समय हो गया। विवाह के समय इन लोगों के पास ज्यादा साधन नहीं थे। एक छोटी-सी गृहस्थी थी। एक ही बैठकख़ाना था और उसके दोनों तरफ इनके सोने के दो कमरे थे। अँगीठी की आग बुझाकर दोनों विधवाएँ उठीं और वहाँ एक लैम्प रख दिया। दोनों कमरों के दरवाजे खुले छोड़ दिए। एक कमरे से दूसरे कमरे का भीतरी हिस्सा, पलंग, पर्दे दिखाई पड़ रहे थे। ऐसा नहीं था कि दोनों बहनों को लेटते ही नींद आ गई। भीतर ही भीतर दु:ख सहने का असर मैरी अनुभव कर रही थी और फिर कुछ ही पलों में उसे झपकी सी आ गई। रात का अंधेरा और निस्तब्धता जैसे-जैसे गहरा रही थी मार्गरेट खुद को और ज्यादा विचलित और थका हुआ महसूस कर रही थी। बाहर बरसात हो रही थी। वह बूँदों की एक रस आवाज सुनती रही, जिसे हवा का झोंका तक नहीं तोड़ पा रहा था। मन में एक अजीब बेचैनी थी। वह बार-बार तकिये से सिर उठाकर मैरी के कमरे की ओर देखने लगती। लैम्प की धीमी रोशनी में दीवार पर फर्नीचर की परछाइयाँ स्थिर थीं। बस कभी लौ के टिमटिमाने से काँप उठतीं। अँगीठी के पास दो खाली आराम कुर्सियाँ अपनी पुरानी जगह पर रखी हुई थीं, जिन पर दोनों भाई परिवार के मुखिया की तरह शान से बैठते थे और कहकहे लगाते थे। पास में दो छोटी कुर्सियाँ थीं जिन पर मैरी और वह उन खुशहाल दिनों में बैठती थीं, जब उनके इस छोटे से साम्राज्य में प्यार ही प्यार था। आज लैम्प की रोशनी बिल्कुल इन विधवाओं की तरह चमक खो चुकी थी। मार्गरेट जब संताप में डूबी हुई थी, उसने बाहर के दरवाजे पर हल्की दस्तक सुनी।

''अभी कल ही की तो बात है ऐसी किसी आवाज पर कैसे मेरा दिल उछल पड़ता!'' उसने सोचा। उसे याद आया कितनी आतुरता से वह अपने पति के आगमन की प्रतीक्षा किया करती थी।'' अब इसकी क्या परवाह; जाने दो, मैं नहीं उठूँगी।''

जहाँ उसमें यह बच्चों की सी जिद थी वहीं दूसरी ओर उसका दिल तेजी से धड़क रहा था और कान दरवाजे की ओर लगे हुए थे। उसे भीतर से इस बात पर यकीन नहीं था कि जिस आदमी को इतना प्यार किया वह अचानक ऐसे

मर सकता है। तभी दरवाजे पर दोबारा दस्तक हुई। इस बार आवाज धीमी थी पर थपथपाहट लगातार हो रही थी; जैसे कोई धीमे-धीमे स्वर में पुकार रहा हो। आवाज कई दीवारों से होते हुए अंदर आ रही थी। मार्गरेट ने अपनी बहन के कमरे की ओर देखा। वह गहरी नींद में थी। मार्गरेट उठी, फर्श पर पाँव रखे और खुद को ठीक किया। भय और उत्तेजना से वह जैसे काँप रही थी।

''हे ईश्वर, मेरी मदद करो!'' अस्फुट स्वर में वह बोली, ''अब मेरे लिए डरने की बात ही क्या है, फिर भी मैं पहले से कहीं ज्यादा भयभीत क्यों हूँ?''

अँगीठी से लैम्प उठाकर वह तेजी से खिड़की के पास आई और नीचे गली में झाँका। घर के आगे एक धुँधली रोशनी वाली लालटेन जल रही थी जिसकी रोशनी में आसमान की चीजें पिघलती नजर आ रही थीं। बाकी तमाम चीजें एक गहरे अंधकार में डूबी हुई थीं। खिड़की के पट खुलने की आवाज से पास की इमारत की ओट से एक आदमी प्रकट हुआ, जिसने चौड़ी टोपी और कम्बल लपेटा हुआ था। वह यह देखने के लिए आगे आया कि उसकी आवाज से कौन उठकर आया है। मार्गरेट ने उसे देखते ही पहचान लिया। वह सराय में काम करता था।

''क्या बात है, गुडमैन पार्कर?'' विधवा ने ऊँची आवाज में पूछा।

''मैडम, आप मार्गरेट ही हैं न?'' सराय वाले ने पूछा, मुझे लगा खिड़की पर आपकी बहन तो नहीं हैं। उन्हें देखकर मुझे बड़ा संकोच होता, क्योंकि उनका दुःख बाँटने के लिए मेरे पास शब्द नहीं हैं।''

''अच्छा बताओ, क्या बात है?'' मार्गरेट ने उत्सुकता से पूछा।

''अभी आधा घंटा पहले एक हरकारा शहर से होकर गुजरा है। वह पूरब की ओर से गवर्नर और काउंसिल के कुछ पत्र लेकर आया था। ताजा दम होने के लिए मेरे यहाँ कुछ देर रुका था। मैंने उससे सीमा प्रांत की खबरों के बारे में पूछा तो उसने बताया कि लड़ाई में हमारी हालत बेहतर है। तेरह आदमी जो मृत घोषित किए गए थे वे सही सलामत हैं। उनमें आपका पति भी है। उसे फ्रांसीसी और इंडियन को वहाँ से प्रांतीय जेल में लाने का काम भी सौंपा गया है। मुझे भरोसा था कि यह खबर सुनकर आप खुश होंगी इसलिए मैं इतनी रात गए आपके आराम में खलल डालने चला आया। शुभरात्रि।''

यह कहकर वह भला मानुस चलता बना; जाते हुए गली के अंधेरे में उसकी लालटेन हिलती रही, जिसकी रोशनी में चीजों के अस्पष्ट से आकार नजर आ रहे थे मानो भारी उथल-पुथल के बीच से आकारों की एक दुनिया उभर रही हो या स्मृतियाँ अतीत में झाँक रही हों। किन्तु मार्गरेट इस खूबसूरत दृश्य को देखने के लिए ज्यादा देर नहीं रुकी। उसके मन में हर्ष इस रोशनी से जगमगा उठा और साँस अटक सी गई। वह जैसे पंखों पर सवार उड़ती हुई अपनी बहन के पलंग के

पास आई। पर अचानक कमरे के दरवाजे पर वह ठिठक गई। उसके भीतर एक दर्द सा उमड़ पड़ा।

''बेचारी मैरी!'' उसने मन ही मन सोचा। ''क्या मैं उसे जगाऊँ सिर्फ यह देखने के लिए कि मेरी खुशी से उसका दु:ख और बढ़ गया है? नहीं, मैं इस बात को अभी अपने भीतर ही रखूँगी।''

वह बिस्तर के करीब आई। उसने देखा मैरी चैन की नींद सोई हुई थी। उसका आधा चेहरा तकिये में धँसा हुआ था जैसे रोने के लिए छिपा हुआ हो। पर उसके चेहरे पर स्थिर शांति थी मानो उसका हृदय एक गहरी झील की तरह हो, जो सब कुछ अपने भीतर समेटकर अब शांत हो गया हो। यह कितना अजीब है कि दु:ख हल्के होकर सपनों में तब्दील हो जाते हैं। मार्गरेट ने अपनी बहन को जगाने की इच्छा पर काबू पाया। उसे यह महसूस हुआ कि अपने इस बेहतर नसीब की वजह से वह अनजाने ही अपनी बहन के प्रति सच्ची नहीं रह पाएगी और एक बार यह सच्चाई बता देने पर उसकी बहन का प्यार उसके प्रति कम हो जाएगा। एक झटके से वह मुड़ी और अपने कमरे में आई। उसे लगा कि यह खुशी ऐसी है कि ज्यादा देर उस पर काबू पाना कठिन है, फिर चाहे अगले पल इसकी वजह से किसी को दु:ख ही क्यों न हो। उसके मन में तमाम खुशनुमा विचार उमड़ रहे थे जिन्हें धीरे-धीरे नींद ने चुरा लिया और उन्हें सपनों में बदल डाला। सपने कहीं अधिक खुशनुमा और ज्यादा उद्दाम थे जैसे सर्दियों में खिड़की के शीशे पर छोड़ी गई गहरी साँस से कोई अजीबोगरीब सा नक्शा बन जाए (पर यह कितनी निर्जीव तुलना थी।)

रात काफी ढल चुकी थी। मैरी अचानक हड़बड़ाकर उठी। उसने एक बहुत ही सजीव स्वप्न देखा था जो अवास्तविक था। उसे बस इतना ही याद था कि एक बहुत रोचक मोड़ पर उसकी नींद खुल गई थी। थोड़ी देर तक नींद सुबह के कुहासे की तरह उस पर हावी रही जिसमें वह अपनी स्थिति की असलियत को नहीं समझ पा रही थी। नीम बेहोशी में उसने जोर-जोर से थपथपाने की दो तीन बार आवाज सुनी। पहले उसे लगा कोई खास बात नहीं है। फिर ऐसा महसूस हुआ जैसे इससे उसका कोई लेना-देना नहीं है। आखिर उसने पाया कि कोई आवाज दे रहा है और यह उसी के लिए है। इसी क्षण उसे सब कुछ याद आने लगा। नींद की खुमारी अब उसके शोकमग्न चेहरे से छँटने लगी। जैसे ही उसने आँखें खोलीं कमरे की चीजें मद्धम रोशनी में साफ दिखाई देने लगीं। बाहर के दरवाजे पर फिर किसी ने जोर से पुकारा था। मैरी ने इस आशंका से कि बहन जग न जाए, जल्दी से शॉल लपेटा और खिड़की की ओर लपकी। संयोग की सिटकनी पहले से खुली हुई थी।

''कौन है?'' मैरी ने काँपते हुए नीचे झाँककर पूछा।

तूफान थम चुका था। चाँद ऊपर चढ़ आया था। वह छितरे हुए बादलों के बीच में से झाँक रहा था। नीचे मकान नमी से स्याह पड़ गए थे। खिड़की के नीचे

एक आदमी नाविक की वर्दी में खड़ा था। वह पानी में पूरी तरह तरबतर था मानो समुद्र की गहराई से अभी-अभी निकलकर आया हो। मैरी ने उसे पहचान लिया। यह वही था जो समुद्र तट से छोटी-छोटी यात्राएँ कर अपनी जीविका चलाता था; मैरी को यह भी याद था कि विवाह से पहले इस आदमी ने प्रेम निवेदन किया था, जिसे मैरी ने अस्वीकार कर दिया था।

''क्या बात है स्टीफन! तुम इस वक्त यहाँ कैसे?'' उसने पूछा।

''अरे, बस खुश हो जाओ मैरी! मैं तुम्हारे लिए बढ़िया खबर लाया हूँ।'' विफल प्रेमी बोला ''तुम्हें पता है, दस मिनट पहले ही मैं घर लौटा और माँ ने सबसे पहले मुझे तुम्हारे पति के बारे में बताया। माँ से बिना एक शब्द कहे मैंने अपना हैट उठाया और तुम्हारे घर की ओर दौड़ता चला आया। मैरी, मैं तुमसे बात किए बगैर एक पल के लिए भी सो नहीं सकता था। आखिर हमारा पुराना रिश्ता भी तो है।''

''ओह, स्टीफन! मैं तो तुम्हें अच्छा आदमी समझती थी।'' विधवा के चेहरे पर आँसू ढुलक पड़े। वह खिड़की बंद करने लगी।

''अरे रुको मैरी, पहले मेरी पूरी बात तो सुनो।'' नौजवान नाविक चिल्लाया। ''मैंने कल शाम पुराने इंग्लैण्ड से आती हुई एक नाव देखी। तुम जानती हो नाव की छत पर मैंने किसे देखा? तन्दुरुस्त और खुशहाल। हाँ, पाँच महीने पहले जैसे देखा था, उससे थोड़ा दुबला जरूर लग रहा था?''

मैरी खिड़की से झाँकती रही। कुछ बोल नहीं पाई।

''अरे, यह तुम्हारा पति ही तो था'' वह भले दिल वाला नाविक बोला, ''तुम्हारे पति और उसके तीन साथियों ने नाव के उलटने पर डाँड की सहायता से अपने आपको बचा लिया था। हवा ऐसे ही बहती रही तो उनकी नाव सुबह का उजाला होने तक यहाँ आ लगेगी। मैंने सोचा तुम्हें यह बात बताकर खुश कर दूँ। अच्छा शुभरात्रि!''

स्टीफन मुड़ा और तेज़ कदमों से लौट गया। मैरी देर तक उसे अविश्वास से देखती रही। समझ नहीं पा रही थी कि इस बात को सच माने या झूठ। धीरे-धीरे विश्वास की ताकत उसके भीतर उमड़ने लगी। उसके मन में सबसे पहले यही इच्छा जागी कि बहन को तुरन्त जगाकर अभी-अभी मिली यह खुशखबरी उसे बताए। कमरे का दरवाजा जाने कब बंद हो गया था। उसने दरवाजा खोला और पलंग के निकट आई। वह सोती हुई बहन के कंधे पर हाथ रखना ही चाहती थी कि तभी उसे यह ख्याल आया कि मार्गरेट जगते ही मृत्यु और शोक की भावना से भर उठेगी और उसकी खुशी की तुलना में अपने दुःखों के बारे में सोचकर कड़वाहट से भर जाएगी। उसने देखा लैम्प की रोशनी शोकमग्न बेसुध शरीर पर पड़ रही थी। मार्गरेट अशांत निन्द्रा में थी। उसके वस्त्र अस्त-व्यस्त थे। उसके खूबसूरत गाल पर लालिमा थी। एक सजीव सी मुस्कराहट से उसके होंठ आधे

खुले हुए थे, जिनमें खुशी का भाव प्रकट हो रहा था। हालाँकि, उसकी पलकें मुँदी हुई थीं फिर भी उसके चेहरे से खुशी जैसे फूट पड़ना चाहती थी।

''मेरी बदनसीब बहन! जल्दी ही तुम्हारा यह सुन्दर सपना टूट जाएगा।'' मैरी ने सोचा।

लौटने से पहले उसने लैम्प बुझा दिया और चादर मार्गरेट को ओढ़ाने लगी कि ठंडी हवा से वह जग न जाए। किन्तु मार्गरेट की गर्दन के पास उसका हाथ काँप उठा। एक आँसू उसके गाल पर टपक पड़ा और इसी क्षण मार्गरेट की नींद खुल गई।

✦

अनु०—**अनुराधा महेन्द्र**

दिल की आवाज

✦

एडगर एलन पो (1809–1849)

एडगर एलन पो का जन्म 1809 में बोस्टन में हुआ। बचपन में ही वे अनाथ हो गए थे। एक तम्बाकू व्यापारी ने उन्हें पाला-पोसा और पढ़ने के लिए इंग्लैण्ड भेज दिया। शराब और जुए की लत के कारण वे पढ़ाई पूरी न कर सके। कुछ समय तक उन्होंने संपादकीय कार्य किया। कहानियों के अलावा कविताएँ और आलोचनाएँ भी लिखीं। पो रहस्य रोमांच के सबसे बड़े कथाकारों में से एक हैं। उनकी कल्पना शक्ति विलक्षण थी और कहानी के शिल्प पर उनका असाधारण अधिकार था। बाद में यूरोप के लगभग सभी महत्त्वपूर्ण कथाकार पो की कहानी कला से गहरे प्रभावित हुए। प्रस्तुत कहानी 1843 में छपी थी।

सच है। मैं बहुत ज्यादा घबराया हुआ था। अब भी घबरा रहा हूँ! पर क्या आप मुझे पागल करार देंगे? इस रोग ने मेरी चेतना को नष्ट या मंद नहीं किया। उल्टे इसकी वजह से मेरी चेतना और धारदार हो गई। और तो और मेरी सुनने की क्षमता पूरी तरह बरकरार थी। मैं परलोक और इस लोक की सारी बातें सुन सकता था।

फिर भला मैं पागल कैसे हो सकता हूँ? ध्यान से सुनिए! देखिए कितनी सहजता से, आराम से मैं आपको पूरी कहानी सुना सकता हूँ।

यह बताना असंभव है कि सबसे पहले मेरे जेहन में यह फितूर कैसे उठा? पर एक बार जो दिमाग में आया तो बस दिन रात मुझे सालने लगा। कोई मकसद नहीं था। उन्माद नहीं था। मैं तो उस बूढ़े को चाहता था।

मेरा कुछ नहीं बिगाड़ा था उसने। उसने कभी मेरा अपमान भी नहीं किया था। उसकी सम्पत्ति को हड़पने की मेरी कोई लालसा भी नहीं थी। मेरे ख्याल से उसकी आँख—हाँ, उसकी आँख ही थी इसकी वजह? उसकी एक आँख बिल्कुल गिद्ध की आँख की तरह थी—निस्तेज और नीली आँख, झिल्ली से ढकी हुई! जब उसकी नजर मुझ पर पड़ती मेरा खून जम जाता। धीरे-धीरे बात इस हद तक बढ़ गई कि मैंने इस बूढ़े खूसट की जान लेने की ठान ली ताकि हमेशा-हमेशा के लिए इस आँख से छुटकारा मिल जाए। मुद्दा दरअसल यही है। यह सब सुनने के बाद आप शायद मुझे पागल कहेंगे। पर पागल आदमी तो कुछ नहीं जानता-समझता। काश आप मुझे देखते। आप देखते कि कितनी समझदारी से मैंने अपनी योजना बनाई। कितनी होशियारी से, कितनी दूरदर्शिता से, कितने छुपे हुए तरीके से मैंने यह काम शुरू किया!

उस बूढ़े की हत्या करने के पहले मैं कभी उसके प्रति इतना दयालु नहीं हुआ था, जितना इस हफ्ते के दौरान रहा। हर रोज करीब आधी रात को मैं उसके

दरवाजे की कुंडी घुमाता और बहुत ही आहिस्ता से दरवाजा खोलता। और जब दरवाजा इतना खुल जाता कि मेरा सिर उसमें घुस सके तो मैं बुझी हुई लालटेन अंदर रखता। पूरी तरह बुझी हुई ताकि जरा भी रोशनी न हो। फिर धीरे से मैं अपना सिर अंदर घुसाता। ओह! आप यदि देखते तो शायद हँसते कि कितनी चतुराई से मैं अपना सिर भीतर घुसाता था। मैं उसे घुमाता, धीरे—बहुत ही धीरे, ताकि बूढ़ा जग न जाए। ऐसा करने में मुझे पूरा एक घंटा लग जाता, फिर कहीं जाकर मैं थोड़े से खुले दरवाजे में अपना पूरा सिर घुसा पाता और तब कहीं मैं बूढ़े को बिस्तर पर सोता हुआ देख पाता था। जरा बताइए तो क्या एक पागल आदमी इतनी चतुराई बरत सकता है? फिर जब मेरा सिर अच्छी तरह से भीतर घुस जाता तो मैं सावधानी से लालटेन जलाता—बेहद चौकस तरीके से (क्योंकि उससे भी चरमराने की आवाज आती थी)। लालटेन इतनी धीमी जलाता कि रोशनी की बहुत ही हल्की सी किरण उसकी गिद्ध सरीखी आँख पर पड़ती और यह काम मैं लगातार सात घनी रातों तक करता रहा। हर रात बिल्कुल आधी रात को—पर मैंने उस आँख को हमेशा बंद ही पाया। और ऐसे में मेरे लिए यह काम करना बिल्कुल असंभव था, क्योंकि बूढ़े से मुझे कोई परेशानी न थी, यह तो उसकी दुष्ट आँख थी जो मुझे तकलीफ देती थी। हर सुबह दिन के उजाले में मैं बेधड़क बुढ़ऊ के कमरे में जाता और बड़ी हिम्मत के साथ उसके साथ गपशप करता। बड़े प्यार से उसका नाम अपनी जबान पर लाता, उससे पूछता कि रात उसकी कैसी बीती?

आप देखिए, यह बुजुर्ग आदमी शायद ही शक करता कि हर रात बारह बजे मैं उसके कमरे में झाँकता हूँ।

आठवें दिन रात को दरवाजा खोलते हुए मैं हमेशा से थोड़ा ज्यादा सतर्क था। घड़ी की मिनट की सुई जिस गति से घूमती है उससे भी धीमी गति से मैंने दरवाजा खोला। इससे पहले मुझे कभी अपनी शक्ति का, अपने सयानेपन का ऐसा अहसास नहीं हुआ था। मैं बड़ी मुश्किल से अपनी ज़ीत की खुशी को जज्ब कर पा रहा था। मैं याद कर रहा था कि कैसे धीरे-धीरे मैंने दरवाजा खोला। उसे सपने में भी मेरे भीतर छिपे हुए ख्यालों की भनक नहीं थी। अपनी इस जीत के ख्याल से मेरी दबी हुई हँसी छूट पड़ी और शायद उसने इसे सुन लिया। क्योंकि अचानक उसने करवट बदली जैसे कि वह चौंका हो। अब आप सोच रहे होंगे कि मैं पीछे हट गया हूँगा, पर नहीं। उसका कमरा गहरे अंधकार में डूबा हुआ था। चोरों के डर से सारे दरवाजे सावधानी से बंद किए गए थे। इसलिए मैं जानता था कि वह दरवाजे को खुलता हुआ नहीं देख पा रहा था। मैं लगातार धीरे-धीरे दरवाजा खोलता गया।

मैंने अपना सिर पूरी तरह भीतर घुसा लिया था और लालटेन जलाने ही वाला था कि मेरा अँगूठा टिन के जोड़ पर से फिसल गया। बूढ़ा बिस्तर में उछल पड़ा। उसने चिल्लाकर पूछा "कौन है?"

मैं एकदम स्थिर रहा और कुछ बोला नहीं। पूरे एक घंटे तक मैंने कोई हलचल नहीं की। इस बीच न ही मुझे उसके लेटने की कोई आवाज आई, न हिलने-डुलने की। वह अब तक बिस्तर पर बैठा टोह ले रहा था, बिल्कुल वैसे ही जैसे मैं रात-दर-रात मौत के सन्नाटे को सुनता रहा था।

और फिर उसी समय मैंने उसकी हल्की सी कराह सुनी। मुझे पता था कि यह एक मरणशील प्राणी की मृत्यु के भय से उपजी कराह थी। यह दर्द से उपजी कराह नहीं थी—नहीं! यह कराह थी एक घुटी हुई सी आवाज—जो आत्मा की गहराई से उठती है—तब जब आदमी पर दहशत पूरी तरह हावी हो जाती है। मैं इस आवाज को अच्छी तरह जानता था। बहुत सारी रातों को ठीक आधी रात के समय जब सारी दुनिया नींद में खोई रहती थी, यह आवाज खुद मेरी अपनी छाती से उठी है, और अपनी हर भयावह गूँज के साथ यह एक दहशत में बदलती हुई मुझे विचलित करती रही है। मैं कहता हूँ मैं इस आवाज को अच्छी तरह जानता हूँ। मुझे पता था कि यह बूढ़ा आदमी क्या महसूस कर रहा था। मुझे उस पर दया आई। हालाँकि भीतर से मैं खुश था। मैं जानता था कि जबसे उसने हल्की सी आवाज सुनी थी और करवट बदली थी तभी से उसकी नींद उचट गई थी। उसी क्षण से उसका डर हर बीतते पल के साथ उस पर तारी होता जा रहा था। वह लगातार अपने भीतर के डर से पीछा छुड़ाने की कोशिश कर रहा था पर ऐसा हो नहीं पा रहा था। वह खुद से ही बोल रहा था—यह कुछ भी नहीं था। चिमनी में हवा के घुमड़ने की आवाज रही होगी—या हो सकता है कोई चूहा फर्श पर दौड़ा हो। या फिर कोई झींगुर रहा होगा जिसकी चीं चीं की आवाज आई थी। वह खुद को दिलासा दे रहा था पर उसे यह सब व्यर्थ भी लग रहा था, बिल्कुल व्यर्थ क्योंकि मौत उसकी तरफ बढ़ रही थी। एक काली छाया उसके चारों तरफ घिरती जा रही थी। एक ऐसी छाया जो समझ से परे थी, उसका शोकाकुल प्रभाव उसे भयभीत किए हुए था। यद्यपि न उसने कुछ देखा था और न कुछ सुना था कि वह कमरे में मेरे झाँकने को महसूस कर पाता।

मैंने जब बहुत देर धीरज के साथ प्रतीक्षा कर ली और उसके लेटने की कोई आवाज भी नहीं आई तो मैंने धीरे से, बहुत धीरे से लालटेन की रोशनी को कुछ-कुछ बढ़ाना शुरू किया। आप कल्पना नहीं कर सकते कि कितने आहिस्ता से, कितनी खामोशी से मैंने लालटेन की रोशनी को इतना सा खोला कि मकड़ी के धागे जितनी एक पतली सी किरण लालटेन से निकलकर सीधे गिद्ध जैसी आँख पर पड़ी।

वह आँख खुली थी—पूरी तरह एकदम खुली। क्रोध में मैं बावला हो गया। मैने टकटकी लगाकर उस आँख को घूरा। मैंने उस शैतान आँख के अनोखेपन को साफ तौर पर देखा—धुँधली नीली, झिल्लीदार आँख—जिसे देखकर भीतर तक मेरी हड्डियाँ सूख गईं। पर उसके अलावा मैं बूढ़े का चेहरा या उसका शरीर कुछ

भी नहीं देख पाया, क्योंकि मैंने किसी दुष्ट भावना के वशीभूत हो रोशनी की किरण को केवल उस शैतानी आँख पर ही टिकाया हुआ था।

और फिर? क्या मैंने आपको यह बताया नहीं था कि जिसे आप पागलपन कहते हैं, वह दरअसल और कुछ नहीं इंद्रियों का हद से ज्यादा तीक्ष्ण हो जाना है? हाँ, अब मैं बताता हूँ कि मेरे कान में एक धीमी, सुस्त, मरियल पर तेज गति वाली आवाज आने लगी—जैसे किसी कपड़े में लिपटी हुई घड़ी से आती है। मैं इस आवाज को भी अच्छी तरह जानता हूँ। यह आवाज बूढ़े के दिल के धड़कने की थी। इससे मेरा उन्माद बढ़ता गया। ठीक वैसे ही जैसे नगाड़ा पीटने की आवाज से सिपाही का हौंसला बढ़ता जाता है।

पर फिर भी मैंने अपने आपको रोके रखा और निस्तब्ध खड़ा रहा। मैं बमुश्किल सांस ले पा रहा था। लालटेन को एकदम स्थिर थामे रहा। कोशिश थी कि रोशनी की किरण पूरी तरह आँख पर ही टिकी रहे। इस बीच दिल की तकलीफदेह धड़कन बढ़ती गई। हर पल वह तेज और तेज होती जा रही थी। बूढ़े के डर की तो शायद कोई सीमा ही नहीं होगी! उसका भय हर पल ज्यादा विकराल होता गया। क्या आप मेरी बात पर ध्यान दे रहे हैं? मैंने आपको बताया कि मैं भयातुर था, और शायद अभी भी हूँ। रात की सुनसान घड़ी में उस पुराने मकान की भयावह खामोशी में इस तरह की विचित्र आवाज ने मुझे बेहिसाब दहशत से भर दिया था। फिर भी, कुछ मिनटों तक मैंने अपने आपको रोके रखा और निश्चल खड़ा रहा। किन्तु धड़कन तेज से तेज होती चली जा रही थी। मुझे लगने लगा कि हृदय अब एकाएक जैसे फट ही पड़ेगा। अब एक नई आशंका ने मुझे घेर लिया था। मुझे लगा कि यह आवाज पड़ोसी तक को सुनाई दे सकती थी। बूढ़े के मरने की घड़ी आ गई थी! एक वहशी चीत्कार के साथ मैंने लालटेन की रोशनी पूरी तरह बढ़ा दी और कमरे में घुस गया। वह बस एक बार चीखा था। पल भर में मैंने उसे जमीन पर घसीट लिया और भारी बिस्तर उसके ऊपर खींच लिया। अब तक की अपनी योजना को सफल होते देख मैं खुशी से भर गया था। कई मिनटों तक उसकी घुटी-घुटी आवाज सुनाई देती रही। पर मैं जरा भी विचलित नहीं हुआ। मैं जानता था कि यह आवाज दीवार के बाहर नहीं गई होगी। धीरे-धीरे आवाज डूब गई। बूढ़ा मर चुका था। मैंने बिस्तर उठाया और लाश को ध्यान से देखा। हाँ, वह एकदम ठंडा पड़ चुका था। मैंने उसकी छाती पर हाथ रखा। बहुत देर तक उसकी धड़कन महसूस करने की कोशिश करता रहा। कोई धड़कन नहीं थी। वह मर चुका था। अब उसकी आँख मुझे कभी कष्ट नहीं देगी।

आप यदि अब भी मुझे पागल समझते हैं तो मैं आपको बता दूँ कि उसकी लाश को छिपाने में मैंने कितनी सावधानी से काम लिया था और तब शायद आप मुझे पागल न समझें। रात बीत चली थी। मैंने बहुत तेजी से आगे का काम

निपटाया। बेहद खामोशी से सबसे पहले मैंने लाश के टुकड़े-टुकड़े किए। सिर को धड़ से अलग किया और हाथों और पैरों को काट डाला।

फिर मैंने कमरे के फर्श से तीन पटिये उखाड़े और उस जगह लाश के टुकड़ों को गाड़ दिया। उसके बाद मैंने पटियों को इतनी सावधानी और चतुराई से दोबारा जमाया कि किसी भी मनुष्य की आँख—यहाँ तक कि उस बूढ़े की आँख भी किसी गड़बड़ी का पता नहीं लगा सकती थी। धोने के लिए कुछ भी नहीं था। किसी तरह का कोई दाग-धब्बा मैंने नहीं छोड़ा था। इसमें मैंने बहुत सावधानी बरती थी। इस पूरे काम के लिए मैंने टब का इस्तेमाल किया था।

मैंने जब अपना काम खत्म किया तब तक सुबह के चार बज चुके थे। अभी भी आधी रात जैसा घना अंधेरा था। जैसे ही घड़ी ने चार का घंटा बजाया, उसी समय बाहरी दरवाजे पर दस्तक हुई। मैं बड़ी सहजता से दरवाजा खोलने नीचे गया। अब भला डरने की क्या बात थी? तीन आदमी दरवाजे पर खड़े थे। उन्होंने बताया कि वे पुलिस के अधिकारी हैं। उनका लहजा बेहद शालीन था। उन्होंने बताया कि रात को पड़ोसी ने चीख की कोई आवाज सुनी थी। किसी गड़बड़ी की आशंका में पुलिस को खबर की गई थी। अब इन अधिकारियों को मकान की तलाशी लेनी थी।

मैं मुस्कराया। मुझे भला किस बात का डर? मैंने इन शरीफ आदमियों को घर में घुसने दिया। मैंने कहा, यह चीख शायद मेरी ही रही होगी, क्योंकि सपने में मैं ही चीखा था। वह बूढ़ा आदमी तो शहर से बाहर गया हुआ है। मैंने आगन्तुकों को पूरा घर दिखा डाला। मैंने उन्हें चप्पा-चप्पा देख लेने की इजांजत दी। मैं उन्हें बूढ़े के कमरे में भी ले गया। वहाँ काफी देर तक मैं उन्हें बूढ़े की सम्पत्ति और उसके जेवर आदि दिखाता रहा, जो पूरी तरह सुरक्षित रखे थे। मेरा आत्मविश्वास बढ़ता जा रहा था। उसी उत्साह में मैं कमरे में कुर्सियाँ ले आया और उनसे वहाँ थोड़ी देर बैठकर थकान उतारने की गुजारिश की। अपनी इस सफलता से मेरा साहस इस हद तक पहुँच गया कि मैंने अपनी कुर्सी भी ठीक उसी स्थान पर जमा दी जिसके नीचे लाश के टुकड़ों को दबाया था।

पुलिस अधिकारी पूरी तरह संतुष्ट थे। मेरे व्यवहार से वे आश्वस्त भी हो गए थे। मैं लगभग निश्चिंत हो गया। वे बैठे रहे और मैं खुशी-खुशी हर सवाल का जवाब देता रहा। वे भी दोस्ताना अंदाज में गपशप करते रहे। किन्तु जल्दी ही मुझे महसूस होने लगा कि मैं पीला पड़ता जा रहा हूँ। मैं उनके जल्दी जाने की कामना करता रहा। मेरा सिर दुखने लगा था। मुझे लगा जैसे मेरे कानों में कुछ गूँज रहा है। फिर भी वे बैठे रहे और गपशप करते रहे। अब यह गूँज स्पष्ट होती जा रही थी। यह बढ़ती गई। धीरे-धीरे ज्यादा स्पष्ट होने लगी। इस अहसास से छुटकारे के लिए मैं और भी सहजता से गपशप करने लगा किन्तु आवाज थी कि लगातार बढ़ती ही जा रही थी। अब वह एकदम स्पष्ट हो गई थी। धीरे-धीरे मुझे यह लगने लगा कि आवाज मेरे कानों के भीतर नहीं बाहर थी।

बेशक, अब मैं बहुत पीला पड़ चुका था। पर मैं फिर लगातार ऊँची आवाज में बोलता ही रहा। अब वह आवाज इतनी बढ़ गई थी कि मैं लाचार सा अनुभव करने लगा। यह धीमी, मरियल पर तेज गति वाली आवाज थी, बिल्कुल वैसी ही जैसी किसी कपड़े में लिपटी हुई घड़ी से आती है। मेरी साँस उखड़ने लगी थी। पर फिर भी पुलिस अधिकारियों ने कोई ध्यान नहीं दिया। मैं और तेज और जोर देकर बोलने लगा। किन्तु आवाज लगातार बढ़ती ही जा रही थी। ये लोग आखिर जा क्यों नहीं रहे हैं? मैं उठकर बेचैनी के साथ चहलकदमी करने लगा। ऐसे लगा मानो उन लोगों के हावभाव से मैं उत्तेजना से भरता जा रहा हूँ। पर शोर था कि लगातार बढ़ रहा था। हे ईश्वर, मैं क्या करूँ? मेरे मुँह से झाग निकलने लगी, मैं प्रलाप करने लगा, कसमें खाने लगा! मैं जिस कुर्सी पर बैठा था उसे जोर-जोर से हिलाने लगा और उसे नीचे ईंटों पर ठकठकाने लगा। पर शोर था कि थम ही नहीं रहा था। वह तेज से तेज होता जा रहा था। फिर भी ये लोग हँसी-खुशी गपशप में लगे हुए थे। मुस्करा रहे थे। क्या यह संभव है कि उन्होंने कुछ भी न सुना हो? हे दयानिधान! नहीं, नहीं? उन्होंने जरूर कुछ सुना है! उन्हें संदेह है! वे सब कुछ जानते हैं! ये लोग मेरे खौफ़ का मजा ले रहे थे। मेरे मन में यह बात पैठने लगी थी। इस यातना से तो और कुछ भी बेहतर था! और कुछ भी सहा जा सकता था पर यह नहीं। यह ढोंग अब बर्दाश्त के बाहर था। मेरी जोरों से चीखने की इच्छा हुई। मन हुआ कि मर जाऊँ। और वही तेज! तेज! तेज होती हुई आवाज!

''कमबख्तों!'' मैं चीखा, ''और ज्यादा ढोंग मत करो! मैं अपना अपराध स्वीकार करता हूँ। ईंटों को हटा लो। हाँ, यहाँ ठीक इसी जगह पर दुष्ट हृदय की साँस लेने की आवाज आ रही है।''

✦

अनु०—**अनुराधा महेन्द्र**

वो आख़िरी पत्ता

✦

ओ० हेनरी (1862-1910)

अमेरिकी कथाकार ओ० हेनरी का असली नाम विलियम सिडनी पोर्टर है। इस विश्व-विख्यात लेखक का जन्म ग्रीन्ज़बरो, नॉर्थ कैरोलिना में सन् 1862 में हुआ। फार्मासिस्ट के रूप में जीवन की शुरुआत करने वाले ओ० हेनरी रसोइए, क्लर्क, ड्राफ्टमैन और बैंक की नौकरी करने के बाद एक प्रेस चलाने लगे और 'द रोलिंग स्टोंस' नामक एक टेब्लायड के स्वामी हुए। इन दोनों के बंद हो जाने के बाद उन्होंने लिखना शुरू किया। उन्होंने लगभग सवा दो सौ कहानियाँ लिखीं। ओ० हेनरी की कहानियों की खासियत है उनका सधा हुआ शिल्प और चौंकाने वाला अंत। इनकी कहानियों का ह्यूमर अद्वितीय है। मानवता के प्रति उदार दृष्टिकोण भी उनकी कहानियों को एक अलग पहचान देता है।

एक छोटे से शहर का वाशिंगटन चौक था वह, जिसके पश्चिम में सड़कें टेढ़ी-मेढ़ी हो गई थीं और उन्होंने अपने-आप को छोटी-छोटी पट्टियों में तोड़ लिया था, जिन्हें लोग 'प्लेसेज' कहते थे। ये 'प्लेसेज' अजीब तरह के मोड़, घुमाव और कोण बनाते थे। एक सड़क अपने-आप को ही एकाधिक बार काटती थी। कलाकारों ने इस जगह में बड़ी कीमती संभावना खोजी थी, कोई दुकानदार अपना बिल लेकर किसी कलाकार की खोज में इस रास्ते पर चलते-चलते, अचानक खुद को लौटते हुए पाता, एक भी सेंट वसूल किए बिना।

अपने भले की इस असीम संभावना को देखते हुए उस पुराने फैशन वाले ग्रीनविच गाँव में कलाकार जल्दी ही सूँघते-सूँघते आ पहुँचे। उत्तरी खिड़कियाँ, अठारहवीं शताब्दी वाली दीवारें, डच परछत्तियाँ और कम किराया तो अतिरिक्त आकर्षण थे ही। उन्होंने छठी एवेन्यू से कुछ प्यूटर के मग और एक-दो बर्तन-बासन ख़रीदे और एक कॉलोनी बन गई।

एक छोटी, तीन मंज़िली मज़बूत बिल्डिंग में सू और जॉन्सी का स्टूडियो था। ''जॉन्सी'' ''ज़ोआन्ना'' का घरेलू संस्करण था। एक मेने से थी, दूसरी कैलिफोर्निया से। वे आठवीं स्ट्रीट के एक 'डेलमेनिकोज' में खाने की टेबुल पर मिली थी और चित्रकला, चिकोरी सलाद और आस्तीनों की डिजाइन के बारे में उनकी पसंद इतनी एक सी निकली कि उनका यह संयुक्त स्टूडियो बन गया। यह मई था।

नवम्बर में एक ठंडा, अदृश्य अजनवी जिसे डॉक्टर न्यूमोनिया कहते हैं, शहर में घूमने लगा; यहाँ-वहाँ, किसी-किसी को अपनी बर्फ़ीली उँगलियों से छूता हुआ।

पूर्व की तरफ यह घुसपैठिया बड़े साहस से घूमता रहा, बहुत सारे लोगों पर वार करता हुआ, लेकिन 'प्लेसेज' की संकरी और काई उगी 'भूलभुलैया' में उसके पैर धीरे-धीरे ही चल पा रहे थे।

श्री न्यूमोनिया वे नहीं थे, जिन्हें आप कोई भला या सज्जन वृद्ध कह सकें। एक छोटी सी महिला, जिसका ख़ून कैलिफोर्निया की पछिया हवाओं ने पहले ही पतला कर दिया हो, शायद ही इस लाल मुट्ठियों और धीमी साँस वाले बूढ़े मूर्ख के लिए अच्छी शिकार थी। लेकिन जॉन्सी पर उसने वार किया, और वह बिना हिले-डुले पड़ी थी, अपने रंगे हुए लोहे वाले पलंग पर, छोटी डच खिड़कियों में से सामने वाले घर की कोरी दीवार को देखते हुए।

एक दिन व्यस्त डॉक्टर ने सू को गलियारे में बुलाया। डॉक्टर के चिंतित चेहरे ने सू की चिन्ता और घनी कर दी।

''इसके बचने की उम्मीद कह सकते हैं, दस में एक''—वह अपने थर्मामीटर से पारा झाड़ते हुए बोला—''और यह उम्मीद निर्भर करती है, इसकी खुद की ज़िंदा रहने की इच्छा पर। इस तरह से लोग हिम्मत हार जाते हैं कि उनके सामने सारी दवाएँ बेवकूफी बन कर रह जाती हैं। तुम्हारी नन्हीं लेडी ने अपना मन बना लिया है कि उसे ठीक नहीं होना है। पता नहीं उसके दिमाग़ में आख़िर है क्या?''

''वो—कभी 'नेपल्स को खाड़ी' की पेंटिंग बनाना चाहती थी,'' सू बोली।

''पेंटिंग, न-न! क्या उसके दिमाग़ में कुछ ऐसा है, जिसके बारे में दोबारा सोचा जा सके, जैसे कोई आदमी...''

''कोई आदमी'' सू बोली, उसके स्वर में तीखापन था। ''क्या कोई आदमी इस लायक भी...नहीं, डॉक्टर, ऐसी कोई बात नहीं।''

''अच्छा, तब फिर उसे कमज़ोरी है,'' डॉक्टर बोला, ''मैं अपनी तरफ से सारे उपाय करूँगा, जो मैं कर सकता हूँ। लेकिन जब भी मेरी मरीज़, अपनी अंतिम यात्रा में शामिल होने वाली घड़ियाँ गिनने लगती है, तो मैं दवा की ठीक करने की शक्ति 50 प्रतिशत घटा देता हूँ। यदि तुम उसे यह पूछने लायक बना दो कि इन जाड़ों में 'क्लोक' की आस्तीनों का नया डिजाइन क्या होगा, तो मैं तुम्हें दस-में-एक की बजाए पाँच में एक की उम्मीद का वायदा करता हूँ।''

जब डॉक्टर चला गया तो सू स्टूडियो के अंदर गई और रोते-रोते उसने अपने आँसुओं से जापानी नैपकिन की लुगदी बना दी। वह फ़िर हिम्मत जुटा कर अपने डाइंगबोर्ड के साथ, 'रैगटाइम' की धुन सीटी में बजाते हुए जॉन्सी के कमरे में घुसी।

जॉन्सी बिस्तर में कोई भी हलचल किए बिना, अपना मुँह खिड़की की तरफ़ किए पड़ी हुई थी। सू ने सीटी बजाना बंद कर दिया, यह सोचकर कि वह सोई है।

उसने अपना बोर्ड व्यवस्थित किया और एक पत्रिका के लिए स्केच बनाने लगी। नए युवा कलाकारों को कला तक पहुँचने का रास्ता उन पत्रिकाओं की कहानियों के लिए चित्र बनाकर ही तय करना चाहिए, जिनसे नए लेखक साहित्य में अपना रास्ता बनाते हैं।

सू एक बड़ी नफीस घुड़सवारी वाली पैंट और रंगीन चश्मा बना रही थी, हीरो के चेहरे पर, जो एक काउबॉय था। तभी उसने कई बार दुहराई गई एक धीमी आवाज़ सुनी। वह जल्दी से बिस्तर की तरफ़ गई।

जॉन्सी की आँखें पूरी खुली हुई थीं। वह खिड़की से बाहर देख रही थी और गिन रही थी, उल्टी गिनती।

''बारह,'' वह बोली—फ़िर थोड़ी देर बाद—''ग्यारह'', फ़िर ''दस'', ''नौ'', और फ़िर ''आठ'' और ''सात'' लगभग साथ-साथ।

सू ने बाहर देखा। आख़िर वहाँ था क्या गिनने को? केवल एक खाली, रुखा-सूखा मैदान और ईंटों वाले मकान की कोरी दीवार की आधी ऊँचाई तक चढ़ी हुई एक पुरानी—बहुत पुरानी बेल, गाँठों वाली, जिसकी जड़ें गली हुई थीं, पतझड़ की ठंडी साँसों ने जिसकी पत्तियाँ झाड़ दी थीं और कँकाल जैसी उसकी टहनियाँ ढहती ईंटों में चिपकी हुई थीं।

''क्या है यह, डियर?'' सू ने पूछा।

''छः'', जॉन्सी लगभग फुसफुसाती हुई बोली। ''वे अब जल्दी-जल्दी गिर रहे हैं। तीन दिन पहले वहाँ क़रीब सौ थे। उन्हें गिनने में मेरा सिर दुख जाता था। लेकिन अब यह आसान है। वह एक और गया। अब बस पाँच बचे।''

''पाँच क्या, डियर? बताओ, अपनी सूडी को बताओ।''

''पत्तियाँ, उस बेल पर। जब अंतिम पत्ती गिर जाएगी, तो मुझे भी जाना होगा। मैं यह तीन दिन से जानती हूँ। क्या डॉक्टर ने नहीं बताया तुम्हें?''

''ओह, मैंने इतनी मूर्खतापूर्ण बात पहले कभी नहीं सुनी।'' सू ने फटकार के साथ शिकायत की।

''उस पुरानी बेल की पत्तियों से तुम्हारे ठीक होने का क्या संबंध है भला और तुम क्या उस बेल से प्यार करती थी, शैतान लड़की, बेवकूफ मत बनो। आज सुबह डॉक्टर ने तुम्हारे जल्दी ही ठीक होने की उम्मीद के बारे में बताया था। सही-सही उसने ये कहा था—उम्मीद दस—में एक है। यह उम्मीद तो उसी के बराबर है, जब हम न्यूयार्क में टैक्सियों पर चलते हैं या किसी नई बिल्डिंग के बगल से गुज़रते हैं। चलो, कुछ खा लो और सूडी को अपनी ड्राइंग के लिए वापस जाने दो, जिसे वह संपादक को बेच कर अपनी बीमार बच्ची के लिए कुछ पोर्ट वाइन ख़रीद सके और अपनी भूख मिटाने को कुछ पार्क चॉप।''

''तुम्हें और वाइन लाने की ज़रूरत नहीं।'' अपनी आँखें खिड़की के बाहर स्थिर रखे हुए जॉन्सी बोली।

''ये एक और गया। न, मुझे कुछ भी नहीं चाहिए। अब बस चार पत्तियाँ। मैं अंधेरा होने के पहले अंतिम पत्ती गिरते देखना चाहती हूँ। तब मैं भी चली जाऊँगी।''

''जॉन्सी डियर'', सू उसके ऊपर झुकते हुए बोली, ''क्या तुम अपनी आँखें बंद रखने और खिड़की से बाहर न देखने का वायदा करोगी, जब तक मैं काम ख़त्म न कर लूँ? मुझे कल तक ये स्केच दे देने हैं। मुझे रोशनी चाहिए, नहीं तो मैं परदा गिरा देती।''

''तुम दूसरे कमरे में नहीं बना सकती?'' जॉन्सी ने ठंडेपन से पूछा।

''मैं तुम्हारे पास ही रहना चाहती हूँ''—सू बोली—''साथ ही मैं चाहूँगी कि तुम उन बेकार पत्तियों को न देखो।''

''जब तुम्हारा काम हो जाए, तो मुझे बता देना,'' जॉन्सी ने अपनी आँखें बंद करते हुए कहा। वह सफ़ेद पड़ी हुई थी और किसी लेटी हुई मूर्ति की तरह लग रही थी, ''क्योंकि मैं अंतिम वाले पत्ते को गिरते देखना चाहती हूँ। मैं इंतज़ार करते और सोचते-सोचते थक चुकी हूँ। मैं सब चीज़ों से अपनी पकड़ ढीली कर देना चाहती हूँ और हवा में तैरते हुए गिर जाना चाहती हूँ, उन्हीं बेचारी पत्तियों में से एक की तरह।''

''सोने की कोशिश करो।'' सू बोली—''बूढ़े खनिक साधू के मॉडल के लिए मुझे बेरमन को बुलाना है। एक मिनट भी नहीं लगेगा। जब तक मैं आ न जाऊँ तब तक हिलना भी नहीं।''

बूढ़ा बेरमन एक खब्ती चित्रकार था, जो उनके नीचे वाली मंज़िल पर रहता था। वह साठ पार कर चुका था। उसके बाल घुँघराले थे और चेहरे पर माइकेल एंजेलो के चित्र मोज़ेज़ जैसी दाढ़ी थी। बेरमन कला में असफल रहा था। चालीस साल से वह ब्रश घिस रहा था, बिना किसी सफलता के। वह हमेशा एक 'मास्टर पीस' बनाने को कहा करता था, लेकिन उसकी शुरुआत अब तक तो नहीं हुई थी। कुछ सालों से उसने कुछ भी नहीं बनाया था, सिवाय यदा-कदा, यहाँ-वहाँ विज्ञापनों के व्यवसाय में एकाध रेखाएँ खींचने के। साथ ही वह कुछ कॉलोनी के इन युवा चित्रकारों के लिए मॉडल बनकर कमा लेता था, जो व्यावसायिक मॉडल का ख़र्च नहीं वहन कर सकते थे। उसका अधिकांश समय जिन पीते हुए और मास्टरपीस की बात करते बीतता था। बाकी सब के लिए वह एक चिड़चिड़ा, ठिगना बूढ़ा था, जो किसी की भी कोमलता पर बहुत चिढ़ता था, लेकिन वह खुद को ऊपर स्टूडियो में रहने वाले दोनों युवा चित्रकारों का ख़ास वफ़ादार मानता था।

बेरमन के धीमी रोशनी वाले कमरे में एक किनारे कोरा कैनवास पड़ा था, जो पिछले पच्चीस साल से मास्टर पीस की पहली रेखा का इंतज़ार कर रहा था। सू ने उसे जॉन्सी की कल्पना के बारे में बताया कि कैसे वह डर रही थी कि वह पत्तों

की तरह हल्की और कमज़ोर होकर उड़ जाएगी, जब दुनिया पर से उसकी हल्की पकड़ कमज़ोर हो जाएगी।

बूढ़े बेरमन की आँखें बरस पड़ी थीं और उसने इन बेवकूफी भरी बेमतलब बातों पर चिल्लाना शुरू कर दिया। ''पक्की बेवकूफी''—वह चिल्लाया—''क्या दुनिया में ऐसे लोग हैं जो मर जाएँगे, क्योंकि उस बुढ़िया बेल के पत्ते झड़ रहे हैं? मैंने इतनी बेवकूफी भरी बातें पहले कभी नहीं सुनी। न, मैं तुम्हारे लिए मॉडल नहीं बनूँगा। तुमने इसके दिमाग़ में ऐसी मूर्खतापूर्ण बात भरने कैसे दी। आह बेचारी छोटी जॉन्सी।''

''वह बहुत बीमार और कमज़ोर है,'' सू बोली—''साथ ही उसका दिमाग़ भी बीमार है, पता नहीं किन-किन कल्पनाओं से भरा हुआ। कोई बात नहीं बेरमन, अगर तुम मेरे लिए मॉडल नहीं बनोगे। तुम्हें ज़रूरत भी नहीं है। लेकिन मुझे लगता है कि तुम एक सनकी बूढ़े हो।''

''तुम तो बिल्कुल औरतों की तरह हो।'' बेरमन चिल्लाया—''किसने कहा कि मैं मॉडल नहीं बनूँगा। मैं तुम्हारे साथ आता हूँ। आधे घंटे से मैं यही तो कहने की कोशिश कर रहा हूँ कि मैं मॉडल बनने को तैयार हूँ। गॉड! यह कोई दुनिया नहीं जहाँ जॉन्सी जैसी अच्छी लड़की बीमार पड़ी रहें। किसी दिन मैं एक मास्टरपीस बनाऊँगा और तब मैं भी चला जाऊँगा। गॉड, हाँ।''

जब वे ऊपर आए तो जॉन्सी सो रही थी। सू ने पर्दा नीचे तक खींच दिया और बेरमन को दूसरे कमरे में ले गई। वहाँ उन्होंने डरते-डरते खिड़की से बाहर देखा। तब उन्होंने एक क्षण बिना कुछ बोले एक-दूसरे की ओर देखा। वर्षा लगातार हो रही थी, बर्फ़ के साथ। बेरमन अपनी पुरानी चिथड़ी शर्ट में, उल्टी रखी केतली, जो पत्थर की जगह पर रखी गई थी, पर बूढ़े साधू की तरह बैठ गया।

सू अगली सुबह जब सो कर उठी तो जॉन्सी को पूरी खुली, उदास आँखों से हरे, गिरे पर्दे को देखता पाया।

''इसे उठाओ, मैं देखना चाहती हूँ,'' धीमी आवाज़ में उसने आदेश दिया। सू ने थके-थके हाथों से पर्दे को उठाया, लेकिन यह क्या, पूरी रात तेज़ बारिश और हवा के तेज़ झकोरों के बाद भी ईंटों वाली दीवार पर एक अकेला पत्ता बच गया था। टहनी के पास अब भी गहरा हरा, लेकिन इसकी कटावदार नोकों के पास अंतिम समय वाला पीलापन था। यह ज़मीन से बीस फीट ऊँची शाख पर अकेला, बहादुरी से खड़ा था। ''यह अंतिम है।'' जॉन्सी बोली—''मैंने सोचा था, यह रात-भर में ज़रूर गिर जाएगा। मैंने हवा की आवाज़ सुनी थी। यह गिर जाएगा और मैं भी उसी समय मर जाऊँगी।'' ''डियर-डियर!'' सू ने अपना उतरा हुआ चेहरा उसके तकिए तक झुकाते हुए पूछा—''अपने बारे में नहीं तो मेरे बारे में सोचो। मैं क्या करूँगी?''

लेकिन जॉन्सी ने जवाब नहीं दिया। इस दुनिया में सबसे ज़्यादा अकेली वह आत्मा होती है जो अपनी रहस्यमयी, दूर की यात्रा पर जाने की तैयारी कर रही हो। धरती और दोस्ती से जकड़ने वाले बंधन जैसे-जैसे ढीले पड़ते जा रहे थे, वैसे-वैसे उसकी कल्पना उसके मन में ज़्यादा तेज़ी से घर करती जा रही थी।

दिन ख़त्म हुआ और शाम की रोशनी में भी वह उस अकेली पत्ती को देख सकती थी, दीवार से चिपकी टहनी से लगी हुई। और तब, रात आने तक फ़िर उत्तरी हवा चलने लगी, जबकि बारिश अभी भी खिड़कियों से टकरा रही थी और भीगी डच परछत्तियों पर बरस-बरस कर नीचे गिर रही थी।

जब काफ़ी रोशनी हो गई तो जॉन्सी ने फिर पर्दा खोलने को कहा।

बेल पर पत्ती अभी भी थी।

जॉन्सी काफ़ी देर तक उसे देखती रही। फ़िर उसने सू को बुलाया जो स्टोव पर उसका दलिया चला रही थी।

''मैं बहुत बुरी लड़की हो गई थी, सूडी''—जॉन्सी बोली—''ऐसा कुछ था जिसने इस पत्ती को नहीं गिरने दिया, मुझको दिखाने के लिए कि मैं कितनी नालायक थी। मरना चाहना पाप है। तुम मेरे लिए थोड़ा दलिया ला सकती हो और थोड़ा-सा दूध भी। नहीं, पहले मेरे लिए हाथ वाला शीशा लाओ और मेरे दोनों तरफ तकिए लगा दो। मैं उठकर बैठूँगी और तुम्हें खाना बनाते देखूँगी।''

एक घंटे बाद वह बोली—''सूडी, मुझे लगता है मैं किसी दिन नेपल्स की खाड़ी पेंट करूँगी।''

दोपहर में डॉक्टर आया और सू उसके साथ गलियारे में गई।

''अब तो बराबर की उम्मीद लग रही है। डॉक्टर सू के पतले हाथों से अपने हाथ मिलाता हुआ बोला—''अच्छी देखभाल से आप जीत जाएँगी। मुझे नीचे एक केस देखने जाना है। बेरमन नाम है उसका—कोई चित्रकार है, मेरे ख़्याल से। न्यूमोनिया है उसे भी। बूढ़ा कमज़ोर तो वह है ही, अटैक भी काफ़ी तगड़ा है। उसके लिए कोई आशा तो नहीं है लेकिन आज हॉस्पिटल जा रहा है ज़्यादा आराम के लिए।''

अगले दिन डॉक्टर ने सू को बताया—जॉन्सी ख़तरे से बाहर है। तुम जीत गई। अब सिर्फ़ पौष्टिक भोजन और देखभाल—बस।''

उस दोपहर सू जॉन्सी के बिस्तर के पास आई। जॉन्सी बड़े इत्मीनान से गहरा नीला लेकिन बहुत बेकार ऊनी स्कार्फ बुन रही थी। सू ने उसे तकिए समेत एक बाँह से धर लिया।

''मुझे तुम्हें कुछ बताना है सफ़ेद चुहिया''—वह बोली—''बेरमन आज अस्पताल में न्यूमोनिया से मर गया। वह सिर्फ़ दो दिनों से बीमार था। दरबान ने

उसे परसों सुबह अपने कमरे में दर्द से कराहते हुए पाया। उसके जूते और कपड़े भीगे थे, बर्फ़ जैसे ठंडे। वे नहीं समझ पाए कि वह ऐसी भयंकर रात में था कहाँ? उन्हें एक जलती हुई लालटेन और सीढ़ी भी मिली। कुछ ब्रश फैले हुए थे और एक पैलेट जिस पर हरा और पीला रंग मिला हुआ था। और खिड़की से बाहर देखो, डियर उस आख़िरी पत्ते को क्या तुमने कभी नहीं सोचा कि यह हवा में हिलता-डुलता क्यों नहीं? आहा डार्लिंग; यही बेरमन का मास्टरपीस है—उसने इसे उसी रात पेंट किया था, जब आख़िरी पत्ती गिर गई थी।''

✦

अनु०—**मीनू मंजरी**

कोई नहीं!...कोई नहीं!

✦

शेरवुड एंडरसन (1876–1941)

शेरवुड एंडरसन का जन्म मिडवेस्ट में 1876 में हुआ। उन्होंने अपने परिवेश से प्रेरणा ग्रहण कर 'विन्ज़वर्ग ओहायो' शीर्षक से कहानी संग्रह तैयार किया। इस पुस्तक का अमरीकी कहानी के विकास में महत्त्वपूर्ण स्थान है। उनके परवर्ती रचनाकार फ्रेंक ओ० कोनर के शब्दों में एंडरसन से अमरीकी कहानी में एक नई चेतना ने जन्म लिया। पारम्परिक की जगह कहानी अब आंतरिक और प्रयोगधर्मी बनी। 1941 में एक कॉकटेल पार्टी में, एंडरसन के गले में टूथपिक फँस जाने से उनका देहान्त हो गया।

जार्ज वेस्टर उन दिनों युवक था, जब सत्ताईस वर्षीय एलिस हैंडमैंन ने अपनी सारी उम्र बेंजवर्ग में बितायी। वह उस समय बेनी के स्टोर में क्लर्क के रूप में नौकर थी और माँ के साथ जिसने कुछ समय पहले दूसरा विवाह कर लिया था, रहती थी।

इसी उम्र में पहुँचकर एलिस हैंडमैंन का कद लम्बा हो गया था और किसी हद तक दुबली भी हो गयी थी। उसके कंधे तनिक झुक गये थे। बाल और आँखें भूरी थीं। उसका सिर देखने में बड़ा लगता था। यों लगता, जैसे उसके सिर ने शरीर पर छाया कर रखी है। वह मौन-स्वभाव की थी, लेकिन उसकी बाहरी शांति के अंतर में एक तूफान सोया हुआ था।

एलिस अभी सोलह साल से कम उम्र की ही थी और उस समय तक वह लेनी के स्टोर में नौकर भी नहीं हुई थी, जब उसके संबंध एक व्यक्ति नेडकफोरी से स्थापित हुए। वह एलिस से उम्र में बड़ा था और जार्ज बेस्टर की तरह बेंजवर्ग में नौकर था। हर शाम वह एलिस से मिलता, और फिर ये दोनों बेंजवर्ग की सड़कों और गलियों में घूमते, एक दूसरे से बातें करते और भावी जीवन की योजनाएँ बनाते, एलिस उन दिनों एक सुन्दर लड़की थी, जीवन के इसी युग में एक दिन नेडकोरी ने उसे अपनी सुदृढ़ भुजाओं में खींच कर प्रेम का पहला चुंबन उसके होंठों पर अंकित कर दिया। वह उस समय इतना भावुक हो गया था कि उसने एलिस से ऐसी बातें...कह डाली जो वास्तव में वह कहना नहीं चाहता था और एलिस भी भावनाओं में बहक गयी और फिर जब उसने अपनी उम्र के सोलहवें साल के अंतिम भाग में कदम रखा, तो नेडकोरी ने बेंजवर्ग छोड़ दिया। अब उसकी मंजिल क्लीवलैंड थी। जहाँ किसी अखबार में अच्छी-सी नौकरी ढूँढ़ कर अपने भविष्य को चमका सकता था। एलिस की इच्छा थी कि वह भी उसके साथ चले और इस इच्छा को उसने काँपती हुई आवाज में प्रकट किया—वहाँ मैं

भी काम करूँगी और तुम भी। भावुक अंदाज में वह कहती रही—मैं नहीं चाहती कि तुम्हारे ऊपर कोई अनावश्यक बोझ डालूँ, जो तुम्हारी उन्नति के मार्ग में बाधा हो। तुम मुझसे विवाह न करना...हम बिना विवाह किये भी एक साथ जीवन बिता सकते हैं। हम चाहे एक मकान ही में रहें, लोगों को बातें बनाने का कोई अवसर न मिल सकेगा। उस नगर में बिल्कुल अजनबी होने के कारण लोग हमारी ओर कोई ध्यान न देंगे।

नेडकोरी एलिस की इस राय और इरादे पर परेशान हुआ, और साथ-ही-साथ उसके दिल में एलिस के लिए सहानुभूति की भावनाएँ भी पैदा हो गयीं। वह इस लड़की को अपनाना चाहता था, पर बाद में उसने इस विचार को मन से निकाल दिया। इसके बावजूद वह एलिस की देखभाल और रक्षा की भावना को मन से समाप्त न कर सका, उसने तेजी से कहा—मैं तुम्हें कोई ऐसा काम न करने दूँगा, जैसे ही कोई अच्छी नौकरी मिली, मैं तुरन्त वापस आ जाऊँगा, लेकिन फिलहाल यह संभव नहीं, तुम अभी यहीं ठहरो इसलिए कि यही बात हमारे लिए बेहतर भी है।

शांम के समय बेंजवर्ग छोड़ने से पूर्व वह फिर एलिस से मिला। वे दोनों एक घंटे तक कस्बे की गलियों और सड़कों पर घूमते रहे और किराये की बग्घी लेकर कस्बे के चारों ओर घूमने के लिए चले गये। फिर वे उस स्थान पर पहुँचे, जहाँ से एक हरा-भरा मैदान दूर तक फैला हुआ था। वे दोनों बग्घी से उतरे। चाँद के उदास-मद्धिम प्रकाश में वे एक दूसरे के शारीरिक रूप में समीप आ गये—बहुत ही समीप! और जब आधी रात के समय उन्होंने कस्बे में प्रवेश किया, तो उनके अंगों पर अजीब-सा नशा छाया हुआ था और एक अज्ञात सा उल्लास उनके मन की गहराइयों में घुसा हुआ महसूस हो रहा था—अब हम सदा एक दूसरे के रहेंगे, चाहे कुछ भी हो, नेडकोरी ने एलिस को उसके मकान पर छोड़ते समय कहा था।

और वह चला गया। क्लीवलैंड के किसी अखबार में उसे जगह न मिल सकी। इसीलिए वह नयी आशाओं के साथ शिकागो पहुँच गया। कुछ समय वह अकेला रहा और एलिस को हर रोज यही लिखता रहा फिर वह उस नगर की चहल-पहल में खो गया। नये मित्र मिले, नये संबंध बने, नया जीवन शुरू हुआ, शिकागो में जिस मकान में वह रहता था, उसमें कई स्त्रियाँ भी थीं और उनमें से एक ने उसे बहुत अधिक प्रभावित किया और वह उसकी ओर बढ़ गया, बेंजवर्ग की एलिस अब उसके अतीत की बात बन गयी थी।

इधर बेंजवर्ग में प्रेम की मारी एलिस लड़की से स्त्री बन गयी थी। जब उसकी आयु बाईस साल की थी, तो उसका बाप सहसा मर गया। वह एक पुराना सैनिक था। कुछ माह बाद उसकी विधवा को पेंशन मिलने लगी। जब उसे पेंशन की पहली रकम मिली, तो उसने एक करघा खरीद लिया और कालीन बुनने लगी और एलिस बेनी के स्टोर में नौकर हो गयी। कुछ सालों तक उसे विश्वास ही न आया कि अब नेडकोरी उसे भूल चुका है और अब कभी न आयेगा।

स्टोर में नौकरी कर के वह खुश थी, इसलिए कि सारा दिन काम में व्यस्त रह कर वह प्रतीक्षा की यातनाजनक पीड़ा से मुक्ति पा चुकी थी। अब उसकी केवल एक ही दिलचस्पी थी, पैसा जमा करना। उसका विचार था कि जब वह दो-तीन सौ डालर जमा कर लेगी, तो वह अपने प्रेमी को ढूँढ़ने निकलेगी, ताकि वह स्वयं जा कर नेडकोरी के मन में पुराने प्रेम की माँग जिंदा कर सके।

एलिस अब भी नेडकोरी को उस चाँदनी रात की घटना के लिये उत्तरदायी समझती थी, लेकिन साथ-ही-साथ वह यह भी निश्चय कर चुकी थी कि अब वह किसी व्यक्ति से शादी न करेगी। वह तो स्वयं पर नेडकोरी का स्वामित्व समझती थी। दूसरे लोगों ने एलिस को अपनी ओर आकृष्ट करना चाहा पर उसने कभी उनको प्रोत्साहित न किया।

एलिस स्टोर में सुबह आठ बजे से छह बजे शाम तक लगातार काम करती और सप्ताह की तीन रातों में वह दो बार सात बजे से रात नौ बजे तक स्टोर में काम करने चली जाती, ज्यों-ज्यों समय बीतता रहा, एलिस में वह यादें पैदा होती गयीं, जो एकांत प्रिय लोगों में होती हैं। रात को जब अपने कमरे में जाने के लिए जीने पर चढ़ती, तो घंटों खड़ी होकर धीमे स्वर में प्रार्थनाएँ करतीं, उन चीजों के लिये जो वे अपने प्रेमी से कहना चाहती थी फिर वह निष्प्राण वस्तुओं की शौकीन हो गयी, वह इस बात को भी सहन न कर सकती थी कि कोई उसके कमरे के फर्नीचर को छू भी ले। पैसा जमा करने की इच्छा, जो शुरू में एक उद्देश्य के लिए थी, कि वह नगर जाकर नेडकोरी को ढूँढ़ती, समाप्त हो गयी थी, पैसा जमा करना उसकी आदत बन गयी थी, वह घंटों असंभव सपनों में खोयी रहती। यह सपने सामान्यत: इतनी रकम बचा लेने के बारे में होते कि उससे मिलने वाला ब्याज कितना होगा, जिससे वह अपना और अपने भविष्य के पति का गुजारा कर सकेगी।

नेड की तो घूमने की आदत है, वह सोचती अवश्य ही मैं उसे इसका अवसर दूँगी कुछ दिनों में, जब हमारा विवाह हो जायेगा, मैं अपनी और उसकी पैदा की हुई रकम बचाती रहूँगी फिर हम धनी हो जायेंगे और सारी दुनिया की सैर के लिये जायेंगे।

बेनी के स्टोर में सप्ताह, महीने और महीने सालों में ढलते रहे और एलिस अपने प्रेमी की वापसी की प्रतीक्षा करती रही, सपने देखती रही, वह कभी सामने की खिड़की में आ कर खड़ी हो जाती और चुपचाप बाहर फैली हुई वीरान सड़कों पर नजरें जमाये रहती, और उन रंगीन शामों की कल्पना में खो जाती, जो उसने नेडकोरी के साथ बितायी थी और उसने कहा था अब हम सदा एक दूसरे के रहेंगे। इन शब्दों की प्रतिध्वनि, उसके कानों में गूँजती रहती वह जो कभी लड़की थी अब स्त्री बन गयी थी, फ़िर उसकी आँखें आँसुओं से भर जाती जब भी कभी स्टोर का स्वामी बाहर जाता और वह दुकान में अकेली रह जाती तो वह काउंटर पर सिर रखकर रोती और सिसकती रहती।

मेरे नेड...मैं अभी तक तुम्हारी प्रतीक्षा में हूँ। और वह शब्द वह दुहराती और दुहराती रहती और फिर सहसा एक अज्ञात भय उसकी अनुभूतियों पर आ जाता कि अब वह कभी वापस न आयेगा...

वसंत ऋतु में जब बरसात समाप्त हो जाती है और गरमी के लम्बे दिन शुरू होने से पूर्व बेंजवर्ग के चारों ओर का प्रदेश सुंदर हो जाता है, यह कस्बा हरे-भरे फैले हुए खेतों के बीच में स्थित है। पर इन खेतों से आगे सुन्दर जंगलों के छोटे-छोटे टुकड़े फैले हुए है। पेड़ों से घिरे हुए इन टुकड़ों में छोटे-छोटे मान और शांत कुंज है। जहाँ प्रेम करने वाले जोड़े रविवार के दिन बिताते हैं, नेडकोरी के जाने के बाद कुछ सालों तक जवान मर्दों के साथ एलिस पेड़ों से भरे हुए इन मैदानों की ओर कभी न गयी,लेकिन एक दिन, जब मेडकारी को गये हुए तीन-चार साल बीत चुके थे और उसका एकाकीपन उसके लिए असहनीय हो गया तो उसने अपनी सर्वोत्तम पोशाक पहनी और उसी ओर चल दी वह पेड़ों से घिरे हुए एक कुंज में बैठ गयी। जहाँ से वह कस्बे के फैलते हुए खेतों को देख सकती थी। अभी वह ठीक तरह बैठी भी न थी कि वह खड़ी हो गयी और सामने फैली हुई हरी-भरी धरती को देखते हुए उसको कभी न समाप्त होने वाले जीवन का अहसास हुआ, जो जीवन की उत्पत्ति था, और उसके मस्तिष्क में नए सालों की घटनाएँ घूम गयीं। वह इस भय से काँप उठी कि वह जवानी की बहारें और खूबसूरती उसके लिए खत्म हो चुकी हैं। उसे पहली बार अहसास हुआ कि उसे धोखा दिया गया है। उस समय भी उसने नेडकोरी को दोष न दिया। सचमुच उसे पता न था कि वास्तव में दोष किसका है और किसको दोष दे? घुटनों के बल बैठ कर उसने फिर प्रार्थना करनी चाही पर उस समय प्रार्थना के बजाय उसके होंठों पर शिकायतें आ गयीं। क्या अब मैं कभी उसे प्राप्त नहीं कर सकती? क्या खुशियाँ मेरे लिए समाप्त हो गयी हैं? मैं स्वयं को धोखा क्यों देती हूँ। वह सिसक पड़ी और इस तरह उसे अज्ञात किस्म की शांति प्राप्त हुई और उसके मन में पहली बार उस भय से मुकाबला करने का साहस पैदा हो गया जो भय उसके जीवन का एक अंग बन गया था।

जब एलिस 25 साल की हुई तो घटनाएँ क्रमशः हुईं जिन्होंने उसकी इस नीरस जिंदगी में हलचल मचा दी। उसकी माँ ने वूथमटन से शादी कर ली, जो कि बेंजवर्ग में पेंटर था। और वह स्वयं बेंजवर्ग के थियॉडलिस्ट चर्च की सदस्या बन गयी। एलिस चर्च की सदस्य इसलिए बनी थी, क्योंकि अब जीवन में फैले हुए उस अकेलेपन से उसे भय महसूस होने लगा था। उसकी माँ की दूसरी शादी ने उसके इस भय को उजागर कर दिया था। अब मैं बड़ी तेजी से बूढ़ी हो रही हूँ और मैं बड़ी अजीब सी हो गयी हूँ। अगर नेड वापस आ गया तो अब वह मुझे पसंद न करेगा जिस नगर में वह रहता है, वहाँ के लोग जवान हैं, वहाँ इतने हँगामे हैं कि लोग बूढ़े हो ही नहीं सकते। यह शब्द दुहराते समय उसके होंठों पर बड़ी

यातनाजनक मुस्कराहट रहती थी और फिर वह जीवन और लोगों में घुल-मिल जाने के लिए बढ़ती गयी।

एलिस ने असाधारण रूप में प्रयत्न किया और उसमें वह सफल भी रही कि अब वह जीवन को नये अंदाज में ढाल सकेगी परन्तु कभी-कभी यों होता कि उसका यह इरादा पतनशील हो जाता और ऐसे अवसरों पर उसकी आँखें भींग जातीं।

ड्रग-स्टोर के क्लर्क के साथ चलते हुए वह सामान्यतः चुपचाप रहती। लेकिन कभी-कभी जब वह अंधेरे से गुजरती, तो वह अपना हाथ बाहर निकाल कर बहुत धीरे से उस क्लर्क के कोट को छूती...और जब वह उसे घर पर छोड़ कर आगे बढ़ जाता, तो वह तुरन्त ही घर में प्रवेश न करती बल्कि थोड़ी देर के लिए दरवाजे पर खड़ी सोचती रहती। वह चाहती कि ड्रग-क्लर्क को आवाज दे और कहे कि वह उसके साथ थोड़ी देर के लिए पोर्च में, वहाँ अंधेरा फैला हुआ है, ठहरे लेकिन इस विचार से कि शायद वह उसकी बात न समझे वह स्वयं ही भयभीत हो जाती।

27वें साल के आरम्भ में एलिस पर असहनीय भावनाओं ने अधिकार जमा लिया। अब उसके लिए डग-क्लर्क का साथ असहनीय हो गया था। अब जब कभी यह शाम के समय एलिस के पास आता, वह उसे यों ही टरका देती। अब उसका मस्तिष्क जाग गया है। जब वह काउंटर पर खड़े-खड़े थक जाती तो वह सीधे घर जाती और अपने बिस्तर पर पड़ रहती। आँखें फाड़े वह अंधेरे में अज्ञात चीजों को ताकती रहती।

यद्यपि वह कभी-कभी नेडकोरी के बारे में सोचती पर यह विचार कि उसे केवल नेडकोरी का हो कर रहना है, अब उसके लिए समाप्त हो चुका था। उसकी इच्छाएँ अजीब तौर पर गड्ड-मड्ड हो गयी थीं, अब न उसे नेडकोरी की आवश्यकता थी। न किसी अन्य आदमी की। उसकी तो केवल यह इच्छा थी कि कोई उससे प्रेम करे।

और फिर एक भीगी हुई रात को एलिस एक आश्चर्यजनक घटना से दो चार हुई। उसने उसको और भी भयभीत कर दिया और वह बुरी तरह घबरा गयी...रात के नौ बजे जब वह स्टोर से वापस आयी, तो मकान खाली था। वुशमटन, उसका सौतेला बाप कस्बे से कहीं बाहर गया हुआ था और उसकी माँ पड़ोस में किसी के घर गयी हुई थी, एलिस सीढ़ियाँ चढ़ कर अपने कमरे में गयी और अंधेरे में उसने अपने कपड़े उतार डाले। क्षण भर के लिए वह यों ही निरावरण खिड़की के निकट शीशों पर वर्षा की बूँदों की आवाज़ें सुनती रही और फिर एक अजीब सी इच्छा उसके अंगों पर फैल गयी। बिना सोचे-समझे कि वह क्या कर रही है, वह जीने की सीढ़ियाँ उतरती चली गयी और अंधेरे मकान से निकल कर वह वर्षा में आ गयी। मकान से बाहर हरियाली में खड़े उसने अपने बदन पर वर्षा की ठंडी-ठंडी

बूँदे अनुभव कीं और फिर उसका मन चाहा कि वह यूँ ही निरावरण सड़कों पर भागती चली जाये।

वह तो बस दौड़ना चाहती थी। चिल्लाना चाहती थी, यहाँ तक कि बस कोई और अकेला आदमी मिल जाये तो उसे सीने से चिपटा ले। मकान के सामने से एक आदमी फुटपाथ पर अपने घर की ओर जा रहा था। एलिस तेजी से भागी। एक पैशाचिक भावना उसमें पैदा हुई—मुझे क्या परवाह यह कौन है? वह अकेला है, और मैं अवश्य उसके पास जाऊँगी। उसने सोचा और फिर बिना सोचे समझे कि उसके पागलपन का क्या नतीजा होगा उसने धीरे-से पुकारा—ठहरो, और फिर चिल्ला पड़ी—'रुको...मत जाओ!'

वह ठहर गया। वह एक बूढ़ा आदमी था और किसी हद तक बहरा भी अपना हाथ मुँह के करीब रख कर उसने पूछा'क्या...क्या कहा? एलिस जमीन पर गिर गयी और थरथराने लगी। उस समय वह इस विचार से बेहद भयभीत हुई कि वह क्या कर चुकी है और जब वह आदमी चला गया तो थोड़ी देर तक उसमें इतना साहस न था कि वह स्वयं अपने पैरों पर खड़ी हो जाये, फिर वह हाथों और घुटनों की सहायता से बच्चों के अंदाज में मकान की ओर रेंगने लगी। अपने कमरे में पहुँच कर उसने दरवाजा बंद कर लिया और अपनी ड्रेसिंग टेबल दरवाजे के पास खिसका ली। फिर उसके शरीर में एक झुरझुरी सी आयी जैसी कि सरदी के अहसास से आती है। और फिर जब वह अपने बिस्तर में लेटी, तो उसने अपना मुँह तकिया में दे दिया और फूट-फूट कर रोने लगी—मुझे क्या हो गया है? अगर मैंने ध्यान न दिया तो मैं स्वयं को तबाह कर लूँगी। उसने रोते हुए सोचा और फिर दीवार की ओर मुँह कर के स्वयं में वह साहस पैदा करने का प्रयत्न करती रही, जिससे वह उस कटु सत्य का मुकाबला कर सके कि बहुत से लोग अकेले ही जिंदा रहते हैं और मर भी जाते हैं और बेंजवर्ग में भी ऐसा हो सकता है।

✦

अनु०—**सुरजीत**

आग

✦

जैक लंडन (1876-1916)

विश्व साहित्य में यथार्थवादी परम्परा पर कोई भी चर्चा जैक लण्डन के विशेषकर दो उपन्यासों 'मार्टिन ईडन' और 'आयरन हील' के बिना अधूरी ही मानी जाएगी। विश्व-साहित्य के इतिहास में सर्वहारा-साहित्य और समाजवादी यथार्थवाद के उद्‌भव के साथ मैक्सिम गोर्की के बाद जो दूसरा नाम जुड़ा हुआ माना जाता है, वह जैक लण्डन का है। इनकी रचनाओं में मनुष्य की जिजीविषा के विविध रूप व्यक्त हुए हैं।

दिन की शुरुआत ठण्डी और धूसर थी। बेहद ठण्डी और धूसर, जब वह आदमी युकोन के मुख्य रास्ते से मुड़ा और मिट्टी के उस ऊँचे कगार पर चढ़ा जहाँ से एक धुँधली और कम इस्तेमाल होने वाली पगडण्डी घनी झाड़ियों से होती हुई पूरब की ओर जाती थी। यह एक खड़ा कगार था और ऊपर पहुँचकर वह दम लेने के लिए रुका। रुकने को खुद अपनी नजर में जायज ठहराने के लिए वह घड़ी देखने लगा। नौ बज रहे थे। आसमान में बादल का एक कतरा भी नहीं था पर सूरज का नामोनिशान नहीं दिख रहा था। दिन साफ था, फिर भी लगता था जैसे हर चीज पर अगोचर-सा पर्दा पड़ा हुआ है, एक हल्की-सी धुँध छाई हुई थी जिसने दिन को अँधेरा-अँधेरा कर रखा था। ऐसा सूरज की अनुपस्थिति के कारण था। वह आदमी इससे चिन्तित नहीं हुआ। उसे सूरज के गायब रहने की आदत हो गई थी। सूरज को देखे हुए उसे कई दिन हो गये थे और वह जानता था कि अभी कुछ दिन ऐसे ही बीतेंगे तब कहीं जाकर वह खुशनुमा गोला दक्षिणायन से अचानक क्षितिज के ऊपर झाँकेगा और फौरन ही आँख से ओझल हो जायेगा।

उस आदमी ने मुड़कर उस रास्ते पर नजर डाली जिधर से वह आया था। मील भर चौड़ी युकोन नदी बर्फ की तीन फीट मोटी चादर के नीचे छुपी हुई थी। इस जमी हुई बर्फ के ऊपर कम-से-कम तीन फीट ताजा बर्फ पड़ी थी। यह सब एकदम शुद्ध सफेद था, और जहाँ-जहाँ जमी हुई बर्फ उभरी हुई थी वहाँ हवा से हल्की तरंगें-सी दिख रही थीं। उत्तर से दक्षिण तक, जहाँ तक उसकी नजर जा रही थी, एक अटूट सफेदी पसरी हुई थी; बस एक काली, बाल-जैसी रेखा फर के पेड़ों से ढँके टापू से शुरू होती थी और बल खाती हुई दूर उत्तर की ओर चली गई थी जहाँ वह फर के पेड़ों से ढँके एक और टापू के पीछे गुम हो जा रही थी। यह काली रेखा पगडण्डी थी—मुख्य पगडण्डी—जो दक्षिण में पाँच सौ मील दूर चिलकूट पास, दाइया और साल्टवाटर तक जाती थी और उत्तर में सत्तर मील दूर

डॉसन, फिर हजार मील दूर नुलाटो और फिर डेढ़ हजार मील उत्तर में बेरिंग सागर पर सेण्ट माइकल तक पहुँचती थी।

लेकिन यह सब—रहस्यमय, दूर तक जाती पतली-सी पगडण्डी, आसमान में सूरज की गैर-मौजूदगी, भयंकर ठण्ड और चारों ओर व्याप्त विचित्रता और अद्‌भुतपन—उस आदमी पर कोई असर नहीं डाल रहे थे। ऐसा इसलिए नहीं था कि उसे इस सबकी लम्बे समय से आदत हो गई थी। वह इस इलाके में नवागन्तुक था, जिसे यहाँ चेचाको कहते थे, और यह उसका पहला जाड़ा था। उसके साथ दिक्कत यह थी कि वह कल्पनाविहीन था। जीवन की जरूरी चीजों के मामले में वह सतर्क और फुर्तीला था, लेकिन बस चीजों के मामले में, उसकी अहमियत को समझने में नहीं। शून्य से पचास डिग्री से नीचे का मतलब था हिम की करीब अस्सी डिग्री। ऐसे तथ्य का उसके लिए एक ही मतलब था, कि ठण्ड और कष्ट बढ़ेंगे—बस, और कुछ नहीं। यह उसे समशीतोष्ण प्राणी के रूप में अपनी दुर्बलता, या गर्मी और ठण्ड की कुछ संकीर्ण सीमाओं के भीतर ही जी सकने की मनुष्य मात्र की दुर्बलता के बारे में सोचने को प्रेरित नहीं करता था; नश्वरता-अनश्वरता और ब्रह्माण्ड में मनुष्य की स्थिति जैसी बातों पर चिन्तन करने का तो सवाल ही नहीं था। शून्य से पचास डिग्री नीचे का मतलब था तकलीफदेह पाले की चुभन जिससे बचने के लिए दस्तानें, कान ढँकने वाली टोपी, चमड़े के गर्म जूते और मोटी जुराबें जरूरी थीं। शून्य से पचास डिग्री नीचे का मतलब उसके लिए बस शून्य से पचास डिग्री नीचे था। उसके दिमाग में यह खयाल भी नहीं आता था कि इसमें कोई और भी बात हो सकती है।

मुड़कर चलते हुए उसने अनुमान लगाने के लिए थूका। तेज, धमाकेदार चटाख की आवाज हुई जिससे वह चौंक पड़ा। उसने फिर थूका। इस बार भी, बर्फ पर गिरने से पहले, हवा में ही थूक कड़कड़ा गया। वह जानता था कि पचास डिग्री नीचे की ठण्ड में बर्फ पर गिरते ही थूक कड़कड़ा जाता था, लेकिन यह थूक तो हवा में ही जमकर चटख गया था। बिला शक, तापमान पचास डिग्री से ज्यादा नीचे था—कितना नीचे, यह कहना मुश्किल था। लेकिन तापमान से कोई फर्क नहीं पड़ता था। वह हेण्डरसन क्रीक की बाईं उपधारा के किनारे की पुरानी खदान की ओर जा रहा था जहाँ उसके साथी पहले से मौजूद थे। वे इण्डियन क्रीक के इलाके से जमी हुई नदी को पार करके आये थे, जबकि वह घूमकर दूसरे रास्ते से आया था ताकि वसन्त में युकोन के टापुओं से लकड़ी के कुन्दे निकालने की सम्भावना का पता लगा सके। यह सही था कि शिविर में वह छः बजे तक, यानी अँधेरा हो जाने के कुछ देर बाद पहुँचेगा, लेकिन बाकी सब वही होंगे, आग जल रही होगी और गर्मागर्म खाना तैयार मिलेगा। दिन के खाने की बात सोचकर उसका हाथ जैकेट के नीचे से उभरी पोटली पर चला गया। रूमाल में लिपटी पोटली उसकी कमीज के अन्दर थी, नंगी चमड़ी से सटी हुई। बिस्कुटों को जम जाने से बचाने का यही तरीका था। इन बिस्कुटों के खयाल पर वह मन-ही-मन

मुस्कुरा उठा—हर बिस्कुट बेकन ग्रीज़ में लिपटा हुआ था और बीच से चीरकर उसमें तले बेकन का कतला रखा था।

वह बड़े फर वृक्षों के बीच से घुसकर चल पड़ा। रास्ता धुँधला-सा पता चल रहा था। आखिरी स्लेज गाड़ी के गुजरने के बाद से एक फुट बर्फ गिर चुकी थी और वह खुश था कि वह बिना स्लेज के आया था, कोई वजनी सामान नहीं था उसके पास बल्कि रूमाल में लिपटे खाने के सिवा उसके पास कुछ भी नहीं था। लेकिन ठण्ड से उसे हैरत हो रही थी। सुन्न हुई नाक और गालों की हड्डियों को दस्ताना चढ़े हाथों से मलते हुए वह इस नतीजे पर पहुँचा कि ठण्ड कुछ ज्यादा ही है। उसके घने गुलमुच्छे थे लेकिन चेहरे के बाल गालों की उभरी हुई हड्डियों और पाले से सर्द हवा में उद्धत ढंग से आगे निकली नाक का बचाव नहीं कर सकते थे।

आदमी के पीछे-पीछे एक बड़ा-सा हस्की नस्ल का कुत्ता चल रहा था। वह एक असल भेड़िया-कुत्ता था। उसकी खाल धूसर रंग की थी और बनावट या मिजाज में वह अपने भाई, जंगली भेड़िये से अलग नहीं लगता था। जबर्दस्त ठण्ड से वह जानवर परेशान और खिन्न था। वह जानता था कि यह समय सफर करने का नहीं है। उसकी मूलवृत्तियाँ उसे आदमी के अनुमान के मुकाबले ज्यादा सटीक जानकारी दे रही थीं। दरअसल ठण्ड शून्य से पचास डिग्री नीचे ही नहीं थी; यह साठ डिग्री से भी ज्यादा, सत्तर से भी ज्यादा नीचे थी। ठण्ड शून्य से पचहत्तर डिग्री नीचे थी। हिमांक शून्य से बत्तीस डिग्री ऊपर होता है तो इसका मतलब था कि हिम की 107 डिग्री मौजूद थी। कुत्ते को थर्मामीटरों के बारे में कुछ नहीं मालूम था। शायद उसके मस्तिष्क में अत्यधिक ठण्ड की स्थिति की वैसी स्पष्ट चेतना नहीं थी जैसी उस आदमी के मस्तिष्क में थी। लेकिन उस पशु के पास अपनी मूलवृत्ति थी। उसे एक अस्पष्ट लेकिन डरावनी आशंका का अनुभव हो रहा था जो उस पर हावी हो गई थी और जिसकी वजह से वह चुपचाप आदमी के पीछे-पीछे चला जा रहा था। इस आशंका के कारण वह उस आदमी की हर अनभ्यस्त हरकत पर उत्सुक प्रश्नाकुल निगाहों से देखता था मानो उम्मीद कर रहा हो कि वह खेमा गाड़ेगा या फिर कहीं आसरा लेकर आग जलायेगा। कुत्ता आग से परिचित था और वह इस समय आग चाहता था, या फिर बर्फ में गड्ढा खोदकर गुड़ी-मुड़ी होकर अपने शरीर की गर्मी को सर्द हवा से बचाना चाहता था।

उसकी साँस की नमी उसकी रोएँदार खाल पर बर्फ के महीन चूरे की तरह जम गई थी, खासकर उसके जबड़े, थूथन और बरौनियाँ उसकी जमी हुई साँसों से सफेद हो गई थीं। उस आदमी की लाल दाढ़ी और मूँछे भी ऐसे ही बर्फ से ढँकी थीं लेकिन वह ज्यादा ठोस जम गई थीं। हर गर्म, नम साँस के साथ जमी हुई बर्फ बढ़ती जाती थी। इसके अलावा वह आदमी तम्बाकू चबा रहा था और बर्फ का जाबा उसके होंठों को इतना कसकर जकड़े हुए था कि ज़ब भी वह तम्बाकू का रस थूकने की कोशिश करता, वह उसकी ठोड़ी से आगे नहीं जा पाता था। नतीजा

यह था कि उसकी ठोड़ी पर कत्थई रंग और ठोसपन लिए हुए एक क्रिस्टल जैसी दाढ़ी बनती जा रही थी। अगर वह गिर पड़े तो यह दाढ़ी टूटकर काँच की तरह छोटी-छोटी किरिचों में बिखर जायेगी। लेकिन उसे इस लटकन से परेशानी नहीं थी। इस इलाके में तम्बाकू चबाने वाले को यह सजा तो भुगतनी ही पड़ती थी, और वह पहले भी दो बार इसी तरह अचानक बढ़ी ठण्ड में बाहर रह चुका था। वह जानता था कि कि उन मौकों पर ऐसी ठण्ड नहीं थी, लेकिन सिक्स्टी माइल में लगे स्पिरिट थर्मामीटर में एक बार पचास डिग्री नीचे और एक बार पचपन डिग्री नीचे दर्ज किया गया था।

वह कई मील तक जंगल के बीच से गुजरता रहा, ठिंगनी काली झाड़ियों से भरा एक चौड़ा मैदान पार किया और कगार से नीचे उतरकर एक नाले की जमी हुई सतह पर चलने लगा। यह हेण्डरसन क्रीक थी, और वह जान गया कि यह जगह वहाँ से दस मील दूर है जहाँ से इसकी उपधाराएँ शुरू होती थीं। उसने घड़ी देखी। दस बज रहे थे। वह एक घंटे में चार मील तय कर रहा था और उसने हिसाब लगाया कि उपधाराओं तक वह साढ़े बारह बजे पहुँच जायेगा। उसने तय किया कि इस मौके का जश्न वह वहीं पर खाना खाकर मनायेगा।

कुत्ता फिर उसके पीछे-पीछे चल पड़ा लेकिन उसकी नीचे गिरी हुई पूँछ उसकी हताशा का पता दे रही थी। स्लेज गाड़ियों के चलने से बनी लीक का पता तो चल रहा था लेकिन आखिरी गाड़ी के निशान बारह-तेरह इंच बर्फ से ढँक चुके थे। एक महीने में कोई भी आदमी उस खामोश क्रीक से आया-गया नहीं था। वह आदमी सधी रफ्तार से चलता रहा। यूँ भी वह ज्यादा सोचने वाला व्यक्ति नहीं था और खासकर इस समय उसके पास सोचने के लिए इसके सिवा कुछ नहीं था कि वह उपधाराओं के पास खाना खायेगा और छः बजे वह शिविर में बाकी बन्दों के साथ होगा। बातें करने के लिए कोई था नहीं; और अगर होता तो भी मुँह पर लगे बर्फ के जाबे की वजह से बोलना नामुमकिन ही होता। इसलिए वह एकरस ढंग से तम्बाकू चबाता रहा और अपनी ऐम्बर रंग की दाढ़ी को लम्बा करता रहा।

बीच में यह खयाल अपने को दोहराता था कि ठण्ड बहुत अधिक है और उसे पहले कभी ऐसी ठण्ड का अनुभव नहीं हुआ है। चलते-चलते वह दस्ताने चढ़े हाथ के पिछले हिस्से से गालों की हड्डियों और नाक को रगड़ता था। उसका कभी दायाँ तो कभी बायाँ हाथ अपने आप ही चेहरे पर चला जाता था। लेकिन वह चाहे जितना रगड़े, हाथ रोकते ही उसके गालों की हड्डियाँ सुन्न हो जाती थीं और अगले ही पल उसकी नाक का सिरा सुन्न हो जाता था। यह तो तय था कि उसके गालों को पाला मार जायेगा; वह यह बात जानता था, और उसे यह सोचकर पछतावा हुआ कि उसने नाक पर बाँधने वाली पट्टी नहीं बनाई। वह तो ऐसी ठण्ड में इस पट्टी के बिना नहीं निकलता था। यह पट्टी गालों से होकर गुजरती थी और उनका भी बचाव करती थी। लेकिन इससे कुछ खास फर्क नहीं

पड़ता था। पाला खाये गालों से क्या होना था? बस, जरा तकलीफ होती; इनसे कोई गम्भीर नुकसान नहीं होना था।

आदमी का दिमाग विचारों से खाली था, पर उसकी आँखें चौकन्नी थीं और वह क्रीक में आने वाले हर बदलाव पर ध्यान दे रहा था। हर मोड़ और घुमाव और फँसी हुई लकड़ियों के ढेरों को वह गौर से देखता और हर कदम देख-देखकर रखता था। एक बार, एक मोड़ से घूमते ही वह अचानक चौंके हुए घोड़े की तरह बचकर किनारे हटा और कई कदम पीछे चला गया। वह जानता था कि यह नाला सीधे तलहटी तक जमा हुआ है—आर्कटिक की इस सर्दी में किसी नाले में पानी नहीं रह सकता—लेकिन उसे यह भी मालूम था कि पहाड़ियों से निकलने वाले कई सोते ताजा गिरी बर्फ के नीचे से नाले की जमी हुई सतह के ऊपर बहते रहते हैं। वह जानता था कि सबसे भीषण ठण्ड के दिनों में भी ये सोते नहीं जमते हैं और वह इनके खतरों से वाकिफ था। ये खतरनाक फन्दे थे। इनकी वजह से पोली बर्फ के नीचे पानी के कुण्ड बन जाते थे जो तीन इंच से लेकर तीन फीट तक गहरे हो सकते थे। कभी-कभी आधा इंच मोटी जमी बर्फ की पपड़ी उन्हें ढँके रहती थी जिसके ऊपर ताजा बर्फ होती थी। कभी-कभी एक के बाद एक पानी और बर्फीली पपड़ी की कई परतें होती थीं, जिसके चलते जब कोई इसमें धँसता था तो कुछ देर तक धँसता चला जाता था, कभी-कभी तो वह कमर तक भीग जाता था।

इसीलिए वह इस कदर घबराकर पीछे भागा था। उसे अपने पैर के नीचे धसक महसूस हुई थी और बर्फीली पपड़ी के चटखने की आवाज सुनाई पड़ी थी। इस तापमान पर पैर गीले करने का मतलब था गहरी मुश्किल और खतरा। सबसे कम नुकसान का मतलब था घंटे भर की देरी क्योंकि उसे रुककर आग जलानी पड़ती और उसकी गर्माहट में पैरों से जुराबें और जूते उतारकर सुखाने पड़ते। उसने रुककर नाले की सतह और उसकी कगारों का गौर से मुआइना किया और फिर तय पाया कि पानी का बहाव बाईं ओर से आ रहा है। नाक और गालों को मलते हुए वह कुछ देर सोच में डूबा रहा, फिर फूँक-फूँककर कदम रखते हुए घूमकर बाईं ओर चला गया। खतरे से बाहर हो जाने पर उसने नया तम्बाकू मुँह में डाला और चार मील की घंटे की चाल से आगे चल दिया। अगले दो घंटों के दौरान उसे ऐसे कई फन्दे मिले। आम तौर पर छुपे हुए जलकुण्डों के ऊपर की बर्फ जरा धँसी हुई और चमकदार होती थी जिससे खतरे का संकेत मिल जाता था। फिर भी, एक बार और वह बाल-बाल बचा; और एक बार, खतरा सूँघकर उसने कुत्ते को आगे जाने के लिए मजबूर किया। कुत्ता जाना नहीं चाहता था। वह पीछे ही रुका रहा लेकिन आदमी ने उसे जोर से धक्का दिया तो वह जल्दी से सफेद, सपाट सपाट सतह पर भागा। अचानक उसके पैर धँसे, वह एक ओर झुका हुआ लड़खड़ाया और फिर किनारे, सुरक्षित स्थान पर निकल गया। उसके अगले पंजे और पैर भीग गये थे और फौरन ही उन पर चिपका पानी जमकर सख्त बर्फ

में बदल गया। उसने जल्दी-जल्दी अपने पैरों से बर्फ चाटने की कोशिश की और फिर बर्फ पर गिरकर पंजों के बीच जमी बर्फ को मुँह से निकालने लगा। यह उसकी नैसर्गिक वृत्ति का मामला था। बर्फ को जमे रहने देने का मतलब था पंजों में तकलीफदेह सूजन। वह इस बात को नहीं जानता था। वह तो बस अपने भीतर कहीं गहरे से आ रहे रहस्यमय संदेशों का पालन कर रहा था। लेकिन आदमी यह जानता था, क्योंकि उसे इस मामले में दूसरों की राय मिल चुकी थी। उसने दस्ताना उतारा और बर्फ के कणों को उँगलियों से बाहर निकाल दिया। उसकी उँगलियाँ मुश्किल से एक मिनट तक खुली थीं पर वे जिस तेजी से सुन्न हुई, उससे वह भौचक रह गया। वाकई बेहद ठण्ड थी। उसने हड़बड़ाकर दस्ताना वापस चढ़ाया और वहशियों की तरह अपने हाथ को छाती पर जोर-जोर से मारने लगा।

बारह बजे दिन एकदम चमकदार था। लेकिन सूरज सर्दियों की अपनी यात्रा पर इतना दक्षिणायन था कि क्षितिज से ऊपर नहीं आ सकता था। पृथ्वी का उभार उसके और हेण्डरसन क्रीक के बीच आता था जहाँ वह आदमी मध्याह्न के समय स्वच्छ आकाश के नीचे चल रहा था, बिना परछाई छोड़े। ठीक साढ़े बारह बजे वह उस जगह पहुँच गया जहाँ से नाला कई उपधाराओं में बँट गया था। अपनी रफ्तार से वह खुश था। अगर वह ऐसे ही चलता रहा तो छः बजे तक उन लोगों के पास जरूर पहुँच जायेगा। उसने जैकेट और कमीज के बटन खोले और अपना खाना बाहर निकाला। इस काम में बस चौथाई मिनट लगा होगा, पर इस जरा-से पल में ही उसकी खुली उँगलियाँ सुन्न होने लगी थीं। उसने दस्ताना वापस नहीं चढ़ाया बल्कि उँगलियों को दस-बारह बार जोर से अपने पैर से टकराया। फिर वह खाने के लिए बर्फ से ढँके एक कुन्दे पर बैठ गया। उँगलियों को पैर पर मारने से उनमें आया खून का प्रवाह इतनी जल्दी रुक गया कि वह चौंक पड़ा। उसे बिस्कुट का एक निवाला लेने का भी मौका नहीं मिला था। उसने बार-बार उँगलियाँ पैर पर पटकीं और फिर उन पर दस्ताना चढ़ाकर खाने के लिए दूसरा हाथ बाहर निकाला। उसने बिस्कुट मुँह में डालने की कोशिश की लेकिन बर्फ का जाबा आड़े आ गया। वह आग जलाकर बदन पर जमी बर्फ पिघलाना भूल गया था। अपनी मूर्खता पर वह मन-ही-मन हँसा लेकिन हँसते हुए भी उसका ध्यान इस ओर गया कि उसकी खुली उँगलियाँ सुन्न हुई जा रही हैं। उसने यह भी ध्यान दिया कि बैठने पर उसके पंजों में खून की जो तेजी महसूस हुई थी, वह खत्म हो रही है। उसे शक हुआ कि पंजे अभी गर्म हैं या सुन्न पड़ गये। जूतों के भीतर उसने पंजों को हिलाने-डुलाने की कोशिश की और पाया कि वे सुन्न हो चुके हैं।

उसने जल्दी से दस्ताना चढ़ाया और उठ गया। वह थोड़ा डर गया था। जोर से पैर पटकते हुए वह तब तक इधर-उधर चलता रहा जब तक कि उनमें खून फिर से दौड़ने नहीं लगा। ठण्ड वाकई बहुत ज्यादा है, बस यही खयाल उसके दिमाग में बार-बार आ रहा था। सल्फर क्रीक का वह आदमी ठीक ही बता रहा

था कि खुले इलाकों में किस कदर ठण्ड हो जाती है। उस समय वह उस पर हँस दिया था! यह बताता है कि आदमी को अपने आप पर कुछ ज्यादा ही यकीन नहीं करना चाहिए। ठण्ड वाकई जबर्दस्त थी, इसमें कोई शक नहीं था। वह पैर पटकते और हाथों को जोर से घुमाते हुए चलता रहा जब तक कि बदन में गर्मी लौटने से आश्वस्त नहीं हो गया। फिर उसने माचिस निकाली और आग जलाने का उपक्रम शुरू किया। पिछले वसन्त की बाढ़ ने झाड़ियों की जड़ों के पास सूखी टहनियों के ढेर जमा कर दिये थे। उसने पहले थोड़ी-सी छिपटियाँ जलाईं और कुछ ही देर में अच्छी-खासी आग जलने लगी जिसकी गर्मी में उसने चेहरे की बर्फ पिघलाई और अपने बिस्कुट खाये। कुछ समय के लिए उसने वातावरण की ठण्ड को पछाड़ दिया था। कुत्ता संतुष्ट भाव से आग के सामने पसरा था, इतना नजदीक कि भरपूर गर्मी पा सके और इतनी दूर कि झुलसने से बचा रहे।

खाना खत्म करके आदमी ने अपना पाइप भरा और आराम से तम्बाकू पीता रहा। फिर उसने दस्ताने चढ़ाये, कनटोप को कानों पर कसकर जमाया और नाले की बाईं उपधारा से होकर आगे चल पड़ा। कुत्ता हताश हो गया और मुड़-मुड़कर आग की ओर देख रहा था। इस आदमी को ठण्ड का अनुभव नहीं था। शायद उसके पूर्वजों की तमाम पीढ़ियाँ ठण्ड से, असली ठण्ड, हिमांक से एक सौ सात डिग्री नीचे की ठण्ड से अपरिचित रही थीं। लेकिन कुत्ता जानता था; उसकी तमाम पिछली पीढ़ियाँ जानती थीं और उसने यह ज्ञान विरासत में पाया था। वह जानता था कि ऐसी डरावनी ठण्ड में बाहर घूमना अच्छा नहीं है। यह समय था कि बर्फ में गड्ढा खोदकर गुड़ी-मुड़ी होकर पड़े-पड़े उस वक्त का इन्तजार किया जाये जब बादलों का पर्दा खुले आसमान को ढँक लेगा जहाँ से यह ठण्ड आ रही थी। दूसरी ओर, कुत्ते और आदमी के बीच कोई घनिष्ठता नहीं थी। दुलार के नाम पर उसे सिर्फ कोड़े की फटकार मिलती थी और तीखी, डरावनी घुड़कियाँ जो कोड़ों की चेतावनी देती थीं। इसलिए कुत्ते ने अपनी आशंकाएँ आदमी को जताने की कोई कोशिश नहीं की। उसे आदमी की भलाई की चिन्ता नहीं थी; वह तो अपने लिए आग के पास लौटना चाह रहा था। लेकिन आदमी ने सीटी बजाई और कोड़े की फटकार वाली आवाज में उसे बुलाया और कुत्ता मुड़कर उसके पीछे-पीछे चलने लगा।

आदमी ने तम्बाकू मुँह में भरा और ऐम्बर की नई दाढ़ी बनानी शुरू कर दी। उसकी नाम नम साँस ने फौरन उसकी मूँछों, भौंहों और बरौनियों को सफेद पाउडर से ढँक दिया। लगता था, हेण्डरसन की बाईं उपधारा पर ज्यादा सोते नहीं थे, और आधे घंटे तक आदमी को उनका कोई चिह्न नहीं दिखा। और फिर अचानक यह हो गया। एक ऐसी जगह पर, जहाँ कोई चिह्न नहीं थे और बर्फ की सपाट चिकनी सतह नीचे के ठोसपन का विज्ञापन कर रही थी, उसके पैर एकदम से धँस पड़े। वहाँ ज्यादा गहरा नहीं था। वह गिरते-पड़ते ठोस सतह पर आया तो घुटनों से कुछ नीचे तक भीग चुका था।

नाराज होकर उसने अपनी किस्मत को जोर की गाली दी। उसने छ: बजे तक बाकी बन्दों के पास शिविर में पहुँच जाने की उम्मीद लगाई थी, पर अब उसे एक घंटे की देर हो जायेगी, क्योंकि उसे आग जलाकर जुराबें और जूते सुखाने पड़ेंगे। इतने कम तापमान पर ऐसा करना निहायत जरूरी था—यह वह अच्छी तरह जानता था। वह मुड़ा और कगार पर चढ़कर ऊपर निकल आया। थोड़ी ऊँचाई पर, फर के कई छोटे पेड़ों के तनों के पास की झाड़ियों में बाढ़ से आई सूखी लकड़ियों का ढेर जमा था। इनमें ज्यादातर तो पतली डण्डियाँ और टहनियाँ थीं लेकिन कई मोटी शाखाओं के टुकड़े और पिछले साल की सूखी घास के गुच्छे भी थे। उसने कई बड़े-बड़े टुकड़े बर्फ पर डाल दिये। यह बुनियाद का काम करेगा और आग से पिघली बर्फ में डूबकर लपट को बुझ जाने से बचायेगा। उसने अपनी जेब से भोजपत्र का एक छोटा-सा टुकड़ा निकालकर उसे माचिस से जलाया। वह कागज से भी ज्यादा आसानी से जल गया। इसे बुनियाद पर रखकर वह नन्हीं-सी लौ को सूखी घास के गुच्छों और छोटी-छोटी टहनियों से लहकाने लगा।

उसे खतरे का अहसास था और वह धीरे-धीरे और सावधानी से काम कर रहा था। जैसे-जैसे जोर पकड़ती गई, वह उसमें ज्यादा बड़ी टहनियाँ डालता गया। वह बर्फ में उकड़ूँ बैठा था और झाड़ियों में उलझी टहनियों को खींच-खींचकर सीधे आग में डाल रहा था। उसे मालूम था कि असफलता कतई नहीं होनी चाहिए। जब ठण्ड शून्य से पचहत्तर डिग्री नीचे हो तो आदमी को आग जलाने के पहले प्रयास में ही असफल नहीं होना चाहिए—वह भी तब, जब उसके पैर भीग गये हों। अगर उसके पैर सूखे हैं, और वह असफल रहता है तो वह आधा मील दौड़कर रक्त का संचार फिर से शुरू कर सकता है। लेकिन पचहत्तर डिग्री नीचे पर भीगे और जम रहे पैरों में दौड़ने से रक्त-संचार वापस नहीं लाया जा सकता। चाहे वह जितनी भी तेजी से दौड़े, भीगे पैर जमकर अकड़ जायेंगे।

वह आदमी यह सब जानता था। पिछले पतझड़ में सल्फर क्रीक में उस अनुभवी आदमी ने इसके बारे में बताया था और अब उसे उसकी सलाह का महत्त्व समझ आ रहा था। उसके पैर अभी से संवेदनशून्य हो चुके थे। आग जलाने के लिए उसे अपने दस्ताने उतारने पड़े थे और उँगलियाँ तुरन्त ही सुन्न हो गई थीं। चार मील प्रति घंटे की उसकी चाल के कारण उसके दिल की धड़कन खून को उसके बदन के हर हिस्से तक भेजती रही थी। लेकिन जैसे ही वह रुका, वह पम्प भी ढीला पड़ गया। आसमान से उतरती ठण्ड पृथ्वी के आरक्षित सिरे पर वज्रपात कर रही थी और उस आरक्षित सिरे पर मौजूद होने के नाते वह उस प्रहार का पूरा वेग झेल रहा था। उसके शरीर का रक्त इससे सहमकर पीछे हट रहा था। कुत्ते की तरह रक्त भी सजीव था, और कुत्ते की तरह वह भी कहीं छुपकर इस भयंकर ठण्ड से बचना चाहता था। जब तक वह चार मील प्रति घंटे की रफ्तार से

चल रहा था तो वह रक्त को धकियाकर शरीर की सतहों तक भेजता रहा था; लेकिन अब वह तेजी से उतार पर था और शरीर की खोहों में जा छिपा था। देह के छोरों को सबसे पहले उसकी अनुपस्थिति महसूस हुई थी। उसके भीगे पैर ज्यादा तेजी से जम रहे थे और उसकी खुली उँगलियाँ ज्यादा तेजी से सुन्न हुई थीं, हालाँकि अभी वे जमने नहीं लगी थीं। नाक और गाल अकड़ने लगे थे, जबकि रक्त से वंचित होते ही उसके पूरे बदन की त्वचा सर्द हो गई थी।

लेकिन वह सुरक्षित था। पंजों और नाक और गालों पर जमने का थोड़ा ही असर होगा, क्योंकि अब आग अच्छी तरह जलने लगी थी। अभी वह अपनी उँगली की मोटाई की टहनियाँ इसमें डाल रहा था। एक-दो मिनट में वह कलाई जितनी मोटी शाखाएँ डालने लगेगा, और तब वह भीगे हुए जूते-मोजे उतार सकेगा। फिर जब तक वे सूखेंगे, वह अपने नंगे पैरों को बर्फ से रगड़ने के बाद आग से गर्मायेगा। सल्फर क्रीक के सयाने की सलाह याद करके वह मुस्कुरा दिया। उसने बड़ी गम्भीरता से यह नियम बताया था कि पचास डिग्री नीचे के बाद किसी को भी क्लोंडाइक में अकेले सफर नहीं करना चाहिए। पर वह तो अकेले था, उसके साथ दुर्घटना भी हुई थी और उसने खुद को बचा लिया था। उसने सोचा कि इन पुराने लोगों में से कई बिल्कुल औरतों की तरह हैं। आदमी बस अपना दिमाग शान्त रखे तो कोई परेशानी नहीं होगी। कोई भी आदमी अगर असल मर्द है, तो अकेले सफर कर सकता है। लेकिन जिस तेजी से उसकी नाक और गाल जमे जा रहे थे, वह बड़ी हैरानी की बात थी। और उसने यह नहीं सोचा था कि उसकी उँगलियाँ इतने कम समय में बेजान हो जायेंगी। वे बेजान हो चुकी थीं, क्योंकि वह मुश्किल से उनसे कोई टहनी पकड़ पा रहा था। और वे उसके बदन से और उससे बहुत दूर मालूम पड़ रही थीं। जब वह कोई टहनी छूता था तो उसे मुड़कर देखना पड़ता था कि उसे पकड़ सका है या नहीं। उसकी उँगलियों के पोरों और उसके बीच के तार पक्के तौर पर टूट गये थे।

इस सबका अब ज्यादा मतलब नहीं था। सामने चटखती और लहकती आग जल रही थी और हर उछलती हुई लपट जीवन का आश्वासन दे रही थी। उसने जूतों के तस्मे खोलना शुरू किया। जूतों पर बर्फ की कड़ी परत थी; मोटे जर्मन मोजे घुटनों के ठीक नीचे तक लोहे के खोल जैसे हो गये थे; और तस्में ऐसे हो गये थे मानों स्टील की छड़े तेज आँच से पिघलकर ऐंठी और एक-दूसरे से उलझ गई हों। एक-दो बार उसने सुन्न पड़ी उँगलियों से खींचने की कोशिश की, फिर अपनी बेवकूफी का अहसास कर उसने म्यान से चाकू निकाला।

वह तस्मों को काट पाता, इसके पहले ही अघट घट गया। यह उसी की गलती थी। उसे फर के पेड़ के नीचे आग नहीं जलानी चाहिए थी। उसे यह काम खुले में करना चाहिए था। लेकिन झँखाड़ में से टहनियों को खींचकर सीधे आग में डालना ज्यादा आसान था। पर वह जिस पेड़ के नीचे यह कर रहा था, उसकी डालों पर बर्फ का खासा ढेर लगा था। कई हफ्तों से हवा नहीं चली थी और हर

डाल अच्छी तरह लदी हुई थी। हर टहनी खींचकर निकालने के साथ उसने पेड़ को हल्का-सा झकझोरा था। यह कम्पन इतना हल्का था कि उसे नजर नहीं आता था लेकिन आफत बरपा करने के लिए काफी था। पेड़ के ऊपर की एक डाली ने बर्फ का अपना बोझ पलट दिया। यह नीचे की डालों पर गिरा और वे भी खाली हो गईं। यह प्रक्रिया जारी रही, फैलती गई और पूरे पेड़ को चपेट में ले लिया। यह हिमस्खलन की तरह बढ़ी और बिना किसी चेतावनी के उस आदमी और आग पर आ गिरी, और आग बुझ गई! जहाँ लपटें लपक रही थीं वहाँ अब ताजा और ऊबड़-खाबड़ बर्फ का ढकना था।

आदमी सन्न रह गया। यह तो ऐसा था मानो उसे मौत का फरमान सुना दिया गया हो। एक पल के लिए वह चुपचाप बैठा उस जगह को घूरता रहा जहाँ आग थी। फिर उसका मन एकदम शान्त हो गया। शायद सल्फर क्रीक का सयाना सही था। अगर उसके साथ सफर का कोई साथी होता तो उसे कोई खतरा नहीं होता। साथी ने आग जला ली होती। पर अब तो उसे ही फिर से आग जलानी थी, और इस बार कोई चूक नहीं होनी चाहिए थी। अगर वह सफल रहा तो भी शायद उसे पैर की कुछ उँगलियाँ गँवानी पड़ेंगी। उसके पाँव अब तक बुरी तरह जम चुके होंगे, और दुबारा आग जलने में अभी कुछ समय लगेगा।

यह सब सोचते हुए वह बैठा नहीं था। वह लगातार व्यस्त था। उसने आग के लिए नई बुनियाद तैयार की, इस बार खुले में, जहाँ कोई दगाबाज पेड़ उसे दफन न कर सके। फिर उसने सूखी घास और पतली-पतली टहनियाँ बटोरीं। वह इन्हें खींचने के लिए अपनी उँगलियों का इस्तेमाल नहीं कर पा रहा था बल्कि हथेलियों में भरकर उठा रहा था। इस तरह से बहुत-सी सड़ी टहनियाँ और हरी काई के गुच्छे भी आ-जा रहे थे, पर वह कुछ नहीं कर सकता था। वह बड़े व्यवस्थित ढंग से काम कर रहा था और दोनों बाँहों में भरकर मोटी शाखाएँ भी ले आया था जिन्हें बाद में, आग के जोर पकड़ने पर काम आना था। पूरे समय कुत्ता बैठा उसे देख रहा था; उसकी आँखों में उत्कण्ठा भरी ललक थी, क्योंकि यह उसे अग्निदाता के रूप में देखता था और आग के आने में देर हो रही थी।

जब सब तैयार हो गया तो आदमी ने भोजपत्र के दूसरे टुकड़े के लिए जेब में हाथ डाला। वह जानता था कि छिलका वहाँ है, पर हालाँकि वह उँगलियों से उसे महसूस नहीं कर पा रहा था पर जेब में टटोलते हुए उसे उसकी करकराहट सुनाई दे रही थी। भरसक कोशिश करके भी वह उसे उँगलियों में पकड़ नहीं पा रहा था। और इस पूरे समय उसकी चेतना में यह बात मौजूद थी कि हर पल उसके पैर जमे जा रहे हैं। इस विचार से उसके दिल में दहशत की लहर उठी लेकिन उसने उसे दबा दिया और शान्त चित्त बना रहा। उसने दाँतों से खींचकर दस्ताने चढ़ा लिये और जोर-जोर से बाँहों को घुमाते हुए दोनों हाथ पूरी ताकत से अपनी जाँघों पर मारने लगा। पहले वह बैठकर ऐसा करता रहा, फिर उठकर खड़ा हो गया। पूरे समय कुत्ता बर्फ में बैठा आदमी को देखता रहा;

उसकी भेड़ियों वाली झबरीली पूँछ गर्माहट देती हुई अगले पंजों को ढँके हुए थी, और उसके तीक्ष्ण भेड़ियोंवाले कान उत्सुकता से आगे की ओर तने हुए थे। अपने हाथों को भाँजते और पीटते हुए उस आदमी का दिल उस जानवर को देखकर ईर्ष्या से भर उठता था जो अपने प्राकृतिक आवरण में गर्म और सुरक्षित था।

कुछ देर बाद उसे अपनी उँगलियों में संवेदन के पहले, दूर से आते संकेतों का भान हुआ। हल्की-सी झनझनाहट धीरे-धीरे बढ़ते हुए तेज दर्द में बदल गई, जो लगभग असहनीय था, लेकिन आदमी ने खुशी से इसका स्वागत किया। उसने दाहिने हाथ का दस्ताना खींचकर निकाला और भोजपत्र का टुकड़ा बाहर लाया। नंगी उँगलियाँ फिर तेजी से सुन्न हो रही थी। उसने जेब से गन्धक वाली माचिस का डिब्बा निकाला। लेकिन भीषण ठण्ड तब तक उसकी उँगलियों को बेजान कर चुकी थी। एक तीली अलग करने की कोशिश में पूरा बण्डल बर्फ में गिर गया। उसने इसे बर्फ में से निकालने की काशिश की लेकिन नाकाम रहा। बेजान उँगलियाँ न तो छू सकती थीं, न पकड़ सकती थीं। वह बेहद सावधान था। उसने अपने जम रहे पैरों, और नाक और गालों को दिमाग से बाहर निकाल दिया; उसका तन-मन पूरी तरह माचिस पर केन्द्रित हो गया था। स्पर्शेन्द्रिय की जगह दृष्टि का इस्तेमाल करते हुए वह ध्यान से देखता रहा, और जब उसने बण्डल के दोनों तरफ अपनी उँगलियाँ देखीं तो उन्हें बन्द कर दिया—यानी उसने उन्हें बन्द करने की इच्छा की, पर सम्पर्क-सूत्र काम नहीं कर रहे थे और उँगलियों ने इच्छा का पालन नहीं किया। उसने दाहिने हाथ पर दस्ताना फिर चढ़ा लिया और बड़ी जोर से उसे कई बार घुटने पर पटका। फिर उसने दस्ताने वाले हाथों से ढेर सारी बर्फ के साथ माचिस का बण्डल उठाकर गोद में डाल लिया। इससे भी उसे ज्यादा फायदा नहीं हुआ।

काफी कोशिश के बाद वह दस्ताना चढ़े अपने हाथों की गदेलियों के बीच बण्डल को थाम पाया। ऐसे ही उठाये हुए वह उसे मुँह तक लाया। पूरा जोर लगाकर उसने मुँह खोला तो जमी हुई बर्फ कड़कड़ाकर चटख गई। उसने निचला जबड़ा अन्दर किया, ऊपरा वाला होंठ ऊपर चढ़ाकर रास्ते से हटाया और अपने ऊपर के दाँतों से बण्डल को रगड़कर एक तीली अलग करने की कोशिश करने लगा। एक तीली निकालने में वह कामयाब रहा जो उसने अपनी गोद में गिरा ली। अब भी उसकी हालत बेहतर नहीं थी। वह इसे उठा नहीं सकता था। फिर उसे एक रास्ता सूझा। उसने तीली को अपने दाँतों से उठाया और अपनी पतलून पर रगड़ने लगा। करीब बीस बार रगड़ने के बाद वह जल उठी। जलती तीली को दाँतों से ही पकड़े हुए उसने भोजपत्र से लगाया लेकिन जलते गन्धक का धुआँ उसके नथुनों से होता हुआ फेफड़ों में पहुँचा और वह बुरी तरह खाँसने लगा। तीली बर्फ में गिरकर बुझ गई।

इसके बाद नियंत्रित हताशा के एक क्षण में उसके दिमाग में फिर यह विचार आया कि सल्फर क्रीक के सयाने की बात सच थी : पचास डिग्री नीचे पर हर

आदमी को किसी संगी के साथ ही निकलना चाहिए। उसने जोर-जोर से अपने हाथ पीटे लेकिन कोई सनसनी नहीं हुई। अचानक उसने दाँतों से खींचकर अपने दस्ताने हटाये और दोनों हाथ नंगे कर दिये। उसने हाथों की गदेलियों के बीच पूरा बण्डल पकड़ लिया। उसकी बाँहों की माँसपेशियाँ अभी इतनी नहीं जमी थीं कि वह हथेलियों के बीच बण्डल को कसकर दबा न सके। फिर उसने पूरे बण्डल को जाँघ पर रगड़ा। वह भक्क से जल उठा, एक साथ सत्तर तीलियाँ! हवा एकदम नहीं थी इसलिए बुझने का खतरा नहीं था। उसने दमघोंटू धुएँ से बचने के लिए सिर एक किनारे रखा और जलते हुए बण्डल को भोजपत्र के करीब लाया। ऐसा करते हुए उसे अपने हाथों में कुछ संवेदन महसूस हुआ। उसका माँस जल रहा था। वह उसे सूँघ सकता था। सतह के नीचे वह उसे महसूस कर रहा था। हल्का-सा संवेदन दर्द में बदल गया जो बढ़ता जा रहा था। फिर भी वह इसे बर्दाश्त करता रहा और तीलियों की लौ को किसी तरह छिलके से लगाने की कोशिश करता करता रहा। पर वह जल नहीं रहा था क्योंकि उसके जलते हाथ लपट के आड़े आ रहे थे।

आखिरकार, जब उसके लिए बर्दाश्त करना नामुमकिन हो गया तो उसने झटके से हाथ अलग कर लिये। जलती तीलियाँ छन्न करके बर्फ में गिर गईं लेकिन भोजपत्र ने लौ पकड़ ली थी। वह लौ पर सूखी घास और सबसे महीन पतली टहनियाँ डालने लगा। वह चुन नहीं पा रहा था, क्योंकि उसे इस ईंधन को अपनी हथेलियों के निचले हिस्से से पकड़कर उठाना पड़ रहा था। सड़ी लकड़ी और हरी काई के छोटे-छोटे टुकड़े टहनियों से चिपके हुए थे और वह भरसक उन्हें अपने दाँतों से अलग कर दे रहा था। बड़ी सावधानी से, लेकिन भोंडे ढंग से वह लौ को धीरे-धीरे बढ़ा रहा था। आग का अर्थ था जीवन, इसे मरने नहीं देना था। उसके बदन की सतह से खून पीछे हटने के कारण अब वह काँपने लगा और उसके हाथों की हरकतें और भी बेढब हो गई। हरी काई का एक बड़ा-सा टुकड़ा सीधा छोटी-सी आग पर गिर पड़ा। उसने उँगलियों से कोंचकर उसे बाहर करने की कोशिश की लेकिन कँपकँपी की वजह से उसका हाथ जोर से चल गया और और जलती घास और छोटी टहनियाँ छितरा गईं। उसने उँगलियों से धकियाकर उन्हें फिर इकट्ठा करने की कोशिश की, लेकिन उसकी पूरी कोशिश के बावजूद वह अपनी कँपकँपी पर काबू नहीं रख पा रहा था और टहनियाँ पहले से भी ज्यादा बुरी तरह छितरा गई। एक-एक टहनी धुआँ छोड़कर बुझ गई। अग्निदाता असफल रहा था। निरीह भाव से अपने इर्द-गिर्द देखते हुए उसकी निगाह कुत्ते पर पड़ी जो आग के ध्वंसावशेषों के उस पार उसके सामने बर्फ पर बैठा था। वह व्यग्र हो रहा था। कभी एक पंजा उठाता तो कभी दूसरा और उत्कण्ठापूर्वक उसकी ओर देख रहा था।

कुत्ते को देखते ही एक उन्मत्त विचार उसके मस्तिष्क में कौंध गया। उसे वह कहानी याद आई जब बर्फीले तूफान में फँसा एक व्यक्ति एक बैल को मारकर

उसके शव में घुस गया था और उसकी गर्मी से उसकी जान बच गई थी। वह भी कुत्ते को मारकर अपने हाथ उसके गर्म शरीर में तब तक धँसाये रखेगा जब तक कि उनमें जान न आ जाये। फिर वह दुबारा आग जला सकेगा। उसने कुत्ते को आवाज देकर पास बुलाया, लेकिन उसकी आवाज में एक अजीब-सा डर था जिसने जानवर को डरा दिया, क्योंकि उसने इस आदमी को इस ढंग से बोलते हुए पहले कभी नहीं सुना था। कुछ बात तो थी, और उसकी सन्देहशील प्रकृति ने खतरा सूँघ लिया था—वह नहीं जानता था कि खतरा क्या है लेकिन कहीं, किसी तरह, उसके दिमाग में आदमी को लेकर एक सन्देह कुलबुलाने लगा था। आदमी की आवाज सुनकर उसने अपने कान ऊँचे कर लिये और उसकी बेचैनी भरी हरकतें बढ़ गईं लेकिन वह पास नहीं आया। आदमी घुटनों के बल रेंगता हुआ कुत्ते की ओर बढ़ा। इस असामान्य मुद्रा से जानवर का संदेह और बढ़ा और वह उससे बचकर किनारे खिसक गया।

आदमी एक पल के लिए बर्फ में बैठ गया और मन शान्त करने की कोशिश करने लगा। फिर उसने दाँतों की मदद से दस्ताने चढ़ा लिये और खड़ा हो गया। उसने खुद को यह विश्वास दिलाने के लिए नीचे देखा कि वह वाकई खड़ा है, क्योंकि पैर एकदम सुन्न हो जाने की वजह से वह धरती से कट-सा गया था। सीधे खड़े होने की उसकी मुद्रा ने ही कुत्ते के दिमाग से संदेह के जाले को साफ करना शुरू कर दिया; और जब उसने अपनी आवाज में कोड़ों की फटकार के साथ दृढ़ता से आदेश दिया तो कुत्ते की आदत उसे उसके पास खींच लाई। जैसे ही वह उसकी पहुँच के भीतर आया, आदमी बेकाबू हो गया। उसकी बाँहें कुत्ते की ओर लपकीं और वह यह पाकर हतप्रभ रह गया कि उसके हाथ कुछ पकड़ नहीं सकते थे और उँगलियाँ न मुड़ सकती थीं और न कुछ महसूस कर सकती थीं। एक पल के लिए वह भूल ही गया था कि वे जम चुकी हैं और लगातार जमती जा रही हैं। यह सब बहुत जल्दी हुआ और इससे पहले कि जानवर निकल पाता, उसने उसके शरीर को बाँहों में भर लिया था। वह गुर्राते, मिमियाते और छूटने के लिए कसमसाते हुए कुत्ते को पकड़े हुए बर्फ में बैठा रहा।

वह बस यही कर सकता था। उसे बाँहों में जकड़े हुए बैठा रह सकता था। उसे अहसास हुआ कि वह कुत्ते को मार नहीं सकता। ऐसा करना कतई सम्भव नहीं था। अपने असहाय हाथों से वह न तो अपना चाकू सँभाल सकता था और न ही कुत्ते का गला घोंट सकता था। आदमी ने उसे छोड़ दिया और वह दुम दबाये और बुरी तरह गुर्राते हुए पागलों की तरह वहाँ से भागा। चालीस फीट दूर जाकर वह रुका और विस्मय भरी दृष्टि से उसे देखने लगा; उसके कान एकदम खड़े हो गये थे। आदमी ने अपने हाथों को ढूँढ़ने के लिए नीचे देखा और पाया कि वे उसकी बाँहों के सिरे पर झूल रहे हैं। उसे अचानक ख्याल आया कि यह तो बड़ा अजीब है कि आदमी को अपने हाथों का पता करने के लिए आँखों का इस्तेमाल करना पड़े। वह अपने हाथ आगे-पीछे भाँजने लगा और उनहें जोर-जोर से जाँघों

पर पटकने लगा। पूरी ताकत से पाँच मिनट तक ऐसा करने के बाद उसके दिल के पम्प ने इतना खून बदन की सतह पर भेजा कि उसकी कँपकँपी रुक गई। लेकिन हाथों में कोई सनसनी पैदा नहीं हुई। उसे लग रहा था कि वे उसकी बाँहों के सिरे पर वजन की तरह लटके हैं लेकिन उसे वजन का कोई अहसास नहीं हो रहा है।

पहली बार उसे मौत का डर महसूस हुआ। यह डर बहुत तेजी से उस पर हावी हो गया, क्योंकि अब उसे समझ आ रहा था कि यह महज हाथ-पैर की उँगलियों के जमने या हाथ-पैर गँवा देने का मामला नहीं था बल्कि जिन्दगी और मौत का सवाल था जिसमें हालात उसके खिलाफ थे। वह बुरी तरह घबरा गया और मुड़कर नाले की सतह पर आगे दौड़ने लगा। कुत्ता भी उसके पीछे-पीछे दौड़ लिया। वह अन्धाधुन्ध भाग रहा था और इस कदर डरा हुआ था जैसा डर उसने जीवन में पहले कभी नहीं महसूस किया था। धीरे-धीरे बर्फ में कदम धँसाते और गिरते-पड़ते आगे बढ़ते हुए उसे फिर से आसपास की चीजें दिखाई देने लगीं—नाले के कगार, पुरानी लकड़ियों के ढेर, ऐस्पन की सूखी झाड़ियाँ और आसमान। दौड़ने से वह बेहतर महसूस कर रहा था। अब वह काँप रहा था। हो सकता है, अगर वह दौड़ता रहा तो उसके पैरों में जमा खून फिर रवाँ हो जाये; और वैसे भी अगर वह लगातार दौड़ता रहा तो शिविर में साथियों के पास पहुँच जायेगा। निस्सन्देह उसे हाथ-पैर की कुछ उँगलियों और चेहरे का कुछ हिस्सा गँवाना पड़ेगा, लेकिन उसके साथी उसकी जान बचा लेंगे। इसके साथ ही उसके दिमाग में एक और भी विचार था जो कहता था कि वह कभी शिविर और अपने साथियों तक नहीं पहुँचेगा; कि वे अभी मीलों दूर हैं, कि उसके अंग तेजी से जम रहे हैं, और कि जल्दी ही वह अकड़कर मर जायेगा। इस विचार को उसने पृष्ठभूमि में धकेल दिया और उस पर सोचने से इनकार कर दिया। बीच-बीच में वह आगे आकर माँग करता कि उस पर ध्यान दिया जाये लेकिन वह फिर उसे पीछे धकेलकर दूसरी चीजों के बारे में सोचने की कोशिश करने लगता।

उसे यह बात अजीब लग रही थी कि जो पैर इस कदर जम चुके हैं कि जब वे धरती से टकराते हैं और उसके बदन का बोझ उठाते हैं तो वह उन्हें महसूस नहीं कर पाता, उन्हीं पैरों से वह दौड़ पा रहा है। उसे ऐसा मालूम हो रहा था मानो वह सतह पर फिसलता जा रहा हो और धरती से उसका कोई सम्बन्ध न हो। एक बार उसने कहीं पंखयुक्त मरकरी की तस्वीर देखी थी। वह सोच रहा था कि क्या धरती के ऊपर फिरते हुए मरकरी को भी ऐसा ही महसूस होता था।

शिविर और साथियों के पास पहुँचने तक दौड़ते रहने की उसकी सोच में एक कमी थी : उसके शरीर में इतनी क्षमता नहीं रह गई थी। कई बार वह लड़खड़ा चुका था आखिरकार वह बुरी तरह डगमगाया और भहराकर गिर पड़ा। उसने उठने की कोशिश की पर नाकाम रहा। उसने तय किया कि उसे बैठकर कुछ देर सुस्ताना चाहिए और अब वह बस धीरे-धीरे चलेगा। बैठकर अपनी साँस थिराते

हुए उसका ध्यान गया कि वह काफी गर्म और सुखद महसूस कर रहा था। वह काँप नहीं रहा था, और यहाँ तक कि उसके सीने और टाँगों में गर्मी आ गई थी। लेकिन फिर भी जब उसने नाक और गालों को छुआ तो कुछ महसूस नहीं हुआ। दौड़ने से उनमें जान नहीं आयेगी। न ही उसके हाथों और पैरों में इससे जान आयेगी। फिर उसके मन में खयाल आया कि उसके शरीर के जमे हुए हिस्सों का विस्तार हो रहा होगा। उसने इस विचार को दबाने की, इसे भूल जाने की, कुछ और सोचने की कोशिश की। उसे इसकी वजह से पैदा हो रही घबराहट का अहसास था और उसे इस घबराहट से डर लग रहा था। लेकिन यह विचार बार-बार उभरता रहा और फिर उसे अपना बदन पूरी तरह जमा हुआ दिखाई देने लगा। इसे बर्दाश्त करना मुश्किल था और वह एक बार फिर पागलों की तरह दौड़ पड़ा। एक बार उसने अपनी रफ्तार कम की और सामान्य ढंग से चलने लगा लेकिन शरीर के बाकी हिस्से के जमने की बात सोचकर ही वह एक बार फिर दौड़ पड़ा।

पूरे समय कुत्ता उसके साथ, ठीक उसके पीछे दौड़ता रहा। जब वह दोबारा गिर पड़ा, तो कुत्ता अपनी पूँछ से आगे के पंजों को ढँककर उसके सामने बैठ गया, वह उत्सुक और उद्विग्न था। कुत्ते को गर्म और सुरक्षित देखकर आदमी का गुस्सा भड़क उठा और वह उसे तब तक गालियाँ बकता रहा जब तक उसने मालिक को खुश करने के अन्दाज में कान नीचे नहीं झुका लिये। इस बार कँपकँपी ने आदमी के शरीर को ज्यादा जल्दी चपेट में लिया। वह ठण्ड से जमने के खिलाफ लड़ाई हार रहा था। यह चारों ओर से उसके बदन में घुसकर रेंग रही थी। यह सोचकर ही वह फिर भागा लेकिन सौ फीट भी नहीं गया था कि लड़खड़ाया और मुँह के बल गिर पड़ा। यह उसकी आखिरी दहशत थी। जब उसने साँस पर काबू पाया और दिमाग स्थिर हुआ तो वह उठ बैठा। उसके मन में विचार आया कि उसे गरिमा के साथ मौत का सामना करना चाहिए। यह विचार उसे इसी प्रकार नहीं सूझा। उसने सोचा कि सिर कटे हुए मुर्गे की तरह इधर-उधर भागकर वह सरासर बेवकूफी करता रहा है—ऐसी ही उपमा उसकी आँखों के सामने आई। उसे हर हाल में जमकर मरना ही था, तो क्यों न वह सम्मान से मौत को गले लगाये। इस तरह मन की शान्ति पाते ही उसे पहली बार तन्द्रा-सी महसूस हुई। उसने सोचा कि सोते हुए मरने का खयाल बुरा नहीं है। यह बेहोशी की दबा लेने जैसा होगा। ठण्ड से जमना उतना बुरा नहीं है जितना लोग सोचते हैं। मरने के और भी बुरे तमाम तरीके हैं।

उसने देखा कि अगले दिन उसके साथियों को उसकी लाश मिली है। अचानक उसने खुद को उनके साथ पाया। वह सबके साथ पगडण्डी के साथ-साथ चलते हुए खुद को ढूँढ़ रहा था। वे एक मोड़ पर मुड़े और उसने खुद को बर्फ में पड़े हुए देखा। अब वह अपने से आजाद हो गया था, वह बाकियों के साथ खड़ा खुद को बर्फ में पड़ा हुआ देख रहा था। ठण्ड वाकई बहुत ज्यादा है, वह सोच

रहा था। अमेरिका वापस लौटने पर वह लोगों को बतायेगा कि असल ठण्ड क्या होती है। फिर उसे सल्फर क्रीक का वह अनुभवी आदमी दिखाई दिया। वह उसे साफ देख रहा था, वह आराम से बैठा पाइप पी रहा था।

"तुम ठीक कहते थे, उस्ताद; ठीक कहते थे तुम।" आदमी ने सल्फर क्रीक के सयाने से बुदबुदाकर कहा।

फिर वह आदमी तन्द्रा में डूब गया। उसे लग रहा था कि यह उसके जीवन की सबसे आरामदेह और तसल्लीबख्श नींद है। कुत्ता उसके सामने बैठा इन्तजार कर रहा था। छोटा-सा दिन एक लम्बी, धीमी साँझ में ढलने लगा था। आग जलाये जाने का कोई संकेत नहीं था, और इसके अलावा कुत्ते ने अपने पूरे अनुभव के दौरान किसी आदमी को बर्फ में इस तरह बैठे और आग जलाने की कोई कोशिश नहीं करते हुए नहीं देखा था। जब साँझ घिरने लगी, तो आग की ललक उस पर हावी हो गई और बेचैनी से अपने अगले पंजे उठाते-रखते हुए उसने धीरे से कूँ-कूँ की, फिर आदमी की डाँट का अनुमान लगाकर कान सिर से चिपका लिये। लेकिन आदमी खामोश रहा। फिर कुत्ता ऊँची आवाज में किंकियाया। इसके बाद वह खिसककर आदमी के करीब आया और मौत की गन्ध से चौंककर पीछे हट गया। कुछ देर वह आसमान में चमकते तारों की छाँह में रुका और मुँह उठाकर रोता रहा। फिर वह मुड़ा और उस शिविर की दिशा में चल पड़ा जिसे वह जानता था, जहाँ दूसरे भोजनदाता और अग्निदाता मौजूद थे।

✦

अनु०—**सत्यम**

पुनर्जीवित

✦

पर्ल एस० बक (1892–1973)

पर्ल बक ऐसी अमरीकी कथाकार हैं जिन्होंने अपने बचपन की स्मृतियों का भरपूर रचनात्मक उपयोग किया। बचपन में वे चीन के चिंग कियांग नगर में रहीं जहाँ उन्होंने अंग्रेजी से पहले चीनी भाषा सीखी। चीनी समाज और जनजीवन का विशाल वर्णन उनके अमर उपन्यास 'द गुड अर्थ' में मिलता है। इस उपन्यास पर उन्हें 1931 में पुलित्ज़र पुरस्कार प्राप्त हुआ। उन्होंने अपना शेष जीवन मंदबुद्धि बालकों की सेवा में समर्पित किया। चीन के देहाती जीवन का सजीव वर्णन इनकी रचनाओं की विशिष्टता है।

सोमवार सुबह ड्रेक फारेस्टर रोज से भी ज्यादा बेमन से सोकर उठा। शनिवार और रविवार को उसके एजेंट का दफ्तर बंद रहता था, इसलिए दो दिन तक वह न तो सवाल पूछ सका न ही जवाब सुन सका। सवाल हमेशा वही रहता और जवाब भी।

'कुछ पता चला, निक?'

'नहीं ड्रेक, सॉरी, अब तक तो नहीं। मैंने काँटे तो कई डाल रखे हैं, तुम्हें बताया ही था, पर कोई मछली नहीं फंसी।'

नहीं फंसी।

अगले दोनों वाक्य भी हमेशा वही रहते।

'धन्यवाद निक। अगर थोड़ी सी भी उम्मीद—'

'मुझे पता है ओल्ड मैन। मैं पाँच मिनट में तुम्हारे दरवाजे पर होऊँगा।'

अगले शब्द झिझकते हुए बोले जा भी सकते थे, नहीं भी।

'क्या मैं तुम्हें बता दूँ मैं कहाँ रहूँगा?'

'नहीं, नहीं, अभी ऐसा मौका नहीं मिला है ओल्ड मैन।'

वह एक तीसरे दर्जे की इमारत में अपने एक कमरे के फ्लैट से बाहर कहीं नहीं रहता था। बस कभी घूमने या किसी सस्ते से रेस्तरां में खाना खाने बाहर जाता था। वह समाप्त हो चुका था, बिल्कुल खत्म, शुरुआती उम्मीद बुझ चुकी थी। वे सारे पात्र जो उसने निभाए थे, अंतिम नाटक में करीब-करीब नायक तक, उसे कहीं नहीं पहुँचा सके। वह अभी भी बहुत उम्रदराज नहीं था, मुश्किल से पैंतालीस का, लेकिन सफलता का सुनहरा मौका कभी नहीं आया। उसने अवसरों का फायदा तो उठाया, पर वह नायक पात्र—इतना अभिजात, इतना अच्छा—अब लोकप्रिय नहीं रहा था। नाटककार इस तरह के पात्रों में रुचि नहीं ले रहे थे। वे

युवा, मजबूत, जीवंत नायकों के बारे में लिख रहे थे। वह ऐसा नहीं था और हो भी नहीं सकता था। वह अपने समय के बाहर पैदा हुआ था, काफी पहले या काफी बाद। पुरानी दुनिया की सभ्यता समाप्त जो हो चुकी थी और नई अमेरिकी सभ्यता अभी आई नहीं थी। वह यही सब सोचकर खुद को बरी करता था। उसके लिए कोई जगह नहीं थी।

भाग्य अच्छा था कि उसने शादी नहीं की थी, वह और सारा इन्तजार करने को राजी हो गए थे। फिर उसने किसी और से शादी कर ली जिसे वह नहीं जानता था। वह उसे कोई दोष नहीं देता, पाँच साल बहुत लम्बा वक्त होता है और इसके बाद भी सारा को मिलता क्या। सालों पहले था यह सब, बारह साल, तीन महीने, दो दिन पहले। उसने सारा की तस्वीर भी अखबारों में नहीं देखी थी, उसके पति की मृत्यु के बाद, दो साल, चार महीने, छः दिन पहले। उसने उसे कोई चिट्‌ठी भी नहीं लिखी।

वह बेमन से उठा और अखबार लेने दरवाजे तक आया। उसके शुष्क दिन में यही क्षण सबसे आराम का होता था जब वह अखबार लेकर अब तक गुनगुने बिस्तर में घुसता था। आज उसका बिस्तर खास आरामगाह था। ठंडी, बसन्ती हंवा आ रही थी। खिड़की बन्द करते हुए उसने देखा बारिश हो रही थी। कम से कम उसके पास इस कमरे, इस बिस्तर का तो सहारा था और वह इतना होशियार रहा था कि भूखे मरने की नौबत न आए। एक समय खाना और किराया निश्चित थे। इस सुरक्षा भाव में कोई खुशी तो नहीं थी पर खराब मौसम में बाहर निकलने की कोई मजबूरी भी नहीं थी।

उसने बत्ती की तरफ वाली दीवार के पास अखबार फैलाया और थिएटर वाला पन्ना पलट कर उसे गौर से पढ़ा। कोई खबर नहीं। इस पारी के सभी नाटक जम चुके थे और अब गर्मी के थिएटर में ही उसकी कोई संभावना थी। उसे इस बारे में निक से जोर डालकर बात करनी होगी। निक लापरवाह होता जा रहा था, दोस्ती और पुरानी सफलता के बंधन ढीले पड़ते जा रहे थे। फिर भी वह किसी और एजेंट के पास जाने की हिम्मत नहीं जुटा सकता था, अगर कोई और उसे ले लेगा तब भी। निक कम से कम उसे जानता तो था। उसे यह नहीं बताना पड़ता कि वह क्या काम कर सकता है।

इसी क्षण पलस्तर की हुई दीवार पर हमेशा अनिश्चित सी टंगी बत्ती गिर पड़ी। उसने गुस्से में अखबार फेंक दिया और फिर समेटने उठा ही था कि फैले हुए पन्नों से उसे अपना नाम झांकता नजर आया।

'ड्रेक फॉरेस्टर अपने घर में मृत पाए गए।'

यह आखिरी पन्ने पर एक छोटी सी खबर थी। वह इसे खिड़की के पास ले गया और अपना ही शोक संदेश पढ़ने लगा। ''ड्रेक फॉरेस्टर, अभिनेता, अपने बिस्तर पर लिफ्टमैन द्वारा मृत पाए गए। वह उन्हें अखबार पहुँचाने आया था।

मि० फॉरेस्टर ने शुरू में प्रसिद्ध ब्राडवे नाटकों में काम किया था। उन्हें हॉलीवुड से भी प्रस्ताव आए, पर उन्होंने मंच पर ही रहने का निर्णय लिया और उन्हें ठुकरा दिया। हाल के वर्षों में—''

अखबार उसके हाथ से गिर पड़ा। वह निक को फोन करने दौड़ा। इसका खंडन करवाना जरूरी था। निक को प्रेस में खबर करनी होगी, वह अखबार वाले को नोटिस भेजेगा। नकियाती सी आवाज आई—'निकोलस जैनसेन एजेंसी।'

'ओ, हाँ, उसने हमेशा की तरह परेशानी में हकलाते हुए कहा।

'क्या मि० जैनसेन हैं?'

'मि० जैनसेन आज नहीं आएंगे।'

'ओह—क्या आप को पता है वे कहाँ होंगे?'

'वे यहाँ नहीं हैं। वे एक महत्त्वपूर्ण क्लाइंट के साथ वीक एंड मनाने गए हैं।'

'ओह—'

वह हिचकिचाया। इस ठंडी आवाज से आगे क्या कहा जाए, यह न समझ पाते हुए उसने फोन रख दिया। एक पल बाद वह वापस बिस्तर में था और उसने आँखों तक चादर ओढ़ ली। अखबार जमीन पर गिर पड़ा और वह अकेलेपन में डूब गया।

किसे चिंता थी कि यह खबर सच है या नहीं? लम्बे समय से किसी ने उसकी सुध नहीं ली। उसकी बहन की बरसों से कोई खबर नहीं थी। वह शादी करके टेक्सास में बस गई थी उसके माता पिता उसके बीसवें साल में ही चल बसे थे। भगवान का शुक्र है तब यही भ्रम था कि उनका बेटा बहुत नामचीन होने वाला है। थिएटर सामाजिक जीवन रहने नहीं देता, इसके बाहर आपकी कोई जिंदगी नहीं होती, इसलिए रिश्तेदार और दोस्त एक-एक कर छूटते गए थे।

वह मृत-सा ही तो था।

यह मृत सा होना भी अजीब अहसास था। हालाँकि वह अपने कमरे में जीवित था, सांस ले रहा था, पर वह मृत था। उसका नाटकीय दिमाग काम कर रहा था। उसने कहानियाँ पढ़ी थी, इसी विषय पर एक नाटक भी देखा था जब मृत घोषित व्यक्ति ने एक नयी और पूरी तरह आजाद जिंदगी शुरू की थी, सभी ऋणों से ऋण और सभी असफलताएँ विलीन। वह चाहे तो अपनी स्वतंत्रता का स्वागत कर सकता है, वह कुछ बिल्कुल नया कर सकता है, नया नाम रखकर सब जान पहचान वालें से दूर जा सकता है। उसने खुद को दुनिया भर में घूमते देखा, हर शहर में अलग आदमी की तरह, लंदन, पेरिस, वेनिस या बस शिकागो और सैन फ्रांसिस्को। कोई कठिनाई नहीं थी। वह थिएटर के अलावा और कुछ नहीं करना चाहता था। चाहे वह कुछ भी करे, अंत यही होगा, अकेले कमरे में, एजेंट काम खोजने की कोशिश में लगा हुआ। और क्या कोई एजेंट बिना किसी पहचान वाले आदमी के लिए काम खोजेगा? कम से कम ड्रेक फॉरेस्टर कभी कुछ था तो, एक

याद तो थी। लम्बे समय से वह रोया नहीं था, पर अभी वह रोया। कुछ ही आंसू गिरे और खुद के लिए नहीं बल्कि उसके जैसे हर किसी व्यक्ति के लिए। वह अकेला तो नहीं था ऐसी स्थिति में। खुद को भुलाये में रखने से कोई फायदा नहीं। उसके पास थोड़ी धार थी, थोड़ी प्रतिभा, युवावस्था और खूबसूरती—हाँ वह सुन्दर था, अभी भी—सब मिलकर उसे औसत से कुछ ऊपर ले आए थे। पर यही काफी नहीं था और इससे अधिक पाने के लिए इतना ही काफी होगा भी नहीं।

तो क्यूं न मर ही जाया जाए? यह आसान होगा, उसने इस बारे में सोचा था, एक अकेले और असफल व्यक्ति की तरह। कभी ऐसा करने का निश्चय नहीं किया था, पर फिर भी एक संभावना थी। रोज रात नींद की गोलियां निगलते समय वह सोचता कि मृत्यु उसकी हथेलियों में है। छोटी सफेद गोलियाँ देखते हुए, अपनी छोटी-सी प्रतिभा के साथ वह सोचता, अगर वह चाहे तो ऐसा कर सकता है।

अब किसी और ने उसके लिए यह कर दिया था, किसी उसके नाम के व्यक्ति ने। उसने पत्र उठाया और दोबारा पढ़ा। उसकी मृत्यु का कोई कारण नहीं दिया गया था। इसकी बस खबर दी गई थी उसकी कुछ सफलताओं और धीरे-धीरे मंच से दूर होने के उल्लेख के साथ। यह कुछ गरिमामय लग रहा था। अगर अभी वह सही में मर गया तो इसका प्रभाव नष्ट हो जाएगा। यह गंदा-सा कमरा, निक के पीछे लगे रहना लगातार, फटी कमीजें और पाजामे, ये सब छोटी तुच्छ बातें जो वह जीवित तो छुपा सकता था पर मृत्यु के बाद जगजाहिर हो जातीं। उसे तो आभारी होना चाहिए कि कोई उसकी जगह इतनी अच्छी तरह मर गया है। उन्होंने पता सही दिया था, यही इमारत, यही सड़क।

उसके होठ वक्र हुए, वह मुस्कुराया और अचानक उसे भूख लग आई। वह उठेगा, कॉफी और टोस्ट बनाएगा और निक को कभी फोन नहीं करेगा। वह यहाँ से चला जाएगा, कभी पश्चिम चला जाएगा, फिर यूँ ही हॉलीवुड में कोई काम तलाशेगा, सेटों के आसपास। देखभाल करने वाले का काम भी। कोई फर्क नहीं पड़ता था क्योंकि उसका नाम मर चुका था।

बिस्तर के पास की मेज पर वह कॉफी पी रहा था कि फोन बजा। वह उठा और उसे कान से लगाया। एक अपरिचित आवाज, महिला की आवाज ने कहा, 'कौन बोल रहा है, प्लीज?'

अपना नाम उसकी जबान तक आया, पर उसने रुक कर कहा—'आपको कौन चाहिए?'

'मैंने अभी-अभी अखबार देखा। मैं ड्रेक फॉरेस्टर को जानती थी, कुछ वर्ष पहले। हमने एक नाटक में साथ काम किया था। वह अच्छा अभिनेता था, मैं अक्सर सोचती—और अब वह नहीं रहा।'

वह हिचकिचाया और फिर उसी गहरी आवाज में दृढ़ता से बोला—'सॉरी मैडम, आपके पास गलत नंबर है।' उसने फोन रख दिया और बिस्तर पर बैठ गया। पर यह अद्‌भुत था, सही में। वह खाली दीवार को घूरता, आवाज पहचानने की कोशिश करता बैठा रहा, पर नहीं याद कर पाया। चलो, एक आदमी ने तो याद रखा। उसे खुशी हुई और उसने बारिश का हाल देखने खिड़की से बाहर देखा। साफ सुबह होने पर वह घूमने जाता।

अभी भी बारिश हो रही थी। वह वापस बिस्तर में घुसा ही था कि दरवाजे पर दस्तक हुई। वह फिर उठा और दरवाजा खोला। इमारत का रखवाला फूलों का छोटा बक्स लिए खड़ा था।

'ओह, धन्यवाद', ड्रेक बोला। 'एक मिनट ठहरो।'

उसने कुरसी पर रखी पैंट की जेब से एक डाइम निकाला और उसे दिया। 'धन्यवाद,' वह बोला।

दरवाजा बंद करके उसने बक्स खोला। सफेद गुलाब और स्नैपड्रैगन थे, हरे फर्न के साथ। कार्ड पर लिखा था—'अच्छे वक्त की याद में, और नीचे सात नाम थे। उसे वे लोग याद थे। 'द रेड सर्कल' नाटक में इन लोगों ने छोटी-छोटी भूमिकाएँ की थीं। उस साल यह नाटक करीब-करीब हिट रहा था। यह थ्रिलर था और वह हत्या की गई नायिका का पति बना था। पर नायक प्रेमी था, पति नहीं। फिर भी अच्छा चला था और उसने वे पैसे सारा से शादी करने के लिए बचा लिए थे। पर उसी साल सारा ने हैरीसन पेज से शादी कर ली थी। अब इससे कोई फर्क नहीं पड़ता था। अगर वह सफल रहा होता, तो उसने भी किसी से शादी कर ली होती।

उसने फूलों को टिन की टोकरी में डाला और पानी भरकर खिड़की में रख दिया। उसने फिर सोने की बजाय बाहर जाने का निश्चय किया। यह एप्रिल था और आसमान साफ हो रहा था। उसने शावर लिया और सावधानी से कपड़े पहने। जब तक सड़क पर आया, बादल फट रहे थे और नीला आसमान बीच-बीच से झांक रहा था। वह हमेशा की तरह छः ब्लॉक घूमा और चूँकि कोई उसे नाम से नहीं जानता था, इसलिए कोई चकित भी नहीं हुआ। उसने एक छोटी नाटक संबंधी पत्रिका खरीदी और सोचा कि पार्क पर बैठने के लिए मौसम ठंडा है या नहीं। उसने निश्चय किया कि मौसम ज्यादा ठंडा है और वापस कमरे में चला आया। निक को फोन नहीं करने से उसके पास करने को कुछ नहीं बचा था पर उसने फोन नहीं ही करने का निश्चय किया। जब समय आएगा तब सोचा जाएगा कि कहाँ जाना है, या फिर वह कहीं नहीं जाएगा।

जब वह कमरे में आया तो दरवाजे में एक लिफाफा अटका था। यह निक का तार था। 'भगवान के लिए मुझे फोन करो। घंटों से तुम्हें फोन कर रहा हूँ। शहर के लिए पहली ट्रेन से लौट आया।'

वह बैठ गया। हैट अब भी उसके सिर पर था। इसका क्या मतलब था, निक को उसके मरने का यकीन था या नहीं? शायद उसने खबर देखी हो और विश्वास न किया हो। या फिर निक को लगा हो कि उसके साथ कोई रहता होगा। उसने निक को कभी अपने रहने के ढंग के बारे में नहीं बताया था। निक को लगता था उसकी कोई प्रेमिका साथ रहती है। निक को पता था उसके पास कुछ पैसे है पर यह नहीं कि कितने कम। उसने निक को फोन नहीं करने का निश्चय किया। उसने तार फूलों की बगल में रख दिया और बाहर चला गया।

वापस पार्क की बेंच पर उसने पूरी पत्रिका जिल्द तक पढ़ डाली। फिर वह दूसरे लोगों को देखता विचारमग्न बैठा रहा। कुछ लोगों को उसने पहचाना। उसे लगा वे लोग भी उसे पहचान रहे होंगे पर उनकी कभी बातचीत नहीं थी। दोपहर हो रही थी और उसने किसी ऑटोमैट में खाना खाने की सोची। फिर वापस जाकर कमरे में सोना। वह अपनी ही भावनाओं की अनिश्चितता से थक गया था। मृत होना भी एक अनुभव है, वह मुस्कुराया।

पुरानी इमारत में घुसते समय रखवाला बाहर निकला। 'आपका जन्म दिन वगैरह है क्या? उसने कहा। 'आप बाहर थे तो दो बक्से फूल आए हैं और तीन तार।'

'आज मेरी जयंती है', ड्रेक ने कहा और दूसरा डाइम निकाल कर रखवाले को दिया। फूल लादते हुए उसने तार जेब में डाले और ऊपर चढ़ा। यह हास्यास्पद होता जा रहा था, उसका कमरा फूलों से भरा और इतने तार। यह तो वापस थिएटर के ड्रेसिंग रूम में होने जैसा था। मृत होने पर वह खुश ही हुआ था। उसने खुद को पूरी तरह भुला दिया गया समझा था। उसे पता चला कि ऐसा नहीं है। उसने फूल खोले और उन्हें भी टोकरी में रख दिया। पीले गुलाब और सफेद स्पाइरिया उसके पहले नाटक के निर्देशक की तरफ से और बसन्ती फूल द रेड सर्कल के स्टार, पत्नी का खून करने वाले प्रेमी की तरफ से। तार उसके दूसरे नाटकों के अभिनेताओं की तरफ से थे और एक तार निक के ऑफिस में काम करने वाली एक लड़की का था। ड्रेक को पता था वह उसके सपने देखती है पर उन दिनों वह सारा से उबर रहा था। कार्ड हाथ से लिखा हुआ था—'प्रिय स्मृति, लुइस।' वह उसे हमेशा मिस सिल्वरस्टीन पुकारा करता था।

कमरा उत्सवी लग रहा था। उसने बिस्तर नहीं लगाया था। अक्सर वह इसे ऐसे ही छोड़ देता था और वापस लेट जाता था। पर आज उसने अच्छी तरह बिस्तर समेटा। एक पुराने रूमाल से मेज, आलमारी और खिड़की झाड़ी। कुछ सोचने के बाद उसने पीले गुलाब और स्पाइरिया निकालकर एक दूध की बोतल में आलमारी पर रख दिया।

फिर फोन बजने लगा और इतना बजा कि या तो उसे बाहर जाना पड़ता या उठाना पड़ता। उसने सावधानी से फोन उठाया और आवाज बदलकर

बोला—'हैलो।' पर यह निक नहीं था, यह कोई महिला थी और स्वर बहुत मृदु था।

'हलो, क्या ड्रेक फॉरेस्टर यही रहते थे?'

'हाँ', उसने जवाब दिया। फिर उसने आवाज पहचान ली। उसका दिल बेतरह धड़का। यह सारा थी। उसकी आवाज आज तक सुनी आवाजों में सबसे प्यारी थी।

'मैंने अभी-अभी यह दुखद समाचार पढ़ा' मृदु स्वर आता रहा।

'क्या आप बता सकते हैं उसकी सर्विसेज कहाँ होंगी? मैं उसे सालों पहले जानती थी। मैं उसे बहुत प्यार करती थी। अब भी करती हूँ, पर अब मैं उसे कभी नहीं बता सकूँगी।'

वह कुछ बोल नहीं सका। बोलता भी क्या? फिर मूर्खों जैसे शब्द उसके मुँह से निकले—'आपने उसे बताया क्यों नहीं?'

वह आश्चर्य चकित हुई, 'क्या आप उसके मित्र हैं?'

'एक तरह से। उसने मुझे आपके बारे में बताया था।'

'ओह, सही में! तो वह मुझे भूला नहीं था?'

'कभी नहीं!'

वह इन सब घटनाओं से अचंभित था। यह क्या नया जाल था जिसमें वह खुद को डाल रहा था।

'ओह क्या आप आकर मुझे उसके बारे में बताएँगे', उसने विनती की।

'आप कहाँ हैं?'

सारा ने काफी दूर की सड़क का नंबर बताया। जहाँ वह था वहाँ से लम्बी दूरी। 'मुझे पता नहीं कब—' उसने शुरू किया।

'नहीं आप अभी आइये', सारा ने फिर विनती की।' 'मुझे उसके बारे में सब कुछ जानना है। तब मैं आपको बता सकूँगी कि क्यों—दरअसल मैंने उसे खो दिया। जब मेरे पति नहीं रहे तो मुझे पता नहीं चला मैं उसे कहाँ खोजूँ। अखबारों में भी उसका नाम नहीं आता था। आज मैंने खबर देखी तो मुझे लगा कि मैं हमेशा से उसे तलाशना चाहती थी। मुझे लगता है मैं बस सोचती रह गई।'

'मैं आऊँगा', उसने वादा किया। उसने फोन रख दिया। पता नहीं यह वादा पूरा करेगा या तोड़ देगा, पर अब उसे सारा का ठिकाना मिल गया था तो आज न कल, उसे पता था वह उसकी देहरी पर खड़ा होगा, घंटी बजाते हुए, अपने पहचाने जाने का इन्तजार करते हुए। वह वापस जीवित हो गया था।

फोन फिर बजा और फिर से सारा के होने की उम्मीद में उसने झोंक में फोन उठा लिया और पकड़ा गया। 'हलो', वह बड़ी तत्परता से बोला।

यह निक था, हैरान-परेशान। 'ये क्या बेवकूफी भरी हरकत है। कहाँ हो तुम सुबह से? मुझे पता था तुम मरे नहीं हो।'

'तुम्हें कैसे पता?' उसने जानना चाहा। उसे कुछ बुरा सा लगा। क्या निक को लगा उसमें इतनी हिम्मत नहीं—'थोड़ी देर के लिए मुझे लगा यह सच है, झूठे कहीं के', निक ने कहा। 'फिर मैंने खबर दुबारा पढ़ी और देखा कि वह तुम नहीं हो। वे तुम्हें पैंसठ का बता रहे थे—देखा नहीं तुमने?'

'नहीं', ड्रेक बोला।

'तुम्हें कभी तारीखें याद नहीं रहतीं', निक ने अधीरता से कहा।

'उन्होंने तुम्हारा जन्म 1887 में दिखाया है। मुझे पता था यह सच नहीं है। मैंने तुम्हारे लिए इतना प्रचार का काम किया है। अखबार कल इसे सही कर देगा। मैं पूरी सुबह व्यस्त रहा हूँ। लगता है वर्जीनिया में किसी का तुम्हारा ही नाम था, अखबार वालों ने तुम्हारे साथ मिलाकर सारी गड़बड़ी कर दी। खैर इससे तुम्हें फायदा ही हुआ है। तुम्हें एक भूमिका मिल गई है।'

'भूमिका?'

'हाँ, अच्छी-खासी। ऐसा कोई स्टार वाला रोल तो नहीं पर अच्छा। नया नाटक है, 'साउथ साइड ऑव द मून' अच्छा है। पहले गर्मियों में फिर ब्रॉडवे। निर्माता ने कहा वह तुम्हें जानता था। उसने मुझे फोन किया था और बोला कि अगर उसे अता-पता मालूम होता तो वह तुम्हें जरूर काम देता। मैंने उससे कहा कि मुझे कुछ समय दे। तुम सीधे यहाँ चले आओ, ड्रेक और मैं कांट्रैक्ट तैयार रखूँगा। हम सब कुछ सही कर लेंगे। अब मैं फिर चीजों पर धूल नहीं जमने दूँगा।'

ड्रेक अनिश्चित था। वह एक साथ दो जगहों पर नहीं हो सकता था। या तो वह पहले सारा के पास जाता या निक के पास। निर्णय कठिन था, वह हमेशा से अभिनेता रहा था, पर लम्बे समय से प्रेमी नहीं। क्या पुरानी भूमिका फिर से दुहराई जा सकती थी। उसकी नाटकीय कल्पना फिर से जीवंत हो गई थी। उसने खुद को सारा के हॉल में या फिर बैठक में इन्तजार करते हुए देखा। फिर सीढ़ियों से उतरती हुई सारा, सदा की तरह सुन्दर। वह बिल्कुल शांत खड़ा रहेगा, इन्तजार करते हुए, फिर वह चिल्लाएगी।

'ओह ड्रेक, डार्लिंग—पर यह कैसे?'

'कोई और मरा है सारा, मैं नहीं।'

उसने उसे चूमने के लिए आँखें मूँदी और कोमल होठ याद किए। सारा कोमल महिलाओं में से थी—सबसे मीठे होठ थे उसके।

'हे, तुम सो गए हो क्या?' निक उसके कान में चिल्लाया।

'मैं अभी नहीं आ सकता निक। मुझे बहुत जरूरी काम है।'

'क्या काम है', निक चीखा। 'कंट्रैक्ट से ज्यादा जरूरी क्या है?'

'है काम', ड्रेक मस्ती में था। 'पर कांट्रेक्ट रखो निक। मैं वहाँ आऊँगा किसी वक्त, आज, कल, किसी दिन।' उसने फोन रख दिया और खोया सा खड़ा रहा। वह आज वहाँ जाएगा। जब वह और सारा सोफे पर बैठ जाएंगे और एक दूसरे को चूम लेंगे, खाना खा लेंगे और एक दूसरे को सब कुछ बता चुके होंगे तो वह घड़ी देखेगा और चिल्लाएगा।

'ओह भगवान, डार्लिंग, मेरी जरूरी मुलाकात है—मैं भूल ही गया था। तुम तो मुझे सब कुछ भुला दोगी।'

'कोई नाटक ड्रेक?'

'हाँ, साउथ साइड ऑव द मून। नया है—अच्छा ही लगता है।'

'जल्दी आना', वह यही कहेगी। 'मुझे तुम पर गर्व है ड्रेक', यही कहेगी वह।

'मैं आ जाऊँगा', वह वादा करेगा। 'हम साथ खाना खाएँगे, ठीक? फिर हम बैठकर कुछ सोचेंगे।'

'मैं तुम्हारा इंतजार करूँगी।' यही कहेगी वह, अपनी मीठी आवाज में। यह आवाज पहले से भी ज्यादा मीठी थी। वह तैयार होने को कमरे में इधर-उधर घूम रहा था। उसके पास एक नई कमीज थी। वह हमेशा एक नई कमीज रखता था। क्या पता किसी निर्देशक से मुलाकात करनी पड़ जाए। वह फिर से नहाया और दाढ़ी बनाई। फिर नई कमीज और थोड़ा ठीक सूट। वह हमेशा एक अच्छा सूट रखता था। फिर वह झिझका। उसके लिए कुछ ले जाना चाहिए। उसने कमरे में चारों तरफ देखा। किसी काम की चीज, किताब, निशानी आदि की तलाश में। फिर वह चुटकी बजाते हुए बोला—'फूल और क्या?' उसने सभी फूल समेटे। एक बक्स निकाला। सब फूल उसमें डाले और सावधानी से डोरी बाँधी। फिर उसने आलमारी खोली और घड़ी निकाली, पतली बेंत की छड़ी जिसके ऊपर नकली हाथी दाँत की नक्काशी थी। यह छड़ी उसने उस नाटक में ली थी जिसमें वह पति बना था।

शीशे के पास रुकते हुए उसने ऐसा व्यक्ति देखा जिसे उसने लम्बे समय से नहीं देखा था, लम्बा, दुबला व्यक्ति जिसका पीला चेहरा जीवंत और मुस्कुराता हुआ था, जिसकी गहरी आँखें चमक रही थीं, अभिजात सा व्यक्ति। वह उस चेहरे पर मुस्कुराया। इस पुर्नजन्म पर खुश। वह जितना मृत रहा था उसके मुकाबले यह बुरा नहीं था। 'शुभकामनाएँ', उसने खुश चेहरे से कहा और हैट सर पर रखते हुए उसे जरा तिरछा किया और कमरे से बाहर निकल गया।

✦

अनु०—**मीनू मंजरी**

बूढ़ा वेटर

✦

अर्नेस्ट हैमिंग्वे (1898–1961)

कथाकार-उपन्यासकार हेमिंग्वे का जन्म 21 जुलाई, 1898 को शिकागो में हुआ। अखबारनवीसी से अपने जीवन की शुरुआत करते हुए हेमिंग्वे प्रथम विश्व युद्ध में अमेरिकी रेड क्रास में एक एम्बुलेंस ड्राइवर बन गए। हेमिंग्वे के लेखन में पत्रकारिता और साहित्य का फर्क लगभग मिट गया है। भाषा शैली की चुस्ती, छिटपुट संवाद, भावनाओं का बेहद संयमित प्रदर्शन–उनके लेखन को अद्वितीय बनाता है। विषय वस्तु में आत्मिक अनुभवों की बजाय एंद्रिक अनुभवों पर ज़ोर है। 'ओल्ड मैन एंड द सी', 'आइलैंड इन द स्ट्रीम', 'ए फेयरवेल टू आर्म्स', 'फॉर हूम द बेल टॉल्स' आदि उनकी प्रमुख कृतियाँ हैं।

रात बहुत हो गयी थी और सब लोग कैफे से चले गए थे। पर यह बूढ़ा बिजली के खंभे के साथ खड़े वृक्ष की छाया में अभी भी बैठा हुआ था। दिन में वह जगह धूल से भरी रहती थी, परंतु रात्रि में ओस से धूल बैठ जाती थी। बूढ़े को यहाँ बैठना पसंद था, क्योंकि यह बहरा था और रात की शांति में उसे वातावरण में कुछ अंतर प्रतीत होता था। कैफे में बैठे दोनों वेटर जानते थे कि बूढ़ा हलके से नशे में है। यद्यपि उन्हें पता था कि बूढ़ा एक अच्छा ग्राहक है, परंतु उन्हें यह भी मालूम था कि अगर वह नशे में हुआ तो पैसे दिये बिना ही चला जाएगा, इसलिए वे उस पर नजर रखे हुए थे।

—पिछले सप्ताह इसने आत्महत्या का प्रयत्न किया था, एक वेटर ने कहा।

—क्यों?

—यह दु:खी था।

—इसके पास बहुत पैसा है।

ये दोनों कैफे के पास वाली दीवार से लगी मेज पर बैठे थे और छज्जे की तरफ देख रहे थे, जहाँ एक के अतिरिक्त सब मेजें खाली थीं। हवा से हिलती पत्तियों की छांव में वह बूढ़ा अभी भी वहाँ बैठा हुआ था। बाहर गली में एक सिपाही एक लड़की के साथ जा रहा था।

—इसे गार्ड पकड़ लेंगे। एक वेटर ने कहा।

—जो यह चाहता है, वह मिल जाने पर फिर इससे इसे क्या अंतर पड़ता है?

—इसे गली से चले जाना चाहिए, नहीं तो इसे गार्ड पकड़ लेंगे, अभी पाँच ही मिनट पूर्व तो वे यहाँ से गए हैं। छाया में बैठे बूढ़े ने अपने गिलास से प्लेट को बजा कर आवाज की। युवा वेटर उसके पास गया—क्या चाहिए?

बूढ़े ने उसकी ओर देखा।

—एक ब्रांडी और! उसने कहा।

—तुम्हें नशा हो जाएगा। वेटर ने कहा।

—बूढ़े ने उत्तर नहीं दिया और उसकी ओर देखा।

—यह आज सारी रात यहीं रहेगा। उसने अपने साथी से कहा।

—लेकिन मुझे नींद आ रही है। मुझे कभी तीन बजे के पहले सोना नसीब नहीं होता। इसे पिछले सप्ताह आत्महत्या कर लेनी चाहिए थी।

वेटर ने काउंटर में से ब्रांडी की बोतल और एक प्लेट उठायी और उस बूढ़े की ओर चल दिया। प्लेट नीचे रख कर उसने गिलास को ब्राड़ी से भर दिया।

—तुम्हें पिछले सप्ताह आत्महत्या कर लेनी चाहिए थी।

बूढ़े ने अपनी अंगुली हिलायी और कहा—थोड़ी सी और! वेटर ने थोड़ी और उंड़ेली। वह बह कर नीचे वाली प्लेट में गिरने लगी। वेटर अपने साथी के साथ मेज पर आ बैठा।

—अब यह नशे में है उसने कहा।

—यह तो हर रात नशे में होता है।

—आत्महत्या क्यों करना चाहता है?

.—मुझे क्या पता!

—कैसी कोशिश की थी इसने?

—खुद को रस्सी से लटका लिया था।

—इसकी रस्सी किसने काटी?

—इसकी भानजी ने।

—पर इसने ऐसा क्यों किया?

—शायद अपनी आत्महत्या के भय से...

—इसके पास कितना पैसा है?

—काफी है।

—यह अस्सी साल का तो जरूर होगा?

—मैं चाहता हूँ कि अब यह घर चला जाए। मैं कभी भी तीन से पहले नहीं सोता। यह भी सोने का समय है।

—यह बैठा रहता है। इसे यह जगह पसंद है।

—यह अकेला है। पर मैं तो नहीं हूँ। मेरी बीवी मेरा इंतजार कर रही है।

—उसकी भी बीवी है?

—हाँ, पर इसकी भानजी ही इसकी देखभाल करती है।

—मैं जानता हूँ तुमने कहा था, उसी ने रस्सी काटी थी। मैं कभी भी इतना बूढ़ा नहीं होना चाहूँगा। बुढ़ापा मनहूस चीज है।

—मैं इसे नहीं देखना चाहता। यह घर चला जाये, तो अच्छा। बूढ़े ने गिलास से सिर उठाकर पहले बाहर देखा, फिर वेटरों की तरफ—एक और ब्रांडी! उसने गिलास की तरफ संकेत करते हुए कहा, जिस वेटर को जल्दी थी, वह उसके पास आया।

—खत्म! उसने मदहोशी में कहा।

—आज रात और नहीं! अब बंद।

—एक और! बूढ़े ने कहा।

—नहीं, खत्म! वेटर ने मेज का कोना साफ करते हुए कहा।

धीरे-धीरे प्लेटें गिनते हुए बूढ़ा उठ कर खड़ा हो गया। फिर उसने पर्स निकाला और पैसे दे दिये। आधा पेस्टा टिप छोड़ी। वेटर ने उसे जाते हुए देखा। बूढ़े की चाल अस्थिर परंतु रोबीली थी।

—तुमने उसे बैठने और पीने क्यों नहीं दिया? वेटर ने, जिसे जल्दी नहीं थी, पूछा—अभी तो ढ़ाई भी नहीं बजा है।

—मैं सोने के लिए घर जाता हूँ।

—एक घंटे से क्या अंतर पड़ता है?

—मेरे लिए काफी अंतर पड़ता है।

—परंतु एक घंटा तो एक घंटा है।

—तुम स्वयं एक बूढ़े की तरह बातें कर रहे हो। वह बोतल खरीद कर घर में पी सकता है।

—घर पर पीने में वह बात नहीं।

—हाँ, वह बात सो नहीं।...विवाहित वेटर ने कहा।

—और तुम? तुम्हें जल्दी घर जाने से भय तो नहीं लगता?

—तुम मेरा अपमान करना चाहते हो?

—नहीं, मैं तो मजाक कर रहा था।

—नहीं, शटर गिराते हुए उस वेटर ने कहा, जिसे जल्दी थी, फिर वह उससे बोला—मैं विश्वास से परिपूर्ण हूँ।

—तुम्हारे पास सब कुछ है...

—तुम्हारे पास क्या कमी है।

—नौकरी के सिवा सभी चीज़ों की।

—तुम्हारे पास वह सब कुछ है, जो मेरे पास है।

—नहीं, विश्वास तो मुझमें कभी रहा ही नहीं और अब तो मैं युवा भी नहीं रहा।

—छोड़ो बकवास। लॉक करो।

—मैं उन लोगों में से हूँ, जो रात देर तक कैफे में रहना चाहते हैं, उन सब लोगों के साथ, जिन्हें रात में प्रकाश चाहिए।

—मैं तो घर जाकर सोना चाहता हूँ।

—हर रात्रि को मैं कैफे बंद करने में हिचकिचाता हूँ, क्योंकि शायद कोई ऐसा आदमी हो, जिसे इस कैफे की जरूरत हो।

—बहुत-सी शराब की दुकानें रात भर खुली रहती है।

—तुम नहीं समझते, यह एक साफ कैफे है। यहाँ रोशनी भी पर्याप्त है। साथ ही पत्तियों की छाया भी।

वह बिजली बुझाता रहा और स्वयं से ही बातचीत करता रहा—रोशनी जरूरी है, परंतु साथ ही जगह भी साफ और अच्छी होनी चाहिए। संगीत बेशक न हो...संगीत की आवश्यकता तो बिल्कुल ही नहीं और बार के सामने तो कोई सम्मान से खड़ा भी नहीं हो सकता, हालाँकि रात के इन घंटों में यहाँ बार खुले होते हैं। उसे डर किस बात का था? यह डर तो नहीं था। यह तो एक शून्यता थी, जिसे वह, जो खुद शून्य था, अच्छी तरह जानता था। जरूरत मात्र प्रकाश और थोड़ी-सी स्वच्छता की थी। कुछ लोग तो बिना अनुभव किये ही शून्यता में रहते हैं, परंतु उसे मालूम था कि यह मात्र शून्यता थी।

—हमें हमारी शून्यता, प्रतिदिन की शून्यता दे दो! हम शून्यों को हमारी शून्यता दे दो, क्योंकि हम अपनी शून्यता को शून्य समझते हैं, हमें शून्यता में शून्य मत बनाओ, परंतु इस शून्यता से मुक्ति दिला दो। हे शून्यता, तुम्हारा स्वागत, क्योंकि तुम्हारे पास कुछ भी नहीं है।

एक चमकते कॉफी वाले बार के सामने वह खड़ा हो गया।

—क्या चाहिए? बारमैन ने पूछा।

—शून्यता।

—एक छोटा कप, बारमैन ने कहा।

—एक छोटा कप, वेटर ने कहा।

—रोशनी तो चमकदार और अच्छी है, परंतु बार साफ नहीं है। वेटर ने कहा।

—तुम्हें एक और कोपिरा चाहिए?

—नहीं, थैंक यू! वेटर ने कहा और बाहर चला गया। उसे बार और शराबखानों से नफरत थी पर एक साफ और रोशनी से भरपूर कैफे की बात कुछ और है। अब वह और कुछ सोचे बगैर अपने घर, अपने रूम में चला जाएगा। अपने बेड में लेटा रहेगा और अंत में सूर्योदय के साथ सो जाएगा।

—यह शायद अनिद्रा रोग ही है, बहुत से लोग इसके शिकार होंगे। उसने सोचा।

✦

अनु०—**सुरजीत**

लिली दॉ और तीन देवियाँ

✦

यूडोरा वेल्टी (1909)

सुश्री यूडोरा वेल्टी का जन्म जैक्सन, मिसिसिपी में 1909 में हुआ था। इनके पिता बीमा कम्पनी में काम करते थे। यूडोरा ने विस्कॉन्सिन और कोलंबिया विश्वविद्यालयों में शिक्षा प्राप्त की। अधिकांश महिला लेखकों की तरह यूडोरा वेल्टी की लेखन शैली सहज, स्वाभाविक और संवेदना-प्रधान है। साहित्य की राजनीति में उनकी रुचि नगण्य रही। इन्हें 1972 में पुलित्ज़र सम्मान प्राप्त हुआ। इनके उपन्यासों का नाट्य रूपांतरण ब्रॉडवे पर प्रस्तुत किया गया।

श्रीमती वॉट्स और श्रीमती कार्सन् विक्ट्री डाकघर में ही थीं जिस समय मानसिक रोग चिकित्सा के एलिसविल इंस्टीट्यूट मिसिसिपी से खत आया। डाक से भरे हाथों में वह खत लेकर एमी स्लोकम भागती हुई बाहर आई और सीधे श्रीमती वॉट्स को खत थमाया, और फिर तीनों ने एक साथ मिलकर उसे पढ़ा। श्रीमती वॉट्स ने अपने गुलाबी हाथों में उसे कस कर थाम रखा था, श्रीमती कार्सन अपनी थिंबल पहनी उंगली से हर लाइन को छूकर धीरे-धीरे रेखांकित करती सी दिखा रही थीं। डाकघर में उपस्थित सभी लोग यह भांपने में लगे थे कि क्या हो रहा है।

'लिली क्या कहेगी' मुस्कान से दमकती श्रीमती कार्सन आखिरकार बोलीं, 'हम जब उसे यह बतायेंगे कि उसे एलिसविल भेजा जायेगा तो लिली क्या कहेगी!'

'खुशी से भर जाएगी', श्रीमती वॉट्स ने अपनी बैठी आवाज़ में एक बहरी महिला से कहा, 'लिली दॉ एलिसविल जा रही है।'

'मुझे यहाँ छोड़ कर आप लोग लिली को यह बताने की बात सोचना भी मत!' एमी स्लोकम ने डाक का बाकी काम खत्म करने के लिए वापस जाते जाते ऊँची आवाज़ में कहा।

'क्या आपको लगता है वो लोग इसकी देखभाल करेंगे?' श्रीमती कार्सन ने डाकघर में प्रतीक्षारत बैप्टिस्ट महिलाओं के एक झुंड के साथ बातचीत आगे बढ़ाई। वे बैप्टिस्ट पादरी की पत्नी जो थीं।

'मैंने सुना है बड़ी प्यारी जगह है पर भीड़ बहुत है' एक बोली।

दूसरी ने कहा, लिली लोगों से इस कदर घुल मिल जाती है।'

'पिछली रात तम्बूवाली नुमाइश में...' एक और ने कहते हुए मुँह ढांप लिया।

'मुझे याद दिलाने की ज़रूरत नहीं, दुनिया में ऐसी छोटी-मोटी बातें होती ही रहती हैं, अपने सीने पर झूलते इंचटेप को छूकर देखते हुए श्रीमती कार्सन ने कहा।'

'ओह श्रीमती कार्सन, पर जो भी कहें, कल रात की नुमाइश में सामने खड़े आदमी ने लिली से टिकट खरीदवा ही लिया था।

'टिकट!'

'जब तक मेरे पति ने समझाया कि वह समझदार नहीं है, दूसरों ने भी कहा कि वह मंदबुद्धि है।'

सभी ने दुख जताया 'च् च् च्...'

'ओह, बड़ा अच्छा शो था' एक महिला, जो देख आई थीं, बोली।

'और लिली का व्यवहार इस कदर अच्छा था। जैसे सचमुच की अभिजात महिला। सिर्फ बैठी रही, शांत और देखती रही।'

'ओह, वह सचमुच भद्र महिला सरीखी है' श्रीमती कार्सन ने सिर हिलाते हुए नज़रें ऊपर उठा कर कहा, 'इसी वजह से तो दिल दुखता है।'

'जी, उसकी आँखें टिकी रहीं—वह क्या चीज़ है जो बहुत आवाज़ करती है?'—जाइलोफोन! उस पर नज़रें टिकी रहीं 'दर्शक महिला ने कहा।' 'उसका सिर न दायें मुड़ा न बांये। मेरे सामने ही सीट पर जमी रही।'

'शो के बाद पता है उसने क्या किया?' श्रीमती वॉट्स ने बड़ी व्यावहारिकता भरा प्रश्न किया। 'लिली अब अपनी उम्र के लिहाज से बड़ी लगती है।'

'ओफ़्फोह', श्रीमती कार्सन ने टोका एक क्षण को आँखें तरेर कर।

'और इसीलिये हम उसे एलिसविल भेज रहे हैं, श्रीमती वॉट्स ने बात ख़त्म की।

'मैं तैयार हूँ', एमी स्लोकम बाहर की ओर तेज़ी से जाते हुए बोली। उसके पूरे चेहरे पर सफेद पाउडर पुता था। 'डाक खत्म हुई। वह जगह कैसी होगी क्या पता।'

'हाँ, सचमुच। भगवान करे अच्छी ही हो,' एक साथ बहुत सी महिलाओं ने कहा। वे कुछ समय को डाक समेटने अपने अपने डाक बक्स तक जाने को नहीं उठीं। सभी को खालीपन का अहसास सा था।

तीनों महिलाओं पानी की टंकी के नीचे खड़ी थीं।

'लिली को ढूँढ़ पाना और बात है', एमी स्लोकम ने कहा।

'इस बड़ी दुनिया में वह किधर गई होगी?' श्रीमती वॉटस् के पास वह चिट्ठी थी।

'मुझे उसका नामो-निशान नहीं दिखता, न सड़क के इस पार न उस पार', श्रीमती कार्सन ने घोषणा की।

ड न्यूटन रेडबर्ड स्कूल ए बलेट्स को तार में पिरो कर दुकान सजा रहा था।

'अगर तुम लिली को तलाश रहा है तो वह थोड़ी देर पैले इधरीच था और मुझे बोला कि वह शादी बनाना मांगता' वह बोला।

'एड न्यूटन' तीनों एक दूसरे को थामते हुए चिल्ला उठीं। श्रीमती वॉट्स एलिसविल से आई चिट्ठी से पंखा झलने लगी। उन्होंने विधवाओं की काली पोशाक पहनी थी जिस कारण गर्मी ज्यादा लग रही थी।

'नहीं बिल्कुल नहीं। वह एलिसविल जा रही है एड!' श्रीमती कार्सन बड़ी मुलायम आवाज़ में बोली। 'श्रीमती वॉट्स एमी स्लोकम और मैं—हम तीनों अपनी जेब से उसको भेजने का खर्च दे रही हैं। इसके अलावा विक्ट्री के लड़कों की इज़्ज़त का सवाल है। लिली की शादी नहीं हो रही, यह उसके दिमाग का फ़ितूर है।'

'तुमको कोशिश करना मांगता बाई लोग' अपने आप को झाड़ते हुए एड न्यूटन बोला।

जब वे रेल सड़क के ऊपर की पुलिया पर पहुँचीं तो एस्टेल मेबर्स पुलिया पर बैठी मिली। वह आराम से नारंगी की चुस्की लेकर खा रही थी।

'तुमने लिली को देखा क्या?' उन्होंने पूछा उससे।

'मैं उसी की राह देख रही हूँ', मेबर्स ऐसे बोली जैसे वह अभी वहाँ तक पहुँची ही नहीं थी। 'जुएल की ख़ातिर-जुएल कहती है कि लिली ने दुकान से दो सौ अट्ठानबे का जो हैट लिया है, थोड़ी देर पहले, उसके बदले कुछ और देकर जुएल उसे लेना चाहती है।'

'ओह, एस्टेल, लिली कहती है कि वह शादी करेगी!' एमी स्लोकम ने कहा।

बिना अहमियत समझे एस्टेल बोली, 'हा, अच्छा।'

लारेलो अटकिन्स अपनी विलीस नाइट गाड़ी का हॉर्न बजाती हुई इन लोगों की बातचीत सुनने आती हुई नज़र आई।

दोनों हाथों को ऊपर उठा कर एमी दौड़ती हुई सड़क तक गई।

'लोरेली, लोरेली हमें लिली दॉ के घर तक छोड़ दो अपनी गाड़ी में वह वहाँ अपनी शादी की तैयारी कर रही है।'

'आइये बैठिये!'

'तुम अभी देखना', 'श्रीमती वॉट्स गाड़ी की पिछली सीट पर बैठते समय कराहती हुई बोली, 'हमे लिली को समझाना है कि एलिसविल जाना ही बेहतर है।'

'सोचने की बात है!'

गाड़ी में जाते जाते श्रीमती कार्सन दुखी आवाज में बोलती ही जा रही थीं—शाम ढले मुर्गियों के दड़बे की दबी कुड कुड सरीखी दुखी आवाज में, 'हमने लिली की बेसहारा माँ को दफ़नाया। हमने लिली को खिलाया पिलाया, कपड़ों से

तन ढाँपा। धार्मिक शिक्षा के लिए इतवार के स्कूल में भेजा, बैप्टिस्ट की दीक्षा दिलाई। और फिर जब उसका बूढ़ा बाप मारने लगा और छुरे से उसका सिर धड़ से अलग करने को लपका तो हमीं ने उसे बचाया और रहने की जगह दिलाई।'

मौसम के थपेड़ों को झेलते बेरंग मकान कहीं-कहीं तिमंजिला था और उसके सामने की खिड़कियों पर धब्बे लगे पीले और बैंगनी शीशे जड़े थे और बरामदे के आस-पास कुकुरमुत्ते थे जो एक ओर झुके थे, रेल सड़क की ओर, और सामने की सीढ़ियाँ नदारद थीं। महिलाओं से लदी कार वहीं पेड़ के नीचे आकर रुकी।

'अब लिली बड़ी हो गई है', श्रीमती कार्सन बोलती जा रही थीं। 'सचमुच बड़ी हो गई है', उन्होंने दोहराया।

'शादी की बात करती है', गुस्से से श्रीमती वॉट्स बोलीं।

'धन्यवाद लोरेली, तुम अब घर जाओ'

धूल सनी ज़ीनिया को फलांग कर वे बरामदे में आई और खुले दरवाजे पर बिना दस्तक के अन्दर चली गईं।

'इस घर में एक अजीब सी बू है। जब भी आती हूँ यही बू आती है', एमी स्लोकम बोली।

कमरे के अंधियारे में लिली फर्श पर एक बक्से के सामने घुटनों के बल बैठी रही।

'हैलो लिली' उलाहना भरे स्वर में श्रीमती कार्सन बोलीं।

'हैलो' लिली ने जवाब दिया। एक मिनट उसने फूल चूसा। उसकी आवाज़ में चिड़िया की आवाज सी लगी। पोशाक के नाम पर एक पेटीकोट, जो श्रीमती कार्सन ने उसे दिया था, पहन कर वह बैठी हुई थी। उसके दूधिया पीले बाल नये हैट के नीचे खुले फैले थे। जानने वालों की नज़रें उसके गर्दन के घाव के निशान देख सकती हैं।

श्रीमती कार्सन और श्रीमती वॉट्स, दोनों मोटी ताज़ी, दो सीट वाले झूले पर बैठीं। एमी स्लोकम एक कुर्सी पर बैठी जो जल चुकी, दवाई की दुकान ने दान में दी थी।

'तुम क्या कर रही हो लिली?' श्रीमती कार्सन ने झूला झुलाने की पहल करते हुए पूछा।

लिली मुस्कुराई। वह अपना काम करती रही।

बक्सा पुराना था और पीले-भूरे रंग के कागज के अस्तर से लिपटा था जिस पर गोल-गोल गाढ़े रंग के सितारों का सा नमूना दिख रहा था। खामोशी बनाये रखते हुए ही तीनों ने एक दूसरे को इशारे से ही बताया कि उनमें से किसी को इस बक्से के अस्तित्व की जानकारी नहीं थी। दो साबुन की बट्टी और एक हरे कपड़े को छोड़ उस खाली बक्से में और कुछ नहीं था और लिली उन्हें ही सहेज कर रख रही थी।

'तुम क्या कर रही हो ज़रा हमें भी बताओ,' एमी स्लोकम ने पूछा।

'पैकिंग कर रही हूँ, बुद्धू' लिली का जवाब था।

'कहाँ जा रही हो?'

'शादी करने। और मेरा दावा है कि तुम इस वक्त मेरी जगह होना चाहोगी' लिली चहकी। लेकिन दूसरे ही पल शर्म से सकुचा कर अचानक उसने जीनिया को फिर से मुँह में ठूँस लिया।

'मुझ से बात करो बेटी, श्रीमती कार्सन ने चिरौरी सी की', 'मुझ बुढ़िया को बताओ कि तुम शादी क्यों कर रही हो।'

'नहीं', जरा हिचकिचाहट के बाद लिली ने कहा।

'देखो, हम सबने तुम्हारे लिये एक अच्छी बात सोची है', श्रीमती कार्सन ने समझाया, ''तुम क्यों न एलिसविल चली जाओ।'

'बहुत अच्छा होगा न?' श्रीमती वॉट्स बोलीं, 'बहुत ही अच्छा।'

'बड़ी प्यारी जगह है', एमी स्लोकम ने दुविधा के साथ घोषणा की।

'तुम्हारे चेहरे पर सूजन है,' लिली पलट के बोली।

'एमी, प्यारी एमी', तुम इस मुसीबत में मत पड़ो—अगर बुरा न मानो', श्रीमती कार्सन ने उत्कंठित होकर बीच बचाव किया, 'पता नहीं लिली को क्या हो जाता है तुम्हारे आते ही।' लिली ध्यान से एमी स्लोकम को देखती रही।

'हाँ, तो तुम एलिसविल जाओगी न?' श्रीमती कार्सन ने पूछा।

'नहीं मैडम'

'क्यों' सभी एक साथ उसकी ओर झुक गईं अचम्भे से।

'क्योंकि मैं शादी कर रही हूँ।' लिली ने जवाब दिया।

'किससे शादी कर रही हो बेटी?' श्रीमती वॉट्स ने पूछा। उन्हें मालूम था कैसे अपनी ही कही हुई बात से लोगों को मोड़ा जाता है।

लिली ने दाँतों तले होंठ दबा लिया और मुस्कुरा पड़ी। उसने बक्से की ओर हाथ बढ़ाया और साबुन की दोनों बट्टियों को उठा कर हिलाया।

'बोलो, श्रीमती वॉट्स ने फिर पूछा, 'तुम किससे शादी करोगी।'

'कल रात वाले आदमी से।'

सभी सकते में आ गई। गर्मियों के ओलों की तरह किसी प्रेमी के अस्तित्व की सम्भावना उनके दिमाग से जा टकराई। श्रीमती वॉट्स ने खड़े होकर अपने आप को सम्हाला।

'उसी शो का कोई आदमी, कोई बाजावाला!' वह चिल्लाईं।

लिली की आँखों में प्रशंसा थी।

'उसने तुम्हारे साथ क्या कुछ किया?' अभी तक श्रीमती वॉट्स ही मैदान में जमी रहीं।

'ओह, जी हाँ मैडम', उँगलियों से साबुन को सहलाते हुए कपड़े में लपेट कर रखते हुए लिली ने कहा।

'क्या?' खड़े होने से पहले लड़खड़ा कर एमी स्लोकम चीख उठी, 'क्या?. उसकी आवाज हॉल में गूँज उठी।

'उससे मत पूछो क्या' श्रीमती कार्सन लपक कर पीछे आईं, 'लिली, मुझसे सिर्फ़ हाँ या ना में कहो—क्या तुम पहले जैसी ही हो?'

'उसने लाल कोट पहन रखा था।' लिली ने गर्व से कहा। 'उसके हाथ की छोटी छड़ियों के इशारे पर टू टू की आवाज निकलती है।'

'ओह, मुझे लगता है मैं बेहोश हो जाऊँगी।' एमी स्लोकम के ऐलान को दोनों ने दबा दिया, 'नहीं, ऐसा नहीं होगा।'

'काष्ठतरंग। जाइलो फोन' श्रीमती वॉट्स कह उठी, 'काष्ठतरंग बजाने वाला। उस नाकारे को रेल पर बिठा कर शहर से भगा देना चाहिये!'

'शहर से बाहर? वह तो शहर से चला गया होगा अब तक।' एमी चिल्लाई। 'आपने पढ़ा नहीं?' कैफे में?—नौ को विक्ट्री में, कौम्बे में दस को? वह कौम्बे में होगा, कौम्बो!'

'ठीक है। हम उसे वापस लायेंगे।' श्रीमती वॉट्स का दावा था। 'वह तुम से बच कर नहीं जा सकता।'

'चुप, चुप' श्रीमती कार्सन ने चेताया। मैं नहीं समझती हमें ऐसा कुछ करना चाहिए। अच्छा तो यही होगा कि वह हमारी ज़िन्दगी से हमेशा के लिये निकल जाये। ऐसा आदमी। वह लिली के शरीर को ही पाना चाहता था और वह कभी इस बेचारी को खुश नहीं रख पाता अगर हम ज़बरदस्ती उसकी शादी लिली से करते—जैसा कि होना चाहिए—चाहे बन्दूक की नोक पर ही सही।

'फिर भी'—एमी की फटी-फटी आँखों ने जुबान का साथ देकर बोलना चाहा।

'खामोश' श्रीमती वॉट्स बोलीं। 'श्रीमती कार्सन, मुझे लगता है आप सही हैं।'

'यह मेरी आशाओं का संदूक है—देखा?' नम्रता से लिली ने खामोशी तोड़ते हुए कहा। 'आपने इसको देखा तक नहीं। मेरे पास पहले से ही साबुन और धुलाई पट्टी है। और मैंने हैट पहन रखा है। आप लोग मुझे क्या दोगी?'

'लिली', श्रीमती वॉट्स शुरु हुई, 'हम तुम्हें बहुत सुन्दर चीज़ें देंगे अगर तुम शादी करने के बजाय एलिसविल जाओ।'

'आप क्या देंगी?' पूछा लिली ने।

'मैं तुम्हें किनारदार तकिये का गिलाफ़ दूँगी, श्रीमती कार्सन बोलीं।

'मैं जैक्सन की एक यादगार दूँगी—एक खिलौनी का बैंक', एमी ने कहा। 'अब तुम जाओगी?'

'नहीं'

'मैं तुम्हें सुन्दर, छोटा बाइबल दूँगी जिस पर तुम्हारा नाम सोने से लिखा होगा', श्रीमती कार्सन ने लुभाया।

'मैं अगर तुम्हें गुलाबी क्रेप-द-शीन का ब्रैसियर दूं एडजस्टिबल स्ट्रैपवाला?' श्रीमती वॉट्स ने गम्भीरता से पूछा।

'ओफ़्फोह!'

'इसकी तो उसे ज़रूरत है,' श्रीमती वॉट्स बोली 'वे क्या सोचेंगे अगर यह पूरे एलिसविल में आदिवासी की तरह पेटीकोट पहने घूमती फिरे?'

'क्या ही मज़ा आता अगर मैं एलिसविल जाती', एमी स्लोकम ने ललचाया।

'वहाँ मेरे लिये वो लोग क्या देंगे?' धीमें से पूछा लिली ने।

'ओह, बहुत सी चीजे। तुम्हें शायद टोकरी बुनने को मिले...' श्रीमती कार्सन ने दूसरों की तरफ अनिश्चितता से देखा।

'हाँ, हाँ, तुम्हें वहाँ कई तरह की टोकरियाँ बनाने को देंगे,' श्रीमती वॉट्स शुरू हुई पर उनकी आवाज भी मद्धम पड़ गई।

'नहीं मैडम, मेरा ब्याह करना ही ठीक रहेगा,' लिली बोली।

'लिली दॉ। अब तुम ज़िद पर अड़ रही हो।' श्रीमती वॉट्स चीख पड़ी। 'तुमने करीब हामी भर दी थी जाने की और फिर अपनी बात खुद काट रही हो।'

'हम सबने ईश्वर से पूछा था, लिली!' श्रीमती कार्सन ने समझाया आख़िरकार, 'और ऐसा लगा कि ईश्वर हमें और कार्सन साहब को भी, कह रहे हैं—तुम जहाँ जाकर खुश रहोगी वह एलिसविल ही है।'

लिली श्रद्धालु लगी, मगर फिर भी ज़िद्दी।

'हमें सचमुच इसे वहाँ ले जाना चाहिए—अभी।' अचानक एमी स्लोकम चिल्ला उठी। 'सोचो—! यह यहाँ नहीं रह सकती।'

'अरे नहीं, ना, ना' श्रीमती कार्सन तपाक से बोलीं, 'हमें ऐसा नहीं सोचना चाहिये।'

वे वहाँ परेशान होकर बैठ गईं-थकी-हारी।

'मैं अपना आशा-सन्दूक ले जा सकती हूँ—एलिसविल जाते समय?' लिली ने लजाते हुए तिरछी नज़रों से उनकी ओर देखते हुए पूछा।

'हाँ, क्यों नहीं' श्रीमती कार्सन बिना सोचे बोली।

वे फिर से चुपचाप खड़ी हो गईं।

'हाय, काश मैं अपना आशा सन्दूक ले जा सकती!'

'अभी तक यह सिर्फ आशा-सन्दूक का मामला था,' एमी फुसफुसाई।

श्रीमती वॉट्स ने दोनों हथेलियों भींच लीं, 'अब तय हो चुका!'

'हे पिता परमेश्वर', श्रीमती कार्सन बुदबुदाईं।

लिली ने उनको देखा और उसकी आँखें चमक उठीं। अपनी गर्दन टेढ़ी करके उसने किसी की नकल उतारते हुए गर्वीले अंदाज़ में बिलकुल ही अनजाने ढंग से कहा—

'ठीक है—टूट्स!'

तीनों महिलाएँ सिर हिलाती, मुस्कुराती दरवाजे की ओर बढ़ ही रही थीं। श्रीमती कार्सन जाते-जाते ठिठक कर बोली, 'मुझे लगता है मेरा यहीं ठहरना बेहतर है। भला कहाँ-कहाँ से इसने इतनी भयंकर अदा से बोलना सीखा?'

'पैक अप। तैयार हो लो।' श्रीमती वॉट्स बोलीं, 'लिली दॉ नम्बर एक से एलिसविल को रवाना होगी।'

स्टेशन पर रेलगाड़ी धुँआ छोड़ रही थी। विक्ट्री का हर कोई उसके छूटने के इन्तजार में आस पास मंडरा रहा था। विक्ट्री सिविक बैंड भी वहीं इकट्ठा हो गया था बिना किसी आदेश के और भीड़ में बिखरा हुआ था। अपने मंद्रसप्तक के भोंपू से एड न्यूटन ने गलत संकेत दे दिया चल पड़ने का। चूज़ों से भरी एक टोकरी का ढक्कन खुल गया था प्लेटफार्म में। सभी लिली दॉ को देखना चाहते थे कि वह तैयार होकर कैसी दिखती है लेकिन श्रीमती कार्सन और श्रीमती वॉट्स ने उसे रेल लाइन के दूसरे छोर से ले जाकर चोरी-छिपे ट्रेन में घुसा दिया था। वे दोनों उसके साथ जैक्सन तक जा रही थीं जिससे लिली को दूसरी ट्रेन बदलते समय सहायता कर सकें और यह भी निश्चित करे सकें कि वह सही दिशा की ओर गई है।

लिली आरामदायक सीट पर उन दोनों के बीच बैठी थी। उसके बात तरतीब से संवार कर एक छोटे जूड़े में सफाई से सिमटे थे जिस पर एक छोटा नीला हैट था जो जुएल ने उसके खूबसूरत हैट के बदले दिया था। उसने यात्रा की पोशाक पहनी थी जो श्रीमती वॉट्स के उस पोशाक को काट कर बनायी गयी थी जो पिछली गर्मी में मातम के लिये थी। उसके नीचे से गुलाबी स्ट्रैप झलक रहे थे। एक बटुआ, बाइबल और एक गर्म केक का डब्बा-सब उसकी गोद में थे।

एमी स्लोकम जाती डाक पर टिकट लगा कर बंडल बना कर रख रही थी। वह डिब्बे के किनारे खड़ी थी डबडबाई आँखों से।

'अलविदा लिली', वह बोली। एक वही थी जिसे कुछ-कुछ हो रहा था अन्दर ही अन्दर।

'अलविदा भोंदू' लिली बोली।

'हे भगवान, उन लोगों को लिली के पहुँचने की खबर समय पर टेलिग्राम से मिल जाये जिससे वे एलिसविल पर उसे मिल सकें।' एमी ने दुखी स्वर से यहाँ से वहाँ की दूरी के बारे में सोचते हुए कहा।' 'दस शब्दों में सारा कुछ समझाना कितना मुश्किल है।'

'उतर जाओ एमी इसके पहले कि ट्रेन चल पड़े और तुम्हारी गरदन मुड़ जाये', 'श्रीमती वॉट्स आराम से आसन जमा कर अपने सुन्दर पंखे को झुलाती हुई बोलीं।'

'क्या जबरदस्त गर्मी है। शहर से बाहर निकलते ही मैं अपना कॉर्सेट उतार दूँगी।'

'ओ लिली, वहीं रोना नहीं। अच्छी तरह रहना और वे जो भी करने को कहें मान लेना—क्योंकि वे सब तुम्हें चाहते हैं।' एमी ने सिर झुका लिया। वह नीचे उतर गई।

लिली हँस पड़ी। खिड़की से हाथ निकाल कर एक आदमी की ओर उसने इशारा किया। वह ट्रेन से उतर कर वहाँ खड़ा था, अकेला। वह एक अजनबी था, टोपी पहने।

'देखो' उंगली दिखा कर हँसते हुए बोली।

'मत देखो, 'श्रीमती कार्सन ने बड़ी स्पष्टता से कहा मानों वे ये दो शब्द लिली के नन्हें-मुन्ने नर्म दिमाग में इस ढंग से जड़ देना चाहती थीं कि बाक़ी सारी बातें धुंधली पड़ जाएँ। एलिसविल पहुँचने से पहले और कुछ भी मत देखो।'

बाहर एमी स्लोकम इस कदर रो रही थी कि वह उस अजनबी को देख नहीं पाई और टकरा गई। उसने टोपी पहनी हुई थी, नाटा सा था और लगता था कि परफ्यूम लगा रखा था।

'क्या आप बता सकती हैं मैडम,' उसने पूछा, 'इस कस्बे में कुमारी लिली दॉ नाम की एक छोटी भद्र महिला कहाँ रहती है?' उसने अपनी टोपी उठाई—उसके बाल लाल रंग के थे।

'आप क्यों जानना चाहते हैं?' एमी ने छूटते ही पूछा बिना सोचे।

'ज़ोर से बोलिये' अजनबी बोला। वह खुद फुसफुसा कर बोलता सा लगा।

'वह चली गई है। वह एलिसविल गइ है!'

'चली गई?'

'एलिसविल चली गई!'

'हाँ, अब ठीक है!' उस आदमी ने अपना निचला होंठ लटकाया और जोर से फूँक मारी जिससे उसके बाल उछल गये।

'लिली से आपका क्या काम था?' एमी अचानक चिल्लाई।

'हम शादी बनाना चाहते थे। बस यही।' उसने कहा।

एमी उन सभी लोगों के सामने चीखने लगी। उसने उस काले लम्बे बक्से को देखा जो उस आदमी के पाँवों के पास ज़मीन पर पड़ा था। वह डर से उछल पड़ी।

'काठतरंग! ज़ाइलोफोन।' कभी फुफकारती ट्रेन तो कभी उस आदमी की ओर आगे-पीछे मुड़ कर देखती हुई वह चिल्लाई। कौन ज़्यादा डरावना था? इसी समय घंटी बजने लगी, और वह आदमी कुछ कह रहा था।

'आपने क्या कहा, एलिसविल? वही जो मिसिसिपी प्रदेश में है?' बिजली की तरह उसके हाथ में एक लाल नोटबुक दिखी जिस पर लिखा था 'स्थायी तथ्य और जानकारी'। उसने कुछ लिखा। 'मुझे ठीक से सुनाई नहीं देता।'

एमी ने हामी भरते हुए ऊपर नीचे सिर हिलाया और उसके चारों ओर चक्कर काट गई।

'एलिस-विल-मिस' के नीचे वह एक लाइन खीच रहा था। अब वह उस पर दो छोटे चिह्न लगा रहा था, 'शायद उसने नहीं कहा था वह राज़ी है।' शायद उसने कहा था वह राज़ी है। अचानक वह ज़ोर से हँस पड़ा, फुसफुसाहट के बाद। एमी उछल पड़ी। 'ख़ैर, हम अगर कभी एलिसविल के आस-पास बजाते हुए पहुँचे तो शायद मैं उसे मिलूँ, शायद नहीं मिलूँ,' वह बोला।

बैंड शुरू होने का सही सिगनल गम्भीर स्वर के भोंपू से सुनाई दिया। इंजिन ने सफेद धुआँ उगला। साधारणत: ट्रेन एक मिनट के लिये विक्ट्री पर रुकती थी लेकिन इंजीनियर लिली को पहचान गया था क्योंकि वह एमी के लिये हाथ हिला रही थी और यह भी समझ गया था कि यह उसकी जिन्दगी का अहम दिन है।

'ठहरिये' एमी स्लोकम सचमुच चीख रही थी। 'ठहरिये जनाब!' मैं आपको उसके पास ले जा सकती हूँ। ठहरिये इंजीनियर साहब! अभी मत जाइये।'

और फिर वह ट्रेन पर चढ़ गई और श्रीमती कार्सन और वॉट्स के सामने चिल्लाती रही, 'वह ज़ाइलोफ़ोन बजाने वाला। वह उससे शादी करने वाला है। वहाँ खड़ा है।'

'बकवास है,' श्रीमती वॉट्स लोगों की भीड़ में एमी के इशारे की ओर ध्यान से देखती हुई बुदबुदाई। 'अगर वह वहाँ है तो मैं देख नहीं पा रही। कहाँ है वह? तुम तो एक आँख वाले बीस्ले की ओर देख रही हो।'

'वह नाटा सा आदमी टोपी लगाये। नहीं, लाल बालों वाला। जल्दी।'

'यह वाकई वही है?' श्रीमती कार्सन ने आश्चर्य से श्रीमती वॉट्स को पूछा। 'हाय, कितना सा है, है न?'

'जिन्दगी में पहले कभी नहीं देखा!' कहते हुए श्रीमती वॉट्स ने पंखा झलना बंद किया।

'चलिये, चलिये! यह ट्रेन है!' एमी स्लोकम चीख़ पड़ी। वह सचमुच उत्तेजित हो गई थी।

'ठीक है, ठीक है, देखो तुम्हें दौरा न पड़ जाये लड़की।' श्रीमती वॉट्स ने आगाह किया। 'चलो', गाढ़ी आवाज़ में श्रीमती कार्सन से बोलीं।

'हम अब कहाँ जा रहे हैं?' लिली ने सबके साथ ट्रेन से नीचे उतरते हुए पूछा।

'हम तुम्हारा ब्याह रचाने जा रहे हैं।' श्रीमती वॉट्स बोलीं।

'श्रीमती कार्सन, अच्छा होगा अगर आप अपने पति को यहीं स्टेशन पर बुला लें।'

'लेकिन मुझे शादी नहीं करनी', 'लिली बोली रुआंसी होकर', मैं एलिसविल जा रही हूँ।'

'चुप-चुप, हम सब लोग बाद में आइसक्रीम खायेंगे,' श्रीमती कार्सन फुसफुसाईं।

जैसे ही ट्रेन के पीछे के हिस्से की सीढ़ियों से वे उतरीं बैंड पर 'इंडीपेंडैंस मार्च' बज उठा।

ज़ाइलोफ़ोन बजाने वाला तब भी वहीं था, पांव से ताल देता हुआ। वह पास आया और बोला, 'हैलो टूट्स। यह सब क्या है—मजाक?' और लिली को चूम लिया, सशब्द, जिसके बाद लिली ने सर झुका लिया।

'सो तुम ही वह नौजवान हो जिसके बारे में हमने इतना सुना है,' श्रीमती वॉट्स बोलीं। उनकी मुस्कुराहट दमक रही थी। 'यह रही तुम्हारी लिली।'

'क्या कहा आपने?' ज़ाइलोफ़ोन वादक ने पूछा,

'मेरे पति बैप्टिस्ट पादरी हैं विक्ट्री के'—श्रीमती कार्सन ने ज़ोरदार खुली आवाज़ में घोषणा की। मैं उन्हें पाँच मिनट में यहाँ बुला सकती हूँ। मुझे मालूम है वे इस समय कहाँ हैं।

वे सब ज़ाइलोफ़ोन बजाने वाले के इर्द गिर्द झुंड बना कर चल रहे थे, सभी प्रतीक्षालय की ओर जा रहे थे।

'ऐसे मौकों पर मुझे रोना आ जाता है' एमी स्लोकम बोली। उसने पीछे मुड़कर देखा। ट्रेन धीरे-धीरे चलती हुई बड़ी सड़क की पुलिया के नीचे तक चली गई थी। फिर वह एक मोड़ से ओझल हो गई।

'ओह, आशा-संदूक!' एमी कराहती सी आवाज़ में चीख उठी।

'और, हम किसे पुकार रहे हैं?' श्रीमती वॉट्स चिल्ला रही थीं। जबकि श्रीमती कार्सन फोन पर लगी थीं।

बैंड बजता रहा। कुछ लोगों को लगा कि लिली ट्रेन में थी जबकि कुछ ने दावा किया कि वह वहाँ नहीं थी। सभी ने खुशी ज़ाहिर की। अचानक एक हैट टेलीफोन के तारों पर उछल कर अटक गया।

✦

अनु०—**मीना बनर्जी**

गुलदाऊदी

✦

जॉन स्टेनबैक (1902–1968)

जॉन स्टेनबैक का जन्म केलिफॉर्निया में हुआ। उन्होंने अपने क्षेत्र के लोगों के सशक्त और अविस्मरणीय चित्र अपने उपन्यासों में उकेरे हैं। सन् 1962 में उन्हें नोबेल पुरस्कार प्राप्त हुआ। सन् 1962 में ही उन्होंने अपने कुत्ते के साथ बहुत लम्बी यात्रा की और उसका यादगार वर्णन अपनी पुस्तक 'ट्रेवेल्स विद चार्ली' में किया उनका सबसे प्रसिद्ध उपन्यास 'ग्रेप्स ऑफ रॉथ' है।

सर्दियों के गाढ़े स्याह कोहरे ने सालीनास घाटी को आकाश और पूरी दुनिया से अलग कर बंद कर दिया था। चारों ओर के पहाड़ों पर वह ढक्कन जैसा बैठ गया था और विशाल घाटी को बंद बर्तन में बदल दिया था। लम्बी चौड़ी धरती पर जहाँ-जहाँ मजदूरों ने गहरी जुताई की थी वहाँ-वहाँ धरती चमक रही थी जहाँ फाल ने गहरा काटा था। सालीनास नदी के उस पार की घाटी के खेतों में पीले-पीले ठूँठ मरियल सी पीली सूरज की रोशनी में नहाए दिख रहे थे लेकिन सूरज की रोशनी का घाटी में दूर दूर तक पता नहीं था, दिसम्बर जो आ गया था। नदी के किनारे सरपत झाड़ियों में नुकीले पीले पत्ते लौ की तरह दिख रहे थे।

शांति और प्रतीक्षा का समय था वह। हवा में हल्की सी खुनक थी। दक्षिण पश्चिम से हल्की हवाएँ चल रही थीं जिसे देख किसानों को जल्दी ही अच्छी बारिश की उम्मीद थी, लेकिन कोहरा और बारिश एक साथ कभी नहीं चलते।

नदी पार हेनरी एलन के रैंच में अभी कुछ काम शेष बचा था, फसल कट कर रखी जा चुकी थी और फलों के बाग में जुताई कर दी गई थी ताकि बारिश आने पर मिट्टी गहराई से तर हो जाये। उधर प्लानों में जानवरों की चमड़ी खुरदरी हो रही थी और उनकी देह के रोऐं झर रहे थे।

फूलों के बगीचे में काम करते एलिसा एलेन ने अहाते के बाहर अपने पति हेनरी को दो सूट पहिने व्यक्तियों से बात करते देखा। तीनों व्यक्ति ट्रेक्टर की शेड के नीचे खड़े हो फोर्डसन पर एक-एक पैर रखे बतिया रहे थे। सिगरेट पीते वे मशीन को भी देखते जा रहे थे।

कुछ देर तक उन्हें देखते रहने के बाद एलिसा अपने काम पर जुट गई। पैंतीस वर्षों की एलिसा दुबली-पतली लेकिन मजबूत कद-काठी की थी। उसकी आँखें पानी जैसी निर्मल थीं। माली के वस्त्रों में उसकी देह वजनदार लग रही थी, साथ ही पुरुषों वाला काला हैट उसकी आँखों के पास तक ढंका था। पैरों से कहीं बड़े जूते और उसकी प्रिंटेड ड्रेस बड़े से कार्डराय एप्रन से ढंकी थी जिसमें चार बड़े-

बड़े जेबों में कतरनी, खरोंचने वाली, खुरपी, बीज और चाकू जिससे वो काम करती थी रखे थे। हाथों को बचाने को वो मोटे चमड़े के दस्ताने पहिने थी।

पिछले वर्ष की गुलदाऊदी के डंठलों को बड़ी सी कैंची से काटते बीच-बीच में वह ट्रेक्टर शेड में खड़े तीनों व्यक्तियों को भी देखती जा रही थी। उसका प्रौढ़ उत्सुकता भरा चेहरा सुंदर था, यहाँ तक कि कैंची से काम करते हुए भी वो उत्साह से भरी पूरी लग रही थी। गुलदाऊदी के डंठल उसकी ऊर्जा के सामने निरीह और व्यर्थ लग रहे थे।

आँखों के सामने झूल रहे बालों के हल्के से बादल को उसने दस्ताने के पिछले भाग से अलग किया तो गालों पर हल्की सी कीचड़ का दाग लग गया। उसके पीछे साफ सुथरा फार्म हाउस था, जिसके चारों ओर लाल जेरेनियम खिड़कियों की ऊँचाई तक लगे खिल रहे थे। पालिश से चमकती खिड़कियों वाला वह छोटा सा मकान मेहनत से साफ किया गया था। सामने की सीढ़ियों पर कीचड़ साफ करने के लिए मैट पड़ा था।

एलिसा ने एक बार फिर ट्रेक्टर शेड पर नजरें घुमायी। अजनबी अपनी लाल फोर्ड में बैठ रहे थे। उसने एक दस्ताना उतार अपनी उंगलियों से अंकुर को दबाया जो पुरानी जड़ों के पास निकल आए थे। पत्तियाँ फैलाकर नई शाखाओं को देखा। वहाँ माहू कीड़े नहीं थे, न ही बुआई वाले कीड़े या केंचुए या इल्लियाँ। उसकी टेरियर जैसी उंगलियाँ ऐसे कीड़े-मकोड़े को देखते ही मसल देती थीं।

पति की आवाज से वो चौंक गई। बेआवाज उसके पास पहुँच उसने बगीचे की पशुओं, कुत्तों और मुर्गियों की सुरक्षा के लिए लगाई कांटेदार फैंसिंग के ऊपर से झांका।

''उसी काम में जुटी हो तुम'' उसने कहा ''लगता है तुम्हारी नई फसल इस वर्ष बहुत अच्छी होने वाली है।''

एलिसा ने कमर सीधी कर दस्ताने को फिर से पहनते हुए कहा ''इस वर्ष कुछ बेहतर ही होगी'' उसकी आवाज और चेहरे दोनों पर आत्मविश्वास की झलक थी।

''मुझे लगता है तुम्हें वरदान मिला हुआ है'' हेनरी ने गंभीर हो कहा, ''इस वर्ष जो पीले गुलदाऊदी निकले थे, वे तो दस इंच लंबे थे। मैं तो चाहता हूँ कि तुम हमारे फलोद्यान में भी ऐसा ही चमत्कार कर सेवों को इतना बड़ा कर दो।''

उसकी आँखों में एक चमक सी कौंधी ''हूँ...शायद मैं कर सकती हूँ। मुझे प्रकृति ने यह गुण दिया है। मेरी माँ भी ऐसी ही थीं। वे तो कुछ भी जमीन में गाड़ देती थीं और वह फूलने-फलने लगता था। वे कहा करती थीं कि उनके हाथ बागान के करिश्माई हाथ हैं जो जानते हैं कैसे क्या करना चाहिए।''

''हां ऽऽ यह फूलों में तो निश्चित तौर पर सफल हो रहा है'' पति ने कहा।

''हेनरी, जिनसे तुम बात कर रहे थे वे कौन थे?''

"ओह! वे...अरे लो यही बतलाने तो मैं तुम्हारे पास आया था। वे वेस्टर्न मीट कंपनी से आए थे। मैंने उन्हें तीस नए बछड़े बेच दिए हैं और वह भी मेरी कीमत पर।"

"वाह, क्या बात है" उसने कहा "यह तो अच्छी खबर सुनाई।"

"और मैंने सोचा", पति ने आगे बात पूरी करते कहा, "मैंने सोचा कि आज शनिवार है तो क्यों न हम सालीनास में जा किसी रेस्त्रां में डिनर करें और फिर पिक्चर भी देखें—इस सौदे की खुशी में।"

"वाह! क्या बात है" पत्नी ने दोहराया" ऐसा तो होना ही चाहिए।"

हेनरी ने अपने मजाकिया लहजे में कहा, "और आज तो मुक्केबाजी भी है। कुश्ती के बारे में तुम्हारा क्या विचार है?"

"अरे नहीं, क्या कहते हो" उसने बेमन से कहा, "नहीं ऽऽ मुझे कुश्तियाँ कतई पसंद नहीं।"

"मैं तो मजाक कर रहा था एलिसा। हम लोग सिनेमा ही चलेंगे। अब देखो दो बजे हैं। स्कॉटी को ले मैं पहाड़ी पर जा रहा हूँ बछड़ों को लाने। मेरे विचार से मुझे दो घंटे तो इस काम में लग ही जायेंगे। हम लोग पांच बजे के आसपास शहर चलेंगे और कामीनॉस होटल में डिनर करेंगे।"

"बढ़िया। घर से बाहर खाने का मजा ही कुछ और होता है।"

"फिर ठीक है, मैं चलता हूँ घोड़ों को तैयार करने।"

"मुझे भी बीजों के लगाने को पर्याप्त समय मिल जायेगा इस बीच।" एलिसा ने कहा।

उसने अपने पति को कोठार के पास से स्कॉटी को आवाज देते सुना और फिर कुछ देर बाद दोनों को पहाड़ी की ओर बढ़ते देखा।

एक छोटे से चौकोर रेतीली जमीन के टुकड़े में गुलदाऊदी को अंकुरित करने के लिए पहले से ही उसने तैयार कर लिया था। खुरपी से उसने कई बार मिट्टी को उलटा पलटा और फिर उसे पीट कर समतल कर दिया। फिर दस समानांतर नालियाँ बना डालीं। गुलदाऊदी पौधों के पास पहुँच उसने नन्हें-नन्हें ताजे अंकुरों को तोड़ा, प्रत्येक की पत्तियाँ कैंची से छोटी की और उन्हें क्रम से जमाती रही।

चकों की चूं ऽऽ चूंऽऽ चर्र मर्र के साथ खुरों की पदचाप सड़क से आती सुन एलिसा ने सिर उठा कर देखा। नदी किनारे लगे घने सरपत और कपास के पेड़ों के किनारे-किनारे जाती सड़क पर एक अजीब सा वाहन अजीब तरह से चलता बढ़ा आ रहा था। वह पुराने स्प्रिंगों पर लगी बैगन थी जिसके ऊपर प्रेयरी स्कूनरों जैसा केनवास का तिरपाल लगा था। उसे एक बूढ़ा भूरे रंग का घोड़ा और छोटा ग्रे—सफेद गधा खींच रहा था। घनी खूंटी वाली दाढ़ी बनाए एक आदमी हांक रहा

था। बैगन के पिछले चकों के बीच एक मरियल सा चरागाही कुत्ता शान से चल रहा था। केनवास पर आडे तिरछे शब्दों में लिखा था, ''बर्तन, कढ़ाही, चाकू, कैंची, लॉन काटने की मशीन सुधारी जाती हैं।'' दो पंक्तियों का नाम निश्चितता को प्रकट कर रहा था। प्रत्येक अक्षर के अंतिम हिस्से को काले पेंट से कुछ नुकीला बनाया गया था।

घुटनों पर बैठी एलिसा उसे ढीले-ढाले वैगन को आते हुए देखती रही। वैगन सड़क पर सीधे आगे न बढ़ उसके खेत की सड़क पर मुड उसके घर की ओर चरमराता आने लगा। तत्काल रेंच के रक्षक कुत्ते वैगेन की ओर लपके और तनी पूँछों के साथ राजदूतों के सम्मान भाव से वैगन की परिक्रमा करते उसे सूँघने लगे। कारवां एलिसा की बाड़ी के पास आ रुक गया। नए आने वाला कुत्ता अपने को अकेला पा अपनी पूँछ दबा खींसे दिखाता वैगन के नीचे दुबक गया।

वैगन पर बैठे व्यक्ति ने जोर से कहा, ''लड़ाई के मामले में यह कुत्ता पर्याप्त डरपोक है।''

एलिसा ने उत्तर में हँसते हुए कहा, ''यह तो मैं देख ही रही हूँ। इसे लड़ाई के लिए तैयार होने में कितना समय लगता है।''

आदमी ने उसकी हँसी में अपनी हँसी मिलाते कहा, ''कभी-कभी तो हफ्तों लग जाते हैं।'' और अपना वाक्य पूरा कर चके पर पैर रख उतर आया। घोड़े और गधे बिना पानी के फूलों जैसे लटक गए।

एलिसा ने पाया कि वह खासा लंबा-चौड़ा आदमी है। हालाँकि उसके सिर और दाढ़ी के बालों में सफेदी की झलक थी लेकिन वह बूढ़ा दिखता नहीं था। उसका झुर्रियों वाला काला सूट ग्रीस के दागों से भरा था। उसके चेहरे और आँखों से हँसी रुकते ही गायब हो गई थी। उसकी काली आँखों में गंभीरता थी जो जोड़ी हांकने वालों और जहाजियों में प्राय: देखी जाती है। कांटेदार बाड़ पर टिके हाथों में दरार थीं और प्रत्येक दरार काली। उसने अपना टूटा-फूटा हैट सिर से उतारा।

''मैडम, मैं अपनी परिचित रोड से भटक गया हूँ क्या यह धूल भरी सड़क नदी पार लॉस ऐंजेल्स हाइवे से मिलती है?''

एलिसा ने खड़े हो बड़ी कैंची को एप्रन के पाकेट में रखा, ''हाँ मिलती तो है लेकिन वह लंबे घेरे के बाद नदी को पार करती है। मेरे विचार से तुम्हारी टीम रेत में चल नहीं पाएगी।''

उसने कुछ कड़वाहट के साथ उत्तर दिया, ''आपको अच्छा खासा आश्चर्य होगा कि ये जानवर कहाँ-कहाँ से नहीं निकल चुके हैं।''

''तब ठीक है, आगे बढ़ लो फुर्त्ती से'' एलिसा ने फाटक से उत्तर दिया।

उसने प्रश्न के व्यंग्य को अनदेखा करते कहा था ''हाँ, लेकिन तभी जब वे चलना शुरू कर दें।''

''मेरे विचार से यदि तुम सालीनास सड़क पर लौट जाओ तो पर्याप्त समय बचा सकते हो और हाईवे भी तुम्हें जल्दी मिल जायेगा।''

आदमी ने उंगली तार पर रख ट्रिंगऽऽ की आवाजें निकाली।

''मुझे कोई जल्दी नहीं है मैडम। मैं हर साल सैटिली से सेनडियागो तक आता जाता हूँ। इसी में मेरा पूरा समय निकल जाता है। छः महीने इधर और छः महीने उधर। मैं तो अच्छे मौसम के अनुसार चलता हूँ।''

एलिसा ने दस्ताने उतार कैंची के साथ एप्रन के जेब में ठूँस लिए और फिर सिर पर रखे पुरुषों के हैट की कोर पर उंगली फेर आवारा बालों को तलाशते हुए कहा, ''सुनकर तो लगता है कि अच्छी शानदार जिंदगी है तुम्हारी।''

आदमी ने पूरे आत्म विश्वास के साथ तार पर झुकते हुए कहा, ''शायद आपने मेरे वैगन पर लिखे हुए को पढ़ लिया है। मैं बर्तनों को सुधारता हूँ, कैंचियों और चाकुओं की धार पैनी करता हूँ। क्या आपके पास ऐसा कोई काम है?''

''ऊँ...हूँ'' उसने तुरंत फिर सिर हिलाते कहा, 'ऐसा कोई काम नहीं है', अपना वाक्य पूरा करते-करते उसकी आँखों में कठोरता झलकने लगी।

''कैंचियाँ सबसे ज्यादा बिगड़ती हैं'' उसने समझाते हुए कहा, ''अधिकांश लोग अपनी कैंचियों की धार स्वयं करने के चक्कर में उन्हें और खराब कर लेते हैं, लेकिन मैं जानता हूँ उन पर कैसे धार बनानी चाहिए। मेरे पास कैंचियों के लिए एक विशेष औजार है। वह एक फिरकी जैसा है और वह पेटेन्ट है। लेकिन वह अपना काम करना जानता है।''

''नहीं ऽऽ मेरी सभी कैंचियां पैनी हैं।''

''फिर ठीक है। कोई बर्तन?'' उसने विश्वसनीयता भरे स्वर में आगे कहना जारी रखा ''कोई मुड़ा-तुड़ा बर्तन या छेद वाला बर्तन। मैं उसे बिल्कुल नया जैसा बना दूँगा ऐसा कि नया खरीदने की जरूरत ही नहीं पड़े। इससे आपको बचत हो जायेगी।''

''नहीं ऽऽ'' उसने छोटा सा उत्तर दिया ''मैं तुमसे कह रही हूँ न कि मेरे पास तुम्हारे लायक कोई काम नहीं है।''

उत्तर सुनते ही उसका चेहरा उदास हो गया। उसकी आवाज में रिरियाने का भाव अचानक जुड़ गया। ''आज मुझे कोई काम मिला ही नहीं है। लगता है आज रात को भोजन नसीब होने वाला नहीं है। आप देख ही रहीं है कि मैं अपनी परिचित सड़क पर नहीं हूँ। सैटिली से सेनडियागो की हाईवे के सभी निवासियों से मैं परिचित हूँ। वे मेरे लिए अपना सामान पैना करने के लिए बचाकर रखते हैं क्योंकि वे जानते हैं कि मैं अच्छा काम भर नहीं करता वरन् सस्ते में भी करता हूँ।''

''लेकिन'' एलिसा ने नाराजगी भरी आवाज में कहा ''मैं क्या करूँ मेरे पास तुम्हारे लायक काम है ही नहीं।''

उसकी नजरें एलिसा के चेहरे से हट जमीन पर कुछ देर घूमती रहीं और फिर गुलदाऊदी की तैयार जमीन पर टिक गई जहाँ वह काम करती रही थी। ''ये कौन से पौधे हैं मैडम।''

सुनते ही एलिसा के चेहरे से नाराजगी के भाव गायब हो गए। ''ओह! ये गुलदाऊदी हैं, बड़े-बड़े सफेद और पीले। मैं प्रति वर्ष उगाती हूँ, यहाँ आसपास के सबसे बड़े फूल।''

''लंबी शाखा वाले फूल जैसे फूला हुए रंग का धुंआ हो।'' उसने जानना चाहा।

''हाँ, हाँ यही। कितने प्यारे ढंग से तुमने उसका वर्णन किया है।''

''उनकी गंध बुरी होती है जब तक उनकी आदत न पड़ जाये।'' उसने कहा।

''वह एक अच्छी तीखी सुगंध होती है'' उसने विरोध करते हुए कहा था।'' वो कतई बुरी नहीं होती।'' आदमी ने तुरंत स्वर बदलते कहा था ''व्यक्तिगत रूप से तो मुझे वह सुगंध बहुत पसंद है।''

''इस वर्ष दस इंच लंबे फूल मुझे मिले थे'' एलिसा ने गर्व से कहा।

आदमी ने बाड़ पर और झुकते हुए कहा, ''देखिए इसी सड़क पर आगे एक महिला को में जानता हूँ जिसके पास बेहद शानदार बगिया है। ऐसी जैसी मैंने और कहीं देखी ही नहीं है। वहाँ हर प्रकार के फूल हैं लेकिन गुलदाऊदी नहीं है। पिछली बार जब मैं उनके तांबे के तल वाले धोने के टब को सुधार रहा था, हालाँकि वह काम बेहद मेहनत मांगता है, लेकिन मैं उससे तो डरता हूँ नहीं, तभी उन्होंने मुझसे कहा था यदि मुझे कभी प्यारे गुलदाऊदी के फूल मिलें तो मेरे लिए कुछ बीज लेते आना'' यह कहा था उन्होंने।''

एलिसा की आँखें उत्सुकता से सजग हो गई ''उसे गुलदाऊदी के विषय में अधिक कुछ मालूम नहीं होगा। उन्हें बीज से भी उगाया जा सकता है। लेकिन छोटे अंकुओं (अंकुरों) से उगाना कहीं अधिक सहज होता है।''

''ओह'' आदमी ने निराश हो कहा, ''तब मैं एक भी उनके पास नहीं ले जा सकता।''

''अरे नहीं, बिल्कुल ले जा सकते हो'' एलिसा ने उत्तेजित हो कहा ''मैं उन्हें गीली मिट्टी में रख दूँगी और तुम उन्हें आराम से ले जा सकते हो। यदि तुम बर्तन को भीगा रखोगे तो बर्तन में ही अंकुआ जाएँगे। और फिर वो उन्हें दुबारा लगा लेगी।''

''मैडम वे तो पक्की तौर पर उन्हें पसंद करेंगी। आप तो कह भी रही हैं कि वे बेहद सुंदर हैं।''

''सुंदर'' एलिसा ने कहा, ''बेहद सुंदर'' उसकी आँखें उत्साह से छलकने लगी थीं। उसने अपना हैट उतार अपने सुंदर बालों को सिर हिला कर फैला

लिया। ''मैं उन्हें फूलदान में दे दूँगी और तुम उन्हें अपने साथ लेते जाना। आओ, आओ, भीतर आ जाओ।''

जब आदमी छोटे फाटक को खोल भीतर आ रहा था एलिसा तेजी से दौड़कर घर के अंदर चली गई। और वहाँ से एक लाल फूलदान उठा लाई। दस्ताने पहिनने की उसे याद तक नहीं रही। वहीं जमीन पर घुटनों के बल बैठ उसने उंगलियों से मिट्टी निकाल चमकते नए फूलदान में डालना शुरू कर दिया। उसे भरने के बाद उसने छोटे-छोटे अंकुराई शाखाओं के ढेर से जिसे उसने मेहनत से बनाया था—कुछ शाखा निकाल फूलदान में अच्छी तरह गाड़ मिट्टी को जोर से मुट्ठी बाँध दिया। आदमी उसके पीछे खड़ा उसे काम करते देखे जा रहा था। उसकी ओर बिना देखे उसने कहा, ''मैं तुम्हें विस्तार से समझा रही हूँ। याद रखना ताकि तुम उस महिला को समझा सको।''

''अवश्य, मैं याद रखूँगा।''

''हाँ, तो समझ लो। एक माह में इनमें जड़ें आ जाती हैं। तब एक-एक फुट दूर अच्छी काली मिट्टी में इन्हें लगाना होगा, समझ में आया न?'' कहते उसने अच्छी काली मिट्टी एक मुट्ठी में भर उसे दिखाते हुए कहा ''ये बहुत जल्दी बढ़ेंगे और लंबे होंगे। अब यह बात विशेष तौर पर याद रखना, उनसे जुलाई में इसकी कटाई-छटाई के लिए कह देना, करीब जमीन से आठ इंच ऊपर।''

''फूलने के पहिले,'' आदमी ने पूछा।

''हाँ, फूलने के पहिले या बौराने के पहिले।'' एलिसा का चेहरा उत्साह से तन गया था ''ये तेजी से उगेंगे। सितंबर के अंत तक कली निकलना शुरू हो जाएंगी।''

अचानक परेशान हो वो कहते-कहते रुक गई थी ''कली निकलते समय ही सबसे अधिक सावधानी रखनी पड़ती है।'' फिर कुछ पल रुक हिचकते हुए कहा, ''मेरी समझ में नहीं आ रहा हैं मैं तुमसे कैसे कहूँ'' फिर उसकी आँखों की गहराई में झाँकते हुए कहा, इस बीच उसका अपना मुँह कुछ खुल गया था और वह अपनी आवाज को सुनने समझने की चेष्टा करती लग रही थी ''मैं तुम्हें समझाने की कोशिश करती हूँ'' उसने कहा, ''क्या तुमने कभी उगाने वाले हाथों के बारे में सुना है।''

''सुना है कि नहीं, मैडम मैं कह नहीं सकता।''

''ऐसा है मैं तो तुम्हें केवल इतना बतला सकती हूँ कि उस समय कैसा अनुभव होता है। जब उन कलियों को तोड़ने को हम तैयार होते हैं जिन्हें हम नहीं जानते तब सब कुछ तुम्हारी उंगलियों के छोर पर उतर आता है। अपनी उंगलियों को काम करते देखते रहते हैं बस। वे अपना काम स्वत: करती रहती हैं। और तुम केवल उन्हें महसूस कर सकते हो। वे कलियों को तोड़ती चली जाती हैं। वे कभी कोई गलती नहीं करतीं। वे पौधे के साथ ही क्या उनकी अंग ही हो

जाती हैं। तुम्हारी समझ में आया न? तुम्हारी उंगलियों और पौधे। तुम उन्हें महसूस कर सकते हो पूरी बांह तक। बाहों को सब पता होता है। वे कभी भूलकर भी गलतियाँ नहीं करतीं। तुम्हें यह अहसास लगातार बना रहता है। जब उस स्थिति में होते हैं तब कोई भी भूल हो ही नहीं सकती। देख रहे हो ना तुम! समझ रहे हो ना मैं क्या कह रही हूँ?''

घुटनों के बल जमीन पर बैठे एलिसा उसकी ओर देखे जा रही थी। उसके वक्ष भावावेश में फैलते जा रहे थे।

आदमी की आँखें सिकुड़ गईं। जानबूझकर वह दूसरी ओर देखने लगा। ''शायद, हो सकता है जानता होऊँ'' उसने कहा ''कभी-कभी वैगन में...रातों में...''

एलिसा की आवाज भर्राने लगी। ''मैंने कभी तुम्हारी जैसी जिंदगी तो गुजारी नहीं है लेकिन मैं जानती हूँ तुम क्या कहना चाहते हो। जब रातें गहरी अंधेरी हो जाती हैं—लेकिन तारे कितने तीखे नुकीले होते हैं और वहाँ होती है खामोशी। तुम क्यों उठ जाते हो। प्रत्येक नुकीला तारा तुम्हारी देह में भिदता जाता है, गड़ता जाता है। ऐसा ही होता है। गर्म और तीखा और प्यारा।''

घुटनों पर बैठे-बैठे ही एलिसा का हाथ उसके ग्रीस लगे काले ट्राउजर पहिने पैरों की ओर बढ़ा। उसकी सहमती सी उंगलियों ने लगभग पैंट को छू ही लिया था, लेकिन उसका हाथ अचानक नीचे जमीन पर गिर गया। दुम हिलाते चापलूसी करते कुत्ते की तरह वो पूरी तरह घुटनों के बल धरती पर लेट सी गई।

आदमी ने धीरे से कहा ''होता तो सुंदर है, ठीक वैसा ही जैसा आप कह रही हैं लेकिन जब आपने खाना नहीं खाया होता है तब नहीं।''

सुनते ही एलिसा शर्म से लाल चेहरा लिए खड़ी हो गई थी। हाथों में लिए फूलदान को उसने हाथ बढ़ाकर उसकी बाहों में हौले से रखते हुए कहा ''लो, इसे अपने वैगन में रख लो, लेकिन सीट पर रखना ताकि इसे देखते रह सको। देखती हूँ शायद तुम्हारे लायक काम मेरे पास कुछ हो।''

घर के पिछवाड़े पड़े कबाड़ में से उसने बर्तनों को उलट पलट कर दो पुरानी एल्यूमेनियम की कड़ाहियाँ निकाली और उन्हें लाकर उसे देते हुए कहा ''लो, हो सकता है तुम इन्हें सुधार सको।''

आदमी का व्यवहार परिवर्तित हो पूरी तरह व्यावसायिक हो गया। ''बस, मुझे सुधारने दें, बिल्कुल नई जैसी हो जायेंगी ऐं'', कह उसने वैगन के पीछे अपनी छोटी निहाई जमाई और तेल से चिकने टूल बाक्स से एक छोटी मशीनी हथौड़ी निकाली। एलिसा उसे काम करते देखने के लिए गेट से बाहर निकल आई और वह ठोंक पीट कर कड़ाहियों को सुधारने में जुट गया। उसके चेहरे पर निश्चिंतता और आत्मविश्वास झलकने लगा था। बस एक कठिन काम को अंजाम देते उसने अपना निचला ओंठ भर जरा सा दबा लिया था।

''वैगन में तुम्हें अच्छी नींद आ जाती है?'' एलिसा ने पूछा।

''जी मेडम, फर्स्ट क्लास नींद आती है। बारिश हो या धूप मैं वहाँ गाय जैसा आराम से रहता हूँ।''

''वहाँ अच्छा लगता होगा'' एलिसा ने लंबी सांस ले कहा ''मजा भी आता होगा काश। हम औरतें भी ऐसा कुछ कर सकतीं।''

''एक स्त्री के लिए वह उचित जीवन नहीं है मैडम।''

सुनते ही एलिसा का ऊपरी ओंठ कुछ ऊपर मुडा जिससे उसके दाँत दिखने लगे। ''तुम्हें यह कैसे पता! भला तुम यह कैसे कह सकते हो?'' उसने विरोध प्रकट करते कहा।

''यह मैं नहीं जानता मैडम'' उसने अपनी बात स्पष्ट की। ''स्वाभाविक है मेरा कोई अनुभव इस संबंध में नहीं है। हाँ, मैडम ये रहे आपके बर्तन। फिलहाल आपको नया खरीदने की जरूरत नहीं।''

''कितना हुआ?''

''ओह! पचास सेंट पर्याप्त हैं। मैं दाम कम और अच्छा काम करने में विश्वास करता हूँ। इसी तरह मैं अपने ग्राहकों को पूरे हाई वे में संतुष्ट रख पाता हूँ।''

एलिसा ने घर से लाकर उसके हाथ पर पचास सेंट का सिक्का डालते हुए कहा ''तुम्हारा कोई प्रतिद्वंदी आ जाए तो चकित मत होना। मैं कैंचियों को धार देना जानती हूँ। और छोटे बर्तनों के पिचके—उठे भागों को ठीक करना भी। मैं तुम्हें दिखला सकती हूँ कि एक स्त्री क्या कर सकती है।''

आदमी ने अपना हथौड़ा तिलहा बाक्स में रखा और छोटी निहाई को उठा कर रखने के बाद कहा ''एक स्त्री के लिए वह बहुत एकाकी जीवन होगा मैडम और साथ ही भयानक भी, रात में वैगन के नीचे पता नहीं कौन-कौन से जानवर आते हैं आप नहीं जानतीं।''

अपनी बात पूरी कर, चके की धुरी पर अपना पैर रख उसने अपने को स्थिर खड़ा किया और गधे के पिछवाड़े अपनी सीट पर बैठ रास थाम ली। ''आपकी दया के लिए धन्यवाद मैडम'' उसने कहा ''मैं वैसा ही करूँगा जैसा आपने कहा है। मैं वापिस लौट कर सालिनास सड़क को ही पकड़ूँगा।''

''ध्यान रहे'' एलिसा ने जोर से कहा ''यदि तुम्हें वहाँ पहुँचने में देर हो जाए तो मिट्टी को गीली करना मत भूलना।''

''मिट्टी मैडम...मिट्टी? ओह हांऽऽ आपका तात्पर्य है गुलदाऊदी के चारों ओर, मैं ध्यान रखूँगा,'' कहते उसने मुँह से हाँकने की आवाज निकाली। दोनों जानवरों ने अपनी जगह संभाल ली। कुत्ता अपनी पिछले चकों की जगह पर पहुँच गया। धीरे-धीरे वैगन पलटा और एलिसा के घर की सड़क से हो उसी नदी किनारे वाली सड़क पर चलता गया।

अपनी कटींली बाड़ी के पास खड़े हो एलिसा वैगन को धीमे-धीमे जाते हुए देखती रही। उसके कंधे सीधे, सिर पीछे तना और आँखें अधमुंदी थी, इस प्रकार पूरा दृश्य अस्पष्ट सा उसकी स्मृति में बन रहा था। उसके ओंठों ने बेआवाज हिलते 'अलविदा-अलविदा' कहा। फिर फुसफुसा कर कहा "वह एक अच्छी दिशा है। वहाँ रोशनी है वह भी चमकती हुई।" अपनी आवाज से वह चौंक गई। उसने अपने को आजाद करते चारों ओर देखा कि कहीं कोई सुन तो नहीं रहा था। केवल कुत्तों ने सुना था। धूल में पड़े-पड़े उन्होंने सिर उठाकर उसकी ओर देखा था और फिर अपने थूथन जमीन में सोने के लिए लगा दिये थे। एलिसा तेजी से घूमी और दौड़कर घर के अंदर चली गई।

किचन में जा उसने स्टोव के पीछे रखी पानी की टंकी में रखे गर्म पानी का अंदाजा किया। दोपहर के भोजन के बाद वह गर्म पानी से पूरी तरह भरा था। बाथरूम में जा उसने अपने गंदे कपड़े उतार उन्हें कोने में फेंका और फिर पूरी देह को छोटे से सफेद पत्थर से अच्छे से रगड़ने बैठ गई, पैर और जांघें, छातियाँ और बाहें वह तब तक रगड़ती रही जब तक वे लाल नहीं हो गई। अपनी देह को पोंछने के बाद बेडरूम में रखे आइने के सामने खड़े हो स्वयं को निहारती रही। अपने पेट को दबा छातियों को बाहर निकाला फिर मुड़ कर अपने कंधो से पीछे देखा।

कुछ देर देखने के बाद उसने आराम से कपड़े पहनना शुरू किया। उसने नए खरीदे अंतः वस्त्र और सबसे सुंदर स्टाकिंग्ज पहनी और फिर वह ड्रेस जो उसकी सुंदरता सर्वाधिक निखारती है। बेहद सावधानी से बाल संवारे, भौंहों पर आई पैंसिल और ओठों पर लाली लगाई।

अभी वह पूरी तरह तैयार भी नहीं हुई थी कि उसने खुरों के गरजने के साथ हेनरी और उसके सहायक की आवाजें सुनीं जो लाल धूल भरी सड़क पर तेजी से बढ़ते लौट रहे थे। उसने जोर से गेट के बंद होने की फटाक् आवाज सुनी तो हेनरी के स्वागत के लिए तैयार हो गई।

उसकी पदचाप पोर्च में आती सुनाई दी और वह एलिसा 'तुम कहाँ हो?' कहता दरवाजा खोल भीतर आ गया।

"अपने कमरे में तैयार हो रही हूँ। अभी मैं तैयार नहीं हूँ। तुम्हारे नहाने के लिए गर्म पानी रखा है। जल्दी करो, नहीं हमें देर हो जायेगी।"

जब उसने उसकी टब से छपछपाने की आवाजें सुनीं तो एलिसा ने उसका गाढ़े रंग का सूट पलंग पर रख दिया और उसके पास कमीज और मोजे भी रख दिए। साथ ही उसके पालिश किए जूते पलंग के पास रख दिए। इसके बाद पोर्च में जाकर शांत बैठ गई। वहाँ उसने नदी के किनारे जाती सड़क को देखा जहाँ ऊँचे विलो के पेड़ों की पांत अभी भी बर्फ बारी के बावजूद पीली पड़ी पत्तियों से भरे थे और उसके नीचे गहरा स्याह कोहरा सूरज की रोशनी में पतली सी अंगूठी सा लग

रहा था। उस स्याह सांझ में वही एक मात्र रंग शेष था। बिना हिले-डुले वो बहुत देर तक बैठी रही। उसकी आँखें कभी-कभार ही झपक रही थीं।

हेनरी जोर से दरवाजा बंद करता अपनी टाई को वेस्ट में खोंसता आया। उसके आते ही एलिसा कुछ और तन गई और उसका चेहरा भी तन गया। हेनरी ने उसके पास पहुँच एकदम से रुक उसे गौर से देखा "क्या बात है एलिसा आज तुम बेहद सुंदर लग रही हो?"

"सुंदर? तुम्हारे अनुसार मैं सुंदर दिख रही हूँ। सुंदर से तुम्हारा क्या तात्पर्य है?"

हेनरी ने हतप्रभ हो कहा, "मैं नहीं जानता मेरा तात्पर्य क्या है तुम आज कुछ बदली-बदली सी लग रही हो, प्रसन्न और समर्थ।"

"मैं समर्थ हूँ? हाँ समर्थ, 'समर्थ' से तुम्हारा क्या तात्पर्य है?"

हेनरी-हक्का बक्का सा उसे देखता रहा। "तुम कोई खेल खेल रही हो, "उसने असहाय हो कहा "यह खेल है शायद। तुम इतनी समर्थ लग रही हो कि आसानी से घुटनों पर रख बछड़े को तोड़ सकती हो और उसे तरबूज की तरह प्रसन्नता से खा भी सकती हो।"

एक पल को एलिसा की कठोरता गायब हो गई "हेनरी, मुझसे इस तरह की बात तो कम से कम मत ही करो। तुम्हें पता ही नहीं है कि तुमने अभी-अभी कहा क्या है।" कहते कहते वो अपने रूम में वापिस आ गई। "मैं सामर्थवान हूँ" उसने गर्व से कहा "मुझे कभी पता ही नहीं चला कि मुझमें कितनी सामर्थ्य है।"

हेनरी ने ट्रेक्टर शेड की ओर नजरें घुमाई और जब उसकी नजरें उस पर वापिस लौटीं तो वे उसकी सामान्य आँखें थी "मैं कार निकालने जाता हूँ तुम कोट पहिन लो जब तक मैं उसे स्टार्ट करता हूँ।"

एलिसा भीतर चली गई। उसने कार को गेट से बाहर जाते और फिर मोटर के बंद होने की आवाज सुनी। उसके बाद उसने अपना हेट रखने में पर्याप्त समय लिया। उसे कई प्रकार से रखा, दबाया। जब हेनरी ने मोटर बंद कर दी तब उसने कोट पहना और बाहर निकली।

छोटी रोडस्टर धूल भरी सड़क पर कूदती, पक्षियों को उड़ाती और खरगोशों को झाड़ियों में जाने को विवश करती बढ़ती जा रही थी। दो सारस जोर से पंख फड़फड़ाते विलो पेड़ों के ऊपर से नदी किनारे उतर गए।

सड़क के छोर पर उसने एक बड़ा सा धब्बा देखा। वो उसे जानती थी।

उसने उसे न देखने की भरसक कोशिश की लेकिन उसकी आँखों ने उसकी आज्ञा नहीं मानी। उसने स्वयं से फुसफुसा कर कहा "उसने जरूर उन्हें सड़क पर यही फेंक दिया होगा। अधिक परेशानी तो नहीं होनी थी, कुछ खास नहीं। लेकिन

उसने फूलदान को बचा रखा होगा।'' उसने स्वयं को समझाया ''उसे फूलदान तो रखना ही चाहिए। इसीलिए तो उसने सड़क पर नहीं फेंका।''

रोडस्टर सड़क के साथ मुड़ी तो उसने वैगन को आगे जाते देखा। तेजी से एलिसा पूरी तरह अपने पति की ओर मुड़ गई ताकि वो उस वैगन और घोड़े गधे की जोड़ी को न देख सके।

उसने इतने जोर से कहा कि मोटर की आवाज के बावजूद सुनाई दे ''आज की रात अच्छी कटेगी, एक शानदार डिनर।''

''लो तुमने फिर से रंग बदले'' हेनरी ने शिकायत करते एक हाथ को व्हील से उठा उसके घुटने को थपथपाया। ''मुझे तुम्हें डिनर के लिए प्रायः ही बाहर लाना चाहिए। हम दोनों के लिए ही यह बेहतर होगा। रेंच में तो हम बोझ से दबे रहते हैं।''

''हेनरी'' एलिसा ने पूछा ''क्या हम डिनर के साथ वाइन ले सकते हैं।''

''बिल्कुल। यह तो अच्छा ही रहेगा।''

एलिसा कुछ मिनिटों तक खामोश रही, फिर उसने कहा ''हेनरी उन इनामी दंगलों में क्या है आखिर वे एक-दूसरे को बहुत मारते हैं।

''हाँ, कभी-कभी मारते हैं क्यों?''

''नहीं मैंने पढ़ा है, वे कैसे-कैसे तो नाकें तोड़ देते हैं और खून उनकी छातियों तक से बहता है। मैंने पढ़ा है कि लड़ाई में दस्ताने खून से भर जाते हैं।''

हेनरी ने मुड़कर उसे भर नजर देखा ''क्या बात है एलिसा? मुझे तो पता ही नहीं था कि तुम यह सब भी पढ़ती हो।'' कह हेनरी ने कार को धीमा कर दिया और सिर घुमाकर दाहिने सालिनास नदी के पुल पर कार मोड़ दी।

''क्या कभी स्त्रियाँ भी कुश्तियाँ देखने जाती हैं?'' एलिसा ने पूछा।

''हाँ ऽऽ क्यों नहीं, कुछ आती हैं देखने। एलिसा क्या बात है। क्या तुम देखना चाहती हो। मेरे विचार से वे तुम्हें कतई पसंद नहीं आयेंगी। लेकिन यदि तुम वास्तव में जाना चाहती हो तो मैं तुम्हें वहाँ ले चलूँगा।''

एलिसा ने देह को आराम से सीट पर छोड़ दिया ''नहीं...ऊँ हूँ...नहीं, मैं बिल्कुल भी नहीं जाना चाहती। मैं जानती हूँ मैं नहीं जाना चाहती? एलिसा ने चेहरा दूसरी ओर घुमा कर कहा ''बस हमे वाईन मिल जाए, यही पर्याप्त होगा। मैं अधिक वाईन लेना चाहूँगी।'' कहते उसने अपने कोट के कालर को सीधा कर लिया ताकि वह देख न सके कि वो रो रही है, धीरे-धीरे एक बूढ़ी स्त्री की तरह।

✦

अनु०—**इन्द्रमणि उपाध्याय**

अंधेरे में पिता

✦

जेरोम वीडमैन (1913)

जेरोम वीडमैन का जन्म 14 अप्रैल, 1913 को मेनहैटन में हुआ। 1933 से उन्होंने लेखन आरंभ किया। उनके पहले कहानी संग्रह का शीर्षक था 'माय फादर सिट्स इन द डार्क।' जेरोम वीडमैन ने कई उपन्यास भी लिखे हैं।

मेरे पापा को अंधेरे में अकेले बैठे रहने की अजीब सी आदत है। कभी-कभार मुझे काम की व्यस्तताओं से घर लौटने में देर हो जाती है। उस समय पूरा घर अंधेरे में डूबा रहता है। माँ की नींद बेहद कच्ची है, इसलिए दबे पांव, हाथ में जूते उठा अपने कमरे में पहुँच अंधेरे में ही कपड़े उतारता हूँ। उन्हें धीरे से आलमारी खोल रखता हूँ। गाउन पहिन पंजों के बल चलता हुआ किचन में पानी पीने जाता हूँ। अँधेरे में वहाँ बैठे पापा से मैं टकराते-टकराते बचता हूँ। वे कहीं किचन में पाजामा पहिने पाइप पीते एक कुर्सी पर बैठे हैं।

"हैलो पॉप," मैं धीरे से कहता हूँ।

"हैलो, बेटे।"

"पापा, आप अभी तक सोए नहीं?"

"सो जाऊँगा बेटे।"

वे कहते हैं, लेकिन वहीं बैठे रहते हैं देर रात तक, जबकि मैं सो जाता हूँ। मैं जानता हूँ, अच्छी तरह से जानता हूँ, वे वहीं किचन में पाइप पीते बैठे रहेंगे।

प्रायः होता यह है कि रात को जब मैं अपने कमरे में पढ़ता रहता हूँ, तब माँ सोने से पहिले घर को समेटने में व्यस्त रहती हैं। पढ़ते हुए ही मैं अपने छोटे भाई को बिस्तर पर जाते सुनता हूँ। छोटी बहिन की बर्तनों को उठाने रखने की आवाजें आती रहती हैं। उसकी आहट बंद होते ही मैं समझ जाता हूँ कि वह भी सो गई है। कुछ देर की शांति के बाद में माँ को पिता को "गुड नाइट" कहते सुनता हूँ। इन सारे क्रिया-कलापों के बीच में किताब पढ़ता रहता हूँ, जो सबके बिस्तर पर जाने के बाद भी चलता रहता है। कुछ ही देर बाद मुझे प्यास लगती है। मैं कुछ अधिक पानी पीने का आदी हूँ। मैं किचन में पानी पीने जाता हूँ और अंधेरे में अपने पिता से टकरा जाता हूँ। बहुत बार तो मैं घबरा जाता हूँ। मैं उन्हें भूला रहता हूँ जबकि वे वहाँ होते हैं—कुर्सी पर पाइप पीते, कुछ सोचते हुए।

"आप अभी तक सोए नहीं पापा?"

"सोऊँगा। बेटा"

लेकिन वे सोते नहीं। पाइप पीते, कुछ सोचते बैठे रहते हैं। मुझे चिंता होने लगती है। वे ऐसा क्यों करते हैं। आखिर वे क्या सोचते रहते हैं?

एक बार मैंने उनसे पूछा था—

''आप क्या सोचते हैं पापा?

''कुछ नहीं'' उन्होंने सामान्य स्वर में कहा था।

एक दिन मैं उन्हें वहीं बैठा छोड़कर सोने चला गया था। कुछ घंटों बाद मेरी नींद प्यास लगने से खुल गई। मैं किचन में पानी पीने गया। पिता वहीं थे। उनका पाइप बुझ चुका था, लेकिन वो किचन को एकटक देखते बैठे थे। कुछ पलों बाद जब मैं अंधेरे का अभ्यस्त हो गया, तो मैंने फ्रिज से पानी की बोतल निकाल पानी पिया। वे अभी भी वहीं थे, घूरते हुए। उनकी पलकें झपक नहीं रहीं थीं। मुझे लगा, उन्हें मेरे वहाँ होने का अहसास नहीं है। मैं डर गया था।

''पापा, आप सोने क्यों नहीं जाते?''

''जाऊँगा, बेटे'', उन्होंने कहा, ''मेरा इंतजार मत करो।''

''लेकिन'', मैंने कहा, ''आप कई घंटों से यहीं बैठे हैं। बात क्या है? आखिर आप किस बात को लेकर परेशान हैं?''

''कुछ नहीं बेटे'' उन्होंने कहा'' कुछ भी तो नहीं। इससे मुझे आराम मिलता है बस, इतनी सी तो बात है।

जिस विश्वास भरे अंदाज में उन्होंने कहा था उसने मुझे आश्वस्ति हुई। वे परेशान नहीं लग रहे थे। उनकी आवाज में प्रसन्नता थी। वह हमेशा ऐसी ही रहती है, लेकिन अभी भी मैं समझ नहीं पाता हूँ कि एक कोने में लगातार असुविधाजनक कुर्सी में पूरी रात अंधेरे में बैठकर वे कैसे आराम पाते हैं भला। आखिर कुछ तो बात होगी।

सारी संभावनाओं पर मैं लगातार सोचता हूँ। कम से कम पैसों को लेकर तो नहीं, यह मैं जानता हूँ हमारे पास कोई बड़ी पूँजी नहीं है, किंतु जब वे पैसे को लेकर चिंतित होते हैं, तो वे उसे छिपाते नहीं हैं। वे अपने स्वास्थ्य को लेकर भी परेशान नहीं होंगे। वे उसे लेकर भी चुप नहीं रहते। परिवार के किसी सदस्य की बीमारी को लेकर भी वे परेशान नहीं होंगे। हमारे परिवार में पैसे की कमी रहती है, लेकिन स्वास्थ्य के बारे में हमारा परिवार संपन्न है। टच वुड (लकड़ी छुओ) माँ ने कहा होता यह सुनकर। तो फिर...फिर क्या कारण हो सकता है? मैं भयभीत हो जाता हूँ, क्योंकि कारण मैं नहीं जानता, किंतु इससे मेरी चिंता समाप्त नहीं हो जाती।

संभव है वे अपने गाँव और वहाँ रहने वाले अपने भाईयों को लेकर चिंतित हो अथवा अपनी माँ तथा दोनों सौतेली मांओं के बारे में अथवा अपने पिता के बारे में। किंतु वे सब तो स्वर्गवासी हो चुके हैं और फिर वे उनके बारे में इतनी देर तक चिंतित भला क्यों होंगे। मैं परेशान हूँ और उनको लेकर चिंता कर रहा

हूँ, हालाँकि यह सही नहीं है। वे चिंतित नहीं होते। वे कुछ सोच रहे हैं, ऐसा भी लगता तो नहीं। वे बहुत शांत दिखते हैं, निश्चिंत नहीं। बस कुछ अधिक मौन और शांत, जो चिंतित होना जैसा लगता है। संभवतः वही सही है, जो वे कहते हैं—आरामदायक। किंतु ऐसा संभव लगता नहीं। मैं चिंतित हो जाता हूँ।

काश! मुझे यह पता चल जाता कि वे आखिर सोचते क्या हैं? यदि यही पता चल जाता, कि वे सोचते भी हैं अथवा नहीं। तब संभवतः मैं उनकी सहायता कर पाता। यह भी तो हो सकता है कि उन्हें मेरी सहायता की आवश्यकता ही न हो। यह भी तो संभव है जैसा वे कहते हैं कि वे आराम कर रहे हैं। कम से कम मुझे परेशान अथवा चिंतित होने की आवश्यकता नहीं।

लेकिन वे वहाँ क्यों बैठे रहते हैं अंधेरे में? क्या उनके मस्तिष्क ने काम करना बंद कर दिया है? ...नहीं... यह नहीं हो सकता। आखिर वे अभी मात्र त्रेपन वर्ष के हैं। और अभी भी उतने ही हाजिर-जवाब और मजाक पसंद हैं। सच तो यह है कि वे अपने दैनिक व्यवहार में पहिले जैसे ही हैं। वे अभी भी शलगम के सूप को पसंद करते हैं और उसे चाव से खाते हैं। वे अभी भी टाइम्स के द्वितीय खंड को सबसे पहले पढ़ते हैं। वे अभी भी विंग कालर पहनते हैं। वे अभी भी विश्वास करते हैं कि डेव्स देश की रक्षा करने में समर्थ थे और टी० आर० पैसे वालों के हाथों का मात्र एक औजार था। वे हर कोण से पहले जैसे ही है। वे अभी भी ठीक वैसे दिखते हैं जैसे पाँच वर्ष पूर्व दिखते थे। उनसे मिलने वाले सभी परिजनों का यही मत एक स्वर से हैं। वे पूर्ण स्वस्थ हैं सभी कहते हैं। किंतु वे अंधेरे में बैठते हैं। अकेले पाइप पीते। एकटक सीधे देखते, बिना पलक झपके, देर रात तक।

यदि यह सही है जैसा वे कहते हैं कि वे बेहद आराम से हैं, तो मुझे इस बात को यहीं छोड़ देना चाहिए। किंतु यदि ऐसा नहीं है तो? संभवतः उन्हें सहायता की आवश्यकता हो। वे कुछ बोलते क्यों नहीं है? वे हँसते, रोते अथवा असहमति क्यों नहीं जताते। वे कुछ क्रिया अथवा प्रतिक्रिया क्यों नहीं करते। आखिर वे, वहाँ क्यों बैठे रहते हैं।

सोचते-सोचते मुझे क्रोध आ जाता है। संभवतः यह मेरी अतृप्त जिज्ञासा मात्र है अथवा मैं कुछ ज्यादा ही परेशान हूँ। बहरहाल मैं नाराज हूँ।

''पापा, कुछ गड़बड़ है क्या?''

नहीं...कहाँ?... कुछ तो नहीं।''

लेकिन इस बार में निश्चय कर चुका हूँ कि मैं यों ही मामले को नहीं छोड़ूँगा, क्योंकि मैं बेहद नाराज हूँ।

''तब आप यहाँ अकेले क्यों बैठे रहते हैं देर रात तक, सोचते हुए?''

''यह आरामदायक है बेटे, और फिर मैं इसे पसंद करता हूँ।''

मैं किसी निष्कर्ष पर नहीं पहुँच पा रहा हूँ। कल फिर मैं इन्हें इसी तरह बैठा पाऊँगा। और मैं फिर उलझ जाऊँगा। परेशान हो जाऊँगा। मैं इसे बंद नहीं कर सकता। मैं बेहद नाराज हूँ।

''पापा, आखिर आप क्या सोचते रहते हैं?'' आप यहाँ क्यों बैठे रहते हैं? आप किस बात को लेकर परेशान हैं? आखिर आप क्या सोचते रहते हैं?''

''बेटे, मुझे कोई परेशानी नहीं है। मैं बिल्कुल ठीक हूँ। यहाँ बैठना आरामदायक है बस। जाओ बेटे तुम जाकर सो जाओ। बेकार ही परेशान हो रहे हो तुम।''

मेरा क्रोध चला जाता है, लेकिन परेशानी बनी रहती है। मुझे उत्तर मिलना ही चाहिए। सब कुछ कितना बचकाना है। वे मुझे कुछ बतलाते क्यों नहीं? अचानक मुझे लगा कि यदि मुझे सही उत्तर नहीं मिला तो मैं पगला जाऊँगा।... मैं फिर जोर देकर कहता हूँ।

''आप सोचते क्या है पापा? आखिर कुछ तो होगा ही?''

''कुछ नहीं बेटे। साधारण सी बातें हैं वे। कुछ विशेष नहीं, बस यों ही सोचता रहता हूँ।

''मैं चुपचाप उन्हें देखता दरवाजे के पास खड़ा रहता हूँ।''

''आपका तात्पर्य है कि कुछ विशेष नहीं है। बस आप यों ही अंधेरे में बैठे रहते हैं, क्योंकि आपको ऐसा करना अच्छा लगता है पापा, है न?'' प्रसन्नता भरी आवाज को बमुश्किल रोकता मैं कहता हूँ।

''बिल्कुल सही'' वे कहते हैं। मैं रोशनी में कुछ सोच नहीं पाता हूँ।''

पानी भरा ग्लास धीरे से रख मैं अपने कमरे की ओर मुड़ जाता हूँ, ''गुडनाइट पापा'' कहता हूँ।

''गुडनाइट'' वे धीरे से कहते हैं।

तभी अचानक मुझे याद हो आया, मुड़ता हूँ।

''आखिर आप सोचते क्या हैं पापा?'' मैं पूछता हूँ।

उनकी आवाज बहुत दूर से आती मुझे लगती है। वह शांत और स्थिर है—

''कुछ नहीं'', वे धीरे से कहते हैं ''कुछ विशेष नहीं।''

✦

अनु०—**इन्द्रमणि उपाध्याय**

हत्यारा मेरा बेटा

✦

बर्नार्ड मालामुड (1914-1986)

बर्नार्ड मालामुड का जन्म एक यहूदी परिवार में हुआ किन्तु वे ब्रुकलिन, न्यूयॉर्क के निवासी थे। उन्होंने न्यूयॉर्क के सिटी कॉलेज में शिक्षा ग्रहण की। इनकी रचनाओं में प्रवासी नागरिकों का दुःख दर्द और विसंगति बोध व्यक्त हुआ है। 1966 में उन्हें अपने उपन्यास 'द फिक्सर' पर राष्ट्रीय पुस्तक सम्मान तथा पुलित्ज़र पुरस्कार प्राप्त हुआ।

वह इस एहसास से जाग जाता है कि उसका पिता हॉल में खड़ा है और सुन रहा है। क्या सुन रहा है? उसका सोना और ख्वाब देखना, उसका उठना और पैंट को इधर-उधर ढूँढ़ना। उसका खाने के लिए रसोई में न जाना। उसका आँखें बंद करके शीशे में देखना। घंटे भर तक टॉयलेट में बैठे रहना। उस पुस्तक के पन्नों को उलटना-पलटना, जिसे वह पढ़ नहीं सकता, उसका गुस्सा, पीड़ा, एकाकीपन। पिता हॉल में खड़ा है, बेटा उसे सुनते हुए सुनता है।

अजनबी मेरा बेटा। मुझे कुछ नहीं बताता।

मैं दरवाजा खोलता हूँ और हॉल में अपने पिता को देखता हूँ।

वहाँ किसलिए खड़े हो? काम पर क्यों नहीं जाते?

मैंने गर्मियों की बजाय सर्दियों में छुट्टियाँ ली थीं, जैसा कि मैं आमतौर पर करता हूँ।

आखिर किसलिए, अगर तुम्हें इन्हें इस सड़ांध भरे हॉल में ही गुजारना था तो—मेरी हर हरकत पर नजर रखते हुए। जो दिखायी नहीं देता, उसका अनुमान लगाते हुए तुम मुझ पर जासूसी क्यों करते हो?

मेरा पिता अपने कमरे में चला जाता है और कुछ देर बाद फिर हॉल में लौट आता है, सुनने लगता है।

कभी-कभी मैं उसे उसके कमरे में सुनता हूँ, लेकिन वह मुझसे बात नहीं करता और मुझे कुछ पता नहीं चलता। एक पिता के लिए यह एहसास बड़ा भयानक है, हो सकता है वह किसी दिन मुझे अच्छा-सा पत्र मिले, प्रिय पिताजी...

प्यारे बेटा हैरी, अपना दरवाजा खोलो।

कैदी मेरा बेटा।

मेरी पत्नी सुबह ही मेरी शादीशुदा बेटी के पास चली जाती है। बेटी के चौथा बच्चा होने वाला है। माँ उसके लिए खाना बनाती है और सफाई करती है और

बच्चों को संभालती है। मेरी बेटी के प्रसव में कुछ गड़बड़ है, रक्तचाप चल रहा है और वह ज्यादा समय बिस्तर पर ही पड़ी रहती है। मेरी पत्नी सारा दिन उसी के पास रहती है। वह जानती है हैरी को कुछ हो गया है। जबसे उसने पिछली गर्मियों में कालेज छोड़ा है, वह नर्वस है, अकेला अपने खयालों में गुम रहता है। बात करो तो आधी बात वह चिल्ला कर करता है। पेपर पढ़ता रहता है। तंबाकू पीता है और अपने कमरे में पड़ा रहता है। कभी-कभार घूमने चला जाता है।

सैर कैसी रही, हैरी?

सैर।

मेरी पत्नी ने उससे कहा था कि वह कोई काम ढूँढे जाकर और वह कुछेक बार गया भी लेकिन उसे कोई काम मिला भी तो उसने स्वीकार नहीं किया।

ऐसा नहीं है कि मैं काम नहीं करना चाहता। बस मुझे अच्छा नहीं लग रहा।

तुम्हें क्यों अच्छा नहीं लग रहा?

अब जो मुझे लगता है लगता है जो है वही लगता है।

तुम्हारी सेहत तो ठीक है न, बेटे? शायद तुम्हें डाक्टर से मिलना चाहिए।

मुझे इस नाम से बुलाने की जरूरत नहीं। मेरी सेहत ठीक है। बात जो भी हो, मैं इस बारे में कुछ बात नहीं करना चाहता। काम वैसा नहीं था जैसा मैं चाहता हूँ।

तो कोई अस्थायी काम ले लो, वह बोली थी।

वह चिल्लाने लगता है। हर चीज अस्थायी है। मैं अस्थायी चीजों में और इजाफा क्यों कर रहा दूँ? मुझे अपनी अंतड़ियाँ अस्थायी लगती हैं। दुनिया अस्थायी है। मैं अस्थायी काम नहीं चाहता। मैं अस्थायी के विपरीत चाहता हूँ लेकिन कहाँ मिलेगा वह? कहाँ?

मेरा पिता अस्थायी रूप से रसोई में सुनता रहता है।

मेरा अस्थायी बेटा।

वह बोली, अगर मैं कर लूँ, तो बेहतर रहेगा। मैं इससे इनकार करता हूँ। मैं बाईस का हूँ, पिछले दिसंबर से, कालेज का ग्रेजुएट। रात को मैं समाचार-दर्शन देखता हूँ। हर रोज चलने वाला युद्ध देखता हूँ। छोटे-से परदे पर बड़ा-सा युद्ध। कभी-कभी मैं आगे झुक जाता हूँ और अपनी हवेली से युद्ध को छूकर देखता हूँ। अपने हाथ के मर जाने का इंतजार करता हूँ।

भरे हुए हाथ वाला मेरा बेटा।

मुझे उम्मीद है मुझे किसी भी दिन भरती कर लिया जायेगा। पर मुझे चिंता नहीं है। मैं नहीं जाऊँगा। मैं कनाडा या कहीं और चला जाऊँगा हालाँकि यह खयाल मेरे लिए बोझ है।

जैसा वह बन गया है, उससे मेरी पत्नी को डर लगता है और वह बेटी के घर चले जाने में खुशी महसूस करती है। मैं अकेला रह जाता हूँ, लेकिन वह मुझसे बात ही नहीं करता।

तुम्हें हैरी को बुला कर उससे बात करनी चाहिए। मेरी पत्नी मेरी बेटी से कहती है।

मैं करूँगी, लेकिन यह मत भूलो कि हमारी उम्र में नौ साल का फर्क है। मेरा खयाल है मेरे बारे में वह यही सोचता है जैसे उसके आसपास एक और माँ मंडरा रही हो जब कि एक ही माँ काफी होती है। मैं उसे पसंद करती थी लेकिन ऐसे आदमी के साथ गुजारा मुश्किल होता है जो बराबरी न दिखाये।

उसे रक्तचाप है। मेरा खयाल है वह बुलाने में डरती है।

मैंने काम से दो हफ्ते की छुट्टी ली थी। मैं डाकघर में क्लर्क हूँ। मैंने अपने सुपरिंटेंडेंट को बताया कि मैं स्वस्थ नहीं हूँ, और यह झूठ भी नहीं था, और उसने कहा कि मुझे बीमारी की छुट्टी ले लेनी चाहिए लेकिन मैंने कहा कि मैं इस कदर बीमार नहीं हूँ। मैंने अपने दोस्त मो बर्क को बताया था कि मैं इसलिए छुट्टी ले रहा हूँ क्योंकि हैरी की वजह से मैं परेशान हूँ।

मैं समझता हूँ, लियो अपने बच्चों को लेकर मैं भी चिंतित और परेशान हूँ, फिर भी, हमें जिंदा रहना ही है, शुक्र की रात को पोकर में तो आओगे न? थोड़ा हलके हो जाओगे।

कह नहीं सकता।

कोशिश करना आने की। ये चीजें तो होती रहती है। कुछ बेहतर महसूस करो तो चले जाना। न भी करो तो भी चले आना क्योंकि इससे तुम्हारा तनाव ही कुछ कम होगी। इस उम्र में तुम्हारे दिल को इतनी चिंताएँ मिलना अच्छी बात नहीं है।

यह सबसे घटिया चिंता की बात है। अगर में अपनी चिंता करता हूँ तो पता चल जाता है कि चिंता क्या होती है। मेरा मतलब बड़ा साफ है। मैं खुद से कह सकता हूँ, लियो, तुम बेवकूफ हो, बेकार की चिंता करना छोड़ो—चिंता किस बात की? रुपयों की? स्वास्थ्य की? और अब तुम वैसे भी साठ के होने को आये और दिन-ब-दिन जवान तो हो नहीं रहे हो! हर ऐसा आदमी जो उनसठ का होकर मर नहीं जाता, साठ का होता ही है, अब वक्त तुम्हारे पीछे घिसटता आ रहा हो तो तुम उसे भगा तो नहीं सकते न। लेकिन अगर चिंता किसी और को लेकर हो तो वह बहुत बुरी होती है। यही असली चिंता होती है कि अगर कोई आदमी आपको बताये नहीं तो आप उसके भीतर उतर कर तो जान नहीं सकते।

तो मैं हाल में इंतजार करता हूँ।

हैरी, युद्ध की चिंता मत करो।

मुझे मत बताओ कि मुझे किसकी चिंता करनी है किसकी नहीं!

हैरी, तुम्हारा बाप तुमसे प्यार करता है। जब तुम छोटे थे, तब जब मैं रात को घर लौटता था तो तुम दौड़ कर मेरी टांगों से लिपट जाते थे। मैं तुम्हें उठाता था और छत से छुआ देता था। तुम्हें कितना अच्छा लगता था अपने छोटे-से हाथ से छत को छूना!

मैं इस बारे में और नहीं सुनना चाहता। यही चीज है जो मैं बिल्कुल नहीं सुनना चाहता। मुझे मत बताओ कि मैं कभी बच्चा था।

हैरी, हम अजनबियों की तरह रहते हैं। मैं यही तो कह रहा हूँ न कि मुझे अच्छे दिनों की याद आती है। मुझे तब की याद सताती है जब हम इस बात के प्रदर्शन से डरते नहीं थे कि हम एक दूसरे से प्यार करते हैं।

वह कुछ नहीं कहता।

तुम्हें एक अंडा उबाल दूँ?

मुझे नहीं चाहिए।

तो क्या चाहिए तुम्हें?

उसने अपना कोट पहना। उसने अपना हैट उठाया और सीढ़ियाँ उतर कर गली में निकल गया था। वह चलता रहा। उसे मालूम था उसका पिता उसका पीछा कर रहा है और इससे वह गुस्से से भर उठा।

उसने घूम कर नहीं देखा। वह तेजी से चल रहा था और चौराहे तक आ पहुँचा। अब जहाँ साइकिलों के लिए रास्ता है, वहाँ कभी पैदल चलने वालों के लिए रास्ता था, और अब पेड़ भी कम हो गये थे और उनकी काली शाखाएँ सूर्यविहीन आकाश को काट रही थीं। एवेन्यू एक्स के नुक्कड़ पर, वहीं जहाँ कोनी आइलैंड की महक आनी शुरू हो जाती है। उसने सड़क पार की और घर की ओर चलने लगा। उसने ऐसी मुद्रा बनाये रखी जैसे उसने पिता को सड़क पार करते नहीं देखा। पर वह अब भी क्रोधित था। पिता ने सड़क पार की और बेटे का पीछा करता रहा। जब वह मकान के पास पहुँचा तो उसने महसूस किया कि हैरी सीढ़ियाँ भी चढ़ गया होगा। वह अपने कमरे में था और उसने दरवाजा बंद कर लिया था।

लियो ने ताली निकाली और पत्रों की पेटी खोली। तीन पत्र थे। वह देखने लगा कि उनमें कोई ऐसा तो नहीं है, जो कहीं भूल-चूल से ही सही, उसके बेटे ने उसे लिखा हो। मेरे प्यारे पिताजी, बात दरअसल यह है कि...जिस तरह का मेरा व्यवहार है उसका कारण...लेकिन ऐसा कोई पत्र नहीं था। उनमें से एक पत्र डाकघर क्लर्क कल्याण संस्था की ओर से था, जिसे उसने कोट की जेब में डाल लिया। यह उसे अपने बेटे के कमरे में ले आया, उसने दरवाजे पर दस्तक दी और इंतजार करने लगा।

बेटे की बड़बड़ाहट पर उसने कहा, ड्राफ्ट बोर्ड वालों की तरफ से तुम्हारे नाम एक चिट्ठी आयी है। उसने मूठ घुमायी और कमरे में चला आया। हैरी आँखें मूँदे अपने बिस्तर पर लेटा हुआ था।

मेज पर रख दो।

तुम खोल कर देखते क्यों नहीं? मैं खोल दूँ?

नहीं। मेज पर रख दो। मैं जानता हूँ इसमें क्या लिखा है।

क्या लिखा है?

वह मेरा काम है।

पिता ने चिट्ठी मेज पर डाल दी।

बेटे के नाम आया दूसरा पत्र वह रसोई में ले गया। दरवाजा बंद किया और केतली में थोड़ा-सा पानी उबालने लगा। उसने सोचा वह उसे जल्दी से पढ़ेगा और ध्यान से फिर बंद कर देगा। फिर नीचे जाकर उसे दोबारा पत्रों की पेटी में डाल आयेगा। जब उसकी पत्नी बेटी के घर से लौटेगी तो वह अपनी ताली से उसे खोलेगी और पत्र को हैरी के पास ले जायेगी।

पिता ने पत्र पढ़ा। यह किसी लड़की का छोटा-सा पत्र था। लड़की का कहना था कि हैरी ने उससे दो किताबें कोई छह महीने हुए उधार ली थीं और चूँकि वे उसके लिए बहुत जरूरी किताबें थीं, इसलिए हैरी को चाहिए कि वह उन्हें उसको लौटा दे। क्या वह जितनी जल्दी हो सके, वैसा कर सकेगा?

लियो पत्र पढ़ ही रहा था कि हैरी रसोई में आ गया और जब उसने पिता के चेहरे पर हैरानी और अपराध के भाव देखे तो उसने उसके हाथ से पत्र छीन लिया।

जिस तरह तुम जासूसों की तरह मेरे पीछे लगे हो, मुझे तुम्हारी हत्या कर देनी चाहिए।

लियो ने मुँह घुमा लिया और खिड़की में से बाहर अंधेरे में देखने लगा। उसका चेहरा लाल हो गया था, इसकी आँखें बेजान थीं और वह अकुलाहट महसूस कर रहा था।

हैरी ने एक ही नजर में पत्र पढ़ा और फिर उसे फाड़ डाला। तब उसने लिफाफा भी फाड़ डाला जिस पर 'व्यक्तिगत' लिखा हुआ था।

अगर तुमने आइंदा ऐसा किया तो हैरान मत होना, मैं तुम्हें मार डालूँगा। मैं तुम्हारी इस जासूसी से तंग आं चुका हूँ।

हैरी घर से बाहर चला गया।

लियो उसके कमरे में गया और इधर-उधर देखने लगा। उसने दराजों को देखा, वहाँ कुछ भी असाधारण देखने को नहीं मिला। खिड़की के पास पड़े डेस्क पर एक पुरजा पड़ा था, जिस पर हैरी ने लिखा था—प्रिय एडिथ, तुम गर्क क्यों नहीं हो जातीं? अगर तुमने दाबारा ऐसा खत लिखा तो मैं तुम्हारा खून कर दूँगा।

पिता ने अपना कोट-हैट उठाया और घर से बाहर निकल आया। थोड़ी देर दौड़ता रहा, तब चलने लगा—उसे हैरी गली के दूसरी ओर दिख गया। वह उसका पीछा करने लगा।

उसने हैरी को आइलैंड जाने वाली ट्रॉली बस में सवार होते देखा। उसे अगली बस के लिए इंतजार करना पड़ा, अगली बस पंद्रह मिनट बाद आयी और वह उस पर सवार हो गया। फरवरी का महीना था, ठंड थी और कोनी आइलैंड सुनसान था। सर्फ एवेन्यू में कारें नहीं थीं, गलियों में लोग नहीं थे। हिमपात जैसा मौसम था। लियो अपने बेटे की तलाश में आगे बढ़ता रहा। भूरा, सूर्यविहीन सागर-तट निर्जन था। दुकानें, गैलरियाँ, स्नानगृह, सब बंद थे। इस्पाती समंदर, पिघले सीसे-सा गतिवान, जमता-सा लग रहा था। समंदर की तरफ से तेज हवा आ रही थी और कपड़ों में घुस जाती थी और वह कांप-कांप जाता था।

अपने बेटे की तलाश में वह करीब-करीब सी गेट तक जा पहुँचा, और फिर लौटने लगा। ब्राइटन की तरफ चलते हुए उसने एक आदमी को समंदरी फेनों के बीच तट पर खड़े देखा। लियो उसकी ओर बढ़ गया। वह आदमी हैरी ही था।

लियो भाग कर बेटे के पास पहुँचा। हैरी, गलती मेरी थी। मुझे माफ कर दो। माफ कर दो कि मैंने तुम्हारी चिट्ठी खोली।

हैरी पानी में खड़ा रहा। सीसे जैसी लहरों पर नजरें टिकाये।

हैरी, मैं भयभीत हूँ। बताओ बात क्या है? मेरे बच्चे, मुझ पर तरस खाओ।

यह दुनिया मेरे जैसी नहीं है, हैरी ने सोचा। यह मुझे त्रास से भर देती है, उसने कुछ नहीं कहा।

हवा के एक तेज झोंके ने उसके पिता के सिर से उसका हैट उड़ा दिया और हैट तट पर उड़ता चला गया। ऐसा लग रहा था जैसे वह लहरों में जा गिरेगा। लियो उसके पीछे भाग रहा था—इधर से उधर, उधर से इधर। आखिर हवा ने हैट को उसकी टांगों की तरफ उड़ा दिया और उसने उसे पकड़ लिया। उसने उसे सिर पर कस कर टिका लिया—इतना कि उसके कान मुड़ गये। अब तक उसे रुलाई आने लगी थी। उसकी साँस फूल रही थी। अपनी ठंडी अंगुलियों से उसने आँखें पोंछीं और बेटे के पास फिर जा पहुँचा।

वह तनहा है। इसी किस्म का इनसान है वह, लियो ने सोचा।

मेरा बेटा जो तनहा इनसान बन गया।

हैरी, मैं तुमसे क्या कहूँ? मैं इतना ही कह सकता हूँ कि कौन कहता है कि जिंदगी जीना आसान बात है? कब से? मेरे लिए भी नहीं थी, तुम्हारे लिए भी नहीं है। यह जिंदगी। इससे ज्यादा क्या कहूँ? लेकिन अगर कोई आदमी जीना नहीं चाहता तो वह मर कर भी क्या कर लेगा? अगर वह जीना नहीं चाहता तो शायद वह मर जाने के योग्य ही है।

घर चलो, हैरी, उसने कहा। यहाँ कितनी ठंड है! पानी में खड़े रहोंगे तो तुम्हें सर्दी लग जायेगी।

हैरी बिना हिले-डुले खड़ा रहा और थोड़ी देर बाद उसका पिता वहाँ से चल दिया। वह चल ही रहा था कि हवा ने उसका हैट फिर उड़ा दिया और वह रेत पर लुढ़कने लगा।

मेरा पिता हॉल में खड़ा है। मैं उसे अपनी चिट्ठी पढ़ते हुए पकड़ लेता हूँ। वह गलियों में मेरा पीछा करता है। हम लहरों के किनारे पर मिलते हैं। वह अपने हैट के पीछे भाग रहा है।

मेरा बेटा समंदर के पानी में पांव डुबोये खड़ा है।

✦

अनु०—**सुदीप**

मिस्टर ग्रीन को ढूँढते हुए

✦

सॉल बेलो (1915)

सॉल बेलो अमेरिकन यहूदी उपन्यासकार हैं। 10 जून, 1915 को जन्में बेलो का लालन-पालन यहूदी ढंग से हुआ। 1976 में नोबेल साहित्य पुरस्कार प्राप्त करने वाले बेलो के प्रथम दो उपन्यास 'द डैगलिंग मैन' (1944) और 'द विक्टिम' (1947) को लोगों ने पसंद नहीं किया। 'द एडवेंचर्स ऑफ आर्मी मार्च' (1953) लोगों द्वारा पसंद किया गया। इसी कृति पर उन्हें राष्ट्रीय पुरस्कार प्राप्त हुआ। इतने पुरस्कारों से सम्मानित किया जाना यह दर्शाता है कि सॉल बेलो काफी लम्बे समय तक अमेरिकन साहित्य पर छाये रहे और उसके केन्द्र बिन्दु बने रहे।

उसे नीग्रो इलाके में राहत-राशि बाँटने का काम मिला था। काम ऐसा कोई बहुत भारी नहीं था। हालाँकि दूर-दूर तक पैदल चलना और सीढ़ियाँ चढ़ना-उतरना तक़लीफ़देह ज़रूर था, मगर जार्ज ग्रेब को अपनी इस नई नौकरी में शारीरिक थकान से परेशानी नहीं थी। अपने काम के पहले दिन की सुबह जब उसने ऑफिस में हाज़िरी दी थी तो उसे लगा था, वह एक कारकून की कुर्सी पर बैठकर राहत-दफ़्तर की दीवारों से घिर जाएगा, किन्तु इसके विपरीत जब उसे सड़क पर घूमने का आज़ाद काम मिला तो वह बड़ा खुश हुआ।

पर शुरू में ही कड़कड़ाती शीत और तीखी हवाओं के थपेड़ों ने उसका स्वागत किया। इसके अलावा राहत-चेक बाँटने का काम भी उससे जम नहीं पाया, था तो वह शहरी काम लेकिन शहरी काम में तेज़ी-चुस्ती दिखाना ज़रूरी नहीं होता। यह बात उसके युवा सुपरवाइजर, मि० रेनोरे ने भी उसे साफ़-साफ़ बता दी थी। फिर भी वह ठीक से काम करना चाहता था। वह सोचता था कि चेकों की एक खेप फुर्ती से ख़त्म करके वह अपने लिए समय बचा सकता है। मगर उसकी जल्दी के बावजूद अपनी रक़म की प्रतीक्षा करते मुवक्किल शेष रह जाते। यह कोई बहुत चिन्ता की बात नहीं थी, फिर भी उसका असर तो उस पर निश्चित ही होता था। हाँ, वह ठीक से काम करना चाहता था, महज ठीक से काम करने की ख़ातिर। अपने कार्यभार से समुचित बरी होने के लिए, क्योंकि उसे यह कोई ऐसा दुर्लभ काम मिला था, जिसमें इसी प्रकार की ऊर्जा की ज़रूरत थी। यह ऊर्जा उसके पास पर्याप्त थी, एक बार जब वह बहना शुरू होती तो तेज़ी से बहती ही रहती थी। किन्तु यह पहला मौका था, जब कोई अड़चन आई थी, वह मि० ग्रीन को नहीं ढूँढ़ पाया।

वह अपने लम्बे ट्रेंचकोट में समाया हुआ खड़ा था। उसके हाथ में एक बड़ा लिफाफा था। उसकी जेब से बाहर उभरे हुए काग़ज़ थे। उसे विस्मय हो रहा था,

क्यों उन लोगों का पता खोज लेना इतना मुश्किल है जो कमज़ोर या बीमार हैं और अपना चेक लेने स्वयं दफ़्तर तक नहीं आ सकते। वैसे रेनोर ने उसे बताया था कि शुरू-शुरू में उन्हें खोज निकालने का काम उतना आसान नहीं होगा। उसने उसे एक सलाह भी दी थी, ''यदि तुम्हें पोस्टमैन मिल जाए तो पूछने के लिए वह बिल्कुल सही आदमी होगा। अगर वह न मिले तो आसपास के दुकानदारों से सम्पर्क करना। फिर चौकीदार और पड़ोसियों से पूछना। लेकिन तुम अपने मुवक्किल के जितने पास पहुँचोगे, उसके नज़दीक लोग उसके बारे में तुम्हें बताने से कतराएँगे। दरअसल वे जान-बूझकर कुछ भी बताना नहीं चाहेंगे।''

''इसलिए कि मैं अजनबी हूँ?''

''नहीं, इसलिए कि तुम गोरे हो। इस काम के लिए एक नीग्रो होना चाहिए था, मगर इस वक़्त हमारे यहाँ नहीं है। वे तुम्हें सादी पोशाक में शैतान समझेंगे अथवा कोई किराया-वसूलदार या सम्मन-तलबदार या ऐसा ही कोई। तुम्हारी घनिष्ठता उनसे तब होगी जब तुम कुछ महीनों तक उस इलाके में देखे जाओगे और उन्हें यक़ीन हो जाएगा कि तुम राहत-दफ़्तर के ही आदमी हो।''

यही हुआ। कोई भी 'हाँ' नहीं कह रहा था कि वह ग्रीन को जानता है। तीन बज चुके थे। पोस्टमैन अपनी अंतिम डाक बाँट चुका था। नज़दीक के नीग्रो दुकानदार ने टुलिवन ग्रीन का नाम कभी नहीं सुना था या शायद वह बताना नहीं चाहता था। ग्रेब अपने मन को तसल्ली दे रहा था, उसने तो दुकानदार को पूरी तरह यक़ीन दिला दिया था कि वह उस तक चेक पहुँचाना चाहता है और उसे ग्रीन से कोई और मतलब नहीं है। फिर भी वह संतुष्ट नहीं था। वह अपने भीतर चुनाव की उस कमी को महसूस कर रहा था जिससे नज़रों को, हाव-भाव को पढ़ा जा सकता है।

अब चौकीदार से पूछना चाहिए। ग्रेब उस नवम्बर आख़िर के दिन, ठंडी हवा और धुंध को चीरता हुआ खस्ताहाल इमारत की ओर बढ़ा।

''क्या तुम ही चौकीदार हो?''

''क्यों? क्या काम है?''

''मैं एक आदमी को ढूँढ़ रहा हूँ जो यहीं कहीं रहता है, नाम है ग्रीन।''

''कौन ग्रीन?''

''ओह, क्या यहाँ ग्रीन नाम के दो-तीन आदमी हैं?'' ग्रेब आशा भरी ताज़ा स्फूर्ति के साथ बोला, ''मुझे टुलीवर ग्रीन से मिलना है।''

''मुझे कुछ नहीं मालूम मिस्टर, मैं किसी ग्रीन को नहीं जानता।''

''एक विकलांग आदमी?''

''नो सर! मेरे ज़िम्मे निगरानी के लिए, इस जैसी चार इमारते हैं। मैं सभी किराएदारों को नहीं जानता और किराएदारों को पहचानता भी नहीं। भाड़े के

कमरे इतनी जल्दी-जल्दी बदले जाते हैं कि तक़रीबन रोज़ ही नए लोग आते और पुराने जाते हैं। मैं कुछ नहीं बता सकता।''

''ठीक है, कोई बात नहीं, धन्यवाद। माफ करना। मैंने तुम्हें कष्ट दिया। मैं ऊपर खोजता हूँ। शायद कोई मिल जाए।'' उसने ऊपर चढ़ने वाले जीने के द्वार तक पहुँचने के लिए बीच में पड़े ईंटों के ढ़ेर का एक छोटा चक्कर लगाया और चौथी मंजिल की ओर बढ़ा। प्लास्टर के टुकड़े उसके जूतों के नीचे चरमरा रहे थे, जीने के किनारों पर पीतल की पट्टियाँ बची थीं जो पुराने समय में उस पर बिछे कालीन का अवशेष थीं। वह गलियारे में पहुँचा जहाँ उसे सड़क से भी ज़्यादा सर्दी महसूस हुई। उसकी हड्डियाँ कँपकँपा उठीं। बाथरूमों के नल तेज़ फव्वारे छोड़ रहे थे। उसे भट्ठी की आवाज़ की तरह ही इमारत को लपेटकर गर्माती हवाओं की भरभराहट सुनाई दे रही थी। वह मुँह बिचकाता हुआ सोचने लगा—वास्तव में यह किसी महान छत्रछाया की बनावट है। उसने माचिस जलाई और दीवारों पर उकेरी हुई लिखावओं और खरोंचों के नाम तथा नम्बर खोजने लगा। आड़ा-टेढ़ा लिखा था ''हुडी डूडी गो टु ज़ीज़स।'' अजीबोग़रीब चित्रकारियाँ थीं। यौन-कुलेख और गालियाँ थीं।

उसके कार्ड पर अंकित था—टुलीवर ग्रीन, अपार्टमेंट 3-डी। कोई अन्य नाम या नम्बर नहीं था। उसने कंधे उचकाए। ठंड से उसके नथुनों में पानी भर आया। मुँह से भाप निकल रही थी। वह गलियारे में आगे बढ़ा, और अपने से बोलने लगा, क्यों न उसका स्वभाव वैसा होता कि वह दरवाज़ों को धड़धड़ाता हुआ पुकारता जाता 'टुलीवर ग्रीन!' टुलीवर ग्रीन!' कहीं से तो जवाब आता। मगर उसके मिजाज में शोर मचाना शामिल नहीं था। वह तीलियाँ जला-जलाकर दीवारों को उजालता गया। दलान के पीछे एक कोने में उसे कोई दरवाज़ा मिला, जिसे उसने पहले कभी नहीं देखा था। उसने उसे तलाशने की कोशिश की। उसने दस्तक दी। कोई जवाब नहीं आया। फिर जवान महिला की आवाज़ सुनाई दी। वह एक निगर किशोरी थी। उसने दरवाज़े की दरार में से ही पूछा, ''कहिए?''

''मैं प्रेयरी एवेन्यू के डिस्ट्रिक्ट रिलीफ स्टेशन से आया हूँ। मैं एक आदमी, टुलीवर ग्रीन, को खोज रहा हूँ। मुझे उसे राहत-राशि का चेक देना है। क्या आप उसे जानती हैं?''

''नहीं।'' वह नहीं जानती। मगर ग्रेब ने सोचा जो उसने कहा, उसे वह समझ नहीं पाई है। उसका चेहरा स्वप्निल और स्वप्नांध था—कोमल और श्याम, असंपृक्त। वह मर्दाना जैकेट पहने थी जो गले तक बंद था।

''यहाँ कोई ऐसा आदमी होगा जो उसे जानता हो?''

''मैंने यह कमरा अभी पिछले हफ़्ते ही लिया है।''

उसने देखा वह कँपकँपाई, मगर उसका कम्पन भी स्वप्नमय था और उसके ख़ूबसूरत चेहरे पर जड़ी बड़ी-बड़ी स्निग्ध आँखों में सर्दी का कोई पैना एहसास नहीं था।

''ठीक है, मिस, थैंक यू। थैंक्स।'' उसने कहा और दूसरे स्थन को टटोलने के लिए बढ़ा।

वहाँ उसे भीतर जाने की अनुमति मिल गई, वह कृतज्ञ हुआ, क्योंकि कमरा गर्म था। वहाँ कई लोग थे। उसके अंदर प्रवेश करते ही वे चुप हो गए। हालाँकि उनसे मुस्कानों और भले इरादों का अभिवादन मिला, पर वह जानता था कि सारे प्रवाह उसके विरुद्ध हैं, और वह कोई नतीजा नहीं निकल पाएगा। फिर भी वह आगे बढ़ा, ''क्या यहाँ कोई मुझे बता सकता है, मैं किस तरह यह चेक मिस्टर ग्रीन को पहुँचाऊँ?''

''ग्रीन?'' जो आदमी उसे भीतर लिवा ले गया था, वह बोला। वह आधी बाँहों वाली चेक की कमीज़ पहने था। ललाट से आती शिराएँ उसके अद्‌भुत, ऊँचे, फौजी टोप की तरह लम्बे सिर में प्रवेश कर रही थीं। ''मैंने यह नाम कभी नहीं सुना। क्या वह यहीं रहता है?''

''दफ़्तर से मुझे यहीं का पता दिया गया है। वह बीमार आदमी है, उसे इस चेक की ज़रूरत होगी। कोई उसका अता-पता बता सकता है?''

वह वहीं हाथ बाँधकर खड़ा रहा और जवाब की प्रतीक्षा करने लगा। लाल ऊनी स्कार्फ उसके गले को घेरता हुआ ट्रेंचकोर्ट के बाहर लटक रहा था। सरकारी फर्मों और चेकों के बंडलों के भार से उसके पाकेट उभर आए थे। उन्होंने समझ तो लिया होगा, वह किसी मकान मालिक के साथ संध्याकालीन नौकरी पर लगाया गया कॉलेज का छोकरा नहीं, जो राहत क्लर्क का स्वाँग बनाकर उनकी छाती पर खड़ा हुआ हो। वे यक़ीन कर सकते हैं कि वह एक समझदार आदमी है और दूसरे के दुख को समझता है। उसकी आँखों के नीचे और मुँह के किनारे के निशान इस बात का प्रमाण है कि उसने भी औकात से ज़्यादा ही तक़लीफ़ उठाकर खुद को पकाया है।

''क्या कोई इस रुग्ण आदमी को जानता है?''

''नो सर।'' उसने चारों ओर नकार में हिलते हुए सिर और भीनी मुस्कानें देखीं।

''तो क्या कोई नहीं बता सकता?''

''यहाँ कोई नहीं जानता।''

''वह रहता तो यहीं है। किसी को किराया तो देता होगा? इस इमारत की देखरेख कौन करता है?''

''ग्रेथम कम्पनी। वह थर्टी नाइंथ स्ट्रीट पर है।''

ग्रेब ने अपने पैड पर नोट किया। वह फिर सड़क पर था। हवा में उड़ता हुआ एक काग़ज़ उसके पैर पर लिपट गया था और वह उधेड़बुन में था कि अब किस दिशा में घूमे। उसका असमंजस बना रहा। शायद ग्रीन ने कोई फ्लैट किराए पर न लिया हो। वह एक कमरे में ही रह रहा हो। कहीं-कहीं तो एक ही

अपार्टमेंट में बीस-बीस जन रहते हैं। मकान मालिक तो सिर्फ़ मूल किराएदार को जानता होगा। उसके दलाल तक को नहीं मालूम होगा, किराएदारों के कौन-कौन किराएदार हैं। कहीं-कहीं तो बिस्तर तक पाली से इस्तेमाल होते हैं। कॉटेज ग्रूव और ऐशलैंड के दरमियान बसे शहर में सैकड़ों नए लोग आते रहते हैं, जो घर-घर और कमरे-कमरे घूमते रहते हैं। उन्हें देखकर कैसे जाना-चीन्हा जा सकता है? उनके कंधों पर कोई बैग नहीं होते और वे चित्ताकर्षक भी दिखाई नहीं देते। परिदृश्य में दिखता है केवल आदमी। एक नीग्रो। सड़क पर चलता हुआ या बस पर चढ़ता हुआ और उसकी बंद मुट्ठी और वह किसी भी अन्य आदमी की तरह ही होता है। कैसे जाना जाए उसे? ग्रेब सोचने लगा कि ग्रेथम-एजेंट उस पर हँसेगा। मगर बात आसान हो जाती अगर वह दावे से कह सकता ग्रीन बूढ़ा है या अंधा अथवा टी० बी० का मरीज। अगर वह फाइल पर एक घंटा ख़र्च करके कुछ नोट कर लेता, तो इतनी परेशानी नहीं होती।

ग्रेब को इस नौकरी के लिए लम्बी प्रतीक्षा करनी पड़ी थी। उसके लिए उसके एक पुराने सहपाठी ने सिफारिश भी की थी, जो कार्पोरेशन कौंसिल ऑफिस में काम भी करता था। वह उसका नज़दीकी दोस्त नहीं था, मगर उसके बारे में एकाएक हमदर्द हो गया था। ग्रेब सिटी हॉल में उससे मिलने जाता था और वे काउंटर पर ही, कम-से कम माह में एक बार, लंच खाते। और आख़िर एक दिन उसे यह नौकरी मिल गई। उसे इस बात का कोई रंज नहीं हुआ कि उसे सबसे निचली क्लर्की मिली और उसे मैसेंजर का काम दिया गया। जबकि रेनोर तो यही समझा था कि उसे अफ़सोस हुआ होगा।

ये रेनोर असली नमूने का आदमी था। ग्रेब शीघ्र ही उसके साथ हिल गया। जैसा कि अपेक्षित ही था, ग्रेब पहले दिन समय पर पहुँचा। रेनोर लेट आया था। लड़खड़ाती रेड इंडियाना गाड़ी में से कूदकर उतरता हुआ वह ऑफिस के अपने कक्ष में दाख़िल हुआ था।

''मैं उम्र में तुमसे छोटा हूँ मगर आशा करता हूँ तुम्हें मुझसे आदेश लेने में बुरा नहीं लगेगा,'' रेनोर ने कहा था, ''हालाँकि मैं खुद ही आदेश नहीं देता हूँ...तुम्हारी उम्र क्या है, तक़रीबन?''

''पैंतीस।''

''और तुम सोचते होगे, दफ़्तर में बैठकर मज़े से फाइल निपटाने का काम करोगे। मगर बात यह है कि मैं तुम्हें बाहर का काम दे रहा हूँ।''

''कोई बात नहीं।''

''और इस क्षेत्र में अधिकतर निगरों के काम की ही भरमार है।''

''मैने वैसा ही सोचा था।''

''तुम पहले क्या करते थे?''

''सामान बेचता था।''

"कहाँ?"

"स्टॉप पर और दुकान पर। तलघर में।"

"उसके पहले?"

"गोल्ड ब्लेट की शो-विंडो पर कपड़े लटकाता था।"

"पढ़ाई-लिखाई?"

"कुछ नहीं, वृहस्पति और शनिवार को जूते बेचता था।"

"तो तुम एंक चमरवे भी रहे हो। ठीक, और उसके पहले? ये तुम्हारी अर्जी में क्या लिखा है?" वह फाइल खोलता है, "सेंट ओलफ कालेज में क्लैसिकल भाषाओं का इंस्ट्रक्टर। फैलो, शिकागो विश्वविद्यालय 1926-27। तुम्हें लेटिन पढ़ने की कैसी सूझी? पादरी बनना चाहते थे?"

"नहीं।"

ठीक उसी वक़्त एक महिला जो रेनोर के सेक्शन में काम करती थी, उसके कमरे में दौड़ती आई थी, "मि० रेनोर, जानते हैं, यह शोर कहाँ हो रहा है!"

"नहीं तो?"

"वह स्ताइका है न, ज़ोरों से चीख रही है। रिपोर्टर आ रहे हैं, उसने अख़बार वालों को फोन कर दिया है। वह सच कह रही है।"

"पर उसे क्या तक़लीफ़ है?" रेनोर बोला।

"वह अपने धुले कपड़े यहाँ लाकर उन्हें इस्तरी कर रही है, अपनी बिजली से, क्योंकि राहत वाले उसे बिजली का पैसा नहीं देते। उसने डेस्कों को जोड़कर इस्तरी करने का ठीहा बना लिया है। उसके बच्चे उसके साथ हैं, पूरे छह। वे पहले हफ़्ते के बाद कभी स्कूल नहीं गए। वह हमेशा उन्हें अपने पीछे लिए चलती है, क्योंकि उन्हें छोड़कर जाए तो घर में कुहराम मच जाए।"

"चलो चलें देखें।" रेनोर उचकता हुआ चिल्ला पड़ा ग्रेब उसके पीछे चलता हुआ बोला, "ये स्ताइका कौन है।" एक और बाबू उसके पीछे आ रहा था।

"वह अस्पतालों में ख़ून बेचती है। वे शायद उसे एक पिंट का दस डॉलर देते हैं। ये कोई मज़ाक नहीं है, काफ़ी कमा लेती है वह। वह और उसके बच्चे अक़्सर अख़बारों में छपते रहते हैं।"

"एक छोटी-सी भीड़। कर्मचारी और मुवक्किल प्रवेश-द्वार के पास प्लाइवुड-पार्टीशन के आर-पार। वहीं कहीं स्ताइका ठीहे पर इस्तरी ढकेलती और चिमटे को ठोंककर टिकाती हुई कर्कश उजड्ड आवाज़ में चिंघाड़ रही थी :

"मेरे माता-पिता जहाज़ में चढ़कर यहाँ आए, लेकिन मैं अपने ही घर में पैदा हुई थी। हुरोन के पास रोबी में। मैं कोई गंदी प्रवासिन नहीं हूँ। मैं एक अमरीकी नागरिक हूँ। मेरा फ्रांसीसी पति एक कुशल कारीगर रहा है। गैस-कम्पनी में काम करते-करते ज़हरीली हवा की मार खा गया। फेफड़े ऐसे पापड़

हो गए कि वह पाखाने तक खुद अकेला नहीं चल सकता। ये मेरे छह बच्चे, इनके पैरों के लिए मुझे अपने ख़ून से जूते ख़रीदने पड़ते हैं। एक चलताऊ नेकटाई का भी मतलब हुआ ख़ून की कुछ बूँदें। मेरी वाज्दा के लिए, हाँ, अपनी सहेलियों के बीच चर्च में उसे नीचा नहीं देखना पड़े इसके लिए, मैं उसके हैट-कवर की नेट का टुकड़ा ख़रीदती हूँ और वे उसके ख़ातिर भी गोल्ड ब्लाट से ख़ून खींच लेते हैं। मैं इसी तरह जी रही हूँ। फिर मुझे राहत से भरपूर पैसा क्यों नहीं मिलता? हज़ारों को मिल रहा है। वे सब मज़े से स्विफ्ट एण्ड आर्मर शॉप जाकर गोश्त ख़रीद लाते हैं। कौन-सी चीज़ है जो उनहें नहीं मिलती? वे याईस में जाकर माल ख़रीदते हैं। उन्हें कभी काम से निकाले जाने का सवाल ही नहीं उठता। वे मज़े में अपने घिनौने बिस्तरों पर पड़े रहकर सार्वजनिक धन का उपभोग करते हैं।'' नीग्रो लोगों से घने बसे हुए उस रिलीफ-स्टेशन पर नीग्रो लोगों के बारे में ही खुला-खुला चिल्लाते वक़्त उसे ज़रा भी डर नहीं लग रहा था।

ग्रेब और रेनोर उस महिला को साफ़ देखने के लिए अन्य लोगों को धकियाते हुए आगे बढ़ आए। वह गुस्से से उफन रही थी।

चीफ सुपरवाइजर मि० ईविंग अपना गँजा सिर लिए अपने कर्मचारियों के बीच हाथ बाँधे खड़े रिटायर्ड स्कूल-प्रिंसिपल की तरह अपने मताहतों से कह रहे थे, ''थोड़ी देर में वह थक जाएगी और चली जाएगी।''

''वह नहीं जाएगी,'' रेनोर ने ग्रेब से कहा था। ''वह अपनी ज़रूरत की चीज़ लेकर ही हटेगी। वह राहत-राशि के बारे में ईविंग से भी ज़्यादा जानती है। वर्षों से उसका नाम भुगतान-रजिस्टर में दर्ज है और वह हमेशा धमा-चौकड़ी मचाकर अपनी राशि बढ़वा लेती है। ईविंग जानता है फिर भी झुक जाएगा। वह सिर्फ मुँह छिपा रहा है। और अगर अख़बारों ने उसके ख़िलाफ़ कुछ छाप दिया तो कमिश्नर उसकी खटिया खड़ी कर देगा। उसने उसकी हेकड़ी भुला दी है। वह थोड़ी ही देर में सबको खींच देगी, हाँ पूरे देश को और सारी सरकारों को भी।''

ग्रेब अपनी विशिष्ट मुस्कान मुस्कराया। उसने उसकी बात को एकदम टाल दिया...कौन स्ताइका के आदेश को मानता है? उसकी गरमाहट से कभी कुछ बदला भी है?

मगर हाँ, ग्रेब ने उसमें एक ताक़त देखी जो लोगों को उसकी बात सुनने को मजबूर कर रही थी। उसकी चीख रग-रग की लड़ाई व्यक्त कर रही थी। वे आवाज़ें कुछ सनक भरी और उजड्ड ज़रूर थीं, मगर इस जगह पर, और इन हालात में ऐसा होना ही था। और जब वह बाहर निकला था तो शुरू-शुरू में सारे इलाके में उठती हुई स्ताइका की उत्तेजना उस पर छाई थी और सारा क्षेत्र उसमें गूँज गया था। उसने उसका आब देखा था, उसकी उत्तेजना यों मानो रंग-बिरंगी वक्रिल ज्वालाएँ हवन की जवालाओं के साथ लपटों के विषाद में घुल रही हों। बाद में भी जब वह राई के स्वाद के लिए एक मधुशाला में बियर चखने गया था तब भी वेस्ट साइड पोलिश स्ट्रीट को देखकर उसे फिर उसका ख़्याल आया था।

उसने अपने मफलर के सिरों से मुँह पोंछा। उसे पैंट से भीतर दबा अपना रूमाल निकालने में तक़लीफ़ हो रही थी। वह फिर से चेक बाँटने के लिए बाहर निकल आया। हवा तीखी और काटती हुई थी। उसके समीप बर्फ़ के कुछ कतरे जम गए थे। एक ट्रेन फकफकाकर निकल गई। दीवारों में कुछ कम्पन हुआ। रेल-पटरियों पर कोई फरफराहट सरसराई।

स्ट्रीट पार कर वह लकड़ी की निसैनी से उतरता हुआ पंसारी की दुकान में घुसा। उसने घंटी दबाई। लम्बे स्टोर में अंधेरा था। धुआँसे-गोश्त, साबुन, सूखे आड़ू और मछली की बू उठ रही थी। छोटे-से स्टोव के ऊपर आग़ फफक-भभक रही थी। दुकानदार ग्राहक की प्रतीक्षा में खड़ा था। इतालवी, लंबा खोखला चेहरा, सख़्त खसखसी दाढ़ी। वह एप्रेन तले अपने हाथों को गर्म रखे हुए था।

नहीं वह ग्रीन को नहीं जानता। लोगों को जाना जा सकता है, नाम को नहीं। एक ही आदमी दो बार वही नाम नहीं बोलता। पुलिस वाले भी नहीं जानते और वे परवाह भी नहीं करते। जब कोई गोली से उड़ा दिया जाए अथवा चाकू से काट दिया जाए तो वे लाश ले जाते हैं। हत्यारे को नहीं खोजते। पहले तो कोई उन्हें कुछ भी नहीं बताएगा। फिर वे पोस्टमार्टम वालों के लिए नाम लिखाएँगे—गुमनाम। और दूसरी बार वे उधर झाकेंगे भी नहीं। वह चाह कर भी बात की तह तक नहीं जाते। कोई रत्ती भर कोशिश नहीं करता इन लोगों के दर्मियान क्या झगड़ा चलता रहता है। वे चाकू चलाते हैं, चोरी करते हैं, हर तरह के गुनाह और जघन्य कुकृत्य करते हैं—आदमी और आदमी, औरत और औरत, माँ-बाप और बच्चे, सब-के-सब, आपस में भी, जानवर से भी बदतर वे अपने ही तौर-तरीकों से चलते हैं और आतंक धुएँ की तरह उड़ जाता है। ऐसा तो दुनिया के इतिहास में कभी नहीं हुआ।

यह एक लम्बा संभाषण था, जिसका हर शब्द उसकी फंतासी और आवेग में डूबता हुआ अर्थहीन और भयावह होता जा रहा था।

ग्रेब ने सोचा, उसके भाषण को टोका जाए। उसने तेज़ी से कहा, ''यह तुम क्या कह रहे हो? मैंने सिर्फ़ इतना ही पूछा था कि क्या तुम उस आदमी को जानते हो।''

''मैंने तो अभी तुम्हें सिर्फ़ आधी बात बताई है। मैं यहाँ छह साल से हूँ। तुम्हें यकीन नहीं होता? मगर सुनो, यह सच है। जो मैंने कहा। वह पूरा-का-पूरा सच है।''

''ठीक है, ठीक है,'' ग्रेब कहता है, ''किसी आदमी को ढूँढ़ने का कोई तरीका होना चाहिए।''

इतावली की सिकुड़ी हुई आँखों का विस्मय और घना होता चला गया। उसकी मांसपेशियाँ फूलने लगीं। वह काउंटर पर झुका और ग्रेब को समझाने लगा। फिर उसने अपनी कोशिश छोड़ दी और स्टूल पर बैठ गया। ''ओह, ग्रीन?

शायद एकाध बार देखा होगा। पर मैंने कहा था न कि पुलिस वाले भी कुछ खोज नहीं पाते।''

''वे तो किसी के पीछे पड़े होते हैं। उनकी बात अलग है।''

''अच्छा, तो ढूँढो। मुझे कुछ नहीं मालूम।''

पर उसने ढूँढ़ना बंद कर दिया। उसके पास ग्रीन पर ख़र्च करने को ज़्यादा वक़्त नहीं था। उसने ग्रीन का चेक बंडल के पीछे खिसका दिया। अगला नाम था—विंस्टन फील्ड।

उसे बंगले का पिछवाड़ा बड़ी आसानी से मिल गया। वह मकान के एक हिस्से में रहता था। आँगन दो घरों के दर्मियान बँटा था। ग्रेब पार्टीशन वाली व्यवस्थाओं से वाकिफ़ था। दलदल को भरने और सड़कें बनाने के पूर्व ही ये मकान बन चुके थे और थे भी वैसे ही—फेंस तक पटियों चलो, जो स्ट्रीट-तल से बहुत नीचे दलदल पर बिछे होते। फिर तीन या चार नंगे तार जो कपड़े सुखाने के लिए होते, फिर काई जमी ईंधन लकड़ी, पटियों की बेंचें, अंधी नाम-पट्टियाँ और पिछवाड़े के दरवाज़ें तक पहुँचती लम्बी-लम्बी निसैनियाँ।

कोई बारह वर्षीय बालक उसे किचन की ओर ले जाता है। वहाँ ह्वीलचेयर पर एक बूढ़ा आदमी टेबल के पास बैठा हुआ है।

''ओह, सरकारी आदमी है,'' वह बोला। ग्रेब चेक निकाल रहा था। ''ज़रा मेरी फाइलों का बक्सा लाओ,'' उसने लड़के से कहा और टेबल पर रखी चीज़ों को एक ओर खिसकाया।

''कोई ज़रूरत नहीं है,'' ग्रेब ने कहा। मगर फील्ड ने अपने काग़ज़ात फैला दिए। सोशल सिक्यूरिटी कार्ड, रिलीफ सर्टिफिकेट, मांटेनो के सरकारी दवाखाने के पर्चे, नेवल डिस्चार्ज फार्म। दिनांक...सान डिआगो : 1920।

''बहुत है,'' ग्रेब बोला, ''बस यहाँ दस्तखत कर दो।''

''तुम्हें मालूम होना चाहिए, मैं कौन हूँ।'' बूढ़ा बोला, ''तुम सरकारी मुलाजिम हो। यह तुम्हारा नहीं, सरकारी चेक है और तुम्हें हक नहीं कि तुम बिना जाँचे-परखें इसे किसी को भी दे दो।''

ग्रेब ने कोई आपत्ति नहीं की। उसे सारा प्रदर्शन आनन्ददायक लगा। फील्ड ने कार्डों और खतों के पत्तों से भरे बक्से को उलट दिया।

''ये सब कुछ जो सामने है, वो मैं हूँ, मेरा काम है। बस सिर्फ़ मृत्युपत्र नहीं है, ताकि मेरा हिसाब बंद कर दिया जाए।'' उसने अंतिम वाक्य को मस्ती भरे स्वाभिमान और भव्यता के साथ कहा।

फिर, उसने रसीद हाथ में ली और उस पर दस्तखत बनाए। स्लिप को अपनी उँगलियों के जोड़ में कुछ देर थामे रखा ताकि स्याही सूख जाए। मेज़ हिली और चरमराई। उस पर बीच में बिखरे पड़े धुँधले ब्रेड-स्लाइस, गोश्त के टुकड़े, चटनियों के टिन और काग़ज़ के पुलिंदे कँपकँपाए।

अभी छह चेक बचे थे और उसने ठान रखी थी कि उसमें से कम-से-कम एक चेक—मि० ग्रीन का चेक—वह ज़रूर उसे सौंपेगा।

इस बार वह तीसरी मंजिल पर रुका। उसने तीली जलाई। द्वार खटखटाया। एक आदमी स्वयं सामने आ खड़ा हुआ। ग्रेब ने चेक हाथ में ही थाम रखा था। उसके कुछ भी बोलने के पूर्व ग्रेब उगल पड़ा, ''क्या टुलीवर ग्रीन यहीं पर रहता है? मैं राहत-दफ़्तर से आया हूँ।''

कपाट पुनः आधा बंद करते हुए आदमी ने अपने पीछे देखा और किसी से पूछा, ''क्या यहाँ कोई ग्रीन रहता है?''

''ऊँ हूँ! नहीं।''

''इस बिल्डिंग में कहीं और रहता है? वह बीमार है और अपनी रक़म लेने स्वयं दफ़्तर नहीं आ सकता।'' उसने धुआँसी रोशनी के पास लाकर चेक दिखाया—हवा में अधजले गोश्त की बू रहा थी। आदमी ने हैट की किनार अपने हाथ में थाम रखी थी। उसने चेक की ओर ध्यान से देखा।

''शायद, शायद एक आदमी है, हो सकता है वही हो, बूढ़ा-सा है। थोड़ा कुबड़ा है। मैंने एकाध बार देखा है। क्या मालूम वही हो जिसे तुम खोज रहे हो। नीचे कहीं रहता है।''

''कहाँ? दाहिने खण्ड में? कौन से दरवाज़े के भीतर?''

''यह कुछ नहीं मालूम। सूखा चेहरा, कुबड़ा-कुबड़ा हाथ में लकड़ी।''

किन्तु दूसरे तल्ले पर किसी ने भी द्वार पर दी गई दस्तकों का जवाब नहीं दिया, तीलियों की रोशनी के सहारे वह गलियारे के सिरे तक चला गया। नीचे एक आँगन था। गलियारे के रेलिंग से उस आँगन में उतरने के लिए कोई सीढ़ियाँ नहीं थीं। नीचे क़रीब छह फुट की कुदान थी। मगर वहाँ सटा हुआ एक बँगला था। मि० फील्ड के पुराने घर-सा। कूदने में जोख़िम था। वह मुख्य द्वार की ओर लौटा। तल के गलियारे से चलता हुआ उस आँगन में आया। वहाँ कोई रहता था। ऊपर पर्दों के पास निकलती हुई धुँधली रोशनी दिखाई दे रही थी। टूटे-फूटे बेलचीनुमा पोस्ट बाक्स पर लगे नामपट पर लिखा था 'ग्रीन'। वह बागबाग हो गया। उसने घंटी दबाई और द्वार धकियाया। सामने एक लम्बी सीढ़ी ऊपर की ओर जा रही थी। नीचे कोई उतर रहा था—एक औरत। धुँधली रोशनी में उसे लगा जैसे नीचे आते-आते वह अपने बाल सँवार रही है, जैसे कि अपने को आगंतुक के सम्मुख प्रस्तुत करने से पूर्व व्यवस्थित कर रही हो, क्योंकि ग्रेब ने उसे हाथ उठाते देख लिया था। मगर वे हाथ सहारे के लिए ऊपर उठे हुए नहीं थे, वह नीचे उतरने के लिए पैरों को सरका-सरकारकर सीढ़ियाँ टटोलती हुई लड़खड़ा रही थी। उसकी पगथलियों पर उसके शरीर के अजीब भारी ज़ोर को देखकर ग्रेब भौंचक हुआ। उसने नज़रें गड़ाईं। वह नंगे पैर थी और सीढ़ियाँ बर्फ़-सी थीं। उसकी घंटी ने शायद उसे बिस्तर से उठा दिया और वह चप्पलें पहनना भूल गईं। मगर वह

सिर्फ़ नंगे पैर ही नहीं, वस्त्रहीन भी थी। अलफ नंगी। वह नीचे उतरते हुए अपने ही से बतिया रही थी। एक भारी-भरकम औरत, नंगी और नशे में धुत्त। वह ठीक उसके सामने डगमगाई।

वह बोला, ''क्या मि० ग्रीन यहीं पर रहते हैं?''

मगर वह अपने ही से बोलती रही। उसने ग्रेब का सवाल नहीं सुना।

''क्या यह मि० ग्रीन का घर है?''

आख़िर उसने उफनती हुई नशीली नज़रें उसकी ओर खींचीं, ''तुम्हें क्या काम है?''

''पुनः उसकी आँखें ग्रेब पर से हटकर कहीं और फिर गईं, उनकी गुस्सैल चमक में ख़ून का एक बिन्दु था। वह चकित था कि इतनी ठंड का महिला पर कोई असर नहीं था।

''मैं राहत-दफ़्तर का कारिंदा हूँ।''

''ऑलराइट! तो?''

''मुझे टुलीवर ग्रीन को उनका चेक देना है।'' इस बार उसने ग्रीन की बात को ठीक से सुना और अपना हाथ बढ़ा दिया।

''नहीं, नहीं। यह मि० ग्रीन के लिए है। उन्हें दस्तखत करना होगा,'' ग्रेब बोला, क्या आज रात उसे ग्रीन मिलेगा ही नहीं?

''मुझे दे दो। वह नहीं ले सकता।''

उसने निराश होकर अपना सिर नकार में हिलाया। उसे उस क्षण मि० फील्ड की, शिनाख्त करने के लिए ज़रूरी सावधानियों की याद आई।

''इसे मैं आपको नहीं दे सकता। यह उन्हीं के लिए है। क्या आप मिसेसे ग्रीन है?''

''हो भी सकती हूँ, नहीं भी हो सकती हूँ। किसी को क्या मतलब?''

''क्या वह ऊपर हैं?''

''ऑलराइट। तुम खुद ही दे दो उसे जाकर। मूर्ख कहीं के।''

बिल्कुल! वह एकदम ही मूर्ख था। बहरहाल, वह ऊपर नहीं जा सकता था। क्योंकि ग्रीन भी पिए हुए होगा, और नंगा भी। क्या मालूम वह अभी हाल नीचे उतरता चला आए? उसने उत्सुकता से ऊपर देखा। रोशनी के नीचे संकरीं भूरी दीवार थी। खाली-खाली।

''तो भाड़ में जाओ!'' वह चीखी। कोयलों और कपड़ों के वास्ते चेक देने के लिए वह उससे सर्दी में प्रतीक्षा करवा रहा है! उसे लेकिन सर्दी नहीं लग रही थी, किन्तु ग्रेब का चेहरा कोहरे और आत्मग्लानि से जल रहा था। वह पीछे हटा।

''मैं कल आऊँगा उससे कह देना।''

''ओह। ऐसी-तैसी तुम्हारी। फिर नहीं आओगे तुम यहाँ। रात के वक़्त क्या कर रहे थे? फिर कभी मत आना इधर!'' वह गुर्राई, कुछ इस तरह से उसकी जुबान की चौड़ाई साफ़ दिखाई देने लगी। खुले दरवाज़े के समीप लम्बी, ठंडी बाक्सेनुमा जगह वह एक हाथ दीवार पर, एक रैलिंग पर थामे अपने दोनों पैरों को फैलाकर खड़ी थी। मकान खुद ही एक बक्से की तरह था, एक बेढ़ब ऊँचा-नीचा डिब्बा, अपनी नुकीली फीकी रोशनी बर्फ़ीली हवा में चुभोता हुआ।

''यदि आप मिसेस ग्रीन ही हैं तो मैं आपको यह चेक दे देता हूँ।'' उसने अपना इरादा बदलते हुए कहा।

''तो यहीं दे दो, यहीं।'' उसने चेक ले लिया। ग्रेब से पेन लेकर अपने बाएँ हाथ से रसीद को दीवार पर टिकाया और दस्तखत करने लगी। ग्रेब ने इधर-उधर झाँका, जैसे कि कोई उसके पागलपन को देख रहा हो और उसे लगा जैसे पड़ोस में मोटर पार्ट के कबाड़ के बीच टायरों के पहाड़ के शिखर पर कोई खड़ा है।

''पर आप ही मिसेस ग्रीन हैं न?'' वह उसने पूछने की सोच रहा था। किन्तु यदि उसने ग़लती कर दी है, यदि वह झाँसे में आ गया है तो काम सही करने में अब बहुत देर हो चुकी है। वह चेक लेकर सीढ़ियाँ चढ़ रही थी। बहरहाल, उसे इसकी चिन्ता नहीं थी। वह मिसेस ग्रीन न भी हो पर उसे यक़ीन था कि मि० ग्रीन ऊपर ही है। मि० ग्रीन उसे इस क्षण न मिला हो और वह औरत चाहे कोई हो पर वह मि० ग्रीन की ही प्रतिनिधि थी। 'अच्छा, तो हरामज़ादे', उसने स्वयं से ही कहा, 'तू समझता है तूने उसे खोज लिया? तो क्या? चल तूने उसे खोज लिया— तो इससे क्या? महत्त्वपूर्ण तो यह है कि एक वास्तविक मि० ग्रीन है जिसके पास पहुँचने से उन्होंने तुझे रोक दिया, क्योंकि तू बागी आकृतियों के गुप्तचर के रूप में उससे मिलने जा रहा था!' धीरे-धीरे उसके चेहरे से आत्मग्लानि मिटने लगी, यद्यपि उसकी भभक उसके मुख पर अभी थी। फिर भी, उसमें एक उल्लास का भाव जन्मा। 'आख़िर', उसने कहा, 'मैंने उसे ढूँढ़ ही लिया।'

✦

अनु०—**इन्दु प्रकाश कानूनगो**

जान बची लाखों पाये

✦

फ्लैनरी ओ'कोनर (1924-1964)

सुश्री फ्लैनरी ओ'कोनर का जन्म ज्यॉर्जिया में हुआ और वहीं उनकी शिक्षा हुई। उन्हें लड़कपन में ही यह एहसास हो गया था कि वंशानुगत बीमारी के चलते वे ज्यादा दिन नहीं जियेंगी। उनकी कहानियों में हमें नैतिक सरोकार के साथ विनोदप्रियता का अद्‌भुत समावेश मिलता है। उन्होंने एक उपन्यास 'वाइज ब्लड' लिखा जिसकी तुलना फ्रांज़ काफ्का के लेखन से की गई। उनकी कहानियों के दो संग्रह उपलब्ध हैं।

उस समय अधेड़ स्त्री और उसकी बेटी मकान के पोर्च में बैठे थे जब शिफ्लेट पहली बार उनकी सड़क पर आया। स्त्री कुर्सी के बिल्कुल किनारे तक आई और जलते सूरज की चकाचौंध से आँखें बचाने के लिए उसने हथेली को भौहों से लगा लिया। जबकि बेटी अधिक दूर तक सामने देख नहीं सकती थी, अत: वह पहिले की तरह अपनी उँगलियों से खेलती रही। हालाँकि उस वीराने में अधेड़ स्त्री अपनी बेटी के साथ अकेली रहती थी, उसने शिफ्लेट को इसके पूर्व कभी नहीं देखा था, लेकिन दूर होने के बावजूद उसकी चाल-ढाल देखकर वह कह सकती थी कि अजनबी एक आवारा है लेकिन उससे डरने का कोई कारण नहीं है। उसके कोट की बाईं बाँह मुड़ी हुई थी, जिससे यह स्पष्ट था कि उस बाँह में आधा हाथ ही है। उसकी मरियल-सी दुबली देह एक ओर कुछ इस तरह झुकी थी जैसे हवा के झोंके उसे आगे बढ़ा रहे हों। वह काले रंग की शहराती सूट तथा भूरे रंग का फेल्ट हेट पहिने था जो सामने से ऊपर की ओर मुड़ा था और पीछे की तरफ नीचे झुका था। वह दाहिने हाथ में टूल बॉक्स पकड़े था। वह खरामा-खरामा चल रहा था। उसका चेहरा सूरज की ओर था जो उस समय सामने की पहाड़ी की चोटी पर रुका अपने को बैलेंस कर रहा था।

अब तक वह कम्पाउंड में नहीं आ गया स्त्री कुर्सी के किनारे बैठी रही। उसे पास आया देख वह कुर्सी से उठी। खड़े होते-होते उसने एक हाथ की मुट्ठी बनाई और हाथ को कूल्हे पर रख लिया। नीली आर्गेन्डी पहिने बेटी की नज़र जैसे ही अजनबी पर पड़ी वह अचानक उछली और ज़ोर-ज़ोर से कूदते-फाँदते उसकी ओर इशारा कर बेतरतीब आवाज़ें निकालने लगी।

कम्पाउंड में पहुँच शिफ्लेट रुका और बॉक्स को ज़मीन पर रख हैट को थोड़ा-सा हाथ से हिलाया। स्त्री पर जब उसने इसका कोई प्रभाव नहीं देखा तो वह पूरी तरह उसकी ओर मुड़ा और अपने एक मात्र हाथ से उसने हैट झुका कर सम्मान दिया। उसके सिर के लम्बे काले बाल दोनों कानों को छू रहे थे। उसकी

माँग ठीक बीचों-बीच से निकली थी। उसका चेहरा लम्बोतरा था। वह जवान जैसा ही था। उसके चेहरे पर असंतोष का परमानेंट भाव था, जैसे उसने जीवन को पूरी तरह समझ लिया हो।

''गुड ईवनिंग' स्त्री ने कहा। वह देवदार से बने बाड़े के खम्भे जैसी लम्बी थी। उसके सिर पर आगे तक झुका भूरे रंग का मर्दाना हैट था।

बिना किसी प्रतिउत्तर के आवारा उसे देखता खड़ा रहा। फिर वह मुड़ कर सूर्यास्त देखने लगा। उसने अपने एक हाथ और ठूँठ को ऊपर उठाया जिससे उसकी पूरी देह सलीब जैसी दिखने लगी। स्त्री, सीने पर दोनों हाथ बाँधे मालिकाना अंदाज में इस तरह देख रही थी जैसे सूरज उसकी जमींदारी का हिस्सा हो। उसकी बेटी सिर आगे कर अपरिचित को ताके जा रही थी। उसके मोटे असहाय हाथ कलाई से लटके हुए थे। उसके बाल सुनहरे थे और उसकी आँखें मोर की गर्दन की तरह नीली थी।

पचासेक सेकण्ड तक वह सलीब की तरह खड़ा रहा फिर टूल बॉक्स उठा उसे पोर्च से लगी सीढ़ियों पर रख दिया। 'लेडी' उसने दृढ़ किन्तु नकियाते स्वर में कहा, 'सूरज के इस प्यारे दृश्य के साथ रहने के लिए मैं पूरा खजाना देने को तैयार हूँ बशर्तें मुझे ऐसा सूरज प्रतिदिन देखने को मिले।''

'प्रत्येक शाम सूरज यहाँ यही करता है', कहते अधेड़ स्त्री कुर्सी पर टिक कर बैठ गई। बेटी भी वहीं बैठ उसे नटखट आँखों से कुछ ऐसे देखने लगी जैसे वह आदमी, आदमी न हो वरन् कोई नया पक्षी हो, जो उसके पास आ गया है। अजनबी एक ओर झुका और पैन्ट की जेब में हाथ डालकर कुछ खोजता रहा। कुछ ही पलों में उसने च्यूँगम का एक पैकेट निकाला। खोला और एक गम उसकी ओर बढ़ा दिया। गम ले, उसने उसे खोला और उसकी ओर देखते मुँह में रख लिया। अजनबी ने एक गम माँ की ओर भी बढ़ाई लेकिन अपना ऊपरी होंठ खोल यह स्पष्ट कर दिया कि उसके दाँत नहीं हैं।

शिफ्लेट की पीली किन्तु तेज आँखों ने यार्ड में रखी सारी वस्तुओं पर नज़रें दौड़ा ली थीं—मकान के कोने में रखा पम्प, अंजीर का बड़ा पेड़, तीन-चार मुर्गियाँ और उनके दड़बे, यही नहीं मुड़कर शेड में रखी जंग खाती मोटर भी देख ली थी।

'तो आप महिलाएँ कार भी चलाती हैं!'' उसने पूछा।

पिछले पन्द्रह वर्षों से तो कार चली ही नहीं हैं, स्त्री ने उत्तर दिया', 'जिस दिन मेरे पति का देहान्त हुआ, उसी दिन से इसने चलना बंद कर दिया।'

'कहीं भी, कुछ भी पहिले जैसा नहीं रहा', उसने कहा, 'दुनिया एक प्रकार से सड़ चुकी है।'

'तुम बिल्कुल सही कह रहे हो', स्त्री ने जोड़ा, ''तुम कहीं आस-पास ही रहते हो क्या?''

'मेरा नाम टॉम टी० शिफ्लेट है', उसने फुसफुसा कर टायरों को देखते हुए कहा।

'मुझे तुमसे मिलकर प्रसन्नता हुई', स्त्री ने कहा, 'मैं लूसीनेल क्रेटर हूँ और यह मेरी बेटी लूस्नेल क्रेटर। शिफ्लेट यहाँ कैसे आए तुम?'

उसने अंदाज लगाया कि कार 28-29 की फोर्ड मॉडल है।

'लेडी' कहते हुए वह मुड़ा और पूरे ध्यान से उन्हें देखते बोला', मुझे कुछ कहने की अनुमति दें। अटलांटा में एक डाक्टर है जिसने चाकू से आदमी के दिल को चीर डाला—'विश्वास करेंगी आप आदमी के दिल को', उसने दोहराया फिर सामने झुककर बोला, 'आदमी के सीने से' यह कह उसने अपना एक मात्र हाथ बाहर निकाल कर बढ़ाया, हथेली को इस तरह सामने ऊपर से नीचे किया जैसे उस पर कुछ वज़न रखा, उसका तात्पर्य निकले दिल से था, और फिर आगे कहा; 'और उस डाक्टर ने उसे ऐसे देखा जैसे एक दिन के चूजे को देखते हैं लेडी'। वह कुछ देर जानबूझकर चुप रहा। उसका सिर आगे झुका और उसकी मटमैली आँखें चमकने लगी, 'डाक्टर दिल के बारे में कुछ नहीं जानता था, जैसे आप और हम'।

''तुम बिलकुल सही कहते हो,'' स्त्री ने उत्तर दिया।

—'यही नहीं यदि उसने चाकू से दिल के हर कतरे को काटा होता तो भी वह उतना ही जानता, जितना आप और हम जानते हैं। क्या आप शर्त लगाएँगी।'

'नहीं...बिलकुल नहीं', स्त्री ने समझदारी से कहा, 'लेकिन मिस्टर शिफ्लेट तुम आ कहाँ से रहे हो?'

उत्तर देने के स्थान पर उसने पैंट की जेब से तमाखू का बटुआ और सिगरेट पेपर का पैकेट निकाल कर एक कागज पर तमाखू रख अपने एकाकी हाथ से निपुणता के साथ सिगरेट बनाई और उसे अपने ऊपरी होंठ पर लगा ली। इसके बाद उसने माचिस की पेटी निकाल एक तीली अपने जूते पर घिस कर जलाई। जलती तीली की लौ को वह कुछ ऐसे घूरने लगा, जैसे वह लौ के रहस्य को समझने का प्रयास कर रहा हो। लौ उसकी त्वचा के पास तक पहुँच गई। जलती तीली को देख लड़की ज़ोर-ज़ोर से आवाज़ें निकाल, उसके हाथ की ओर इशारा कर उँगली हिला रही थी। लौ जब उसकी उँगलियों के बिलकुल पास पहुँच गई तो वह झुका और लौ को चारों ओर हथेली से घेर कुछ इस तरह अपने चेहरे के पास ले गया जैसे वह अपनी नाक जलाने वाला हो और तभी उसने सिगरेट जला ली।

बुझी तीली को उसने उँगलियों से हिला कर फेंका और धुँधलाती शाम में, काले भूरे धुँए का एक झरना-सा मुँह से बाहर फेंक दिया। उसके चेहरे पर घूर्तता की एक झलक चमकी, ''लेडी' उसने कहा, आजकल लोग कुछ भी और कैसे भी करने को तैयार रहते हैं। जैसे मैं कह रहा हूँ कि मेरा नाम टॉम टी० शिफ्लेट है और मैं टारवाटर, टेनिसी से आ रहा हूँ, किन्तु सच यह है कि आपने मुझे इसके

पूर्व कभी भी देखा नहीं है, सोचिए भला आपको कैसे पता चलेगा कि मैं सच नहीं बोल रहा हूँ। आपको कैसे पता चलेगा कि मेरा नाम आरों स्पार्कस हूँ और मैं जार्जिया के सेल्सबरी से आ रहा हूँ अथवा आपको कैसे पता कि मैं जार्ज स्पीडस नहीं हूँ और मैं लूसी, अल्बामा से आया हूँ अथवा मैं टूलाफाल्स, मिसीसिपी का थामसन ब्राइट नहीं हूँ।

'मैं तो तुम्हारे बारे में कुछ भी नहीं जानती,' स्त्री नाराज हो बुदबुदायी।

'लेडी', उसने आगे कहा 'लोग तो यह चिंता ही नहीं करते कि वे कैसे-कैसे झूठ गढ़ते हैं। मैं समझता हूँ यही कहना अधिक विश्वसनीय है कि मैं एक आदमी हूँ, लेडी', यह कह वह रुका और अपनी आवाज़ में रहस्यमयता भर कर बोला, 'आदमी...आखिर होता क्या है?'

स्त्री ने मुँह में रखे चुबलाते बीज को पोपले मुँह में मसूड़ों से दबाते हुए कहा, 'शिफ्लेट, इस टिन बॉक्स में तुम रखे क्या हो?'

'औजार', उसने कहा, मैं बढ़ई हूँ।'

'हूँ...ऽऽ... यदि तुम यहाँ काम ढूँढने आए हो, तो मैं तुम्हें दोनों टाइम का भोजन और सोने की जगह ही दे सकती हूँ, मजदूरी के बदले रुपए नहीं दूँगी। तुम काम शुरू करो, इसके पहिले ही मैं तुम्हें स्पष्ट बतला देना चाहती हूँ', स्त्री ने स्पष्ट किया।

यह सुनकर उसके चेहरे पर न तो किसी प्रकार के भाव ही उभरे, न ही उसके होंठ ही उत्तर में खुले। बस पोर्च को सँभाले दो बाई चार के खंभे से टिक कर खड़ा हो गया फिर कुछ देर बाद वह धीरे से बोला,' लेडी, आज भी दुनिया में कुछ लोग ऐसे बचे हैं, जो रुपये-पैसे से अधिक दूसरी बातों को अधिक महत्त्व देते हैं।'

स्त्री ने इस वाक्य पर कोई प्रतिक्रिया व्यक्त नहीं की, केवल अपनी कुर्सी को झूले की तरह हिलाती बैठी रही। उधर बेटी अजनबी को हिलते गलकंठ को देखती रही। उसने आगे बोलना जारी रखा', 'अधिकांश मनुष्य केवल रुपये में रुचि रखते हैं'। उसी स्त्री से प्रश्न किया, 'आखिर मनुष्य का जन्म क्यों हुआ है? रुपए पैसे के लिए नहीं', तो फिर क्यों जन्मा है?' किन्तु स्त्री ने कोई उत्तर देने का प्रयास नहीं किया। वह चुपचाप कुर्सी हिलाती यह सोचती बैठी रही कि, क्या यह लूला आदमी उसके बागीचे पर नया छप्पर लगा देगा। आदमी ने ढेरों प्रश्न स्त्री से किए लेकिन स्त्री ने किसी भी प्रश्न का कोई उत्तर नहीं दिया। आदमी ने उसे बतलाया कि वह अट्ठाईस वर्षों का है और उसने ज़िंदगी में कई प्रकार के पापड़ बेले हैं।—वह बाइबिल गायक रहा है, रेल्वे लाइन में फोरमेन, पार्लर सहायक और तीन माह तक रेडियो पर अंकलराय और उसके रेडफ्रीक रेंगलर में गायन में सहायता करता रहा है। उसने बताया कि सेना में उसने खून बहाते हुए दुनिया भर के देशों में घूमा है और हर जगह उसने आदमी को मनमाने ढंग से काम करते

देखा है। उसने यह भी बतलाया कि उसका इस तरीके से लालन-पालन किया ही नहीं गया है।

इस बीच बड़ा-सा पीला चाँद अंजीर की शाखाओं पर कुछ इस तरह रुका था जैसे वह मुर्गियों का साथ अंडे सेने में देने को रुका हो। उसने आगे कहा, ''कि एक मनुष्य को यदि दुनिया देखना है तो उसे अपने देश को छोड़ना ही होगा। वह स्वत: ऐसी एकांत स्थान में स्थायी रूप से रहने को तत्पर है जहाँ शाम को सूरज इतना सुंदर डूबता है।''

'तुम कुँआरे हो या शादीशुदा,' स्त्री ने उससे पूछा।

प्रश्न के उत्तर में एक लम्बे मौन के उपरान्त वह बोला, 'लेडी' आज के इस ज़माने में आपको भोली-भाली, सीधी-सादी घरेलू लड़की भला कहाँ मिलती है। शहर में रह रही उन कचरों को जिनका मनमाने ढंग से मैंने उपभोग किया है—उन्हे तो जीवन साथी बनाने से रहा।'

इस बीच बेटी बहुत आगे झुक आई थी। उसका सिर घुटनों से कुछ ही इंच दूर था और वह आदमी को उस त्रिभुज के भीतर से झाँक रही थी जो उसके सिर के सुनहरे बालों की लट से बन गया था। यकायक वह धम्म से नीचे गिरी और कराहने लगी। शिफ्लेट ने उसे उठाकर खड़ा किया और उसे फिर से कुर्सी पर बैठा दिया।

'क्या ये आपकी बिटिया है?' उसने पूछा।

'मेरी इकलौती संतान', स्त्री ने उत्तर दिया, 'और ये दुनिया की सर्वाधिक सुंदर और भोली-भाली लड़की है। दुनिया की किसी भी बेमिसाल और बहुमूल्य वस्तु के बदले में, मैं उसे देने को तैयार नहीं हूँ। यह स्मार्ट भी है, झाड़ू लगा सकती है, खाना बना सकती है, कपड़े धो सकती है, मुर्गियों को दाना डाल सकती है, कुढाल भी चला सकती है। टोकरी भर जेवरातों और बहुमूल्य रत्नों के बदले में भी, मैं इसे देने को तैयार नहीं होऊँगी।'

'बिल्कुल नहीं', उसने विनम्रता से कहा, 'किसी भी पुरुष को इसे आपसे ले जाने मत दीजिएगा।'

'यदि कोई पुरुष उसके पीछे लगा,' स्त्री ने उत्तर दिया', 'तो मैं उसके आस-पास ही घूमती रहूँगी, यह तो निश्चित ही है।'

शिफ्लेट की आँखें बढ़ते अंधकार में मोटर के बम्पर पर टिकी थीं, जो दूर अंधेरे में चमक रहा था।

'लेडी' उसने अपने लूला हाथ उठाया, उससे मकान, यार्ड और पंप की ओर संकेत सा करते बोला'! आपके फर्म में ऐसा कुछ भी नहीं है जिसे मैं सुधार न सकूँ, भले ही मेरा एक हाथ है। सच तो यही है न कि मैं पुरुष हूँ। इतना कह वह रुका और फिर गंभीरता से कहा, 'हालाँकि मैं पूर्ण नहीं हूँ फिर भी' कहते-कहते वह उँगलियों की गाठों से धरती पर टहोके लगाकर अपनी बात पर ज़ोर देते हुए

'नैतिक बुद्धिमता' कहा। इतना कह उसका चेहरा अंधेरे से बाहर निकल दरवाजे से बाहर निकलती रोशनी की शहतीर के सामने आ गया। चेहरा स्त्री को घूर कर देख रहा था। चेहरे पर असंभव को संभव करने की अपनी इस अभिव्यक्ति पर आश्चर्य था।

स्त्री इस कहावत से प्रभावित नहीं हुई। —मैंने तुमसे कहा न कि तुम यहाँ मात्र भोजन के बदले काम कर सकते हो', स्त्री ने फिर आगे जोड़ा 'यदि तुम को कार में सोने में आपत्ति न हो तो।'

'क्या बात कर रहीं हैं आप,' प्रसन्नता व्यक्त करते उसने उत्तर दिया, 'हमारे प्राचीन संत तो अपने ताबूत में ही सो जाया करते थे।'

'वे हमारी तरह आधुनिक नहीं थे', स्त्री ने ठंडे स्वर में उत्तर दिया।

दूसरी सुबह उसने बागीचे का छप्पर बनाने का काम प्रारम्भ कर दिया। इस बीच बेबी लूसीनेल चट्टान पर बैठी-बैठी उसे काम करते देखती रही। एक सप्ताह बाद उसके द्वारा किए गए परिवर्तन स्पष्ट दिखने लगे। सामने और पीछे की सीढ़ियाँ सुधार दी गई थीं, नया सूअर बाड़ा बना दिया था, एक बाड़ी सुधार दी थी और लूसनेल ने जो पूर्णत: बहरी थी और जिसने अपने अब तक के जीवन में एक शब्द भी नहीं बोला था 'चिड़िया' शब्द का उच्चारण किया था। गुलाबी चेहरे वाली लूसनेल उसके पीछे दिन-भर चि...ड़िया...चिड़ि...याऽऽ' कहती, तालियाँ बजाती चारो तरफ घूमती रहती थी। मा लूसनेल दूर से देख-देखकर प्रसन्न होती रही थी। सच यह था कि वह मन ही मन अपने दामाद के लिए मरी जा रही थी।

शिफ्टेल कार की पिछली सकरी-सी बिना गद्दे की कड़ी-सी सीट पर कार की खिड़की से पैर निकाल कर सो जाता था। उसके पास रेजर था एक केन में पानी क्रेट पर रख लेता था, जो उसके लिए टेबिल का काम करता था। उसने आइने के एक टुकड़े को कार के पिछले काँच से टिका कर रख लिया था, उसका कोट हैंगर पर खिड़की से लटका रहता था।

अपनी शामें वह सीढ़ी पर बैठकर बतियाता हुआ काटता था। दोनों ओर माँ और बेटी लूसनेल अपनी-अपनी कुर्सियों को झुलाती बैठी सुनती रहती थी। स्त्री के तीनों पहाड़, गहरे नीले आकाश के नीचे धीरे-धीरे अंधेरे से घिरने लगते, जबकि आकाश में गृह-नक्षत्र और तारे चन्द्रमा के साथ उन लोगों से मिलने आते। शिफ्टेल ने यही संकेत हमेशा देने का प्रयास किया कि उसने जो भी अच्छे काम यहाँ किए हैं वे इसलिए किए हैं, क्योंकि उसको दिल से यह जगह भा गई है। उसने यह वादा भी किया कि वह कार को स्टार्ट करने का निश्चय कर चुका है।

उसने कार के हुड को उठा एंजिन को देखने के बाद घोषणा की ''यह कार उस युग की है जब वास्तव में कारें बना करती थीं। आजकल तो हालत यह है कि एक आदमी एक नट-बोल्ट लगाता है दूसरा बोल्ट कसता है, तीसरा आकर

एक ओर बोल्ट कस देता है—इस तरह बोल्ट के स्थान पर आदमी लगता जाता है। आज की महँगी कारों का यही तो कारण है। क्योंकि आपको उन सभी आदमियों को रुपये देना पड़ते हैं। अब यदि आपको एक ही आदमी को रुपये देना हो तो आपको अच्छी खासी सस्ती कार मिल सकती है। यही नहीं, चूँकि उस आदमी ने व्यक्तिगत रुचि उस कार निर्माण में ली होगी, स्वाभाविक है कि वह बेहतर और अच्छी कार होगी।'' स्त्री ने उसके इस तर्क पर अपनी सहमति व्यक्त की।

शिफ्टेल ने अपने तर्क को आगे बढ़ाते हुए कहा कि 'आज की दुनिया की समस्या यही हो गई है कि एक भी मनुष्य न तो परवाह ही करता है, ना ही रुक कर सोचता-विचारता है और न ही कोई कष्ट उठाने को तैयार है। उसने अपने तर्क को उदाहरण देते हुए समझाया कि वह लूसनेल को एक शब्द भी सिखाने में सफल नहीं होता यदि वह लूसनेल की चिन्ता नहीं करता होता और इसके लिए उसने समय नहीं दिया होता।

'उसे और कुछ भी बोलना सिखलाओ न?' स्त्री ने आग्रह किया।

'कौन-सा शब्द आप चाहती हैं, कि वह बोले', शिफ्टेल ने पूछा।

दँतहीन, नकरात्मक मुस्कराहट को और फैलाते हुए स्त्री ने कहा 'उसे शुगरपाई कहना सिखलाओ ना।'

शिफ्टेल उसके मन में चल रहे, घुमड़ रहे विचारों को अच्छी तरह जान-समझ रहा था।

दूसरे दिन वह कार की ठोंक-पीट करता रहा। शाम को उसने कहा यदि वे फेन बेल्ट खरीद दें तो वह कार स्टार्ट करने में सफल हो जावेगा।

फेन बेल्ट खरीदने के लिए रुपए देना स्वीकार करते हुए स्त्री ने कहा, 'तुम उस दूर बैठी मेरी बेटी को देख रहे हो न, लूसनेल की ओर उँगली से इशारा करते उसने कहा, जो अपनी गाढ़ी नीली आँखों से आदमी को तकती कुछ दूर बैठी थी'; 'यदि किसी पुरुष ने कभी इसे ले जाने का प्रस्ताव रखा—तो मैं उससे यही कहूँगी सारी दुनिया में ऐसा एक भी पुरुष नहीं जन्मा है जो मेरी प्यारी बिटिया को मुझसे छीनकर दूर ले जाये किन्तु यदि वह यह कहे कि 'लेडी, मैं इसे कहीं और ले जाना नहीं चाहता, मैं उसे यही चाहता हूँ, तो मैं यही उत्तर दूँगी—'मिस्टर मैं तुम्हें दोष नहीं देती। मैं ऐसा सुअवसर जाने नहीं दूँगी जिसमें स्थायी निवास के साथ इतनी सुंदर लड़की का साथ भी मिल रहा है। 'तुम मूर्ख नहीं हो, मैं यह अचछी तरह जानती हूँ।'

'इसकी उम्र क्या है?' शिफ्टेल यों ही प्रश्न उछाला।

'पन्द्रह-सोलह', स्त्री ने उत्तर दिया। जबकि सच यह था कि लड़की तीस वर्ष के पास पहुँचने वाली थी, किन्तु उसके भोलेपन के कारण उसकी उम्र को अंदाजना संभव ही न था।

'यदि इस पर फ़िर से पेंट कर दिया जावे, मेरे विचार से यह ख्याल भी बुरा नहीं,' कहते शिफ्टेल ने आगे जोड़ा' मैं नहीं समझता कि आप इसे जंग से और बर्बाद होने देंगी।

'यह हम बाद में देखेंगे।'

दूसरे दिन वह पैदल शहर गया और वहाँ से कार के लिए आवश्यक पाट्र्स और पेट्रोल का एक टिन लेकर लौटा। देर शाम तक शेड से जोर-जोर से आवाज़ निकलने लगी, जिसे सुन स्त्री तेजी से घर से बाहर—लूसनेल को संभवत: फिट आ गया है, सोचती बाहर दौड़ती हुई निकली। लूसनेल मुर्गियों के खाली डिब्बे पर बैठी पैर पटकती चि...चि...ड़या...चि...चि...या चीखती बैठी थी किन्तु उसकी आवाज़ कार से निकलते शोर में दबी थी। धमाके पर धमाके करती कार शेड से तेजी से बाहर निकली। शिफ्टेल कार की ड्राइविंग सीट पर तन कर बैठा था जैसे उसने अभी-अभी मृतक को अपने शक्ति बल से जीवित किया हो।

उस रात कुर्सी पर झूलते हुए स्त्री ने पूर्व नियोजित ढंग से कहना प्रारम्भ किया, 'तो तुम एक भोली-भाली, सीधी-सादी औरत को अपने जीवन साथी के रूप में चाहते हो, है न। तुम्हें वे बाजारू औरतें नहीं चाहिए, यही सच है न?'

'नहीं, बिल्कुल नहीं मेडम', शिफ्टेल ने उत्तर दिया।

'ऐसी औरत जो तुमसे बात तक न करें', स्त्री ने कथन आगे बढ़ाया', 'तुम्हारी पीठ पर हरदम लदी न रहे और ना ही बात-बेबात पर गालियाँ ही बके। सही है न, बिल्कुल ऐसी ही औरत तुम्हे चाहिए और वह यहाँ है ठीक तुम्हारे सामने', कह उसने कुर्सी पर पालथी मारे, हाथ बाँधे बैठी लूसनेल की ओर इशारा किया।

'यह तो आपने बिल्कुल सही कहा, 'उसने स्वीकारा', 'ये मेरे लिए किसी भी प्रकार की कोई समस्या खड़ी नहीं करेगी।'

'शनिवार को', स्त्री ने निर्णय देते हुए कहा, 'हम तीनों कार से शहर चलेंगे और वहीं तुम्हारा विवाह सम्पन्न होगा'।

शिफ्टेल ने आराम से सीढ़ियों पर पैर पसार लिए।

'अभी तो मैं विवाह कर नहीं सकता', उसने कहा, 'आप अच्छी तरह जानती हैं', कुछ भी करना-धरना हो, सब कुड रुपए-पैसे से ही होता है। और फिलहाल मेरे पास रुपए हैं नहीं।'

'भला, तुम्हें रुपयों की क्या आवश्यकता है।' उसने पूछा।

'रुपए तो चाहिए ही चाहिए', उसने कहा, 'कुछ लोग सब कुछ किसी न किसी प्रकार कर लेते हैं आजकल, लेकिन मेरी सोच ऐसी नहीं है। मैं किसी भी औरत से शादी नहीं कर सकता, जब तक मैं उसे सम्मानपूर्वक कहीं बाहर ले जाने की स्थिति में न हो जाऊँ। मेरा तात्पर्य है उसे होटल में ले जाकर शानदार डिनर न करा पाऊँ। कड़की की हालत में तो मैं विंडसर की डचेस से भी विवाह को तैयार

नहीं', उसने दृढ़ स्वर में कहा, 'जब तक, मैं उसे होटल में ले जाकर बढ़िया डिनर कराने की स्थिति में न आ जाऊँ। 'मैं तो ऐसी ही सोच के साथ बड़ा हुआ हूँ और मैं इसमें समझौता करने को कतई तैयार नहीं। मेरी माँ ने मुझे यही सिखाया है।'

'लूसनेल तो यह जानती तक नहीं कि होटल किस चिड़िया का नाम है', स्त्री ने धीरे से उत्तर दिया, 'मिस्टर शिफ्टेल मेरी बात सुनो'। कुर्सी से सरकते हुए उसने कहा, 'तुम्हें एक परमानेंट मकान, गहरा कुआँ और संचार की सर्वोत्तम सुंदर और भोली लड़की पत्नी के रूप में मिलेगी। तुम्हें रुपए-पैसों की आवश्यकता ही नहीं होगी। मेरी एक बात ध्यान से सुनो, एक गरीब, अपंग मित्रहीन भटकने वाले व्यक्ति के लिए इस विशाल संसार में कोई स्थान है ही नहीं।'

ये कठोर सच्चे शब्द शिफ्टेल के सिर पर पेड़ की चोटियों पर बैठे बाजों की तरह बैठ गए। उसने तत्काल कोई उत्तर नहीं दिया। उसने जेब से सिगरेट-तमाखू निकालें, पेपर पर तमाखू रख सिगरेट बनाई, जलाई और फिर धुआँ छोड़ते हुए भावहीन सपाट आवाज़ में बोला।

'लेडी, मनुष्य दो भागों में विभाजित होता है—देह और आत्मा।'

स्त्री ने अपने जबड़े जोर से दबाए।

''देह और आत्मा' उसने फिर दोहराया, 'लेडी, देह एक मकान की तरह है, वह कहीं आती-जाती नहीं किन्तु आत्मा मोटर की तरह होती है जो सदैव चलायमान रहती है...'

'मेरी बात ध्यान से सुनिए मिस्टर शिफ्टेल', स्त्री ने उसे टोंका 'मेरा कुआँ कभी सूखता नहीं और मेरा घर भयंकर ठंड में भी गर्म रहता है। मेरे घर का एक भी सामान गिरवी नहीं रखा गया है। तुम चाहो तो कोर्ट जाकर स्वत: पता लगा सकते हो। और वहाँ उस शेड में प्यारी-सी कार खड़ी है', कह उसने धीरे से चुग्गा डाला, 'तुम चाहो तो कार को इसी शनिवार को पेंट भी करवा सकते हो। पेंट का सारा खर्च मैं दे दूँगी।'

अंधेरे में शिफ्टेल मुस्कराया। उसने आग के पास लेटे आलसी सर्प की तरह अपनी देह को खींचा। कुछ सेकेंड के बाद अपनी पिछली बात के तार को आगे बढ़ाते उसने कहा, 'मैं तो मात्र यह कह रहा हूँ कि व्यक्ति की आत्मा का उसके लिए संसार के किसी भी पदार्थ से अधिक महत्त्व होता है। मैं अपनी पत्नी को सप्ताहांत में बिना खर्च की चिन्ता किए ले जाना पसंद करूँगा। मैं उसी काम को करना स्वीकारता हूँ जो मेरी आत्मा मुझसे कहती है।'

'सप्ताहांत ट्रिप के लिए मैं तुम्हें पन्द्रह डालर दूँगी' स्त्री ने रुकी-सी आवाज़ में कहा, 'इससे अधिक देना मेरे वश में नहीं।'

'लेकिन इतने डालर से तो बमुश्किल पेट्रोल और होटल किराया ही पूरा हो पायेगा', उसने धीरे से कहा, 'लंच खिलाना तो संभव हो नहीं पाएगा।'

'साढ़े सत्रह', स्त्री ने तत्काल उत्तर दिया बस मात्र इतनी ही रकम मेरे पास है। अत: इससे अधिक तुम मुझसे वसूल नहीं कर सकते। अब तो लंच भी हो जावेगा।'

शिफ्टेल को 'वसूल' शब्द से आंतरिक पीड़ा हुई। उसके मन में कोई संदेह ही नहीं था कि स्त्री के पास अच्छी खासी रकम है, जिसे उसने अपने गद्दे में छिपा कर रखा है, लेकिन वह पहिले ही कह चुका था कि उसकी कोई रुचि उसके रुपए-पैसों में नहीं है।

'ठीक है मैं चला लूँगा किसी तरह इतने में', कहते वह उठा और बिना कुछ बोले आगे बढ़ गया।

आगामी शनिवार को तीनों शहर गए ताज़ा-ताज़ा पेंट की गई कार में। वहाँ शहर में मेरिज रजिस्ट्रार के दफ्तर में शिफ्टेल और लूसनेल का विवाह सम्पन्न हुआ, जिसकी गवाही माँ ने दी। दफ्तर से बाहर निकलते समय शिफ्टेल अपनी कालर में फँसी गर्दन को बार-बार घुमा रहा था। वह भीतर से चिड़चिड़ा और बदमिजाज अनुभव कर रहा था, जैसे किसी ने उसका अपमान किया हो।

'मुझे तो तसल्ली जरा-सी भी नहीं हुई', उसने उसी उखड़े मूड में कहा, 'आफिस में बैठी औरतें भला करती ही क्या है?' सिवाय कागज यहाँ-वहाँ रखने के रक्त जाँचने के। भला उन्हें मेरे रक्त के बारे में क्या और कैसे पता! यदि वे मेरा कलेजा भी काट लें, तब भी उन्हें मेरे बारे में कुछ पता चलने वाला नहीं। सच तो यह है कि मेरी तो संतुष्टि जरा-सी भी नहीं हुई।'

'कानून को तो संतोष हुआ ना', स्त्री ने तीखे स्वर में उत्तर दिया।

'कानून' शिफ्टेल ने क्रोध और घृणा से थूकते हुए कहा, 'यह जो कानून है ना, मुझे तो उससे जरा-सा भी संतुष्टि नहीं हुई।'

उसने कार को गहरे हरे रंग में पेन्ट किया था और कार के चारों ओर पीले रंग की पट्टी खिड़कियों के ठीक नीचे दी थी। जब तीनों कार के सामने वाली सीट पर बैठ गए। तब स्त्री ने कहा, 'लूसनेल प्यारी लग रही है न, बिल्कुल गुड़िया जैसी, दिख रही है न?' लूसनेल झक्क सफेद वस्त्र पहिने थी जिसे उसको माँ ने कबाड़खाने में रखे बड़े ट्रंक से निकाला था। सिर पर पनामा हेट था, जिसके ऊपर लकड़ी से बने लाल चेरी बँधी थी। उसके भावहीन चेहरे पर बीच-बीच में कोई विचार मरुस्थल में उगते हरे पौधे की तरह कौंध जाता था।

'सच तो यही है कि तुम्हें अच्छा खासा पुरस्कार मिल गया है, है न?' स्त्री ने कहा।

शिफ्टेल ने लूसनेल को एक बार भी देखने तक का प्रयास नहीं किया।

तीनों घर वापिस लौटे, जहाँ स्त्री को रुक जाना था और उन्हें लंच बॉक्स रख लेना था। जब वे जाने को तैयार हुए, तब वह खिड़की को एकटक देखती खड़ी

रही। उसकी 'उँगलियाँ खिड़की के काँच को कस कर पकड़े थीं। दोनों आँखों से लगातार आँसू गाल पर बहते ज़मीन पर गिर रहे थे।

'आज तक मैं कभी दो दिन के लिए भी इससे दूर नहीं रही हूँ', सिसकते हुए स्त्री ने कहा। शिफ्टेल ने कार स्टार्ट कर दी।

'सच बोलूँ किसी भी आदमी से मैं इसका विवाह नहीं होने देती, लेकिन तुम...मैंने तुम्हें देखा...अच्छी तरह देखा...परखा। मैं जानती हूँ तुम इसके साथ अच्छा व्यवहार करोगे...अलविदा...मेरी गुड़ियाऽऽ', उसने बेटी के सफेद वस्त्र की बाँह को कस कर हाथ से पकड़े हुए कहा। लूसनेल सीधे उसी को देख रही थी किन्तु आँखें उसके पार देख रही थीं—उनमें माँ कहीं नहीं थी। शिफ्टेल ने धीरे से कार आगे बढ़ाई परिणामस्वरूप स्त्री ने अपने हाथ हटा लिए।

तीसरे पहर हल्का नीला आकाश बिल्कुल साफ था। हालाँकि कार तीस मील की रफ्तार से ही चल सकती थी। शिफ्टेल के सामने खड़ी चढ़ाई, ढाल और मोड़ थे, वह इनमें इतना खो गया कि सुबह का सारा आक्रोश भरा मूड हवा हो गया। अंधेरा होने के पहिले वह मोबाइल तक पहुँच ही जाना चाहता था, यही सोच वह तेजी से कार चलाए जा रहा था।

बीच-बीच में वह अपने मन में घुमड़ते विचारों को रोक साथ बैठी लूसनेल को देखने लगता था। घर के बाड़े से कार चलते ही उसने लंच बॉक्स खोलकर खा लिया था। फिलहाल वह अपने हेट के रिबन में बँधी चेरी को एक-एक कर तोड़ उन्हें खिड़की से बाहर फेंक रही थी। कार होने के बावजूद शिफ्टेल एक अनाम अवसाद से घिरा था। करीब सौ मील के बाद उसे अहसास हुआ कि लूसनेल को भूख लग आई होगी, यह सोच जैसे ही एक कस्बे में पहुँचा, वैसे ही एल्यूमीनियम से पेंट किए 'हॉट स्पाट' नामक होटल के सामने उसने कार रोक दी। लूसनेल को ले भीतर पहुँच उसने हेम (सुअर का माँस) और ब्रेड का आर्डर दे दिया। कार की लम्बी यात्रा से वह निंदियाई हो उठी थी, परिणामस्वरूप जैसे ही वह स्टूल पर बैठी, उसने अपना सिर सामने के काउंटर पर रख आँखें बंद कर ली। हॉट स्पाट में उस समय शिफ्टेल और काउंटर के पीछे खड़े खड़े मरियल से लड़के के अलावा जो कंधे पर मैला-सा तौलिया डाले था और कोई न था। इसके पहिले कि लड़का प्लेट सामने रखता लूसनेल के हल्के खर्राटे सुनाई पड़ने लगे।

'ये जब जागे तो उसे खाना दे देना', शिफ्टेल ने उस युवक से कहा, 'मैं पैसे दिए जा रहा हूँ।'

लड़के ने झुककर घूरकर उसके लम्बे सुनहरे लाल बालों और अधमुंदी आँखों को देखा। इसके बाद उसने शिफ्टेल को घूरकर धीमी आवाज़ में कहा, 'ये तो ईश्वर दूत जैसी लगती है भाई।'

'हिच हाइकर', शिफ्टेल ने उसे समझाया 'मैं रुक नहीं सकता, क्योंकि मुझे जल्दी से जल्दी टुस्कलोसा पहुँचना है।'

लड़का एक बार फिर झुका और उसने हल्के से एक उँगली से उसकी सुनहरी लट को छुआ। इस बीच शिफ्टेल जा चुका था।

कार चलाते वह और अन्यमनस्क हो गया। चौथा पहर लग चुका था। गर्मी और उमस बढ़ गई थी। मैदान शुरू हो चुके थे। सामने आकाश के कोने पर तूफान के आसार थे। ऐसा लग रहा था जैसे धरती की सारी हवा वह सोखे ले रहा हो—आने से पूर्व ही। कुछ समय ऐसा भी आता है जब शिफ्टेल को एकाकीपन असह्य हो उठता है। वह सोच रहा था, कार मालिकों का यह दायित्व भी बनता है कि वे दूसरों की सहायता करें, इसीलिए वह कार चलाता सड़क पर हिच हाइकर को देखता चल रहा था। बीच-बीच में उसे सड़क किनारे लगे सूचना-पटल मिल रहे थे, जिन पर ध्यान से चलाइए, दूसरों की सुरक्षा में स्वरक्षा है लिखे थे।

सड़क संकरी थी और दोनों ओर पड़ती ज़मीन फैली थी। बीच-बीच में झोपड़ियाँ अथवा पेट्रोल पंप ही मिल रहे थे। कार के ठीक सामने सूरज डूबने को था जो लाल गेंद की तरह उसकी विंडशील्ड से दिख रहा था। एक लड़के को ओवरकोट और हैट में सड़क के किनारे दूर खड़ा देखा तो उसने कार धीमी कर दी और ठीक लड़के के पास रोक दी। लड़के ने ना तो रुकने के लिए हाथ से इशारा ही किया था, ना ही अँगूठा उठा सहयोग ही माँगा था। वह बस यों ही खड़ा था किन्तु उसके हाथ में सूटकेस था और उसका हैट कुछ इस अदा में था जो स्पष्ट घोषणा कर रहा था कि उसने अपने भविष्य के लिए कहीं भी भी जाने का निश्चय कर लिया है। 'बेटे' शिफ्टेल ने उससे कहा, 'मुझे लगता है तुम्हें सवारी की आवश्यकता है।'

लड़के ने हाँ-नहीं कुछ भी नहीं कहा, बस उसने कार का दरवाजा खोल लिया, और बैठ गया। शिफ्टेल ने कार आगे बढ़ा दी। लड़के ने सूटकेस अपनी गोद में रख लिया था और उसके ऊपर हाथ बाँधकर रखे था। शिफ्टेल के दूसरी ओर वह लगातार बाहर देख रहा था। उसकी उदासीनता से शिफ्टेल अपने भीतर दबाव अनुभव कर रहा था। 'बेटे', उसने एक मिनिट बाद कहा, 'मेरी बूढ़ी माँ इस दुनिया में सर्वश्रेष्ठ है और मुझे लगता है उसके बाद तुम्हारी माँ सबसे अच्छी है।'

लड़के ने उसकी ओर घूर कर देखा और फिर से खिड़की के बाहर देखने लगा।

'इससे सुंदर तो कुछ हो ही नहीं सकता', शिफ्टेल ने अपनी बात जारी रखी, 'जैसी माँ होती है आदमी के लिए वही सबसे पहली प्रार्थना उसे अपने घुटनों पर बैठा कर सिखाती है, जब उसे कोई प्रेम नहीं करता, तब वही उसे प्रेम करती है, वही उसे अच्छा और बुरा बतलाती है, सिखलाती है। यही नहीं, वह यह भी देखती रहती है कि वह हर काम सही ढंग से करे, समझे बेटे', उसने आगे जोड़ा,

'अपने जीवन में सबसे अधिक उदास और दुखी उसी दिन हुआ था, जब मैंने अपनी बूढ़ी माँ को छोड़ा था।'

लड़का अपनी जगह पर कसमसाया किन्तु उसने शिफ्टेल की ओर अभी भी नहीं देखा। सूटकेस पर रखे बँधे हाथ उसने खोले और एक हाथ दरवाजे के हैंडिल पर रख दिया।

'मेरी माँ ईश्वर की भेजी देवी थी', शिफ्टेल बड़ी कठिनाई से बोल पा रहा था, 'ईश्वर ने मुझे स्वर्ग से उठाकर उसे दिया था और मैंने...मैंने उसे छोड़ दिया।' उसकी आँखें यह कहते-कहते डबडबा आई। कार बहुत धीमी गति से चल रही थी।

अपनी सीट से लड़का क्रोध से 'मुड़ा', 'तुम शैतान के पास जाओ', वह चीखा, 'मेरी माँ मक्खियों का बोरा है और तुम्हारी माँ गंदी-गंधाती बिल्ली', यह कह उसने कार का दरवाजा खोला और सूटकेस के साथ सड़क से सटे गड्ढे में छलाँग लगा दी।

इन अनहोनी से शिफ्टेल इतना घबरा गया कि करीब सौ फीट तक बिना दरवाजा बंद किए कार चलाता रहा।

लड़के के हैट के रंग का शलगम के आकार के बादल ने सूरज को घेर लिया और उससे खौफनाक बादल कार के पिछले हिस्से पर झुक रहा था। शिफ्टेल को लगा दुनिया के सारे पाप, समस्त बुराईयाँ उसे अपने फंदे में कसने को तैयार हैं, उसने बचने के लिए हाथ उठाया और फिर उसे सीने पर गिरने दिया। 'हे प्रभु', उसने प्रार्थना की, 'प्रगट होओ और धरती के सारे कलुष को धो डालो।'

शलगम क्रमशः नीचे उतर रही थी। कुछ ही मिनिटों में कार के पीछे से बादलों के गरजने की भयंकर आवाज़ें आने लगीं और बड़ी-बड़ी बूँदें शिफ्टेल की कार के पिछले हिस्से पर बरसने लगीं। जल्दी से उसने गेयर पर दबाव बढ़ा दिया। उसका लूला हाथ खिड़की पर रखा था और वह तेजी से मोबाइल की ओर बढ़ा जा रहा था।

✦

अनु०—**इन्द्रमणि उपाध्याय**

कुगेलमास का किस्सा

✦

वुडी एलन (1935)

प्रसिद्ध फिल्म लेखक और निर्देशक तथा एक श्रेष्ठ हास्य लेखक के रूप में सुपरिचित हैं। इनकी हास्य रचनाएँ 'गेटिंग ईवन' (1971), 'विदाउट फेदर्स' (1978), 'साइड इफेक्ट्स' (1980), ''द ल्यूनेटिक्स' हैं। इनकी 'एनी हाल' और 'हाना एण्ड हर सिस्टर्स' फिल्मों को सर्वश्रेष्ठ मौलिक पटकथा के लिए अकादेमी अवार्ड मिला और दो अन्य 'क्राइम एण्ड मिसडेमेनर्स' और 'एलिस' को इस श्रेणी में नामांकित किया गया। 'द कुगेलमास एपिसोड', 'साइड इफेक्ट्स' संकलन से ली गई अद्‌भुत कल्पनाशील रोचक कथा है।

कुगेलमास, सिटी कॉलेज में मानविकी विभाग के प्रोफेसर, दूसरी बार असफल विवाह कर चुके थे। पहली पत्नी फ्लो से उनके दो सुस्त बेटे भी थे। तलाकशुदा पत्नी के गुजारा भत्ता और बच्चों के खर्च में आकण्ठ डूबे कुगेलमास की दूसरी पत्नी थी डैफने कुगेलमास, मोटी और बेवकूफ।

'काश मुझे पता होता कि इसका अंत इतना भयावह होगा', कुगेलमास अपने मनोचिकित्सक के पास रो-खीझ रहा था, 'डैफने अच्छी-भली थी। कौन जानता था वह फूलकर बैलून बन जाएगी? और उसके पास कुछ पैसे भी थे जो अपने आप में तो शादी करने का कोई स्वस्थ कारण नहीं है लेकिन उसमें कोई नुकसान भी नहीं। खास तौर से जब मैं इन उलझनों में पड़ा हुआ था। आप समझ रहे हैं न?'

कुगेलमास गँजा था, जिसकी कमी उसके बदन पर भालू की तरह उगे बाल पूरी करते थे। और उसके पास था एक मन और मन में असीम इच्छाएँ। 'मुझे किसी नई महिला से जुड़ने की ज़रूरत है, उसने कहना जारी रखा, 'मेरा एक अफेयर होना चाहिए। हालाँकि मैं समझता हूँ, मैं इस लायक नहीं, लेकिन मुझे रोमांस चाहिए। मुझे कोमलता और प्रेमपगी नोंक-झोंक चाहिए। मैं दिनों दिन जवान नहीं होता जा रहा, इसलिए इससे पहले कि बहुत देर हो जाए, मुझे वेनिस में प्रेम करना चाहिए, मोमबत्ती की मद्धम रोशनी में खाना खाते हुए मुझे लाल वाइन के गिलासों के ऊपर से शर्मीली निगाहों का आदान-प्रदान करना चाहिए।'

डॉ० मेण्डेल ने कुर्सी पर मुद्रा बदली और बोले—'अफेयर से कुछ नहीं होगा। आप इतने भावुक हैं। आपकी समस्या ज्यादा गंभीर है।'

'हाँ, यह अफेयर दबा-छिपा भी होना चाहिए', कुगेलमास बोलता रहा। 'मैं दूसरा तलाक बर्दाश्त नहीं कर सकता। डैफने मुझे कँगाल ही कर देगी।'

मि० कुगेलमास...।'

'लेकिन सिटी कॉलेज से कोई बाहर की ही बताएँ मुझे, क्योंकि डैफने भी वहीं काम करती है। ऐसा नहीं कि सी०सी०एन०वाई० में खूब जोरदार लड़कियाँ हैं, लेकिन कुछ तो ठीक-ठाक...'

'मि० कुगेलमास...'

'मेरी मदद करो। मैंने कल एक सपना देखा। मैं एक हरी-भरी घाटी से गुजर रहा था। एक टोकरी लिए जिस पर लिखा था 'विकल्प'। मैने उसे खोला तो देखा उसमें छेद है।'

'मि० कुगेलमास! इस तरह का कोई कदम उठाना सबसे बुरा होगा। आपको अपनी सारी भावनाएँ यहीं व्यक्त करनी हैं और हम साथ-साथ उनका विश्लेषण करेंगे। आप इतने दिन से मेरे इलाज में हैं, तो यह तो जान ही गए होंगे कि इसका कोई पलक झपकने वाला इलाज नहीं है। आखिर मैं, मैं मनोचिकित्सक हूँ, जादूगर नहीं।'

'तो फिर शायद मुझे जादूगर की ही ज़रूरत है', कुगेलमास ने कुर्सी से उठते हुए कहा। और इसके बाद उसने अपने इलाज में परिवर्तन कर लिया।

दो हफ्ते बाद, जब एक रात कुगेलमास और डैफने अपने घर में पुराने फर्नीचरों की तरह मुँह बनाए बैठे थे तब फोन बजा।

'मैं देखता हूँ', कुगेलमास बोला। 'हलो!'

'कुगेलमास', आवाज़ आई। कुगेलमास, मैं पर्सकी।

'कौन?'

'पर्सकी। या मुझे कहना चाहिए महान पर्सकी।'

'माफ कीजिए मैं...'

'मैंने सुना है आप पूरे शहर में कोई जादूगर ढूँढ़ रहे हैं अपने जीवन में थोड़ी बहार लाने के लिए? हाँ या नहीं?

'श-श-श', कुगेलमास फुसफुसाया। 'फोन रखिए नहीं। आप बोल कहाँ से रहे हैं?'

अगली दोपहर कुगेलमास ब्रुकलिन के बुशविक में एक पुरानी-सी इमारत के तीसरे माले पर चढ़ रहा था। गलियारे के अंधेरे में नज़र गड़ाते हुए उसने वह दरवाज़ा खोजा जो उसे चाहिए था और घंटी बजा दी। मुझे शायद पछताना पड़े, उसने सोचा।

कुछ ही सेकेंड बाद एक दुबले, नाटे, चिकने-से आदमी ने उसका अभिवादन किया।

'आप ही पर्सकी महान हैं?' कुगेलमास ने कहा।

'महान पर्सकी। आपको चाय चाहिए?'

'नहीं, मुझे रोमांस चाहिए, मुझे संगीत चाहिए, मुझे प्रेम और सौन्दर्य चाहिए।'

'अरे चाय नहीं, आश्चर्य है। ठीक है, बैठ जाइए।'

पर्सकी दूसरे कमरे में गया और कुगेलमास ने सामान और फर्नीचर खिसकाए जाने की आवाज़ सुनी। पर्सकी फिर हाज़िर हुआ, एक बड़ी सी चीज़ रोलर-स्केट पहियों पर सरकाते हुए। उसने उस पर पड़े पुराने सिल्क के रूमालों को हटाया और धूल झाड़ी। वह एक सस्ती-सी चाइनीज आलमारी लग रही थी, बहुत खराब ढंग से पॉलिश की हुई। 'पर्सकी' कुगेलमास ने कहा, 'यह क्या चक्कर है?'

'ध्यान से सुनो', पर्सकी बोला, 'यह बेजोड़ चीज़ है। मैंने इसे तैयार तो किया था नाइट्स ऑव पीथियाज़ शो के लिए, लेकिन टिकट ही नहीं बिके। इस आलमारी में बैठ जाओ।'

'क्यों? ताकि तुम इसमें तलवार घोंपते जाओ, या ऐसा ही कुछ और।'

'तुम्हें कोई तलवार नज़र आ रही है?'

कुगेलमास ने मुँह बनाया और आलमारी में बैठ गया। प्लाईवुड में जड़े दो डरावने से क्रिस्टल ठीक अपने चेहरे के सामने, वहाँ से उसका ध्यान हट ही नहीं रहा था।

'यह कोई मजाक है', वह बोला।

'मजाक! बिलकुल नहीं। अगर मैं इस आलमारी में तुम्हारे साथ कोई उपन्यास डाल दूँ, दरवाज़ा बंद करूँ और इसे तीन बार ठकठकाऊँ तो तुम पुस्तक में प्रविष्ट हो जाओगे।'

'बकवास!' कुगेलमास ने अविश्वास प्रकट करने जैसी मुखमुद्रा बनाई।

'यह भगवान के साथ लफड़ा है मेरा, जरा सा' पर्सकी बोला।

'सिर्फ उपन्सास ही नहीं, कविता, नाटक, कहानी कुछ भी। तुम विश्व के महान लेखकों की रची हुई किसी भी महिला से मिल सकते हो। जिसका भी तुमने सपना देखा हो। और जब काफी मजा हो जाय तो बस एक बार चिल्लाओ। मैं पलक झपकते तुम्हें फिर से यहाँ ले आऊँगा।'

'पर्सकी, तुम पागल तो नहीं हो गए?'

'मैं बिल्कुल ठीक हूँ', पर्सकी बोला।

कुगेलमास अभी भी पूरी तरह विश्वास करने को तैयार नहीं था।

'तो तुम्हारा मतलब है कि यह सड़ा-सा घर का बना बक्सा मुझे इस तरह की सैर करा सकता है।'

'दो दस के चाहिए होंगे।'

कुगेलमास ने बटुआ निकाला। 'मैं इस पर विश्वास तभी करूँगा जब इसकी जाँच कर लूँगा।

पर्सकी ने नोट जेब में डाले और अपनी किताबों की आलमारी की तरफ मुड़ गया।

'तो तुम किससे मिलना चाहते हो? सिस्टर कैरी? हेस्टर प्रिन? ऑफोलिया? या फिर टेम्पल ड्रेक? हालाँकि तुम्हारी उम्र के आदमी के लिए यह ज्यादा खुराक होगी।

'फ्रेंच। मैं किसी फ्रेंच प्रेमिका के साथ अफेयर करना चाहता हूँ।'

'नना?'

'नहीं। उसके लिए मैं पैसे नहीं दूँगा।'

'अच्छा तो नताशा, 'वार एण्ड पीस' वाली।'

'मैंने कहा था फ्रेंच। हाँ याद आया। एमा बॉवेरी कैसी रहेगी! वही परफेक्ट रहेगी।'

'ठीक है कुगेलमास। जब मन भर जाय तो मुझे आवाज़ देना।'

पर्सकी ने फ्लाबर्ट के उपन्यास की पेपर बैक प्रति आलमारी में डाल दी।

'यह सुरक्षित तो है न?' कुगेलमास ने पर्सकी से पूछा जब वह दरवाज़ा बन्द कर रहा था।

'सुरक्षित! इस गड़बड़झाला दुनिया में कुछ सुरक्षित भी है क्या?'

पर्सकी ने तीन बार दरवाज़ा खटखटाया और दरवाज़ा खोल दिया।

कुगेलमास जा चुका था। ठीक उसी समय वह योनविल में चार्ल्स और एमा बॉवेरी के बेडरूम में प्रकट हुआ। उसके सामने पीठ किएं एक खूबसूरत महिला थी कुछ कपड़े समेटती हुई। विश्वास नहीं होता, कुगेलमास अपने सामने खड़ी डॉक्टर की खूबसूरत बीवी को देखते हुए सोच रहा था। यह अद्भुत है। मैं यहाँ हूँ। यह वही है।

एमा अचरज से मुड़ी। 'भगवान, तुमने तो मुझे डरा ही दिया', उसने कहा, 'तुम हो कौन?' वह पेपर बैक वाला बढ़िया अंग्रेजी अनुवाद बोल रही थी।

'अब तो मर गये', उसने सोचा। लेकिन फिर उसने अंदाज लगाया कि वह उसी से पूछ रही है—'माफ कीजिएगा, मैं सिडनी कुगेलमास हूँ। मैं सिटी कॉलेज से हूँ। मानविकी विभाग का प्रोफेसर।

'सी०सी०एन०वाई०? शहर के बीचों-बीच है, मैं...ओफ... वो मैं।

एमा बॉवेरी आमंत्रण देती सी मुस्कराई और पूछा, 'आप कुछ पिएँगे? जैसे कि वाइन वगैरह।'

'कितनी सुन्दर है ये', कुगेलमास ने सोचा। उस भारी भरकम बोरी से कितनी अलग, जिसके साथ वह सोता है। उसे अचानक तीव्र इच्छा हुई उस छवि को बाँहों में लेकर बताने की कि इसी तरह की औरत का वह जीवन भर स्वप्न देखता आया है। 'हाँ थोड़ी सी वाइन', उसने सूखे स्वर में कहा, 'ह्वाइट। नहीं रेड।

नहीं ह्वाइट। ह्वाइट ही बनाइये।

'चार्ल्स आज बाहर गए हैं, एमा बोली। उसका स्वर अर्थपूर्ण था।

वाइन के बाद वे खूबसूरत फ्रांसीसी गाँव का चक्कर लगाने चले गए—'मैं हमेशा सोचती थी कि कोई रहस्यमय व्यक्ति आकर मुझे इस देहात के उबाऊपन से मुक्ति देगा', एमा उसका हाथ थामते हुए बोली। वे एक छोटे से चर्च के सामने से गुजरे।

'यह जो तुम पहने हो गजब का है। मैंने ऐसी चीज आसपास कहीं नहीं देखी। यह कितना...कितना आधुनिक है।'

'इसे लीजर सूट कहते हैं', कुगेलमास ने रोमानी अंदाज में कहा। अचानक उसने एमा को चूम लिया। घंटे भर वे एक पेड़ के नीचे बैठे एक-दूसरे को आँखों ही आँखों में बहुत सी बातें बताते रहे। तब कुगेलमास उठ बैठा। उसे अभी-अभी याद आया था कि उसे डैफने से ब्लूमिंगडेल में मिलना है। 'मुझे जाना है', उसने बताया, 'लेकिन चिंता मत करना, मैं फिर आऊँगा।'

'मैं भी ऐसी ही आशा करती हूँ', एमा बोली।

उसने उसे बाँहों में भर लिया और दोनों वापस घर लौट आए। वहाँ उसने एमा का चेहरा हथेलियों में भर कर उसे चूम लिया और चीखा—'ओ० के० पर्सकी! मुझे साढ़े तीन बजे ब्लूमिंगडेल पहुँचना है।'

ठोकने की आवाज़ सुनाई दी और कुगेलमास वापस ब्रुकलिन में था।

'तो? क्या मैंने झूठ कहा था?' पर्सकी ने विजेता भाव से पूछा।

'देखो पर्सकी अभी मुझे देर हो रही है। लेकिन मैं अगली बार कब जा सकता हूँ? कल?'

'खुशी से। सिर्फ दो दस के ले आना। और यह बात किसी को बताना नहीं।'

'ओ, मैं तो रूपर्ट मर्डोक को बताने जा रहा हूँ'

कुगेलमास ने दौड़ कर टैक्सी पकड़ी। उसका दिल नाच रहा था। मैं प्रेम में हूँ वह सोच रहा था, मेरे पास एक शानदार रहस्य है।

लेकिन जो बात उसे नहीं पता थी वह यह कि पूरे देश की विभिन्न कक्षाओं के छात्र अपने शिक्षक से पूछ रहे थे—

'यह पेज सौ पर कौन-सा चित्र है? एक गँजा यहूदी मादाम बॉवेरी को चूम रहा है?' सियूक्स फॉल, दक्षिण डकोटा में एक शिक्षक ने ऐसे प्रश्न सुनकर गहरा निश्वास छोड़ा और सोचा, भगवान, ये आजकल के छात्र। इतनी सी उम्र में शराब-ड्रग्स सब लेने लगेंगे तो यही सब अजीब बातें सूझेंगी न इन्हें!'

डैफने कुगेलमास ब्लूमिंगडेल के बाथरूम एक्सेसरीज़ डिपार्टमेंट में खरीदारी कर रही थी। कुगेलमास हाँफते हुए वहाँ पहुँचा।

'कहाँ थे तुम?' उसने तेजी से कहा—'साढ़े चार बज गए हैं।'

'ट्रैफिक में फँस गया था', कुगेलमास बोला।

कुगेलमास अगले दिन फिर पर्सकी के यहाँ गया और कुछ ही मिनटों में वह फिर योनविल में था। एमा उसे देख कर अपनी प्रसन्नता छिपा नहीं पा रही थी।

दोनों ने घंटों साथ बिताए; अपनी अलग-अलग जिन्दगी के बारे में बात करते हुए। कुगेलमास के लौटने से पहले उन्होंने प्यार किया। 'भगवान', यह मैं मादाम बॉवेरी के साथ कर रहा हूँ।' कुगेलमास ने खुद कहा, 'मैं जो दसवीं में अंग्रेजी में भी फेल हो गया था।'

जैसे-जैसे महीने गुजरते गए, कुगेलमास कई बार पर्सकी के यहाँ गया और एमा बॉवेरी के साथ उसका रिश्ता और गहरा होता गया। 'मुझे हर बात किताब में पेज 120 के पहले ही पहुँचाना' कुगेलमास ने एक दिन जादूगर से कहा, 'मुझे उससे उसके रूडोल्फो के चक्कर में पड़ने से पहले ही मिलना है।'

'क्यों? पर्सकी ने पूछा, 'तुम उससे बाजी नहीं मार सकते?'

'उससे बाजी मारना। वह जमींदार है भई। उनके पास फ्लर्ट करने और घुड़सवारी करने के अलावा कोई काम नहीं है। हालाँकि मेरे लिए तो वह कुछ भी नहीं है। पर उसके लिए तो वही गरमागरम खबर है।'

'और उसके पति को कुछ पता भी नहीं चलता'

'अरे वह तो सुस्त डॉक्टर है। वह रात के दस बजे तक सोने की तैयारी करने लगता है जब उसकी बीवी अपने नाचने वाले जूते पहन रही होती है। अच्छा...तुमसे बाद में मिलता हूँ।'

और एक बार फिर कुगेलमास आलमारी में बैठा और फौरन योनविल पहुँच गया। 'कैसी हो प्रिय?' उसने एमा से कहा। 'ओह कुगेलमास', एमा ने गहरी साँस भरी। 'तुम्हें क्या पता कल रात मुझे क्या झेलना पड़ा। मि० पर्सनेलिटी खाना खाते ही सो गए। मैं उन्हें कितने मन से मैक्सिम और बेले के बारे में बता रही थी मुझे खर्राटों की आवाज़ सुनाई देने लगी।' 'सब ठीक हो जायेगा प्रिय। मैं जो यहाँ हूँ।' कुगेलमास ने उसे आलिंगन में लेते हुए कहा। यह सब मैंने किया है, एमा के फ्रांसीसी परफ्यूम की खुशबू लेते हुए उसने सोचा। मैंने बहुत कुछ सहा। बहुत मनोचिकित्सकों पर पैसे लुटाए। अभी ही ठीक है, वह युवा और चंचल है और मैं लेऑन के आने के कुछ पृष्ठ बाद और रूडोल्फो के आने के कुछ पृष्ठ पहले हूँ। यदि मैं हमेशा सही चैप्टर में आया तो मैदान मारा ही समझो।'

एमा निश्चय ही कुगेलमास जितनी ही खुश थी। वह मनोरंजन की भूखी थी और कुगेलमास के ब्रॉडवे, तेज कारों, हॉलीवुड और टी० वी० धारावाहिकों के किस्से इस युवा फ्रांसीसी सुन्दरी को मुग्ध कर देते थे।

'मुझे फिर से ओ० जे० सिम्पसन के बारे में बताओ', उसने एक शाम एबे बोनेसियन के चर्च के पास से गुजरते हुए कहा।

'मैं क्या कहूँ। वह महान आदमी है। उसने तरह-तरह के रिकार्ड निकाले हैं। उसकी बराबरी कोई नहीं कर सकता।'

'और एकेडमी अवार्ड?' एमा ने आकाँक्षा भरी आवाज में कहा।

'मैं एक अवार्ड जीतने के लिए कुछ भी करने को तैयार हूँ।'

'पहले तुम्हें नामांकित होना होगा।'

हाँ मुझे पता है। तुमने मुझे बताया था लेकिन मुझे यकीन है कि मैं अभिनय कर सकती हूँ। हाँ बिल्कुल। मुझे सिर्फ एकाध क्लास करनी होगी। भरसक स्ट्रासबर्ग के साथ। तब फिर यदि मेरे पास सही एजेंट होता तो...'

'अच्छा हम देखेंगे। इसके बारे में मैं पर्सकी से बात करूँगा।' उस रात पर्सकी के घर सुरक्षित लौट कर उसने एमा को भी न्यूयार्क घूमने लाने की बात की।

'मुझे इस बारे में सोचने दो।' पर्सकी बोला। ''शायद मैं यह कर सकूँ। इससे ज्यादा अजीब-अजीब बातें हो चुकी हैं। कोई भी पहले से क्या बता सकता है।'

कहाँ रहते हो तुम आजकल?' डैफने कुगेलमास आज भी अपने पति के देर से आने पर बक रही थी। 'ज़रूर तुमने कहीं कोई चक्कर चला रखा है।'

'क्यों नहीं। मैं उसी किस्म का दिखता हूँ तुम्हें। मैं लिओनार्ड पॉपकिन के साथ था। वह पोलैण्ड में समाजवादी कृषि पर बहस कर रहा था। पॉपकिन को तो तुम जानती हो। वह इस विषय का दीवाना है।'

'अच्छा। वैसे इधर तुम कुछ अजीब से हो गए हो', डैफने बोली, 'कुछ दूर-दूर से। खैर मेरे पापा के जन्मदिन के बारे में नहीं भूलना। शनिवार को।'

'नहीं, यह मैं कैसे भूल सकता हूँ', कुगेलमास बाथरूम की तरफ जाते हुए बोला।

'मेरा पूरा परिवार वहाँ होगा। मैं कजिन हेमिश से भी मिल सकूँगी। देखो तुम्हें हेमिश से ज्यादा अच्छी तरह बात करनी होगी—वह तुम्हें पसन्द करता है।'

'हाँ, हाँ, बिल्कुल', कुगेलमास ने बाथरूम का दरवाजा जल्दी से बन्द करते हुए कहा ताकि उसकी बीवी की आवाज़ बंद हो जाय। उसने दरवाजे से टिककर एक गहरी साँस ली। कुछ ही घंटों में, उसने अपने आपको समझाया, मैं अपनी महबूबा के पास योनविल में होऊँगा। और इस बार अगर सब कुछ सही सलामत होगा तो शायद मैं उसे अपने साथ भी ला पाऊँ।

उसी दोपहर साढ़े तीन बजे कुगेलमास ने फिर से अपने चमत्कारी बक्से को खोला। वह एक बार फिर एमा के सामने खड़ा था, अधीर और मुस्कराता हुआ। उन्होंने कुछ घंटे साथ-साथ बिताए और फिर बॉवेरी की बग्घी में घूमने निकले। पर्सकी के कहे मुताबिक उन्होंने एक दूसरे को कस कर पकड़ा, आँखें बन्द करके दस तक गिनती गिनी और आँखें खोलने पर पता चला कि वे प्लाजा होटल को जाने वाली सड़क पर हैं। कुगेलमास ने वहाँ बहुत ही आशावादी रूप से पहले ही एक कमरा आरक्षित करवा लिया था।

'वाह, मुझे यह बहुत पसंद आया। यह ठीक मेरे सपनों जैसा है', एमा अपने कमरे में खुशी से झूमते हुए, खिड़की से शहर को देखते हुए बोली। 'वह एफ० ए० ओ० श्वार्ज है, वह सेंट्रल पार्क और शेरी कौन सा है? ओ, वो वाला—हाँ, अब दिखा। यह तो स्वर्गिक है।'

बिस्तर पर हाल्स्टन और सेंट लारें से आए डिब्बे थे। एमा ने एक डिब्बा खोला और उसमें से निकली काली, मखमली पेंट को अपने सुगठित शरीर से लगाकर देखा।

'यह सूट राल्फ लॉरेन का है', कुगेलमास बोला—'इसे पहनकर तुम लाखों में एक लगोगी। चलो प्यारी मुझे एक चुम्बन तो दो।'

'मैं इससे ज़्यादा खुश पहले कभी नहीं हुई।' एमा आइने के सामने खड़ी होकर कुहुकी।

'चलो बाहर चलें। मैं कोरस लाइन, गुगेनहिम और जैक निकल्सन को देखना चाहती हूँ। उन लोगों को अभी देखा तो जा सकता है न?'

'मुझे तो कुछ समझ में नहीं आ रहा', स्टैनफोर्ड के एक प्रोफेसर ने कहा। 'पहले एक अजीब सा पात्र कुगेलमास आया और अब वह किताब से ही बाहर चली गई। हाँ, भई एक क्लासिक की यही तो निशानी है कि आप उसे हजार बार पढ़ लीजिए फिर भी आपको उसमें हर बार कुछ न कुछ नया मिलेगा।'

प्रेमियों ने जबरदस्त सप्ताहांत बिताया। कुगेलमास ने डैफने को कह दिया था कि वह बोस्टन में एक विचार-गोष्ठी में जा रहा है और सोमवार को लौटेगा। हर एक क्षण का लाभ उठाते हुए वह और एमा फिल्म देखने गए, चाइना टाउन में खाना खाया, डिस्कोथेक में दो घंटे गुजारे और टी० वी० पर फिल्म देखते-देखते सो गए। फिर रविवार को वे दोपहर तक सोते रहे। 'सो ही' गये और 'एलेन' में शाम को सितारों को जी भर का देखते रहे। फिर रात में उन्होंने कैवियर और शैम्पेन ली और सुबह होने तक बाते करते रहे। सुबह, टैक्सी में पर्सकी के घर जाते हुए कुगेलमास सोच रहा था कि यह सब हेक्टिक था लेकिन अच्छा था, थोड़ी परेशानी तो हुई लेकिन मजा भी आया। एमा यहाँ अक्सर नहीं आ सकती, लेकिन कभी-कभी येह 'योनविल' की एकरसता दूर करेगी।

पर्सकी के घर एमा आलमारी में बैठी, अपने नए कपड़ों के डिब्बों को सावधानी से सहेजा और कुगेलमास को प्यार से चूम लिया। 'अगली बार मेरे यहाँ', उसने पलकें झपकाते हुए कहा। पर्सकी ने तीन बार आलमारी को ठोका। कुछ नहीं हुआ।

'हूँ', पर्सकी अपना माथा खुजलाने लगा। उसने फिर ठकठकाया पर कोई जादू नहीं हुआ। 'कुछ गड़बड़ हो गई है', वह बुदबुदाया।

पर्सकी तुम मजाक कर रहे हो।' कुगेलमास चीखा। 'यह काम कैसे नहीं कर रहा है।'

'शांत हो जाओ, शांत हो जाओ। क्या तुम अभी भी अन्दर ही हो एमा।'

'हाँ।'

पर्सकी ने फिर ठोका। इस बार जोर-जोर से।

'मैं यहीं हूँ पर्सकी।'

'मुझे पता है। कस के बैठो।'

'पर्सकी हमें उसे वापस भेजना ही होगा।' कुगेलमास फुसफुसाया।

'मैं शादी-शुदा हूँ और अभी तीन घंटे में मेरी क्लास है। मैं अभी एक दबे-छिपे अफेयर से ज्यादा किसी भी चीज के लिए तैयार नहीं हूँ।'

'कुछ समझ में नहीं आ रहा', पर्सकी बोलने लगा, 'यह इतना विश्वसनीय जादू था। छोटी सी तो चीज़ थी बस।' लेकिन वह कुछ कर नहीं पा रहा था। 'मुझे थोड़ा वक्त चाहिए होगा।' उसने कुगेलमास को बताया। 'मुझे इसे खोलकर ठीक करना होगा मैं तुम्हें फोन पर बता दूँगा।'

कुगेलमास ने एमा को टैक्सी में बताया और वापस प्लाजा ले गया। वह मुश्किल से अपनी क्लास में वक्त पर पहुँच सका। सारे दिन वह फोन ही करता रहा—कभी पर्सकी को, कभी अपनी प्रेमिका को। जादूगर ने उसे बताया कि बवाल की जड़ तक जाने में उसे कुछ दिन लग जाएँगे।

'गोष्ठी कैसी रही?' डैफने ने रात में उससे पूछा।

'बहुत अच्छी', कुगेलमास से सिगरेट को फिल्टर की तरफ जलाते हुए कहा।

'क्या बात है, तुम तो चौकन्नी बिल्ली की तरह परेशान हो।'

'मैं। हाँ-हाँ। मैं तो वसन्त की रात की तरह शान्त हूँ। मैं बस जरा घूमने जा रहा हूँ। वह धीरे से दरवाजे से बाहर निकला, दौड़ कर एक टैक्सी की और प्लाजा पहुँच गया।

'यह कोई अच्छी बात नहीं है', एमा बोली, 'चार्ल्स मुझे याद कर रहा होगा।'

'सब ठीक हो जाएगा, हनी', कुगेलमास बोला। वह पीला, पसीने में डूबा था। उसने फिर से एमा को चूमा, लिफ्ट की तरफ भागा, होटल के पे-फोन से पर्सकी पर चिल्लाया और आधी रात के पहले मुश्किल से घर पहुँचा।

'पॉपकिन कहता है, कराकोव में जौ के दाम 1971 के बाद से नहीं बढ़े हैं', उसने डैफने से मुस्कराकर कहा और बिस्तर में घुस गया।

पूरा सप्ताह इसी तरह निकल गया। शुक्रवार रात को कुगेलमास ने डैफने से कहा कि 'उसे फिर एक गोष्ठी में जाना है। वह जल्दी से प्लाजा आया, लेकिन इस सप्ताहांत में पहले सप्ताहांत जैसा कुछ भी नहीं था। 'या तो मुझे उपन्यास में वापस भेजो या मुझसे शादी करो', एमा बोली, 'तब तक मैं या तो किसी क्लास में जाऊँगी या कोई काम करूँगी। सारा दिन टी० वी० देखना बहुत बेकार काम है।' 'अच्छा है, फिर जो पैसे मिलेंगे उनसे काम तो चल ही जाएगा', कुगेलमास बोला, 'तुम अपने वजन के हिसाब से दोगुना खाती हो।'

'मुझे कल सेंट्रल पार्क में एक ब्राडवे प्रोड्यूसर मिला था और उसने मुझे बताया था कि उसके एक प्रोजेक्ट के लिए मैं बिल्कुल ठीक रहूँगी।'

'वह कार्टून कौन है?' कुगेलमास बोला।

'वह कार्टून नहीं है। वह संवेदनशील है, दयालु है और प्यारा है। उसका नाम जेफ या टोनी है।'

उस शाम को कुगेलमास पर्सकी के घर पिए हुए पहुँचा।

'शान्त रहो', पर्सकी बोला, 'पागल हो गए हो क्या।'

'शान्त हो जाऊँ। यह आदमी मुझे शान्त रहने के लिए कहता है। कहानी की एक पात्र होटल में है और मेरी बीवी ने लगता है मेरे पीछे जासूस लगा दिये हैं।'

'हाँ, हाँ', मुझे पता है, गढ़बड़ हो गई है।' पर्सकी आलमारी के नीचे घुस कर किसी चीज़ को एक बड़ी सी रिंच से कसने लगा।

'मैं आवारा जानवर जैसा हो गया हूँ। यहाँ से वहाँ घूमता हुआ। एमा बेचारी होटल में पड़ी है। और होटल का बिल तो सुरक्षा-बजट जैसा लगने लगा है।'

'तो मैं क्या करूँ। यह जादू की दुनिया है।' पर्सकी बोला।

'मेरी तो शामत आ गई है। वह सारी महँगी चीजें खाती है। साथ में उसके कपड़े। उसने बगल के थियेटर में अपना नाम दर्ज करवा लिया है। और उसे एक फोटो सेशन करवाना है। और पर्सकी, तुलनात्मक साहित्य का वह प्रोफेसर, फिविश कॉपकिंड, जो मुझसे बहुत जलता है, उसने मुझे फ्लाबर्ट की किताब में आने वाले चरित्र के रूप में पहचान लिया है और धमकी दे रहा है कि वह डैफने को बता देगा। मुझे तो जेल नजर आ रही है। मादाम बॉवेरी के साथ संबंधों के लिए तो डैफने मुझे कँगाल कर देगी।'

'अब मैं क्या कर सकता हूँ? मैं रात-दिन काम कर रहा हूँ। जहाँ तक तुम्हारी व्यक्तिगत परेशानी का सवाल है, उसमें मैं तुम्हारी कोई मदद नहीं कर सकता। मैं मनोचिकित्सक थोड़े ही हूँ।'

रविवार की शाम तक एमा ने अपने को बाथरूम में बन्द कर लिया और कुगेलमास की बातें सुनने से इन्कार कर दिया। कुगेलमास ने खिड़की से बाहर झाँककर खुदकुशी के बारे में सोचा। वह निचला तल्ला है, वर्ना मैं अभी ही छलाँग लगा देता। शायद मैं यूरोप जाकर फिर से नई जिन्दगी शुरू कर सकूँ। मैं उन लड़कियों की तरह इंटरनेशनल हेराल्ड ट्रिब्यून बेचूँगा।

फोन बजा और कुगेलमास ने उसे मशीनी ढंग से उठाया।

'उसे यहाँ ले आओ।' पर्सकी बोला, 'मुझे लगता है यह ठीक हो गया है।'

कुगेलमास का दिल बल्लियों उछलने लगा। 'तुम सच कह रहे हो? वह ठीक हो गया?'

'हाँ! इसके ट्रांसमिशन में कुछ गड़बड़ी हो गई थी।'

'पर्सकी तुम जीनियस हो। हम मिनटों में वहाँ पहुंच रहे हैं।'

दोनों प्रेमी फिर से जादूगर के घर पहुँचे। एमा बॉवेरी फिर आलमारी में घुसी, अपने डिब्बों के साथ। इस बार कोई चुम्बन-कार्यक्रम नहीं हुआ। पर्सकी ने

दरवाजा बन्द किया, एक लम्बी साँस ली और तीन बार ठोका। इस बार वह संतोषप्रद आवाज़ हुई और पर्सकी ने जब अन्दर देखा तो आलमारी खाली थी। मादाम बॉवेरी वापस उपन्यास में चली गई थी। कुगेलमास ने बड़ी सी राहत की साँस ली और जादूगर का हाथ पकड़ लिया।

'चलो यह खत्म हुआ', वह बोला, 'मैंने सबक सीख लिया है। अब फिर कभी ऐसा नहीं करूँगा। कभी धोखा नहीं दूँगा।' उसने फिर पर्सकी का हाथ दबाया और मन ही मन उसे एक टाई भेजने की बात याद कर ली।

तीन हफ्ते बाद एक खूबसूरत वसन्ती शान को पर्सकी के दरवाजे की घंटी बजी। यह कुगेलमास था अपने चेहरे पर झेंप के भाव लिए।

'तो कुगेलमास', जादूगर बोला, 'इस बार कहाँ?'

'यह बस आखिरी बार है। मौसम इतना इच्छा है और मैं कोई जवान तो हो नहीं रहा हूँ। सुनो, तुमने 'पोर्टनोय ज कम्प्लेन्ट' पढ़ी है।

'दाम अब पचीस डॉलर है, क्योंकि महँगाई बढ़ गई है। लेकिन मैं इस बार तुम्हें पहले के ही दाम पर ले जाऊँगा, क्योंकि मेरी वजह से तुम्हें बहुत परेशान होना पड़ा है।'

'तुम अच्छे आदमी हो', कुगेलमास ने अपने बचे हुए बालों में उँगलियाँ फिराते हुए कहा, 'यह ठीक तो है न।'

'हाँ शायद। लेकिन मैंने उस घटना के बाद से फिर इसका परीक्षण नहीं किया।'

'रोमांस और एक खूबसूरत चेहरे के लिए हम क्या नहीं कर जाते', कुगेलमास ने भीतर से कहा।

पर्सकी ने 'पोर्टनोय ज कम्पलेन्ट' की एक प्रति अन्दर डाली और तीन बार ठोका। इस बार कोई आवाज़ नहीं हुई, बल्कि एक छोटा सा धमाका हुआ, कुछ कड़कड़ाने की आवाज़ हुई और चिनगारियाँ गिरीं। पर्सकी धम से गिर गया और उसी समय हार्ट-अटैक से मर गया। आलमारी जल गई और धीरे-धीरे पूरा घर जल गया।

कुगेलमास इस हादसे से अनजान, अपनी ही परेशानियों में उलझा था। वह 'पोर्टनीय ज कम्पलेन्ट' या किसी भी उपन्यास में नहीं पहुँचा था। वह तो स्पेनिश की एक पुरानी पाठ्य पुस्तक में पहुँच गया था, जहाँ वह एक पठार के ऊपर जान बचाने को भागा जा रहा था और उसके पीछे-पीछे एक स्पेनिश शब्द 'टेनर'— एक बड़ी, झबरी अनियमित क्रिया दौड़ती जा रही थी।

✦

अनु०—**मीनू मंजरी**

बाहर आने का रास्ता

✦

जॉय विलियम्स (1944)

अमरीकी लेखिका जॉय विलियम्स का जन्म मैसेशुचेट्स में सन् 1944 में हुआ। इनके पिता मंत्री थे। ये समकालीन अमेरिकन कथा-जगत की अग्रणी रचनाकार मानी जाती हैं। जॉय विलियम्स ने तीन उपन्यासों की रचना की है, जिनमें 'स्टेट ऑफ ग्रेस' अमेरिकन बुक अवॉर्ड के लिये नामांकित किया जा चुका है। उनकी कहानियाँ अमेरिकन एकेडमी ऑफ आर्ट्स एंड लेटर्स द्वारा पुरस्कृत हुई हैं।

मैं जब बहुत छोटी थी, तब एक बार मेरे पिता ने कहा, ''लिज़ी, मैं तुम्हें तुम्हारे दादा के बारे में कुछ बताना चाहता हूँ। जब वे मरे, उससे ठीक पहले वे जिंदा थे। यानी पंद्रह मिनट पहले।''

मैं अपने दादा को नहीं जानती थी। लेकिन फिर भी उनके बारे में इससे अजीबोगरीब बात मैंने पहले नहीं सुनी थी।

फिर भी, मैंने कहा, धत्।

''धत्?'' मेरे पिता ने कहा, ''धत्' का क्या मतलब?'' वे हँसने लगे।

मैंने अपना सिर हिलाया।

''अच्छा चलो,'' मेरे पिता ने कहा, ''एक मिनट पहले। मैंने सोचा था कि तुम अभी बहुत छोटी हो, तुम्हारी समझ में नहीं आएगा, लेकिन तुम्हें तो सब मालूम है। अच्छा, एक मिनट से भी कम, बल्कि सिर्फ एक लम्हा, एक सेकेंड पहले...''

''चलो बहुत हुआ, उसे चिढ़ाना बंद करो अब!'' मेरी माँ ने मेरे पिता से कहा।

''वे तुम्हें चिढ़ा रहे हैं, लिज़ी!'' मेरी माँ ने कहा।

गर्मियों में एक बार हम तीनों गाड़ी में पहाड़ों तक गए थे, जहाँ झील के किनारे एक बंगले जैसा होटल था। दोपहर में वहाँ भीतर घुड़दौड़ हुआ करती थी। काठ के घोड़े, जिन पर नंबर लिखे होते थे और जिन्हें चोगों वाली औरतें कमरे के इस कोने से उस कोने तक दौड़ती थी। एक लंबा सा घाट था, जो झील के अंदर तक जाता था। उस घाट के सिरे पर एक नाइटक्लब था जिसकी छत पर बीस-बीस फुट लंबे शेंपेन के गिलास बने हुए थे। रात के वक्त कोई बटन दबाता तो उन गिलासों में से निऑन के छोटे-छोटे बुलबुले फूटकर बाहर काली हवा में गिरने

लगते। मुझे अपने घर की छत पर भी इसी तरह के गिलास चाहिए थे और मेरी जिद थी कि हर रात मेरे अलावा कोई भी उनका स्विच नहीं दबाएगा। मेरी बातें सुनकर माँ हमेशा कहती, ''चलो अच्छा, देखेंगे!''

वहाँ पहाड़ों में एक बार मैंने एक अजीब चीज देखी। मैंने देखा कि मेरे पिता लंगड़े होने का स्वांग कर रहे हैं। यह होटल की तोहफों की दुकान के भीतर बहुत सारे अजनबियों के बीच की बात है। उस दुकान में बाकी सामान के अलावा हाथ के तराशे हुए हत्थों वाली छड़ियाँ भी मिलती थीं और एक बार जब मैं वहाँ अपनी मनपसंद सिगरेट की शक्ल वाली बबल गम लेने गयी तो मैंने अपने पिता को देखा। वे कंधे झुकाकार एक मद्धम चमक वाली छड़ी पर अपना वजन टिकाए, एक टांग अजीब तरीके से बाहर की तरफ निकाले बेतरह डगमगा रहे थे। मेरे खूबसूरत, हट्टे-कट्टे पिता। उनका खिंचा हुआ चेहरा न जाने किन सपनों में खोया था। उन्होंने मेरी ओर देखा, और फिर अपना चेहरा घुमा लिया, जैसे वे मुझे पहचानते ही न हों।

मेरी माँ को पीने की लत थी। मेरे पिता ने चूँकि हमें छोड़ दिया, इसलिए मैं समझती हूँ कि उन्हें यह लत नहीं रही होगी, हालाँकि ऐसा नहीं भी हो सकता है। मेरी माँ मुझे प्यार करती थी और हमेशा मेरा बहुत खयाल रखती थी। मेरी माँ और मैं, हम दोनों बहुत सारा वक्त साथ गुजारते थे। उस वक्त तक मुझे पढ़ना नहीं आता था। मुझे हमेशा लगता कि पढ़ने में कोई खास चालाकी है, जो मुझे नहीं आती। लिखे हुए शब्द हमेशा मेरे और किसी ऐसी जगह के बीच में होते थे जहाँ मैं जा नहीं सकती थी। मेरी माँ अक्सर उस जगह तक आती-जाती रहती, लेकिन लौटने पर वे मुझे समझा नहीं पाती थी कि वह जगह कैसी है और वहाँ कैसा लगता है।

अपने बचपन में मेरी माँ ने जादूगर हाउडिनी को देखा था। हाउडिनी ने एक हाथी को गायब कर दिया था। उसने स्टेज पर सबके सामने एक बीज से संतरे का पूरा पेड़ उगाकर दिखाया था। उस पेड़ की डालों से चमकदार संतरे लटके हुए थे, जिन्हें वह तोड़-तोड़कर दर्शकों की ओर फेंकता जाता था। लोगों की मर्जी थी कि वे संतरे वहीं खाएँ या उन्हें अपने घर ले जाएँ।

वह हाथी को कैसे गायब कर देता था, मैंने पूछा।

''वह धुएँ के एक रेले में गायब हो जाता था!'' मेरी माँ ने कहा। ''हाउडिनी ने बताया कि हाथी को खुद पता नहीं चलता था कि यह कैसे होता है!''

वह क्या हाथी का बच्चा था, मैंने पूछा।

मेरी माँ ने अपनी ड्रिंक का घूँट भरा। फिर उन्होंने कहा कि हाउडिनी सिर्फ जादूगर ही नहीं बल्कि एक छूट निकलने वाला कलाकार भी। उन्होंने बताया कि वह हथकड़ियों, जंजीरों और रस्सियों के बीच से भी यूँ पलक झपकते बाहर आ जाता था।

''उन्होंने उसे जंजीरों में, कवचों में जकड़ा, संदूकों में बंद कर तालाबों, नदियों और समंदरों में फेका, लेकिन वह बाहर आ गया।'' मेरी माँ ने कहा, ''वह पानी से भरे तहखानों और ताबूतों तक से छूट जाता था।''

मैंने कहा कि मैं हाउडिनी को देखना चाहती हूँ।

''हाउडिनी अब कहाँ मिलेगा, लिज़ी!'' मेरी माँ ने कहा, ''वह तो कब का मर चुका है। एक आदमी ने उसके पेट में तीन घूंसे जमाए और वह मर गया।''

मर गया? क्या वह मरा हुआ होने से बाहर नहीं आ सकता था, मैंने पूछा।

''बस यहीं तो वह मात खा गया!'' मेरी माँ ने कहा।

उन्होंने बताया कि उसने स्टेज पर फूलदान में लगे फूलों को एक टापें भरते टट्टू में बदल दिया था।

''पता है लिज़ी, एक बार उसने एक भली चंगी औरत को आरे से दो टुकड़ों में काट दिया!'' ओह, मैं किस कदर चाहती थी कि वह औरत मैं ही होऊँ जिसे वह आरे से काटकर फिर दुबारा जोड़ देता था।

मेरी माँ खुशी-खुशी हँसते हुए बताती जातीं। हम दोनों रसोईघर की टेबल पर बैठे होते और मेरी माँ अपनी हथेली पर टिके छोटे से गिलास में से पी रही होती। वह मेरा प्रिय गिलास था लेकिन वह कभी मुझे उससे पीने नहीं देती थी। हमारी आल्मारी में कई तरह के गिलास थे, लेकिन यही एक था, जो हम दोनों को पसंद था। यह तब की बात है जब हम मेन में थे। बाहर अहाते में हमारी कार खड़ी होती थी—नीले रंग की कन्वर्टिबल!

क्या तब खून भी निकला था, मैंने पूछा।

''अरे नहीं, लिज़ी! वह आखिर एक जादू का खेल था।''

क्या वह रोयी थी, वह भली औरत, मैं जानना चाहती थी।

''नहीं, मुझे नहीं लगता।'' मेरी माँ ने कहा, ''हो सकता है उसने पहले उसे हिप्नोटाइज़ कर लिया हो!''

वह सर्दियों का मौसम था। मेरे पिता कभी उस नीली कन्वर्टिबल में नहीं बैठे थे, जिसे मेरी माँ ने उनके जाने के बाद खरीदा था। वह कार पुरानी थी, यहाँ-वहाँ से ज़ंग खायी हुई। उसमें मेरी तरफ के रबर मैट के नीचे का एक हिस्सा पूरी तरह सड़ चुका था और वहाँ एक बड़ा सा छेद बन गया था। हम कार में जब कहीं जाते, तो मैं अक्सर मैट उठाकर नीचे दौड़ती जमीन की ओर देखती और छेद से होकर भीतर आती ठंडी हवा को महसूस करती। मैं कल्पना करती कि वह ठंडक मुझसे कुछ चाह रही है, वैसे ही जैसे लिखे हुए शब्द बोलने की कोशिश करते थे। हवा मुझे कुछ बताना चाहती है, लेकिन मुझे उसकी परवाह नहीं है, मैं कल्पना करती। हमारे घर के बाहर कार बर्फ में खड़ी रहती थी।

एक बार मैंने कार का सपना देखा। हमेशा की तरह मैं और मेरी माँ एक दूसरे के प्रति अपने लाचार और बेसमझ प्यार में बंधे अकेले किसी घर की तरफ जा रहे थे। वही शायद हमारी मंजिल थी लेकिन वहाँ पहुँचते ही हम फिर से निकल पड़े। बार-बार हम निकलते लेकिन हमेशा फिर उसी घर तक आ पहुँचते और उसका एक चक्कर लगाकर फिर से निकल पड़ते। चलते-चलते हमारी गाड़ी के भीतर सलेटी बाल उग आए जो धीरे-धीरे बढ़ते चले गए। मैंने माँ को कभी इस सपने के बारे में नहीं बताया, वैसे ही जैसे मैंने छड़ी पर झुके अपने पिता वाली बात अपनी माँ को नहीं बतायी थी। मैं तब बहुत घुन्नी थी। या कहना चाहिए कि मैं अपनी माँ जैसी ही थी।

मैं हाउडिनी के बारे में और जानना चाहती थी। क्या हाउडिनी ने कभी किसी से प्यार किया था, मैंने पूछा।

''हाँ, रोजाबेल से!'' मेरी माँ ने कहा, ''वह अपनी पत्नी रोजाबेल को बहुत चाहता था।''

मैं जाकर एक गिलास लेकर आयी और उसमें थोड़ी सी जिंजर एल डालकर मैंने उसी तरह घूंट भरने शुरू किए जैसे मैंने अपनी माँ को अक्सर करते देखा था। लेकिन फिर भी मैंने अपने भाव छिपा लिए थे। उनके ठीक सामने चुपचाप बैठी मैं यह नाटक करती रही।

लेकिन फिर उसके बाद मुझे जानना था कि हाउडिनी के प्यार में भी क्या कोई जादू था। क्या वह रोजाबेल को गायब कर सकता था। या कि क्या वे दोनों एक साथ गायब हो सकते थे।

''रोजाबेल?'' मेरी माँ ने कहा, ''रोजाबेल के बारे में किसी को कुछ नहीं मालूम, सिवाए इसके कि हाउडिनी उससे प्यार करता था। और उसने कभी उस प्यार को अकेलेपन में बदलने नहीं दिया, क्योंकि ऐसा करना उसके बड़प्पन के खिलाफ होता।''

हम एक साथ खाना खाते और उसके बाद मेरी माँ थोड़ा और पीती। फिर वे अखबार में से मुझे चीजें पढ़कर सुनाती।

''हे भगवान!'' वे कहती, ''कैसी अजीब कहानी है। एक शिकारी ने ऐसे भालू को गोली मारी जो मुँह में किसी औरत का हैंडबैंग लिए जा रहा था।''

ओह, ओह, मुझे रोना आ गया। अखबार की ओर देखते हुए मैंने उसे एक थप्पड़ लगाया। मुझसे बेख़बर मेरी माँ आगे पढ़ती गयीं। उस औरत का वह हैंडबैग बहुत साल पहले किसी पिकनिक के दौरान खो गया था। लेकिन उसके अंदर का सारा सामान, उसका बटुआ और पाउडर, उसकी चाबियाँ, सब कुछ वैसे ही था।

ओह, मैं चिल्लाई। मुझे सब कुछ बहुत भयानक लगा। फिर मुझे अपनी माँ के हैंडबैग, जिसे वे हमेशा अपने साथ रखती थी, और उस बेचारे भालू के बारे में सोचते हुए डर भी महसूस हुआ।

मेरी माँ ने अखबार के शब्दों से सिर उठाकर मेरी ओर देखा। वे जैसे उस कमरे में लौट आयी थीं, जहाँ में बैठी थी।

''क्या हुआ लिज़ी?'' उन्होंने पूछा।

बेचारा भालू, मैंने कहा।

''अरे, भालू को क्या होना था!'' मेरी माँ ने कहा, ''वह भाग गया!''

लेकिन मुझे नहीं लगता कि ऐसा हुआ होगा। उन्होंने खुद ही तो कहा था कि शिकारी ने उसे गोली मारी!

''भालू सचमुच भाग गया।'' मेरी माँ ने कहा, ''देखो, यहाँ लिखा है!'' उन्होंने शब्दों की एक पंक्ति पर अपनी उंगली दौड़ाई, ''भालू जंगल में अपने घर की ओर भाग गया।'' फिर वे उठ खड़ी हुई और टेबल के इस ओर आकर उन्होंने मुझे चूम लिया। उनके मुँह में वही गंध थी जो हर सुबह बेसिन में पड़े उनके जूठे गिलास में से आती थी। वह गंध आज भी मुझे हिम्मत और छलावे, उम्मीद और छोटे-छोटे झूठों की याद दिलाती है।

मैंने अपनी आँखें बंद कर ली, ताकि मुझे अपनी माँ की आवाज दिखाई न दे। मैंने देखा कि भालू मुँह में हैंडबैग लिए जंगल के बीच से जा रहा है। बीच-बीच में रुककर वह अपने बड़े से पंजे से बैग की छोटी-छोटी चीजों में से कुछ ढूँढ़ने की कोशिश करता।

''लिज़ी!'' मेरी माँ ने मुझे आवाज लगायी। मेरी माँ को पता नहीं था कि मैं कहा हूँ। यह सोचकर मुझे कुछ डर सा लगा और मैंने अपनी आँखें खोल दी।

''रोओ मत लिज़ी, ''मेरी माँ ने कहा। उनकी आवाज खुद रुआंसी सी हो उठी थी। देर रात गए रसोइघर में बैठी मेरी माँ के साथ अकसर यही होता था।

मेरी माँ फिर से अखबार में लौट गयी और उसके पन्ने पलटने लगी। उन्होंने एक ऐसे आदमी का चित्र दिखाया जिसके हाथ में थमे टोपे में से चमकते हुए सितारे छलक रहे थे। वह किसी जादूगर का विज्ञापन था, जिसके शो हमारे घर के नजदीक ही कहीं होने वाले थे। हमने तय किया कि हम उसे देखने जाएंगे। मेरी माँ को पता था कि स्टेज के सामने वाले गलियारे के बिल्कुल पास वाली सबसे अच्छी सीटें कौन सी हैं। उन्होंने कहा कि हो सकता है, वहाँ से हमें खेल में हिस्सा लेने के लिए स्टेज पर आने का न्यौता भी मिल जाए। जादूगर अक्सर श्रोताओं में लोगों को, खास तौर पर बच्चों को अपने शो में शामिल करते थे। हो सकता है वह मुझे एक खरगोश भी दे दे।

मुझे खरगोश चाहिए था।

मैंने अपने दोनों हाथ टेबल पर रक्खे तो मुझे लगा कि मैं उस खरगोश को देख पा रही हूँ। वह सामने से झक्क सफेद था और पीछे से बिल्कुल काला, जैसे

कि वह एक नहीं दो खरगोशों का बना हो। ऐसे खरगोश सचमुच होते हैं। उस वक्त मैंने उस प्यारे से खरगोश को वहाँ, अपनी आँखों के सामने टेबल पर देखा।

मेरी माँ फोन तक गयी और उन्होंने दो टिकटें बुक करा लीं। इसी के कुछ दिनों बाद हम सचमुच अपनी कार में बैठकर पोर्टलैंड में उस जादूगर का मैटिनी शो देखने जा रहे थे। मुझे मैटिनी शब्द बहुत पसंद आया था। मैटिनी, मैटिनी, मैंने कहा। गाड़ी में हम दोनों की सीटों के बीच एक उठान सी थी, और मेरी माँ हमेशा यहाँ अपना छोटा सा गिलास रक्खा करती थी। यह गिलास अक्सर पूरा भरा हुआ होता था, और आधे से कम तो कभी नहीं होता था। हम सारे रास्ते बतियाते रहे, और मैंने सोचा कि सामने दूसरी गाड़ियों से गुजरते लोग जरूर हमें काफी दिलचस्पी से देख रहे होंगे। मेरी माँ ने मुझे खुशी के बारे में बताया। उन्होंने कहा कि वह खुशी सबसे अच्छी होती है जो अनजाने में ही नामालूम ढंग से पता नहीं कहाँ से फूट पड़ती है। ठंडक हमेशा की तरह हमसे कुछ कहना चाह रही थी, लेकिन उसकी ओर ध्यान दिए बगैर हम विंडस्क्रीन से छनकर आती धूप की गुनगुनाहट को अपनी जर्द हथेलियों पर महसूस करते रहे।

मेरी माँ ने कहा कि हाउडिनी की आँखें काली थीं और उसकी उंगलियों में से फड़फड़ाते हुए सफेद कबूतर निकल आते थे। एक बार बर्फ की सिल्ली से बाहर निकल आया था।

क्या वह हाउडिनी मेरे पिता जैसा लगता था, मैंने पूछा। क्या उसकी मूँछें थीं?

''तुम्हारे पिता की मूँछें कहाँ थीं!'' मेरी माँ ने हँसते हुए कहा, ''ओह, मैं भी अगर तुम्हारे जैसी होती तो कितना अच्छा होता!

बाद में उन्होंने कहा, ''हो सकता है वह बर्फ की सिल्ली से निकल न पाया हो, मुझे पक्का याद नहीं है। हो सकता है वह निकलना चाहता हो, पर निकल न पाया हो!''

हम खाने के लिए सड़क के किनारे के एक छोटे से अंधेरे रेस्त्रां में रुके। मेरी माँ ने खुद कॉकटेल लिए और मेरे लिए ठंडा मीठा शर्बत मँगवाया। रेस्त्रां बहुत अच्छा नहीं था। उसके भीतर धुएँ और सीलन की ऐसी गंध थी जैसे वहाँ कभी आग लग चुकी हो। और शोर इतना था कि मुझे अपनी माँ की आवाज ठीक से सुनाई भी नहीं दे रही थी। मेरी माँ शराबखाने में बैठी किसी औरत की तरह ही सुंदर और घबराई हुई लग रही थी। मेरी ओर झुककर वे बोलीं, अच्छा बताओ, मैं किसके जैसी लगती हूँ? तुम क्या मुझे याद रक्खोगी? वे पता नहीं क्या-क्या कहे जा रही थीं। हम बस यूँ ही वहाँ बैठे रहे और उसके बाद मेरी माँ ने किसी से वक्त पूछा और चौंक गयी। वक्त मेरी माँ को हमेशा चौंका देता था। बाहर हरे फर के पेड़ों के जंगल थे जिनकी निचली टहनियाँ लगभग जमीन को छू रही थी और जब हम वापस गाड़ी में बैठ रहे थे तो मुझे लगा कि घने जंगल के अंधेरे में,

कार पार्क के आगे के बर्फीले टुकड़े के पीछे कोई जा रहा है। शायद यह वही भालू होगा, मैंने सोचा। भाग, भालू भाग। शिकारी अपने बच्चों के साथ खेल रहा है। मेरे पिता की तरह वह उनके खेलने के लिए एक छोटा सा खेल घर बना रहा है। अभी वह शिकारी नहीं है। लेकिन अपने दिल के भीतर मुझे मालूम था कि भालू जा चुका है और सामने दिखती आकृति दोपहर में झिलमिलाती किसी और चीज की परछाई मात्र है।

मेरी माँ ने बहुत तेज गाड़ी चलाई, लेकिन फिर भी जब हम पहुँचे तो शो शुरू हो चुका था। मेरी माँ का चेहरा भीगा हुआ था और उनके खूबसूरत ब्लाउज पर एक धब्बा था। वे लेडीज रूम में घुसी और जब वे लौटकर आयीं तो धब्बा काफी बड़ा हो गया था। लेकिन इसमें ज्यादातर पानी था और वह पहले जैसा नहीं था। टार्च दिखाने वाले ने हमें तसल्ली दी कि अभी तक कुछ खास नहीं हुआ है। उसने कहा कि जादूगर बहुत अच्छा नहीं है, वह बोलता बहुत है, बहुत से लतीफे सुनाता है और ऊब से जब लोगों का ध्यान टूटने लगता है तो अचानक कुछ हो जाता है, कुछ बदल चुका होता है। गेटकीपर मेरी माँ की ओर देखकर मुसकराया। शायद उसे मेरी माँ अच्छी लगी थी, या शायद वह उन्हें किसी तरह जानता था। वह एक ठिगना अधगंजा सा आदमी था और मुझे वह बिल्कुल अच्छा नहीं लगा। वह हमें हमारी सीटों की ओर ले गया लेकिन वहाँ पहले ही से लोग बैठे हुए थे। एक छोटी-मोटी हलचल के बीच उन अजनबियों ने अपनी सीटें बदलीं। मैं और मेरी माँ, काफी अपेक्षाओं के साथ बहुत ध्यान से उस जादूगर को देखते रहे। मेरी माँ के होंठ खुल हुए थे और उनकी आँखों में चमक थी। मंच पर मेरी उम्र के बच्चों का झुंड था। उनमें से हरएक के हाथ में एक पिंजरा था, जिसमें एक छोटी सी चिड़िया कैद थी। जादूगर बीच-बीच में उन बच्चों को पिंजरा हिलाने के लिए कहता, जिससे पंछियों के पंख फड़फड़ाते और सबको पता चल जाता कि वे सचमुच के जिंदा पक्षी हैं। आखिरकार जब बच्चों ने हामी भरी कि उन्होंने पिंजरे की सलाखों को कसकर पकड़ रक्खा है तो जादूगर ने पिंजरे पर एक कपड़ा डाला, उसे तेजी से खींचा और वह पिंजरा और पंछी दोनों गायब हो गए। मुझे कुछ आश्चर्य नहीं हुआ क्योंकि शुरू से ही ऐसा कुछ होने की उम्मीद मुझे थी। मुझसे ताली भी नहीं बजायी गई और मैंने देखा कि मेरी माँ के हाथ भी उनकी गोद में रक्खे हुए हैं। इसके बाद जादूगर ने कई और खेल दिखाए लेकिन इनमें से कोई भी मेरी पसंद का नहीं था। कई-कई पहियों और रंगों वाले बक्से और बड़ी-बड़ी चीजें मंच पर लायी जाने लगीं। उनमें पता नहीं कितने दरवाजे बने थे, जिन्हें जादूगर बार-बार खोलता और बंद करता। संगीत के ऊँचे शोर के बीच चीजें आती और चली जाती। मैं इनसे कुछ चकरा सी गयी और मुझे गर्मी महसूस होने लगी। बगल की सीट पर बैठी मेरी माँ भी बार-बार पहलू बदल रही थी। फिर उसके बाद इंटरवल हो गया और हम दुबारा बाहर लॉबी में आ गये।

''यह आदमी हाउडिनी के पैरों की मैल के बराबर भी नहीं है!'' मेरी माँ ने कहा।

आखिर वह दिखाना क्या चाहता है, मैंने पूछा।

उसने दर्शकों में बैठे एक आदमी से उसकी घड़ी लेकर सबके सामने उसे हथौड़े से चकनाचूर कर दिया था। फिर वह घड़ी ज्यों-की-त्यों उस आदमी के कान के पीछे लटकी पायी गई थी।

''पुरानी यादें भी कभी-कभी कितनी धोखादेह होती है!'' मेरी माँ ने कहा, ''तुम्हें घर चलना है?''

मैं अभी जाना नहीं चाहती थी। मुझे आखिर तक पूरा खेल देखना था। रंगीन प्रोग्राम को हाथ में लेकर मैं उसके पन्ने उलटने लगी। उन तस्वीरों के नीचे छपे शब्दों पर अपनी आँखें गड़ाते हुए मैं उनमें किए गये सुनहरे वादों की कल्पना करती रही।

''ठीक है। हम दोनों को ही देखना है कि यह आगे कैसा चलता है।'' मेरी माँ ने कहा, ''हमें इसे आखिर तक देखना होगा, है न?''

मैंने सिर हिलाकर हामी भरी।

''तो ठीक है, लिज़ी,'' मेरी माँ ने कहा, ''लेकिन मुझे कार में से कुछ लेकर आना है। मैं अभी आई।''

मैं लॉबी के एक कोने में खड़ी होकर उनका इंतजार करने लगी। कुछ बच्चों ने मेरी ओर देखा तो मैंने भी पलटकर उन्हें घूरना शुरू कर दिया। अपनी जेब में पड़े च्यूइंग गम वाली सिगरेटों के पैकेट में से एक सिगरेट निकालकर मैंने उसे अपने होठों से लगाया। अपने दाहिने हाथ की कुहनी को अपने बांये हाथ से पकड़े हुए मैंने देर तक उस सिगरेट के कश खींचे, फिर उसे अपने मुँह में समेटकर मैं कुछ देर उसे चबाती रही। खेल के दुबारा शुरू होने तक भी मेरी माँ वापस नहीं आयी थीं। मुझे पता था कि वे एक छोटी सी ड्रिंक लेने के लिए बाहर गयी हैं और जब भी वे मेरे बगैर पीती थीं, तो मुझे पता होता था कि वे कहीं अपने आपमें डूबी हुई हैं। यह शब्दों के साथ जायी जा सकने वाले जगह न होकर कोई तीसरी ही जगह होती थी। मैं लॉबी में खड़ी कुछ देर तक बाहर सड़क की ओर देखती रही। हॉल के बाहर फुटपाथ पर रेत बिखरी हुई थी, जिससे बर्फ में बदसूरत छेद से बन गए थे। लेकिन मेरी माँ की शक्ल वाला कोई भी व्यक्ति मुझे वहाँ से गुजरता दिखाई नहीं दिया। उन्होंने लाल रंग का कोट पहन रक्खा था। तुम्हें अब मुझसे प्यार नहीं रहा, है न, एक बार उन्होंने मेरी ओर देखते हुए कहा था, तो मुझे लगा था कि उन्हें मुझ पर किसी और ही का धोखा हुआ है। लेकिन ऐसा सिर्फ एक बार हुआ था।

जब भीतर स्टेज से संगीत की आवाजें आने लगीं तो मैं आखिरकार अपनी सीटों की ओर लौट गयी। हॉल में अब पहले के मुकाबले काफी कम दर्शक रह

गए थे। जादूगर के साथ स्टेज पर लाल रंग के स्विमसूट और ऊँची एड़ी वाले जूतों में एक औरत थी, जिसने हाथ में एक आरी पकड़ रक्खी थी। जादूगर ने कई बार उस आरी से लकड़ी के टुकड़े काटकर उसके असली होने का सुबूत दिया। अब हवा में कटी हुई लकड़ी की गंध थी और फर्श पर बुरादे का ढेर, जिसे सब लोग देख सकते थे। फिर एक पहियों वाली टेबल मंच पर लायी गई और दो पीस के स्विमसूट वाली वह औरत उस पर लेट गयी। उसका पेट बिल्कुल सफेद था। जादूगर बड़बड़ाता हुआ उस आरी को बार-बार हवा में लहराने लगा। मुझे लगा कि अब वह उस औरत को काटेगा। यह खेल मुझे जरूरी तौर पर देखना था। मैंने मन ही मन सोचा कि वह सिर्फ उस औरत को सिर्फ दो टुकड़ों में काटेगा या कि उसे वापस जोड़ भी पाएगा। जादूगर ने कहा कि जो कुछ वह करने जा रहा है, वह बहुत भयानक है और वह नहीं चाहता कि उसे देखते हुए कोई बेहोश हो जाए। इसलिए उसने उस औरत के ठीक सामने एक छोटा सा पर्दा लगा दिया, जिसकी वजह से उस औरत का पेट हमें दिखाई देना बंद हो गया, हालाँकि उसका चेहरा और उसके जूते अब भी सब लोग देख सकते थे। देखा जाए तो उस पर्दे की कोई जरूरत नहीं थी। बल्कि मेरा वश चलता तो मैं उसके दूसरी तरफ जाकर बैठती। दर्शकों में बहुत से लोग जोर से चीखे। आरे से काटे जाने वाले औरत ने अपने होंठ चबाए। उसका चेहरा चिंतित लग रहा था।

और यही वह क्षण था जब मैंने अपनी माँ को मंच पर आते हुए देखा। वे कुछ झुकी हुई सी थी, क्योंकि स्टेज पर चढ़ने की कोशिश में उनका संतुलन बिगड़ गया था। अपने लाल कोट में वे बहुत बड़ी-बड़ी और अजीब लग रही थीं। बल्कि उनका वह सुपरिचित कोट ही सबसे अजीब लग रहा था। दर्शकों में कोई फिर से चिल्लाया, लेकिन इस बार उस चीख में अनिश्चय था। मेरी माँ लगातार बोलती और मुसकराती हुई उस जादूगर की ओर बढ़ीं। वे अपने हाथ बार-बार हिला रही थीं। जादूगर ने कहा कि नहीं, ऐसा कैसे हो सकता है, आपको पता होना चाहिए कि यह सिर्फ एक खेल है, आप यहाँ इस तरह कैसे आ सकती हैं, जाइए, प्लीज, बैठ जाइए...

मेरी माँ ने कहा, आप समझते क्यों नहीं, मैं अपनी मर्जी से इसके लिए तैयार हूँ, हालाँकि मुझे इसके खतरों का भी अंदाज है और ऐसा नहीं कि मैं आपका यकीन नहीं करती, क्योंकि चाहे कोई और आप पर यकीन न करे लेकिन आप मुझ पर पूरा भरोसा कर सकते हैं और मुझमें आपका यकीन बिल्कुल वाजिब होगा क्योंकि मैं इस सबका हिस्सा नहीं हूँ और चूँकि मुझे पता नहीं कि यह सब कैसे होता है, इसलिए मुझ पर भरोसा करना मुश्किल भी नहीं होगा...

मेरे पास बैठे किसी व्यक्ति ने कहा, क्या तमाशा है, यह औरत कहाँ से टपक पड़ी आरे से कटने के लिए...इसे क्या चाहिए...

जादूगर ने जोर से कहा, लेडी, तो मुझे लगा कि अभी कोई कुत्ता वहाँ आ जाएगा क्योंकि मैं 'लेडी' नाम के एक कुत्ते को जानती थी जिसके पास बहुत सारी रंगीन गेदें थीं।

मेरी माँ ने कहा, हममें से ज्यादातर लोग नहीं समझते हैं, मुझे मालूम है और इसमें हर्ज भी क्या है क्योंकि जो हम समझते हैं, वही बहुत है उनके लिए और हम हैं भी ऐसे ही...

उन्हें शायद लगा होगा कि वे अब भी उस जगह पर हैं, अपने-आपमें डूबी हुई लेकिन वे जो भी सोच रही थी वह उनके मुँह से शब्दों की शक्ल में बाहर आ रहा था। उनकी लिपस्टिक मिट चुकी थी। कहीं वे अपने आपको किसी और ही के वेष में तो महसूस नहीं कर रही थी, मैंने सोचा।

लेकिन क्यों नहीं, मेरी माँ ने कहा, हम सभी तो जाकर वापस लौट आना चाहते हैं और इसीलिए हम यहाँ भी आए हैं और हम क्यों उम्मीद न करें कि ऐसा हो जाएगा और आप ऐसी उम्मीद करें कि हम हर रोज ऐसा करते-करते थकेंगे नहीं, लेकिन कब तक तुम बचते रहोगे और तुम्हें बच्चों के बारे में भी तो सोचना होगा...बोलते-बोलते वे कुछ और झुक गयीं...

हे भगवान, एक आवाज आयी, इस औरत को तो चढ़ी हुई है। मेहरबानी करके बैठ जाइए, किसी ने जोर से कहा।

फिर उसके बाद मेरी माँ रोने लगीं और उन्होंने लड़खड़ाकर अपनी दोनों बांहें आगे फेंकी, जैसे अपने को थामने की कोशिश करने वाले किसी व्यक्ति को धक्का दे रही हों। लेकिन वहाँ कोई उन्हें थामने की कोशिश नहीं का रहा था। ऑरकेस्ट्रा फिर से बजने लगा और लोगों ने तालियाँ बजानी शुरू कर दी। गेटकीपर स्टेज पर दौड़ा चला आया और उसने मेरी माँ का हाथ थाम लिया। यह सब जैसे पलक झपकने की देर में हो गया। उसने उनसे कुछ कहते हुए हाथ थामा और मेरी माँ ने भी उससे अपना हाथ छुड़ाने की कोशिश नहीं की। फिर दोनों धीरे-धीरे मंच की सीढ़ियों से उतरकर गलियारे में आगे आए और मेरे पास आकर ठिठके, क्योंकि गेटकीपर को मालूम था कि मैं अपनी माँ की बेटी हूँ। मैं उठकर चुपचाप उनके पीछे-पीछे चल दी, हालाँकि अपने खयालों में मैं अब भी उस सीट पर बैठी हुई थी। सबने हमें बाहर जाते हुए देखा। लेकिन उनमें से किसी ने ध्यान नहीं दिया कि मैं भी उन सबके बीच थी, इस सारे नजारे को दूर से देखती हुई।

हम हॉल से सीधे बाहर निकलकर सड़कों पर आ गए। मेरी माँ उस ठिगने से गेटकीपर के कंधे से लगी रोए जा रही थीं। उसके कोट के कंधों में भीतर गत्ता लगा था और बाहर जरी के सुनहरे छल्ले बने हुए थे। हमें मार डालने के लिए कहीं ले जाया जा रहा था, जो कि मेरे हिसाब से उचित ही था। गेटकीपर के बड़े-बड़े कान थे और उसकी गर्दन पर कॉलर के ठीक ऊपर एक गूमड़ था।

चलते-चलते वह मेरी माँ के कान में धीमे स्वर में कुछ बोलता जा रहा था जिससे धीरे-धीरे वे कुछ संभल रही थी। मैंने मन में उस गेटकीपर के लिए बेइंतहा नफरत महसूस की। शहर के फुटपाथ बर्फ से ढंके थे, जिन पर चलना आसान नहीं था। अपनी माँ के कोट से लटकी बेल्ट को कसकर थामे मैं किसी तरह लुढ़कती-पुढ़कती आगे बढ़ती रही।

देखो, मैंने खुद कैसे अपने को खींच निकाला है, वह कह रहा था। तुम भी इससे बाहर निकल सकती हो। वह मेरी माँ से बातें कर रहा था।

एक कॉफी की दुकान के भीतर हम एक केबिन में जाकर बैठ गए। यहाँ तुम इतमीनान से अपने-आपको संभालो, वह कह रहा था। यहाँ जितनी देर चाहो बैठो, कॉफी पियो, कोई तुम्हें उठने के लिए नहीं कहेगा। मैं क्या डोनट खाऊँगी, उसने मुझसे पूछा। मुझे उससे बात ही नहीं करनी थी। अगर यह फिर मुझसे बोला तो मैं इसे काट खाऊँगी, मैंने सोचा। काउंटर के पीछे की दीवार केक और सैंडविचों की तस्वीरों से ढंकी हुई थी। मेरा वहाँ रुकने का कोई इरादा नहीं था और इसीलिए मैंने अपना कोट और अपने दस्ताने भी नहीं उतारे। ठिगना गेटकीपर काउंटर तक गया और मेरी माँ के लिए एक कॉफी और मेरे लिए प्लेट में डोनट लेकर लौट आया। ओह, यह मैंने क्या किया, मेरी माँ बोली और अपना सिर जोर-जोर से हिलाने लगी।

मैंने देखते ही तुम्हारे बारे में जान लिया था, गेटकीपर ने कहा। तुम्हें अपने-आपको सँभालना होगा। मुझे खुद पुल में कूदने और अपनी दोनों टांगें तुड़वाने के बाद ही अक्ल आयी। तुम क्या ऐसा करना चाहोगी?

मेरी माँ ने उसकी ओर देखा। मैं तो सोच भी नहीं सकती थी, उन्होंने कहा।

बाहर एक बच्ची अपनी स्लेज के साथ लिए जा रही थी। बार-बार मुड़कर वह अपने पीछे-पीछे घिसटकर आती स्लेज को प्रशंसात्मक नजरों से देखती।

तुम एक माँ भी हो, गेटकीपर ने मेरी माँ से कहा, तुम्हें अपने आपको किसी तरह खींचकर निकालना ही होगा।

मुझे लगा कि उसकी दया ने हमें रस्सी से बाँध दिया। आखिरकार जब वह हमें छोड़कर गया तो मेरी माँ ने टेबल पर अपना सिर रक्खा और वे उसी तरह सो गयीं। मैंने कभी अपनी माँ को सोते हुए नहीं देखा था। मैं उन्हें वैसे ही देखती रही जैसे उन्होंने कभी मुझे देखा होगा, या जैसे हर कोई किसी सोयी हुई चीज को देखता है, बगैर यह जाने कि आगे कैसे क्या होगा। फिर अपने दस्ताने वाले हाथों में डोनट लेकर मैंने उसे धीरे-धीरे खाना शुरू कर दिया। ऊन के रेशों के खट्टे स्वाद में मिले डबलरोटी के कणों के स्वाद में मैं खो सी गयी और मैंने कल्पना की कि कोई मुझे अपने हाथों से खिला रहा है।

सच कहूँ तो मेरी माँ आखिर अपने आपको बाहर नहीं निकाल पायी, लेकिन यह काफी बाद की बात है। उस वक्त अंत तक काफी दूर था और जब मेरी माँ नींद से जागी तो हमने अपनी कार ढूँढ़ी और पोर्टलैंड से लौट आए। मेरी माँ बार-बार मेरा नाम दोहराती जा रही थी। लिजी, उन्होंने कहा। लिजी। मुझे लगा, और यह जैसे मेरी माँ को भी मालूम था, कि मैं उनके साथ ही कहीं हूँ, लेकिन घर की ओर लौटती उस खटारा नीली कन्वर्टिबल गाड़ी में नहीं, बल्कि कहीं और, किसी दूसरी ही जगह पर। वहाँ से मैं आखिरकार निकली जरूर, लेकिन बाहर आने में मुझे बरसों लग गए।

✦

अनु०—**जितेन्द्र भाटिया**

लातिनी अमेरिका

❒ खिदमतगार का इकबाले-जुर्म	जे० एम० मचाडो डि एसिस	अनु० अनुराधा महेन्द्र
❒ पछतावा एक मसखरे का	मोंटियरो लोबातो हंटर	अनु० अनुराधा महेन्द्र
❒ कुआँ	ऑगस्तो सेस्पेडिस	अनु० अनुराधा महेन्द्र
❒ एक अद्‌भुत दोपहर	गैब्रियल गार्सिया मारक्वेज़	अनु० अनुराधा महेन्द्र
❒ नदी का तीसरा किनारा	जाआओ गुइमारएस रोसा	अनु० अनुराधा महेन्द्र
❒ तीन पत्र...और एक फुटनोट	होरासियो क्यूरोगा	अनु० अनुराधा महेन्द्र
❒ एक नया आदमी	लुई ओआयजा	अनु० ललित कार्तिकेय
❒ तोमास वर्गास और दो औरतें	ईज़ाबेल अलेंदे	अनु० सुधा अरोड़ा

खिदमतगार का इकबाले-जुर्म

✦

जे० एम० मचाडो डि एसिस (1839)

लातिनी अमरीका के प्रसिद्ध रचनाकार मचाडो डि एसिस का जन्म 21 जून, 1839 में रियो डि जेनेरो में हुआ था। उन्होंने अपने साहित्यिक कैरियर की शुरुआत नाटककार और कवि के रूप में की पर ख्याति उन्हें उपन्यासकार के रूप में ही मिली। उनकी रचनाओं में शब्दाडंबर से परे बौद्धिक किस्म का हास्य-व्यंग्य दिखाई देता है। वे अपनी रचनाओं में रोजमर्रा की जिंदगी में पिसते निराशजनक चरित्र और बुजुर्आ परिवेश का चित्रण करते हैं पर साथ ही आत्मा के अंदरूनी एकांत की सूक्ष्म पड़ताल करने में उनकी खासी दिलचस्पी है। 1896 में मचाडो ने ब्राजिलियन एकेडेमी ऑफ लैटर्स की स्थापना की, जिसके वे आजन्म अध्यक्ष रहे। प्रस्तुत कहानी 'द अटेन्डेन्टस् कम्फैशन' उनकी एक प्रतिनिधि कहानी है जो उनके कथा-संग्रह 'ब्राजिलियन टेल्स' से ली गयी है।

तो क्या आपको सचमुच लगता है कि 1860 में मरे साथ जो वाकया घटा उसे लिखना उचित होगा। तो ठीक है। मैं अपनी कहानी आपको सुनाऊँगा, पर एक शर्त है कि आप इसे मेरी मृत्यु से पहले किसी पर जाहिर नहीं होने देंगे। आपको ज्यादा इंतजार नहीं करना पड़ेगा—बहुत हुआ तो एक हफ्ता; मेरा अंत निकट ही है।

यूँ तो मैं आपको अपनी समूची ज़िंदगी की दास्ताँ सुना सकता हूँ जो एक से एक दिलचस्प घटनाओं से भरी हुई है पर उसके लिए वक्त, साहस और कागज की जरूरत होगी। कागज की तो कमी नहीं है पर हाँ साहस एकदम पस्त हो चुका है और वक्त...मेरे पास बहुत कम है—दीये की लौ जितनी—अब बुझा कि तब! बहुत जल्द कल का सूरज उगेगा—निमर्म सूरज उतना ही अभेद्य जितनी यह जिंदगी खुद! इसलिए अलविदा जनाब; इसे पढ़ लें पर मेरे प्रति मन में कोई दुर्भावना न पालें। मुझे उन हरकतों के लिए क्षमा करें जो आपको दुष्टता से भरी जान पड़े। हो सकता है यह सब आपको नागवार गुजरे, एक अप्रिय दुर्गन्ध से भर दें तो भी कोई शिकायत न करें। आपने मुझसे एक मानवीय दस्तावेज की दरकार की थी, सो हाजिर है।

आप जान ही चुके हैं कि यह घटना 1860 में घटी। इसके एक बरस पहले, जब मैं बयालीस बरस का था कोई अगस्त के महीने में मैं आध्यात्मवाद यानी धर्म-कर्म के काम में लग गया। निकथ्योरी के पादरी के लिए धर्म-दर्शन संबंधी अध्ययनों की नकल किया करता था। पादरी मेरे कॉलेज के दिनों का सहपाठी था। उन्होंने बड़ी सूझबूझ से इसके एवज में मेरे रहने और खाने-पीने का इंतजाम कर

रखा था। 1859 में अगस्त के महीने में ही उन्हें दूरदराज के एक छोटे से कस्बे के पादरी की एक चिट्ठी मिली, जिसमें लिखा था कि उन्हें एक समझदार, सतर्क और सहनशील व्यक्ति की जरूरत है जो अच्छी तनख्वाह पर एक अपंग कर्नल फेलिसबर्ट की खिदमतगार के रूप में सेवा कर सके। पादरी ने उस जगह पर काम करने का प्रस्ताव रखा। मैंने फौरन हामी भी दी, क्योंकि मैं लातिनी भाषा के उद्धरणों और दर्शन संबंधी फार्मूलों की नकल करते-करते ऊब चुका था। सबसे पहले मैं राजधानी रियो डि जेनेरो अपने भाई से मिलने गया और फिर दूरदराज के उस कस्बे की तरफ रवाना हो गया।

वहाँ पहुँचने पर मुझे कर्नल के बारे में कई बुरी बातें सुनने को मिली। मेरे सामने एक बदमिज़ाज़, बेरहम और बेवजह मीन-मेख निकालने वाले शख़्स की तस्वीर पेश की गयी, जिसे झेलना किसी के लिए संभव नहीं था। यहाँ तक कि उसके दास्त भी उससे कन्नी काटते थे। दवाइयों से ज्यादा उसने खिदमतगार बदले थे। दो की तो मार-पिटाई कर जबड़े तोड़ डाले थे। पर इस सबके जवाब में मैंने एक ही बात कही कि भले-चंगे सेहतमंद लोगों से तक मैं नहीं डरता तो फिर इस अपंग से कैसा डर! सबसे पहले मैं गाँव के पादरी से मिलने गया, उसने उन सभी बातों की पुष्टि की जो मैंने सुनी थीं पर उसने मुझे दया और धीरज से पेश आने की सलाह दी। उसके बाद मैं कर्नल के घर की तरफ चल पड़ा।

कर्नल घर के बरामदे में कुर्सी पर पसरा हुआ था। काफी पीड़ा में जान पड़ता था। मुझसे वह ठीक ठाक ढंग से मिला। पहले तो चुपचाप मेरा मुआयना किया, बिल्ली की सी आँखों से भेदता रहा। फिर एक द्वेष भरी मुस्कान उसके चेहरे पर बिखर गयी, जो काफी कठोर सा था। आखिर में उसने बताया कि अब तक उसे जितने भी खिदमतगार मिले किसी काम के नहीं थे, दिन भर सोते रहते, सनके सब ढीठ। पूरा वक्त दूसरे नौकरों के साथ गप्प-शप में गुजारते। उनमें से दो तो चोर भी थे।

''और तुम...तुम तो चोर नहीं हो न?''

''नहीं सर''

फिर उसने मेरा नाम पूछा। अभी मैं अपना नाम पूरा बता भी नहीं पाया था कि हैरान होकर उसने पूछा :

''तुम्हारा नाम कोलम्बो है?''

''नहीं सर, मेरा नाम प्रोकोपियो जोस गोम्स वोलोंगो है।''

'वोलोंगो''? उसे लगा यह ईसाई नहीं है सो उसने प्रस्ताव रखा कि वह उसे प्रोकोपियो कहकर ही बुलाएगा।

''आपको जैसा अच्छा लगे।'' मैं बोला।

यहाँ मैं इस घटना का जिक्र कर रहा हूँ तो इसलिए नहीं कि कर्नल की अच्छी तस्वीर पेश कर सकूँ बल्कि मैं यह दिखाना चाहता हूँ कि मेरे जवाब का

कर्नल पर अच्छा प्रभाव पड़ा। अगले रोज उसने गाँव के पादरी से भी कहा। साथ में यह भी बोला कि आज तक इससे ज्यादा हमदर्द खिदमतगार उसे नसीब नहीं हुआ था। पर सच यह है कि हमारे बीच यह हनीमून जैसा रिश्ता महज हफ्ता भर रहा।

आठवें रोज ही मुझे पता चल गया कि मेरे पूर्ववर्तियों ने कैसा जीवन गुजारा होगा—एकदम कुत्ते सा। मेरी नींद हराम हो चुकी थी, कुछ भी सोचना मुश्किल था, उठते-बैठते गालियों की बौछार होती, दिन-रात वह मुझे जलील करता रहता पर मैं सब कुछ चुपचाप सहन करता, क्योंकि मैं जानता था कि उसे खुश रखने का यही तरीका था। उसकी बदसलूकी की वजह कुछ हद तक उसकी बीमारी तो थी ही पर वह खुद कुछ कम बदमिजाज़ नहीं था। उसे बड़ी जटिल किस्म की बीमारियों ने घेर रखा था। धमनी में ट्यूमर था। वात रोग के अलावा कई छोटी-मोटी बीमारियों से ग्रसित था। अब वह करीब साठ बरस का था, पर बचपन से यानी पाँच बरस की उम्र से वह हुक्म चलाने का आदी हो चुका था। उसकी बदमिजाजी को एकबारगी माफ भी किया जा सकता था पर वह बहुत दुष्ट भी था। दूसरों को सताने और जलील करने में उसे सुख मिलता था। तीन माह गुजरते-गुजरते मैं उससे बुरी तरह तंग आ गया था। मैं उसे छोड़कर जाने का इरादा कर लिया था। बस मुनासिब मौके की ताक में था।

जल्द ही एक मौका मिल भी गया। एक रोज उसकी मालिश करने में मुझे जरा सी देर क्या हुई वह आपा खो बैठा, बेंत उठायी और सड़ाक से तीन चार जड़ दिये। मेरी सहनशक्ति जवाब दे गयी। उसी वक्त मैंने उससे कह दिया कि बहुत हो चुका और मैं अपना बोरिया बिस्तर बाँधने चल पड़ा। कुछ ही देर बाद वह मेरे कमरे में आया। माफी माँगते हुए रुक जाने की मिन्नतें करने लगा। उसने माना कि इतना गुस्सा करने की कोई वजह ही नहीं थी और यह कि बुढ़ापे की वजह से की गयी बदसलूकी का उसे बुरा नहीं मानना चाहिए। उसके बहुत ज्यादा आग्रह करने पर मैं रुकने के लिए राज़ी हो गया।

''मेरा अंतकाल अब निकट ही है प्रोकोपियो'' उस शाम वह मुझसे बोला, ''मैं ज्यादा दिन जीवित नहीं रह पाऊँगा। मेरे पाँव कब्र में पहुँच ही गये समझो। प्रोकोपियो, तुम मुझे दफनाने जरूर जाना, किसी भी हाल में मैं तुम्हें नहीं छोड़ूँगा। तुम जरूर जाना और मेरी कब्र पर प्रार्थना करना।'' फिर हँसते हुए यह भी बोला ''ऐसा नहीं करोगे तो देखना मेरा भूत रात में आकर तुम्हारी टाँगे खींचेगा। भू-प्रेत में यकीन करते हो या नहीं?''

''नहीं, सब बकवास है।''

''अरे बुद्धू, क्यों नहीं करते'' आँखें चौड़ी कर बड़े प्यार से वह बोला।

जब उसका मिज़ाज शांत रहता तो वह इसी तरह पेश आता। पर अपने रौद्र रूप में वह कैसा बर्ताव करता होगा इसका अंदाजा आप बखूबी लगा सकते हैं।

उस दिन के बाद उसने मुझ पर बेंत तो नहीं उठाया, पर अपमानित करने से वह बाज नहीं आता। पहले की ही तरह जब तब जलील करना उसने जारी रखा। वक़्त गुज़रने के साथ मैं इस सबका आदी हो गया। मैंने ध्यान देना ही छोड़ दिया। वह मुझे गँवार, गधा, घोड़ा, ऊँट, उल्लू का पट्ठा न जाने क्या-क्या कहकर अपमानित करता। उसके इर्द-गिर्द मैं अकेला ही था जिसे वह इन खूबसूरत गालियों से महामंडित करता था। उसका कोई नाते-रिश्तेदार तो था नहीं, एक भतीजा था जो क्षय रोग से मर चुका था। कुछेक यार दोस्त थे जो कभी-कभार आते, उसकी खुशामद करते, सनक को बढ़ावा देते और दस-पन्द्रह मिनट में चलते बनते। इकलौता मैं ही था जो आठों पहर उसकी गालियों के शब्दकोश को झेलता रहता। कई बार मैंने उसे छोड़कर चले जाने का फैसला किया; पर हर बार कस्बे का पादरी समझा-बुझाकर कर्नल को इस हाल में छोड़कर न जाने की गुज़ारिश करता और मैं आखिरकार उनकी बात मान लेता।

हमारे संबंधों में लगातार तनाव बढ़ता जा रहा था यह बात तो थी ही, इसके अलावा मैं खुद भी रियो डि जेनेरो जाने के लिए बेताब था। बयालीस बरस की उम्र में दूरदराज के देहात में एक क्रूर, झक्की, चिड़चिड़े अपंग के साथ पूरा वक्त अकेले गुजारना किसी के लिए भी आसान नहीं होता। मेरे एकाकीपन का अंदाजा आप इसी बात से लगा सकते हैं कि मैं अखबार तक नहीं पढ़ पाता था। छोटी-मोटी जरूरी खबरों को छोड़ जो कर्नल तक पहुँचती थीं, दुनिया-जहाँ में क्या चल रहा है इसका कोई पता नहीं चलता था। इसलिए पहला मौका मिलते ही मैं रिओ लौटने के लिए ललायित था चाहे पादरी नाराज ही क्यों न हो जाए। यहाँ चूँकि मैं कनफैशन कर रहा हूँ इसलिए एक बात और बताना चाहूँगा कि अब तक मैं तनख्वाह की एक कौड़ी तक खर्च नहीं कर पाया था इसलिए राजधानी जाकर मौज मस्ती में पैसा लुटाने के लिए मेरा मन मचल रहा था।

ऐसा मौका जल्द मिलने के आसार नजर भी आ रहे थे। कर्नल की तबीयत तेजी से बिगड़ी जा रही थी। उसने अपनी वसीयत बनवा ली थी। वसीयतनामा बनवाने आये नोटरी को भी मेरी ही तरह अंधाधुंध गालियाँ झेलनी पड़ी होंगी। कर्नल का बर्ताव दिनोंदिन बदतर होने लगा था। उसका चैन और आराम कम होने से मेरी तकलीफ बढ़ती जा रही थी। अब तो उस बूढ़े के प्रति रही सही दया भी खत्म हो गयी थी जिसकी वजह से मैं उसकी तमाम ज्यादतियों को बर्दाश्त कर लेता था। मेरे भीतर नफरत और घृणा का ज्वार उफनने लगा था। अगस्त माह के शुरू में ही वहाँ से चले जाने को मैंने फैसला कर लिया था। चर्च के पादरी और डाक्टर ने भी मेरी बात मान ली थी पर सिर्फ कुछ दिन और कर्नल की देखभाल करने का आग्रह किया। मैंने एक महीने की मोहलत दी। महीना पूरा होते ही कर्नल की चाहे जैसी हालत होगी मैं चला जाऊँगा। पादरी ने मेरी जगह किसी दूसरे खिदमतगार का पता लगाने का वादा भी किया।

अब मैं असल घटना पर आ पहुँचा हूँ। 24 अगस्त की शाम कर्नल पर गुस्से का हिंसक दौरा पड़ा। उसने मेरी पिटाई की, एक से एक भद्दी गालियाँ दीं, मुझे मार डालने तक की धमकी दी। यह कह दलिया की प्लेट मुँह पर दे मारी कि यह बहुत ठंडा है। प्लेट दीवार से जा टकरायी और चकनाचूर हो गयी।

''तुम्हें इसके पैसे भरने पड़ेंगे चोर कहीं के!'' वह चीखा और फिर काफी देर तक बड़बड़ाता रहा।

ग्यारह बजे के करीब वह सो गया। उसके सोने के बाद मैंने अपनी जेब से एक किताब निकाली—'डी अरलिनकोर्ट रोमांस का अनुवाद' जो मुझे इसी घर में पड़ी मिली थी। उसी कमरे में बिस्तर से थोड़ी दूर बैठ मैं किताब पढ़ने लगा। आधी रात में उसे जगाकर दवाई खिलानी थी। पर शायद थकान के मारे या फिर किताब की खुमारी में दूसरे पन्ने पर पहुँचते ही मेरी आँख लग गयी। कर्नल की चीख-पुकार से मैं चौंककर जागा और पल भर में ही उठकर खड़ा हो गया। शायद बेसुधी की हालत में वह लगातार चीख रहा था। आखिर में उसने पानी की बोतल उठायी और मेरे मुँह पर दे मारी। अचानक हुए इस हमले से मैं खुद को वक्त पर बचा नहीं पाया। बोतल मेरे बायें गाल पर लगी। दर्द की इतनी तेज लहर उठी कि पल भर के लिए मेरी आँखों के आगे अंधेरा छा गया।पर फिर मैं लपककर अपंग कर्नल पर टूट पड़ा। दोनों हाथों से उसकी गर्दन को दबोच लिया। वह कई पलों तक खुद को छुड़ाने के लिए संघर्ष करता रहा पर मैंने उसका गला घोंटकर ही दम लिया।

जब मुझे अहसास हुआ कि उसकी साँस बंद हो गयी है तो दहलकर पीछे हट गया। मैं जोर से चीखा पर किसी ने मेरी आवाज नहीं सुनी। एक बार फिर बिस्तर के पास जाकर मैंने उसे झिंझोड़ा यह सोच कि शायद साँस चलने लगे पर बहुत देर हो चुकी थी। अबुर्द फट गया था, कर्नल मर चुका था। मैं बगल के कमरे में चला गया। करीब दो घंटे तक उस कमरे में लौटने की हिम्मत नहीं हुई। उस दौरान मैंने जो महसूस किया उसे बयान करना नामुमकिन है। मैं गहरी जड़ता में था—एक किस्म की शून्य से भरी बेसुधी। दीवारों पर मुँह चिढ़ाती अजीब सी शक्लें उभरती दिखाई देने लगीं। घुटी-घटी सी आवाजें सुनायी देने लगी। मृतक की चीखें, मरने से पहले का संघर्ष और छटपटाहट के उन क्षणों की चीख-पुकार मेरे भीतर गूँजने लगी। जिस भी दिशा में घूमता हवा अट्टहास से काँपती जान पड़ती। आपको शायद लग रहा हो कि मैं बेवजह के किस्से गढ़ रहा हूँ पर मैं कसम खाकर कहता हूँ कि मुझे बेहद स्पष्ट आवाजें सुनाई दे रही थीं, जो चीख-चीखकर कह रही थीं—कातिल! कातिल! कातिल

घर में एकदम सन्नाटा था। घड़ी की धीमी। एकसार। लयबद्ध टिक-टिक की आवाज सन्नाटे और सूनेपन को और गहरा रही थी। मैंने कमरे के दरवाजे से कान सटा दिये इस उम्मीद में कि शायद भीतर से कराहने, चीखने, चिल्लाने या गालियाँ बकने की कोई आवाज सुनाई दे जाए, कुछ ऐसा जिससे जीवन का कोई तो संकेत

मिले। ताकि मेरे मन की शांति लौट आए। कर्नल के हाथ से मैं दस, बीस, तीस, सौ बार तक पिटने के लिए तैयार था। पर कहाँ? सब कुछ खामोश था। मैं बेवजह कमरे में चहलकदमी करने लगा। फिर थककर बैठ गया। घोर निराशा में हाथों से सिर पकड़ लिया। पछताने लगा कि इस जगह पर मैं क्योंकर आया?

"किस मनहूस घड़ी में मैंने इस काम के लिए हामी भरी," मैं सुबक पड़ा। फिर मैं निकथ्योरी के पादरी, डाक्टर, गाँव के पादरी के प्रति मन की भड़ास निकालने लगा। मन-ही-मन मन उन्हें कोसने लगा जिनकी वजह से मैं यहाँ था। इन्हीं लोगों ने मुझे इतने दिनों तक यहाँ रुकने के लिए मजबूर किया था। ये सब भी इस पाप में भागीदार हैं, यह सोच मैंने खुद को दिलासा देने की कोशिश की।

आखिरकार चारों ओर पसरी खामोशी से घबराकर मैंने खिड़की खोल दी—कम से कम हवा की सरसराहट से कुछ तो खामोशी टूटेगी।पर हवा का नामोनिशाँ नहीं था। रात एकदम निस्तब्द थी। तारे वैसी ही उदासीनता से टिमटिमा रहे थे जैसी उन लोगों में होती है जो सामने से गुजरने जनाजे को देख टोपी तो उतार लेते हैं पर उनकी गप्पशप जारी रहती है। खिड़की की सिल पर कुहनियाँ टिकाए कुछ देर मैं यूँ ही शून्य में ताकता अंधेरे को चीरने की कोशिश करता रहा। अपने जीवन का ज़ायज़ा लेने का जतन करने लगा ताकि खुद को इस यातना से उबार सकूँ। शायद यही पल था जब मुझे अपने जुर्म और उसकी सजा का अहसास हुआ। मुझे साफ दिखने लगा कि मैं कटघरे में खड़ा हूँ और मुझे कड़ी सजा का दोषी करार किया जा रहा है। उसी क्षण पश्चाताप की अनुभूति की जगह असीम भय ने मुझे जकड़ लिया। मेरे रोंगटे खड़े हो गये। कुछ ही मिनटों बाद मुझे छत पर तीन-चार मानव आकृतियाँ जासूसी सी करती जान पड़ी मानो घात लगाये बैठी हों, मैं दहशत के मारे पीछे हट गया; आकृतियाँ हवा में ओझल हो गयीं। यह शायद मेरा दृष्टिभ्रम था।

उजाला होने से पहले मैंने अपने चेहरे के घावों पर पट्टी बाँध ली। उसके बाद ही मैं बगल के कमरे में जाने की हिम्मत जुटा पाया। दो बार ठिठककर रुक गया और पलटने लगा; पर जाना तो था ही सो मैं भीतर गया। सीधे बिस्तर के करीब फिर भी न जा पाया। मेरी टाँगें काँपने लगीं, दिल धड़कने लगा, मैं भाग पड़ना चाहता था पर ऐसा करना इकबाले-जुर्म होगा...बजाए इसके इस वक्त मेरे लिए सबसे जरूरी सारे निशानों को मिटाना था। मैं बिस्तर के करीब गया, लाश पर नजर डाली, फटी-फटी आँखों और खुले मुँह से लगा जैसे वह सदियों से चली आ रही वही तोहमत लगा रहा हो "दगाबाज, तुमने अपने भाई के साथ ऐसा किया।"

उसकी गर्दन पर मुझे अपने नाखून के निशान दिखाई दिये; मैंने शर्ट के बटन गले तक बंद कर दिये और शव को ठुड्डी तक चादर से ढँक दिया। फिर नौकर को बुलाकर बता दिया कि आज तड़के ही कर्नल की मृत्यु हो गयी। फिर उसे पादरी और डाक्टर को खबर करने के लिए भेज दिया। मन में सबसे पहला ख्याल यही आया कि भाई की बीमारी का बहाना कर फौरन यहाँ से चलता बनूँ

दरअसल यह सच भी था। कुछ दिन पहले ही रियो से भाई की बीमारी की इत्तला करते हुए एक चिट्ठी आयी थी। पर फिर सोचा कि इस तरह भाग़ने से शुबहा बढ़ सकता है सो मैंने रुक जाने का फैसला किया। एक कमजोर नजर वाले अश्वेत बूढ़े नौकर की मदद से मैंने खुद शव को लिटाया। मैं उसी कमरे में बना रहा जहाँ मृतक को रखा गया था। मन में लगातार भय बना हुआ था कि किसी को भनक न लग जाए। मैं तसल्ली कर लेना चाहता था कि किसी के भी चेहरे पर संदेह की झलक तो नहीं दिख रही। हालाँकि मुझमें किसी की भी आँखों में झाँकने का साहस नहीं था। वहाँ की हर शै मुझे बेचैन कर रही थी—लोगों का दबे पाँव आना-जाना, उनकी खुसर-पुसर, अंत्येष्टि की रस्में और पादरी की दुआएँ...सब कुछ। आखिर वह घड़ी आ पहुँची जब मैंने काँपते हाथों से ताबूत बंद किया, हाथ इतने ज्यादा काँप रहे थे कि किसी का ध्यान चला गया और वह तरस खाते हुए बोला—

''बेचारा प्रोकोपियो! मालिक से इतना पिटने के बावजूद कितना दुःखी है।''

यह बात व्यंग्य की तरह मेरे सीने में चुभ गयी। मैं चाहता था सब कुछ जल्दी से निपट जाए। हम बाहर निकले। धुँधलके में से सड़क की तेज रोशनी में पहुँचते ही मेरे कदम डगमगाने लगे। चक्कर सा आने लगा। मुझे डर लगने लगा कि जुर्म को अब ज्यादा देर तक छुपाना मुमकिन नहीं होगा। मैंने अपनी नजरें जमीन में ही गड़ा रखी थीं। फिर मैं शवयात्रा में शरीक हो गया। जब सब कुछ निपट गया तो मैंने राहत की साँस ली। मुझे कर्नल से तो छुटकारा मिल गया था पर मेरा ज़मीर मुझे चैन से रहने नहीं दे रहा था। जाहिर है शुरुआत में कुछ रातें बड़ी बेचैनी और तकलीफ में गुजरी। मैं सो नहीं पाया। कहने की जरूरत नहीं कि इस सबसे निपटते ही मैं फौरन रिओ डि जेनेरो रवाना हो गया। पर घटनास्थल से दूर जाकर भी भय और उलझन ने मेरा पीछा नहीं छोड़ा। मेरी हँसी लुप्त हो गयी, मैं किसी से कोई बातचीत नहीं कर पाता था। खाना-पीना तो हराम हो चुका था। हर वक्त उसी दृष्टिभ्रम और दुःस्वप्न से घिरा रहता।

लोग मुझे देख समझाते, ''कर्नल की आत्मा को शांति और स्वर्ग नसीब हो, तुम्हें इतना ज्यादा शोक मनाने की क्या जरूरत है।''

मैं वाकई खुश था कि लोग मेरी हालत को देख क्या अर्थ निकालते हैं। मैं कर्नल की तारीफों के पुल बाँधता—

''बड़ा भला इंसान था। कुछ चिड़चिड़ा जरूर था पर दिल का बुरा नहीं था। सोने का दिल पाया था उसने! जब मैं इस तरह की बातें करता तो कुछ पलों के लिए ही सही मैं खुद को भी उन बातों पर यकीन दिलाने की कोशिश करता। इस बीच मेरे भीतर एक दिलचस्प बदलाव होने लगा था—(यह सब मैं आपको इसलिए बता रहा हूँ कि इससे शायद आप मेरे बारे में कोई अनुकूल राय बना सकें) वह यह कि यूँ धर्म-कर्म में मेरी कोई आस्था नहीं थी पर कर्नल की आत्मा

की शांति के लिए मैंने गिरजाघर में प्रार्थना करवायी। इसके लिए न किसी को खबर की और न ही न्यौता भेजा। बस मैं अकेले ही वहाँ गया और जब तक इबादत चली मैं घुटने के बल बैठ सीने पर क्रास बनाता रहा। पादरी को दुगनी दक्षिणा दी, द्वार पर दान दिया, यह सब मैंने मरहूम कर्नल की आत्मा की शांति के लिए किया। किसी की आँखों में धूल झोंकने की मेरी कोई मंशा नहीं थी, इसका सबसे पुख्ता सबूत यही है कि यह सब मैंने किसी को बताये बगैर किया। यहाँ मैं यह भी बता दूँ कि कर्नल का जब कभी जिक्र होता, मैं यह कहना न भूलता "ईश्वर उसकी रूह को सुकून बख्शे।" लोगों को उससे जुड़े कई मजेदार चुटकुलें और सनक भरे किस्से सुनाता।

रिओ लौटने के हफ्ते भर बाद मुझे गाँव के पादरी का पत्र मिला। उसमें लिखा था कि कर्नल की वसीयत खोली गयी और उसके मुताबिक मैं कर्नल की पूरी जायदाद का इकलौता वारिस नामित किया गया हूँ। मेरी हैरानी का आप अंदाजा नहीं लगा सकते। पहले पहल तो मुझे लगा कि मैंने कुछ गलत पढ़ लिया है; मैंने पत्र अपने भाई, दोस्तों को दिखाया, सभी ने वही बात पढ़कर सुनायी। साफ-साफ लफ़्ज़ों में लिखा था कि मैं ही कर्नल की सम्पत्ति का इकलौता वारिस बनाया गया हूँ। फिर मन में अचानक विचार कौंधा कि मुझे फँसाने की यह एक चाल भी हो सकती है। पर फिर मैंने सोचा कि गर मेरा ज़ुर्म जाहिर हो गया है तो मुझे गिरफ़्तार करने के और भी तो कई तरीके हैं। फिर पादरी की ईमानदारी से मैं बखूबी वाकिफ़ था। मुझे यकीन था कि ऐसी किसी चाल में वह भागीदारी नहीं करेगा। मैंने पत्र कई-कई बार पढ़ा—पाँच, दस, पन्द्रह। शायद सौ बार। सच यही था कि मैं कर्नल की जायदाद का इकलौता वारिस था।

"कुल कितनी जायदाद होगी? मेरे भाई ने पूछा।

"मैं नहीं जानता पर इतना जरूर है कि वह काफी दौलतमंद था।"

"उसने साबित कर दिया कि वह तुम्हारा सच्चा मित्र था।"

"हाँ...वह तो था ही..." मैं हकलाते हुए बोला।

"तो तक़दीर की यह कैसी विचित्र विडम्बना थी कि कर्नल की सारी जायदाद मेरे हाथों में आ गयी। पहले तो ख्याल आया कि इस विरासत को लेने से इंकार कर दूँ। इस सम्पत्ति को स्वीकार करना मुझे बड़ा घिनौना लग रहा था, किराए के कातिलों को मिलने वाले इनाम से भी बदतर! तीन दिनों तक यह ख्याल मुझे मथता रहा। पर इसके खिलाफ़ यह ख्याल भी आता कि इंकार करने से कहीं संदेह न बढ़ जाए। आखिरकार मैंने मन-ही-मन यह समझौता किया कि अभी तो इस सम्पत्ति को कबूल कर लेता हूँ बाद में अज्ञात तरीके से आहिस्ता-आहिस्ता सब बाँट दूँगा।

सम्पत्ति को लेकर मन में धर्मसंकट तो था ही पर साथ ही यह ख्वाहिश भी थी कि इस बहाने नेक काम करके क्यों न अपने पाप का प्रायश्चित कर लूँ? मन

की शांति हासिल करने और ज़मीर की धिक्कार से मुक्ति पाने का यही मार्ग दिखाई दे रहा था।

मैंने जल्दबाजी में सारी तैयारियाँ कीं और चल पड़ा। कस्बा जैसे-जैसे करीब आता गया उस भयंकर हादसे की याद दिलोदिमाग पर हावी होने लगी। उस जगह पर कदम रखते ही उस दर्दनाक घटना की एक-एक बात ज़ेहन में कौंधने लगी। सड़क के हर मोड़ पर लगता जैसे कर्नल के प्रेत की छाया हवा में तैर रही है। न चाहते हुए भी मैंने मन-ही-मन उसकी चीखों, उसकी छटपटाहट और उस मनहूस रात उसके चेहरे के हाव-भावों की कल्पना की।

यह जुर्म था या संघर्ष? इसे क्या माना जाए। असल में यह संघर्ष ही था। मुझ पर उसने वार किया था। मैंने तो बस खुद को बचाया था। खुद को बचाने की कोशिश में...यह एक दुर्भाग्यपूर्ण संघर्ष था...वाकई एक दुःखद त्रासदी! यह ख्याल मुझ पर हावी हो गया। मैं कर्नल ने मुझ पर जो ज़ुल्म ढाये थे और बेहिसाब गालियाँ बरसायीं थी उन पर पुनर्विचार करने लगा।

मैं जानता था कि इसमें कर्नल का उतना कसूर नहीं था, असल में तमाम शारीरिक रोगों ने उसे चिड़चिड़ा ही नहीं बल्कि जालिम बना दिया था। पर मैं कर्नल की हर ज्यादती को माफ कर देता था। पर सबसे बदतर थी वह रात...मेरे सब्र का बाँध टूट गया। फिर मैंने यह सोच खुद को समझाया कि यूँ भी कर्नल ज्यादा दिन जीवित नहीं रहने वाला था। वह कुछ ही दिनों का मेहमान था। क्या वह खुद इस सच्चाई से नावाकिफ था? वह अक्सर कहता भी रहता था, ''अब मुझे और कितने दिन जीना है। दो हफ्ते या हफ्ता भर या शायद उससे भी कम।''

यह भी कोई जीना था। वह बेचारा एक अनंत यातना में जी रहा था—एक किस्म की धीमी मौत! और कौन जाने, कौन कह सकता है कि उस रात का संघर्ष और उसकी मौत महज एक संयोग ही रहा हो। उसकी मृत्यु इसी तरह होनी लिखी हो। क्या यह मुमकिन नहीं? जब मैंने हालत पर हर लिहाज से गौर किया तो मुझे इससे अलग कुछ होना मुमकिन ही नहीं लग रहा था। यह ख्याल काफी हद तक मेरे ज़ेहन में घर कर गया।

देहात में कदम रखते ही मेरा कलेजा बाहर होने को आया। मैं भागकर लौट जाना चाहता था। पर मैंने पूरे जतन से अपने ज़जबात पर काबू रखा और आगे बढ़ता रहा। गाँव में पहुँचते ही लोगों ने बधाईयों की बौछार के साथ मेरा स्वागत किया। पादरी ने वसीयत की समूची तफ़सील दी। नेक कामों के बदले दान में मिली सम्पत्ति की पाई-पाई का हिसाब बताया। साथ में वह मेरी प्रशंसा भी करता रहा कि मैंने मृतक की देखभाल में सच्चे ईसाई के अनुरूप धीरज और निष्ठा का परिचय दिया है। यह भी कहा कि बददिमाग और क्रूर होने के बावजूद मरहूम कर्नल ने अपना वारिस बनाकर अपनी कृतज्ञता दिखा दी।

''बेशक'' विचलित हो मैं यहाँ-वहाँ देखते हुए बोला।

मैं चकित था। लोग मेरी तारीफ करते नहीं अघा रहे थे। वाह! कितनी निष्ठा और कितने धीरज से तुम पेश आए।

सम्पत्ति की फेहरिस्त बनाने एवं अन्य औपचारिकताएँ पूरी होने तक मुझे वहाँ रुकना पड़ा। मैंने एक वकील कर लिया; फिर सब कुछ सहज ढंग से आगे बढ़ने लगा। इस बीच कर्नल के बारे में काफी चर्चाएँ चलती रहीं। लोग आ-आकर कर्नल के किस्से सुनाते पर उनमें से किसी में भी पादरी का सा संयम या नरमी नहीं थी। मैं कर्नल को यादकर उसकी तरफदारी में जुट जाता। मैं उसकी अच्छाइयों और गुणों का बखान करता...''वाकई कितना सरल व नेकदिल इंसान था!''

वे झट से मेरी बात काट देते, ''सब बकवास। वह मर चुका है, सब खत्म हो चुका है पर वह बड़ा घटिया व्यक्ति था।''

और वे एक से एक घटनाएँ सुनाकर कर्नल की दुष्ट व कुटिल प्रवृत्ति का बखान करते। उनमें से कई किस्से वाकई अजीबोगरीब थे।

क्या मैं आपको सच बताऊँ। पहले तो मैं चुपचाप पूरे कौतूहल से उनकी बातें सुनता रहा। फिर मेरे भीतर अजीब सी खुशी उमड़ने लगी। हालाँकि मैं इस खुशी से बचने की हरचंद कोशिश करता और कर्नल की तरफदारी में कोई कसर नहीं छोड़ता। मैं लगातार लोगों को समझाता कि आपसी बैर व निजी दुश्मनी के चलते भी लोग किसी की बुराई करने में कोई कसर नहीं छोड़ते। हालाँकि मैंने माना कि कर्नल छोटी-मोटी बात पर चिढ़ जाता था, कभी-कभार थोड़ी-बहुत मार-पीट भी करने लगता था।

''थोड़ी-बहुत, अरे छोड़ो! वह तो साँप था साँप! हर वक्त फुँफकारता रहता'' कस्बे का नाई फट से बोल पड़ा।

और सभी—कस्बे का कलेक्टर, औषध विक्रेता, दुकानदार, क्लर्क—की यही राय थी। फिर अपनी बात के समर्थन में वे कई दूसरे किस्से सुनाने लगते। मृतक की पूरी ज़िंदगी का आकलन करने लग जाते। कुछ उम्रदराज लोग कर्नल की जवानी की ज्यादतियों व बेरहम बर्ताव को चटकारे लेकर याद करते। ऐसे वक्त सुख की वही अनोखी अनुभूति—गहरी, मूक, कपटी मेरे भीतर हिलोरे लेने लगती। नैतिक अहसास के चलते मैं उसे उखाड़ फेंकने की निरर्थक कोशिश करता पर वह लहर पहले से भी ज्यादा गहराई से मुझ पर तारी हो जाती।

सम्पत्ति मेरे नाम पर करने संबंधी कानूनी औपचारिकताओं में जो वक्त लगा उस दौरान तक मैं काफी राहत महसूस करने लगा था। अलावा इसके कर्नल के बारे में तकरीबन सभी लोगों की एकमत से राय इस कदर विषैली थी कि उस जगह को लेकर पहले-पहल मेरे भीतर ग्लानि और विषाद का जो अहसास था वह लुप्त होता गया। आखिरकार कानूनी तौर पर मुझे कर्नल की पूरी जायदाद हासिल हो गयी जिसे मैंने भू-स्वामित्व व नकद राशि में बदल लिया।

कई माह गुजर गये। समय के साथ विरासत में मिली सम्पत्ति को दान-पुण्य और नेक कामों में लगाने की इच्छा भी उतनी बलवती नहीं रही जितनी शुरू के दिनों में थी। मुझे लगा कि यह सब करना महज दिखावा होगा, मैंने अपनी शुरुआती योजना को बदल दिया। मैंने गरीबों को मालूमी सी रकम दान की। कस्बे के गिरजे को कुछ सजावटी सामान भेंट किया और इसी तरह कुछ धार्मिक संस्थानों, मंदिरों आदि को कई हजार फ्रेंक दिये। कर्नल की कब्र पर स्मारक बनवाना भी मैं नहीं भूला—हालाँकि बेहद मामूली सा संगमरकर का स्मारक, रियो के एक वास्तुकार से बनवाया जो 1866 तक रियो में रहा फिर शायद पैराग्वे में उसकी मृत्यु हो गयी।

अब तो कई बरस गुजर चुके हैं। मेरी याददाश्त धुँधली और कमजोर पड़ चुकी है। कभी-कभार मैं कर्नल के बारे में सोचता जरूर हूँ पर शुरुआती दिनों जैसा खौफ़ अब नहीं रहा। जितने भी डॉक्टरों को मैंने कर्नल की बीमारियों के बारे में बताया सभी की एकमत से यही राय थी कि कर्नल की मृत्यु को ज्यादा दिन टालना असंभव ही था। बल्कि उन्हें हैरत होती कि इतने दिन वह इन बीमारियों को झेलते हुए कैसे जीवित रह पाया। हाँ यह जरूर हो सकता है कि जाने अनजाने मैंने कर्नल के रोग के लक्षणों को बढ़ा-चढ़ाकर बताया हो। पर सच यही है कि यह जानलेवा वाकया न भी घटा होता तो भी उसका ज्यादा दिनों तक जीवित रहना मुश्किल ही था।

अलविदा महाशय। आपको मेरी बातें बेतुकी न लगी हों और उनमें रत्तीभर भी सच्चाई नजर आयी हो तो मेरी समाधि पर बतौर इनाम संगमरमर का एक स्मारक बनवा देना—जिस पर ईसा मसीह का यह वचन खुदा हो—

''उन पर भी ईश्वर की कृपा है जो साधन-सम्पन्न हैं, क्योंकि उन्हें भी सांत्वना और सहारे की जरूरत है''

✦

अनु०—**अनुराधा महेन्द्र**

पछतावा एक मसखरे का

✦

मोंटियरो लोबातो हंटर (1882)

मोंटियरो जोस लोबातो हंटर का जन्म 18 अप्रैल, 1882 में ताउबेत में हुआ था। उनका बचपन देहात में गुजरा। लोबातो को बचपन से ही चित्रकारी और तरह-तरह की चीजों से खिलौने बनाने का शौक था। शायद यही वजह है कि उन्होंने बच्चों के लिए खूब लिखा। उन्हें ब्राज़िल के सर्वाधिक महान साहित्यकार के रूप में अपार ख्याति मिली। बाल साहित्य से जुड़ी उनकी रचनाएँ 17 खंडों में संकलित हैं।

लोबातो ने आधुनिक समाज में लोगों के मानसिक विकास की जटिल स्थितियों और नैतिकता के सवालों को अपने लेखन में उठाया है।

विशाल बागान के मालिक सूजा पोंटिस का नाजायज वारिस फांसिस्को टिक्सेरा डिसूजा पोंटिस जब बत्तीस बरस का हुआ तो अपने जीवन के बारे में संजीदा होकर सोचने लगा।

पैदाइशी मसखरा—खुदा ने उसे हँसाने की असाधारण प्रतिभा बख्शी थी। अपने इसी हुनर के बूते अब तक वह अपना गुजर-बसर करता चला आ रहा था। खाने-पीने, कपड़े-लत्ते, रहन-सहन के लिए वह इसी हुनर को भुनाता। इसके बदले वह ऊटपटाँग हरकतें करता, चेहरे बनाता, चुटकुले और अंग्रेजों के किस्से सुनाता। सब कुछ इतना नपा-तुला कि मनुष्य नामक हँसने वाले प्राणी की माँसपेशियों पर भरपूर असर पड़ता और वे हँसते-हँसते लोट-पोट होने लगते।

फुआओ पेचिंचा के "हास्य विनोद विश्वकोष" का एक-एक हर्फ उसे जुबानी याद था। पोंटिस के विचार में उस जैसा नीरस लेखक दुनिया में शायद ही कोई और हो। पोंटिस अपने हुनर में इस कदर माहिर था कि बेसिर-पैर के किस्से भी वह ऐसी खूबी से सुनाता कि सुनने वालों के हँसी के मारे पेट में बल पड़ जाते।

मनुष्य हो या पशु किसी की भी नकल उतारने में पोंटिस का जवाब नहीं था। कुत्तों की झुंड में सामूहिक भौंक हो या जंगली सूअर के पीछे भागते कुत्ते की भौंक या चाँद की ओर मुँह कर क्रन्दन करते कुत्ते की भौंक ऐसी हर किस्म की आवाजें उसके मुँह में इस खूबी से ढली हुई थीं कि खुद कुत्ते या शायद चन्द्रमा भी चकरा जाएँ...

वह सूअर की तरह घुरघुरा सकता था। मुर्गी की तरह कुकड़ूँ कूँ कर सकता था, मेंढक की तरह टर्रा सकता था, बुढ़िया की तरह घुड़की दे सकता था। और तो और रोंदू बालक की तरह बिसूरना हो या भीड़ को शांत रहने की नेता की

गुहार या किसी मचान पर खड़े होकर किसी देशभक्त का जोशीला भाषण। मुनासिब श्रोता सामने हो तो क्या दोपाया, क्या चौपाया, किसी की भी नकल करना उसके बूते से बाहर नहीं था।

कुछ अन्य मौकों पर वह प्रागैतिहासिक काल में भी पहुँच जाता। उसने थोड़ी बहुत शिक्षा हासिल की थी, सामने गर पढ़े-लिखे श्रोता हों तो वह विलुप्त हो चुके विशालकाय प्राणियों की प्राक् जैविक गर्जना, शंकुदंत यानी एक विलुप्तप्राय हाथी की गुर्राहट की पुनर्सरंचना करता, पेड़ों पर उछल-कूद मचाते वानरनुमा रोमिल मनुष्य की पहली झलक मिलते ही जंगलों में रहने वाले भीमकाय पशु की चीत्कार की भी हूबहू नकल करता। प्रसिद्ध विद्वान बरोस बरैटो के जीवाश्म विषयक व्याख्यान के वक्त यदि पोंटिस को इन प्राणियों की नकल करने के लिए रखा जाता तो यकीनन उन भाषणों का मजा ही कुछ और होता।

नुक्कड़ पर जब कभी मित्रों की टोली जमा होती तो वह नजरें बचाकर उनके पीछे जा पहुँचता और उनमें से किसी एक की टंगड़ी पर कोहनी से जोरदार वार करता। अनजाने में अचानक पड़ी इस मार से बेचारे बौखलाए शख्स की सूरत देखते ही बनती और बाकी सब लोगों के जोरदार ठहाके गूँज पड़ते। उन सबके बीच पोंटिस एकदम निराले ढंग से ठहाके लगाता—ऑफनबॉक के ऑपेरा की तरह एक ही साथ प्रचंड और संगीतमय! दरअसल पोंटिस की हँसी आम आदमी के स्वत:स्फूर्त ठहाकों की पैरोडी होती। संभवत: वही एक शख़्स था जो इस तरह की आवाजें निकाल सकता था। आम ढंग से धीरे-धीरे हँसी रोकने की बजाय वह झटके से हँसी रोक देता और एकदम गंभीर हो जाता। ऐसे वक्त उसकी यह गंभीरता जबर्दस्त हास्य पैदा करती।

अपने हर हाव-भाव, हर अंदाज, चलने-फिरने, पढ़ने-लिखने, खाने-पीने, उठने-बैठने, जीवन की मामूली-सी-मामूली हरकत में भी वह कमबख़्त दूसरों से इतना निराला था कि उसका सब कुछ बेहद हास्यास्पद लगता था। अब तो हालत यह हो गयी थी कि उसके महज मुँह खोलने या हल्की सी हरकत करने भर से आस-पास खड़े लोग हँसते-हँसते दोहरे होने लगते। उसकी मौजूदगी ही काफी थी, उस पर नजर पड़ी नहीं कि लोगों के होंठ चौड़े हो जाते। वह चेष्टा भर करता कि ठहाके गूँज पड़ते, वह ज्यूँ ही मुहँ खोलता तो कुछ अट्हास कर उठते, कुछ अपनी पैन्टों, तो कुछ अपने कोट के बटन ढीले करने लगते। या खुदा उसके मुँह की टोंटी खुलने भर की देर होती और लोगों के ठहाके, अट्हास और किलकारियाँ निकल पड़तीं, उनकी साँस फूलने लगती जिसे थामने के लिए उन्हें खासी मशक्कत करनी पड़ती।

''वाकई पोंटिस का जवाब नहीं!''

''अम्मा बस भी करो, क्या मार ही डालोगे?''

पर मसखरे के सपाट मुख पर निपट नादानी ही टपकती। ''मैं तो कुछ भी नहीं कर रहा हूँ, मैंने तो अपना मुँह तक नहीं खोला है।

हा! हा! हा! कर सभी लोग खिलखिलाकर हँस पड़ते, हँसी से बेकाबू उन लोगों के गालों पर आँसू लुढ़क पड़ते।

कुछ वक्त के बाद तो उसका नाम लेना ही काफी होता और लोगों का मनोरंजन हो जाता। जुबान पर 'पोंटिस' शब्द आते ही ठहाकों की झड़ी लग जाती जिसका शोर देर तक गूँजता रहता जो उन्हें पशुओं से श्रेष्ठ बनाता, क्योंकि वे हँस नहीं सकते।

यही करते-करते उसके जीवन के करीब बत्तीस वसंत गुजर गये। यूँ देखा जाए तो हँसने व हँसाने के सिवाय उसने किया ही क्या था? गम्भीरता से कभी नहीं सोचा—एक मुफ्तखोर, परजीवी—जो ऊटपटाँग हरकतें कर अपना पेट पालता था। चुटकुले सुनाकर छोटे-मोटे कर्जे चुकाता था।

एक व्यापारी जिससे उसने थोड़ा सा कर्जा ले रखा था, एक दिन हँसते-हँसते यूँ ही उससे बोला, "तुम कम-अज-कम मनोरंजन तो करते हो मेजर सोर्पुस की तरह तो नहीं जो त्यौरियाँ भी चढ़ाये रहता है और उधार भी नहीं चुकाता।"

यह द्विअर्थी तारीफ सुन हमारा मसखरा तिलमिला उठा, हालाँकि इस कटाक्ष को चुपचाप सह जाना ही उसने उचित समझा, क्योंकि उस व्यापारी से पन्द्रह मिलरिस का कर्जा जो ले रखा था। फिर भी देर तक इस कटाक्ष की कचोट जेहन में बनी रही और उसके आत्म-सम्मान को कुरेदती रही। बाद में तो इस तरह की तीरीफों से उसकी चुभन बढ़ती ही गयी। कुछ कटाक्ष हल्के होते पर कुछ देर तक दिलोदिमाग को सालते रहते।

आखिरकार यह सब झेलना उसके बस से बाहर हो गया। हँसोड़ के रूप में अपने जीवन से उकताकर हमारा मसखरा खुद को गंभीरता से लिए जाने पर विचार करने लगा। मुँह की माँसपेशियाँ चौड़ी किये बिँना वह लोगों से बोले और वे उसे सुने। मसखरी किये बिना, लोट-पोट हुए बिना, इत्मीनान से वह दोस्तों से मिल-जुल सके। सड़क पर चलते वक्त हर गली मुहल्ले से यह सामूहिक पुकार न सुनाई दे कि "लो आ गया पोंटिस" और उसे देखते ही लोगों के ठहाके न गूँजे और वे पेट पकड़कर दुहरे न होने लगें।

इस तरह पोंटिस अब गंभीर रहने लगा। बस यहीं अनर्थ हो गया।

पोंटिस अब मनोरंजन के हल्के-फुल्के पल जुटाता, जो अंग्रेजी किस्म के हास्य में गिने जाते हैं। पहले वह ध्यान खींचने वाला मसखरा था पर अब उसका यह गंभीर अवतार लोगों को और ज्यादा मजेदार लगने लगा।

उसके इस नये अंदाज की चर्चा चारों ओर फैल गयी और लोगों ने उसकी इस गंभीरता को मसखरी कला का एक नया आयाम समझा। यह देख हमारा मसखरा पहले से भी ज्यादा हताश हो गया। तो क्या वह कभी पुरानी राह को छोड़ नये ढंग से जी सकेगा? क्या जीवन भर उसे इसी तरह एक मसखरा बनकर जीना होगा,

खासकर अब जब उसे इस सबसे नफरत हो गयी थी। ''हँसो, मसखरे हँसो, तुम्हारी नियति में यही बदा है!''

वयस्क उम्र के कुछ तकाजे होते हैं। यह उम्र गंभीरता और शालीनता की माँग करती है जो लड़कपन में उतना जरूरी नहीं लगता। दफ्तर का साधारण से साधारण पद हो या नगर परिषद् का एक सदस्यीय पद, चेहरे पर ऐसी भंगिमा की माँग करता है जिसे देखकर हर वक्त हँसी न आए। गंभीर पद पर किसी मसखरे को कैसे बिठाया जा सकता है?

उम्र बढ़ने के साथ उसके फैसले परिवक्व होने लगे, आत्म सम्मान की दरकार बढ़ने लगी और मुफ्तखोरी या दूसरों की दया पर जीना अखरने लगा। पोंटिस के लिए अब फर्राटे से चुटकुले सुनाना मुश्किल होने लगा। अब पहले की सी सहजता और ताजगी से लतीफे गढ़ना आसान नहीं था। क्योंकि अब वह इसका इस्तेमाल पहले की तरह महज मनोरंजन के लिए नहीं बल्कि अपनी आजीविका के लिए कर रहा था। मन ही मन वह खुद की तुलना बीमार और बूढ़े हो चुके सर्कस के जोकर से करता जिसे गरीबी गठिया के दर्द के मारे अजीबोगरीब मुद्राएँ बनाने पर मजबूर करती है, क्योंकि पैसे देने वाली जनता इसे पसंद करती है।

वह लोगों से कतराने लगा। कई महीनों तक एक सम्मानजनक नौकरी पाने के लिए जो बदलाव खुद में करने जरूरी थे उसके अध्ययन-मनन में लगा रहा। उसने किसी दुकान में सेल्समैन बन जाने या फैक्टरी में मजदूरी करने की सोची। किसी बागान में फोरमैन बन जाना या बॉर खोलना तक उसे मंजूर था, क्योंकि अब तक की अपनी मूर्खतापूर्ण मसखरी छोड़ हर काम उसे बेहतर जान पड़ता था।

इस तरह बखूबी सोच-विचारने के बाद उसने अपने जीवन की दिशा बदलने की ठान ली। वह अपने एक कारोबारी मित्र के पास गया। अपना काम बदलने की जबर्दस्त इच्छा जाहिर की। बात को खत्म करने से पहले अपने किसी फार्म पर नौकरी पर रख लेने की गुजारिश की। वह कुछ भी करने, जमादार तक बनने के लिए तैयार था, पोंटिस ने अभी अपनी बात पूरी भी नहीं की थी कि उसका पुर्तगाली मित्र और मजेदार किस्सा सुनने के इंतजार में आस-पास खड़े लोग खिलखिलाकर यूँ हँसने लगे मानो उन्हें कोई गुदगुदी कर रहा हो।

''बहुत बढ़िया! वाकई यह अब तक का सबसे बेजोड़ मजाक है! भाई तुम तो हमें मार ही डालोगे हा...हा...हा। अगर तुम तम्बाकू का उधार चुकाने की सोच रहे हो तो भूल जाओ। मेरा पैसा तो वसूल हो गया। भई मान गये, पोंटिस का वाकई जवाब नहीं। इसे तो एक से उम्दा मजाक सूझते हैं''

और फिर क्लर्क, ग्राहक, काउंटर पर काम करने वाले और निठल्ले खड़े लोग जो चुटकुला सुनने के लिए रुक गये थे, सभी जोर-जोर से हँसने लगे।

बेचारा हैरान परेशान पोंटिस उन्हें समझाने की भरसक कोशिश करने लगा कि वे उसे गलत समझ रहे हैं।

''मैं वाकई गंभीर हूँ, आप लोगों को इस तरह मुझ पर हँसने का कोई हक नहीं। खुदा के लिए मुझ जैसे गरीब का इस तरह तमाशा मत बनाओ, मैं आपसे एक अदद नौकरी की दरियाफ्त कर रहा हूँ। तुम्हें हँसा नहीं रहा।''

कारोबारी दोस्त का हँसते-हँसते बुरा हाल था, वह पैन्ट की बेल्ट ढीली करने लगा। ''सुना भाई यह गंभीरता से कह रहा है! हा! हा! हा! भाई! तुम भी पोंटिस...!'' उसकी बात पूरी होने से पहले ही पोंटिस उठा और बाहर निकल गया, गुस्से और निराशा से उसकी आत्मा छलनी हो चुकी थी। हद हो गयी, तो क्या समाज से उसे बेदखल किया जा रहा है? क्या जीवन भर उसे मसखरा बनकर जीना होगा, क्या इस अभिशाप से वह कभी मुक्त नहीं हो पायेगा।

नौकरी की तलाश में उसने कई फर्मों के चक्कर काटे, अपना हाल बताया, नौकरी के लिए मिन्नतें कीं, पर हर जगह उसकी इस हरकत को सभी ने एक मत से हँसाने की सबसे बेजोड़ तरकीब के रूप में ही लिया। सबकी यही राय थी कि वह कभी न सुधरने वाला मसखरा है। कईयों ने अपना वही जुमला दोहरा दिया कि ''यह पाजी अपनी हरकतों से कभी बाज नहीं आ सकता! अब वह कोई बच्चा तो नहीं रहा।''

व्यवसाय में नौकरी पाने में नाकाम होने के बाद पोंटिस ने कृषि की तरफ रुख किया। वह एक पशु फार्म के मालिक से मिला जिसने कुछ दिन पहले ही अपने फौरमैन को बर्खास्त किया था। पोंटिस ने उसे अपनी हालत बयाँ की।

उसने इत्मीनान से पूरी बात सुनी। पर जैसे ही आखिर में पोंटिस ने फौरमैन की जगह उसे रख लेने की गुजारिश की तो कर्नल का हँसी के मारे बुरा हाल था। ''पोंटिस और फौरमैन...हा! हा! हा!''

''पर''

''अरे यार मुझे खुलकर हँसने दो। यूँ भी इस वीरान जगह पर हँसने का कहाँ मौका मिलता है। भई वाह तुमने कमाल की बात की! मैं तो हमेशा से कहता रहा हूँ कि मजाक करने में पोंटिस का कोई सानी नहीं।''

और घर की तरफ मुँह कर उसने आवाज लगायी, ''अरी, मारीकोटा जरा बाहर आओ, पोंटिस का यह नया चुटकुला सुनो, वाकई लाजवाब है और वह ठहाकर हँसने लगा।''

उस दिन हमारा दु:खी मसखरा रो पड़ा। उस दिन उसे यकीन हो गया कि बरसों से बनायी छवि को यूँ पल भर में मिटाना नामुमकिन है, हर महफिल की शान और एक बेजोड़ मसखरे के रूप में उसकी ख्याति ईंट, गारे और सीमेंट से बनी इमारत की तरह इतनी मजबूत और चिरस्थायी हो चुकी है कि उसे इस तरह ढहाना बेहद मुश्किल था।

फिर भी अपने जीवन की धारा बदलना उसे जरूरी लगा। पोंटिस ने अब अपना ध्यान सरकारी नौकरी को तलाश में लगा दिया। उसे लगा कि ऐसी परिस्थिति में सरकारी काम करना ही उचित होगा, क्योंकि सरकार किसी एक व्यक्ति विशेष की बपौती नहीं और न ही उसे हँसने-हँसाने से कोई मतलब है। सरकार में अलग-अलग विभाग अपने-अपने ढंग से काम करते रहते हैं जिनका एक-दूसरे से कोई लेना-देना नहीं होता। ऐसा नियोक्ता जरूर उसकी बातों पर गौर करेगा और उसे गंभीरता से लेगा। हाँ मेरी मुक्ति का यही मार्ग हो सकता है।

उसने डाकघर, न्यायालय, टैक्स कलेक्टर और ऐसी कई जगहों पर काम करने की संभावनाओं पर गौर किया। अच्छी-बुरी सभी बातों पर पूरे एहतियात से विचार करने के बाद उसने संघीय राजस्व विभाग में नौकरी करने की ठान ली। इस विभाग के प्रमुख मेजर बेंटीज की उम्र और दिल की बीमारी के वजह से ज्यादा दिन जिन्दा रहने की संभावना नहीं थी। पीठ पीछे लोगों का यही कहना था कि उसकी धमनी में ट्यूमर है जो कभी भी फट सकता है।

इस नौकरी को हथियाने के लिए पोंटिस के पास एक तुरूप का पत्ता भी था। रिओ में उसका एक रिश्तेदार रहता था जो अमीर होने के साथ काफी पहुँच वाला आदमी था। सरकार बदलने पर वह अपनी राजनीतिक पहुँच का इस्तेमाल करने की स्थिति में था। उसका दिल जीतने के लिए पोंटिस उसके आगे-पीछे चक्कर काटने लगा। आखिर उसे कामयाबी मिल गयी। रिश्तेदार ने उसे औपचारिक आश्वासन दे दिया कि काम हो जाएगा।

''चिंता मत करो। अगर मुझे सरकार में ब्रेक मिल गया जिसकी मुझे उम्मीद है और उसी समय गर तुम्हारे इस कलेक्टर की ट्यूमर फटने से मृत्यु हो जाती है, तो उसके बाद से तुम पर कभी कोई हँस नहीं पाएगा। अब जाओ और उसके मरते ही मुझे फौरन खबर कर दो। देखो उसकी लाश ठंडी होने की भी देर मत करना''

उम्मीद से लबालब पोंटिस घर लौट आया। बड़े धीरज से हालात में अनुकूल परिवर्तन होने का इंतजार करने लगा। उसकी एक आँख राजनैतिक घटनाक्रम तो दूसरी कर्नल के ट्यूमर पर टिकी थी, जो उसे मुक्ति दिलाने वाली थी।

राजनैतिक तब्दीलियाँ पहले हुईं। सरकार गिर गयी और नये मंत्री चुने गये। उनमें एक बड़े विभाग में उसके अमीर रिश्तेदार का करीबी मंत्री भी था। आधा रास्ता पार हो चुका था। बस अब आधा बाकी था। बदकिस्मती से मेजर की हालत स्थिर बनी हुई थी। उसके जल्दी मरने के कोई आसार ही नजर नहीं आ रहे थे। एलोपैथिक इलाज से मरीजों को मारने वाले डाक्टरों का कहना था कि ट्यूमर बड़ा ही खतरनाक था जो हल्की सी उत्तेजना से फट सकता है। उस चिड़चिड़े व बदमिजाज बूढ़े टैक्स कलेक्टर को इस बाबत सावधानी बरतने की चेतावनी दी गयी थी। लगता था जैसे दुनिया के तमाम एशो-आराम, जो नसीब ने उसे मुहैया कराए थे। उन्हें छोड़ दूसरी बेहतर दुनिया में जाने की कोई जल्दी नहीं

थी। इसलिए अपनी इस लाइलाज बीमारी को उसने बेहद संयमित और नियमित दिनचर्या अपनाकार काबू कर रखा था। चूँकि कोई भी उत्तेजक काम उसका खात्मा कर सकता है इसलिए उसने भूले से भी ऐसा कोई काम न करने की ठान रखी थी। फिर क्या चिंता?

ऐसी हालत में पोंटिस जिसने मन ही मन खुद को उस पद पर आसीन कर लिया था, मंसूबों पर पानी फिरते देख बेसब्र होने लगा, अपने मार्ग के इस रोड़े को वह कैसे हटाए? उसने शेर्नोक्सि के चिकित्सीय ग्रंथों में ट्यूमर से जुड़े सारे अध्याय पढ़ डाले दरअसल कंठस्थ कर लिये, इस विषय पर जितना लिखा या कहा गया था उसकी तह तक जाकर सारी जानकारी हासिल कर ली...अब तो इस विषय पर उसे रोग के स्थानीय चिकित्सक से कहीं ज्यादा जानकारी थी। पते की बात यह कि कई बातें चिकित्सक को जीवन भर पता नहीं चल सकती थीं।

इस तरह विज्ञान का यह ललचाने वाला फल चखने के बाद पोंटिस को अब यह विश्वास हो चला था कि वह चाहे तो ट्यूमर फटने में मदद कर उस व्यक्ति की मौत को जल्दी बुला सकता है। किसी भी किस्म की उत्तेजना उसे खत्म कर सकती है? तो फिर ठीक है, सूजा पोंटिस उसे ऐसी उत्तेजना महसूस कराएगा।

हँसी का एक जोरदार ठहाका इस तरह की उत्तेजना व थकान ला सकता है। कुटिलता से उसने मन ही मन सोचा। एक ठहाका उसे खत्म करने के लिए काफी होगा। फिर मेरे लिए लोगों को हँसना क्या मुश्किल है।

पोंटिस ने कई दिन अकेले रहकर इसी कश्मकश में गुजारे। लालच रूपी सर्प उसे डँसता रहा। अच्छे-बुरे ख्याल लगातार उसे मथते रहे।

क्या यह जुर्म है? नहीं! कानून की किस किताब में लिखा है कि हँसाना कोई जुर्म है और यदि इस वजह से कोई मर जाता है तो दोष उसकी कमजोर धमनी का है।

हमारे इस दुष्ट मसखरे का दिमाग जंग का मैदान बन गया था, जहाँ ज़मीर से बस मंसूबे के खिलाफ उठने वाली हर आपत्ति के साथ द्वन्द्व चलता रहा। उसकी कुटिल ख़्वायिश जज के पद पर आसीन हो चुकी थी, जिसने न जाने कितनी बार विरोधी पक्ष के हर एतराज को बड़ी सफाई और शर्मनाक तरफदारी से ख़ारिज कर दिया।

जैसी आशा थी लालच के सर्प की जीत हुई। पोंटिस अब एकान्त से निकलकर लोगों से मिलने-जुलने लगा, हालाँकि वह थोड़ा कमजोर हो गया था, आँखे अन्दर धँस गयी थी पर उनमें एक विजयी संकल्प की चमक साफ झलक रही थी। गौर से देखने पर कोई भी उसमें तब्दीली और घबराहट को भाँप सकता था पर उससे मिलने-जुलने वालों में ऐसे बहुत कम लोग थे जो उसमें आये बदलाव पर गौर करते। यूँ भी पोंटिस की मानसिक उधेड़बुन की किसे परवाह थी...पोंटिस तो पोंटिस था—महज एक मसखरा!

''जहाँ तक पोंटिस का सवाल था...''

भावी टैक्स कलेक्टर ने अपने अभियान के लिए पूरी सावधानी से योजना पर अमल करना शुरू कर दिया। सबसे पहले मेजर से सम्पर्क साधना जरूरी था जो अपना ज्यादातर वक्त एकांतवास में ही गुजारता था। फिजूल की बातों में उसकी कतई दिलचस्पी नहीं थी। उसके बाद धीरे-धीरे उसके दिल में जगह बनानी थी। उसकी पसन्द-नापसन्द का जाननी थी, ताकि मालूम पड़ सके कि उसके शरीर के किस हिस्से में वह घातक टयूमर मौजूद है।

बस फिर क्या था उसने रोजाना नये-नये बहानों से टैक्स कलेक्टर के दफ्तर के चक्कर काटने शुरू कर दिये। कभी दस्तावेजों पर स्टैम्प लगवाने तो कभी करों के बारे में जानकारी हासिल करने पहुँच जाता। मेजर के साथ चालाकी व सूझबूझ भरी बातचीत करने का कोई मौका वह चूकना नहीं चाहता था, ताकि वचह जान सके कि ऐसी कौन सी बातें हैं जो मेजर को उत्तेजित कर सकती हैं।

वह दूसरे लोगों के काम लेकर भी व्हाँ जाने लगा, सीमा शुल्क अदा करने, परमिट लेने, या इसी तरह के छोटे-मोटे काम। ट्रेजरी विभाग के साथ आये दिन लेन-देन करने वाले अपने मित्रों के लिए तो वह बड़े काम का आदमी बन गया।

आये दिन उसके इन चक्करों को देख मेजर खुद भी हैरान था। उसने पोंटिस से इसका जिक्र भी किया। पर बड़ी होशियारी से बहाने बना कर पोंटिस ने उसकी बात को टाल दिया। सो कमजोर दिल मेजर से जान-पहचान बढ़ाने के अपने सुनियोजित मंसूबे में बगैर कोई जल्दबाजी किये वह इत्मीनान से जुटा रहा।

इस तरह दो महीने पूरे होते-होते बेंटीस उस खुशदिल मिजाज 'गिलहरी' से भली-भाँति वाकिफ हो गया। पोंटिस का उसने यही नाम रखा था। पोंटिस उसे भला आदमी लगा जो दूसरों की सेवा करने के लिए तत्पर रहता और किसी बात का जल्दी से बुरा भी नहीं मानता था। इस अरसे में उसे एक बड़ी कामयाबी तब मिली जब काम का बोझ बहुत ज्यादा बढ़ जाने पर उसने पोंटिस से एक दिन मदद माँगी। उसके बाद यह सिलसिला चलता रहा। आये दिन वह काम निपटाने के लिए पोंटिस से मदद लेने लगा। धीरे-धीरे पोंटिस ने एक तरह से उसके विभाग में सहयोगी की हैसियत अख्तियार कर ली। कुछ कामों में तो पोंटिस का कोई मुकाबला ही नहीं कर सकता था। कमाल का मेहनती था! बड़ी बारीकी और हुनर से काम निपटाता। एक मर्तबा अपने क्लर्कों को फटकारते हुए मेजर ने उन्हें पोंटिस की कार्य-कुशलता की मिसाल देकर सीखने की सलाह दी—

''तुम लोग निरे मूर्ख हो। पोंटिस से कुछ सीखो। हर काम तो खूबी से निपटाता ही है साथ ही कितना हाजिरजवाब है।

उसी शाम मेजर ने उसे रात के भोजन पर आमंत्रित किया। पोंटिस का दिल बल्लियों उछलने लगा। किले के द्वार उसके लिए खुल रहे थे।

उस दिन का भोजन 'गिलहरी' के लिए किला फतह करने की शुरुआत साबित हुआ। अब तो वह मेजर के हर काम का अनिवार्य हिस्सा बन गया था। उसके बाद तो अपनी चाल को कामयाब करने के कई मौके हाथ आने लगे जिनका वह भरपूर फायदा उठाने लगा।

फिर भी मेजर को अपने इरादे से डिगाना आसान नहीं था। भूले से भी वह उत्तेजित होने या हँसने की गलती नहीं करता था। अपने उल्लास का इजहार वह बस व्यंगपूर्व मुस्कान से कर देता। जिस मजाक को सुनकर उसके साथी हँसी रोकने के लिए कुर्सियों से उछल पड़ते और मुँह में रूमाल ठूँस लेते उस पर मेजर महज हल्के से होंठ टेढ़े कर देता। मजाक यदि असाधारण किस्म का नहीं होता वह बड़ी बेरहमी से सुनाने वाले का यह कह हौसला पस्त कर देता—

''भई पोंटिस, यह तो बड़ा पुराना लतीफा है। 1850 की फलाँ फलाँ पत्रिका में यह तुम्हें दिख जाएगा। मुझे याद है मैं इसे पढ़ चुका हूँ।''

पोंटिस विनम्रता से मुस्करा भर देता, पर मन ही मन यह सोच खुद को तसल्ली देता कि इस बार न सही, अगली बार वह जरूर पकड़ में आ जाएगा।

उसने अपनी समूची दूरदर्शिता बस मेजर की कमजोरी पकड़ने पर लगा रखी थी।

हर व्यक्ति की किसी खास किस्म के हास्य-व्यंग्य में दिलचस्पी होती है। किसी को मोटे इसाई सन्यासियों के कामुक किस्से पसंद होते हैं तो किसी को जर्मन लोक गीतों से जुड़े लतीफे। कुछ ऐसे भी होते हैं जो फ्रांसीसी किस्से-कहानियाँ सुनने के लिए कुछ भी करने के लिए तैयार रहते हैं। ब्राजीलवासियों को पुर्तगाल या अजोरी के रहने वालों के मूर्खतापूर्ण किस्से पसंद आते हैं।

पर मेज़र? उसे तो किसी भी किस्म के हास्य-विनोद पर हँसी नहीं आती थी न अंग्रेज—न जर्मन, न फ्रांसीसियों और न ही ब्राजीलवासियों की पसंद के किस्से उसे पसंद थे। न जाने उसे क्या पसंद था?

हँसाने के जब से सारे तरीके बेअसर साबित हुए तो पोंटिस ने उन्हें छोड़ दिया। सूझ-बूझ से बाकायदा जाँच-पड़ताल करने पर पोंटिस को अपने इस दुसाध्य अड़ियल प्रतिद्वन्द्वी की एक खास कमजोरी का पता चला। मेजर अंग्रेजों और ईसाई संन्यासियों के किस्सें को बड़े चाव से सुनता था। इन दोनों को अलग-अलग नहीं बल्कि मिलाकर पेश करना जरूरी था। अलग-अलग सुनाने पर मेजर को मजा नहीं आता था, इस बुढ़ऊ की यही खासियत थी। जब किसी किस्से में चैक वाला सूट, हेलमेट और भारी बूट पहने किसी माँसाहारी, स्वस्थ, गुलाबी गोरे अंग्रेज के किस्से के साथ किसी नशेड़ी व कामुक मुटल्ले इसाई साधू का जिक्र आता तो मेजर का मुँह खुला का खुला रह जाता। होंठ चबाना छोड़ देता। बिल्कुल किसी बालक की तरह दिखता जिसे मानो उसकी पसंद की टॉफी थमा दी हो, और जब

लतीफे में क्लाइमेक्स आता तो वह उल्लास से भर खिलखिलाता, पर इतना जोर से या ज्यादा भी नहीं कि उसके स्वास्थ पर खतरा पैदा हो जाए।

असीम धैर्य के साथ पोंटिस इसी एक किस्म के हास्य से जुड़े लतीफ गढ़ने में जुटा रहा दूसरे हर किस्म के किस्सों और लतीफों को दरकिनार कर दिया। धीरे-धीरे ऐसे किस्सों का भंडार बढ़ता गया। वह वह अपनी हाजिरजवाबी और दुर्भावना की खुराक को मिलाकर बड़ी होशियारी से परोसता ताकि मेजर की धमनी पर वांछित दबाव पड़ सके।

कई मर्तबा पोंटिस किस्से को लम्बा खींचता, जानबूझकर रुक-रुक कर सुनाता, अंत को छुपा जाता ताकि उसका असर बढ़ जाए। ऐसे वक्त बुढऊ की दिलचस्पी बढ़ जाती। जानबूझकर लाए गये विराम के बीच वह अधीर हो उठता। किस्से को खुलासा करने या बाकी हिस्सा सुनाने की दरकार करता—

''भई आखिर उस सूअर का माँस खाने वाले शैतान का क्या हुआ? आगे की बात बताओ।''

हालाँकि वह जानलेवा ठहाका आने में काफी विलम्ब हो रहा था। पर हमारा भावी टैक्स कलेक्टर नाउम्मीद नहीं हुआ। उसे इस कहावत पर पूरा भरोसा था कि पानी में बार-बार डुबाने पर मिट्टी का घड़ा आज नहीं तो कल फूटेगा ही। यूँ उसकी चाल उतनी बुरी भी नहीं थी। मनोविज्ञान उसके पक्ष में था।

कार्निवल के आखिर में एक खास मौके पर मेजर ने अपने सभी मित्रों को आमंत्रित किया। मसालों से भरी एक भारी-भरकम मछली के इर्द-गिर्द इकट्ठा किया, जो उसके एक सहकर्मी ने उसे भेंट की थी। मेज के इर्द-गिर्द जमा सभी मेहमानों और साथ ही मेजबान का मूड भी कार्निवल की मौज मस्ती से खिल उठा था। मेजबान खास तौर पर उस दिन खुद से और दुनिया से वाकई संतुष्ट था मानो असाधारण चीज उसके हाथ लग गयी हो। रसोईघर में पकने वाले भोजन की खुशबू भूख बढ़ाने वाले पेय का काम कर रही थी। सभी के चेहरों पर बढ़िया व्यंजनों के इंतजार में चटोरेपन का भाव था।

जब मछली लायी गयी तो मेजर की आँखें चमक उठीं। वह उस शानदार मछली का मुरीद हो गया, खासकर इसलिए भी कि उसे उसकी वफादार रसोईदारीन ने पकाया था। उस दावत में उसने अपनी समूची पाक कला उड़ेलकर बेहद लज़ीज मसालों से मछली को सजाया था। वह क्या मछली थी! तेज पर घटिया शराब के घूँट भरते हुए मछली के टुकड़े चटकारे लेते मेहमानों के पेट में उतरने लगे। सभी इस लज़ीज मछली को खाने में इतने मस्त थे कि एक अजीब सी खामोशी पसर गयी थी जिसे तोड़ने की किसी को फुर्सत नहीं थी।

पोंटिस को लगा कि अंतिम निशाना साधने का यह सबसे बढ़िया मौका है। उसने एक अंग्रेज, उसकी बीवी और दो फ्रांसीसी साधुओं का एक किस्सा अपने समूचे बौद्धिक कौशल से कई रातों की नींद हराम कर बड़ी मेहनत से गढ़ा था।

कई दिनों से उसने अपना यह जाल तैयार रखा था बस सही मौके का इंतजार था ताकि निशाना चूकने की कोई गुंजाइश न रहे।

हमारे खलनायक की यह आखिरी उम्मीद थी तरकश का आखरी तीर! यह तीर चूक जाता है तो उसने खुद की कनपटी पर दो गोलियाँ दागने का फैसला कर लिया था। वह जानता था कि इससे बढ़िया व विस्फोटक किस्सा गढ़ना नामुमकिन है। यदि उसकी धमनी इससे नहीं फटती है तो वह मान लेगा कि मेजर को ट्यूमर है ही नहीं। सब कोरी बकवास है। सारी चिकित्सा और वह डॉक्टर भी निरा गधा है। वह खुद यानी पोंटिस इस धरती पर साँस लेता निपट मूर्ख है इसलिए जीने के नाकाबिल।

इस तरह पोंटिस ने अपना पूरा ध्यान एकाग्र किया और मनोवैज्ञानिक नजरों से अपने शिकार को निहारने लगा, तभी मेजर की नजरें उससे टकरायीं उसने आँख मारी जिसका मतलब था कि वह सुनने के लिए पूरी तरह तैयार है।

''तो हो जा शुरू'' कातिल ने मन ही मन सोचा और भरसक सहजता से पास रखी सॉस की बोतल यूँ उठायी मानो यह महज इत्तफाक हो और उसका लेबल पढ़ने लगा—

''पेरिन्स : ली एण्ड पेरिन्स। मैं नहीं जानता कि यह पेरिन्स उसी लार्ड पेरिन्स का कोई रिश्तेदार है या नहीं जिसने दो फ्रांसीसी संन्यासियों को फाँस लिया था?

लज़ीज़ मछली के स्वाद में पूरी तरह मस्त मेजर की आँखें किसी रसभरे किस्से की लालसा से चमक उठीं।

'दो साधु और एक लार्ड, किस्सा वाकई अव्वल दर्जे का होगा, गिलहरी चलो, जल्दी सुनाओ''

और अनजाने में मुँह चबाते हुए वह जानलेवा किस्सा सुनने में रम गया।

किस्सा बड़ी कुशलता से गढ़ा गया था, उसमें घटनाचक्र को अंत तक बड़ी बारीकी से बुना गया था। बेजोड़ महारत के साथ उसका एक-एक शब्द उस्तादी कला, कौशल और सहजता से सुनाया जा रहा था। किस्से के समाप्ति के निकट पहुँचते-पहुँचते बुढ़ऊ इस कदर मंत्र-मुग्ध हो चुका था कि क्लाइमेक्स जानने की जिज्ञासा से उसका मुँह आधा खुला रह गया था और गोश्त फँसा काँटा बीच हवा में रुक गया था। एक जोरदार ठहाका, हालाँकि रोक रखा था, पर छूटने के लिए बेताब था। अब हँसा कि तब। हँसी की इस मुद्रा से उसका चेहरा खिल उठा था।

पोंटिस पल भर को झिझका। उसे धमनी फटती दिखाई दे रही थी। क्षण भर के लिए उसकी अन्तर्रात्मा ने जीभ को पकड़ लिया पर पोंटिस ने भीतर की पुकार को परे धकेल दिया और सधी आवाज में निशाना दाग दिया।

मेजर एन्टोनियो परेरा डिसल्वा बेंटीस ने अपने जीवन का पहला ठहाका लगाया—उन्मुक्त व जोरदार ठहाका जिसकी आवाज सड़क के छोर तक सुनी जा

सकती थी। यकीनन यह मेजर के जीवन का पहला ही नहीं, अंतिम ठहाका भी था, क्योंकि अगले ही पल ठहाके के बीच उसके भौंचक साथियों ने उसका चेहरा प्लेट पर लुढ़कते और मेजपोश को सूर्ख लाल खून से रँगते हुए देखा।

हत्यारा उठ खड़ा हुआ। अवाक्! अफरा-तफरी का फायदा उठाते हुए एक गली में से बाहर खिसक लिया और घर जाकर छुप गया। कमरे के दरवाजे की सिटकनी लगा ली, रात भर भय से थरथराता रहा, शरीर सर्द पसीने से भीगता रहा। हल्की सी आवाज से वह चौंक उठता कि पुलिस तो नहीं आ गयी है।

आत्मा की ग्लानि से उबरने में उसे कई हफ्ते लगे। लोगों को लगता रहा कि मित्र की मौत के दुःख में उसकी यह हालत हो गयी है। उसकी आँखों के सामने हर वक्त वही दृश्य घूमता रहता—कलेक्टर का औंधे मुँह प्लेट पर लुढ़कना, खून का फव्वारा छूटना और हवा में उसके अंतिम ठहाके की चीख!

अपनी हताशा से अभी वह उबर भी नहीं पाया था कि रियो के उसके रिश्तेदार का खत मिला। पहुँच वाले उस प्रभावशाली व्यक्ति ने लिखा था "हमारे बीच हुई बातचीत के मुताबिक तुमने मुझे मेजर के मरने की खबर वक्त पर नहीं दी। अखबारों के मार्फत मुझे उसकी मौत का समाचार मिला। मैं मंत्री के पास गया पर चूँकि काफी देर हो चुकी थी उस पद के उत्तराधिकारी का नाम तय हो चुका था। अपनी इस लापरवाही की वजह से तुमने जीवन में एक बेहतरीन अवसर गँवा दिया। आगे यह लातीनी मुहावरा हमेशा याद रखना, "जो देर से आते हैं उन्हें केवल हड्डियाँ ही नसीब होती हैं। भविष्य में सतर्क रहना।"

महीने भर बाद ही पोंटिस का शव घर के खंभे से लटका पाया गया। बुरी तरह अकड़ चुका था, जीभ बाहर निकल आयी थी।

उसने जाँघिये की मदद से खुद का गला घोंट लिया था।

शहर में जब यह खबर फैली तो उसके मरने के तरीके को सुन लोग हँसने लगे। पुर्तगाली डिपार्टमेंट स्टोर के मालिक ने अपने क्लर्क से कहा भी—

"वाकई कितना मजाकिया था वह! मरते वक्त भी मजाक करने से बाज नहीं आया। अपने ही जाँघिये से फाँसी लगा ली। ऐसा मजाक तो सिर्फ पोंटिस ही कर सकता है।

और उसके इर्द-गिर्द जमा आधा दर्जन लोग खिलखिलाकर हँसने लगे, हा...हा...हा! अभागे पोंटिस को समाज ने बस यही एकमात्र श्रद्धांजलि अर्पित की।

✦

अनु०—**अनुराधा महेन्द्र**

कुआँ

✦

ऑगस्तो सेस्पेडिस (1904)

लेखक, वकील, पत्रकार, बोलिवियाई राजूदत ऑगस्तो सेस्पेडिस का जन्म 1904 में बोलिविया के कोकाबाम्बो शहर में हुआ था। उन्होंने कानून की पढ़ाई की और पत्रकार बन गये। दो समाचार पत्र भी आरम्भ किये। चाको युद्ध के दौरान लेफ्टिनेंट रहे और बाद में राजनीतिक जीवन से भी जुड़े। उनकी रचनाओं में वर्णित संसार बीसवीं सदी के बोलिवियाई समाज के संघर्ष का विलक्षण दस्तावेज है। सेस्पेडिस अपनी रचनाओं में एक खास शैली निर्मित करते हैं, जिसमें यथार्थ के ठोस वस्तु-जगत, विशेष कथन भंगिमा, और मानवीयता की प्रच्छन्न धारा का मेल अपने सर्वोत्कृष्ट रूप में दिखायी देता है। घटनाओं का ताना-बाना वे इस नाटकीय खूबी से बुनते हैं कि रचना पाठकों को तनाव और बेचैनी से भर देती है।

मैं एक बोलिवियन लेफ्टिनेंट हूँ। नाम है मिगुएल मजाया। फिलहाल मैं ताइरेरी अस्पताल में भर्ती हूँ जहाँ बेरीबेरी रोग के चलते पिछले पचास दिनों से मैं बंदी सा हो गया हूँ। बीमारी इतनी गंभीर नहीं थी कि मुझे यहाँ से निकालकर अपने पुश्तैनी शहर ला-पाज, मेरे लिए सर्वाधिक उत्तम जगह ले जाना पड़ता। ढाई बरसों से मैं सक्रिय मिलिटरी सेवा में रहा हूँ। पर न तो पिछले बरस बगल में लगी गोली और न ही अव्वल दर्जे की विटामिन की कमी वाली यह बीमारी मुझे सेना से बर्खास्त करा सकी।

सो अब इस अस्पताल में अपने इर्द-गिर्द निकर में टहलते प्रेत से दिखते अनगिनत मरीजों के बीच भटकते-भटकते मैं बुरी तरह ऊब गया हूँ। चूँकि इन आग उगलती घड़ियों में मेरे पास पढ़ने के लिए कुछ भी नहीं है सो मैं अपनी ही डायरी बार-बार पढ़कर खुद को सुनाता हूँ। धुँधले अनुभव को पृष्ठ-दर-पृष्ठ दर्ज करते हुए मैं डायरी में 'कुएँ' की एक कहानी लिखने में कामयाब हो सका हूँ। यह कुआँ अब 'पेरागुअनों' के कब्जे में है।

पर मेरे लिए यह कुआँ अब भी हमारा है, बोलिवियन है, शायद इसलिए कि इस कुएँ ने हमें बेहिसाब यातनाएँ दी हैं। इस कुएँ के आस-पास और इसकी गहराई में एक भयानक नाटक दो भागों में खेला गया था—पहला भाग इसकी खुदाई से जुड़ा है और दूसरा इसकी गहराई से! मेरी डायरी में दर्ज कहानी इस प्रकार है—

15 जनवरी, 1933—बूँद-बूँद को तरसरती गरमी का मौसम! 'प्लेटानिलास' के उत्तर में 'चाको' के इस हिस्से में काफी कम बरसात होती है। जो थोड़ी बहुत बारिश नसीब हुई थी वह भाप बनकर उड़ गयी। उत्तर और दक्षिण, दायें या बाएँ

दूर-दूर तक जहाँ भी नजर जाती है जंगलों के कृत्रिम नंगेपन में ठूँठ ही ठूँठ खड़े दिखाई देते हैं, जो दरअसल कभी पेड़ के तने रहे होंगे, दफन न किये गये कँकालों की तरह उठे हुए मानो इस निर्जल रेत पर सीधे खड़े रहने के लिए अभिशप्त हों। जल की बूँद का कहीं नामोनिशाँ तक नहीं। पर यह सब मनुष्य को युद्ध के दौरान यहाँ गुजर-बसर करने से रोक नहीं पाता। हम जीते हैं—कमजोर,दयनीय, वक्त से पहले बुढ़ा चुके पेड़ों पर पत्तों से ज्यादा टहनियाँ हैं और मनुष्यों में नफरत से ज्यादा प्यास भरी है।

मेरे अधीन 28 आदमी हैं। हफ्ता भर पहले ही हमारी रेजीमेंट के सैनिकों की एक टुकड़ी को यहाँ तैनात किया गया है। हमें लोआ किले के निकट पहाड़ में से सड़क काटने का काम सौंपा गया है। पहाड़ काँटेदार और घने पीले झाँड़-झँखाड़ से लदा हुआ है। यहाँ पानी नहीं है।

हमारी रेजीमेंट ने आगे की तरफ पहाड़ पर कब्जा कर लिया है और उस क्षेत्र की रक्षा में जुटी हुई है।

17 जनवरी—शाम के वक्त, धूल के बादलों के बीच पानी ट्रक पहुँचता है, उसका मडगार्ड टूटा हुआ है, विंड शील्ड गायब है और एक बत्ती धूल से सनी हुई है, काले पीपों को ठेलता यह पुराना ट्रक ऐसा लगता है मानो भूकम्प से निकलकर आया हो। पंसीने से लथपथ ड्राइवर की देह चमचमा रही है, कमीज के बटन कमर तक खुले हैं जिसमें से गीली छाती झाँक रही है।

''तालाब सूख रहा है।'' आज उसने ऐलान किया ''और रेजीमेंट के लिए पानी के राशन में कटौती करनी पड़ेगी।'' उसने मुझे यह भी बताया कि 'प्लेटानिलास' में हमारी टुकड़ी को आगे भेजने की योजना बनायी जा रही है। यह खबर सुनकर सभी सैनिक आपस में खुसर-पुसर करने लगे। उनमें से एक, पोटीसी के रहने वाले चाकोन ने जो छोटे कद काठी का, हथौड़े की तरह काला और मजबूत था, सर्वमत से एक सवाल उठाया ''क्या वहां पानी होगा?''

''यहाँ से कम'' जवाब मिला।

''यहाँ से कम? क्या हम रेगिस्तानी पौधों की तरह हवा पीकर जीवित रहेंगे?''

एक पीपे का ढक्कन खोलकर ड्राइवर ने गैसोलीन के दो डिब्बों में पानी भरा, एक भोजन पकाने के लिए और दूसरा पीने के लिए। फिर ट्रक लेकर चला गया। ऐसे वक्त सदैव एकाध बूँद जमीन पर टपकती, जमीन को पल भर गीला करती और सफेद तितलियों का झुंड इस नमी को सोखने के लिए फड़फड़ाने लगता। कभी-कभार मैं पानी की कुछ बूँदें पीछे गर्दन पर छिटकता, कुछ मधुमक्खियाँ, मैं नहीं जानता वे यहाँ कैसे जीवित हैं, आकर मेरे बालों में उलझ जातीं।

21 जनवरी—पिछली रात बरसात हुई। दिन के वक्त गर्मी ने हमें तपते रबड़ के वस्त्र की तरह घेर लिया था। रेत पर पड़ती सूरज की चौंध अपनी सफेद चमक

से हमें यातना देने में कोई कसर नहीं छोड़ रही थी। पर छह बजे बरसात हो गयी। हमने कपड़े उतार दिये और अपने तलुओं और उँगलियों के बीच गरम कीचड़ को महसूस करते हुए भीगते रहे।

25 जनवरी—फिर वही तपती गर्मी! एक बार फिर हमारे शरीरों पर प्रहार करती वही अदृश्य, सूखी चमक! मुझे लगता रहा कि एक खिड़की खोल देनी चाहिए जिससे हवा भीतर आ सके। आसमाँ पत्थर की एक विशाल सिल की तरह है जिसके नीचे सूरज धँस सा गया है।

हम जीते जा रहे हैं—हाथों में कुदाल-फावड़े उठाये। हमारी बंदूकें हमारे तंबूओं में धूल से सनी जमीन में आधी गड़ी पड़ी हैं और हम सड़क मजदूरों की तरह पहाड़ को एक सीधी रेखा में काटते जा रहे हैं। हम भी नहीं जानते क्यों, उलझे हुए झाड़-झँखाड़ के बीच से रास्ता निकाल रहे हैं, जो खुद भी तपिश से कुम्हला गये हैं। सूरज की गर्मी सब कुछ जला देती है। घास का मैदान जो कल सुबह तक पीला था, आज धूसर हो गया है। घास पूरी तरह झुलस कर जमीन से चिपट गयी है महज इसलिए कि सूरज इसके ऊपर से गुजर कर गया है।

भट्टी की तरह तपती इस पहाड़ी पर सुबह ग्यारह बजे से दोपहर तीन बजे तक काम करना नामुमकिन है। इस पूरे वक्त किसी घनी छाँह की निरर्थक तलाश के बाद मैं एक पेड़ की सूखी टहनियों की काल्पनिक छाँह तले पसर जाता हूँ।

मिट्टी, नमी से मिलने वाली मजबूती के बगैर सफेद मौत की तरह हवा में तैरती रहती है और पेड़ों के तने को अपने धूलि-धूसर आँलिंगन में लपेट लेती है। पास के ढलान पर मुर्दे की भाँति विवर्ण चारागाह की सतह पर सूरज की किरणें चुम्बकीय कँपन पैदा करती हैं।

पराजित, पस्त, सूजन से भरे हम लोग रोजाना के इस ज्वर से होने वाली जड़ता पर काबू पाकर एक ऐसी भावशून्यता की स्थिति में वहाँ टिके हुए हैं जिसे केवल टिड्डियों का वक्त की तरह अन्तहीन कोलाहल ही बेध सकता है। तपिश टिड्डियों के शोर में से भी रिसकर आ जाती है जो पूरे जंगल में गूँजता है और तीन मील तक वातावरण को, लोगों को बहरा कर देता है।

विक्षिप्त कर देने वाली इन सामूहिक ध्वनियों के बीच हम जी रहे थे—बे-आवाज, बे-ख्याल! घंटों बे-रंग आसमाँ में गिद्धों की धीमी उड़ान को ताकते हुए जो मेरी निगाहों को यूँ जान पड़ती है मानो अनन्त तक फैले कैनवास पर रूढ़ शैली में अंकित परिंदों का कोई रेखाचित्र हो। दूर जंगल में यदा-कदा गोली दागने की आवाज सुनाई पड़ती थी।

1 फरवरी—गर्मी ने हमारे शरीरों पर कब्जा कर लिया है और उन्हें धरती की निर्जीव जड़ता का हिस्सा बनाने पर आमादा है, यह तपिश हमारी देह को धूल, बुखार और कमजोरी में सिमटा रही है। हमें अपने शरीरों के होने का भान उस वेदना से होता है जो पसीने के रूप में हमारी त्वचा पर भट्ठियों में पिघलती

टार्च की तरह उतरती है। सिर्फ रात को हम अपनी सुध में लौट आते हैं, आखिर रात आती है अपने साथ नींद की बेइंतहा ललक लिए! हालाँकि रात-भर पशु-पक्षियों का चीत्कार, चीखें, सीटियाँ, चहचहाहट और मैदानों और पहाड़ों से आने वाली तमाम तरह की अनजानी आवाजें हमारे शरीरों को चैन से सोने नहीं देती।

रात, फिर दिन! दिन में हम एकदम नि:शब्द रहते हैं पर रात को मेरे फौजियों के मुँह में शब्द लौट आते हैं। उनमें से कुछ वाकई अनुभवी थे जैसे निकोलस पेड्रेजा—एक वालेग्रान्डीनो पर 1930 से चाको में ही है। वह मलेरिया से ग्रसित होने के कारण खोखले तने की तरह सूखकर पीला पड़ चुका है।

"वे कहते हैं कि पेरागुअन हमारे इलाके की तरफ बढ़ रहे हैं" चाकोन ने घोषणा की।

"यहाँ आस-पास यकीनन पानी नहीं है।" पेड्रेजा ने अधिकारपूर्वक कहा।

"पर पेरागुअन अक्सर पानी का पता लगा लेते हैं। किसी और के मुकाबले उन्हें पहाड़ों की ज्यादा जानकारी है।" ट्रस्टा ने विरोध किया। वह 'ला-पाज' का रहने वाला था। मजबूत गाल की पैनी हड्डियों और भेदती तिरछी आँखों वाला।

तब कोकाबाम्बा से आये एक सैनिक ने, जिसे हम स्मोकी कहकर बुलाते थे, जवाब दिया—"हाँ लोग यही कहते हैं, मैं जानता हूँ...पर फिर यह कैसे हुआ कि सिकट के निकट एक पेरागुअन सैनिक हमें प्यास से मरा पड़ा मिला था, जबकि तालाब ज्यादा दूर नहीं था लेफ्टिनेन्ट?"

"हाँ यह बात तो है।" मैंने हामी भरी। "आगे कैम्पस के सामने भी तो एक मिला था जो जहरीला फल खाने से मरा था।"

"लोग भूख से नहीं मरते, पर प्यास उन्हें यकीनन मार देती है। मैंने दस नवम्बर की जंग के बाद सिकट के चारागाह में अपने कुछ लोगों को कीचड़ चूसते देखा है।"

इस तरह किस्सों और बातों का अंबार लगता जाता—बेअसर। वे चारागाह के ऊपर से हवा की भाँति गुजरती जातीं, बिना उनमें कोई तरंग पैदा किये।

6 फरवरी—पानी फिर बरसा। पेड़-पौधों में नयी जान आ गयी। गड्ढों में जमा पानी हमारे पास है पर ब्रेड और चीनी नहीं है, क्योंकि माल लाने वाला ट्रक कीचड़ में धँस गया है।

10 फरवरी—वे हमें 20 किलोमीटर आगे ले जा रहे हैं। जो सड़क हमने काटी थी उसका इस्तेमाल नहीं होगा और हमें दूसरी शुरू करने का हुक्म मिला है।

18 फरवरी—कमीज के बटन खुले रखने वाला ड्राइवर बुरी खबर लाया है। हमारा पानी का तालाब सूख गया है। अब हमें अपना पानी 'ला चाइना' से लाना पड़ेगा।

26 फरवरी—कल बूँद भर पानी नहीं था। पानी आपूर्ति की व्यवस्था टूट रही है, क्योंकि ट्रकों को इसके लिए लम्बी दूरी तय करनी पड़ती है। कल दिन भर पहाड़ खोदने के बाद हम ट्रक के पहुँचने की राह ताकते रहे और सूरज की आखिरी किरण जो अब गुलाबी रंग में तब्दीली हो चुकी थी, मेरी टुकड़ी के सैनिकों के धूल से सने चेहरों पर चमक उठी, पर ट्रक की जानी-पहचानी खड़खड़ाहट नहीं सुनायी दी।

आज सुबह आखिरकार ट्रक आ पहुँचा और पीपे के इर्द-गिर्द हाथ, घड़े और बर्तन खनकने लगे जो वैमनस्य से भरे अधीरता में एक-दूसरे से टकरा रहे थे। नौबत लड़ाई तक आ पहुँची और मुझे बीच-बचाव करना पड़ा।

1 मार्च—छोटे कद, सुनहरे बालों व मूँछों वाला गोरा लेफ्टिनेंट हमारी चौकी पर आया और मुझसे पूछने लगा कि "मैं कितने आदमी दे सकता हूँ?"

"मोर्चे पर हमारे पास बिल्कुल पानी नहीं है" वह बोला "तीन दिन पहले मेरे तीन आदमियों को लू लग गयी। हमें कुएँ खोजने का काम सौंपा गया है।"

"उनका कहना है कि 'ला-चाइना' में कुएँ खोदे गये हैं"

"तो क्या उन्हें पानी मिला?"

"हाँ कुछ पानी तो मिला।"

"यह किस्मत की बात है।"

"यहाँ पर भी लोआ के निकट उन्होंने कुआँ खोदने की काशिश की थी।"

तभी पेड्रेजा ने जो हमारी बातें सुन रहा था, बताया कि यहाँ से कोई पाँच किलोमीटर की दूरी पर काफी बरस पहले वास्तव में खुदाई हुई थी। कुछ मीटर खोदकर छोड़ दिया। शायद जो लोग पानी खोज रहे थे इस काम को छोड़ कहीं और चले गये। पेड्रेजा का विचार है कि हमें उसी जगह को थोड़ा और खोदना चाहिए।

2 मार्च—पेड्रेजा ने जो जगह बतायी थी उसे हमने खोज निकाला। एक ऊँचे पेड़ के निकट झाड़-झँखाड़ से ढँका एक गड्ढा वहाँ वाकई था। गोरे लेफ्टिनेंट ने कहा कि हेडक्वार्टर को खबर करेगा। इसी दोपहर हमें हुक्म मिला है कि जब तक पानी नहीं निकल आता तब तक खुदाई जारी रखी जाए। इस काम के लिए मैंने आठ सैनिकों को चुना है—पेड्रेजा, ट्रस्टा, चाकोन, स्मोकी के अलावा चार इंडियन।

3 मार्च—गड्ढा करीब पाँच मीटर चौड़ा और इतना ही गहरा है। जमीन सीमेंट की भाँति कठोर है। हमने इस जगह तक का रास्ता साफ किया और करीब ही अपना तम्बू गाड़ लिया। हम दिन भर खुदाई करेंगे, क्योंकि गर्मी कुछ कम हो गयी है।

कमर तक नंगे, पसीने से तरबतर सैनिक मछली की तरह चमकते हैं। उनके धड़ों से पसीने की लकीरें यूँ रेंगती है जैसे छटपटाता मटमैला साँप। वे कुंदालों को

गड्ढे में उछाल देते हैं जहाँ वह भुरभुरी मिट्टी में अटककर रह जाती हैं और फिर चमड़े की रस्सी की मदद से गड्ढे में नीचे उतर जाते हैं। मिट्टी की खुशगवार महक मुहाने खड़े लोगों को नये उत्साह से सराबोर कर देती है।

10 मार्च—बारह मीटर। लगता है हम पानी तक पहुँचने ही वाले हैं। जो मिट्टी हम खोद रहे हैं वह नम से नमतर होती जा रही है। हमने कुएँ के एक तरफ लकड़ी की तख्तियाँ ठोंक दी हैं और मैंने सीढ़ी बनाने का आदेश दिया है ताकि पुली की मदद से मिट्टी बाहर निकाली जा सके। सैनिक बारी-बारी से इस काम को करते हैं और पेड्रेजा को यकीन है कि हफ्ते भर में पानी निकल आएगा।

22 मार्च—मैं कुएँ में नीचे उतरा हूँ। जैसे-जैसे हम नीचे जाते हैं शरीर के किसी ठोस चीज को भेदने की अनुभूति होती है। सूरज की रोशनी से जुदा होकर आप एक अनोखी हवा के संसर्ग में आते हैं, जिसमें मिट्टी की सोंधी महक रची-बसी है। ज्यूँ ही मैं अंधेरी गहराई में उतरा और मेरे नंगे पैरों ने मुलायम जमीन को छुआ एक जबर्दस्त ठंडक ने मुझे लपेट लिया। मैं करीब अठारह मीटर की गहराई में था। मैंने जब नजरें उठायी तो मुझे दूर तक एक काली नली सी दिखायी दी उसका सिरा जहाँ खत्म हो रहा था वहाँ सतह पर रोशनी ही रोशनी थी। उस तल में जमीन पर कीचड़ है और दीवार की मिट्टी छूते ही भरभरा कर गिरती है। कीचड़ से लथपथ ज्यूँ ही मैं बाहर निकला मच्छरों के झुंड ने मुझे जकड़ लिया और तब तक काटते रहे जब तक मेरे पैर बुरी तरह सूज नहीं गये।

30 मार्च—अजीब चीजें घट रही हैं। दस दिन पहले तक कुएँ से लेईदार कीचड़ निकल रहा था पर अब फिर सूखी मिट्टी निकलने लगी है। मैं एक बार फिर कुएँ में उतरा हूँ। वहाँ नीचे मिट्टी की गंध फेफड़ों को जकड़ लेती है। कुएँ की दीवार को छूने पर नमी महसूस होती है पर जब मैं तले में पहुँचता हूँ तो पता चलता है कि नमी की एक परत को काटकर नीचे जा रहे हैं। मैं खुदाई रोक देने का हुक्म देता हूँ। मैं देखना चाहता हूँ कि शायद कुछ दिनों में पानी रिसकर इकट्ठा हो जाए।

12 अप्रैल—एक हफ्ता गुजरने के बाद भी कुएँ का तल सूखा का सूखा है। उसके बाद खुदाई चलती रही और आज मैं चौबीस मीटर गहराई में उतरा। कुएँ में नीचे सिर्फ अंधकार ही अंधकार है। जमीन, जमीन, ठोस जमीन, सिहरा देने वाली मौन मजबूती के साथ अपने पंजे आपकी गर्दन में गड़ा देती है। खोदी हुई मिट्टी बाहर निकालने के बावजूद न जाने कैसे उसका समूचा भार वहाँ उस गहराई में मौजूद है और जब मैंने अपनी कुदाल से कुएँ की दीवार ठोकी तो एक जवाबी ध्वनि आयी जो बगैर कोई प्रतिध्वनि किए मेरे हृदय में गूँजती चली गयी।

28 अप्रैल—मुझे लगता है हमारी पानी की खोज नाकाम हो गयी है। कल हम तीस मीटर गहरा खोद चुके पर धूल के सिवाय कुछ हाथ नहीं लगा। हमें

अपनी यह निरर्थक खोज रोक देनी चाहिए। यही सोच मैंने हेडक्वार्टर को एक अर्जी भेजी है, मुझे कल वहाँ हाजिर होने का हुक्म मिला है।

29 अप्रैल—"कैप्टन" मैंने अपने से बड़े अफसर से कहा, "हम तीस मीटर खुदाई कर चुके हैं और पानी मिलने के कोई आसार नजर नहीं आ रहे हैं।"

"पर हमें हर कीमत पर पानी चाहिए।" वह बोला।

"तो फिर किसी और जगह कोशिश करनी चाहिए कैप्टन।"

"नहीं, नहीं, जहाँ शुरू किया है वहीं खोदते रहो। तीस-तीस मीटर के दो कुएँ हमें पानी नहीं दे सकते पर मुमकिन है चालीस मीटर खोदने पर पानी मिल जाए।"

"ठीक है कैप्टन।"

"और फिर अब तो मंजिल पास दिखाई दे रही है।"

"ठीक है कैप्टन।"

"शबास, थोड़ी और कोशिश करो। हमारे आदमी प्यास से मर रहे हैं।"

यूँ देखा जाए तो हम प्यास से मर नहीं रहे, पर रोजाना की यह यातना तिल-तिलकर हमें मार रही है। गुजारे के लिए प्रति व्यक्ति बस एक जग पानी के चलते एक अंतहीन वेदना में जी रहे हैं। मेरे सैनिकों को कुएँ के भीतर रहने के कारण ज्यादा प्यास लगती है, जहाँ लगातार धूल मिट्टी में काम करना पड़ता है, किन्तु आदेश है कि खुदाई चलती रहनी चाहिए।

मैंने अपने सैनिकों को अफसर का आदेश सुना दिया। उन्होंने अधीरता भरा विरोध जताया, जिसे कम करने के लिए मैंने कमान अफसर के नाम से उनके कोको पौधे और पानी के राशन में बढ़ोत्तरी कर दी।

9 मई—काम जारी है। यह कुआँ हमारे बीच एक दहलाने वाली शख्सियत अख्तियार कर रहा है—वास्तविक और विध्वंसक! शनैः शनैः यह खुदाई करने वालों पर कब्जा कर रहा है—अनदेखा, अनजाना मालिक बनता जा रहा है। वे उस भूतहा मार्ग पर चल पड़ते हैं, उस लंबरूप गुफा, नाउम्मीद खाईं के आगे हथियार डाल देते हैं, एक बेरहम हुक्म को मान लेते हैं जो उन्हें रोशनी से परे कीड़े-मकोड़ों की तरह जीने पर मजबूर कर रहा है—मनुष्य के रूप में उनके अस्तित्व के मायने को मटियामेट करता हुआ! जब भी मैं उनकी तरफ देखता हूँ तो सिहर उठता हूँ। लगता है वे जीवित कोशिकाओं से नहीं धूल-मिट्टी के पुतले हो। उनके कानों, पलकों, भोहों, नथुनों, में मिट्टी ही मिट्टी भरी है, बाल धूल से एकदम सफेद हो गये हैं। उनकी आँखों, उनकी आत्माओं में मिट्टी, चाको मिट्टी दम घुटने की अवस्था तक भर गयी है।

24 मई—हम कुछ मीटर और गहराई में पहुँच गये हैं। काम धीमा पड़ गया है। एक सैनिक कुएँ में मिट्टी खोदता है दूसरा बाहर पुली चलाता है और मिट्टी

गैसोलीन कैन से बनायी बाल्टी से ऊपर खींचकर लायी जाती है। सैनिक हवा की कमी की शिकायत करते हैं। जब वे ख़ोदते हैं तो वातावरण का दबाव उनके शरीरों को रौंदता है। यह दबाव उनके पैरों के नीचे, उनके चारों ओर, ऊपर-नीचे, हर जगह रात की तरह पसरा हुआ है। निर्मम, निराश, नकली, बोझिल नीरवता से निढाल, निश्चल और दमघोंटू, सीसे सा भारी मिट्टी का ढेर खोदने वाले पर हावी रहता है, उसे एक कीड़े की भाँति अंधेरे में दफन करता हुआ जो किसी भू-वैज्ञानिक युग के दौरान कहीं छिप गया होगा और पृथ्वी की ऊपरी परत से सैंकड़ों सदियों तक दूर रहा होगा।

वह गरम, गाढ़ा, गंदला पदार्थ (पानी) अपने डिब्बे से पीता है जो बहुत जल्द खत्म हो जाता है। खोदने वालों के लिए पानी का राशन दुगुना करने के बावजूद वे दोबारा माँगते हैं, क्यांकि न बुझने वाली प्यास से व्याकुल हलक में पानी झट से भाप बन जाता है। बेहिसाब थकाने वाली तपती धूल में अपने नंगे पैरों से वह मेड़ों की उसी चिर-परिचित मिट्टी की सौंधी महक को ढूँढ़ता है, जो दूर उसके देहात के खेतों में उसके पैरों से लिपटी रहती थी जिसकी स्मृति अब भी उसके स्पर्श में बरकरार है।

और वह खोदता है, कुदाल से खोदता है, मिट्टी गिरती रहती है उसके पैर ढक जाते हैं पर पानी नसीब नहीं होता जिसकी चाहत में सभी बेहाल हुए जा रहे हैं।

5 जून—हम चालीस मीटर की गहराई तक पहुँच रहे हैं। अपने सैनिकों का हौसला बढ़ाने के लिए मैं कुएँ में उतरकर खुद थोड़ी खुदाई करता हूँ। कुएँ में उतरते हुए मुझे महसूस होता है जैसे सपने में मैं किसी अन्तहीन खाई में फिसलता चला जा रहा हूँ। यहाँ इस गहराई में मुझे लगता है जैसे मैं सदा-सदा के लिए शेष मनुष्यता से जुदा कर दिया गया हूँ। युद्ध अभी दूर है, मेरा यह एकाकीपन मुझे एक ऐसे मुकाम की ओर धकेल रहा है जहाँ शून्यता के अमूर्त हाथों की जकड़न से तबाह हो जाना मेरी नियति में बदा है। रोशनी का एक भी कतरा यहाँ नहीं है। हवा का बोझिलपन मेरे समूचे शरीर को रौंदने लगता है। अंधकार का पुंज मेरे ऊपर लम्बरूप ढंग से पड़ता है—मुझे मनुष्य की हर आवाज से दूर दफनाने पर आमादा!

मैंने खोदने की कोशिश की, कुदाल तेजी से चलाने की भरसक कोशिश की इस उम्मीद में कि शायद इस प्रचंड प्रयास से मैं वक्त के गुजरने को तेज कर सकूँ। पर इस इलाके में वक्त जैसे ठहर गया है, अचल हो गया है। जब वक्त के बीतने का पता रोशनी में होने वाली बदलाव से नहीं चलता हो तो वक्त इस बेकार मिट्टी की तरह अंधेरे कूप की काली एकरसता के साथ स्थिर हो जाता है। यहाँ आकर रोशनी मर जाती है। यहाँ उस विशाल वृक्ष की जड़ें हैं जो रात को उग आती हैं और स्वर्ग के द्वार बंद कर धरती को अपनी मातमी गिरफ्त में जकड़ लेती हैं।

16 जून—अजीब चीजें घट रही हैं। कुएँ के तल में सिमटी अंधेरी कोठरी हमारे सपनों के रसायनिक प्रतिकर्मक (Chemical Reagent) की मार्फत पानी की कई-कई तस्वीरें बनाती है। पानी के लिए हमारा जुनून एक बेहद अजीब और असंगत संसार रचता जान पड़ता है, जिसने इकतालीस मीटर की गहराई में आकार लिया था और जिसका पता हमें उस गहराई में घटी एक अनोखी घटना से चला।

स्मोकी ने मुझे पहल पहल इसकी खबर दी। कल जब कुएँ की नलीनुमा कोठरी में उसे नींद लग गयी तो उसने एक सुनहरे साँप की चमक देखी। लपककर पकड़ा भी पर वह उसके हाथों में आते ही विलीन हो गया फिर कुएँ की पेंदी पर कई सारे दिखायी देने लगे जो देखते ही देखते बढ़ते गये और सफेद झागदार मरजते बुलबुलों के झरने में तब्दील हो गये, उस अंधेरे कूप को जीवन देते रहे, यह तब तक चलता रहा जब लगा यह एक जादुई साँप है, जो ठोस नहीं, पानी की धार की तरह तरल है, जिसकी सतह पर स्मोकी तब तक तैरता रहा जब तक दिन की चुंधियाती रोशनी से उसकी नींद न खुल गयी। यह देख वह विस्मय से भर उठा कि उनका पूरा कैंप पानी में बदल गया है। हर वृक्ष ने फव्वारे की शक्ल अख्तियार कर ली है। चरागाह की जगह हरी झील ने ली ली है, जिसमें हमारे सैनिक पेड़ों की घनी छाँव में नहा रहे हैं। झील के दूसरे किनारे से हमारे दुश्मनों की मशीन गनों से फायरिंग करते देख उसे कतई हैरानी नहीं हुई और न ही यह देख वह चकित हुआ कि हमारे सैनिक हँसी-ठिठोली करते हुए गोलियाँ लपकने के लिए पानी में कूद रहे हैं। वह बस पानी पीना चाहता था। उसने झील में बने फव्वारे से पानी पिया, पानी की बेशुमार बौछारों में वह फिसलता रहा जो उसके शरीर पर बरसती रहीं, फुहारें सिर पर टपकती रहीं। उसने पिया, बहुत सारा पानी पिया पर इस पानी से उसकी कतई प्यास नहीं बुझी। कैसे बुझती यह मायामय और आँखों का छल जो था—महज मरीचिका!

पिछली रात स्मोकी बुखार में तप रहा था। मैंने उसे हमारी रेजीमेंट के प्राथमिक चिकित्सा केन्द्र में भेजने की व्यवस्था की है।

24 जून—डिविजन के कमान अफसर ने यहाँ से गुजरते हुए अपनी कार हमारे डेरे पर राकने का हुक्म दिया। उसने मुझसे बातचीत की। उसे यकीन ही नहीं हुआ कि हम पैंतालीस मीटर गहरा खोद चुके हैं और सिर्फ बाल्टी और पुली की मदद से इतनी मिट्टी बाहर निकाल चुके हैं। मैंने उसे बताया ''कर्नल जब किसी सैनिक की बारी खत्म हो जाती है तो हमें जोर से चिल्लाकर उसे बाहर बुलाना पड़ता है।''

उसके बाद कोको पौधे और सिगरेटों की जो नयी खपत आयी, उसके साथ कर्नल ने बिगुल भी भेजा और इस तरह हम इस कुएँ से अटके हुए हैं। खोदते जा रहे हैं। या शायद हम भूमंडल के सबसे अन्दरूनी हिस्से-भू-वैज्ञानिक काल की ओर लौट रहे हैं, जहाँ सिर्फ परछाइयों का बसेरा है! यह एक दुर्भेद्य चट्टान में से पानी की खोज है। हर बार पहले से ज्यादा तन्हा, ज्यादा मायूस मेरे आदमी अपने

ख्यालों और अपनी नियति की तरह ही अंधकारपूर्ण छाया तले खोद रहे हैं, खोदते जा रहे हैं। समूचे वातावरण, जमीन, जीवन पर ही कुदाल चला रहे हैं, यह पृथ्वी की रक्षा करने वाले बौने प्रेतों की मौत की ताल पर धीमी, अनवरत खुदाई है।

4 जुलाई—क्या वाकई पानी जैसी कोई चीज है? स्मोकी ने जब से स्वप्न देखा है उसके बाद से हम सब उसे देखने लगे हैं। पेड्रेजा ने हमें बताया कि वह एकाएक आयी बाढ़ में डूब रहा था, पानी उसके सिर तक उमड़ पड़ रहा था। ट्रस्टा ने बताया उसकी कुदाल बर्फ की शिला से टकराई और कल ही चाकोन चहकते हुए ऐसी गुफा के बारे में बताने लगा जो जमीन के नीचे बनी झील की लहरों के झिलमिलाते अक्स से रोशन हो उठी थी।

क्या पानी के स्रोतों की यह बाढ़ हमारी बेहिसाब यातना, बेहिसाब चाहत, बेहिसाब आतुरता और हमारी आत्माओं की बेइंतहा प्यास से उमड़ रही है?

16 जुलाई—मेरे आदमी बीमार पड़ रहे हैं। वे कुएँ में उतरने से इन्कार कर रहे हैं। उन्हें जोर देना पड़ रहा है। उन्होंने मोर्चे पर भेज देने की गुजारिश की है। मैं एक बार फिर कुएँ में उतरा और डर और दशहत से घिरा ऊपर आया। अब हम करीब 50 मीटर गहराई में पहुँच चुके हैं। वातावरण लगातार अंधकारमय होता जा रहा है और शरीर को न छोड़ने वाली अनवरत यातना में जकड़ लेता है। नीचे मिट्टी की गिरफ़्त में दम घुटने लगता है। उस रसातल में किसी के लिए भी एक घंटे से ज्यादा टिक पाना नामुकिन है। यह एक दु:स्वप्न बन गया है। चाको की मिट्टी में कुछ असाधारण, अभिशप्त है।

25 जुलाई—हर एक घंटे के बाद खुदाई करने वाले को वापस बुलाने के लिए कुएँ के मुहाने पर कमान अफसर द्वारा दिया बिगुल बजाया जाता है। बिगुल की आवाज नीचे की अतल गहराई में कनपट्टी पर वज्रपात जैसी पड़ती होगी। पर इस दोपहर बिगुल बजाने के बावजूद कोई ऊपर नहीं आया।

''वहाँ नीचे कौन है?'' मैंने पूछा।

यह पेड्रेजा था। सब पुकारते रहे और बिगुल बजता रहा। ट्रां...ट्रां...पेड्रेजा?

''वह सो गया होगा।''

''या दम तोड़ दिया होगा'' मैंने जोड़ा और एक सैनिक को नीचे उतरकर पता लगाने का हुक्म दिया।

एक सैनिक नीचे गया और काफी देर इंतजार के बाद कुएँ के मुहाने पर बनायी गयी गोलाकार जगह में से रस्सी से बंधी और सैनिक द्वारा ढेली गयी अर्द्ध-मूर्छित, दम घुटी पेड्रेजा की देह प्रकट हुई।

29 जुलाई—आज चाकोन बेहोश हो गया। खिन्न मन से जब उसे उठाकर ले जाया जा रहा था तो वह एकदम फाँसी पर लटकाए आदमी की तरह दिख रहा था।

4 सितम्बर—तो क्या यह काम कभी खत्म नहीं होगा? खुदाई जारी है पर पानी मिलने की अब कोई आस नहीं रही। महज एक घातक नियति, एक अंधे, अबोधगम्य उद्देश्य से हम खोदते जा रहे हैं। इस कुएँ ने यहाँ इस जगह पर युद्ध की तरह अनिवार्य अन्तहीन और अदम्य शख्सियत आखिरकार कर ली है। कुएँ से निकाली मिट्टी टीलों में तब्दील हो चुकी है जिस पर छिपकलियाँ और बिच्छू दौड़ते-भागते हैं, खुदाई करने वाला सैनिक जब कुएँ से निकलकर मुहाने पर प्रकट होता है पसीने और मिट्टी से लथपथ, तो उसकी धूल सनी सफेद पलकों और बालों को देख लगता है जैसे किसी प्लूटोनियन क्षेत्र से आया है। वह बाढ़ को झेलकर आये किसी प्रागैतिहासिक प्रेत की तरह दिखता है। कई बार बस यूँ ही कुछ कहने के लिए मैं उससे पूछता हूँ, ''कुछ मिला?''

''नहीं, अभी तक कुछ नहीं लेफ्टिनेंट।''

''नहीं, कुछ नहीं, हमारे युद्ध की तरह इस 'कुछ नहीं' का कभी अंत नहीं होगा।

1 अक्तूबर—खुदाई रोक देने का हुक्म आ चुका है। सात महीनों की खुदाई के बावजूद हमें पानी नसीब नहीं हुआ।

इस बीच यह चौकी काफी कुछ बदल गयी है। कुछ केबिन बन गये हैं और एक बटालियन कमान स्टेशन बन गया है। अब हमें पूरब की तरफ एक सड़क खोदने जाना है, पर हमारा कैम्प इसी जगह पर बना रहेगा।

कुआँ भी रहेगा—परित्यक्त! निःशब्द मुहाने और निराशाजनक गहराई के साथ यह मनहूस कुआँ अब भी हमारे बीच है—एक घुसपैंठिए की तरह, नासमझ पर खतरनाक दुश्मन, हमारी नफरत से परे एक जख़्म की तरह—एकदम निकम्मा!

7 दिसम्बर (प्लातानिलोस अस्पताल)—हाँ, वह शापित कुआँ आखिरकार फायदेमंद साबित हुआ। मेरी याददाश्त अब भी ताजा है, क्योंकि चार तारीख को हमला हुआ और 5 तारीख को मुझे यहाँ लाया गया। मैं मलेरिया से बुरी तरह ठिठुर रहा था।

यकीनन मोर्चे पर बंदी बनाये किसी कैदी ने, जहाँ हमारे कुएँ का अस्तित्व एक किंवदंती बन गया था, पेरागुअनों को बतायाहोगा कि जहाँ बोलिवियन तैनात हैं उसके पीछे एक कुआँ है। प्यास से बेहाल गुआरानी इंडियनस् ने हम पर हमला बोलने का इरादा किया होगा।

सुबह छह बजे मशीन गन की गोलियों से पहाड़ी खंडित होने लगी। हमने जान लिया कि हमारे आगे मोर्चे की सीमा पर कब्जा कर लिया गया है, क्योंकि हमने अपने सामने दो सौ मीटर पर पेरागुअनों की गोलीबारी देखी। हमारे तंबुओं के पीछे दो आग उगलते बम आकर गिरे।

मैंने अपने सैनिकों को उनकी गंदी धूल सनी बंदूकें थमा दीं और उन्हें अचूक निशाना साधने की जगहों पर तैनात कर दिया। तभी हमारा एक अफसर भागते हुए

सैनिकों की एक टुकड़ी के साथ मशीनगन लेकर आ पहुँचा। उसने उन सैनिकों को कुएँ के बाँयी तरफ खड़ा कर दिया जबकि हम दाँयी तरफ खड़े थे। कुछ मिट्टी के टीलों के पीछे आड़ लेकर खड़े हो गये। चाकू-छुरियों की तरह आवाज करती गोलियों की बौछार टहनियों पर बरसती रहीं। मशीनगन से उगले दो तेज-धमाकों ने एक विशाल पेड़ को छलनी कर दिया। पेरागुअनों की गोलीबारी निरन्तर नजदीक आती जा रही थी। धमाकों के साथ उनकी वहशी चीखें साफ सुनी जा सकती थीं। उन्होंने अपने हमले का निशाना सबसे ज्यादा कुएँ पर ही रखा था। पर हमने भी हार नहीं मानी, हम एक कदम भी पीछे नहीं हटे। कुएँ की इस तरह रक्षा करते रहे मानो सचमुच उसमें पानी हो।

तोप से उगलती गोलियों ने जमीन को चीर डाला। मशीनगन की गोलियां खोपड़ियों और छातियों को छेदती रहीं पर हमने पाँच घंटे तक चले इस मुकाबले के दौरान कुआँ नहीं छोड़ा।

दोपहर में चारों तरफ सन्नाटेदार शांति थी। दुश्मन मैदान छोड़कर भाग गया था। तब हमने लाशों को उठाया। पैरागुअन अपनी पाँच लाशें छोड़ गये थे और हमारी तरफ के आठ मृतकों में स्मोकी, पेड्रेजा, ट्रस्टा और चाकोन भी थे। उनकी छातियाँ खुली थीं उनके खुले मुँह से अभी भी धूल सने दाँत झलक रहे थे।

तपिश पारदर्शी प्रेत की तरह पहाड़ी पर छितरी पड़ी थी—जमीन में असंख्य दरारें बनाती! कब्र खोदने की मेहनत से बचने के लिए मुझे कुएँ का ख्याल आया।

तेरह शवों को कुएँ के मुहाने तक खींचकर लाया गया और धीमे से कुएँ की वीरानी में धकेल दिया गया, जहाँ वे गुरुत्वाकर्षण के नियम का पालन करते हुए ओझल होने और अंधकार द्वारा निगल लिए जाने से पहले धीरे-धीरे सपाट होती गयीं।

''बस यही है वहाँ''

फिर हमने मिट्टी डाली, ढेर सारी मिट्टी तब भी समूचे चाको में यह कुआँ आज भी सबसे गहरा है।

✦

अनु०—**अनुराधा महेन्द्र**

एक अद्भुत दोपहर

✦

गैब्रियल गार्सिया मारक्वेज़ (1928)

लातीनी अमरीकी कथाकार गैब्रियल गार्सिया मारक्वेज़ का जन्म 6 मार्च, 1928 में एनाकेटका, कोलम्बिया में हुआ। मारक्वेज़ 20वीं सदी के सबसे बड़े लेखकों में शुमार किए जाते हैं। उनकी शिक्षा-दीक्षा बोगोटा में नेशनल यूनिवर्सिटी में हुई। उन्होंने अपना कैरियर एक पत्रकार के रूप में शुरू किया।

उनकी लघुकथाओं का संग्रह 'बिग ममास फ्युनरल' और तीन उपन्यास (लीफ स्ट्रॉर्म, नो वन राइट्स टू कर्नल और इन इवल आवर) प्रकाशित हुए। इन सभी रचनाओं में लातीनी अमरीकी समाज का अवरुद्ध और अवसाद भरा समय प्रतिबिम्बित होता है। मारक्वेज़ के लेखन पर फ्रेंज काफ्का का स्पष्ट प्रभाव दिखाई देता है। पर उनके प्रारम्भिक लेखन में एक प्रतिभाशाली युवा लेखक की स्पष्ट छाप दिखाई देती है जो साहित्य में एक ऊँची छलाँग लगाने को तत्पर है। मारक्वेज़ को असली सफलता कथा साहित्य के इतिहास में अपने महान उपन्यास 'वन हंड्रेड इयर्स ऑफ सोलिट्यूड' से मिली। यह कोलम्बियाई परिवार की कई पीढ़ियों की कथा है, जिसमें समय, घटनाएँ देशकाल और उनके प्रभाव चरित्रों के इर्द-गिर्द इस कदर गूँथे हुए हैं कि एक जादुई यथार्थ का सा अहसास कराते हैं। जीवित इतिहास मिथक की तरह लगता है और समय का सच समयहीन शाश्वतता से जुड़ा दिखता है। इस उपन्यास से यथार्थ की एक नयी श्रेणी— जादुई यथार्थवाद का जन्म हुआ और मारक्वेज़ इसी जादुई यथार्थवाद के प्रणेता माने जाने लगे। मारक्वेज़ के बाद के सभी उपन्यासों में भी यही शैली मिलती है। उनकी इस शैली से दुनिया भर के कथाकार प्रभावित हुए हैं। मारक्वेज़ को 1982 में One Hundred Years of Solitude के लिए साहित्य के नोबेल पुरस्कार से सम्मानित किया गया।

पिंजरा बनकर तैयार था। बॉल्तजर ने आदतन उसे छज्जे पर टाँग दिया। भोजन खत्म करके अभी वह उठा ही था कि सबने कहना शुरू कर दिया कि दुनिया का एक सबसे खूबसूरत पिंजरा है। इतने सारे लोग पिंजरा देखने आये कि घर के बाहर खासी भीड़ जुट गयी। बॉल्तजर को पिंजरा उतार कर दुकान बंद करनी पड़ी।

''तुम्हें दाढ़ी बनानी चाहिए, उसकी पत्नी उर्सुला बोली, ''तुम बिल्कुल कैदी लगते हो''

''भोजन के बाद दाढ़ी बनाना अखरता है,'' बॉल्तजर बोला।

पिछले दो हफ्तों से उसने दाढ़ी नहीं बनायी थी। दाढ़ी के छोटे-छोटे बाल कड़े, खुरदरे, बिल्कुल खच्चर की गर्दन के बालों की तरह हो गये थे। चेहरे पर

एक घबराये युवक का सा भाव था। हालाँकि यह असलियत नहीं थी। इसी फरवरी वह तीस बरस का हुआ था। बगैर ब्याह या कोई बच्चा पैदा किये पिछले चार बरसों से वह उर्सुला के साथ रह रहा था। जीवन में एहतियात बरतने की हालाँकि कई वजहें थीं पर घबराने जैसी कोई बात ही नहीं थी। वह तो यह भी नहीं जानता था कि कुछ लोगों के लिए उसने जो पिंजरा अभी बनाया था वह दुनिया का सबसे खूबसूरत पिंजरा था। वह तो बचपन से ही पिंजरे बनाने में माहिर था लिहाजा यह या कोई भी पिंजरा बनाना उसके लिए कोई खास मुश्किल नहीं था।

''अब कुछ देर आराम कर लो'', स्त्री बोली, ''वैसे भी इस दाढ़ी में कहीं जा नहीं सकते हो।''

जब वह सुस्ता रहा था तो न जाने कितनी बार पड़ोसियों को पिंजरा दिखाने के लिए उसे हैमक में से उठना पड़ा। अब तक उर्सुला ने पिंजरे पर खास ध्यान नहीं दिया था। वह पति से नाराज थी, क्योंकि पिछले दो हफ्तों से वह पिंजरा बनाने में इस तरह लीन था कि उसने अपनी कारपेन्टरी की दुकान को भी छोड़ रखा था। उसे न खाने की सुध थी न सोने की। नींद में भी वह करवट बदलता रहता और कुछ बड़बड़ाता रहता। उसे दाढ़ी बनाने तक को होश न था। पर उर्सुला ने जब तैयार पिंजरा देखा तो उसका सारा गुस्सा काफूर हो गया। बॉल्तजर जब झपकी लेकर उठा तो उर्सुला ने उसकी कमीज और पैंट को इस्त्री कर कुर्सी पर करीने से तैयार रखा था। पिंजरे को उठाकर डाइनिंग टेबल पर रख दिया था। फिर वह चुपचाप पिंजरे को निहारने लगी।

''इसका कितना लोगे?'' उसने पूछा।

''पता नहीं मैं तीस पेसो (कोलंबिया की मुद्रा) तो माँग ही लूँगा, देखें बीस तो मिल ही जाएँगे।''

''तुम्हें पचास माँगने चाहिए। इन दो हफ्तों में कितनी तो नींद गँवायी है। फिर यह पिंजरा कितना बड़ा है। मेरे ख्याल से अब तक अपने जीवन में मैंने इतना बड़ा पिंजरा कभी नहीं देखा है।'' उर्सुला बोली।

बॉल्तजर दाढ़ी बनाने लगा।

''तुम्हें लगता है कि वे मुझे इसके पचास पेसो देंगे?''

''मिस्टर चेपे मांटियल के लिए तो यह कुछ भी नहीं, फिर पिंजरा इससे कहीं ज्यादा कीमती है। तुम्हें साठ माँगने चाहिए''

मकान दमघोंटू छाया तले था। अप्रैल माह के शुरुआती दिन थे। झींगरों की चटर-पटर के कारण उमस को सहन करना खासा मुश्किल था। कपड़े पहन लेने के फौरन बाद बॉल्तजर ने आँगन की ओर खुलने वाला दरवाजा खोल दिया ताकि मकान में थोड़ी ठंडक आ जाये। दरवाजा खुलते ही बच्चों की टोली डाइनिंग रूम में आ धमकी।

खबर फैल चुकी थी। एक बूढ़ा चिकित्सक डॉ० ओक्टाविया गिराल्डो जो अपने जीवन से हालाँकि संतुष्ट था, पर अपने पेशे से ऊब चुका था, अपनी अपंग पत्नी के साथ दोपहर का भोजन करते वक्त वह बॉल्तजर के पिंजरे के बारे में सोचने लगा। गर्मी के दिनों में वे खाने की मेज भीतर बनी छत पर लगा देते थे। छत को गमलों से सजाया गया था। वहाँ दो पिंजरे भी थे, जिनमें कनारी चिड़ियाएँ थीं। उसकी बीवी को पक्षी खूब पसंद थे। इतने ज्यादा कि बिल्लियों से महज इसलिए नफरत थी, क्योंकि वे पक्षियों को खा जाती हैं। इन्हीं ख्यालों में खोये डॉ० गिराल्डो उस दोपहर एक मरीज को देखने गये और लौटते वक्त पिंजरा देखने बॉल्तजर के घर पहुँच गये।

डाइनिंग रूम में बहुत सारे लोग जमा थे। नुमाइश के लिए पिंजरे को मेज पर रखा गया था। विशाल गुबंदाकार में तार से बने पिंजरे के भीतर तीन खंड थे। जिसमें गलियारे के साथ खाने-पीने और सोने के लिए अलग खाने थे, और तो और पक्षियों की उछल कूद के लिए भी एक अलग जगह थी, जहाँ झूले वगैरह टँगे थे। यह बिल्कुल किसी विशाल बर्फ फैक्टरी का लघु रूप दिखता था। छुए बगैर ही डाक्टर ध्यान से पिंजरे का मुआयना करने लगा। मन ही मन सोच रहा था पिंजरा वाकई इसकी ख्याति से कहीं ज्यादा काबिले तारीफ है। उसकी बीवी के लिए यह सचमुच एक कल्पनातीत खूबसूरत तोहफा साबित होगा।

''वाकई यह आपकी कल्पना की शानदार उड़ान है,'' लोगों की भीड़ में बॉल्तजर को ढूँढ़ते हुए वह बोला। फिर उस पर अपनी मातृसुलभ निगाहें टिकाकर बोला, ''तुम एक असाधारण वास्तुशिल्पी बन सकते हो।''

बॉल्तजर के मुख पर लाली छा गयी।

''शुक्रिया,'' वह बोला।

''यह बिल्कुल सच है,'' डॉक्टर बोला।

वह सुकुमार ढंग से गोलमटोल व चिकना था। बिल्कुल ऐसी स्त्री की मानिंद जो अपनी जवानी में खूबसूरत रही होगी। हाथ काफी मुलायम थे। आवाज ऐसी मानो कोई पादरी लैटिन बोल रहा हो। 'कितना खूबसूरत है, इसमें तो पक्षियों को रखने की भी जरूरत नहीं है। पिंजरे को दर्शकों की आँखों के सामने हाथ से गोल फिराते हुए वह यूँ बोला मानो उसकी नीलामी कर रहा हो। ''इसे तो बस किसी पेड़ पर टाँग देना काफी होगा, यह खुद-ब-खुद बज उठेगा।'' उसने पिंजरा मेज पर रख दिया। फिर पिंजरे को निहारते हुए पल भर सोच बोला।

''ठीक है, इसे मैं लेता हूँ''

''यह बिक चुका है,'' उर्सुला बोली।

''यह चेपे मान्टियल के बेटे की अमानत है, उसने खासतौर पर बनवाया है'' बॉल्तजर बोला।

डॉक्टर ने अब इज्जतदार रुख अख्तियार कर लिया।

''क्या उसने तुम्हें कोई डिज़ाइन दिया था?''

''नहीं, बस कहा था कि उसे एक बड़ा पिंजरा चाहिए जिसमें पक्षियों का जोड़ा रह सके।''

डॉक्टर ने पिंजरे को गौर से देखा।

''पर यह तो पक्षियों के जोड़े के लिए नहीं है।''

''क्यों नहीं डॉक्टर साहब'' बॉल्तजर मेज की ओर बढ़ते हुए बोला। बच्चों ने उसे घेर रखा था। ''हर खाने को पूरी एहतियात से नाप तौल कर बनाया गया है'', उँगलियों से विभिन्न खानों की ओर संकेत करते हुए बोला। फिर उसने उँगलियों की गाँठों से गुबंद को ज्यूँ ही बजाया तो पिंजरे में वीणा का सा मधुर स्वर गूँज उठा।

''यह एक सबसे मजबूत किस्म का तार है, हर जोड़ की भीतर और बाहर से भी टँकाई की गयी है।

''वह बोला।''

''यह तो इतना बड़ा है कि इसमें तोता भी आ सकता है,'' एक बच्चा बीच में बोल पड़ा।

''हाँ बिल्कुल,'' बॉल्तजर बोला।

डॉक्टर उससे फिर मुखातिब हुआ, ''यह सब तो ठीक है पर उसने तुम्हें कोई डिज़ाइन तो नहीं दिया था, पिंजरा पक्षियों के जोड़े लायक बड़ा हो, इसके सिवाय उसने तुम्हें कोई नक्शा या हिदायत तो नहीं दी थी न। क्यों ठीक है न?''

''हॉ'' बॉल्तजर ने हामी भरी।

''फिर क्या दिक्कत है,'' डॉक्टर बोला। ''पक्षियों के लिए एक बड़ा सा पिंजरा बनाना एक बात है और यह पिंजरा अपने आप में दूसरी बात। इसका क्या सबूत है कि यही वह पिंजरा है जो उसने तुम्हें बनाने के लिए कहा था।''

बॉल्तजर उलझन में पड़ गया और बोला, ''बेशक यही वह पिंजरा है इसलिए मैंने इसे बनाया है।''

डॉक्टर बेचैन हो उठा।

''तुम और एक पिंजरा बनाकर दे सकते हो,'' पति की ओर देख उर्सुला बोली। फिर डॉक्टर से बोली ''आपको जल्दी तो नहीं है।''

''इसी दोपहर मैंने अपनी बीवी से वादा किया था,'' डॉक्टर बोला

''मुझे अफसोस है डॉक्टर, पर मैं उस चीज को कैसे बेच सकता हूँ, जो पहले ही बिक चुकी है।''

डॉक्टर ने कंधे उचकाए, रूमाल से गर्दन का पसीना पोंछते वक्त चुपचाप एकटक पिंजरे को निहारता रहा ठीक जैसे कोई किनारे से धीरे-धीरे दूर खिसकते जहाज को निहारता है।

''वह तुम्हें इसकी क्या कीमत दे रहा है?''

जवाब दिये बगैर बॉल्तजर ने उर्सुला की आँखों में झाँका।

''साठ पेसो,'' वह बोली

डॉक्टर पिंजरे को देखता रहा, ''यह खूबसूरत है, वाकई बेहद खूबसूरत'' उसने एक लम्बी साँस छोड़ी। फिर मुस्कराते हुए रूमाल से खुद को हवा करते हुए वह दरवाजे की ओर बढ़ने लगा। उसी पल इस घटना का नामोनिशां तक उसकी स्मृति से मिट गया।

''मोन्टियल काफी अमीर है,'' उसने सोचा।

असल में जोस मोन्टियल उतना अमीर नहीं था, जितना दिखता था, पर ऐसा बनने के लिए वह कुछ भी करने से नहीं चूकता। वहाँ से कुछ ही मकान दूर साजो-सामान से ठसाठस भरे उसके घर में ऐसा कुछ भी नहीं था जो बेचा न जा सके। अपने घर में पिंजरे की खबर से वह पूरी तरह बेखबर था। उसकी बीवी, जो हर वक्त मृत्यु की सनक से घबरायी रहती, भोजन के बाद दरवाजे और खिड़कियाँ बंद कर पिछले दो घंटे से कमरे की परछाई पर आँखें टिकाए लेटी थी। जोस मोन्टियल भोजन के बाद सुस्ता रहा था। कई स्वरों के कोलाहल से वह चौंक पड़ी। उसने बैठक का दरवाजा खोला तो देखा घर के सामने खासी भीड़ जमा थी। भीड़ के बीच साफ-सुथरे कपड़ों में ताजातरीन दाढ़ी बनाए बॉल्तजर पिंजरा उठाये खड़ा था, चेहरे पर विनम्रता व निश्छलता भरा भाव था जो अमूमन हर गरीब के चेहरे पर होता है जब वह किसी अमीर के घर आता है।

''वाह क्या शानदार चीज है।'' जोस मोन्टियल की पत्नी अनायास उल्लास से भर बोल पड़ी। उसने बॉल्तजर को भीतर आने दिया। ''मैंने अपने जीवन में अब तक ऐसी चीज कभी नहीं देखी है।'' फिर दरवाजे पर जमा भीड़ पर खीझते हुए यह भी बोली—

''इससे पहले कि यह कमरा दंगल का मैदान बन जाए, तुम इसे भीतर ले आओ।''

बॉल्तजर इस घर में अजनबी नहीं था। उसकी कारोबारी ईमानदारी और हुनर की वजह से अक्सर बढ़ईगिरी के छुटपुट कामों के लिए उसे बुलाया जाता था पर अमीरों के बीच वह कभी सहज महसूस नहीं कर पाता था। वह उनके, उनकी भद्दी और झगड़ालू बीवियों, उनकी भारी भरकम शल्य चिकित्साओं के बारे में सोचता और अक्सर उनके प्रति दया की भावना से भर उठता। उनके घरों में वह जैसे ही घुसता उसके कदम मुश्किल से ही आगे बढ़ते।

''क्या पेपे घर पर है,'' उसने पूछा।

पिंजरे को उसने डाइनिंग रूम की मेज पर रख दिया था।

''वह स्कूल गया है'', जोस मोन्टियल की बीवी बोली, ''पर अभी आने ही वाला होगा।'' फिर बोली, ''मोन्टियल नहा रहे हैं।''

दरअसल जोस मोन्टियल अभी ठीक से नहा नहीं पाया था पर उसने हड़बड़ी में शरीर को रगड़ा जिससे जल्दी बाहर आकर देख सके कि माजरा क्या है? वह इस कदर एहतियात बरतने वाला आदमी था कि रात में भी बिजली का पंखा बंद करके सोता ताकि घर में होने वाली किसी भी आहट या आवाज को सुन सके।

''एडेल्डी, क्या हो रहा है,'' वह भीतर से ही चिल्लाया

''बाहर आकर देखो कितनी अद्‌भुत चीज है,'' उसकी पत्नी चिल्लाकर बोली।

स्थूलकाय, बालों से भरी देह वाला जोस मोन्टियल गर्दन पर तौलिया लपेटे शयनकक्ष की खिड़की पर आया?

''क्या है?''

''पेपे का पिंजरा।'' बॉल्तजर ने जवाब दिया।

यह सुन उसकी बीवी सकते में आ गयी।

''किसका?''

''पेपे का?'' बॉल्तजर फिर बोला। फ़िर जोस मोन्टियल की ओर मुड़कर बोला, ''पेपे ने इसका आर्डर दिया था।''

पल भर सबको साँप सूँघ गया। फिर बॉल्तजर को लगा किसी ने बॉथरूम का दरवाजा उसकी तरफ झटके से खोला है। जोस मोन्टियल जाँघिये में ही शयनकक्ष से बाहर आ गया।

''पेपे,'' वह चीखा।

''वह अभी आया नहीं है?'' जड़ बनी उसकी बीवी फुसफुसाकर बोली।

इसी पल पेपे दरवाजे पर दिखायी दिया। वह बारह बरस का था। उसकी पलकें भी माँ की तरह वक्राकार थीं और वह भी दयनीय दिखता था।

''यहाँ आओ,'' जोस मोन्टियल बोला, ''क्या इसका तुमने आर्डर दिया है?''

बच्चे ने सिर झुका लिया। बालों से खींचते हुए जोस मोन्टियल ने उसका सिर ऊपर उठाया।

''जवाब दो''

बगैर कुछ बोले बच्चा अपने होंठ चबाता रहा।

''मोन्टियल'' उसकी बीवी बुदबुदायी।

मोन्टियल ने बच्चे को छोड़ दिया। फिर गुस्से से बॉल्तजर की ओर मुड़ा, ''मुझे बेहद अफसोस है बॉल्तजर पर इसे बनाने से पहले मुझसे पूछ लेना चाहिए था। तुम किसी बच्चे के साथ सौदा करने की बात सोच भी कैसे सकते हो?'' जब वह बोल रहा था तो धीरे-धीरे उसके चेहरे की शांति लौट आयी। फिर उसने पिंजरा उठाया और उसे देखे बगैर ही बॉल्तजर को थमा दिया।

''इसे अभी इसी वक्त ले जाओ और जिसे चाहे बेच दो। मेरी तुमसे बस एक ही गुजारिश है कि इस बाबत मुझसे कोई बहस न करना,'' फिर उसकी पीठ थपथपायी और सफाई देने लगा, ''डॉक्टर ने मुझे गुस्से से परहेज करने के लिए कहा है।''

इस वक्त तक बच्चा निश्चल खड़ा था, पलक झपकाये बगैर। हाथ में पिंजरा लिए बॉल्तजर ने अनिश्चय से उसकी ओर देखा। बालक के कंठ से अचानक कुत्ते के गुर्राने की सी आवाज निकली और वह फर्श पर लोट-पोट होकर बिलखने लगा।

जोस मोन्टियल जड़ बना उसे देखता रहा, जबकि माँ उसे संभालने की कोशिश करने लगी।

''छोड़ दो उसे, कर लेने दो खुद को लहुलूहान। वह समझता है इस तरह वह अपनी मनमानी कर लेगा।'' बच्चा लगातार चीख-बिलख रहा था। माँ ने उसे कलाई से पकड़ रखा था।

''तुम उसे छोड़ क्यों नहीं देती,'' जोस मोन्टियल क्रोधित होकर जोर से कहा।

बॉल्तजर बच्चे को गौर से देखता रहा मानो बेकाबू हो चुके किसी उग्र जानवर को तीव्र वेदना में मुत्यु से जूझते हुए देख रहा हो। शाम के चार बज चुके थे। इस वक्त उसके घर पर उर्सुला एक बहुत पुराना गीत गुनगुना रही थी और प्याज काट रही थी।

''पेपे'' बॉल्तजर ने पुकारा।

वह मुस्कराते हुए बच्चे के करीब गया और पिंजरा उसे पकड़ा दिया—पिंजरा पाते ही बच्चा उछल पड़ा। पिंजरा उसके कद जितना ही बड़ा था, उसे बाँहों में भर तार की जाली में से बॉल्तजर को देखता रहा। उसे समझ नहीं आ रहा था क्या कहे। उसके आँसू थम चुके थे।

''बॉल्तजर मैं तुम्हें कह ही चुका हूँ कि इसे ले जाओ,'' जोस मोन्टियल कोमल स्वर में बोला।

''बेटे इसे वापस कर दो,'' माँ ने बच्चे को आदेश दिया।

''इसे रख लो'' बॉल्तजर बोला, और फिर जोस मोन्टियल की ओर मुखातिब होकर बोला, ''आखिर मैंने इसे उसी के लिए तो बनाया था।''

जोस मोन्टियल बैठक तक उसके पीछे-पीछे आया।

''मूर्ख मत बनो बॉल्तजर,'' उसका रास्ता रोक मोन्टियल बोला, ''फर्नीचर का यह नमूना ले जाओ और बेवकूफी मत करो। मैं तुम्हें इसके लिए एक कौड़ी तक नहीं दूँगा।''

''कोई बात नहीं, मैंने पेपे को उपहार देने के लिए ही बनाया है। इसकी कीमत वसूलने का मेरा कोई इरादा नहीं है।'' बॉल्तजर बोला।

जब बॉल्तजर दरवाजे पर जमा भीड़ के बीच में से गुजर रहा था तो जोस मोन्टियल अपने कमरे में खड़ा बड़बड़ाता जा रहा था। वह पीला पड़ चुका था और उसकी आँखें सुर्ख होने लगी थीं।

''बेवकूफ कहीं कहा!'' वह चिल्ला रहा था। ''अपना यह झुनझुना यहाँ से उठाकर चलते बनो। हमें इस घर में किसी से हुकुम लेने की जरूरत नहीं है। सूअर का बच्चा!''

संघ के हॉल में सबने बॉल्तजर के सम्मान में खड़े होकर स्वागत किया। उस पल तक वह बस सोच रहा था कि उसने अब तक का सबसे बेहतरीन पिंजरा बनाया है जिसे उसने जोस मोन्टियल के बेटे को देना मुनासिब समझा ताकि वह रोना बंद कर दे। उसके लिए इस सबका खास महत्त्व नहीं था। पर अब उसे समझ आया कि बहुत सारे लोगों के लिए इसका कितना महत्व है। यह सोच वह उत्तेजना से भर उठा।

''हाँ, तो उन्होंने पिंजरे के पचास पेसो दिये।''

''नहीं साठ'' बॉल्तजर बोला।

''तुम्हें तो सौ फीसदी अंक मिलने चाहिए'' कोई बोला। ''तुम्हीं हो जो मिस्टर चेपे मोन्टियल से इतनी बड़ी रकम हासिल करने में कामयाब हो सके। हमें जश्न मनाना चाहिए।''

कोई उसके लिए बियर ले आया और फिर बॉल्तजर ने भी सबको बियर पिलायी। यह पहली मर्तबा था जब उसने पी थी लिहाजा शाम ढलने तक उस पर नशा तारी हो चुका था। वह अंट-शंट बोलने लगा। एक हजार पिंजरों की शानदार तरकीबें उसे सूझने लगी—हरेक पिंजरा साठ पेसों में और फिर लाखों पिंजरे और लाखों रुपयों का कारोबार। ''इन अमीर लोगों के मरने से पहले इनको बेचने के लिए हमें बहुत सी चीजें बनानी होंगी।'' नशे में धुत वह बोलता चला जा रहा था। ''ये सभी बीमार लोग हैं, मृत्यु की दहलीज पर खड़े हैं। इनके दिमाग इस कदर थक चुके हैं कि गुस्सा करने तक की ताकत नहीं बची है।''

दो घंटे तक वह ज्यूक बॉक्स (मनपसंद रिकार्ड बजाने की मशीन) में पैसा डालता रहा जो बिना रुके बजता रहा। सभी ने बॉल्तजर के खुशहाल, समृद्ध व स्वस्थ जीवन की दुआएँ की, पर भोजन के वक्त तक एक-एक कर सभी चले गये। हाल में वह अकेला रह गया।

तले गोश्त को प्याज के पतले टुकड़ों से तश्तरी में सजाकर उर्सुला आठ बजे तक उसकी राह तकती रही। किसी ने उसे बताया कि खुशी में डूबा उसका पति सबको बियर पिला रहा है। उसे यकीन नहीं हुआ, क्योंकि बॉल्तजर कभी नशे में धुत नहीं हुआ था। आधी रात के करीब जब वह सोने लगी उस वक्त बॉल्तजर रोशनी वाले एक कमरे में था जहाँ छोटी-मोटी मेजों के इर्द-गिर्द चार-चार कुर्सियाँ रखी थी। बाहर एक डाँस फ्लोर था जहाँ जलपक्षी विचर रहे थे। उसका चेहरा मलीन पड़ चुका था। एक कदम भी आगे बढ़ना मुमकिन न था। ख्यालों में उसे लगा दो स्त्रियों के साथ वह बिस्तर में लेटना चाहता है। उसने इतना ज्यादा पैसा खर्च कर दिया था कि उसे अपनी घड़ी गिरवी रखनी पड़ी जिसे पैसा चुकाकर अगले दिन छुड़ाने का वादा किया था। अगले ही पल गली में हाथ-पैर फैलाए वह गिर पड़ा था। उसे लगा उसके जूते उतारे जा रहे हैं। मगर वह अपने जीवन के इस सबसे खूबसूरत स्वप्न को खोना नहीं चाहता था। पाँच बजे की इबादत के लिए गिरजाघर जाने वाली स्त्रियों ने यह सोचा कि वह मर चुका है उसकी ओर नजर उठाने की हिम्मत तक नहीं की।

✦

अनु०—अनुराधा महेन्द्र

नदी का तीसरा किनारा

✦

ज़ाआओ गुइमारएस रोसा (1908–1967)

जाआओ गुइमारएस का जन्म मिनास रोसा ग़ैराइस, ब्राज़िल में 1908 में हुआ था। चिकित्सा का प्रशिक्षण लेने के बाद उन्होंने ग्रामीण क्षेत्र में प्रैक्टिस शुरू की। उस दौरान उस अंचल की लोक-कथाओं से वे इतना प्रभावित हुए कि उन्होंने इन तमाम कथाओं को एकत्रित करने का महत्त्वपूर्ण काम किया। ब्राज़िल से दूर मिनास ग़ैराइस क्षेत्र के खास भाषायी गुणों का इस्तेमाल करते हुए रोसा ने एक अद्वितीय कथा शैली विकसित की है और विलक्षण क़िस्म का काव्यात्मक गद्य लिखा है। उनकी कहानियाँ में ऊपरी तौर पर घटनाओं का सरल बखान है पर उनमें अनोखी मार्मिकता है।

'सागाराना' (1946), 'कोरपो डि बेले' (1956) और 'ट्रिफिल' (1967) उनके कथासंग्रह हैं। उनका वृहदकाय उपन्यास 'द डेविल टु पे इन द बैकलैंड' लातीनी अमरीकी साहित्य जगत का एक उपन्यास माना जाता है।

मेरे पिता एक ज़िम्मेदार, अनुशासित, शांत, सीधे-सादे इंसान थे। उन्हें जानने वाले तमाम विश्वसनीय लोगों की भी यही राय थी। उनका मानना था कि न केवल युवावस्था में बल्कि बचपन से ही उनमें ये खुबियाँ थीं। जहाँ तक मुझे याद है और अपने आसपास के उन सभी जानकार लोगों के बरक्स मेरे पिता न तो बहुत खुशमिज़ाज थे और न ही बहुत उदासीन, हाँ एक हद तक वे शांत ज़रूर थे। घर में माँ की ही चलती, माँ, हमें रोज़ाना डांटती-फटकारती—मेरी बहन, मेरे भाई को और मुझे भी। पर एक दिन अचानक ऐसा हुआ कि पिता ने एक नाव मंगवाई।

नाव को लेकर वे बहुत संजीदा थे। वे अपने लिए ख़ासतौर पर मिमोसा काठ की नाव बनवाना चाहते थे। एक ऐसी मज़बूत नाव जो बीस-तीस बरस तक चले और उसमें एक व्यक्ति भर के बैठने की जगह हो। माँ लगातार पिता से पूछती रही—क्या उसका पति अचानक मछुआरा बनना चाहता है या उन पर शिकारी बनने का भूत सवार है? पिता कुछ नहीं बोलते। नदी से एक मील से भी कम दूरी पर हमारा घर था। नदी गहरी, शांत और इस क़दर चौड़ी थी कि उसका दूसरा किनारा नज़र नहीं आता था।

मैं वह दिन कभी नहीं भूल सकता, जिस दिन नाव घर पहुँचाई गई। पिता ने न कोई खुशी ज़ाहिर की और न कोई उत्साह। हमेशा की तरह उन्होंने अपनी टोपी पहनी और हमसे विदा लेकर चल पड़े। अपने साथ भोजन अथवा किसी तरह का कोई सामान नहीं लिया। हमें लगा शायद माँ चीखेगी-चिल्लाएगी या रोयेगी पर माँ ने ऐसा कुछ नहीं किया। वह बहुत उदास थीं और होंठों को लगातार चबा रही

थीं। आख़िर उसने बस इतना ही कहा, ''अगर जा रहे हो तो दूर ही रहना, कभी लौटकर न आना!''

पिता ने कोई जवाब नहीं दिया। प्यार से उन्होंने मुझे देखा और अपने साथ लेकर चलने लगे। मुझे माँ के गुस्से का डर था पर फिर भी मैं झटपट उनके साथ हो लिया। हम साथ-साथ नदी की तरफ बढ़ने लगे। मैं उनके साथ पूरी तरह आश्वस्त था और भीतर से आल्हादित महसूस कर रहा था। रोमांच से भर मैंने कहा भी, ''पिताजी, अपनी नाव में मुझे भी ले चलेंगे?''

उन्होंने बस मुझे देखा, आशीर्वाद दिया और इशारे से लौट जाने को कहा, मैंने उन्हें दिखाने भर के लिए ऐसा ही किया। पर जैसे ही वे पलटे, मैं उन्हें देखने के लिए झाड़ियों में छुपकर बैठ गया। पिता नाव में बैठे और खेते हुए दूर चले गए, नाव की परछाईं पानी में किसी मगरमच्छ की तरह दिखाई देने लगी—लंबी और शांत।

पिता लौटकर नहीं आए, दरअसल वे कहीं दूर भी नहीं गए। वे नदी में ही नाव खेते रहते और उनकी नाव इधर-उधर तैरती रहती। सभी भयभीत थे। अब तक जो कभी हुआ न था, जो कभी होना मुमकिन न था, वह हो रहा था। हमारे रिश्तेदार, पड़ोसी और मित्र सभी इस अद्‌भुत वाकए पर चर्चा करने आए।

माँ बेहद लज्जित महसूस करती। वह बहुत कम बोलती और बड़े धीरज के साथ पेश आती। करीब-करीब सभी ने यही सोचा (हालाँकि कहा किसी ने नहीं) कि पिता पगला गए हैं। कुछेक ने यह भी कहा कि शायद उनके पिता ईश्वर अथवा किसी संत को दिए वचन को पूरा कर रहे हैं या फिर शायद उन्हें कोई भयंकर रोग मसलन कोढ़ वगैरह लग गया है, जिसकी वजह से वे परिवार से दूर चले गए हैं पर वे परिवार के आसपास ही बने रहना चाहते हैं।

नदी के आसपास घूमने आए यात्रियों और किनारे पर बसे लोगों से यह भी पता चला कि पिता ने अब तक कभी भी दिन या रात में ज़मीन पर पाँव नहीं रखा। वे अकेले, दिशाहीन, किसी अपराधी की तरह नदी में यहाँ से वहाँ भटकते रहते। माँ और हमारे तमाम रिश्तेदारों का मानना था कि नाव में उन्होंने यक़ीनन कुछ खाना छुपा रखा होगा जो जल्दी ही ख़त्म हो जाएगा। तब या तो वे नदी छोड़कर किसी दूसरी जगह घूमने निकल पड़ेंगे, जो कम से कम इससे तो कुछ अधिक सम्माननीय होगा या फिर पछताकर घर लौट आएँगे।

दरअसल वे सच्चाई नहीं जानते थे! पिता के पास खान-पान का एक गोपनीय स्रोत था। मैं! हर रोज़ मैं उनके लिए खाना चुराकर ले जाता। पहली रात जब वे हमें छोड़कर गए थे, हम सब लकड़ियाँ जलाकर किनारे पर खड़े रहे और प्रार्थना करते रहे और उन्हें पुकारते रहे। मैं बेहद दुखी था और उनके लिए कुछ करना चाहता था। अगले दिन मैं नदी में उतरकर नीचे तक गया। अपने साथ मैं पावरोटी का एक पूरा पैकेट, केले और कच्ची ब्राउन चीनी ले गया था। मैं देर तक बेचैनी

से राह तकता रहा। फिर मुझे दूर, बहुत दूर एकमात्र थिरकती नाव दिखाई दी, जो नदी के शांत बहाव में तकरीबन अगोचर ही थी। पिता नाव के तले में बैठे थे। उन्होंने मुझे देखा पर न तो मेरी तरफ आए और न ही कोई इशारा किया। मैंने उन्हें खाना दिखाया और फिर नदी के किनारे बने एक खोह के अंदर रख दिया। मुझे यक़ीन था कि वहाँ जानवरों, बरसात और ओस से खाना सुरक्षित रहेगा। लगातार कई दिनों तक मैं यही करता रहा। बाद में मैं दंग रह गया, जब मुझे पता चला कि माँ सब कुछ जानती थी। माँ जानबूझकर खाना ऐसी जगह रख देती, जहाँ से मैं आसानी से चुरा सकूँ। पिता के लिए उनके मन में जो भावनाएँ थीं, उन्हें वे कभी ज़ाहिर नहीं करती थीं।

माँ ने खेती-बाड़ी तथा कारोबारी मसलों में मदद के लिए अपने भाई को बुला भेजा। हमारी पढ़ाई के लिए घर में ही एक टीचर का इंतज़ाम कर दिया गया क्योंकि काफ़ी समय से हमारी पढ़ाई छूट गई थी। एक दिन माँ के ही अनुरोध पर एक पुरोहित पूजा अर्चना का लिबास पहन नदी के किनारे गया और पिता पर हावी भूत-प्रेत की झाड़-फूंक करने लगा। उसने चिल्लाकर पिता को समझाया कि उन्हें यह बेहूदा ज़िद छोड़ अपने कर्त्तव्य पूरे करने चाहिए। अगले दिन माँ ने फिर दो सिपाहियों को बुलाया ताकि वे पिता को डरा-धमकाकर बाहर आने पर मजबूर कर सकें। पर कोई फायदा न हुआ। पिता कई बार इतनी दूर निकल जाते कि दिखाई ही नहीं देते। वे कभी कोई जवाब नहीं देते। कभी कोई उनके क़रीब नहीं जा सका। जब कभी अख़बार वाले उनकी तस्वीर खींचने आते तो पिता अपनी नाव नदी के दूसरी तरफ़ झाड़ियों में ले जाते। अब तक पिता नदी का चप्पा-चप्पा जान गए थे, जबकि दूसरे लोग उन झाड़ियों में रास्ता खो बैठते। चारों तरफ घने बेलों और झाड़ियों से घिरे तथा आसपास की समूची रेल-पेल के बीच पिता अपनी इस निज़ी भूल-भूलैया में महफूज़ थे।

पिता के इस तरह नदी में रहने को लेकर अब तक हमें आदी हो जाना चाहिए था पर हम कभी ऐसा नहीं कर पाए। मुझे लगता है कि एक मैं ही था, जो कुछ हद तक समझता था कि वे क्या चाहते हैं और क्या नहीं? एक बात थी, जो मैं बिल्कुल नहीं समझ पा रहा था कि कैसे वे लगातार इतने कष्ट झेल पा रहे हैं? दिन-रात, कड़ी धूप और बरसात, गर्मी और कड़ाके की सर्दी, सिर पर केवल एक टोपी और बेहद कम कपड़ों में वे कैसे सप्ताह-दर-सप्ताह, महीने-दर-महीने, साल-दर-साल, निरुद्देश्य, लक्ष्यहीन...अपना जीवन गुज़ारते चले जा रहे थे। उन्होंने कभी ज़मीन या घास अथवा किसी द्वीप अथवा किनारे पर पाँव नहीं रखा। हाँ, कभी-कभार वे ज़रूर झपकी लेने के लिए किसी गुप्त जगह पर टापू के किनारे अपनी नाव बाँध देते। उन्होंने कोई आग या रोशनी यहाँ तक कि माचिस की तीली तक नहीं सुलगाई। उनके पास टॉर्च वग़ैरह भी नहीं थी। नदी के किनारे चट्टान की खोह में उनके लिए मैं जो खाना रखता था, उसमें से वे बहुत कम खाते, बस केवल उतना जितना जीने के लिए ज़रूरी था। पता नहीं इस सबका उनकी सेहत

पर कैसा असर पड़ रहा था? मैं यह भी नहीं जानता था कि नाव को काबू में रखने के लिए लगातार चप्पू चलाते रहने में उनकी कितनी शारीरिक ताकत चली जाती होगी? जाने कैसे वे यदा-कदा नदी की बाढ़ और उसके तेज़ बहाव में आने वाली तमाम ख़तरनाक वस्तुओं, झाड़-झंखाड़ों, कंकालों और जानवरों से खुद को और अपनी उस छोटी नाव को बचा पाते होंगे?

उन्होंने कभी किसी जीते-जागते इंसान से बात नहीं की। हमने भी उनके बारे में बातें करना छोड़ दिया था, अलबत्ता, हम सदा उनके बारे में सोचते रहते। नहीं, पिता को अपने ज़ेहन से निकल पाना नामुमकिन था। क्षण भर के लिए कभी-कभार ऐसा होता भी तो जिस भयानक हालात में वे जी रहे थे, उसका ख़्याल आते ही हम मानो सोते से अचानक चौंककर जाग उठते।

मेरी बहन का विवाह हो गया, माँ ने कोई ताम-झाम, दावत वग़ैरह नहीं दी। यह सब दुख ही देता क्योंकि हम कुछ भी करते या अच्छा खाते-पीते तो हमें हर क्षण पिता का ही ख़्याल आता। सर्द तूफ़ानी रातों में जब हम अपने आरामदेह बिस्तरों में होते, तब वहाँ घने अंधकार में पिता अपने हाथों और चप्पू से नाव बचाने में जुटे रहते। अकेले और असुरक्षित। अकसर लोग मुझे देखकर कहते हैं कि मैं धीरे-धीरे पिता की शक्ल अख़्तियार करने लगा हूँ। पर मैं जानता था कि अब तक तो पिता के पूरे बाल और दाढ़ी खुरदरी और सफ़ेद हो चुकी होगी। नाख़ून बढ़ चुके होंगे। मुझे अकसर एक दुबले-पतले, कमज़ोर व बीमार, धूप से झुलसे क़रीब-क़रीब नग्न व्यक्ति के रूप में पिता की छवि दिखाई देती, हालाँकि मैं कभी-कभार खोह में उनके लिए कुछ कपड़े रख दिया करता था।

ऐसा लगता मानो उन्हें हमारी रत्ती भर भी परवाह नहीं थी। पर अब भी मुझे उनसे गहरा लगाव और आदर था। जब भी लोग मेरे अच्छे कामों की तारीफ़ करते तो मैं यही कहता, ''मेरे पिता ने ही यह सब सिखाया है।''

यह एकदम सही तो नहीं था, पर सच्चाई भरा एक झूठ था। मैं कह ही चुका हूँ, पिता को हमारी रत्तीभर भी परवाह न थी, पर फिर क्यों वे हमारे आसपास बने हुए थे? वे क्यों नहीं नदी के इस तरफ़ या उस तरफ़ के छोर पर दूर निकल जाते, जहाँ से न हम उन्हें दिखाई दें, न वे हमें दिखाई दे पाएँ। इसका जवाब तो वही दे सकते थे।

मेरी बहन ने पुत्र को जन्म दिया। उसके ज़ोर देने पर हम पिता को उनका नाती दिखाने ले गए। एक खुशनुमा सुबह हम सब नदी किनारे गए। मेरी बहन ने विवाह का सफ़ेद जोड़ा पहन रखा था। उसने अपने बेटे को ऊपर उठाया। बच्चे के पिता ने उसके ऊपर छाता तान रखा था। हम ज़ोर-ज़ोर से पिता को पुकारते रहे और इंतज़ार करते रहे पर पिता बाहर नहीं निकले। मेरी बहन रो पड़ी। हम सभी एक-दूसरे से गले लगकर बिलखने लगे।

मेरी बहन और उसका पति रहने के लिए कहीं दूर चले गए। मेरा भाई भी शहर छोड़ चला गया। वक़्त तेज़ी से गुज़रता रहा। आख़िर माँ भी चली गई। वह बूढ़ी हो चुकी थी। वह अपनी बेटी के पास रहने चली गई। सिर्फ़ मैं रह गया। अकेला। विवाह करने का मुझे कभी ख़्याल ही नहीं आया। मैं बस अपने जीवन की इस विडंबना में अटका रह गया। नदी में अकेले निराधार भटकते हुए पिता को मेरी ज़रूरत थी। मैं जानता था, उन्हें मेरी ज़रूरत है हालाँकि उन्होंने मुझे कभी बताया तक नहीं कि वे ऐसा क्यों कर रहे हैं? जब मैं लोगों से खुलकर ज़बर्दस्ती जानना चाहता तो वे महज इतना ही कहते कि सुना है, तुम्हारे पिता ने नाव बनाने वाले को सब कुछ बताया था पर अब वह भी गुज़र चुका है और किसी को कुछ पता या याद नहीं है। जब कभी लगातार मूसलाधार बरसात होती तो लोग मूर्खताभरी बातें करते कि पिता ने किसी बाढ़ या तूफ़ान के अंदेशे से पहले ही नाव तैयार करवा ली, अब तो मुझे भी कुछ याद नहीं है। चाहे जो हो, मेरे पिता जो कुछ भी कर रहे थे, मैं कभी उनकी निंदा या भर्त्सना नहीं कर पाऊँगा। अब तो मेरे बाल भी सफ़ेद होने लगे थे। मेरे पास कहने के लिए केवल दुख भरी बातें हैं। मैंने ऐसा क्या बुरा किया था, मेरा क्या अपराध था? मेरे पिता मुझसे दूर और उनकी ग़ैर-मौजूदगी हमेशा मेरे ज़ेहन में बसी रहती। और नदी, लगातार खुद को पुनरुज्जीवित करती रहती। मैं बुढ़ापे के करीब पहुँचने लगा था। जहाँ जीवन थम-सा जाता है। मुझे लगातार बीमारी और बेचैनी के दौरे पड़ते। मुझमें झगड़ालू क़िस्म की प्रवृत्ति पैदा हो गई थी। और वे? आख़िर क्यों वे ऐसा कर रहे थे? यक़ीनन उन्हें बेहद कष्ट झेलना पड़ता होगा। वे बहुत बूढ़े हो चुके थे। संभवतः किसी दिन अपनी ख़त्म होती साँसों को देखते हुए वे नाव को शायद उलट जाने दें या नदी की गहराई में इतना नीचे ले जाएँ, जब तक नाव डूब न जाए। मेरे दिलोदिमाग़ पर हमेशा तनाव बना रहता। पिताजी वहाँ नदी में रहते और यहाँ मेरी सुख-शांति हमेशा के लिए छिन गई थी। मैं हमेशा एक अपराध-बोध से घिरा रहता। मैं यह भी नहीं जानता था कि क्यों? यह यातना मुझे भीतर तक एक खुले ज़ख़्म की तरह सालती रहती। शायद मैं जान पाता यदि चीज़ें कुछ अलग होतीं। मैं सोचता रहता कि कहाँ क्या ग़लत घट रहा है?

क्या मैं पगला गया था? नहीं, हमारे घर में यह शब्द कभी जुबान पर नहीं लाया गया। इन तमाम बरसों में कभी नहीं। किसी ने कभी किसी को पागल नहीं कहा और कोई पागल था भी नहीं। या फिर शायद सभी पागल थे। अब मैं महज इतना करता कि वहाँ जाता और रूमाल हिलाता ताकि वे मुझे देख सकें। मेरा खुद पर पूरा नियंत्रण था। आख़िर दूर वे दिखाई दिए। एक अस्पष्ट सी आकृति नाव में बैठी थी। मैंने कई-कई बार उन्हें पुकारा और चिल्ला-चिल्लाकर वह सब कहा जिसे कहने के लिए मैं उतावला हो रहा था। मैंने पूरी ताकत लगाकर ज़ोर से पूरे प्रण और मन से कहा—

''पिताजी, आप काफ़ी लंबे समय से वहाँ हैं। अब आप बूढ़े हो चुके हैं, लौट आइए, अब आपको ऐसा करने की कोई ज़रूरत नहीं है...लौट आइए और आपकी जगह मैं चला जाऊँगा। यदि आप चाहें तो इसी वक़्त। नाव में मैं रहूँगा... मैं आपकी जगह लूँगा।''

और जब मैंने यह सब कहा, मेरा हृदय तेज़ी से धड़कने लगा।

उन्होंने मेरी बात सुनी। वे खड़े हो गए। फिर चप्पुओं के सहारे अपनी नाव मेरी ओर घुमा दी। उन्होंने मेरा प्रस्ताव मान लिया था। अचानक मैं भीतर तक कांप उठा, क्योंकि पहली मर्तबा, इन तमाम बरसों में पहली बार उन्होंने अपना हाथ उठाकर हिलाया था और मैं निश्चल खड़ा रहा...कुछ नहीं कर पाया।

भय से मेरे रोंगटे खड़े हो गए, फिर मैं भागा, बेतहाशा भागने लगा। वे शायद किसी और ही मिट्टी के बने थे...किसी दूसरी दुनिया के...मैं क्षमा चाहता हूँ। क्षमा याचना...केवल क्षमा।

मुझे भयानक ठंड ने जकड़ लिया जो अमूमन किसी क़िस्म के भय से होती है। मैं बीमार पड़ गया। उसके बाद किसी ने न उन्हें कभी देखा और न ही उनके बारे में सुना। क्या ऐसी विफलता के बाद मैं आदमी कहलाऊँगा? मुझे ऐसा नहीं होना चाहिए था। मुझे अब चुप ही रहना चाहिए। मैं जानता हूँ, अब बहुत देर हो चुकी है। मुझे किसी रेगिस्तान में रहना चाहिए; अपने जीवन की हर परछाई से दूर और मुझे डर है कि शायद मैं अपनी जीवन-लीला समाप्त भी कर दूँ। पर जब मेरी मृत्यु हो तो मैं चाहता हूँ, मुझे नदी के इन लंबे छोरों के बीच अनवरत बहते पानी में एक छोटी सी नाव में लिटा दिया जाए और मैं नदी के भीतर...अथाह गहराई में खो जाऊँ, हमेशा-हमेशा के लिए नदी में समा जाऊँ!

✦

अनु०—**अनुराधा महेन्द्र**

तीन पत्र...और एक फुटनोट

✦

होरासियो क्यूरोगा (1878-1937)

चर्चित कथाकार होरिसिओ क्यूरोगा का जन्म 31 दिसंबर, 1878 में साल्टो, उरुग्वे में हुआ था। अपने जीवन का काफी अरसा नितांत अकेलेपन में गुजारा। यहीं रहकर करीब 200 कहानियाँ लिखीं। होरासियो वन्य जीवन से बेहद आकर्षित थे।

उनकी कहानियों में यथार्थ और फंतासी का अद्भुत मेल है, साथ ही लातीनी अमरीकी जीवन की सांस्कृतिक धारा भी दिखाई देती है। पेरिस प्रवास के दौरान वे फ्रांसीसी प्रतीकवादी आंदोलन से जुड़े और एडगर एलन पो के रचना कर्म से गहरे प्रभावित हुए। चेखव और मोपासां की कहानी कला का असर भी उन पर दिखाई देता है। वे अत्यंत सादगीपूर्ण, संकेतात्मक शैली में नियति और मनुष्य के संघर्ष की कहानियाँ लिखते हैं।

होरासिओ का जीवन दुर्घटनाओं और हादसों से भरा हुआ था। इसी वजह से लगातार मानसिक अस्थिरता, तनाव, बेचैनी और बीमारी का एक लंबा जीवन जीते हुए 19 फरवरी, 1937 में उन्होंने आत्महत्या कर ली।

महाशय,

मैं आपको अपनी कुछ पंक्तियाँ भेजने की छूट ले रही हूँ और उम्मीद करती हूँ कि इन्हें आप अपने नाम से छपवाने की मेहरबानी करेंगे। यह गुज़ारिश इसलिए कर रही हूँ कि मुझे बताया गया है कि यदि इसे मैं अपने नाम से भेजूँगी तो कोई अखबार स्वीकार नहीं करेगा। मेरे विचारों को पुरुष सदृश बनाने के लिहाज से गर मुनासिब लगे तो कुछ फेर-बदल कर सकते हैं। मुझे यकीन है इससे सुधार ही होगा।

काम के सिलसिले में मुझे दिन में दो बार बस से सफर करना पड़ता है। पिछले पाँच बरसों से मेरी यही दिनचर्या रही है। लौटते वक्त तो अक्सर कोई-न-कोई सहेली मेरे साथ होती है पर काम पर जाते वक्त मुझे अकेले ही जाना पड़ता है। मैं बीस बरस की हूँ। लंबी पर बहुत दुबली नहीं, सांवली तो कतई नहीं। चेहरा लंबा जरूर है पर निस्तेज नहीं। मेरे विचार से मेरी आँखें भी छोटी नहीं हैं। इन्हीं बाहरी नैन-नक्श के बूते, जिनका मैंने बड़े संकोच व शालीनता से यहाँ जिक्र किया है जिस पर आपने भी गौर किया होगा। मुझे तमाम पुरुषों (दरअसल इतने ज्यादा कि सभी पुरुष कहने से मैं खुद को नहीं रोक पा रही) के बारे में राय कायम करने में मदद मिलती है।

आप भी इस बात से वाकिफ होंगे कि आप सभी पुरुषों की बस में चढ़ने से पहले खिड़की से बस में बैठे लोगों पर एक सरकारी निगाह फिराने की आदत

होती है। इस तरह आप सभी चेहरों (खासकर स्त्रियों के क्योंकि उन्हीं में आपकी दिलचस्पी होती है) का जायजा लेते हैं। इस छोटे से अनुष्ठान के बाद आप बस के भीतर आते हैं और बैठ जाते हैं।

हाँ तो; जैसे ही कोई पुरुष पटरी छोड़ बस की तरफ लपकता है और भीतर झांकता है मैं बखूबी जान लेती हैं कि वह किस किस्म का शख़्स है। इस बाबत मैं कभी कोई चूक नहीं करती। मैं जान जाती हूँ कि वह गंभीर किस्म का है या दस सेंट उसने महज किसी आसान सी जेबकतरी की मंशा से खर्च किये हैं। मैं फौरन उन लोगों में फर्क कर लेती हूँ जो आराम से सफर करना चाहते हैं या जो किसी लड़की की बगल में कम जगह में तकलीफ में बैठना पसंद करते हैं।

जब मेरे बगल की जगह खाली होती है तो खिड़की से भीतर झांकने के उनके अंदाज से ही मैं ठीक-ठीक पहचान लेती हूँ कि कौन से पुरुष बेपरवाह किस्म के हैं और कहीं भी बैठ जाएँगे। कौन से केवल आधी दिलचस्पी रखते हैं और बैठने के बाद हम पर नजर डालने के लिए धीरे से सिर घुमाएँगे और आखिरकार कौन से ऐसे उत्साही बंदे हैं जो बस के एकदम पिछले हिस्से में मेरी बगल में परेशानीपूर्वक धंसने के लिए आगे की सात खाली सीटें पार करके आएँगे।

जाहिर है ऐसे लोग ही सबसे दिलचस्प होते हैं। अकेले सफर करने वाली लड़कियों की इस आदत के विपरीत यानी नवागन्तुक को उठकर भीतर वाली सीट देने के बजाय मैं खिड़की की तरफ खिसककर उस मेहनती महानुभाव के लिए काफी सारी जगह छोड़ देती हूँ।

काफी सारी जगह! सब बकवास। क्योंकि लड़की द्वारा पड़ोसी के लिए छोड़ी गयी तीन चौथाई जगह भी कभी काफी नहीं होती। अपनी इच्छा से हिलने-डुलने के बाद वह शख़्स अचानक एक आश्चर्यजनक गतिहीनता में जकड़ा दिखाई देता है मानो उसे लकवा मार गया हो। पर यह दिखावा भर होता है। असल में यदि कोई संशय भरी निगाहों से उसकी इस गतिहीनता पर गौर करे तो पता चलेगा कि बड़े ही अगोचर ढंग से, चेहरे पर असीम लापरवाही का भाव दर्शाते हुए महानुभाव का शरीर बड़ी चतुराई से खिड़की की तरफ एक ख़्याली ढलान पर हौले-हौले खिसकता है। जहाँ वह लड़की बैठी है। हालाँकि वह न तो उसकी तरफ देखता और न ही उसमें अपनी दिलचस्पी जाहिर होने देता है।

हाँ तो ऐसे ही होते हैं ये पुरुष; ऊपर से तो यही लगता है मानो चंद्रमा के ख्यालों में खोये हैं हालाँकि इस पूरे वक्त उनका दांया (या बांया) पैर बड़ी सावधानी से खिड़की की तरफ फिसल रहा होता है।

मुझे यह कबूल करने में कोई गुरेज नहीं कि जब यह चल रहा होता है तो मेरी बोरियत कोसों दूर भाग जाती है। खिड़की की तरफ खिसकते वक्त एक

निगाह में ही मैं उस नारी भक्त को अच्छी तरह आंक लेती हूँ। मैं जान जाती हूँ कि वह उन जोशीले युवकों में से है जो अपने पहले भावावेग के समक्ष हथियार डाल देते हैं या फिर बेहद बेशर्म किस्म का शख़्स है जो मेरे लिए परेशानी का सबब बन सकता है। मैं जान लेती हूँ कि वह सज्जन पुरुष है या लपंट आवारा कोई पेशेवर अपराधी है या कोई नौसिखिया जेबकतरा। मैं बखूबी पहचान लेती हूँ कि उसका सम्मोहन असली है या वह महज एक दिखावटी दिलफेंक नौजवान है।

पहली नजर में ऐसा लग सकता है कि केवल एक खास किस्म का पुरुष ही चेहरे पर पाखंड का नकाब ओढ़ धूर्तता से पैर खिसकाने का काम करता है यानी चोर, पर यह सच नहीं है और शायद ही कोई लड़की होगी जिसने इस पर ध्यान न दिया हो। हर लड़की हरेक किस्म के व्यक्ति के मुताबिक सुरक्षा का अपना एक खास तरीका तैयार रखती होगी। पर अक्सर यदि कोई आदमी जवान है और गंदे कपड़े पहने है तो उसके जेबकतरा होने की संभावना रहती है।

पुरुष जो तरीके अपनाते हैं उनमें कोई फर्क नहीं होता। सबसे पहले अचानक ओढ़ी गयी जड़ता फिर चाँद के बारे में सोचने का ढोंग, अगला कदम पड़ोसी पर एक सरसरी निगाह जो ठिठकती दिखायी देती है। पर जिसका एकमात्र मकसद उस फासले का अंदाजा लेना होता है जो उसके और हमारे पैरों के बीच होता है। यह सब जानने के बाद अभियान शुरू!

मेरे ख्याल से तुम पुरुषों की इस जोड़-तोड़ यानी पैर को कभी एड़ी तो कभी पंजे के बल धीरे-धीरे आगे खिसकाने से ज्यादा मजेदार शायद ही कुछ हो। जाहिर है तुम पुरुषों को अपनी यह हास्यास्पद हरकत दिखाई नहीं देती; पर एक सिरे पर ग्यारह नंबर के जूते और दूसरे सिरे पर खींसे निपोरते बेवकूफाना चेहरे (बेशक भावनाओं के चलते) के साथ चूहे-बिल्ली का जो खेल खेला जाता है; उसकी बेतुकेपन के लिहाज से तुम पुरुषों द्वारा किये जाने वाले किसी भी काम से तुलना नहीं की जा सकती।

मैं पहले कह ही चुकी हूँ कि ऐसी हरकतों से मुझे कतई उकताहट महसूस नहीं होती। मेरा खासा मनोरंजन होता है जो इस तथ्य पर आधारित होता है। जैसे ही नारीभक्त वह शख़्स एकदम सही-सही अंदाजा लगा लेता है कि उसके पैर को कितनी दूरी तय करनी है तो फिर वह दोबारा नीचे नजर नहीं डालता। उसे अपने अनुमान पर पूरा यकीन होता है। यूँ भी बार-बार नीचे देखकर हमें आगाह करने की उसकी कतई मंशा नहीं होती। आप समझ सकते हैं कि उसकी दिलचस्पी देखने भर में नहीं बल्कि स्पर्श सुख लेने में होती है।

हाँ तो फिर वह प्यारा सा पड़ोसी जब आधी दूरी तय कर चुका होता है। मैं भी उतनी ही चालाकी और चेहरे पर उसी तल्लीनता का ढोंग करती हूँ मानो

किन्हीं ख़्यालों में खोई हूँ, पैर खिसकाना शुरू कर देती हूँ। फर्क सिर्फ इतना होता है कि मेरा पैर उसके पैर के विपरीत दिशा में खिसकता है। बहुत ज्यादा नहीं कुछ इंच काफी होता है।

मजा तब आता है जब मेरे पड़ोसी का पैर अनुमानित दूरी तय कर मुकर्रर स्थान पर पहुँचता है पर किसी चीज से स्पर्श नहीं कर पाता। ऐसे वक्त उसके चेहरे से अचरज का जो भाव टपकता है वह वाकई देखने लायक होता है। ये क्या, कुछ भी नहीं। ग्यारह नंबर का उसका जूता हवा में अकेला रह जाता है। उसे धक्का लगता है, पहले वह निगाह नीचे डालता है फिर मेरे चेहरे पर! पर मैं तो अभी भी अपने ही ख़्यालों की दुनिया में खोयी हूँ। अब उसे कुछ-कुछ समझ आने लगता है।

सत्रह में से पंद्रह बार (मैं एक लंबे अनुभव के बाद इस संख्या पर पहुँची हूँ) झुंझलाया हुआ वह सज्जन पुरुष अपनी कोशिश छोड़ देता है। बाकी दो मामलों में मैं अपने पड़ोसी पर चेतावनी भरी निगाह डालने पर विवश हो जाती हूँ। पर यह जरूरी नहीं कि उस निगाह में अपमान, अवमानना और क्रोध अभिव्यक्त हो। उसकी तरफ सिर घुमाना ही काफी होता है—केवल उस दिशा में, उसकी तरफ सीधे हांके बगैर। ऐसे मामलों में किसी भी ऐसे पुरुष से सीधे नजरें मिलाने से बचना चाहिए जो इत्तफाक से हमारे प्रति सचमुच और गहरे मुग्ध हो गया हो। किसी पॉकेटमार में खतरनाक चोर छिपे होने की संभावना रहती है। कैशियर इस तथ्य से बखूबी वाकिफ होते हैं जिन पर बहुत बड़ी धनराशि की सुरक्षा का दायित्व रहता है और वे जवान स्त्रियाँ भी जो बहुत दुबली, बहुत सांवली, बहुत छोटे चेहरे और बहुत छोटी आँखों वाली नहीं होतीं।

भवदीया,

एम० आर

प्रिय मोहतरमा,

आपकी इस सहृदयता के लिए आभारी हूँ। आपके अनुरोध के मुताबिक लेख में आपने जो विचार रखे हैं उस पर दस्तखत करने में मुझे हार्दिक प्रसन्नता होगी। पर आपका महज एक सहयोगी होने के नाते आपसे अपने एक सवाल का जवाब पाना चाहता हूँ। जवाब दें तो मुझे दिली, खुशी होगी। उन सत्रह ठोस मामलों को छोड़कर जिनका आपने जिक्र किया है क्या आपको कभी क़िसी पड़ोसी—लंबे या नाटे, गोरे या काले, मोटे या दुबले के प्रति रत्तीभर भी आकर्षण महसूस नहीं हुआ? क्या कभी किसी के प्रति समर्पण की हल्की, बेशक बेहद धुंधली सी इच्छा नहीं जागी जिसने आपके लिए अपना पैर पीछे खिसकाना अप्रिय और तकलीफदेह बना दिया हो?

एच० क्यू०

महाशय,

सच कहूँ तो हाँ एक बार, सिर्फ एक बार अपने जीवन में मेरे भीतर किसी के प्रति झुकने की इच्छा जागी थी, दरअसल सही-सही कहा जाए तो हाँ मैंने अपने पैर में ऊर्जा की वह कमी महसूस की थी जिसका आपने जिक्र किया है और वह व्यक्ति आप थे पर आप में इसका फायदा उठाने की तमीज़ नहीं थी।

एम० आर०

✦

अनु०—**अनुराधा महेन्द्र**

एक नया आदमी

✦

लुई ओआयजा (1934)

लातिन अमरीका के जाने माने उपन्यासकार, निबंधकार और अनुवादक लुई लोआयजा का जन्म 1934 में लीमा में हुआ। मानीय संबंधों और भावनाओं की अंतरंग बारीकियाँ उनकी कहानियों में अभिव्यक्त हुई हैं। इस समय वे जेनेवा में निवास कर रहे हैं और यूनाइटेड नेशंस के लिए अनुवादक के रूप में कार्यरत हैं।

तो वे अलग हो गए हैं। वह बच्चों के साथ मिराफ्लोरेस के उस घर में चली गई है जिसकी देखभाल इतने बरसों से उसकी माँ करती रही है, बावजूद इसके कि वह एक अकेली औरत के लिए काफी बड़ा है। और वह नई बस्तियों में से किसी में। जिनके नाम मैं कभी याद नहीं रख पाता। किराए के एक अपार्टमेंट में उसी लड़की के साथ रह रहा है। मुझे बताया गया है कि वह लड़की बहुत परिष्कृत, बुद्धिमान और संवेदनशील है। पुराने तरीके से बात कहने का रुझान रखने वाले एक शख़्स के शब्दों में कहें, तो—''बिल्ली की मूँछ'' है। अगर यह मेरे वक्तों में हुआ होता—यानि मेरे पेरु छोड़ने से पहले—तो लोगों के लिए बिल्कुल आदर्श मौका होता नैतिकता, दया या दिखावा बनाए रखने की बात की बीच में घसीट लाने और उन्हें कमतर ठहराने का। लेकिन कहना पड़ेगा कि जिन बरसों में मैं देश से बाहर रहा। ऐसी रपटें तैयार करते हुए जिन्हें पढ़ने की जहमत कभी किसी ने नहीं उठाई, और ढ़ेरों राजदूतों से बातचीत करते हुए—पेरु में लोग खूब फिल्में देखने जाने लगे थे और अब वे बहुत अप-टू-डेट थे। अभी उस दिन मेरे कजिन मारुजा के यहाँ लंच पर हुई बातचीत कई अनकही मान्यताओं पर आधारित थी; हम बहुत आधुनिक है, हम दूसरों की आजादी को सम्मान देते हैं, हर किसी को वैसा करने का हक है जैसा वह ठीक समझता है, हमें किसी बात से हैरानी नहीं होती। और वैसे भी लगता है हाल के बरसों में अलग होने की ऐसी भौंचक कर देने वाली घटनाएँ काफी हुई थीं। सो अब उनके होने से कोई नई बात नहीं रह गई थी, लेकिन इससे उनमें दिलचस्पी का तत्व कम नहीं हो गया था। मुझे ढ़ेरों ब्यौरे और व्याख्याएँ सुननी पड़ी थीं, हालाँकि वे मेरे पूछने पर ही दी गई थीं। वे सब किसी भी तरह की भर्त्सना से बचते हुए हल्के-फुल्के अंदाज में बयान की गई थीं। और सबसे बढ़कर मुझे यह नहीं भूलना चाहिए कि जिस लड़की की बात हो रही है, वह अद्‌भुत है। इस सारी तारीफ ने मुझे इस बात का लगभग यकीन दिला दिया था। तभी मुझे बताया गया कि उसे हमारे साथ लंच पर होना था : उन दोनों को आना था। जी, बिल्कुल, वह उसके साथ आता-पर उन्हें किसी

बहुत जरूरी काम से बाहर जाना पड़ा। तो बात यह है कि वे साथ रहते हैं, साथ सफर करते हैं, साथ-साथ आमंत्रित किए जाते हैं; उन्हें सब एक ऐसा जोड़ा मानते हैं जिन्हें अपने रिश्ते पर बस शादी की मोहर लगाने की जरूरत है।

पर इसके लिए अल्बर्टो को तलाक़ लेना होगा और यह निश्चित रूप से नहीं कहा जा सकता कि ग्रेसिला उसे तलाक दे देगी। अल्बटों ने उसके सामने बच्चों की शिक्षा का खर्च उठाने और उसे थोड़ा गुजारा-भत्ता देना का प्रस्ताव रखा था। पर बस इतना ही। ओरंशिया में अल्बर्टो का मकान है, एन्कॉन में एक अपार्टमेंट है, और सबसे बड़ी बात, उसके पास ढ़ेरों पैसा है, लेकिन वह सब उसने लिमिटेड कंपनियों या ऐसी ही दूसरी चीजों में लगा रखा है। फिर वह वकील, सो कोई भी मुकदमा लंबा चलेगा और पेचीदा होगा और आखिर में ग्रेसिला को उससे शायद ही कुछ हासिल हो। मुझे कभी-कभी हैरानी होती है कि लोग इन तमाम बातों का कैसे पता लगा लेते हैं; शायद हम अंततः अभी भी कस्बाई हैं। कम से कम दूसरे लोगों की जिंदगियों में दिलचस्पी लेने के मामले में। बहरहाल, आम धारणा यह थी कि ग्रेसिला ने तलाक देने से इंकार कर दिया था और ऐसा कर उसने कोई बहुत आधुनिकता नहीं दिखाई थी, पर हम क्योंकि आधुनिक हैं, सो हम उसकी बात को समझ सकते हैं और उसके लिए उसे क्षमा भी कर सकते हैं।

पिछली बार मैंने उन दोनों को साथ-साथ दो बरस पहले देखा था जब मैं पेरु में था। मुझे किसी के घर डिनर के लिए आमंत्रित किया गया था और हॉलवे से जिस शख्स पर सबसे पहले मेरी निगाह पड़ी, वह अल्बर्टो था। वह हाथ में गिलास लिए कमरे के एक कोने में खड़ा था। शुरू में उसने मुझे नहीं देखा। मुझे उसके व्यक्तित्व में कुछ विचित्र सा जान पड़ा, लेकिन उस विचित्रता को पहचान पाने में मुझे कुछ वक्त लगा। उम्र जैसे उसे छू ही नहीं गई थी। हम यह बात अकसर शिष्टतावश दोहराते हैं, लेकिन इसका कोई अर्थ नहीं होता या महज इतना ही अर्थ होता है कि हमारे दोस्त अभी पूरी तरह खंडहर नहीं हुए हैं। पर उसके मामले में यह बात एकदम सही थी। पहले के मुकाबले अल्बर्टो अधिक युवा लगता था, ज्यादा छरहरा, मजबूत और ज्यादा निश्चिंत। अपने मेजबान का अभिवादन करते हुए और अपना कोट उतारते हुए मैं अभी भी दरवाजे के रास्ते में था। मैं आइने में खुद ही एक झलक पाने से अपने को रोक नहीं सका; चश्मा लगाए, सफेद बालों वाला, चर्बी चढ़ा एक शख़्स। अल्बर्टो मुझ से हैलो कहने और मुझे यह बताने के लिए आया कि वे शहर खासकर मुझसे मिलने के लिए आए हैं, चाकलेक्यो से चल कर जहाँ वे अपनी सर्दियाँ गुजारते हैं। मुझे उसे यह बताना जरूरी लगा कि वह पहले के मुकाबले युवा दिख रहा था (जबकि वह मुझसे एक साल बड़ा था) और इस कदर कि घिन हो आए। उसकी त्वचा धूप में पकी दिख रही थी जैसे अभी समुद्रतट से लौटा हो और हँसने पर उसके बेदाग सफेद दाँत दिखाई देते थे। ठीक उसी पल ग्रेसिला आ गई; मैंने उसे दोनों गालों पर चूमा, और उसने मुझे उसे और उसके परिवार को पूरी तरह भूल जाने के लिए

झिड़का, खासकर अपने धर्म-बेटे, उनके दूसरे बच्चे को। और यह सच है। सच है कि वह मेरा धर्म-बेटा है और मुझे उसे याद रखना चाहिए। मैंने इस सब से, जाहिर है कि इंकार ही किया। और इस बीच सोचता रहा कि उम्र कम से कम उस पर अपने निशान छोड़ गई थी। मेरी निगाहों में वह अभी भी खूबसूरत थी; उसने अपने बाल रंग रखे थे (भला कौन सा तो रंग था वह?)। मुझे उसके चेहरे पर एक भी झुर्री दिखाई नहीं दी, पर उसका मेकअप अनिंद्य था, और वैसे भी किसी सुरुचि और साधन संपन्न महिला में उम्र के बस कुछ ही चिह्न दिखाई देते हैं—कुछ अतिरिक्त परिष्कार, चेष्टाओं में किंचित लयभंग और एक किसी कुदरती चीज की कमी जिस पर उसका कोई बस नहीं होता; यौवन की प्रफुल्लता।

उस शाम मेज के दूसरी तरफ मेरे सामने ग्रेसिला बैठी थी। अल्बर्टो थोड़ा दूर हट कर बैठा था, मेरे दाएँ। हमेशा की तरह, मुझे वे मजाक सुनने पड़े थे जो कूटनीतिज्ञों को हर कहीं सुनने पड़ते हैं कि वे कितनी आराम की जिंदगी जीते हैं, कि दूसरे मुल्कों को जानना कितना दिलचस्प होता होगा। जबकि हकीकत यह है कि अपनी पिछली पोस्टिंग के बारे में मुझे असह्य गर्मी और मच्छरों के सिवा कुछ याद नहीं रह गया था। ग्रेसिला अपने लीमा में कैद होकर रह जाने की शिकायत कर रही थी जहाँ कभी कुछ नहीं होता। वह अल्बर्टो के साथ कुछ बार न्यूयार्क जरूर गई थी, पर वे बिजनेस के सिलसिले में की गई संक्षिप्त सी यात्राएँ थी, और वैसे भी अल्बर्टो अकेले ही जाना पसंद करता है। उसकी इच्छा तो असल में यूरोप की एक लंबी यात्रा पर जाने की है, जहाँ वह पहले कभी नहीं गई, लेकिन अल्बर्टो इस बात को टालता रहता है। शायद वह अपनी सबसे बड़ी बेटी के साथ चली जाए जिसने अभी स्कूल की पढ़ाई खत्म की है। अगले साल शायद वे सब ही जाएँ। हाजिर जवाबी भरा कोई उत्तर सुनने की उम्मीद में मैंने उसके सामने सुझाव रखा कि वह मेरे साथ भाग चले। लेकिन इसके बजाय उसने इस तरह से कंधे झटके जैसे वह पहले नहीं झटकती थी और जो दर्शाते थे कि यह या तो उदास है या मुझे बताने की कोशिश कर रही है : "मैं मजाक नहीं कर रही थी।" परेशान होकर मैं दूसरी ओर देखने लगा। और ऐसा करने में मेरी निगाह अल्बर्टो से जा मिली जो हमारी बातें सुन रहा था। उसकी निगाहों में चौकन्नापन था, पर एक उदासीनता भी। यह भी एक नई बात थी : मैं जिस अल्बर्टो को जानता था, वह अपने आपको लेकर कभी इस कदर आश्वस्त नहीं रहता था या लोगों को इस तरह दूर से ठंडे तरीके से नहीं देखता था। इसमें कोई दो राय नहीं कि ग्रेसिला की चेष्टा में उदासी थी।

उस रात मैंने उस दंपत्ति से उनके बारे में बात की जो अपनी गाड़ी में मुझे घर ले जा रहे थे। "हाँ, अल्बर्टो चुस्त-दुरुस्त है," पाक्विता ने कहा—पाक्विता जिसे मैं एक शर्मीली और धार्मिक लड़की के रूप में जानता था, लेकिन जो अब लगातार सिगरेट पीने लगी थी और बहुत कुछ (उम्रदराज) बैटी डेविस जैसी दिखने लगी थी। "वह एक नया आदमी है।" मैंने उससे कहा कि मैं भी फिर से

जवान होना पसंद करूँगा, पर सच यह है कि मैं दिन-ब-दिन ज्यादा थका महसूस करता हूँ। ''वह इसलिए कि यू डोन्ट डू एनी स्पोर्ट,'' पाक्विता बोली ''वह टेनिस है जो अल्बर्टो को चुस्त-दुरुस्त रखती है। वह काम पर जाने से पहले हर सुबह खेलता है।''

मैं पूरी तरह यकीन नहीं कर पाया। पर इसके बावजूद अपनी नई पोस्टिंग में मैं तमाम टेनिस टूर्नामेंट देखने लगा (अगर टेनिस वाकई इतनी असरदार है तो मुझ पर भी निश्चित रूप से कुछ तो असर दिखाएगी ही) पर इससे कोई फर्क नहीं पड़ा। जाहिर है कि मैं जब भी कॉगनेक का अपना गिलास और सिगार लेकर अपने फिर से जवान होने का इंतजार करते मैच देखने बैठता, तो मुझे ग्रेसिला और अल्बर्टो याद हो आते, और सच कहूँ तो मुझे उनके अलग हो जाने से असल में कोई हैरानी नहीं हुई। ऐसा लगता था जैसे मैं पुरानी तर्ज पर लिखा कोई उपन्यास पढ़ने बैठा था; और शुरुआत के बाद मैंने कुछ सौ पृष्ठ बिना पढ़े छोड़ दिए, लेकिन जैसे मैं उन चरित्रों को जानता हूँ और जब मैं अंत के अध्याय पढ़ूँगा तो कल्पना कर पाऊँगा कि पहले क्या हो गुजरा होगा और अंत के बारे में कयास लगा लूँगा।

पहले अध्यायों में ग्रेसिला मिराफ्लोरेस के उस घर में है, जहाँ अब वह वापस लौट आई है, और अल्बर्टो विश्वविद्यालय में मेरे साथ पढ़ रहा था मेरा संगी है। ग्रेसिया किसी नाते मेरी कजिन है, सो उसे लेकर बचपन की मेरी स्मृतियाँ हैं। मैं धुधले से उसे बागीचे में इधर-उधर दौड़ता देख सकता हूँ; और फिर लीमा में दिसम्बर की घनी रोशनी से भरे एक कमरे में क्रिसमस के उपहारों से घिरे हुए जिनमें उसकी कोई दिलचस्पी नहीं है, नन्हीं और कमजोर, उसका सिर घुटा है और वह टाईफाइड के हमले से उबर रही है। या, बाद में, अपनी नीली कोलेजियो बेलेन यूनिफार्म में, लंबी और गर्वीली। उस उम्र में कुछ बरसों का अंतर भी बहुत बड़ा लगता है, सो हम आपस में शायद ही कभी बात करते हों; बरसों बाद, उसने मुझे बताया था कि वह भी मेरी तरह लंबा-चौड़ा होने का सपना देखा करती थी और मुझे हमेशा वयस्कों में शुमार करती थी। मैं उसके घर उसकी वजह से नहीं, बल्कि उसके पिता डॉन पाब्लो से मिलने जाया करती था जो मुझसे दोस्त की हैसियत से बर्ताव करते थे। मैं बता ही चुका हूँ कि हम कहीं से संबंधी थे, पर मैं गरीब संबंधी था। डॉन पाब्लो बहुत अमीर थे या मुझे लगते थे : देहात में उनकी जमींदारी थी जहाँ से उन्हें फल और खाने की दूसरी स्वादिष्ट चीजें आती थीं और जहाँ मुझे छुट्टियों में हमेशा भेजे जाने की बात होती थी ताकि मैं ताकतवर हो सकूँ और घुड़सवारी सीख सकूँ—यह धमकी या वायदा कभी पूरा नहीं हुआ। वे बिजनेस से भी जुड़े थे और बिजनेस आज तक मेरे लिए एक ऐसा शब्द है जो पूरी तरह रहस्य बना हुआ है; वे सीनेटर रहे थे और राष्ट्रपति के दोस्त; और सबसे ज्यादा मैं उनकी दो कारों से प्रभावित था (हमारे घर में एक भी कार नहीं थी)। लीमा में उन दिनों कार को विलास की एक नायाब चीज माना

जाता था। मेरे खयाल से मैं उनके कोई बेटा न होने की कमी को पूरा करता था; बहरहाल, मैं जैसे-जैसे बड़ा होता गया, मुझे उनका खुद को बुलाना और लंबी चर्चाएँ करना स्वाभाविक लगने लगा। वे हमेशा मेरी बचकाना बातों को अपने पुराने ढ़ब की शिष्टता के साथ सुनते। मैं जब भी वहाँ से चलने लगता, वे मुझे हमेशा अपनी लाईब्रेरी से कोई किताब निकाल कर देते (उनकी लाईब्रेरी में किताबों पर स्पैनिश कपड़े की जिल्दें चढ़ी थीं और उन्हें खोलने पर उनमें से एक तीखी गंध आती थी) और कहते कि उनके पास अब उन किताबों को पढ़ने का वक्त नहीं बचा है।

अल्बर्टो से मेरी मुलाकात उस बरस हुई जब हम दोनों ने विश्वविद्यालय में प्रवेश किया। वह एक अलग-थलग रहने वाला युवक था जो जैसे सभी को शक की निगाहों से देखता था। हम दोनों ही ऐसे परिवारों से थे जो बुरे वक्त से गुजर रहे थे। यह बात और इसके अलावा हमारी पढ़ी हुई किताबें तथा विद्रोह का भाव जिसे हम छिपा नहीं पाते थे हमें करीब ले आए। वह इस विद्रोह भाव को मुझसे कहीं ज्यादा गंभीरता से लेता था क्योंकि उसने एक बार विश्वास में बातें करते हुए मुझे बताया था कि वह केवल उस सबसे नफरत करने तक ही सीमित नहीं रहा जो घृणास्पद था, बल्कि इससे भी आगे जाकर उसने खुद को एक क्रांतिकारी घोषित किया था—और उन दिनों ऐसा करना कोई सामान्य बात नहीं थी। और उसने ''बुर्जूआ'' शब्द को इस लहजें में कहा था जैसे सबसे बुरी गाली दे रहा हो। साहित्य के क्षेत्र के बाद कानून पढ़ने के बाद, मैं विदेश मंत्रालय में चला गया और अल्बर्टो एक प्रतिष्ठित वकील के साथ काम करने लगा। मैं उसे लेक्चर्स में अक्सर देखता और टोरे टेगल बिल्डिंग से बाहर आने के बाद अक्सर उसके दफ्तर चला जाता। उसके बाद हम अपने साधनों के दायरे में मौज-मजा करने निकल जाते; बाहर गुजारी गई रातें जैसे एक नए संसार में प्रवेश की दीक्षा थीं, एक ऐसी उदासी में लिपटी हुई जिसे हमने कभी स्वीकार नहीं किया। एक दिन जब मैं उसके दफ्तर गया तो उसके वरिष्ठ वकीलों को उसके साथ इस तरह बात करते देख हैरान रह गया जैसे वह उनका समकक्ष हो चुका हो। कुछ देर बाद, गली में मैंने उससे आगे मजाकिया लहजे में कहा था कि वे उसके बारे में बहुत अच्छी राय रखते हैं और कि उसका भविष्य सुरक्षित है। अल्बर्टो इस का बुरा मान गया था, जैसे मैं व्यंग्य कर रहा होऊँ। मुझे याद है हम फ्रेंच बुकहाउस के बाहर सान मार्टिन स्क्वेयर की महराबों के नीचे थे। वह रुक गया था और उसने ऐसे अंदाज में घोषणा की थी जैसे हमेशा के लिए बात को साफ किए दे रहा हो। उसने कहा था कि कानूनी कैरियर और उसके जरिए उसे जो कुछ भी मिल सकता है, उस सबके प्रति उसके मन में हिकारत के सिवा कुछ नहीं है, लेकिन व्यवस्था से लड़ने का इसके सिवा कोई तरीका नहीं कि उसे नष्ट करने के लिए उसके भीतर सत्ता की स्थिति में पहुँचा जाए (उसने ऐन यही शब्द इस्तेमाल नहीं किए थे, लेकिन उसके कहने का मतलब यही था)। हमने इस बारे में फिर कभी बात नहीं की, लेकिन

काफी अरसे तक मैं उसे एक ऐसे छिपे हुए क्रांतिकारी के रूप में देखता रहा, एक योजना के ऐसे नेता के रूप में जिसमें उसके सिवाय कोई शामिल नहीं है।

उससे मिलने के कुछ बाद ही मैंने उसे अपने अंकल पाब्लों के बारे में बता दिया था और उसने फौरन आलोचना करनी शुरू कर दी थी। उसने कहा था कि सरकार से उनके कुत्सित समझौतों के बारे में हर कोई जानता है। मुझे जहाँ तक याद पड़ता है, मैंने फौरन उनके बचाव में आने की बजाय बातचीत का विषय बदल दिया था। इसके बावजूद, एक सुबह जब ला हेरादूरा बीच पर ग्रेसिला हमें मिली तो मैंने अल्बर्टो का उससे परिचय कराया। उन दिनों लड़कियों को ज्यादा बाहर नहीं निकलने दिया जाता था, लेकिन उसके घर जाने के कारण मैं उससे काफी मिल पाता था। जल्दी ही अल्बर्टो ने भी मेरे साथ आना शुरू कर दिया। अब वह पहले की तरह संकोची नहीं, बल्कि आकर्षक और बातचीत में हाजिर जवाब हो गया था और डॉन पाब्लो उससे बखूबी पटरी बैठा लेते थे। इस बात को देखते हुए कि अल्बर्टो ने ग्रेसिला से शादी की, बाकी की कहानी का अंदाजा लगा पाना आसान जान पड़ता है, लेकिन वह सब उतना सरल नहीं। हकीकत में जो ग्रेसिला के प्यार में पड़ा, वह मैं था जो उसे इतने बरसों से जानता आया था। एक अपराह्न, जब हम उसके पिता का इंतजार कर रहे थे, मैं कुछ पढ़ने के लिए उसके कंधों पर झुका और न चाहने के बावजूद, लगभग एक मजाक की तरह, मैंने उसे गर्दन पर चूम लिया। मेरा प्यार लीमा जैसा था, निष्प्रभ और धूसर, कस्बे की बौछार की तरह निराशाजनक और मैं सोचता हूँ कि वह भी बदले में मुझे ऐसे ही क्षीण ढंग से प्यार करती थी। हमें उसके घर में अपने प्रेम को गुप्त ही रखना था, क्योंकि मुझे यकीन था (और मेरा यकीन सही था) कि उसके माता-पिता इस बात से प्रसन्न तो निश्चित रूप से नहीं होंगे कि मेरे जैसा आदमी जिसके पास एक पाई तक न थी और जिसने अभी अपनी पढ़ाई भी खत्म नहीं की थी, उनकी बेटी को उनसे ले जाए। मेरे प्रति वे बहुत स्नेह रखते थे, लेकिन ग्रेसिला को मुझसे कोई बेहतर आदमी हाथ लग सकता था। मैंने पाया कि मैं उनसे सहमत हूँ; और वैसे भी मुझे भीतर कहीं लगता था कि जायदाद की किसी वारिस से विवाह करना कुछ अशोभनीय सा है। हम दोनों गिनती करते कि मुझे कितने बरसों में अपनी पहली नौकरी मिलेगी और कि क्या एक थर्ड सेक्रेटरी के रूप में शादी करने लायक वेतन पा सकूँगा। हम उन शहरों की सूचियाँ बनाते जिनमें हम घूमना चाहते थे। हम एक दूसरे से काफी मिलते, लेकिन आत्मीयता के केवल कुछ पल ही चोरी छिपे हासिल कर पाते, पार्कों में या सिनेमा में। हमारे बीच अक्सर जिरह होती; क्योंकि नकली उदारता की किसी झोंक में मैंने उससे कह दिया था कि मैं उसका वक्त बरबाद नहीं करना चाहता (यह एक घिसी-पिटी बात हो सकती है, लेकिन मुझे वह स्थिति वास्तव में असुविधाजनक लगती थी), क्योंकि वह इस सारी परेशानी से थक गई थी, क्योंकि उसकी माँ को पता चल गया था, क्योंकि मजबूरन डॉन पाब्लो को मुझसे जवाबतलबी करनी पड़ी थी—मैं उनके उलझन भरे

चेहरे और उनके वाक्यों के बीच के लंबे विरामों को कभी नहीं भूल पाया हूँ—मुख्तसर में यह कि मैं कई महीने उनके घर नहीं गया। लेकिन हमने अपना सात्विक नाटक जारी रखा, शायद बाधाओं से परेशान होने की बजाय ज्यादा उत्प्रेरित होकर। पर हमने बात आगे नहीं बढ़ाई, हालाँकि हम इस बारे में बड़े हर्षातिरेक से सोचते और बतियाते थे—हममें उससे कहीं ज्यादा पूर्वाग्रह या भय थे जितने किसी प्रगतिशील युग में हुआ करते हैं, और सच्चाई तो यह है कि कोई भी योजना बना पाना हमारे लिए मुश्किल था या कम से कम हम ऐसा सोचते थे। अंततः जब मुझे विदेश में अपनी पहली पोस्टिंग मिली, तो ग्रेसिला बिल्कुल चाहती थी कि वह शादी कर मेरे साथ चले, भले ही इस वजह से अपने माँ-बाप से उसका रिश्ता टूट जाए, लेकिन मैंने उसे समझा लिया कि इंतजार करना ही बेहतर रहेगा : या तो मैं इसे पर्याप्त प्यार नहीं करता था, या जो हमारे बीच था उसे ले इतना सुरक्षित महसूस करता था कि उसे पीछे छोड़ जाने में मुझे कोई परेशानी नहीं थी, या फिर युवा मर्दानगी के भाव से मैंने सोचा हो कि हमें अपने प्यार की परीक्षा करनी चाहिए। सच्चाई यह है कि अब मुझे ठीक से याद नहीं कि मैंने ऐसा क्यों किया। वह एक खूबसूरत लड़की थी; मुझे याद है गर्मियों में कैसे धूप से उसकी बाजुओं की रंगत पक उठती थी, वह कैसे हँसती थी, जब वह मेरी ओर देखती थी तो एक कोमलता मुट्ठी की तरह मेरे हृदय को जकड़ लेती थी। कुछ महीने हमने एक दूसरे को पत्र लिखे, फिर धीरे-धीरे सब ठंडा पड़ता गया। मुझे कुछ पेरुवासी पर्यटकों से मालूम हुआ कि अल्बर्टो से उसकी सगाई हो गई है और खुद अल्बर्टो ने अपने एक बेहद दोस्ताना पत्र में मुझे अपने विवाह के बारे में बताया। उसने लिखा, अगर मैं लीमा में होता तो वह मुझसे गवाह बनने के लिए कहता।

मेरे ख्याल से यह बात समझी जा सकती है कि तब से पेरु आने के बाद मैं उनसे लगभग नहीं मिला, हालाँकि वे मुझे हमेशा अपने घर आमंत्रित करते थे और उन्होंने मुझसे अपने दूसरे बच्चे का धर्मपिता बनने का भी आग्रह किया था। धीरे-धीरे डॉन पाब्लो की संपत्ति जाती रही और अपनी मौत के वक्त वे अपनी पत्नी की खातिर बस एक मकान छोड़ गए और मेरे ख्याल से थोड़ा पेंशन जैसा कुछ, पर जमींदारी, कारोबार (और कारें) सब कर्जा चुकाने में चले गए। दूसरी ओर, पचास के दशक में नए उपनगरों में संपत्तियों संबंधी कुछ सट्टेबाजियों के चलते अल्बर्टो धनवान आदमी हो गया। उन दिनों वह मुझे बताया करता कि देश को अमीर बनाने के लिए पेरु में जिस चीज की जरूरत है, वह है कड़ी मेहनत; वह अभी भी वामपंथी विचार रखता था, पर जो चीज असल में मायने रखती थी, वह थी हकीकत, सपने नहीं। पर मैं वैसे ही उसके राजनीतिक विचारों में कोई खास दिलचस्पी नहीं रखता था और मैं स्वीकार करूँगा कि ग्रेसिला के साथ मेरी मुलाकातें, चाहे उसके घर में हों या साझे दोस्तों के यहाँ, अभी भी मुझे इस कदर उद्विग्न कर देती थीं कि जानबूझ कर उनसे बचता था। इसी वजह से जब भी मुझे पेरु आने के लिए छुट्टियाँ मिलती, मैं अक्सर वक्त से पहले ही वहाँ से चल देता

भले ही मुझे दुनिया के दूसरे छोर पर कोई ऐसी पोस्टिंग स्वीकार करनी होती जहाँ कोई दूसरा जाने को राजी नहीं होता। या तो मैं कायर था या फिर मैं एक शांतिपूर्ण जिंदगी चाहता था, सो मैं विवाहित महिलाओं से कैसा भी ताल्लुक नहीं रखना चाहता था। लेकिन अटपटी बात यह है कि अपने तमाम नेक इरादों के बावजूद, मैं दुनिया के दूसरे छोर पर एक विवाहित महिला के प्यार में पड़ गया; और चंद बरस बाद वह मुझे छोड़ कर चली गई, थका-हारा और एक अल्सर के साथ जिसने मेरी जान ही ले ली होती। उसी के बाद अपनी इन तमाम समस्याओं के बीच ग्रेसिला के लिए मेरी भावनाओं में तबदीली आई और मैं अंततः उसे शांत मन से याद कर सका, एक ऐसे व्यक्ति के रूप में जो अब अतीत का हिस्सा हो चुका था।

फिर एकाएक एक दिन मुझे अहसास हुआ कि मेरी रिटायरमेंट ज्यादा दूर नहीं है और मैं सक्रिय सूची से अपना नाम हटवा वापस लीमा आ सकता हूँ। शायद तमाम आवेगों के चुक जाने के बाद ग्रेसिला, अल्बर्टो और मैं बैठकर अपने बारे में बतिया सकें, ठीक उस दृश्य की तरह जो अक्सर उपन्यासों के अंतिम अध्याय में हुआ करता है। लेकिन दूसरी बात, अगर उपन्यास बदल गए हैं तो शायद इसलिए कि वे यथार्थ का सही अक्स नहीं बनाते थे। मोहभंग में घिरा एक प्रौढ़ होने की बजाय, अल्बर्टो अपनी बाजू के नीचे एक टेनिस रैकेट दबाए घुमाए रहा था और उससे एक लड़की लटकी हुई थी जो उसकी बेटी भी हो सकती थी। लेकिन मेरी दिलचस्पी ग्रेसिला में ज्यादा थी और जैसे ही मैंने सुना कि वे अलग हो गए हैं मैं सोचने लगा कि वह इस स्थिति से कैसे निपट रही होगी। ज्यादा देर नहीं है जब उसके बच्चे बड़े हो अपनी-अपनी राह चले जाएँगे, और अगर तलाक वाला किस्सा सच है तो उसे ज्यादा पैसा भी नहीं मिलेगा। डॉन पाब्लों लगभग कुछ नहीं छोड़कर गए थे। और उसके लिए काम तलाशना भी आसान नहीं होगा। कुछ रोज पहले, उस लंच के बाद जिसमें मुझे बताया गया था कि क्या कुछ हो गुजरा है, मैंने एक पब्लिक बूथ से उसे फोन किया था। नंबर डायल करते हुए ही मैं घबराने लगा था कि मैं गलती करने जा रहा हूँ, कि मुझे लीमा पहुँचते ही फोन करना चाहिए था। सच कहूँ तो मैं इस बात को लेकर घबरा रहा था कि जाने उसकी क्या प्रतिक्रिया होगी। मुझे फोन पर किये जाने वाले क्लेश से नफरत है। लेकिन मेरी घबराहट निराधार निकली। उसने वैसे ही जवाब दिए जैसे पहले देती थी, अपनी आवाज में खुशी लाकर (ऐसी खुशी जिसका किसी ऐसे आदमी के सम्मुख प्रदर्शन करना शिष्टता माना जाता है जिससे आप लंबे अरसे से न मिले हों) और उसने मुझे अगले दिन दोपहर बाद करीब चार बजे के आसपास अपने घर आने के लिए कहा क्योंकि तब बच्चे बाहर गए होंगे और हम बिना किसी व्यवधान के बात कर सकेंगे।

कल उससे मिलने के वक्त तक मैं व्यस्त रहना चाहता था, पर दो बजे तक मेरे पास करने को कुछ नहीं बचा, सो मैं मिराफ्लारेस के गिर्द एक लंबी सैर पर

निकल गया। मैं उस घर को मुश्किल से ही पहचान पाया : लगता था कि जहाँ उन्होंने एक पेड़ काटा था (और बहुत पेड़ काटे गए थे, दरख्तों से दोनों ओर घिरी गलियाँ ओझल हो गई थीं) उसकी जगह सैकड़ों कारें उभर आई हों; उन पुराने, सांवले मकानों और बागीचों की जगह जो मुझे बेतरह पसंद हुआ करते थे, हर कहीं अपार्टमेंट ब्लॉक है, सभी कमोबेश एक जैसे। इसमें से कुछ भी मुझे नहीं रुचा और इसी से पता लग जाता है कि मैं किस कदर प्रतिक्रियावादी हो चुका हूँ जैसा कि मेरा एक भतीजा मुझे अभी उस दिन बता रहा था। सो ग्रेसिला के घर पहुँचने तक मैं थोड़ा महसूस करने लगा था; अपने दिमाग के भीतर में मैं उसकी छवि और उसकी माँ की आकृति में घालमेल कर बैठा। मैंने उन्हें अंतिम बार डॉन पाब्लों के अंतिम संस्कार के वक्त देखा था : आँखों में आँसू भरे, काले परिधान में लिपटी और थकी नकर आती हुईं। पर मैं फिर गलत साबित हुआ, क्योंकि ग्रेसिला ने चटख रंगों वाले कपड़े पहन रखे थे और वह मुझे देख प्रसन्न लगती थी। वह बागीचे में मेरा इंतजार कर रही थी; मैंने उसे दोनों गालों पर चूमा; उसने वही परफ्यूम लगा रखा था जो वह हमेशा लगती थी।

घर के भीतर आने पर मैं लिविंग रूम को पार कर डॉन पाब्लो की लाईबेरी में गया। वहाँ कुछ नहीं बदला था। मैं बाजूदार चमड़े की कुर्सी में बैठ गया और मेरे सामने ग्रेसिला आ बैठी। "तुम बहुत भली-चंगी दिख रही हो।" मैंने उसे बताया और उसने कहा कि मैं भी, पर उसी लम्हे मैंने अपना चश्मा उतारा और एक थके अंदाज में अपनी भौंहे रगड़ी, सो उसने यह भी जोड़ दिया : "उतने जितने की उम्मीद की जा सकती है।" मैंने उसके दुस्साहस पर क्रुद्ध होने का नाटक किया : मेरी बढ़ती उम्र हम दोनों के बीच हमेशा मजाक का विषय हुआ करती थी।

उसने शुरूआत की मेरे बारे में, उन जगहों के बारे में पूछने से जहाँ मैं गया था और कि हर बार लीमा लौटने पर मुझे क्या तबदीलियाँ नजर आईं। फिर वह हमारे साझे दोस्तों के बारे में बातें करने लगी, उनकी शादियों, तलाकों, बदकिस्मतियों, कामयाबियों, उनकी बस चुकी जिंदगियों और अकाल मौतों के बारे में। लेकिन उसके द्वारा कही जाने वाली तमाम बातों में दिलचस्पी होने के बावजूद-ग्रेसिला चीजों को हमेशा अपने नजरिए से देखती आई है, और वह जाहिराना ईमानदारी के नीचे छिपे झूठ को उजागर कर सकती है, या खराब चरित्र के किसी छिपे गुण को प्रकट कर उसे मानवीय बना सकती है—मुझे लगा कि हमें किसी और चीज के बारे में बात करनी चाहिए थी। मैंने उससे पूछा कि बच्चों ने इस घटना को कैसे लिया। उसने जवाब दिया कि शांति से। उसके दो बड़े बेटे विश्वविद्यालय में थे : उसकी बेटी अपने पुरुष मित्र से विवाह करने की सोच रही थी और मेरा धर्म-पुत्र अमेरिका पढ़ने जाने के लिए अनुदान हासिल करने की कोशिश कर रहा था। सबसे छोटा लड़का जरूर इस घटना से प्रभावित हुआ लगता था, लेकिन उसने ज्यादा कुछ कहा नहीं, वैसे भी वह बहुत खामोश स्वभाव

का है, वह हमेशा उसके बहुत करीब रहा है, उसका चहेता है, और अल्बर्टो से उसकी कभी पटरी नहीं बैठी, हालाँकि इसमें कुसूरवार कोई भी नहीं है।

''खासकर इन दिनों उसके प्रेमावेग ने उसके पैर उखाड़ दिए हैं।''

''बढ़ा-चढ़ा कर कहने की कोई जरूरत नहीं,'' ग्रेसिला बोली। ''यह पहली दफा नहीं है जब उसके पैर उखड़े हैं, मामला इसके उलट है। पर मुझे इस बारे में बात करना पसंद नहीं। एक बात तय है, ऐसे ही बेहतर है।''

उसने जिस लहजे में यह बात कही, उसमें कोई कटुता नहीं थी; वह बस एक तथ्य को बयान भर कर रही थी।

''मैंने अल्बर्टो के फिर से जवान होने, एक नया आदमी बन जाने के बारे में सुना है।''

''यह सच है। मुझे यकीन है कि वह चुस्त-दुरुस्त दिखता है, मैंने लंबे अरसे से उसे नहीं देखा है।''

''लोगों का कहना है कि इसका राज उसका खेलना है। टेनिस है।''

''टेनिस?''

वह कुछ कहना चाहती थी, पर रुक गई। मैंने उसकी आँखों की ओर देखा जो हँसी से झिलमिलाने लग गई थी और हम दोनों फिर साथ-साथ हँस पड़े।

''यह सब एक योजना का हिस्सा है।''

हम दोनों हमेशा एक दूसरे को समझते रहे हैं और मैं इस बार भी समझ गया कि उसका मतलब क्या है।

मुझे बताया गया था कि ग्रेसिला तलाक नहीं देना चाहती। यह सच नहीं है। अल्बर्टो इस बारे में उसके वकील से बातचीत करता रहा था और वे लगभग समझौते तक पहुँच चुके थे। उसे नहीं मालूम था कि वह क्या करेगी; फिलहाल उसका इरादा बच्चों के साथ अपनी माँ के घर ठहरने का था जहाँ बच्चों की जरूरत लायक सब कुछ था। अगर उसे कोई काम मिल जाए तो वह करना चाहेगी। उसके अभी भी ढ़ेरो दोस्त थे और वह उनसे काफी मिलती भी थी। लंबे अरसे के बाद वह बेहतर महसूस कर रही थी; वह अल्बर्टो के साथ अपने आखिर के बरसों के बारे में बात नहीं करना चाहती थी।

हम बस इतनी ही बातें कर पाए थे कि उसकी माँ दिखाई दीं। वे पूरी अपराह्न झपकी लेती रही थीं, लेकिन अब मेरे साथ चाय पीना चाहती थीं। डायनिंग रूम में अब भी नीली आकृतियों वाला वह टी-सैट मौजूद था जिस पर इतने बरसों के बाद भी एक बौना चीनी पुल पार नहीं कर पाया था। ग्रेसिला की माँ मुझे शुरू से कुछ ही शक की निगाहों से देखती रही थीं। खासकर तब से जब उन्हें पता चला था कि उनकी बेटी मुझ से प्यार करती है और वे पुराना हिसाब बराबर करने की ठाने थीं।

''तो फिर, तुम्हें क्या समझ आया तलाक की बात सुन कर?'' उन्होंने मुझसे पूछा। ''हमारे जमाने में तो ऐसी बातें सुनने में नहीं आती थीं।''

मैं एक टोस्ट खा रहा था और ग्रेसिला ने मेरी ओर मजे लेते अंदाज में देखा।

''जानते हो, इसके लिए तुम भी एक हद तक जिम्मेदार हो : वो तुम्हीं थे जो अपने दोस्त अल्बर्टो को इस घर में लाए थे।''

''इसी का नाम जिंदगी है।'' मैंने कहा।

इस पर ग्रेसिला को खांसी का दौरा पड़ गया, क्योंकि उन पुराने भले दिनों में हमारी अपनी एक गुप्त भाषा हुआ करती थी और ''इसी का नाम जिंदगी है।'' हमारी कल्पना की जद में आने वाला सबसे मूर्खतापूर्ण वाक्य हुआ करता था, एक ऐसा वाक्य जिसे किसी भी मौके पर इस्तेमाल किया जा सकता था। उसकी माँ ने चौंक कर उसकी ओर देखा और बोलीं यह लड़की कभी बड़ी नहीं होगी; वे चाहती थीं कि मैं उनकी बात से सहमति जताऊँ, पर मैं ग्रेसिला की ओर था।

जाने से पहले मैंने कहा कि मैं डॉन पाब्लो के सम्मान में उनकी लाईब्रेरी से एक पुस्तक लेने जा रहा हूँ। मैंने यूँ ही एक किताब उठा ली और ग्रेसिला मेरे साथ दरवाजे तक आईं। बागीचे के सामने हम रुक गए; उसने मुझसे पूछा कि मैं कब तक लीमा में हूँ और मैंने जवाब दिया, बस कुछ रोज, मेरा राजदूत मेरे बगैर कोई काम नहीं कर पाता। हम एक दूसरे की ओर देखते एक पल वहाँ खड़े रहे। ग्रेसिला अभी भी काफी खूबसूरत है। मैंने कुछ कहना चाहा पर फिर न कहना ही बेहतर समझा; मुझे अपने पहले मनोवेग पर हमेशा से संदेह रहा है, और अब इस आदत को बदलने के लिए बहुत देर हो चुकी है। उसने मुझसे दोबारा आने के लिए नहीं कहा, और मुझे भी नहीं लगता कि मैं जाने से पहले उससे मिलने आऊँगा। मैंने उनकी लाईब्रेरी से लाई किताब को पढ़ता शुरू कर दिया है। यह एक ऐसे फ्रांसिसी की लिखी हुई है जो पिछली शताब्दी के मध्य में पेरु आया था; उसका सोचना है कि पेरु के लोग बहुत अरुचिकर हैं और वह इसके लिए यहाँ के मौसम को दोषी मानता है।

✦

अनु०—**ललित कार्तिकेय**

तोमास वर्गास और दो औरतें

✦

ईज़ाबेल अलेंदे (1942)

ईज़ाबेल अलेंदे का जन्म लीमा, पेरू में 1942 में हुआ। ईज़ाबेल अलेंदे चिली के राजनीतिक परिवार से सम्बद्ध हैं। उनका पहला उपन्यास 'द हाउस ऑफ द स्पिरिट्स' अंतर्राष्ट्रीय स्तर पर प्रसिद्ध हुआ। 1995 में अपनी बेटी की दर्दनाक मृत्यु पर उन्होंने 'पॉला' शीर्षक से आत्मकथात्मक पुस्तक की रचना की। उनकी रचनाओं में मारक्वेज़ जैसा ही जादुई यथार्थवाद मिलता है। वे इसे जीवन के निकट का स्पन्दन मानती हैं। ईज़ाबेल अलेंदे पत्रकारिता के क्षेत्र में भी सक्रिय रही हैं।

आधुनिक प्रगति के ऐतिहासिक तामझाम से पहले, जिस किसी के पास भी थोड़ी बहुत बचत थी, उसे ज़मीन में गाड़ दिया जाता था। अपने खजाने को सुरक्षित रखने का एकमात्र यही तरीका उन्हें आता था।

यह तो बहुत बाद की बात है जब लोगों ने बैंकों पर भरोसा करना सीखा। एक बार जब चौड़े रास्ते बन गए और लोगों के लिए बसों द्वारा एक कस्बे से दूसरे तक जाना आसान हो गया, लोगों ने अपने सोने और चाँदी के सिक्कों को रंगीन कागज के टुकड़ों में बदल लिया और उन्हें मजबूत सन्दूकों में बंद कर दिया जैसे वे बहुत बड़ा खजाना हों, तोमास वर्गास लोगों की इस मासूमियत पर हँसता था क्योंकि उसे बैंक की व्यवस्था पर कतई भरोसा नहीं था। वक्त ने उसे सही ठहराया और तीस साल सत्ता में रहने के बाद जब एल बेनेफैक्टर की सरकार गिरी और रुपए के नाम पर इन रंगीन कागज के टुकड़ों की कोई कीमत नहीं रह गई तो बहुत से लोगों ने इन रंगीन कागजों को अपनी मासूमियत की त्रासद यादगार के रूप में दीवारों पर सजावट के लिए चिपकाना शुरू कर दिया था। कस्बे के सारे लोग जब इन रुपयों की निरर्थकता के बारे में चिट्ठियाँ लिख रहे थे और अखबार उनकी शिकायतों को दर्ज कर रहे थे, तोमास वर्गास की सोने की गिट्ठियाँ सुरक्षित गड्ढों में सहेजी जा चुकी थीं हालाँकि उसकी इस खुशकिस्मती से उसकी कंजूसी और धोखाधड़ी में कोई फर्क नहीं पड़ा था, वह अब भी न लौटाने की ठानकर पैसे उधार लेता था, उसके बच्चे भूखे रहें या बीवी चीथड़े पहने, वह ठाठ से पनामा हैट पहनता और महँगे सिगार सुलगाता था, उसके बच्चों की फीस भी हमेशा बकाया रहती थी, उसके अपने छह जायज बच्चों की पढ़ाई मुफ्त हो रही थी जिसका पूरा श्रेय कस्बे की शिक्षिका एनिस को जाता था। एनिस को लगता था कि जब तक उसके दिमाग में बुद्धि और शरीर में ताकत है, कस्बे के किसी भी बच्चे को अनपढ़ नहीं रहना चाहिए।

वर्गास की लड़ने भिड़ने, दारूबाजी और औरतबाजी करने की आदत पर उसकी बढ़ती उम्र ने कोई असर नहीं छोड़ा था। कस्बे के सबसे जांबाज़ मर्द होने का उसे गुरूर था। जब भी वह दारू के नशे में सराबोर होकर निकलता, अपनी छाती फुलाकर और गला फाड़कर अपनी ज़िन्दगी में आई उन सभी औरतों के नाम लेता जिनके साथ उसके सम्बन्ध रहे थे और उन सभी हराम की औलादों के नाम लेना भी वह नहीं भूलता जिनकी रंगों में उसका खून दौड़ रहा था। अगर उसके प्रलाप पर भरोसा किया जाता तो अब तक उसकी तीन सौ संतानें थीं क्योंकि हरबार के जुनून में वह अलग-अलग नाम उच्चारता। पुलिस उसे कई बार पकड़ कर ले गई थी और उसकी पीठ पर जमकर लातें जमाई थीं कि शायद उसमें कहीं कोई सुधार हो पर उस पर इन सबका कोई असर दिखाई नहीं देता था। हाँ, एक आदमी ऐसा ज़रूर था जिसकी वह इज़्जत करता था और वह था दुकानदार तुर्क रियाध हलाबी। इसलिए जब भी पड़ोसी वर्गास को पीकर धुत पड़ा हुआ या अपने बीवी बच्चों को पीटते हुए देखते तो वे झट रियाध हलाबी को खबर करने पहुँच जाते। रियाध भी सुनते ही, बगैर अपनी दुकान में ताला लगाए तेज़ी से वर्गास के अहाते में पहुँच जाता। उसके जबान खोलने से पहले ही वर्गास जैसे ही उसे देखता, शान्त हो जाता। उस जैसे हब्शी को शर्मिन्दा करने के लिए रियाध ही एकमात्र कारगर औजार था।

वर्गास की बीवी एन्तोनिया सिएरा उससे छब्बीस साल छोटी थी पर वह चालीस की उम्र में हीं बूढ़ी हो चुकी थी। उसके मुँह में एकाध दाँत ही बचा था। जवानी के दिनों में कभी खूबसूरत रह चुका उसका शरीर कड़ी मशक्कत, गर्भाधान और गर्भपातों से जर्जर हो चुका था। लेकिन कभी-कभी आज भी जब वह सिर ऊँचा कर और कमर लचकाकर चलती, उसकी चाल में पुरानी खूबसूरती का खुमार और बीती हुई खनक दिखाई दे जाती थी। एन्तोनिया के लिए दिन के चौबीस घंटे काफी नहीं थे। क्योंकि घर में बच्चों की और बाड़े में मुर्गियों की परवरिश के अलावा वह पुलिस वालों के लिए दोपहर का खाना पकाकर और स्कूल की धुलाई-पुंछाई कर वह अपने लिए कुछ पैसे भी कमा लेती थी। कई बार उसके शरीर पर नीले-नीले काले धब्बे देखकर भी उससे कोई सवाल नहीं पूछता था क्योंकि सब उसके पति की करतूतों से वाकिफ थे। सिर्फ रियाध हलाबी और स्कूल टीचर एनिस उसे किसी न किसी बहाने से उसे कभी खाना, कभी कपड़े, बच्चों के लिए किताबें-कापियाँ और विटामिन की गालियाँ पकड़ा देते थे।

एन्टोनिया ने अपने पति की बहुत सी ज़्यादतियाँ बर्दाश्त की थीं जिसमें उसका अपनी रखैलों को गाहे बगाहे घर में ले आना भी शामिल था।

× × ×

कोंचा दिआज़ उस कस्बे में सरकारी ट्रक पर सवार होकर अवतरित हुई थी। किसी दुखी और उदास प्रेतात्मा की तरह। दरअसल ट्रक के ड्राइवर को उस पर

तरस आ गया जब उसने उस लड़की को एक गठरी अपने कंधों पर और एक पेट पर लादे तपती सड़क पर नंगे पांव चलते देखा। सभी ट्रक शहर जाने से पहले रियाध के अड्डे पर रुकते थे इसलिए रियाध हलाबी पहला आदमी था जिससे उस लड़की का साबका पड़ा। जिस अन्दाज़ में वह लड़की आकर उसके अड्डे पर खड़ी हुई और अपनी गठरी को उसने ज़मीन पर रखा, रियाध समझ गया कि वह वहाँ से गुजरने वाले मुसाफिरों में से नहीं थी, वह अपना बोरिया बिस्तरा वहीं जमाने आई थी। वह कम उम्र की, ठिगनी-सांवली सी लड़की थी जिसके सिर पर धूल और धूप से सने घुंघराले बालों की लटों ने अरसे से कंघी की शक्ल नहीं देखी थी। जैसा कि रियाध सभी मुसाफिरों के साथ करता था, उसने कोंचा को बैठने के लिए कुर्सी और पीने के लिए शरबत का गिलास थमा दिया और उस लड़की की ज़िन्दगी के हादसों और बदनसीबी की कहानी सुनने के लिए तैयार हो गया। लड़की ने ज़्यादा कुछ नहीं कहा, सिर्फ अपनी उंगलियों से नाक सुड़का और आँखें नीची कर फ़र्श पर जमा दीं। फिर अपनी बदकिस्मती की दुहाई देते हुए उसके गालों पर आँसुओं की लकीरें बह निकलीं। आखिरकार उसे समझ आ गया कि वह वर्गास से मिलना चाहती है। उसने फौरन वर्गास को बुलाने के लिए किसी को भेज दिया। जैसे ही उसने वर्गास को आते देखा, उसने वर्गास की बाँह पकड़कर उसे सँभलने का मौका दिए बिना लड़की के सामने धकेल दिया।

'लड़की कहती है, उसके पेट में तुम्हारा बच्चा है,' रियाध ने धीमे स्वर में कहा जैसा वह अक्सर गुस्से में करता था।

'इसका क्या सबूत है, तुर्क! माँ कौन है, यह तो कोई भी बता सकता है, पर बाप के बारे में कोई पक्का नहीं कह सकता, 'वर्गास ने अपनी अस्थिरता छुपाने की कोशिश करते हुए कहा और खलनायकी अन्दाज़ में आँख मार दी।

उसकी यह क्रिया वहाँ खड़े सब लोगों को नागवार गुजरी और इसके साथ ही लड़की ने अपनी रुलाई का सुर ऊँचा कर दिया। सुबकते हुए उसने कहा कि अगर उसे बाप का नाम पता नहीं होता तो वह कभी इतनी दूर चलकर नहीं आती।

रियाध ने वर्गास को कहा कि उसे अपने किए पर शर्म आनी चाहिए, वह लड़की के बाप की उम्र भी पार कर चुका है और अगर वह समझता है कि लोग हमेशा की तरह इस बार भी उसे माफ कर देंगे तो वह गलत समझ रहा है। लड़की ने और भी ज़ोर से रोना शुरू कर दिया।

'चलो, उठो, बच्ची, तुम मेरे घर में कुछ दिन ठहर जाओ, कम से कम जब तक बच्चा पैदा नहीं हो जाता।' सब जानते थे, रियाध अब यही कहेगा।

कोंचा दिआज़ ने और ज़ोर से सिसकियाँ भरते हुए घोषणा कर दी कि वह सिर्फ तोमास वर्गास के घर पर ही रहेगी और इसीलिए वह आई है। दुकान पर बहती हवा भारी हो गयी और माहौल में सन्नाटा छा गया जिसे पंखें के चलने और

लड़की के नाक सुड़कने की आवाज़ ही तोड़ रहे थे। उस सुबकती लड़की के सामने किसी की यह कहने की हिम्मत नहीं पड़ी कि यह बूढ़ा आदमी शादीशुदा है और उसके छह बच्चे हैं।

'ठीक है, कोंचिता, तुम यही चाहती हो तो यही होगा, तुम अभी इसी मिनट मेरे घर चलोगी,' आखिरकार वर्गास ने उस लड़की की पोटली उठाई और अपने साथ ले चला।

× × ×

एन्तोनिया सिएरा घर लौटी तो उसके बिस्तर पर दूसरी औरत आराम फरमा रही थी। ज़िन्दगी में पहली बार एन्तोनिया से सब्र नहीं हुआ। उसके गुरूर ने उसकी भावनाएँ छिपाने से इन्कार कर दिया। उसकी ज़िल्लत नीचे सड़क तक सुनी जा सकती थी, वह बाज़ार में गूँज रही थी और हर घर में घुसपैठ कर रही थी। वह चीख रही थी कि कोंचा दिआज़ एक नाली के कीड़े जैसी गलीज़ थी और कि एन्तोनिया सिएरा उसका जीना इस कदर मुहाल कर देगी कि वह वापस अपने गटर में रेंगती हुई लौट जाएगी और वह इस गलतफहमी में न रहें कि उसके बच्चे इस चुड़ैल के साथ एक छत के नीचे रहने के लिए मान जाएंगे, कि एन्तोनिया कोई बेवकूफ जाहिल औरत नहीं है और उसका पति भी अब अपने रंग ढंग सुधार ले क्योंकि उसने उस राक्षस की सारी हैवानियत और धोखाधड़ी सिर्फ अपने गरीब, मासूम बच्चों की खातिर बर्दाश्त कर ली है पर अब वह दिखा देगी कि एन्तोनिया सिएरा है क्या। उसकी सनकी बड़बड़ाहट एक हफ्ते तक चली और बाद में उसकी चीखें बुदबुदाहट में बदल गईं। उसने अपनी खूबसूरती के आखिरी निशान भी खो दिए, यहाँ तक कि अपनी चाल भी वह भूल गई और चाबुक खाए कुत्ते की तरह घिसटती हुई चलने लगी।

उसके पड़ोसियों ने उसे समझाना चाहा कि दरअसल यह वर्गास की गलती है, कोंचा की नहीं पर एन्तोनिया अच्छी या बुरी, किसी भी तरह की सलाह सुनने को तैयार नहीं थी।

उस घर में ज़िन्दगी कभी भी खुशहाल नहीं थी पर उस रखैल के आने से तो वह घर नरक से बदतर हो गया। एन्तोनिया अपने बच्चों के बिस्तर पर गुड़ीमुड़ी होकर दूसरी लड़की पर गालियाँ बरसाते हुए रात गुज़ार देती जबकि दूसरी तरफ उसका मर्द लड़की को पुचकारने के बाद बाँहों में लेकर खर्राटे भर रहा होता।

मुँह अंधेरे एन्तोनिया को उठना पड़ता। वह कॉफी बनाती, बच्चों का नाश्ता तैयार करती, उन्हें स्कूल भेजती, पुलिस वालों के लिए खाना पकाती, कपड़े धोती और इस्त्री करती। उसके भीतर की कड़वाहट छलक-छलक कर बाहर आती पर वह अपने रोजमर्रा के सारे काम एक मशीनी मुस्तैदी से करती चली जाती। उसने अपने पति के लिए खाना बनाना बंद कर दिया था इसलिए उसके जाते ही कोंचा

यह काम संभाल लेती ताकि रसोई में एन्तोनिया का सामना उसे न करना पड़े। एन्तोनिया की नफरत इतनी हिंसक दिखाई देती थी कि उसके पड़ोसियों को डर लगता था कि किसी दिन वह अपनी सौत की हत्या न कर दे इसलिए वे रियाध हलाबी और स्कूल टीचर एनिस के पास गए कि इससे पहले कि कोई दुर्घटना हो, वे कुछ हस्तक्षेप करें।

× × ×

लेकिन चीज़ें इस तरह नहीं बदलीं। दो महीने में कोंचा का पेट तरबूज जितना हो गया। उसके पैर इतने सूज गए कि पैरों की नसें फटने को हो गईं और अकेलेपन से घबराकर उसका रोना चौबीस घंटे जारी रहता। तोमास वर्गास उसके आँसुओं को देख-देखकर थक गया और अब वह सिर्फ सोने के लिए घर आता। इसके साथ ही दोनों औरतों का बारी-बारी से खाना पकाना बंद हो गया। कोंचा ने उठना और कपड़े बदलना भी बंद कर दिया। उसमें अपने लिए एक कप कॉफी बनाने की भी ताकत नहीं की थी और अब वह सारा दिन छत के पंखे की ओर टकटकी लगाए पड़ी रहती। एन्तोनिया दिन में तो इसे नज़रअन्दाज़ करती पर रात होते-होते अपने किसी एक बच्चे के हाथ गरम दूध का गिलास भिजवा देती ताकि कोई यह न कहे कि उसने किसी को अपनी छत के नीचे भूख से बिलखकर मर जाने दिया। यह दिनचर्या कुछ दिन दोहराई गई और थोड़े दिनों के बाद कोंचा भी बाकी सब के साथ बैठकर खाने लगी। एन्तोनिया उसके सामने से ऐसे गुजरती जैसे उसकी उपस्थिति से अनजान हो, अब उसने कोंचा को पास आते देखकर कोसना और ताने देना लगभग बंद कर दिया था। जब उसने कोंचा को दिन पर दिन दुबलाते और हड्डियों का ढांचा रह जाते देखा। खेत के बीचोबीच खड़े एक काकभगोड़े की तरह जिसका तंबूरे जैसा पेट था और आँखों के नीचे गहरे काले धब्बे थे तो बड़े धीमे कदमों से माया-ममता ने उसके भीतर जगह बनानी शुरू कर दी थी, आखिर एन्तोनिया ने अपनी सारी मुर्गियों को एका-एक कर काटकर उसे सूप और सालन बनाकर देना शुरू किया और जब मुर्गियों की तादाद घटते-घटते एक दिन खत्म हो गई तो उसने वह किया जो आज तक कभी अपने लिए भी नहीं किया था, वह रियाध हलाबी के पास मदद माँगने के लिए गई।

× × ×

'मैंने छह औलादों का जन्म दिया, कुछ तो पैदा होने से पहले ही मर गई पर मैंने किसी को गर्भ के दौरान इतना बीमार नहीं देखा, 'एन्तोनिया ने लजाते हुए रियाध को समझाया, 'यह लड़की तो महज हड्डियों का ढांचा रह गई है। तुर्क, गले से नीचे एक निवाला जाते ही वह फौरन उसे उलट देती है।' फिर वह कुछ संभलकर अपने को सफाई देते हुई बोली, 'ऐसा नहीं है कि मुझे उसकी बड़ी परवाह है, उसकी यह बीमारी मेरा सरदर्द नहीं है पर तुर्क, जरा सोचो तो सही कि अगर वह मेरे घर पर मर गई, तो मैं उसकी गरीब माँ को क्या जवाब दूँगी?'

रियाध हलाबी ने बीमार लड़की को ट्रक में डाला और अस्पताल ले गया। एन्तोनिया भी उसके साथ-साथ गई। दोनों अस्पताल से दवाइयों की रंग-बिरंगी गोलियाँ और कोंचा के लिए एक नई पोशाक लेकर लौटे क्योंकि जो ड्रेस उसने पहन रखी थी, उसे तो वह अपनी कमर से नीचे खिसका ही नहीं सकती थी। कोंचा की तकलीफ ने एन्तोनिया को अपने पुराने दिनों के कुछ टुकड़े याद दिला दिए जब वह खुद जवान थी और पहली बार गर्भवती हुई थी और ऐसे ही दौरों से गुजर रही थी। अपने तकलीफदेह दिनों के बावजूद एन्तोनिया नहीं चाहती थी कि कोंचा के आने वाले दिन भी उसके दिनों की तरह ही यातनादायक हों, कोंचा के प्रति उसके मन में अब नाराज़गी तो दूर, एक भीगी सी रहस्यात्मक संवेदना पनपने लगी थी और अब धीरे-धीरे वह उसे अपनी उस बेटी की तरह देखने लगी थी जिसने अपनी जवानी के जुनून में कोई गलत कदम उठा लिया था, पर हर सूरत में अब उसे सुधारना उसकी माँ की जिम्मेदारी थी। लड़की को अपने शरीर में अप्रत्याशित बदलाव आए देखकर घबराहट होने लगती थी। जहाँ-तहाँ पसरती सूजन, बार-बार पेशाब के लिए उठना, बत्तख की तरह डगमगाते कदम भरना, अनियंत्रित उबकाइयाँ और इन सबसे ऊपर मर जाने की अदम्य इच्छा। किसी किसी दिन तो वह सुबह के वक्त इतनी बीमार होती कि बिस्तर से उठ ही नहीं पाती, तब एन्तोनिया अपने बच्चों को बारी-बारी से उसकी देखरेख करने के लिए नम्बर लगा देती है और अपना दिन भर का काम जल्दी-जल्दी निबटाकर कोंचा की देखभाल के लिए दुपहर को ही वापस लौट आती। किसी दिन ऐसा भी होता कि कोंचा बड़ी चुस्त और तरोताजा उठती, तब एन्तोनिया जब सारे दिन अपना काम कर थकी टूटी लौटती तो उसे घर साफ सुथरा और खाना मेज पर तैयार मिलता। एन्तोनिया के आते ही वह उसे गरम-गरम कॉफी का एक कप बनाकर देती और उसकी बगल में खड़े होकर वफादार जानवरों सी नमी आँखों में लिए उसके कॉफी पीने का इन्तज़ार करती।

× × ×

बच्चा शहर के अस्पताल में ही पैदा हुआ क्योंकि उसने सीधे रास्ते से इस दुनिया में आने से इन्कार कर दिया था और उन्हें बच्चे को बाहर निकालने के लिए कोंचा दियाज़ के पेट में चीरा लगाना पड़ा। एन्तोनिया उसकी देखभाल करने के लिए एक हफ्ता अस्पताल में रही और अपने बच्चों की देखभाल की जिम्मेदारी उसने एनिस टीचर के जिम्मे डाल दी। दोनों औरतें हलाबी की मालगाड़ी नुमा ट्रक में वापस आईं और एग्वा सैन्ता के सब लोग उनका स्वागत करने आए। जब एन्तोनिया ने नए नकोर बच्चे को गोद में लेकर एक दादी की सी ठसक से बच्चे का मुँह सबको दिखाया और बताया कि तुर्क के प्रति एहसान जताते हुए उसका नाम रियाध वर्गास दियाज़ रखा जाएगा, तो कोंचा दियाज़ का चेहरा खिल उठा। यह सच भी था क्योंकि तुर्क की मदद के बिना कोंचा के लिए मातृत्व का ओहदा पाना

असंभव था। अस्पताल के सारे बिल भी रियाध ने भरे थे। तोमास ने तो खर्च की बात सुनते ही शाश्वत शराबी का ढोंग करते हुए अपने गड़े हुए सोने को निकालने से साफ इनकार कर दिया था।

अभी दो हफ्ते भी नहीं बीते थे और कोंचा के पेट के टांके अभी सूखे भी नहीं थे कि तोमास वर्गान ने कोंचा दियाज़ को वापस अपने अड्डे पर लौट जाने को कहा। एन्तोनिया अपने कूल्हों पर हथेलियाँ धरे मुस्तैदी से सामने आई। बूढ़े खूसट का रास्ता रोकने की मजबूती ज़िन्दगी में पहली बार उसमें दिखाई दे रही थी। तोमास ने हमेशा की तरह एन्तोनिया की धुनाई करने के लिए अपनी बेल्ट को चाबुक की तरह हवा में फटकारा पर एन्तोनिया जिस तरह खूंखार निगाहों से उसकी ओर आगे बढ़ी, तोमास के कदम हैरत से पीछे हट गए और उसका चाबुक बीच रास्ते ही ढीला पड़ गया। उसके पीछे हटते ही एन्तोनिया के लिए यह समझना आसान हो गया कि कौन ज़्यादा ताकतवर था। इस बीच कोंचा दियाज़ ने भी बच्चे को कोने में लिटाया और मिट्टी का एक भारी गुलदस्ता तोमास के सिर पर फोड़ने के इरादे से दोनों हाथों से सिर के ऊपर उठा लिया। वर्गास ने समझ लिया कि अब उसकी दाल नहीं गलने वाली और वह दोनों औरतों को कोसता हुआ और गालियाँ देता हुआ घर से बाहर निकल गया। पूरे शहर को इस घटना के बारे में पता चल गया। तोमास ने खुद ही कोठेवाली लड़कियों को इसके बारे में बताया और वहाँ से बात हवा की तरह हर ओर फैल गई।

× × ×

उसके बाद चीज़ें तेज़ी से बदलीं। कोंचा दियाज़ की सेहत दिन पर दिन सुधरने लगी। जब एन्तोनिया काम पर जाती तो कोंचा सब बच्चों की, घर और बगीचों की देखभाल करती। तोमास वर्गास चुपचाप मिमियाता हुआ घर लौट आया। वह अब सारी कसर बच्चों को लताड़कर पूरी करता और दारू के अड्डे पर जाकर भाषण झाड़ता कि ढोर डंगरों की तरह औरतें भी सिर्फ लाठी की भाषा समझती हैं लेकिन घर लौटकर अपनी औरतों पर वह इस भाषा का इस्तेमाल नहीं करता। जब वह शराब के नशे में धुत रहता, बीच मैदान में खड़े होकर ऊँचे सुर में, चारों दिशाओं में इस कदर अपनी बीवियों और रखैलों के मजे बखानता कि इसके बाद कई इतवारों को पादरी को चरित्रहीनता और भ्रष्टाचार का खंडन करने वाले प्रवचन दोहराने पड़ते और एक पत्नी के साथ सुखी गृहस्थी बसाने के सारे आदर्श ईसाई मूल्य नालियों में लोटते हुए दिखाई देते।

× × ×

एग्वा सैन्टा के लोग बेहद सहनशील थे। वे ऐसे आदमी को बर्दाश्त कर सकते थे, जो सुस्त था और हमेशा किसी न किसी के लिए परेशानी खड़ी कर देता था, जो कभी उधार लिए पैसे वापस नहीं देता था और अपने परिवार में मारपीट करता रहता था। पर जुए में ली गई उधारी वहाँ जायज थी। मुर्गों की लड़ाई हो या

ताश का खेल, टिकटों को उंगलियों के बीच वे मोड़कर रखते और उनको सबके बीच दिखाते। कभी ट्रकों के ड्राइवर दो चार हाथ तीन पत्ती के खेलने के लिए रुकते और अपनी नकद रकम कभी न दिखाते हुए भी जाते समय वे पाई-पाई का हिसाब साफ कर रवाना होते। शनिवार को सैन्टा मारिया जेल के गार्ड कोठों पर आते और हफ्ते भर की तनखा दारू के अड्डे पर जुए में उड़ा कर चले जाते। कैदियों से भी ज़्यादा खूँख्वार उनके ये गार्ड भी कभी पैसा न होने पर खेलने की हिम्मत नहीं करते। जुए में ईमानदार होने के नियम को किसी ने अब तक तोड़ा नहीं था।

तोमास वर्गास ने कभी जुआ नहीं खेला पर जुए में लोगों को हारते जीतते हुए घंटों देखते रहना उसका प्रिय शगल था। वह कभी लॉटरी की एक टिकट नहीं खरीदता पर लॉटरी में जीतने वालों के नामों की घोषणा सुने बगैर वह रेडियो के सामने से हटता नहीं था। पैसे को लेकर उसकी कंजूसी ने उसे अब तक जुआ खेलने से रोके रखा था। पर तोमास के खिलाफ एन्तोनिया सिएरा और कोंचा दियाज़ के फौलादी गठबन्धन ने तोमास की मर्दानगी को स्थगित कर दिया था और तोमास एकाएक जुआ खेलने लग गया। पहले पहल तो उसने छोटी मोटी चालें ही खेलीं और छोटे मोटे जुआरी ही उसके साथ खेलने के लिए आ बैठे। तोमास अपनी औरतों के बारे में खुशकिस्मत भले ही न रहा हो, ताश के पत्ते उसके हक में सीधे ही पड़ते थे। आखिर आसानी से पैसा बनाने के कीड़े ने उसे भी काट लिया और वह जोरदार तगड़ी बाजियाँ खेलने लगा। एक ही झटके में अमीर बनने के ख्वाब से वह बौखला गया और उसे लगा कि अपनी पिटी हुई इज्जत को वापस पाने का यही एक तरीका है और वह बड़े जोखिम उठाने लगा। जल्दी ही उसके इर्द गिर्द बड़े जुआरी बैठने लगे और बाकी के लोग उसके चारों ओर घेरा बनाकर खड़े हो जाते। जैसा कि पुराना रिवाज़ था, तोमास वर्गास अपने पैसे मेज़ पर फैलाकर नहीं बैठता, पर हारने पर वह खेल के अन्त में चुका देता।

घर पर स्थितियाँ बिगड़ती गईं। कोंचा को भी घर से बाहर काम करने जाना पड़ता। बच्चे अकेले घर पर रहते और स्कूल टीचर एनिस उन्हें आकर खाना खिला देती कि कहीं वे शहर जाकर भीख न माँगने लगें।

× × ×

तोमास वर्गास की असली परेशानी शुरू हुई जब उसने एक लेफ्टिनेंट की चुनौती को मंजूर किया और उसके साथ छह घंटे के बाद दो सौ पेसो जीत गया। लेफ्टिनेंट बड़ी-बड़ी मूंछों वाला एक मोटा, सांवला सा आदमी था जो अपनी जैकेट के बटन खुले रखता था ताकि लड़कियाँ उसकी घने बालों वाली छाती और उस पर झूलती सोने की बेशुमार चेनों की तारीफ करें। एग्वा सैन्टा में कोई उसे पसंद नहीं करता था क्योंकि वह अपनी सुविधा और सनक के अनुसार

कानून गढ़ता था। सैन्टा मारिया जेल में वह इस बात का खास ख़्याल रखता कि बगैर तगड़ी मार खाए कोई भी जेल से बाहर न निकले। लोग कानून से डरने लगे थे।

दो सौ पेसो हारने से वह बौखला गया था लेकिन उसने बिना कोई चूं चपड़ किए दो सौ पेसो निकाल कर दे दिए क्योंकि अपनी सारी सत्ता के अधिकार और ताकत के बावजूद, हारी हुई रकम अदा किए बिना वह मेज़ छोड़ कर जा नहीं सकता था।

तोमास वर्गास दो दिन अपनी जीत के नशे में घूमता रहा। आखिर लेफ्टिनेंट ने उसे ललकारा कि वह अगले शनिवार को एक और तगड़ी बाजी खेलकर उससे बदला लेगा और इस बार उसने एक हजार पेसो की शर्त लगाई। उसने ऐसी जोरदार आवाज़ में घोषणा की कि वर्गास की मना करने की हिम्मत नहीं हुई।

शनिवार की दुपहर को अड्डा ठसाठस भरा था। भीड़ और उमस इतनी थी कि लोगों के लिए साँस लेना मुश्किल हो रहा था। आखिर जुए की मेज को उठाकर बाहर लाया गया ताकि सभी खेल देखने का लुत्फ उठा सकें। एग्वा सैन्टा में पहली बार इतनी बड़ी रकम की बाजी लग रही थी। रियाध हलाबी को गेम का रेफरी नियुक्त किया गया। उसने सबसे पहले भीड़ को दो कदम पीछे हटने को कहा ताकि किसी तरह की बेईमानी न हो और फिर लेफ्टिनेंट और पुलिस वालों को अपने हथियार जेल में छोड़ आने को कहा।

'इससे पहले कि खेल शुरू हो, दोनों खिलाड़ी अपनी रकम मेज पर रखें,' रेफरी ने कहा।

'मेरी ज़बान की कीमत है, तुर्क!' लेफ्टिनेंट ने कहा।

'मेरी भी!' तोमास ने जोड़ा।

'अगर तुम हार गए तो कैसे चुकाओगे?' रियाध हलाबी ने लेफ्टिनेंट से पूछा।

'शहर में मेरा एक घर है, अगर मैं हारा तो कल से वह घर वर्गास का होगा।'

'ठीक! और तुम।'

'मैं अपना गड़ा हुआ सोना दे दूँगा।'

पिछले कई सालों में एग्वा सैन्टा में घटने वाली यह सबसे हैरतअंगेज घटना थी। बूढ़ों से लेकर छोटे बच्चों तक सब इसे देखने के लिए सड़कों पर इकट्ठा हो गए, नहीं आयीं तो बस एन्तोनिया और कोंचा।

लेफ्टिनेंट और तोमास वर्गास—दोनों में से किसी के प्रति वहाँ के लोगों में कोई सहानुभूति का भाव नहीं था इसलिए किसी को फर्क नहीं पड़ता था कि कौन

जीतेगा, मनोरंजन का सबब यह था कि दोनों खिलाड़ियों में से किसके दुखी होने का ज्यादा अनुमान लगाया जा सकता है। तोमास वर्गास के साथ ताश के पत्तों में उसकी खुशकिस्मत होने की फेहरिस्त थी और लेफ्टिनेंट ठंडे दिमाग का होने के साथ-साथ सख्त और अनुशासित व्यक्ति था।

शाम के सात बजे नियत समय पर और निश्चित की गई शर्तों के अनुसार गेम समाप्त हुआ और रियाध हलाबी ने लेफ्टिनेंट को विजयी घोषित किया। अपनी जीत में भी लेफ्टिनेंट ने वही संयम बरता जो पिछले हफ्ते अपनी हार में बरता था—न अकड़ी हुई मुस्कान, न व्यंग्यात्मक शब्द। वह महज दांतों को छोटी उंगली के नाखून से कुरेदता अपनी कुर्सी पर बैठा रहा।

'चलो वर्गास, अब उठो, तुम्हारा सोने का गड़ा हुआ खजाना खोदने का वक्त आ गया है! दर्शकों का उत्साह बुझने के बाद उसने कहा।

तोमास वर्गास की त्वचा का रंग बुझी हुई राख सा काला पड़ गया था, उसकी कमीज पसीने से तर ब तर थी और वह साँस लेने के लिए हांफ रहा था, जैसे हवा उसके गले में अटक गई हो। दो बार उसने खड़े होने की कोशिश की पर दोनों बार उसके घुटने लड़खड़ाने लगे। रियाध हलाबी को उसे सहारा देना पड़ा। आखिरकार मुख्य रास्ते की दिशा में कदम बढ़ाने के लिए उसने ताकत जुटायी। तोमास वर्गास के पीछे-पीछे लेफ्टिनेंट, पुलिसवाले, तुर्क, स्कूल टीचर एनिस और उनके पीछे पूरा शहर शोर शराबे के साथ एक जुलूस की शक्ल में चलने लगा। वे लोग कुछ मील चले होंगे। जब वर्गास दाहिनी ओर सब्जियों की मेंड़ की ओर मुड़ गया जिसने एग्वा सैन्टा को घेर रखा था। आगे रास्ता झाड़ियों से घिरा था पर कुछ हिचकिचाहट के बाद उसने विशालकाय पेड़ों और ऊँचे देवदारों के बीच से रास्ता निकाल ही लिया। आखिरकार वह एक घाटी के किनारे पहुँचा जो उस जंगल के फैलाव में मुश्किल से ही दिखाई देती थी। लोगों की पूरी जमात वहाँ ठहर गई। सिर्फ वर्गास और लेफ्टिनेंट ही आगे बढ़े। सूरज डूबने को था, फिर भी हवा में उमस और गर्मी का दबाव था। तोमास वर्गास ने सबको वहीं रुकने का संकेत दिया। वह अपने घुटनों पर टिक कर हाथों और पैरों के बल रेंगता हुआ बड़े-बड़े पत्तों के नीचे से चला गया। एक लम्बा अन्तराल गुजरा और अचानक उसकी चीख भरी दहाड़ सुनाई दी। लेफ्टिनेंट झाड़ झंखाड़ के बीच कूदा और तोमास को एड़ियों से खींचते हुए बाहर ला पटका।

'मामला क्या है?

'वहाँ नहीं है, वहाँ कुछ नहीं है!

'वहाँ कुछ नहीं? मतलब क्या है तुम्हारा?

'कसम से लेफ्टिनेंट, मुझे कुछ नहीं मालूम! किसी ने डाका डाला है, किसी ने मेरा सारा खजाना लूट लिया है! और वह एक विधवा की तरह रोने लगा।

लेफ्टिनेंट के जूतों की ठोकरों ने उसे लगभग अर्द्धमूर्च्छित हालत में पहुँचा दिया था।

'सूअर के पिल्ले! मैं तुझे छोड़ूंगा नहीं! तेरी माँ की कब्र से भी मैं अपने पैसे लेकर रहूँगा।'

इससे पहले कि लेफ्टिनेंट उसे मार-मार कर उसका भुरता बना देता, रियाध हलाबी घाटी की ओर लुढ़का और वर्गास को लेफ्टिनेंट के चंगुल से छुड़ा लिया। उसने लेफ्टिनेंट को शान्त किया, उसे समझाया कि मार पीट से कोई हल नहीं निकलने वाला और फिर उसे घाटी से ऊपर आने में मदद की। तोमास वर्गास भय से कांप रहा था, नीमबेहोशी की हालत में डगमगा रहा था और रोते-रोते इस कदर बिलबिला रहा था कि तुर्क को उसे घर तक पहुँचाना पड़ा।

एन्तोनिया सिएरा और कोंचा दियाज आंगन में मूढ़े डाले कॉफी सुड़कते हुए अंधेरे को घिरते हुए देख रही थीं। पूरी घटना जान लेने के बाद भी संत्रस्त होने का कोई चिह्न उनके चेहरे पर नहीं था। बल्कि विचलित हुए बिना वे उसी तरह कॉफी सुड़कती रहीं।

तोमास वर्गास को एक हफ्ते तेज बुखार रहा। बुखार के दौरान वह सोने के ढेलों और ताश के पत्तों के बारे में बड़बड़ाता रहा। बजाए इसके कि वह सोने का खजाना लुट जाने के गम में जान से हाथ धो बैठता, उसका स्वास्थ्य सुधरने लगा। जब वह चल पाने के लायक हुआ तो कुछ दिन घर से बाहर नहीं निकला पर अन्ततः उसके व्यसन ने उसके विवेक पर काबू पा लिया और हिलते लड़खड़ाते हाथों से उसने पनामा हैट निकाली और शराबखाने की ओर चल पड़ा।

वह उस रात नहीं लौटा। दो दिन बाद किसी के साथ यह खबर आई कि उसका क्षत विक्षत शरीर उसी घाटी में पाया गया है जहाँ उसका खजाना पड़ा था। किसी ने गंड़ासे से उसके टुकड़े कर डाले थे। सब जानते थे कि देर-सबेर उसका यही अंत होने वाला है।

× × ×

एन्तोनिया सिएरा और कोंचा दियाज ने बिना किसी शोक प्रदर्शन और बिना किसी शोभायात्रा के उसे दफना डाला। रियाध हलाबी और स्कूल टीचर एनिस भी सिर्फ उनका साथ देने के लिए उनके साथ थे, उस आदमी को श्रद्धांजलि देने के लिए नहीं, जिसकी उन्होंने कभी इज्जत नहीं की थी।

उसके बाद दोनों औरतें बच्चों को बड़ा करने में और जिन्दगी के दूसरे उतार चढ़ावों में एक दूसरे की मदद करते हुए खुशी से साथ-साथ रहती रहीं। तोमास वर्गास को दफनाए अभी ज्यादा दिन नहीं हुए थे कि उन्होंने मुर्गियां, खरगोश और सुअर खरीदे। वे बस में चढ़कर शहर गई और सभी बच्चों के लिए नए कपड़े खरीद कर लाईं। उसी साल उन्होंने घर की मरम्मत करवाई, उसमें दो कमरे और

जोड़े, पूरे घर को नीले रंग से पेन्ट किया और एक गैस स्टोव भी लगवाया और उसके बाद खाना पकाने और टिफिन भिजवाने का व्यवसाय शुरू कर दिया। हर दोपहर वे अपने बच्चों को जेल, स्कूल और पोस्ट ऑफिस में खाना देने के लिए भेजतीं। तब भी अगर खाना बच जाता तो उसे रियाध हलाबी के लिए ढक कर रख दिया जाता कि वह ट्रक ड्राइवरों को खिला दे।

और इस तरह गरीबी के बीच से उन दोनों ने अपना रास्ता निकाला और तरक्की के रास्ते पर आगे बढ़ चलीं।

✦

अनु०—सुधा अरोड़ा